第一章 先驱们

著名俄国文学史家和文学理论家维·佩列茨(Peretc)认为维谢洛夫斯基的文学研究观念是一个从文化史逐步向历史诗学转变的过程,这是一个十分正确的观点①。的确,甚至在最后一次定义中,文学研究也被归类为社会思想史的局部表现,但此处关注的根本重点却在于诗歌的区别性特征,在于"诗意意识及其形式的演变"②*。

对原初工作假设所做的这一意义深远的修正,证明这位学者在知性上是多么从善如流,正直诚实,他拒绝不加批判地接受19世纪"历史文化学派"(Kulturgeschichte)的现成公理,而是根据自己在研究中积累的证据一次次不知疲倦地对之加以检验。但或许也正是因为维谢洛夫斯基总是持续不断地致力于解决方法论基本问题而阻碍了他在相当早的阶段就认准一个实践证明在任何情况下都十分重大的任务钻研下去,那就是制定一个关于总体文学演化的全面综合的研究计划。这一恢弘壮观的体系终究未能完成。但它那给人以深刻印象的片断——在比较文学史和民间文学领域里的多卷本著作尤其是对其在历史诗学方面的开创性研究工作③——包含着许多对"诗歌意识形式的"深刻见解。

---

① 参阅维·尼·佩列茨(V. N. Peretc),《俄国文学史方法论讲义》(*Iz lekcij po metodologii istorii russkoj literatury*)(基辅,1914),第205-206页。
② 《历史诗学》(*Istoričeskaja poètika*),第53页。
* 《历史诗学》,中译本第30页。——译者
③ "历史诗学三章"(Tri glavy iz istoriceskoj poetiki),1899;"一个形容语的历史由来"(Iz istorii epiteta),1895;《情节诗学》(*Poetika sjuzetov*),1897-1906。

鲍·恩格尔哈特在其殚精竭虑的著作①中正确指出，维谢洛夫斯基研究诗歌艺术的方法与波捷勃尼亚比，更多一些"静态"，而更少一些心理学。在维谢洛夫斯基看来，想象性文学并非一种"连续性的精神活动"，并非创造意象和理解现实生活的动态过程。文学基本上只是文学产品的总和，对这些产品，我们可以在不联系其创作者或不联系其消费者的条件下，对之进行联想和评价。同时文学作品在维谢洛夫斯基的"归纳诗学"（inductive poetics）中也不是一个最终的研究单元。文学的不朽之作被解剖分割成可以认知的客观构成成分——意识形态概念、叙述模式、诗歌手法、献祭偶像。后者反过来也可以很容易地为了比较分析的缘故而被缩减为一般类型——即传统文学的"常规程式，以及代代相传的持续不断的母题"②，而在各个时代和各个国家的文学和民间文学中一次又一次再现的——有限库存。处于维谢洛夫斯基世界文学观舞台中心的，不是创造能力而是传统，不是个人的创造性，而是超乎个人的有限性因素。维谢洛夫斯基坦诚地写道："一个有才华的诗人也可能偶然碰上这个或那个母题、制造出一堆模仿者，制造出一个对他亦步亦趋的创作流派"，但在"更加广阔的历史远景中看，这种样式上的琐碎细节，流派或个人影响力在社会－诗学供需进行广泛交替的大背景下，几乎难以察觉"③。

因此，文学史家主要关注的问题，不是估量个别作家所做的独

---

① 鲍里斯·恩格尔哈特（B. Engelhardt），《亚历山大·尼古拉耶维奇·维谢洛夫斯基》（*Aleksandr Nikolaevič Veselovskij*）（彼得格勒，1924）。
② 《历史诗学》（*Istoričeskaja poètika*），第 51 页。
③ 同上书，第 69 页。

第一章　先驱们

特贡献,而是汇集四处迁移的诗的"常规程式"(formulae),对其在各民族环境中的出现进行记录,最后但并非最不重要的,是通过种种变迁和交替的轨迹追溯它们的起点,一直追溯到"史诗的过去,甚至一直追溯到神话创造的阶段"[1]。

显然这一系统表述所表现的对于系谱学的迷恋在很大程度上却被后起的形式主义理论家们所摒弃了。然而,换一种方式也可以说,形式主义理论家们从维谢洛夫斯基的历史诗学中,获得许多弥足珍贵的启示。这句话如果针对维谢洛夫斯基最后一部未完成著作《情节诗学》[2]而言则更确当。这部著作的关键词——即作为"最简单的叙事单位"的"母题"(motif)和作为"母题之连接"的综合的"情节"(plot,sjužet),在形式主义有关虚构散文或民间故事的谋篇布局研究中,得到了极其广泛的应用[3]。而更其重要的是,把情节当作一种布局而非纯主题学范畴这种方法,事实上已经包含在维谢洛夫斯基的论据中了,即在其关于文学作品题材与情节(此即对题材的艺术组织和安排)的本质区别问题的相关论述中。

维谢洛夫斯基诗学与形式主义文学理论之间的契合,并不只限于专门定义或归类范畴上,而且也表现在概括的一般性重点上。《历史诗学》的作者所关心的,是文学作品的构成成分——艺术手法及其组合、文学文体或如其本人所说,即"诗歌所能用到的特殊

---

[1] 《历史诗学》(*Istoričeskaja poètika*),第 47 页。
[2] 《情节诗学》(*Poètika sjuŽetov*),同上书,第 493－597 页。
[3] 参阅维克多·什克洛夫斯基(Viktor Šklovskij),《小说论》(*O teorii prozy*)(莫斯科,1925);弗·雅·普洛普(V. I. Propp),《童话形态学》(*Morfologija skazki*)(列宁格勒,1928)。参阅本书第十三章,第 329－243、249－250 页。

媒介"①,而这与后来成为 20 世纪诗学口号的形态学分析还相距甚远。维谢洛夫斯基强调要研究诗歌而非诗人,要研究文学作品的客体结构而非作品所包含的心理过程,而我们也在早期形式主义公开承认的反心理学主义的理论定向中找到其回声。甚至就连维谢洛夫斯基评价个别人在文学史中所起的作用是在逐渐下降的倾向,也在形式主义纲领性宣言的某些文字中得到了响应②。

然而,尽管维谢洛夫斯基对文学技巧十分熟稔,但却从未使自己摆脱一种十分流行的、把诗歌形式仅仅当作一种"内容"的上层建筑或副产品的机械论观点的束缚。他的总体文学史演变模式明显带有这一谬误的印记。

既然把创作天才问题这一主要因素摒除在外,则维谢洛夫斯基不得不既在诗歌形式的内在动力学或也在决定文学的文学外因素中,寻找文学演变的原因。(在此我故意省略了最值得嘉许但同时显然又太现代的一个假设性前提,即文学与社会的相互关系问题)。但对维谢洛夫斯基敞开的、实际上始终只有后者即后一种关联(即文学与社会的关联),而前者显然只是一个与其方法论格格不入的概念——即艺术作品是一个有其自身整合规律的 sui generis(特殊)结构。

"诗意意识演化"的主要推动者被迫处于文学疆界以外,这更多的是因为我们所能找到的纯文学构成成分,即"常规程式",从起源说更常在。"我们所继承的诗歌形式具有一定的社会心理过程

---

① 《历史诗学》(*Istoričeskaja poètika*),第 71-72 页。
② 参阅奥西普·勃里克(Osip Brik),"所谓'形式主义方法'"(T. n. formal'nyj metod),《列夫》,1923 年第 1 期。

第一章　先驱们

所导致的规律性"①。在"这些形式与有规律变化的社会理想的交替组合"过程中，发号施令的是"理想"，而且，它往往根据可以认知的社会学法则在时期的交替中经历着实质性变化。它们身上被以相当大的弹性和与之相当的普遍适用性所赋予的传统意象则仅仅只会为了与力争文学表现的新世界观相协调一致而做轻微修正②。

而这也就意味着在本质上是静态的"形式"和动态的"内容"这两种力量之间，必须有明确的区分。维谢洛夫斯基认为比较文学史家应当搞清楚"这些新的生活内容，领导每一代人新潮流的自由的成分，究竟是怎样渗透到旧意象这些必然性形式中来的呢"（着重号系笔者所加——维·厄）③。文学演变因而成为"世界观"（Weltanschauung）演变即社会意识形态周期性迁移的必然结果。

我们由此不难看出，这样一种外部研究方法究竟是如何使得维谢洛夫斯基对于希腊抒情诗或中世纪史诗传统的富于启发性的讨论，变得毫无效应的。这些对社会学诗学的弥足珍贵的贡献④，可惜还带有把诗歌形式与"生活内容"的因果关系简单化的弊病。

维谢洛夫斯基对文学技巧的考察由于一种被一些现代批评家称之为起源学谬误（Genetic Fallacy）的缘故而未免有些拘谨。现代文学理论家即便不具备维谢洛夫斯基那样令人钦佩的学术资

---

① 《历史诗学》(Istoričeskaja poètika)，第317页。
② 同上书。
③ 同上书。
④ 我们还将在本书第六章第114-116页中结合马克思主义和形式主义的论战问题，来进一步讨论这一概念。

质,也应把更加敏于研究诗歌艺术的内在动力学当作自己的任务,并且沿着他无比珍贵的著作所提出的某些重要见解的方向继续深入探索①。

波捷勃尼亚和维谢洛夫斯基的开创性工作,都未能对19世纪末俄国文艺学发展的方向,施加任何重大影响。形式考量仍然在很大程度上被对作家意识形态的关注所遮蔽。而到两个世纪之交,像维谢洛夫斯基或尼·斯特拉霍夫这样的少数几位批评家,更愿意"不合时宜"地研究普希金诗歌的结构和韵律的未来问题②。还有一些文学史家,其数量比前一类人更少,如德·奥夫相尼科-库里科夫斯基,竟然得以把对当前文学创作的心理-意识形态学方法与语言学诗学问题的浓厚兴趣结合起来。多数文学研究者们是如此忙于诠释实际信息和意象信息,以至于无法再分心去关注波捷勃尼亚或维谢洛夫斯基"学院派"论证的内容。他们全都处于这样一个普遍流行的观点的强烈的支配性影响之下,即认为对于对情节结构或风格的严格分析的必要性而言,形式是一种纯外在的和次要的东西。而且,那些平庸的文学史家们也没人愿意或渴望冒险涉足一个像诗歌语言研究那样的新的探索领域,他会十分满意地把这个领域留给语言学家探索。

而语言学家们却也不急于挑起这副担子。19世纪末欧洲语言学界最具有影响力的,是所谓新语法学派,而莫斯科大学也是该

---

① 参阅本书第十三章,第239-250页。
② 谢·安德列耶夫斯基(S. Andreevskij),《文学概论》(*Literaturnye očerki*)(圣彼得堡,1902);尼·斯特拉霍夫(N. Straxov),《关于普希金及其他诗人的札记》(*Zametki o Puškinei drugix poètax*)(基辅,1897)。

学派异常坚固的一座堡垒[①]，因而不会认为对诗歌话语本质的神秘探索会有多大益处。新语法学说教导语言学家们主要投身于最"自然"最"没有艺术性"的言语类型的研究中去，民间方言被放在语言学家优选项目表的顶端，甚至就连标准语也被驱逐到了第二位。而据说没有什么艺术性的温室植物般的诗歌用语，被视为一种奢侈品，殚精竭虑挖掘"原始"事实的语言研究者们对此是不屑一顾的。

本世纪（原文如此，指20世纪。——译者）最初十年，是俄国批评思想界发展的转折点。文学技巧问题"忽如一夜春风来"地跃居批评家关注的中心。诗学领域里的这一次高潮只在相当有限的程度上可以归功于学院派文学研究者和语言学家们的努力。对诗歌理论尤其是对诗体学研究的兴趣的再次勃兴与由于象征派的崛起而到来的俄国诗歌本身的新的复兴，必然有着密切的联系。

[①] F.福尔图纳托夫（F. Fortunatov）教授领导的学派一连数十年间完全统治着莫斯科语言学界，使莫斯科也成为新语法学派在欧洲的最正统的堡垒。

第二章 走向形式主义
——从"象征的森林"到"价值自足语词"

1

在俄国,象征派运动的产生使得诗歌技艺的水准有了显著提高。从19世纪中叶起就被虚构类散文所超越的诗歌创作,发动了一场凯旋般的复辟。涅克拉索夫后裔们那种淡乎寡味而又内容贫血的诗歌,开始让位给瓦列里·勃留索夫对诗歌形式的帕尔纳斯式的娴熟驾驭和康斯坦丁·巴尔蒙特音响丰盛和谐悦耳的诗歌,而最重要的,则是开始让位于亚历山大·勃洛克诗歌那难以抗拒的语言的魔力。在先于诗歌研究复兴出现的诗歌复苏的前夜,文坛首先掀起从象征派立场出发同心协力合作研究诗歌技巧问题的一场运动。

创作实践和文学理论的密切关联,这在俄国文学史上并非绝无仅有的新颖现象。从19世纪起每个文学流派就都开始拥有自己的发言人,他们竭力想要从理论上对本流派进行论证,从而把对审美感受力的当前要求提高到必然性法则的地位。但在象征派时代,这一艺术家和理论家的联盟却采取了一种有机共生形式,这也

第二章 走向形式主义

就是说,如今是诗人而非职业研究文学的学者们担当了引导人们探索创作实验室之奥秘的使命。

俄国象征派集体涉足诗学研究的根本动力,在于他们所代表的这一运动的一种艺术信念,归根结底,也就是在于这一运动所内含的哲学信念。

用俄国象征派主要代表人物之一的话说,俄国象征主义"并不仅仅是,也不可能仅仅只是一种艺术而已"[①]。俄国象征主义渴望成为一种完整的世界观,一种哲学,或更确切地说,成为一种玄学。当魏尔伦(Verlaine)、拉福格(Laforgue)和马拉美(Mallarme)苦心孤诣地想要发明一种诗歌表现的新形式时,他们的俄国同道者们却在以一种直截了当的方式致力于解决一些"终极问题",从而寻找到一条摆脱 fin-de-siecle(世纪之末)精神困境的出路。

象征派运动是来自贵族和中上层阶级的那部分俄国知识分子的天鹅绝唱。这部分知识分子的文化刚刚在知性和审美上达到高度典雅精致水准便发觉自己已经面临着必然灭亡的前景,而俄国象征主义就是他们的文化产物。随着革命的历史大变动的日益临近,象征派诗人的世界开始破灭。渗透在该时期最伟大的诗人亚历山大·勃洛克诗中的"如影随形相伴始终的对灾难的预感"[②]给厄运当头的一代人的著述,打上了悲剧迫在眉睫的印记。达到高度紧张状态的创造性努力和思辨性追求,非但没有因为对即将降

[①] 维亚切斯拉夫·伊万诺夫(Vjačeslav Ivanov),《犁沟与田界》(*Borozdy i meži*)(莫斯科,1916),第 137 页。

[②] 亚历山大·勃洛克(Aleksandr Blok),《文集》(*Sobranie sočinenij*)(列宁格勒,1932-36),第 7 卷,第 95 页。

临之灾难的预感而瘫痪或阻滞,反而差不多达到了狂热的极点。

1905 年至 1910 年间,彼得堡知识界和文学界名流和精英们,每周三晚上,都会在维亚切斯拉夫·伊万诺夫著名的"塔楼"(Tower)聚会,人们在一种十分纯净的、将法兰西"esprit"(精神、灵性)和德意志"inwardness"(本质、精髓)融为一体的氛围里,交流思想,商讨学问,以同样蓬勃旺盛的热情研究奥斯卡·王尔德、尼采、埃勒夫西斯[*]神秘论和新康德主义哲学。在沙龙主人温情和蔼而又高深莫测的目光注视下,人们竭力想要尝试一种大胆而又夸张的综合法——努力把狄奥尼索斯与基督嫁接,使索洛维约夫唯灵论哲学与罗赞诺夫的性神秘论[①]相调和。在此类非凡的沙龙聚会上,想必也曾有过一些自以为无所不知的矫揉造作,以及在"绝对的"伪神秘论的调情中寻求新刺激的甜得腻人的唯美主义。但有一点却几乎是毋庸置疑的,即象征派此类专题讨论会的主要参加者们,为此类聚会带来了真正的、名副其实、极其真挚的对人生的意义、对一种能令人满意的无论其多么"秘密"或多么神秘也罢的价值观体系的寻求。

俄国象征主义努力探索的世界观(Weltanschauung)的一个非常重要的方面,在于其对语言所持的态度。作为象征派的对立面和前辈,实证主义者们曾经几乎是完全彻底的、以一种能增进知识的方式,或按奥格登和理查兹的话,独断地只关注语言的指称功

---

[*] 古希腊地名,古希腊祭司名。古希腊解译秘密宗教仪式的祭司,特指依洛西斯秘密宗教仪式的祭司或者 Eleusinian Mysteries 埃勒夫西斯秘密宗教仪式。——译者

[①] 安·别雷(A. Belyj),"回忆勃洛克"(Vospominanija o Bloke),《史诗》(*Epopeja*),1922 年第 1 期。

能。在整个"现实主义"时期,人们关注的重心始终都放在客体身上,而从未关注语言自身。语言仅仅被当作是传达思想的媒介,当作思想的指示物,是一种纯符号。语言符号的结构大部分似乎是不适用的。"形式"仅仅被当作"内容"的外衣,或在想象性的文学作品中,仅仅被当作一种纯外在的一个人可以任意使用而又不会对交际产生任何明显损害的体现物。

象征派诗学曾经十分谨慎地试图要废除形式与内容机械的二元对立法。正如伊万诺夫在其近年所写的一篇文章中所说,"被理性思维的系统性组合所掩盖了的语词的声音及其意义间的明显分裂,必须对之加以承认,加以揭露和抵制"[1]。伊万诺夫有关声音与意义是一个有机整体的观念与一种实质上十分神秘的诗歌创作观有着必然的联系。对一个象征派理论家而言,诗歌是对终极真理的揭示,是认识的最高级形式,同时也是能够在经验现实和"未知"之间的鸿沟上架设一道桥梁的一种"法术"[2]。诗人的语言被当作一种神秘的、其中回荡着秘传的隐秘含义的逻各斯(logos)。诗人所采用的基本手法之一的隐喻,原本不过是一种言语修辞格,却被升格成为一种象征,其功能在于表现"本体界和现象界的平行对应关系"[3],从而揭示感觉世界即"实在物"(realia)和高级或先

---

[1] 维亚切斯拉夫·伊万诺夫(Vjačeslav Ivanov),"论艺术话语领域里最新的理论探索"(O novejšix teoretičeskix iskanijax v oblasti xudoŽestvennogo slova),《科学通讯》(Naučnye izvestija),1922年第2期,第16页。

[2] 勃洛克曾在一篇启迪性的文章中写道:"象征主义者是最初的和最重要的法师,是超自然的知识的持有者。"("论当代俄国象征主义的现状"(O sovremennom položenii russkogo simvolizma),《阿波罗》(Apollon),1910年第8期,第22页。

[3] 《犁沟与田界》(Borozdy i meži),第134页。

验现实即"realiora"之间潜在的对应关系①。伊万诺夫写道:"宏观世界在每个微观世界中得到了反映,其反映方式与太阳在每一滴雨水中都得到反映是一样的"②。由于敏于感受的读者总会尽量使自己超越诗歌意象的"微观世界"而走向其"深层"意蕴,所以,对可见符号的接受会把我们引导进对不可见"实体"的直觉把握中去。

但如果有人说在象征诗歌中符号是与客体混合在一起的话,那么,相反的说法同样也是对的:客体也仅仅被当作一个符号,"只是……一个虚影"(nur ein Gleichnis——歌德语)。语词如我们所知是以一种有待人们译解和辨认的神秘代码的形式出现在眼前的。自然本身,用波德莱尔那首著名的十四行诗《对应》的说法,则是"象征的森林",其中的每一棵个别的"树"都是体现更高级现实的一个成分。伊万诺夫假设,符号与客体的统一于是便得到了证明:"形式成为内容,内容成为形式"③。

根据这一理论,能指(signifier)与所指(signified)之间的关系就不再是任意的和常规性的了,而是成为私密的和有机的了。语词并不仅仅表示或指称一个可以认识的客体,一个可以被证明是同一的思想内容。语词是在暗示而非指称,语词通过独特而又适宜的语音组合,通过"语言的魔力"(verbal magic)来唤醒不如此便无法予以表达的内容。这样一来,一种直接的对应关系便由此得以在诗歌语言结构及其难以把握的所指之间确立。为了能够解

---

① 《犁沟与田界》(*Borozdy i meži*)。
② 同上书,第212页。
③ 同上书。

读潜在信息,就必须高度密切地关注诗人的"语词、韵律和意象"①,关注韵律模式,和谐悦耳手法以及隐喻的(语义)机制。简言之,密切关注诗歌形式问题已经变得日益迫切。

对于俄国诗歌研究的确十分幸运的是,象征主义的两位起领袖作用的理论家——安德烈·别雷和瓦列里·勃留索夫——也恰好正是当时文学技巧最杰出和自觉的实践家。他们对诗歌技巧的真知灼见和浓厚兴趣一定程度上与其对诗歌秘传本质的一味坚持有机融合。不但如此,别雷和勃留索夫二人在其学生时代得以获得的一定程度的理性学科素养,使得他们不致泥足深陷于放纵的非理性主义或巴尔蒙特②式的不结果实的印象主义。

而安德烈·别雷的贡献也非常重要。在一篇标题为《作为实验诗的抒情诗》(Lyric Poetry as Experiment)③的十分特别的论文中,别雷向认为文学家艺术家可以不必系统学习诗歌技巧的一种流行观点,发出了挑战。他不无怨尤地写道:"虽然作曲家借助于对位法(theory of counterpoint)是一种常见现象,但一个诗人如果专注于风格和韵律问题在此就会被当作一个怪物"④。别雷

---

① 瓦列里·勃留索夫(Valerij Brjusov),《诗选》(*Izbrannye stixotrorenija*)(莫斯科,1945),第218页。

② 参见康·巴尔蒙特(K. Bal'mont')的论文,"诗即魔法"(*Poèzija kakvolšsebstvo*)(莫斯科,1915)。这是一篇关于诗歌的印象主义长诗,诗中文字常常介于神谕和诸如"元音是女人,辅音是男人"这样一些作者喜爱但却不无问题的隐喻之间。

③ "作为实验的抒情诗"(Lirika kak èksperiment),《象征主义》(*Simvolizm*),第231－285页。

④ 《象征主义》(*Simvolizm*),第237页。

一方面对此类偏见公然表示蔑视，另一方面大胆闯入一个被他称之为"比较韵律形态学"（comparative morphology of rhythm）的领域①，试图发现诗歌结构的一种"经验主义法则"。这一富于挑战性的学术意图所得出的第一批成果，就是发表于别雷名著《象征主义》（1910）里的论述从罗蒙诺索夫到象征主义时期俄国抑扬格四音步诗行演变轨迹问题的系列论文②。对俄国抒情诗诸如此类高度适当的分析无疑是对陈腐的中学诗律学教程的一个显著的进步。

在现代研究俄国诗歌的学者中，别雷还是关注多种韵律现象的第一人。他很懂得完全符合韵律标准，或按拉·阿伯克龙比③的说法，在"重音音节体"诗中，"重音音节完全有规则的接续"既不可能也不必要。别雷不惮烦劳地通过一系列韵律分析试图表明，甚至就连普希金四音步抑扬格诗体这种貌似"规则"的诗体，也无法避免韵律终止的使用，一个人本来期待在普希金的诗中看到一种完整的韵律重音模式，却不成想一次又一次地只发现一些"半音节"。这样一种对既定模式的背离，别雷坚持认为，是如此频繁的出现以至于我们不能将其当作一种例外。它们构成许多诗歌杰作

---

① 参阅"双音节抑扬格俄语抒情诗的比较形态学"（Sravnitelʹnaja morfologija ritma russkix lirikov v jambičeskom dimetre），《象征主义》（Simvolizm），第 331–395 页。

② 参阅"俄语四音步抑扬格特征试论"（Opyt xarakteristiki russkogo četyrexstopnogo jamba）以及"双音节抑扬格俄语抒情诗的比较形态学"（Sravnitelʹnaja morfologija ritma russkix lirikov v jambičeskom dimetre），《象征主义》（Simvolizm）。

③ 拉塞尔斯·阿伯克龙比（Lascelles Abercrombie），《诗歌：其音乐和意义》（Poetry: Its Music and Meaning）（伦敦，1932），第 21 页。

实际韵律流变过程中的一个有机组成部分,因此不宜将其作为偶尔一现的形式上的不足而予以忽略。诗歌的再现力不会因而减弱,同时也不会由于能够使诗歌的韵律品格更加柔韧和多样的韵律上的不规则性得以提高。

此类批评与俄国象征派创作实践之间的密切关联可谓昭然若揭。俄国象征派尽管从未像他们在法国的同道者们那样走到宣扬和创作"自由体诗"(free verse)的地步,但却让由罗蒙诺索夫创立而在普希金笔下得到完善的"重音音节体"诗歌的规范极大地松弛下来。如勃留索夫、勃洛克和济娜伊达·吉皮乌斯这样的俄国象征派大师,创造出了一种纯音节类型的诗体,即所谓的多里尼克(Дольник)*,此类诗中,重音音节之间音节的数目在每行诗中各不一样。

别雷身上显而易见的偏见,以及他把象征派艺术手法当作唯一可接受的研究法的倾向,使其格律—韵律二分法带有一种不应有的教条性质。在"新诗体"热情洋溢的拥护者们眼中,对规则的违反自身成了一种规则;对规范的违规自身也被规范化了。"不规则体"诗被誉为本质上高于规则体诗。韵律被以纯否定方法定义为"在对格律的偏离中的对称美"①,因而被认为比格律"好"。这样一种对格律和韵律基本二分法的刻意强调,在别雷后期著作之

---

* Дольник ——三音节诗格的变体(在三音节的音步中省去一两个不带重音的音节和多加一个不带重音的音节,或者省去一个带重音的音节。——译者

① 《象征主义》(Simvolizm),第397页。

一的《韵律即辩证法》①中得到了更为鲜明的表现。在这篇自身也极不规则的著作里,别雷独出心裁地想要把象征派诗论与马克思主义辩证法糅为一体,科学定义让位于情感色彩渐渐强烈的过度的价值判断。格律被轻蔑地称之为"肌肉组织硬化症"(sclerosis of the tissue),而韵律则被兴高采烈地和含糊地称之为"元形态学和发音原则"②。

别雷对诗体学基本概念的规范阐释在一定程度上也渗透到他对韵律的具体分析中来。在《俄国四音步抑扬格诗体描述的尝试》一文中,他开始根据偏离韵律模式的频率或更确切地说,根据缺失的重音数目来判断一首诗的韵律是否丰盛。在处理有关俄国诗体学特殊问题上一般比较谨慎同时判断力也比较敏锐的勃留索夫,提醒人们对这一分析程序的不尽恰当性引起注意。勃留索夫在其评论别雷《象征主义》③一书的深思熟虑的文章中,正确地反对以任意选择的成分为依据对诗体结构加以赞扬这种做法。他指出"半音节"的频率并不必然是一种优点。失落的重音音节"只有在与停顿及其他诗体因素的恰当结合中发生时",才会成为令诗歌韵律优雅潇洒的一个因素④,如若不然,则失落的重音音节反而只会

---

① 安德烈·别雷(Andrej Belyj),《作为辩证法的韵律与'青铜骑士'》(*Ritm kak dialektika i 'Mednyi vsadnik'*)(莫斯科,1929)。读者如欲了解对"韵律即辩证法"的更为详尽的讨论,请参阅维克多·厄利希,"诗学探索中的俄国诗人"见《比较文学》冬季刊,1953。

② 同上书。

③ 瓦列里·勃留索夫(Valerij Brjusov),"论一个和节奏有关的问题"(Ob odnom voprose ritma),《阿波罗》(*Apollon*),1910年第11期。

④ 同上书,第58页。

赋予诗歌一种拙笨的印象。

然而,虽然别雷的诗体学研究存在诸多缺陷和不足,但它在俄国科学诗学发展过程中,仍不失为一个重要的里程碑。通过俄国诗歌创作的百年历程来追溯格律模式的演变过程,只是走向具体历史的俄国诗歌研究的漫长的一个步骤,它对嗣后该领域的研究产生了显著影响。别雷并未把一种抽象的、先在的模式机械地套在异类的文学主体之上,而是小心翼翼地判明一种特定的格律型在俄国诗歌创作各个不同时期里实际实现的情形。他不厌其详地描述了19世纪末期、普希金时代以及19世纪下半叶俄国四音步抑扬格诗体所呈现的特殊的韵律倾向。

别雷想要判明个别诗人或文学团体独特的韵律音色的研究旨趣,使其与后期形式主义诗歌研究的历史相对主义十分接近。他似乎已经懂得每个文学流派都有其自己的"诗学",亦即有其自己的一套艺术手法。而如果换用韵律学术语的说法,这也就意味着一种或修饰或违规的特殊方式,而如果愿意,不妨也可说即一种占优势地位的格律范型。

在其为数不多的对艺术散文的研究中,对个别大师或文学流派"诗学"的重构成为主要内容。在其论文集《绿草地》[1](Green Meadow)中,有一篇出色的论文是论述果戈理文学技巧问题的[2]。

为了赋予诗学以精密科学的尊号,别雷毫不犹豫地在俄国诗歌研究中采用了统计学方法。他初次使用这种方法是在《象征主

---

[1] 安德烈·别雷(A. Belyj),《绿草地》(*Lug zelënyi*)(莫斯科,1910)。
[2] 安德烈·别雷(A. Belyj),《果戈理的技巧》(*Masterstvo Gogolja*)(莫斯科,1934)。

义》一书中①。在这本书中，为了说明所讨论诗人的韵律特征，作者采用了几何图形和图表的手段，以说明重音的分布、诗行间停顿以及一行诗中所谓的语流停顿的位置。由别雷本人亲自发明和设计、后经其弟子同心协力予以改进完善②的、煞费苦心的录音技术（sluxovaja zapis），与以前经常被作为对诗体韵律的实际描述而提出的关于"诗歌中的音乐"一类松散的隐喻和徒有其表的一般性概括相比，无疑是一次明确的改进。别雷的"统计学方法"，后来被如鲍·托马舍夫斯基和罗·雅各布逊这样的研究诗歌的形式主义者们大规模使用，尽管它们在使用中对其有所改进。*

结果人们并未否认以图表方式表现韵律模式的诸多益处，但以具有夸张倾向为其特点的别雷，总是习惯于对其"发明"的重要意义估计过高。正如日尔蒙斯基在其评论别雷《作为辩证法的韵律》一文③中所正确指出的那样，这位象征派理论家似乎忘了，在诗体学研究中，图表和数字只不过是些辅助的、展现一个人之发现的纯常规性的方法罢了。他甚至常常会走到假设在诗歌中存在着

---

① 但如果以为别雷的图标和数字是诗体学研究中完全崭新的现象则同样也不够确切。早在别雷写作其《形式主义》一书以前，很早就有人采用了统计学技术研究古代诗歌的格律型式。但《形式主义》这本书显然是把这类方法用于俄国诗歌研究的初次尝试。

② 我在此处所指的是别雷于1910年创立的"韵律学小组"（Rhythmists' Circle）。

* 阿·帕·卡扎尔金（А. П. Казаркин）——一个当代文艺学家指出，形式主义学派的拥护者们把别雷当作自己唯一的前驱，因为他首次在诗歌分析中采用了数学统计学和图表方法。"他的《意义的符号》和《艺术的形式》乃是俄国形式主义学派的第一只'报春的燕子'。"参见阿·帕·卡扎尔金，《20世纪俄国文学批评》，托姆大学出版社，2004年俄文版，第221页。——译者

③ 维克多·日尔蒙斯基（Victor Žirmunskij），"谈作为辩证法的韵律"（Po povodu knigi Ritm kak dialektika），《星》（Zvezda），1929年第8期。

第二章　走向形式主义

一种"数学辩证法"的内部规律的地步。日尔蒙斯基指出代数符号在别雷的著作中居然取得了其自主地位,但当批评家致力于精密的数学程序研究时,此类研究的结果却未见得能保证其事半功倍①。

瓦列里·勃留索夫和别雷都相信文学技巧的实践者往往对理论有所忽视。他坚决认为"应该而且必须对诗歌技巧进行研究"②。

头脑比别雷清醒和冷静的勃留索夫却在竭力避免他这位才华横溢的战友的种种奇思妙想。对俄国和西欧文学传统有着精深造诣的勃留索夫同时也对当代诗坛以及诗歌研究的新潮了如指掌。他既对诗歌研究的纯声学方法有所钻研,同时也对诗歌语言在语音、语义和语法方面的密切关联问题高度重视。在俄国研究诗歌的学者当中,勃留索夫是第一批对作为诗歌韵律因素的"语流停顿"(interverbal pause)(而形式主义者们则将其二度命名为"语词-界限"(word-boundaries)的重要性予以高度重视的人之一。

在对俄国诗体学具体形象的评述中,勃留索夫有意避免构成别雷批评论著之瑕疵的一定的教条主义。勃留索夫和别雷一样但比别雷更始终一贯地对在适当历史语境(即在特殊诗体系框架)

---

① 托马舍夫斯基(Tomaševkij)同样也警告人们不要过分信赖统计学资料。他坚持认为"统计学计算并不能产生有意义的结果,除非事先对所研究现象进行预备性分类。"(参阅《诗论》(O stixe),列宁格勒,1929,第76页。)如若不然则必然成为一种"尽管无害但却令人疲倦的数学练习"。常常是经过艰辛备尝的统计所得出的结果却可以追溯到如概率论这样一些纯统计学因素,因此而与研究的意图无多大关系。

② 瓦列里·勃留索夫(Valerij Brjusov),《试论》(Opyty),转引自托马舍夫斯基,《论诗》(O stixe),第320页。

中的韵律手法极表赞扬。他为这种颇有教益的历史主义所提供的绝佳例证,就是他评述日尔蒙斯基著作《格律的历史及其理论》(Rime, Its History and Theory)的那篇引起很大争议的文章①。勃留索夫对现代诗人不完美韵律问题的讨论是极其恰当的。他对日尔蒙斯基把不完美韵律定义为经典韵律是"去经典化"(decanonization)的产物的观点并不赞成。他认为这种纯负面描述是极不妥当的。他坚持认为文学中的革命自有其自己的规律。因此,更值得赞许的做法,是讨论新的韵律体系和新的规范的产生问题,而非讨论旧规范如何瓦解的问题。

勃留索夫对一般诗歌理论的涉猎却不大令人满意,这指的是他的《诗体学简明教程》(A Brief Course of Prosody)(1919)和《诗体学原理》(The Foundation of Prosody)(1924)②。这两部赅博精深的学术专著的缺点在于术语混淆,大量来自希腊和拉丁韵律学、对俄国诗歌几乎甚至完全一无所用的陈腐概念,使书的价值大打折扣。正如罗曼·雅各布逊所正确地指出的那样③,勃留索夫对如切分音(syncope)这样的在俄国诗中实际上并不存在的诗体学现象不适当地倾注了极大的热情,而对俄国的重音这样重大的问题却令人吃惊地不屑一顾。

---

① 瓦列里·勃留索夫(Valerij Brjusov),"论韵律"(O rifme),《出版与革命》(Pečat i revoljucija),1924年第1期。

② 瓦列里·勃留索夫(Valerij Brjusov),《诗歌科学简明教程》(Kratkij kurs nauki o stixe)(莫斯科,1919);《诗律学导论》(Osnovy stixovedenija)(莫斯科,1924)。

③ 罗曼·雅各布逊(Roman Jakobson),"勃留索夫的诗体学与诗的科学"(Brjusovskaja stixologija i nauka o stixe),《科学通讯》(Naučnye izvestija),1922年第2期。

第二章 走向形式主义

2

直到本世纪*的第二个十年中,上文述及的某些著作都尚未以书籍的形式面世(别雷的《象征主义》出版于1910年,伊万诺夫的《犁沟与田界》(Furrows and Boundaries)则出版于1916年)。这些著作出版时象征主义大潮已经开始回落了。在经历了如昙花一现般短暂的盛花期之后,俄国象征主义才发现自己已经面临着新的文学力量的严峻挑战。

新流派之一叫阿克梅派。这是一伙团结在文学杂志《阿波罗》①周围的青年诗人,其中包括尼古拉·古米廖夫、安娜·阿赫玛托娃、奥西普·曼德尔施塔姆,他们企图在俄国诗坛开辟一片新的天地。他们的诗歌艺术观取法于戈蒂耶(Gautier),而非魏尔伦(Verlaine)或马拉美(Mallarmé)。阿克梅派蔑视象征主义神秘的含糊性及其自我标榜的"音乐精神"。他们追求"阿波罗神式"的清澈明晰和构图上如雕刻般的粗犷锋利。《阿波罗》派诗人更感兴趣的是感觉特征(sensory texture)和事物的"密度"②,而非事物的内在灵魂,抑或再用伊万诺夫的话说,即更青睐"实在"(relia)而非先验现实(realiora)。而且,由于阿克梅派竭力让诗人主体贴近大

---

* 原文如此,指二十世纪。——译者

① 《阿波罗》(*Apollon*)(圣彼得堡,1910-1917)。

② 参阅奥西普·曼德尔施塔姆(Osip Mandelstam),"阿克梅主义的早晨"(Utro akmeizma),转引自尼·列·勃洛茨基(N. L. Brodskij)与瓦·利沃夫-罗加切夫斯基(V. L'vov-Rogacevsekij),《文学宣言》(*Literaturnye manifesty*)(莫斯科,1929),第45页。

地,所以,他们实际上是在竭力填平诗歌用语与认识言语之间的那道鸿沟。古米廖夫与阿赫玛托娃严肃清醒的诗歌走过了漫长的道路,才终于开始抛弃象征主义诗歌典型的秘传暗示和学识渊博的含混朦胧。然而,尽管阿克梅派在口头上与象征主义美学全面对立,但它本身却是象征派的产物——阿克梅派实际上是象征派的一个异端。古米廖夫在许多方面的确比勃留索夫更突出,但他仍然未能超出同一个诗歌传统和同一种社会模式的范围以外。

而由正在崛起的未来派运动所发动的对象征主义的攻击,则比这更猛烈,意义也更重要。而乘着未来派抨击的浪潮走上俄国文坛的这些不满现状的艺术界的波希米亚人的口号却是与"死亡的过去彻底决裂"。未来派向高雅社会的一切偶像——向"常识和高雅趣味"①——正式宣战。他们以一种清扫一切的姿态抛弃一切权威和所有业已确立的标准——社会的、伦理学和美学的标准。在由德·布尔柳克、维·赫列勃尼科夫、亚·克鲁乔内赫、弗·马雅可夫斯基签署的标题为《给社会趣味的一记耳光》②(A Slap in the Face of Public Taste,1912)这篇以声名狼藉著称的纲领性宣言中,挑战地号召人们"把普希金、陀思妥耶夫斯基和托尔斯泰从现代轮船上抛下去"③,他们还骄傲地宣称他们与人类"迄今所用的语言有着不共戴天的仇恨"④。未来派嗣后的宣言也始终坚持

---

① 尼·列·勃洛茨基(N. L. Brodskij)与瓦·利沃夫-罗加切夫斯基(V. L'vov-Rogačevskij),同上书,第77-78页。

② "给社会趣味的一记耳光"(Poščečina obščestvennomu vkusu),见《文学宣言》(*Literaturnye manifesty*)(莫斯科,1912年12月),第77-78页。

③ 同上书,第77页。

④ 同上书,第78页。

要对词汇、句法和诗歌的题材实行革命化处理,要抛弃任何及所有文学上的陈规旧例——从陈腐的"感伤主义"的爱的罗曼司主题到陈腐的语法规则——统统抛弃①*。

　　未来派宣言的作者们以其对俄国文学遗产的横扫一切的态度清楚地表明,这种态度在对当下的过去的关系上,也完全有效。事实上,未来派修辞学家的某些疾风暴雨般的攻击,是针对象征派那些大师们的,后者被他们倨傲地蔑称之为斯文而又退化了的模仿者②。象征派诗歌是一种充满了启示录式的预感、痛苦的灵魂探索和暴风雨前令人焦虑的平静的诗歌。勃洛克和别雷所憧憬的既给人些许希望又令人有几分恐惧的地狱之都,眼下眼看就要被打破,魏尔伦式"秋天的小提琴"必然会被弗拉基米尔·马雅可夫斯基震耳欲聋的击鼓声所淹没。未来派的造反是缺乏虔诚之心的,汹涌狂暴的和放荡不羁的,然而,却又是非常适合这个暴风雨般的时代的。未来派竭力回避优美与和谐,它终于得以以一种粗犷不文的诗句,一种摆脱了格律镣铐的诗句,重新把握这个暴风骤雨的时代"五声杂鸣的喧嚣"③。马雅可夫斯基自诩道:"我们已经迈着时代的一日千里的步伐赶跑了温暖舒适的门廊里爱的呢喃。战争

---

　　① "语词本身"(Slovo kak takovoe),1913,"法官的园子"(Sadok sudej),1914,《文学宣言》(*Literaturnye manifesty*),第 78—82 页。

　　* "语词本身"(Slovo kak takovoe,1913);"法官的园子"(Sadok sudej,1914)。又见《俄罗斯未来主义·理论、实践、批评、回忆》,瓦·尼·捷寥欣娜、亚·帕·季缅科夫主编,莫斯科,俄罗斯科学院高尔基世界文学研究所,遗产出版社,2000 年俄文版第 46—48 页。——译者

　　② 《文学宣言》(*Literaturnye manifesty*),第 77、82 页。

　　③ 语出马里内蒂。

和革命的刺耳喧嚣才是属于我们的韵律"①。

但这并不等于说未来派诗歌观在所有方面都与象征派美学不同。俄国未来主义的拥护者们和他们的先驱者们一样也厌恶现实主义艺术,同时又信奉诗歌语言拥有高度的召唤力。别雷曾把观念语言"僵死的符号"与"鲜活的诗歌意象"进行对比②,维列米尔·赫列勃尼科夫同样也在诗歌和"日常生活"(bytovoj)话语之间划出了一条严格的界限③。此外,未来派"把句法抖散"(shaking loose the syntax)④的口号,同样也可以追溯到马拉美用心良苦地想要用逻辑法则来取代诗体的和谐悦耳法则的创作意图。然而,即便未来派与象征派在主张诗歌与散文言语有本质区别这一点上是一致的,那么,在关于语言的本质和功能的观点上,二者却相距甚远。

俄国象征主义理论家,如上文所述,其重视语词不是为了语词自身的缘故,而是由于语词所意指的东西。这里我们不妨引用马雅可夫斯基的敏锐见解,在象征派诗学中,"偶然出现的头韵法也会被当作有机共鸣,当作牢不可破的姻亲关系"⑤,诗歌逻各斯被

---

① 《弗·马雅可夫斯基全集》(Vladimir Majakovskij: Sobranie sočinenij)(莫斯科,1928-1933),第3卷,第18页。

② "话语的魔力"(Magija slov),见《象征主义》(Simvolizm),第429-448页。

③ 《维·赫列勃尼科夫全集》(Velemir Xlebnikov: Sobranie sočinenij)(列宁格勒,1933),第5卷,第229页。

④ 《文学宣言》(Literaturnye manifesty),第79页。

⑤ 《弗·马雅可夫斯基全集》(Vladimir Majakovskij: Sobranie sočinenij)(莫斯科,1939-1947),第2卷,第476页。

当作一种秘传的暗示。意象、韵律或语言设置模式也被认为揭示了"高层"现实的隐含模式。

未来派诗学极不适当地放弃了波德莱尔的对应论。对应论对神秘论和社会"意义"都无多大益处。对于赫列勃尼科夫和克鲁乔内赫来说,诗歌语词既非理性思维的工具,也非投向"彼岸世界"的一瞥。正如伊万诺夫在上文所引的那篇文章中所说,诗歌语词不是对人类青春期神话的一种回忆①,相反,它是"神话的创造者"②,是一种原始事实,是一种自明(self-sufficient)和价值自足(self-valuable entity)③的实体。诗歌言语成为目的本身,而非传达思想和感情的媒介。题名为《语词作为语词本身》(Words as such)④的宣言声称:"我们这些未来派诗人想的更多的是语言而非心理(Psyche),因此而受到前辈无情的诅咒。让我们靠语词本身而非靠我们的经验生活吧。"俄国早期未来派最好战的发言人之一的大卫·布尔柳克则毫不迟疑地指责"所有有关内容和精神性的言谈"

---

① 维亚切斯拉夫·伊万诺夫(Vjačeslav Ivanov),《犁沟与田界》(*Borozdy i meži*),第 130-132 页。

② 《文学宣言》(*Literaturnye manifesty*),第 79 页。这里应当补充的是,关于神话的语言学起源论并非肇始于未来派。19 世纪许多人类学家和语言学家都曾提出过类似假说(参阅 E. 卡西尔(E. Cassirer)《语言与神话》(*Language and Myth*)(纽约与伦敦,1946);在俄国,亚历山大·波捷勃尼亚(Aleksandr Potebnja)在上文所引的那部专著中讨论过神话和语言的关系问题,即《语言学理论札记》(*Iz zapisok po teorii slovesnosti*)以及《论斯拉夫民间诗歌中的某些象征》(*O nekotoryx simvolax v slavjanskoj narodnojpoèzii*)。

③ 这里是对赫列勃尼科夫(Xlebnikov)生造的、被广泛应用于未来派出版物中一个几乎无法翻译的术语"samovitoe slovo"的近似等值词。

④ 《文学宣言》(*Literaturnye manifesty*),第 82 页。

都是"反对真的艺术的最大的犯罪"①。

这种过分自信的反心理学主义立场与西欧未来派公认的领袖菲·托·马里内蒂的立场并不协调一致,这一点想必令人吃惊。在其著名的《未来派文学的技术宣言》(Technical Manifest of Futurist Literature)中,马里内蒂坚持认为新诗的根本任务是用技术时代的语言来表达现代感觉。摆脱了常规语法延宕手法的新诗语,如形容词、副词、标点符号,按照奥尔滕伯格(Altenberg)的解释,都会成为"灵魂的电报用语"②。

的确,意大利未来派和俄国未来派美学在所强调的一般重点方面,还是有显著差异的。马里内蒂主要关注的对象是现代题材。他声称现代诗歌必须和着大都会中心的脉搏一起跳动。新诗将"歌颂大堆大堆的人群,让工作启动,或开发欢乐,或发动反抗……吞食着一缕缕烟云的铁路上的车站,横亘在烟云下的座座工厂"③。……新诗还将歌颂新的、工业化时代的到来。

对革命前俄国未来派代表人物来说,题材是个不值得过多思考的问题。克鲁乔内赫写道:"文学中真正的新颖性并不取决于内容……一束投在旧世界身上的光可以产生十分有趣的光色效

---

① 大卫·布尔柳克(David Burljuk),《骄傲的维诺伊特和俄国新民族艺术》(*Galdjaščie Benoit i novoe russkoe nacional´noe iskusstvo*)(彼得堡,1913),第12-13页。
② 转引自罗曼·雅各布逊(Roman Jakobson),《最新俄国诗歌》(*Novejšaja russkaja poèzija*)(布拉格,1921),第9页。
③ 同上书,第7页。

第二章 走向形式主义

应"①。真正重要的是形式:"一旦有了新形式,也就必定会有新内容……决定内容的是形式"。②

形式优先于内容,这就是早期俄国未来派的战斗口号。语言符号被当作是"组织感情和思想的独立实体"③,而非仅仅只是赋予思想感情以形式。未来派在其一篇宣言中这样声称:"我们决定根据语词的图形和语音特点来赋予其以意义"④,关注的重心集中在语言符号的外部形式或感受特征(sensory texture),而非其交际价值;集中在符号本身,而非符号所表示的客体。的确,未来派在小心翼翼地想要把系着这两者的那个结解开,把语词解放出来,就像克鲁乔内赫说的那样,把语词从"对意义的传统从属关系中解放出来"⑤。

这样一种对意义的反抗在"无意义语"(trans-sense language, zaumnyj jazyk)这一口号中得到了体现。"无意义语"观点最极端的支持者是克鲁乔内赫和卡缅斯基。他们尝试用完全任意组合语音的方式来写诗,而且还自我标榜,说他们的诗歌成就,就表现性和表现力度而言,远比普希金和莱蒙托夫的"阴柔美"诗歌更高级。

如果说他们这种极其粗陋的无意义音节实验完全可以被当作

---

① 转引自罗曼·雅各布逊(Roman Jakobson),《最新俄国诗歌》(*Novejšaja russkaja poèzija*)(布拉格,1921),第8页。

② 同上书。

③ 《弗·马雅可夫斯基全集》(*Vladimir Majakovskij: Sobranie sočinenij*)(莫斯科,1939-1947),第1卷,第476页。

④ 《文学宣言》(*Literaturnye manifesty*),第79页。

⑤ 亚·克鲁乔内赫(A. Kručěnyx),"语词的新路"(Novye puti slova),《三人》(*Troe*)(莫斯科,1914)。

波希米亚人的放肆之举而摒弃的话,那么,维·赫列勃尼科夫的诗歌发现却经证实具有相当高的水平,艺术上十分圆熟,语言知识十分精湛。

作为一位"语言新路的不倦的探索者"①,赫列勃尼科夫对于语音和语义间的有机关系可谓了若指掌,因而不致成为纯和谐悦耳说的鼓吹者。他的诗尽管语义晦涩文字简要,但却与人们流行的看法相反,不能说它缺乏"意义"。这里不妨让我们援引罗·雅各布逊论述赫列勃尼科夫的敏锐犀利的著作②中的话,不妨说他的诗有一种"低调"(toned-down)语义学。赫列勃尼科夫稀奇古怪的诗语中最基本的关联词,不是个别语音,也不是个别音节,而是词素(morpheme);无论这词素是词根还是后缀,却必然具有至少一种特定的、潜在的含义。赫列勃尼科夫公然声称却显然难以抵达的目标,是"在不打破词根的魔法圈的条件下,找到斯拉夫语词相互转化,或将其自由焊接熔化的哲学之石"③。他最喜欢做的工作就是把一些熟知的语词分解成为各种形态学成分,然后将其任意组合和再组合为新的语言单位——诗歌中的新词(neologism)。赫列勃尼科夫的名诗之一《笑的魔力》(Incantation by laughter)就以令人震惊的巧妙手法玩味词形成分为基础构成,该

---

① 尤·迪尼亚诺夫(J. Tynjanov),"论赫列勃尼科夫"(O Xlebnikove, Velemir Xlebnikov, Poèmy),第 26 页。

② 罗曼·雅各布逊(Roman Jakobson),《最新俄国诗歌》(*Novejšaja russkaja poèzija*),第 66 页。

③ 《维列米尔·赫列勃尼科夫全集》(*Velemir Xlebnikov: Sobranie sočinenij*),第 2 卷,第 9 页。

诗几乎囊括了所有由 cмex 这个词根为基础新造的词素①。

诗体新词的偶或使用表明了赫列勃尼科夫对语言的态度。他生造的语词总是会具有特定数量的内涵,但无论其语义多么含混和晦涩,一般说来,却并不具有任何指称价值。此类新词作为诗人语言幻象的产物,它们显然并不表示或指代客观现实中任何可以辨认的方面。

于是"价值自足语词"(self-sufficient word)这一口号便成为现实。语言符号与其所指的通常关系被颠倒了过来。在"日常生活"语言中,符号显然从属于它所指称的那个客体。而在赫列勃尼科夫的"无意义诗"中,客体如果不是根本不出现,那也只作为符号的微弱回声出现,客体往往被语词潜在含义的怪诞辉映和玩味所遮蔽。

个别语词的所指是如此,则整篇诗歌作品的"所指"——外部世界——也同样如此。而这也就是为什么马雅可夫斯基会在其一篇文章中,对未来派早期关于艺术与现实的关系问题的看法,做出如下总结的原因:"艺术不是自然的摹本,而是根据自然在个别人意识中的反映来歪曲自然的一种产物"②。

这一既为未来派诗歌,也为其在视觉艺术、立体派和超现实主义绘画里的同族思潮所共同认同的关于创造性变形的原则,不仅在未来派诗歌语言,而且也在其意象和情节层面上,都在发挥着作

---

① "笑的魔力"(Zakljatie smexom),参阅上书第35页。此诗的英文译本可以在考恩(Kaun)的《苏联诗人及苏联诗歌》(伯克利与洛杉矶,1943),第24页。

② 《弗·马雅可夫斯基全集》(Vladimir Majakovskij: Polnoe sobranie sočinenij)(莫斯科,1939-1947),第1卷,第268页。

用。"客体的动态置换及其相互渗透"①,同样体现于早期马雅可夫斯基的怪诞夸张法,赫列勃尼科夫叙事诗片段中的"事件连续的间断性"和"梦境般的逻辑"(dream-like logic)②,而后者曾因此而被人当作超现实主义。

未来派影响广泛深远的诗体创新和他们对理论著述的坚持不懈的追求,必然会在文学研究中引起巨大反响。但这类影响看起来既有益处也有害处。

未来派对诗歌语言完全独立自主性的过分坚持和强调,如果不过度的话,则其作为对文学史教科书上仍然能屡屡见到的不承认形式的做法的一种反拨,以及作为对象征派批评所身患的对诗歌意象的牵强附会的神秘主义过度阐释的一种反拨来说,无疑是十分有益的。"价值自足的语词"(self-sufficient word)理论及其在创作实践中的应用,使得诗歌研究的纯主题学方法的不尽恰当性地以突出出来。俄国未来派的活动使人们注意到语言事实的内在机制,因为它表明诸如韵律、头韵法、准押韵或半谐音这样一些

---

① 这句话来自弗·哈尔齐耶夫(V. Xardžiev)发表于周年纪念论文集《马雅可夫斯基,材料与研究》(*Majakovskij. Materialy i issledovanija*)(莫斯科,1940)的文章"马雅可夫斯基与绘画"(Majakovskij i Živopis)。哈尔吉耶夫在其著作中提供了大量证据证明法俄两国的未来派诗歌和立体派绘画之间,存在着一种密切的契合和合作关系。我们在此主要涉及的俄国未来派中的那一思潮的名称本身,也已证实了这种亲缘关系的存在。布尔柳克、克鲁乔内赫、赫列勃尼科夫和马雅可夫斯基所领导的莫斯科未来派自称为"立体未来派"(Cubo-Futurists),而由伊戈尔·谢维里亚宁和瓦吉姆·申尔申涅维奇(Šeršenevič)所代表的彼得格勒分支,则采用了"自我未来派"(Ego-Fururism)这一名称。

② 尼·古米廖夫(N. Gumilëv),《关于俄国诗歌的书简》(*Pis´ma o russkoj poèzii*)(彼得格勒,1923),第205页。

诗体和谐悦耳手法，可以被用于除象征或声音模拟以外的其他意图。换句更一般的说法，这种活动令人想起一个显然早已被人遗忘的真理，即与"现实"——无论这"现实"是自然派作家的感官世界还是伊万诺夫的"高级现实"(realiora)——对应的程度高低，绝非评判诗歌作品唯一坚实的标准。

如果说对"语词作为语词本身"的迷恋刺激了对诗歌语言的系统研究的话，那么，对文学演变的赞美，对文学新奇性的歌颂，则使得历史诗学问题的重要意义得以凸显出来。

象征派理论家们十分注重强调艺术创作的唯一性和独特性。他们致力于寻求诗歌艺术的"本质"，而且他们往往会在自己以及自己同时代人所创作的那种类型的诗歌中，找到这种本质。别雷写道："所有艺术——无论过去、现在还是未来的艺术——都是象征的"①。

作为一种原则，未来派是绝不会采取这样一种一网打尽似的教条主义的一般性说法的。而实际上未来派却可能会因相反的谬说而被谴责。未来派在把文学史当作一个接二连三反抗占统治地位之规范的系列的同时，却又极易把文学演变不同阶段的差异强调到不适当的地步。未来派代表人物把一个诗人贯彻其时代艺术指令成功与否当作检验其创作的唯一合法的试金石，结果却无法避免落入批评上的极端相对主义的陷阱。的确，他们在这个问题上居然走到了否认过去时代诗歌也能成为审美鉴赏对象的地步。那一臭名昭著的"把普希金、陀思妥耶夫斯基和托尔斯泰从现代轮

---

① 安德烈·别雷(A. Belyj)，《象征主义》(*Simvolizm*)，第143页。

船上抛下去"的号召,显然是针对他们恨之入骨的"庸人们"(philistines)说的,因此不必对此在字面上太较真。但仍有必要指出的一点是,在早期未来派的大叫大嚷早已成为历史陈迹以后,马雅可夫斯基竟然这样写道:"每个工人和农民都将会完全以我们'列夫'①的方式来理解普希金:把他作为他那个时代最完美的、最光辉灿烂、最伟大的代表。可当他们一旦这样理解了普希金以后,他们也就不再会读他的诗了,而是把普希金交给文学史家去研究"②。

我们几乎没必要指出马雅可夫斯基的预言,被最近20年中"工人和农民"对普希金日益浓厚的兴趣变成了一句响彻云霄的谎言。这一惊人的判断错误被证明是决定性的,如果我们需要这一证据的话,即马雅可夫斯基的方法论立场可以轻易没落到十分荒谬的地步。但我们应当承认一点,就某种程度而言,这一极端历史主义的方法是极其公正的,是一个实实在在的因素。未来派对每一文学流派独特性的关注都倾向于支持这样一个已经由勃留索夫代表,而有时甚至由别雷代表的信念:此即一种文学现象的艺术效应必须首先根据特定时期的流行规范来加以判断。

在系统诗学方面未来派信念中另外一个被人指出的问题,是它的好战性,我们就不说它是一种粗陋的经验主义了。聚集在未来派大旗之下的波希米亚艺术家们对于象征派关于灵感,关于"诗

---

① 此系"左翼阵线"(Levyj Front, Left Front)的缩写名称,是组建于1923年的俄国新未来派团体的名称。

② 《弗·马雅可夫斯基全集》(*Vladimir Majakovskij: Sobranie sočinenj*),第5卷,第254页。

即魔法"一类的言谈,除了轻蔑就是嘲弄。艺术被贬黜到大地之上,它的光环被粗鲁地剥光。艺术实际上被允许或被鼓励可以非逻辑或超理性,但却不必一定得无理性或先验。未来派践踏认知语言的法则不是为了"更高级"的认知,而是为了为一种自由的、无拘无束的语言游戏辩护,这种游戏据说不必经过玄学的认可。诗人从"神秘的卫兵"①成了一个技师。马雅可夫斯基在其广为人引用的文章《如何写诗》(How to Make Verse)中写道:"诗歌是一种产品……一种非常难写的、错综复杂的产品,但毋庸讳言,它依旧是一种产品"②。显而易见,我们没有理由不问一句,为什么我们不能采用一种明白易懂的方式来对文学生产方式进行描述和解释呢?

未来派运动无疑使得对一种适当的科学诗学体系的需求变得更加迫切了。的确,正如下一章中我们将要指出的那样,未来派运动实际上成了导致想要创建这样一个体系的俄国形式主义产生的主要因素之一。然而,根据同样的理由,未来派同样也得为这一新批评流派某些异乎寻常的谬误和缺点负责。早期形式主义研究在方法论上的许多片面性,哲学上的幼稚病和心理学上的贫乏性,都可以说溯源于未来派宣言的尖刻和夸张,以及对诗的技巧的苦心孤诣。"价值自足语词"的口号包含着方法论上的孤立主义,使诗歌脱离生活,忽略心理学与社会学考量的恰当性的危险。克鲁乔

---

① 《瓦列里·勃留索夫全集》(*Valerij Brjusov：Izbrannye stixotvorenija*)(莫斯科,1943),第218页。
② 《弗·马雅可夫斯基全集》(*Vladimir Majakovskij：Izbrannye stixotvorenija*),第5卷,第426页。

内赫"形式决定内容"的观点隐含着文学演变是一个自我推动自我涵盖过程的潜在含义。

　　未来派对形式主义这一新批评运动的影响,在批评家的风格和方法中,都有所体现。与波希米亚未来派的密切交往,往往能使其批评界同道们染上一种极其罕见的青春的活力和欢乐的气质。但在勇敢无畏和青春活力上有所得,却在自我约束和责任感上有所失。未来派宣言中那种刚愎自用、厚颜无耻的语调,在早期形式主义为震撼学院派权威们而故意过甚其词的出版物中,找到了同道。

　　俄国未来派对于文学理论的直接贡献,远没有其方法被广泛应用于创作实践那么重要。未来派的艺术信念从未发展成一种充分发达的美学。造成这一结果的原因,一是其理论产品内容贫乏,二是数量稀少。尽一个人最大音量呼喊的口号终究无法取代逻辑自洽的理性观念的统一体系。其用意往往是使听众困惑而非清晰说明生死攸关之问题的浮夸的宣言和声明,更易于制造狂热,而非使人头脑明晰。

　　马雅可夫斯基和赫列勃尼科夫后来以一种深思熟虑的方式,在其一系列批评论文中,对先前在集体声明中表达过的某些观点,进行了更加细致的阐述。说到前者即马雅可夫斯基的理论贡献,恐怕最值得一提的是他的《如何写诗》(How to Make Verse)这篇文章[1],文中对韵律在诗歌创作过程中所起的作用提出了许多珍

---

[1] 《弗·马雅可夫斯基全集》(*Vladimir Majakovskij：Izbrannye stixotvorenija*),第381-428页。

贵的见解。赫列勃尼科夫关于诗歌语言的本质，关于现代诗歌趋势的见解①，无疑远比它们实际传播的范围更值得人们关注。他对俄语异乎寻常的挚爱加上对词源学和语义学的挚爱和兴趣，致使他的某些观点极其敏锐深刻。但赫列勃尼科夫在语义学上的直觉却根本无法补偿其在系统语言学训练上的缺失。他的某些概括归纳明显带有不成熟性。例如，在其别有深意的论文《论我们的基础》中，他提出了一种理论，即语词是和语义学最必要的相关辅音一起开始演化的②*。

未来派未能产生如伊万诺夫或别雷那种类型的诗人兼学者。作为来自平民而非有闲阶级的知识分子，赫列勃尼科夫和克鲁乔内赫都没有机会完善自己在文学和哲学方面的教养，而这却恰好正是象征派理论家们的一个突出优势。这些举止轻浮的资产阶级社会的弃儿们缺乏为完成科学分析之任务而必须具备的理性工具和理性的大脑。在文学理论领域里他们所能做的全部工作只是以刻意强调的手段提出一种关于新诗学问题的假设。

而要建设一种新诗学——即从理论上为俄国诗坛的未来派革命进行辩护——这个任务呼唤一群专门研究文学、精通而又同情新诗歌的学者们同心协力来完成。这样一种批评运动居然果不其

---

① 可特别参阅"论当代诗坛"(O sovremennoj poèzi)，"论诗"(O stixa)和"我们的基础"(Naša osnova)，《维利米尔·赫列勃尼科夫全集》(Velemir Xlebnikov: sobranie proizvedenij)，第5卷，第222-243页。

② "我们的基础"(Naša osnova)，同上书，第236页。

* 又见《俄罗斯未来主义：理论、实践、批评、回忆》，瓦·尼·捷寥欣娜、亚·帕·季缅科夫主编，莫斯科，俄罗斯科学院世界文学所，遗产出版社，2000年俄文版第63-69页。——译者

然发生了。两个平行的流派在此会合了:如果说诗人需要文艺学家的帮助的话,那么,后者同样也在与文学先锋派的结盟中,寻找着摆脱学院派文学研究之死胡同的出路。

第三章　形式主义学派的产生

1

到20世纪初一种剧烈的方法论危机开始在各种学术领域里显现。在世纪初的数十年间，人们发现在欧洲理性舞台占据主导地位的世界观有严重缺陷，因而开始对其进行价值的重估。随着实证主义决定论的基本假设被动摇，急剧修正所有科学的逻辑基础开始被提上日程。

反对实证主义的广泛思潮导致各种非理性主义思潮的蓬勃兴起。当象征主义在艺术界引领时尚，柏格森（Bergson）的"创造进化论"（gospel of "creative evolution"）在思辨哲学中有所进展之时，新康德主义的认识论则坚决主张移情作用（empathy）在人文学科中起着核心作用。文德尔班（Windelband）、里克特（Rickert）、拉斯克（Lask）及其他所谓"弗莱堡学派"（Freiburg School）在认识论中的代表人物们，在自然科学和人文科学的研究规程之间，划出了一条明晰的界线[①]。人们公认自然科学家寻求对所研

[①] 特别参阅威廉·文德尔班（Wilhelm Windelband），《序曲》（*Präludien*）（图宾根，1970）；海因里希·里克特（Heinrich Rickert），《对自然科学研究方法的一种定义》（*Die Grenzen der naturwissens-chaftlichen Begriffsbildung*）（图宾根与莱比希，1902）。

究对象的因果解释,而人文科学家的目标却在于"理解"(comprehension),即对所研究对象的一种直觉性重建。

哲学气候所发生的这些变化必然会对文学研究产生影响。在文化史学派的传统堡垒德国,锱铢必较的语文学考证开始让位于或对文学时期进行广泛哲学综合,或让位于把真理(Wahrheit)和诗(Dichtung),即把文学史与造神批评(myth-making)结为一体的纪念碑式的精神传记学①。学院派学术的繁琐机制被人不无炫耀地抛弃。文艺学的责任全都靠批评家是否有能力把握创造个性或整个文学时代的精神这一点来维系。

俄国象征派运动在激发人们对诗学之兴趣的同时②,还导致一种可以称之为哲学批评或玄学批评的新型文学批评的产生③。如列夫·舍斯托夫这样的具有宗教和伦理学问题之成见的批评家,和如德米特里·梅列日柯夫斯基这样对形而上学别有所图的从事创作的作家,以及如尼古拉·别尔嘉耶夫这样的把文学当作思想斗争之战场的宗教思想家们,都以一种富于洞察力的方式,深

---

① 勒内·韦勒克(René Wellek),"当代欧洲文艺学中的反实证主义思潮"(The Revolt against Positivism in Recent European Literary Scholarship),见《20世纪英语》(*Twentieth Century English*)(纽约,1946,第 67—89 页);维尔纳·玛尔霍兹(Werner Mahrholz),《文学史与文艺学》(*Literaturgeschichte und Literaturwissenschft*)(柏林,1923);鲁道夫·昂加尔(Rudolf Unger),《总体研究》(*Gesammelte Studien*)(柏林,1929);弗雷德里希·贡多尔夫(Friendrich Gundolf),《作家与主人公》(*Dichter und Helden*)(图宾根,1907)。

② 参阅本书第二章,第 36—41 页。

③ 如上文所述,安德烈·别雷(A. Belyj)的某些批评论著是把以上两种方法以特殊方式融合起来的代表性著作。

入探索着俄国伟大小说家们的世界观(Weltanschauung)[1]。他们的某些著作充满真切的思辨理性和天才的批评洞见,可以与俄国文学批评最伟大的成就并驾齐驱。但他们的著作同时也有缺陷,那就是它们往往采用纯粹的外在论研究法,从批评家把文学产品当作检验其成见的试验场这一倾向看,则文学不过是一种哲理寓言。

把这种说法放在梅列日柯夫斯基赞美式论著《托尔斯泰与陀思妥耶夫斯基》[2]身上,则显得尤为适合。在这部著作中,作者采用基督与敌基督、肉体与灵魂永恒斗争的方式,对这两位俄国长篇小说大师进行阐释。这种二元对立显系梅列日柯斯基创作中的主导理念(idee maitresse),它把一种极端先验图式引导到一种熟巧有余但美中不足的平行对称画面。尽管书中不乏大量透彻深邃的观察,但我们仍不免有时会感到这部著作所揭示的,更多的是关于批评家自己以及其所处的两难困境,而非关于其所探讨的作家的。

甚至就连最具有学术性和文本思维的俄国直觉主义批评家米哈伊尔·格尔申宗,也未能处处成功地避免不陷入武断思辨的陷阱。在其被人广泛引用的论文《诗人的视野》[3]中,格尔申宗为文

---

[1] 参阅列夫·舍斯托夫(Lev Šestov),《陀思妥耶夫斯基与尼采》(*Dostoevskij I Nicše*)(彼得堡,1909);德米特里·梅列日柯夫斯基(Dmitrij Merežkovskij),《托尔斯泰与陀思妥耶夫斯基》(*Tolstoj i Dostoevskij*)(彼得堡,1901-1902);尼古拉·别尔嘉耶夫(Nikolaj Berdjaev),《陀思妥耶夫斯基的世界观》(*Mirosozercanie Dostoevskogo*)(布拉格,1923)。

[2] 同上。

[3] 米哈伊尔·格尔申宗(Mixail Geršenzon),"诗人的视野"(Videnie poèta),《思维和语言》(*Mysl i slovo*)(莫斯科,1918),第 2 卷,第 76-94 页。

本细读分析大事辩护,并对"慢读细品"(slow reading)的优点大唱赞歌;但他在同一篇文章中所大肆宣扬的"完整认知"(integral knowledge)(celostnoe znanie)却带有鲜明的非理性主义的意蕴。格尔申宗在其对"普希金的智慧"①的思辨性讨论中,为牵强附会和过分天真的阐释一类的指责提供了口实。而鲍·托马舍夫斯基把格尔申宗坚持从普希金的作品中推导一种完整而又深奥的生命哲学的做法当作一种例外,这无疑是十分公正的。托马舍夫斯基警告道:"我们不能臆断普希金,更不能从对隐喻的阐释出发来推导出一种逻辑推论链"②。

对批评家感受能力(sensibility)的这样一种过分依赖,在当时最具有代表性的批评家之一的尤里·艾亨瓦尔德(Eichenwald)著作的较低水准的哲学智慧中,得到了鲜明的表现。他的《俄国作家剪影》③具有一种以批评分析冗长累赘的伪诗意来取代精确严密而又散漫随意的印象主义的倾向。

用阿纳托尔·法朗士的名言,随着批评成为"灵魂在文学杰作中的漫游"④,主观主义达到了它的全盛期。如果一个批评家不失为像法朗士本人一样有才华有教养的作家的话,那么这种离奇怪诞的 causerrie(闲谈)倒也不失其机智,即便并非总是那么适当和

---

① 米哈伊尔·格尔申宗(Mixail Geršenzon),《普希金的智慧》(*Mudrost´ Puškina*)(莫斯科,1919)。

② 鲍里斯·托马舍夫斯基(Boris Tomaševskij),《普希金》(*Puškin*)(列宁格勒,1925),第106页。

③ 尤里·艾亨瓦尔德(Jurij Eichenwald),《俄国作家剪影》(*Silueéty russkix pisatelej*)(彼得堡,1908)。

④ 转引自 P.桑戴(P. Souday)在"阿纳托尔·法朗士文学批评"中的话,见《文学报》(*Wouvelles Littéraires*),1924年4月19日。

切题的话。但如果到了一位跟在恩格尔哈特身后亦步亦趋的平庸的小品文作家笔下,则印象主义反倒往往会成为批评家粗枝大叶和懒于思考的一个信手拈来的口实。

如果说"创作型"批评为了"鉴赏"而丢弃了科学的客观性的话,那么,学院派文艺学的罪过却恰好在相反方面。此类文学史家怀着对科学的值得赞许却不无误导之嫌的虔诚之心,全都如此急切地放弃其批评判断的权利,而牺牲价值体系和前景观。尊重事实到了异常琐碎的地步,殚精竭虑而又徒劳无功地一味积累毫无关联的琐碎知识,同时又不进行任何认真的努力以进行富于意义的整合和阐释工作,这就是第一次世界大战前夕俄国学院派文学研究无处不在进行的研究工作的特点。

19世纪俄国文艺学中那些德高望重的老学者——浪漫主义者布斯拉耶夫和米勒,实证主义者德·季洪拉沃夫和亚·佩平,以及最后一位同时显然又并非最不重要的亚历山大·维谢洛夫斯基——都已相继过世。而他们在学术上的继承者们,却都是些谨小慎微、虽多系学富五车却总的说来缺乏想象力的学究们。他们当中,多数人缺乏其先师们综合把握能力(synthetic vision)和理性的勇气和魄力,只会谨小慎微地规避对付那些文学理论和方法论中的基本问题。这些大师们的一位最出色却又最不恭敬的学生之一曾这样写道:"维谢洛夫斯基早已谢世了。他的学生们变得灰溜溜的,茫茫然不知该做什么,该写些什么好了"[①]。

[①] 维·什克洛夫斯基(Viktor Škiovgkij),《论马雅可夫斯基》(*O Majakovskom*)(莫斯科,1940),第15页。

这样一种谨小慎微和优柔寡断的精神状态,在很大程度上导致该世纪最初数十年间俄国文学史领域的一个典型倾向,就是对传记学的琐碎细节十分迷恋。把关注的焦点集中在诗人生平微末细节上的徒劳无功的"传记学研究",对诗歌作品及其构成成分不屑一顾,而是沿着理性抵抗力最小的路线前行,表面看似乎提供了一条最安全的路径,而实际上却既规避了文学与社会的关系这样一些令人灵魂不安的问题,也规避了对作品进行美学分析的任务。

这样一种对传记学问题的压倒一切的优势关注,最突出地表现在普希金研究领域中。在两个世纪之交的俄国,该领域差不多已经在俄国文艺学中占据了核心地位。大批积极热情勤奋刻苦的研究者们,团结在《普希金和他的同时代人》[①]周围,不知疲倦地上下求索于这位伟大诗人遗留下来的档案文献中。尼·奥·赖纳和帕·奥·谢格洛夫和他们的学生们虔诚地收集整理和注释评论证明文件的每一个只言片语,无论它们与普希金,或其家庭,或其友人关系多远。只要有这位大师的签名,那么,无论是多么小的一个纸条,无论怎样的传记学细节,无论其与普希金的诗歌成就多么不相关,都被认为值得予以细致审查。

普希金的私生活被尽职尽责地通过翔实缜密的文献档案予以揭示。可敬的学院派学究们忙忙叨叨地记录下诗人生平数不胜数

[①] 《普希金和他的同时代人》(*Puškin i ego sovremenniki*)(彼得堡,1903－1930年第1－10期)。

的风流韵事,以图表形式绘制了普希金的"堂·璜名单"①。一些刺激性较小的题目,如"普希金孩子和财产的管理"②或致命的问题:"普希金生前吸不吸烟"③?

而更加值得赞赏的研究文学的起源学方法,即社会学方法,当时尚有待于在批评实践中证实自身。普列汉诺夫在马克思主义文学理论领域里的开创性探索④当时也尚未结出任何有价值的果实。瓦·弗里契(V. Frice)在西欧文学史领域的研究成果⑤,旨在在占统治地位的生产方式和艺术创作之间确立直接相关性,也鲜能为马克思主义批评的方法论假说提供多少坚实的证据。马克思主义批评的行家里手们所出版的第一本集体声明式的文集《文学的堕落》⑥也未能提高其威望。这本汇集了弗里契、高尔基、加米涅夫、卢纳察尔斯基、斯捷克洛夫及其他人文章的出版物,实质上是对现代主义文学的一封激情洋溢的控告书,该书不分青红皂白地给它们贴上了颓废和反动的标签。《文学的堕落》最多不过是发挥了效力的新闻报道,而作为批评话语,则仍有许多方面有待改进。而出版人的粗野漫骂,无论其多么雄辩,也显然不适合以之取

---

① 参阅 P. K. 格鲁伯尔(P. K. Gruber),《普希金的堂·璜名册》(*Don Žuanskij spisok Puškina*)(彼得格勒,1923)。

② 参阅《普希金和他的同时代人》(*Puškin i ego sovremenniki*),1910 年第 4 卷。

③ 参阅奥西普·勃里克(Osip Brik),"所谓形式方法"(T. n. formal´nyj metod)(《列夫》(*Lef*),1923 年第 1 期)。

④ 格奥尔基·普列汉诺夫(Georgij Plexanov),《20 年间》(*Za dvadcat´let*)(彼得格勒,1905);《文学与批评》(*Literatura i kritika*)(莫斯科,1922)。

⑤ 弗拉基米尔·弗里契(Vladimir Friče),《西欧文学史概述》(*Očerki po istorii zapadno-evropejskoj literatury*)(莫斯科,1908)。

⑥ 《文学的堕落》(*Literaturnyi raspad*)(彼得格勒,1908 - 1909)。

代认真严肃的社会学分析①。

1917年革命前,很少有知名文艺学家拥护和赞成马克思主义文学观的。至于像帕·萨库林教授那样得以把社会学方法与对审美价值的精深造诣即使不是实际上整合,而也是熔为一炉的,则更是寥若晨星②。在印象主义和墨守成规两极之间徘徊无主的俄国文学学,对自己的方法和边界茫无头绪、艰辛备尝、漫无目标地漂泊,它甚至对自己欲要表述的那一理性活动的类型本身也一无所知。正如瓦·贾克霍(B.Jarxo)后来抱怨的那样,人们不知道该把这个混血儿式的学科究竟归为哪一类,是"归入抒情诗还是科学,是归入语言学还是社会学"③。维谢洛夫斯基关于文学史乃"无主之地"(no man's land)的说法依然有效④。

2

当绝大多数文艺学家都因聚精会神、全神贯注地钻研细枝末节而迷失了文学研究的目标时,在维谢洛夫斯基的那些弟子们群中,却有一些既有不凡抱负而又具有方法论意识的人,开始勇敢地

---

① 这里似乎应当提到一点,即本人并非象征派崇拜者的普列汉诺夫,严厉地批评《文学的堕落》是对马克思主义方法的粗暴滥用(参阅格奥尔基·普列汉诺夫(Georgij Plexanov),《全集》(*Sočinenija*)(莫斯科,1923－1927),第14卷,第188页。

② P. N.萨库林(P. N. Sakulin),《新俄罗斯文学》(*Novaja russkaja literatura*)(莫斯科,1908)。

③ 瓦·贾克霍(B.Jarxo),"科学文学学的边界"(Granicy naučnogo literaturovedenija),《艺术》(*Iskusstvo*),1925年第2期,第48页。

④ 参阅本书第一章,第27－28页。

探索一条摆脱普遍混乱和迷失状态的出路。他们日渐清晰地认识到,用一位当代语言学家的话说,就是"文学史如欲成为科学,它就必须首先找到其主人公①。这种对于"主人公"的探索和寻找,亦即对文学学明确而又完整之主题的寻求,显然也体现于亚·叶甫拉霍夫(A. Evlaxob)、瓦·西萨马廖夫(V. Sisamarëv)②,尤其是瓦·佩列茨(V. Peretc)的著作中。

佩列茨是一位杰出的俄国中世纪文学史家,他曾直率地想要在文学研究、文化研究与思想史之间,划定一条清晰的界线。受维谢洛夫斯基临终时观点的启发③,佩列茨认为,"在研究文学现象及其演变问题的过程中,我们必须永远牢记一点,即文学史研究的对象,并非作者说的是什么(what),而是作者究竟是怎么说的。因此,科学的文学史的目标,是探索情节的演化……以及作为时代精神和诗人个性之体现的风格的演化"④。

这一表述法无疑是对佩平学派宽泛到危险地步的定义的明确修正。但有一点很清楚,即在"怎么"和"什么"之间划分一条清晰而又严格的界线,这对于提出一个适当可行的解决方案而言,又显得太机械了。佩列茨关于文学史问题的观点既过分狭隘又过分宽

---

① 罗曼·雅各布逊(Roman Jakobson)和彼得·博加特廖夫(Pëtr Bogatyrëv),《俄国在战争与革命年间的斯拉夫语文学》(*Slavjanskaja filoligija v Rossii za gody vojny i revoljucii*)(奥波亚兹,1923)。

② 参阅亚·叶甫拉霍夫(A. Evlaxov),《艺术创作哲学导论》(*Vvedenie v filosofiju xudoŽestvennogo tvorčestva*),(华沙,1910-1912)。

③ 参阅本书第一章,第27-28页。

④ 弗拉基米尔·佩列茨(Vladimir Peretc),《文学史方法论讲座》(*Lekcii po metodologii istorii russkoj literatury*)(基辅,1914),第344-345页。

泛。一方面他不愿意在有关研究方法的问题上,赞同"形式主义者"把"怎样"当作文学学唯一合法的对象的提法。另一方面,他又未能为文学研究领域划定一条清晰的界线,从而厘清想象性文学的特殊属性(specificum)。由于在诗歌作品和比方说法律文献或道德教义之间未能确定原则性区别,因此,看起来一个结论似乎是自然而然的,即假定我们从一个"适当的"亦即审美的观点出发,则所有用"书写的文字"写成的文献,都同样有权被纳入文学史的范围中去①。

佩列茨的方法论立场是如此之强烈地沾染上了传统学院派折衷主义的习气,以至于它很难满足要求更严格、条件更苛刻的学者的大脑。那些在第一次世界大战前夜跨入大都市大学校门的新一代文学史家们,不知道什么叫折樽冲俎。这些年轻的文艺学专家们既坚持不懈又不墨守成规也不肯妥协,对既有的研究程序引人注目地缺乏信任,一门心思想要通过赋予俄国文学研究以意图和对象的统一来使之复苏②。而为对付这样一件实质上是"学院派"的任务,他们却带着如此这般彻底完全非学院派式的美德,即"真正的革命热情……冷酷无情的嘲弄和毫不妥协的坚定决心"③。

应当完全公正地承认一点,即父辈们趋于妥协的倾向受到了

---

① 弗拉基米尔·佩列茨,《文学史方法论讲座》,第221页。
② 在政治日益成为俄国青年大学生压倒一切的关注对象的时代,这种对"纯科学"的迷恋本身,同样也可以被视为是一种 sui generis(特殊的)"不肯墨守成规"的行动。但这却并不必然也意味着人们在谴责俄国形式主义时经常说的"逃避现实"也完全是公正的(我们将在本书下卷的某一部分继续讨论这一问题)。
③ 鲍里斯·艾亨鲍姆(Boris Ejxenbaum),《文学》(Literatura)(列宁格勒,1927),第120页。

那些不够虔诚的子辈们的尽情嘲弄,而这从两者的观点看居然会是一个鲜明的优点。有一点是确定无疑的,即老年学院派的折衷主义往往会采用纯理性自满自足的形式。但在老一代人最杰出的代表人物身上,这种折衷主义却是和真正开阔的心胸,对于新思想的宽容和善意的容忍并行不悖的。由于刻板教条的缺席,从而使得方法论上的异端邪说得以放任自流。老师们的善意和容忍致使争议受到鼓励,而那些个性独立却又有些趾高气扬的年轻人们,可以自由而又生硬地批评长辈们的观点。

1908年由彼得堡大学著名俄国文学教授谢·阿·文格洛夫*主持的有关普希金的课堂讨论会,就是一个恰当的例证。文格洛夫研究文学史的方法实质上是非常传统的一种,即把适度的意识形态批判和学院派传记学糅为一体。但这并不妨碍他的这个课堂讨论会最终成为早期形式主义运动的重要策源地之一[①]。

性格各异的一个班的学生出于对一位伟大诗人的虔诚敬仰之情凝聚在一起,这就使得发展成为可能,因为教师随时可以也能够根据从学生那里了解到的情况把讨论的题目朝学生最关心的方向调整。

文格洛夫本人在一篇1916年发表于《普希金学家》上的回忆性文章中讲述了一段故事[②]。他这样写道:"两三年以前我头一次

---

* 谢苗·阿·文格洛夫(Vengerov,1855-1920),俄国文学史家、传记学家。——译者

[①] 某些像鲍·艾亨鲍姆(Boris Ejxenbaum)、鲍·托马舍夫斯基(Boris Tomasevskij)和尤里·迪尼亚诺夫(Jarij Tynianov)这样一些最有发言权的形式主义理论家,也正是在文格洛夫的这个课堂讨论班上获得文学研究的基本训练的。

[②] 《普希金学家》(*Puškinist*)(彼得堡,1916)。

注意到在我主持的课堂讨论班上,有一伙才华卓越的青年学生,以一种令人震惊的热情全神贯注地致力于风格、韵律、节奏和绰号的研究,致力于母题分类研究,致力于确定不同诗人所用手法的相似性及其他诗歌外在形式问题的研究"①。文格洛夫承认他最初也是带着一定程度的担心来看待其学生们那些不无深奥的探索的,可后来连他自己也被学生们的热情所感染了。

青年普希金学者们对"诗歌外在形式"问题的自发性迷恋,并非一个孤零零的个例。但也正如一部有关俄国形式主义的完整全面论著的作者帕·梅德韦杰夫所正确指出的那样,它同时也是一种纯俄国现象②*。在西方,对形式问题的考量同样也日益受到人们的关注。在第一次世界大战前的那段时期中,欧洲各国产生了一大批内容丰富的论著,都对阿·希尔德布兰德(A. Hildebrand)称之为"艺术作品的建筑学结构"问题,表示了强烈的关注③。

然而有人也许会对过分强调西方学术界对彼得堡青年语言学家们的冲击力问题引起警觉。正如下文将要叙述的那样,对于"形

---

① 《普希金学家》,第9页。

② 帕·梅德韦杰夫(Pavel Medvedev),《文艺学中的形式主义方法》(Formal´nyi metod v literaturovedenii),(列宁格勒,1928)。

* 巴·梅德维杰夫这样写道,"诚然,不能说我国的形式主义者直接依从于其西欧的先驱者。看来,这里没有直接的遗传关系。一般地说,我国的形式主义者没有依赖任何人和援引任何人,而是靠自己本身。"(《巴赫金全集》,第二卷,第158页)——译者

③ 参阅阿道夫·希德布兰德(Adolf Hidebrand),《雕刻艺术中的形式问题》(Das Problem der Form in der bildenden Kunst)(斯特拉斯堡,1893);英译本题为《绘画与雕刻中的形式问题》(The Problem of Form in Painting and Sculpture)(纽约与伦敦,1939),第12-13页。

式主义学派"产生显著影响的非俄国著作的数量,的确少得可怜①。与未来主义不同,俄国形式主义实质上是一个本土性现象②*。

在本书的最后一章,我们将对斯拉夫形式主义与西欧思想界与之相似的发展过程之间主要的"趋同点"做一个简要概述。而在这里,我们认为要人们对这两个平行运动在出发点上的实质性差异加以关注,似乎是十分适宜的。

在法国,走向细致批评的思潮的最初征兆是"文本分析法"(explication de texes),该方法以强调和注重风格和布局问题为特点。在20世纪初,这一虽然有益但却被过分标准化了的分析程序在法国各大学和大学预科班被广泛接受,但它却并非必然意味着其在任何方面都包含着新的文学观或新的文学研究观念。正如

---

① 这里能够列举的参考书目仅限于下列书目,即 Th.梅耶(Th. Meyer),《诗歌风格学》(*DasStilgesetzderPoesie*)(莱比希,1901)和 B. 克里斯蒂安森(B. Christiansen)的《艺术概论》(*Die Kunst*),这两部书都是维·什克洛夫斯基、尤·迪尼亚诺夫以及维·日尔蒙斯基在许多场合下经常引用的(参阅本书下面的第十、第十一章第 174、178、200 页)。

② 在上文引述的那部著作中,梅德韦杰夫就曾批评俄国形式主义学派有团伙习气和"眼界狭隘的地方观念"(第60页);他指责该学派代表人物对西欧"形式主义"的成就一无所知。尽管这一指责只有部分正确性,但我们却不能不同意梅德维杰夫的这样一种观点,即"在俄国形式主义与其西方的类似流派之间,显然并无什么直接的起源性联系"。

* 梅德维杰夫的原话是,"特别是在发展的第一个时期,形式主义者的学术视野是极其狭窄的,运动带有封闭的小团体的性质。形式主义者的术语本身没有多少广泛的科学目标,而且带有同样的小团体的行话色调。形式主义的进一步的发展是在科学封闭的条件下发生的,因而也不可能促进它同西欧艺术学和文艺学思想的其他思潮和流派的广泛而明晰的相互参照。"(《巴赫金全集》,第二卷,河北教育出版社,1998年,第158页)。——译者

勒内·韦勒克教授所正确指出的那样①,法兰西式的文本精细分析,实际上是一种文学教学法,而非一种方法论原则。按照这种方法最杰出的实践者之一的格·兰松(G. Lanson)的说法,这种方法只不过是旨在"培养人们细致阅读和明确解释之习惯"的"一种灵验而又必要的精神上的健美体操"罢了②。

在德国,文学内部分析法的复活显然具有更广泛的方法论和美学意蕴。导致这一结果的原因,部分要归咎于这样一个事实,即促使文学研究重新定向的一个主要因素,在此是由一个邻近学科——即对美术(the fine arts)、艺术(Kunstwissenschaft)——的研究所提供的。德国形式主义的主要先驱人物是如汉斯利克(Hanslick)这样的音乐理论家③和如阿·希尔德布兰德(A. Hildebrand)、W. 沃林格(Worringer)和 H. 伍夫林(Wölfflin)这样的视觉艺术史学家④。

---

① 参阅勒内·韦勒克(René Wellek),"当代欧洲文艺学中的反实证主义思潮"(The Revolt Against Positivism in Recent European Scholarship),《20 世纪英语》(Twentieth Century English)(纽约,1946)。

② 古斯塔夫·兰松(Gustave Lanson),"文学史方法论"(La méthode dans l'histoire litteraire),《法兰西研究》(Etudes Françaises)(巴黎,1925 年第 1 期)。

③ 汉斯立克(Hanslick)在其《论音乐美》(Vom Musikalisch-Schünen)(莱比锡,1885)一书中坚决主张音乐除了其所用媒介外别无内容可言。他声称"作曲家所表达的思想主要是并且纯粹首要是音乐的本质"(参阅此书的英译本,爱德华·汉斯立克(Edward Hanslick),《论音乐美》(The Beautiful in Music)(伦敦与纽约,1941,第 36 页)。

④ 阿·希尔德布兰德(Adolf Hildebrand),《艺术中的形式问题》(Dars Problem der Form in der bildenden Kunst)(斯特拉斯堡,1893);威廉·沃林格(Wilhelm Worringer),《哥特艺术的形式问题》(Form probleme der Gotik)(慕尼黑,1911);H.伍夫林(H. Wölfflin),《文艺复兴与巴洛克》(Renaissance und Barock)(慕尼黑,1888)。

而伍夫林(Wölfflin)的贡献显得尤其重要。伍夫林在其名著《艺术史的基本概念》(Kunstgeschichtliche Grundbugriffe)[①]中,倡导对传统艺术史观进行彻底反思,并用艺术风格类型学来取代对个别艺术大师的研究。伍夫林甚至提出编撰"无名艺术史"的主张,在这种艺术史中,唯一的"英雄"将是哥特式、文艺复兴式、巴罗克式等等。

伍夫林的著作对德国文学史领域准形式主义倾向的主要代表人物奥斯卡·沃尔泽(Oscar Walzel)产生了深刻的影响。他认为对文学演变问题的研究应当在与艺术史,而非与文化史的密切关系中进行,并倡导一种"各类艺术相互阐释"论[②]。瓦尔策尔在文学理论和文学史领域卷帙浩繁的著作[③],是一部旨在把来自伍夫林的矛盾(Kunstgeschichte)风格学范畴应用于文学研究的一次颇有意义但未见得始终一贯的尝试。

俄国的情况与之相比有很大差异。俄国文学史同样也一直缺少一种可以允许我们采用系统方式研究诗歌形式问题的适当的方法论工具。看起来俄国文学史同样也有必要从同族同源学科中"借用"切实可行的观念体系。而俄国艺术批评却似乎无法提供任何帮助。于是新批评的先驱者们便不得不把目光投向别处。

[①] 海因里希·伍夫林(Heinrich Wölfflin),《艺术史的基本概念》(Kunstgeschichtliche Grundbugriffe)(柏林,1917)。

[②] 奥斯卡·沃尔泽(Oscar Walzel),《艺术的相互阐释》(Wechselseitige Erhellung der Künste)(柏林,1917)。

[③] 奥斯卡·沃尔泽(Oscar Walzel),《德国浪漫主义》(Deutsche Romantik)(莱比锡,1918);《文学创作的形式研究》(Die Künstlerische Form des Dichtwerkes);《艺术作品与文学作品的整体与格式塔》(Gehalt und Gestalt, im Kunstwerk des Dichters)(柏林,1923)。

在其对忠诚性的选择过程中,俄国新批评的代表人物们似乎得到了波捷勃尼亚早已就提出的、想象性文学是一种语言艺术这一前提的指导。假使波捷勃尼亚关于诗歌实质上是一种"语言学现象"[①]的主张是正确的,那么,寻求语言科学的指导显然便会是一个合乎逻辑的结论了。

而对于俄国诗歌研究的确万分幸运的是,在此重大关头,语言学家们也和文艺学家们一样,恰巧也对这两个学科的"相互阐释"问题萌发了强烈的兴趣。诗歌语言问题以及文学研究与语言学的边界问题,成为具有方法论意识的文学研究者们和青年语言学家们相会的场地,而后者同样也拥有足以令人信服的理由来涉足一个长期被人漠视的领域。

俄国文学史的"主人公"如此这般终于被找到了:这也就是诗歌话语——即想象性文学的媒介。

而俄国语言学则也同样感受到了来自实证主义的广泛反弹的强烈冲击。随着所有人文学科领域里对起源说的迷恋被对人类活动意图问题的关注所取代,语言学中有一点也变得越来越清楚,那就是"语言在每个场合下都是一种以特定目标为指向的人类活动"[②]。一种看法越来越明确,那就是对待语言学事实,我们不仅应当用其历史先行者的方法,而且也应采用语言在当代言语模式中所发挥的"功能"的方法,来进行研究。

在彼得堡大学,"新语法学派"的观点开始受到博杜恩·德·

---

① 参阅本书第一章,第 23-24 页。
② 列夫·谢尔巴(Lev Ščerba)主编,《俄语言语》(*Russkaja Reč*)(彼得格勒,1923),第 9 页。

库尔特内(Jan Baudouin de Courtenay)及其信徒们的严重挑战。当库尔特内最出色的学生列夫·谢尔巴反对历史主义的片面性，而坚决认为活的言语乃是语言学研究 bone fide（真正的）对象时，大师自己也号召人们关注在把言语划分为常态和非常态时语言用途的多重性问题。

莫斯科大学在一段时间内似乎并未受到"功能主义"异端邪说之影响。"新语法学派"的学术正统仍然牢牢执掌着权柄。在费·福尔图纳托夫(F. Fortunatov)教授熟练的指导下，莫斯科语言学家们在形态学分析领域表现出了令人震惊的独创性，但却始终如一地竭力回避有关功能和意义的问题，认为它们超出了语法学研究的范围。

但新一代人却无法长期不受科学界的 Zeitgeist（时代精神）的影响。莫斯科青年语言学家中那些独立思考能力较强的人，对于福尔图纳托夫学说①"形式主义式的"刻板僵化及赤裸裸的经验主义，开始日渐不满。他们急切渴望从他们的老师那里学习如何剖析语法范畴的形式，如何对变格和接格形式进行分类。但与彼得堡青年语文学家不同，他们更迫切地想要超越他们的大师们——采用新方法研究新问题，进行新实验。

莫斯科青年学者拥护功能（语言学）方法的一个潜在因素，与

---

① 由于把语法形式的片面性强调到了实际上排除功能（意义）问题的地步，福尔图纳托夫学派往往被人称为"形式主义的"。但我们有必要牢记一点，即除名称相同外，这一语言学学说与文艺学中的形式主义很少有什么相同之处。形式主义批评无论有什么缺点，但显然也不可能被指责为回避功能观。（如下文所述，形式主义的诗歌观是围绕着诗歌语言与实用语言的功能性区别问题展开的。）

德国著名哲学家爱德蒙·胡塞尔的影响有关。胡塞尔划时代的巨著《逻辑研究》(Logische Untersuchungen)①在凝聚反对福尔图纳托夫学派的力量方面发挥了很大作用。

胡塞尔对待语言学问题的立场是逻辑学家的,或更确切地说,是一位语义学家的。用一位俄国胡塞尔主义者的话说,胡塞尔把语言当作"符号的核心系统,每种表达法的自然原型都带有意义"②,并进而探索所有语言共有的基本语法范畴的逻辑功能问题。胡塞尔引入了"语言自身的"、"纯粹"的普遍语法概念,从而大大超越了比较语言学的经验主义范围③。莫斯科那些冥顽不化的教授们竭力想把胡塞尔的思想当作反科学的一派胡言予以摒弃。但对于许多他们自己的那些非正统派学生们来说,胡塞尔的《逻辑研究》实际上已经成了圣经。

而如果没有其俄国弟子古斯塔夫·施佩特*的辛苦努力,则胡塞尔那些深奥的理论未见得能在莫斯科学者群中赢得那么多热情的追随者。施佩特引起很大争议的著作④和演讲,使莫斯科语

---

① 爱德蒙·胡塞尔(Edmund Husserl),《逻辑研究》(*Logische Untersuchungen*)(哈利,1913-1921,第二卷)。

② 古斯塔夫·施佩特(Gustav Spet),"人种心理学的对象与任务"(Predmet i zadači ètničeskoj psixologii),《心理学概览》(*Psixologiceskoe obozrenie*),1917年第1期,第58页。

③ 艾德蒙·胡塞尔(Edmund Husserl),《著作全集》,第2卷,第294-342页。

* 古斯塔夫·施佩特(Густав ГуставовичШпет,1879-1940),俄国唯心主义语言学家、胡塞尔的信徒。——译者

④ 古斯塔夫·施佩特(Gustav Spet),"人种心理学的对象与任务"(Predmet i zadači ètničeskoj psixologii),《心理学概览》(*Psixologiceskoe obozrenie*),1917年第1期,第58页;"作为逻辑学对象的历史"(Istorija kak predmet logiki),《科学通讯》(*Naučnye izvestija*),1922年第2期。

第三章 形式主义学派的产生

文学家们对于如"意义"与"形式"、"符号"与"所指"(对象、客体)这样一些"形而上学"观念,渐渐熟悉起来。

有了胡塞尔现象学这一重型武器的武装,莫斯科那些非正统派语言学家们得以以比他们彼得堡的战友们更勇猛的火力和顽强精神,向起源学谬说开战。如果说博杜恩·德·库尔特内(Baudouin de Courtenay)并不反对采用心理起源学方法来描述语言现象的话,那么,胡塞尔主义者们却是坚定的"反心理学主义派"。施佩特在其敏锐的著作《人种心理学的对象与目标》[①]中,适时提醒人们要警惕把语言学与心理学混淆的倾向,这种倾向是在向如威廉·冯特(Wundt)*、斯坦因塔尔(Steinthal)和拉扎勒斯(Lazarus)这样的19世纪学者倒退。施佩特坚持认为交际是一条双行道,是一种社会交往事实,"它展现为一片新的探索领域,而个人心理学为这一领域所提供的解释,被证明是完全不适当的"。所有表达形式其中包括语言,都应不仅被当作心理过程的副产品或感觉症状,而且也应被当作自有其权利的现实本身,当作要求对之进行结构描述的 sui generis(特殊)对象。

由于有这些限制,语言研究者的主要任务因而就是弄清话语(utterance)与其各种成分的客观问题,或更确切地说,"主体间"[②]

[①] 参阅第61页(本书边码——编者,脚注②)。

* 威廉·冯特(Wund,1832-1920),德国著名心理学家。——译者

[②] 这是胡塞尔的关键概念之一。显然胡塞尔在"客观的"(objective)这一术语的使用上是十分谨慎的,因为这个词似乎意指一种独立于观察力敏锐之主体的实体。对胡塞尔来说,如同对康德一样,这种实体是不可接受的、孤立自在的和不可讨论的。因此,选择"主体间的"(intersubjective)仅仅意味着所讨论的现象是"给定的"(given),或面向许多"主体"而存在的。

的意义,就是确定各种语言"表达"类型的特殊意图。

我们不难看出一点,即方法论上的这次重新定向与对诗学问题日益增长的兴趣有着密切的联系。闯入一个数十年间实际上一直是"禁止"一个自尊的语言学家"进入"的领地,这绝不仅仅只是对传统禁忌的一个挑战而已。在一片从现代俄语语言学观点看几乎还是块处女地的领域里,对新方法的效验进行检验,无疑能够获得一种明显的"战术"优势。正是由于诗歌言语过去一直受到正统新语法学派的鄙视,功能学的异端邪说才更容易在这个被认知语言学所层层堆积的传统典则和禁令所非神圣化的领域里,落地生根。

诗歌语言之所以会对目标明确的语文学家们有如此大的吸引力,其主要原因就在于它的特殊性质。诗歌语言是一种 par excellence(典型的)"功能性"言语类型,其所有构成成分都从属于同一个构成原则——即话语完全是为了达到预期的审美效应而"组织"的。

如果一般诗歌是如此,那么,现代诗歌就更其加倍如此。在赫列勃尼科夫、克鲁乔内赫及早期马雅可夫斯基那里,用一句形式主义者们喜爱的说法,语言手法被"暴露无遗"(laid bare)。未来派的"无意义语"(trans-sense)实验对诗歌语言的特殊功能予以突出强化,使其与所有其他类型的交际言语有了显著差异。事实上推动具有革新精神的语言学家细致研究现代诗人的写作实验室工作的,远非仅仅只是些理性的求知欲或性格气质上的契合所能解释得了的。

对文学先锋派探索发现的迷恋及对学院派学术界陈腐研究程

序的厌恶,这些在本世纪第二个十年中出现的理性骚动的主要症候,最终凝结为一个统一的有组织的运动。1915年莫斯科大学的一伙学生组建了莫斯科语言学小组。一年后,在彼得堡,几位青年语言学家和文学史家组建了"诗歌语言研究会",该会很快便以"奥波亚兹"[①]著称。俄国"形式主义"就这样诞生了。

3

俄国形式主义的发端根本不具有任何戏剧性。这一运动的两个中心——彼得堡的奥波亚兹和莫斯科语言学小组——最初只不过是些规模很小的讨论小组,青年语言学家可以在那里就文学理论的基本问题,在一种摆脱了官方学院派课程限制的自由氛围中,交流思想。

几乎所有参加此类聚会的人嗣后都或在文艺学或在语言学界赢得了声望。但在形式主义学派逐渐形成的1915-1916年间,其先驱者们都还是些学术界新手:他们当中很少有年过20岁的。勤学好问而又无拘无束的他们如饥似渴地共同致力于语言文学研究新路的探索。

莫斯科语言学小组是由一伙莫斯科大学才华卓著而又背离传统的大学生自发组建而成。其成员中有著名文学史家和语言学家老布斯拉耶夫的孙子小布斯拉耶夫,有后来成为斯拉夫民间文学著名权威的彼得·博加特廖夫,有此后很快就成为俄国形式主义

---

① 这是"诗歌语言协会"(Obščestvo izučenija poètičeskogo jazyka)的省称。

主要代表人物之一的罗曼·雅各布逊,还有后来成为著名语言学家的格·奥·维诺库尔。

该小组研究工作的实际范围要比其名称所示广得多。小组成立后的最初两年中,方言学和民间文学研究占据舞台中心[①]。但后来关注的重点才逐渐从收集整理语言学材料转向有关诗歌和"实用"言语的方法论问题的讨论上来。

为小组的理论探索提供动力支持的是其主席罗曼·雅各布逊,他既对斯拉夫民间文学和人种学有非常浓厚的兴趣,同时又以一种敏锐的思辨精神如饥似渴地探索着西欧语言与哲学理论的最新成果。

随着莫斯科语言学小组方法论定向的逐渐形成,诗歌语言问题开始在研究大纲里占据日益重要的地位。上文所引的那份报告表明在1918-1919学年中,该小组历次会议上所宣读的20份学术报告中,有15份或与文学史或与文学理论有关。在由维诺库尔记录的报告目录里[②],计有奥·勃里克的《论诗中的称谓》和《论诗歌韵律》;鲍里斯·托马舍夫斯基的《论普希金的抑扬格五音步诗体》;谢·博布罗夫的《论文学借用与影响问题》;以及集体(博加特廖夫、勃里克、布斯拉耶夫、雅各布逊、维诺库尔)撰著的《果戈理小说〈鼻子〉研究》,此外还有名列最后但绝非最不重要的罗曼·雅各布逊的《论赫列勃尼科夫的诗歌语言》。

上述最后一篇论文毫无疑问应当属于莫斯科语言学小组对于

[①] 参阅《科学通讯》(*Naučnye izvestija*)(莫斯科,1922年第2期),《哲学、文学与艺术》(Filosofija, literature, iskusstvo)。

[②] 同上书。

诗学问题所做的最重大的贡献。雅各布逊关于赫列勃尼科夫的那篇论文,两年后以略加扩充的形式冠以《最新俄国诗歌》之名再版①,文中除了对赫列勃尼科夫的诗学手法有透彻而又稍嫌简略的分析外,还对形式主义的诗歌和文学研究观念,进行了简要阐述②。

这一见解是在与对未来派诗体革新家诗歌用语的富于同情心的探索的紧密结合中得出的,这显然绝非偶然。这毋宁说是莫斯科那些想要为其同时代人所创作的诗歌类型提供诗歌艺术观的青年语言学家们身上那种文学"现代主义"精神的一个写照吧。

我们已经提到俄国功能语言学的先驱者们业已发现未来派想要"解放"诗歌语言的意图原来竟是一个值得予以特别嘉奖的研究领域。有人甚至可以补充说在某些场合下,这些理性的迷恋是受到强大的个人间的关系的有力支撑的。雅各布逊既与马雅可夫斯基也与赫列勃尼科夫私交甚笃③,同时又是莫斯科"立体未来派"

---

① 罗曼·雅各布逊(Roman Jakobson),《最新俄国诗歌》(*Novejšaja russkaja poèzija*)(布拉格,1921)。

② 参阅此书下文,第四章和第五章,第 71、182-183 页。

③ 关于雅各布逊与马雅可夫斯基的友谊,在马雅可夫斯基著作中散布在各处的不胜枚举的充满深情厚意的对"罗姆·雅各布逊"的称呼中,可以证实。在此我们不妨以名诗"涅特同志"中的一行诗(《弗·马雅可夫斯基全集》(*Vladimir Majakovskij: Sobranie sočinenij*)第 5 卷第 160 页和《旅行日记》(*Travel Diary*)中的一段为例(全集第 9 卷,第 295 页)。而和隐士诗人赫列勃尼科夫的关系也差不多同样密切,早在 1914 年时雅各布逊就曾与赫列勃尼科夫讨论过如何改革传统诗歌语言的书写和印刷问题。在弗·哈尔济耶夫(V. Xardziev)所引用的那封信中(参阅《弗·马雅可夫斯基,资料与研究》(*V. Majakovskij, Materialy i issledovanija*),(莫斯科,1940 年,第 386 页),这位青年语言学家就表示赞同赫列勃尼科夫有关在诗中应用数学符号和"综合书写印刷符号"的思想。

(cubo-Futurist)集会时的常客(habitué)。反之,马雅可夫斯基也对莫斯科语言学小组的工作,表示了可以理解的兴趣。在青年语言学家们的集会上,人们不止一次可以看到他那运动员一般的身影。当雅各布逊朗读他关于赫列勃尼科夫的论文时,马雅可夫斯基不仅在场,而且还聚精会神、目不转睛地聆听演说者如何采用深奥的论据和来自爱·胡塞尔和费·德·索绪尔的概念,来细致检验和考查着俄国未来派诗歌。

马雅可夫斯基与形式主义运动的交往并不只限于在讨论会上偶尔露露面而已。虽然他本人并不是一个诗体术语学的行家里手,却深切感到对诗歌形式①,尤其是对被他在其文章《如何做诗》②中誉为诗歌之原始力量的韵律,进行细致缜密研究的必要性。他一方面敦促他的形式主义友人们要对文学的社会意义给予更多关注,另一方面,这位俄国未来派最杰出的代表人物又毫不犹豫地指出"形式主义方法是解开艺术之谜的一把钥匙"③。正是在这样一种信念的驱使下,1919 年他积极赞助了形式主义论著的出版④,并在几年之后在其所编辑的《列夫》杂志中汇集了多位作者

---

① "每个……韵脚都必须数计到"——据说经马雅可夫斯基编辑甚至出自其手笔的"列夫"宣言中如是宣称道(参阅《列夫》,1923 年第 1 期,第 11 页)。
② "怎样写诗"(Kak delat′stixi),(见《弗·马雅可夫斯基全集》(*Vladimir Majakovskij*: *Sobranie sočinenij*),第 5 卷,第 381－428 页)。
③ 参阅本页注①。
④ 根据什克洛夫斯基提供的证言(参阅《论马雅可夫斯基》(*O Majakovskom*),1940)马雅可夫斯基曾有权支配一笔来自后来的人民教育委员安·瓦·卢纳察尔斯基的专门用于奥波亚兹《诗学》(*Poètika*)文集《诗歌语言理论文集》(*Sbornik po teorii poètičeskogo jazyka*)出版工作的专用基金,并在几年后,又曾邀请这本文集中的各位作者到他所主编的《列夫》杂志社再度合作。

的形式主义论文。①

在彼得堡,形式主义运动所迈出的第一个步骤,同样也以与诗歌先锋派的紧密联系为特征。而在这里人们对未来派信念的广泛接受同样也远未流于一般化。

诗歌语言研究会或奥波亚兹是一个与其莫斯科志同道合者相比成分比较驳杂的学术团体。后者是一个冒险涉足诗学领域里的"语言学家"群体。而前者却是一个由两部分人组成的"团队":一类是像列夫·雅库宾斯基和叶·德·波里瓦诺夫的博德恩·德·库尔特内学派的语言专业的大学生;另一类则是维克多·什克洛夫斯基、鲍里斯·艾亨鲍姆和谢·伊·伯恩斯坦这样的文学理论家,他们试图采用现代语言学方法来解决本学科的基本问题。

第二个团体中的成员在其文学爱好方面与前者有着显著区别。在该团体正式组建后不久才入盟的鲍里斯·艾亨鲍姆,很快便成为这一团体最具有发言权的代表人物之一,但却未见得能被公认为是未来派诗学的拥护者。作为一个好学深思、学养深厚的西欧文学研究者,他身上集中了对同时代性的敏锐感觉和在学术上的一定的超然独立性,因而,他在步入俄国文学批评界时并不带有任何明确的美学定见。他对象征派"法术"(theurgy)的危机了如指掌,但他在从象征派立场后退的过程中,显然不是因为受了克鲁乔内赫与赫列勃尼科夫"无意义式的口吃症"(trans-sense stammering)的影响,而不如说是受了古米廖夫或阿赫玛托娃新古典

---

① "列夫"(Levyi Front 或 Left Front 的缩写)是马雅可夫斯基、特列季雅科夫和丘扎克共同领导下的一个文学团体的机关刊物。

主义清晰透明之吸引[1]。尽管对折衷主义的妥协持嘲讽态度,而在表述其方法论主张上又完全毫不妥协,但艾亨鲍姆却与什克洛夫斯基不同,他与其说是个反叛者,不如说是个革新家;与其说是个鲁莽灭裂的波希米亚人,倒不如说是个非正统派知识分子。在俄国诗坛以阿克梅和未来派的革命"虚无主义"(nihilism)为标志的演化过程中,艾亨鲍姆更同情阿克梅派,而非未来派[2]。的确,阿克梅派以其对技巧的崇拜,帮助艾亨鲍姆把握了诗歌语言的特殊本质,帮助他认识到"诗歌是由于把注意力集中在语词,以便就近观察它,玩味它的必要性而产生的"[3]。

对"语词游戏"十分入迷的艾亨鲍姆,很快就放弃了他从一开始走上批评界就遵循的哲学批评方法[4]。他随后便与奥波亚兹同仁们一起开始对文学技巧问题进行深入细致的研究。

艾亨鲍姆并非著名彼得堡形式主义者中唯一一位远远避开未来派胡闹骚乱者。但在奥波亚兹存在的最初岁月里,恰恰是那些波希米亚未来派的同路人们执掌着牛耳。我主要指该"学会"的创始人之一、同时也是其拥有发言权的主席的维克多·什克洛夫斯基以及精明干练的形式主义的主持人奥西普·勃里克。

---

[1] 参阅鲍里斯·艾亨鲍姆(Boris Ejxenbaum),《安娜·阿赫玛托娃》(*Anna Axmatova*)(彼得格勒,1923),第 19 页。

[2] 同上书。

[3] 鲍里斯·艾亨鲍姆(Boris Ejxenbaum),《我的编年期刊》(*Moj vremennik*)(列宁格勒,1929),第 40 页。

[4] 这里指的是他的这类文章,如"杰尔查文"(Derzavin)、"卡拉姆津"(Karamzin)、"丘特切夫的书信"(Pisma Tjutceva)(1916),这些文章最初发表于阿克梅派的评论刊物《阿波罗》(*Apollon*),后收入文集《透视文学》(*Skovoz´literaturu*)(列宁格勒,1924)。

第三章 形式主义学派的产生

和艾亨鲍姆一样，什克洛夫斯基也是彼得堡大学学习文学史的学生。但如果我们相信他在其自传《第三工厂》①里稀奇古怪的话，则学院派语文学很少能给这位不够虔诚而又不肯安分的大学生提供多大益处。"这里没有什么人肯去思考什么小说理论问题，而我却在为此苦心焦虑"②。才华卓越，精力充沛，多才多艺，在文学理论著述和随笔小品文写作，在语文学和视觉艺术之间来回动摇不定，这位俄国形式主义的 enfant terrible（可畏少年*），在嘈杂喧闹的文学咖啡馆里反倒比在大学安静的教室里更有归家之感。

而在 extra muros（特定领域以外）所受到的刺激却似乎显得更重要。在雕刻家那里受过的短期培训及与未来派诗人和画家的密切交往，明显给什克洛夫斯基提供了许多他那可悲的职业所缺乏的东西，那就是对文学形式和艺术结构的真知灼见。"一个人永远可以通过未来主义和雕刻家的帮助而理解许多东西。正是与他们的交往才使我认识到艺术是一个独立系统"③。而我们或许还可以补充一句，即正是为此，什克洛夫斯基也才能够成为扮演形式主义领袖人物角色的"合适人选"。

奥西普·勃里克是马雅可夫斯基的铁杆崇拜者和朋友，后来又在《列夫》编辑部与马雅可夫斯基密切协作，所起作用远比我们

---

① 维·什克洛夫斯基（Viktor Šklovskij），《第三工厂》（Tret´ja fabrika）（列宁格勒，1926）。

② 同上书，第33页。

* 指那些离经叛道、标新立异、说话行事使大人难堪、毫无忌讳发问、缺乏责任心的儿童和孩子。——译者

③ 同上书，第51页。

从他那份可怜巴巴的出版物列表上所能想象得到的要重要得多①。根据其同仁们的证词,勃里克说的比写的更富于感染力,内容也更丰赡。在朋友聚会的私密场合下讨论各种诗学问题时,勃里克往往能举重若轻地提出一些无比珍贵的建议或意见,或是生造出一些必将广泛流行的新词。作为一个个人抱负几乎都已病理退化而被什克洛夫斯基妙称之为"成就欲"完全阙如的人②,妨碍勃里克在许多场合下坚持到底,给自己的思想以缜密详实的认真阐述。他似乎对能把这一任务转交给他那些丰富多产、野心勃勃的同仁们完成感到十分的满意。

勃里克尽管不是一位职业语文学家,却对诗歌语言研究有着广泛兴趣和广博的知识。显然,正是由于他采用完全不同于象征派诗学的方法探讨诗歌和谐悦耳性问题的努力,才给有关诗歌的讨论以首次推动,从而导致奥波亚兹的诞生。

而这也就是为什么勃里克那位漂亮而又迷人的妻子会在其《回忆马雅可夫斯基》③一文中,对奥波亚兹刚刚产生之际的家庭式氛围做出如下描述的原因所在:"从他所谓象形文字④入手,奥

---

① 勃里克的"形式主义"著作只限于两篇短文,"语音的重复"(Sound Repetition),《诗歌语言理论论文集》(*Sbornik po teorii poètičeskogo jazyka*)(彼得堡,1917年第2辑)及"韵律与句法"(Rhythm and Syntax)《新列夫》(*Novyi Lef*),1927年第3期,第6页。

② 维·什克洛夫斯基(Viktor Šklovskij),《第三工厂》(*Tret´ja fabrika*),第52页。

③ 丽吉娅·勃里克(Lili Brik),《回忆与马雅可夫斯基在一起的片段》(*Iz vospominanij, Almanax s Majakovskim*)(莫斯科,1934),第79页。

④ 丽吉娅·勃里克在此所指的,显然是其丈夫为"语音重复"一文写的一个注记,他的同名论著即由此发端。

夏在和什克洛夫斯基深入进行他们有关语文学问题的讨论。库兹涅尔(Kusner)[①]也加入这场谈话,雅库宾斯基和波里瓦诺夫也来了……很快这些语文学家们便开始定期在我家聚会,朗读论文或进行讨论。"

这位精明干练的女主人又好笑又吃惊地看着这些语文学家们如何兴致盎然地对勃里克笔记里所提到的辅音连缀之重复这样一些诗歌分析中的技术问题讨论不休。但她却不能也无法充分分享早期形式主义研讨会——无论其在彼得堡勃里克的家里,还是在莫斯科的雅各布逊家里举行的——所到处洋溢着的、对现代诗歌用语的陶醉而迷恋的精神氛围。丽吉娅·勃里克写道:"那时诗歌是我们的最爱。我们像醉汉一般吞咽着大量的诗歌。我能背诵沃洛佳[②]的所有诗作,而奥夏一提起这些诗作就如醉如痴"[③]。

尽管在"勃里克家的聚会中"[④]所讨论的大多数议题,对一位非专家而言都显得有几分深奥,要是不说沉闷乏味的话,但这一类特殊的聚会却又洋溢着一种理性的和欢快的气氛,它把语文学家在其语言实验室里的认真严谨与文学咖啡馆里活泼轻松的气息糅合为一体。正是在这样一种"快乐科学"(gay science)的氛围里,一句聪明的似非而是的话也几乎会被当作一个新概念,而形式主义最初的科学前提也正是在这样一种氛围中被锻造出来的。

---

① 弗·库兹涅尔(B. Kusner)是一位出生于明斯克的语言学家,也是奥波亚兹的发起者之一,而后来却再未在这一运动中发挥任何显著作用。

② "弗拉基米尔"的指小表爱形式(自然是指弗·马雅可夫斯基)。

③ 《马雅可夫斯基回忆文选》(Al´manax o Majakovskom),第78页。

④ 维·什克洛夫斯基(Viktor Šklovskij),《第三工厂》(Tret´ja fabrika),第64-65页。

第四章 "斗争与论战的年代"
（1916—1920）

1

某些回顾性文章[1]可能会令人产生这样的印象，即俄国形式主义的主体部分乃是维克多·什克洛夫斯基个人脑力劳动的产物。而如今如果我们不承认什克洛夫斯基在俄国文学研究界在组织和表述形式主义方法论酵母方面所发挥的极其重大的作用，则同样也是错误的和不公正的。在奥波亚兹诞生后的最初岁月里，什克洛夫斯基通过他发表的众多文章和演讲，对这一运动的方法论立场和批评策略所产生的影响，要大于这一运动的其他代表人物，而只有罗曼·雅各布逊恐怕是个例外。但问题在于这样一个事实，即任何一位文学理论家无论他本人多么富于活力和影响力，也无法为形式主义整个方法论来承担全部毁誉。形式主义方法论乃是俄国文艺学史上一个极其罕见的平行出现的理性团队的产物，是在其中发挥了显著作用的奥波亚兹和莫斯科语言学小组和

---

[1] 可特别参阅维克多·什克洛夫斯基（Viktor Šklovskij），"一个科学错误的纪念碑"（Pamjatnik naučnoj ošibke），《文学报》（*Literaturnaja gazeta*），1930年1月27日。

第四章 "斗争与论战的年代"(1916—1920)

谐共振的思想的产物。

形式主义运动的彼得格勒分支的集体努力的成果,集中体现在奥波亚兹在1916年至1919年间发表的一系列文章中。第一本这样的文集收集了许多人的文章,其作者有雅库宾斯基、库兹涅尔、波里瓦诺夫和什克洛夫斯基。文集出版于1916年,标题是《诗歌语言理论研究》①。次年出版了略微有所扩充的文集第二版②。1919年出版了第三版《诗学》,此书除收集了前两版中最重要的论文外,还收入了勃里克、艾亨鲍姆、什克洛夫斯基的几篇新作③。

奥波亚兹的《诗歌语言理论研究》尤其是它的1919年版,还收入了雅各布逊的《现代俄国诗歌》一文,此文是对早期形式主义方法论立场的一个比较完整的阐述。在继续叙述俄国形式主义嗣后的发展过程前,我们有必要先仔细考察一下这些宣言的实质和特征。

形式主义最初出版物的一个显著特征,是其对待迄今充斥俄国文学研究界所有思潮的那种好战的态度。这一新批评流派的代表人物们还以同样激烈的态度抨击皮萨列夫门徒们那种功利主义方法,象征派的玄学以及学院派的折衷主义。罗曼·雅各布逊在对待后一种学院派折衷主义时显示了骑士般的风度④。他把传统文学史说成是一个"由家养学科组成的大型联合企业",将其方法

---

① 《诗歌语言理论论文集》(*Sborniki po teorii poètičeskogo jazyka*)(彼得堡,1916年第1卷)。

② 《诗歌语言理论论文集》(*Sborniki po teorii poètičeskogo jazyka*)(彼得堡,1917年第2卷)。

③ 《诗学·诗歌语言理论论文集》(*Poètika. Sborniki po teorii poètičeskogo jazyka*)(彼得格勒,1919年)。

④ 罗曼·雅各布逊(Roman Jakobson),《最新俄国诗歌》(*Novejšaja russkaja poèzija*)。

比作一个警察局,"当其下令逮捕某人时,为了万无一失,会把在罪犯屋里碰巧见到的所有人和物,以及在大街上碰到的所有外人,全都不分青红皂白地抓住"①。与此相似,"文学史家也会把他大步前进中所碰到的一切——道德观念、心理学、政治、哲学——全部不分青红皂白地抓在手里"②*

---

① 罗曼·雅各布逊,《最新俄国诗歌》,第11页。
② 同上书。
* 罗曼·雅各布逊原话是,"诗歌就是在其审美功能中的语言。因此,文学科学的对象不是文学,而是文学性,亦即使特定作品成其为文学作品的那种东西。但文学史家迄今为止在多数情况下大都煞像警察局,当其目的在于捕捉某人时,为了以防万一而把当时在屋里的所有人和所有东西都抓捕进去,甚至连街上偶尔路过的行人也不放过。对于那些文学史家们来说也是这样,什么都对他们有用,日常生活、心理学、政治、哲学。他们所创造的与其说是文学科学,倒不如说是一个各类家养学科的混合物。一个道理似乎被人们都忘记了,即这些文章其实都属于相应的学科——哲学史、文化史、心理学等等;他们忘记了后者自然也可以把文学经典作品当作有缺陷的、次要的文献来加以充分利用。文学科学如若想要成为科学,它就必须承认'方法'是其唯一的'主人公'。在此之后的主要问题就是为方法论证和应用方法的问题了。"(Поэзия есть язык в его эстетической функции. Таким образом, предметом науки о литературе является не литерутура, а литературность, т. е. то, что делает данное произведение литературным произведением. Между тем до сих пор историки литературы преимущественно уподоблялись полиции, которая, имея целью арестовать определенное лицо, захватила бы на всякий случай всех и все, что находилось в квартире, а также случайно проходивших по улице мимо. Так и историкам литературы все шло на потребу: быт, психология, политика, философия. Вместо науки о литературе создавался конгломерат доморощенных дисциплин. Как бы забывалось, что эти статьи отходят к соответствующим наукам—истории философии, истории культуры, психологии и т. д. — и что последние могут, естественно, использовать и литературные памятники как дефектные, второсортные документы. Если наука о литературе хочет стать наукой, она принуждается признать «приём» своим единственным «героем». Далее основной попрос— вопрос о применении, оправдании приёма.)(罗曼·雅各布逊,《俄国诗歌的语法》(福音城伊·亚·博杜恩·德·库尔德内人文学院,1987年,第124页)(Роман Якобсон Грамматика русской поэзии, Благовещенский Гуманитарный Колледж им. И. А. Бодуэна де Куртенэ.)——译注

第四章 "斗争与论战的年代"(1916—1920)

艾亨鲍姆则表示他对建基在对作家生平的流行见解之上的"幼稚的心理现实主义"很不耐烦①。他把那种"把文学性(陈述)当做作者真实感情之流露和表达"的流行倾向当做一个例外②。而勃里克则嘲笑痴迷于普希金传记学研究的学者像个疯子,由于害怕死亡而竭力回答任何毫不相干的提问③。

但总而言之,俄国形式主义的先驱者们并不认为有必要花如此多的时间来揭穿"业已过时"的学院派学术界那些自封的学究和权威们。艾亨鲍姆蔑视而又倨傲地宣称:"和他们斗争则未见得有此必要"④。形式主义的这些代表人物们这是在节省弹药,以便对付更危险的对手象征派。按艾亨鲍姆的话说,"把最初的形式主义者团体凝聚到一起的,是把诗歌话语从哲学和宗教倾向的重重束缚下释放出来的这种愿望,而这一解放运动在象征主义中取得了相当显著的成果"⑤。

这种对主要目标的选择既受制于策略考量,同时也是对美学和方法论忠诚的结果。一方面对于现实主义所倡导的俄国文学研究的重新定向而言,象征主义是一个更加危险的障碍。虽然有阿克梅派的变节和未来派的造反,但像别雷的《象征主义》和伊万诺

---

① 参阅本书第三章,第 54 页。
② "果戈理的'外套'是如何写成的"(Kak sdelana 'činel' Gogolja),《诗学》(Poètika)(彼得格勒,1919),第 16 页。
③ 奥西普·勃里克(Osip Brik),"所谓形式方法"(T. n. formal′nyj metod),《列夫》(Lef),1923 年第 1 期。
④ 鲍·艾亨鲍姆(Boris Ejxenbaum),《文学》(Literatura),第 90 页。
⑤ 同上书,第 90 - 91 页。

夫的《犁沟与田界》(*Furrow and Boundary*)①这样的著作,对于俄国批评思想界的影响,仍然比学院派学究们为了交差而生产的平庸乏味的专著,要大得多。

把火力集中在象征派立场上的另外一个策略上的原因,是它的相邻性。别雷和勃留索夫在诗学园地里勤奋耕耘,并且差不多可以说是垄断了诗体学领域。为促使一种新的诗歌语言观念的诞生,看起来显然有必要对象征派理论权威及其理论前提的有效性,发出严峻的挑战。(在这方面非常值得一提的是雅各布逊对勃留索夫学术论著《诗体研究简明教程》(Brief Course of Verse Study)的评述②。

我们几乎没必要特意指出与象征主义的这一对立并不仅仅只是一个相互竞争或为了争夺"领导权"而相互斗争的问题。要求把诗歌研究"从宗教和哲学倾向下"释放出来的号召,最多不过是个辩论手法而已。它反映了人们对玄学的一种真实的反感和厌恶,同时也反映了早期形式主义宣言所特有的那种"新的对科学实证主义的强烈向往"③*。巴尔蒙特轻飘飘的印象主义,伊万诺夫的

---

① 参阅本书第二章,第 36-37、40 页。
② 参阅罗曼·雅各布逊(Roman Jakobson),"勃留索夫的诗体学与诗的科学"(Brjusovskaja stixoligija I nauka o stixe),《科学通讯》(*Naučnye izvestija*),1922。
③ 鲍·艾亨鲍姆,《文学》(*Literatura*),第 120 页。
* 艾亨鲍姆原话是,"将最初的形式主义团体凝聚起来的口号,就是要把诗歌语言从越来越紧地攫住象征主义者们的哲学和宗教倾向的重重束缚中解脱出来。象征主义理论家们内部发生的分裂(1910-1911 年间)以及阿克梅派的崛起为决定性的起义奠定了基础。所有的妥协之路都已断绝。历史要求我们具有真正的革命激情——决绝的命题、无情的嘲讽、大胆地拒绝无论怎样的妥协和屈从。但与此同时更重要的是要和象征派们从其理论著作中汲取灵感的主观主义美学原则做斗争,同时还要宣扬科

秘传法术都遭到了无条件的排斥。新型批评的主体构架建基在"科学地研究事实的坚实基础上[①]。

形式主义代表人物的这一不说幼稚,但却十分好战的经验主义[②],和他们的未来主义的理论定向有着紧密的联系。形式主义代表人物从超验主义立场的退却无论是由于新诗对他们的影响使然,或是相反,使他们对现代诗歌产生兴趣的原因之一,在此似乎显得并不十分重要。无论如何,被频繁卷入一个当代文学流派的斗争中来,赋予形式主义的咄咄攻势以更大的活力和气势,但同时也使其具有一种特殊的帮派色彩。

我们只需略微瞥一眼奥波亚兹和莫斯科语言学小组最初的出版物,就足以看出它们与赫列勃尼科夫的"价值自足语词"说之间何其相似乃尔。未来派纲领性宣言典型的对于语言符号的"外在形式"(outward form)或语音结构(phonetic texture)的迷恋,在奥波亚兹研究著作的标题本身中,就得到了证明。例如,列·雅库宾斯基论"诗歌语言的语音",论"实用话语和诗歌话语中同一性语流(Identical liquids)的聚集问题",勃里克分析"重复性语音",波

学-客观地对待事实的态度。而这也就是形式主义者们所特有的新的科学实证主义的激情,即摒弃哲学、心理学和美学阐释的前提等等。与哲学美学和艺术的意识形态理论的决裂是事物本身发展的现状所决定的。应当面向事实而远离一般体系和问题而从中段开始,即从艺术事实与我们遭遇的那个关节点上开始。艺术要求我们走近前来观察它,而科学也要求我们对它的阐释能更加具体入微。"——鲍里斯·艾亨鲍姆,《文学——理论·批评·论争》,拍岸浪出版社,1927年原版;芝加哥80号,伊丽诺伊,1969年重印本,第120页。——译者

① 同上书。
② 艾亨鲍姆在上文所引的一段话中指出,必须"回避任何及所有的哲学上的先入之见(preconception),回避任何及所有的心理学和美学的阐释"。

里瓦诺夫讨论"日语中的语势问题"①。

在一些特殊的话语类型中,具有首要意义的语音重于语义这一点,是由什克洛夫斯基明确提出来的②。他从诸如虚构类散文到民间文学,从摇篮曲到宗教赞美诗这样一些有着迥然差异的领域里援引大量重复出现的"无意义语"(trans-sense language)的大量例证。什克洛夫斯基提出这样一个命题,即使用一些不可意会或"毫无意义"话语的倾向,是一种符合深层心理需求的"一般话语现象"。他明确指出交际功能仅仅只是语言可能有的用途之一。"人们需要语言不光是为了表达思想或指称一个对象……一些超于意义的语词也是人所需要的"③。

什克洛夫斯基有关"诗歌和无意义语"的委婉之辞尽管不无挑战性但对为未来主义实验(诗)做辩护而言,却又缺乏一定的说服力,因此,雅库宾斯基开始采用富于说服力的功能语言学方法对声音在诗中的自主地位进行论证。他以这样一个显然来自博杜恩·德·库尔特内的假设作为自己的出发点,即"语言现象的分类,除了别的以外,还应从说话人采用其语言材料而从属的那一目的的

---

① 列夫·雅库宾斯基(Lev Jakubinskij),"论诗歌语言中的语音问题"(O zvukax poètičeskogo jazyka),1916;"实用语言与诗歌语言中同样平稳因素的聚集"(Sklopenie odinakovyx plavnyx v praktičeskom i poètičeskom jazykax),1917;奥西普·勃里克(Osip Brik),"论语音重复"(Zvukovye povtory),1917;波里瓦诺夫(E. D. Polivanov),"论日语中的语音手势"(O zvukovyx zestax v japonskom jazyke)。

② "论诗歌和无意义语"(O poèzii i zaumnom jazyke),《诗学》(Poètika),第13－26页。

③ 《诗学》(Poètika),第17页。

观点出发来进行"①。雅库宾斯基论证的下一个步骤,是在"语言表现手段非独立自存而仅仅只是交际手段"②,"实用语言"和语音 perse(本身),即具有价值的其他类型的话语之间,做出明确的区分③。

雅库宾斯基坚持认为"实用话语在审美上是中性的和非定型的。因此博杜恩·德·库尔特内才号召人们关注那些偶然的,"毫无条理"的话语现象:在日常语言交际中,在意图和实际话语之间一定的差异是允许存在的,只要听话人能知道说话人是在"说什么"即可。而在诗歌话语中却非如此:诗中的语音全部经过精心斟酌;语音因而进入了明确的意识域"④。

按照雅库宾斯基的观点,证明语音在诗中具有"可感性"(percepfibility)(osčutimost)的最佳证据,是诗歌话语的韵律化组织所提供的。而这一命题又在勃里克富于洞察力的论述"语音重复"(sound repetition)的文章中,得到了充分的论证⑤。这篇具有先驱性的论文的出发点,是想要对在普希金和莱蒙托夫诗中最经常出现的各种类型的头韵法进行归类整理。但这篇文章在方法论上的重要性却并不在于它那具有独创性的头韵法"辞

---

① 《诗学》(*Poètika*),第 37 页。
② 同上书。
③ 对于这一在形式主义文学理论中处于核心地位的区分方法的方法论意义我们将在本书下卷予以讨论。
④ 着重号系原作者所加。同上书,第 30 页。
⑤ "论语音重复"(Zvukovye povtory),《诗学》(*Poètika*),第 58 - 98 页。

格"类型学①,而在于作者所刻意予以强调的"诗歌话语的整合性质"。勃里克认为诗中的语音总谱并不仅仅只是个别几个"和谐"手法偶然撞击了听者耳朵的问题。诗歌整个语音结构都与此有关。韵律和头韵法仅仅只是(和谐悦耳法则)最重要的"正典化了的"表现形式罢了,是构成诗歌语言隐含原则的"语音重复"(zvukovoj povtor)的个别表现形式罢了②。

尽管奥波亚兹的多数论著是研究诗的和谐悦耳性和一般语言学问题的,但在《诗学》中也还有两篇重要论文是讨论虚构性散文的结构问题的。尽管如此,我们还是可以公正地说,诸如此类的"例外"也仍然完全"证实"了规则。这两篇论文都以十分严肃的态度讨论了叙事技巧问题,但同时虽非通篇,却仍有些人为做作地试图适应早期奥波亚兹的"主导理念"(idée maitresse)——对"语言手段"(verbal instrumentation)的压倒性的优势关注。

艾亨鲍姆在其富于启发性却又明显具有片面性的论文《果戈理的"外套"是如何写成的》③中,把注意的焦点集中在故事的语调

---

① 作为附录我们兴许可以补充一点,即在勃里克对于诗歌和谐悦耳性的探讨中,他所关注的并非是象征主义理论家们所热衷讨论的半谐音这个主题,而是谐音性重复。勃里克对头韵法的癖好和什克洛夫斯基对"发音器官方面"的迷恋,部分地可以归因于他们的未来派倾向。如上文所述,未来派诗人轻蔑并排斥关于"甜美流畅"(melifluence, sladkozvučie)的传统理想,而青睐充满难度、诘屈聱牙、笨拙万分的语音组合。例如克鲁乔内赫认为他的"无意义语"由"ДЫР, БУЛ, ЧУР"这三个音节组成,而马雅可夫斯基却半系调侃地对他写诗的伙伴们说俄语字母表里还有许多"好的字母未被发觉",如"ЕР, ЧА, ЩА"。

② "语音重复"(zvukovoj povtor)这一术语嗣后在俄国研究诗歌的学者中间得到了广泛的应用——无论其为形式主义者还是非形式主义者也罢。

③ "果戈理的'外套'是如何写成的"(Kak sdelana 'činel' Gogolja),《诗学》(Poètika),第 151–165 页。

上。这篇著名短篇小说被阐释为怪诞风格化的一篇杰作,是富于表现力的自叙体(skaz)的典范之作[①],这篇小说大量使用了语词游戏(word-play),同时也对"发音说话方式,语音模拟和语音姿势"给予了特殊的关注[②]。"外套"的情节被整体地在语言层面上描述为在两种风格层次——喜剧性叙事和感伤性修辞——游戏的一个结果。

同样什克洛夫斯基在其首次涉足小说理论的文章[③]中,假定在诗篇布局和风格手法之间有着十分紧密的联系。他坚持认为"情节布局技巧(sjuŽetosloŽenie)和语词措置手法是十分相似的,而且甚至可以说本质上是同一的"[④]。与此相应,在如建筑学"同义反复"(architectotic "tautology")——同类事件在叙事歌谣或童话中的频繁复现——和语词重复这样一些有着显著差异的现象之间,也有一些相似性得以研究[⑤]。在普希金长诗中出现的头韵法,民间歌谣中"反复出现的对仗"(tautological parallelism)以及叙事诗中的延宕手法或按什克洛夫斯基的表述即所谓"阶梯式结

[①] "自叙体"(skaz)很快就成了俄国形式主义风格学的关键术语之一(参阅本书下文第十三章,第238页)。在英语与虚构类散文有关的术语体系中并无与之相当的等值词。我们可以尝试性地把它当做一种把重点放在虚拟叙事者个人"语调"上的叙事手法(narrative manner)。

[②] 《诗学》(Poètika),第143页。

[③] "情节布局手法与一般风格手法的关联"(Svjaz′ priëmov sjuŽetosloŽenija s obščimi priëmami stilja),《诗学》(Poètika),第113-115页;后被收入什克洛夫斯基的文集《小说论》中。

[④] 《诗学》(Poètika),第143页。

[⑤] 按照什克洛夫斯基的说法,建筑学同义反复的典型例证出自古代法兰西的《罗兰之歌》,在长诗的进行过程中,敲石母题复现了三次。

构"(the staircase-like structure)①,也被当做是同一类范畴。

诗的和谐悦耳法则在此和以前一样被投射进了叙事学领域,而情节用雅各布逊的说法②则是语言手法的"现实化"(realization)。声音的至高无上地位得以强调。这样一来,文学作品其中包括虚构性散文就被描述为"由语音,语音器官的动作和思想共同编织而成的文章"③。

形式主义关于"语调结构的可感性"乃是诗体陈述之明确特征的观点使得彻底反思有关诗体本质问题的流行理论成为一种必要。这类反思的第一位受害者就是波捷勃尼亚有关形象(或意象)是诗歌语言特殊属性(specificum)这一流行学说。这一理由由于被形式主义者的直接先驱和"充满敌意的邻居"(hostile neighbors)象征派理论家们广泛应用而变得更加像是一种不祥之兆。

反驳波捷勃尼亚学说的任务由奥波亚兹最重要的调解人维克多·什克洛夫斯基热切地担当了起来。在这两篇文章④——中,什克洛夫斯基对这位中学校长把诗歌意象说成是通过熟稔解释不熟稔的东西的一种教学手段的观点,进行激烈的抨击。什克洛夫斯基宣称实际上与之相反的观点才是正确的。正如我们在"实用语言"中所能判明的那样,意象的诗歌用法在于一种"特殊的语义

---

① 《诗学》,第121-129页。在本书的第十三章中我们还将回到这个问题上来。
② 罗曼·雅各布逊(Roman Jakobson),《最新俄国诗歌》(*Novejšaja russkaja poèzija*)。
③ 《诗学》(*Poètika*),第153页。
④ "波捷勃尼亚"(Potebnia)(1916),"艺术即手法"(Iskusstvo kak priëm)(1917),《诗学》(*Poètika*),第3-6、101-114页。

转移"①,即把所描述的对象转移到一个截然不同的现实层面。要让熟悉者"变得陌生"(要让它显得像是头一次被人所看见那样。诗歌艺术的根本使命就是这样完成的:诗人那种"诘屈聱牙,拐弯抹角的话语"②为我们复苏了一个新颖而又如婴儿般透明的世界③。随着"反常的,被精心设置阻碍的形式"④作为人工障碍物被插入接受主体和所接受对象之间,习以为常的联想环节和自动化反应被打破:这样一来,我们也就能够"看到事物,而非仅仅只是认知它们"⑤。

挑战现实主义美学之意由此昭然若揭、毋庸置疑。不是通过具体意象来表现生活,而是相反,是通过诗人所能利用的一切手法来使自然发生创造性的变形,按照什克洛夫斯基的说法,这才是艺术的真正目标。

手法(priëm)被当做"创作诗歌作品——组合其材料、语言以及使其题材变形——的一种精细技巧,"现实"则成为形式主义的关键词和战斗口号。雅各布逊则更是态度坚决地宣称:"文学史如果想要成为一门科学,它就必须把艺术手法当作自己唯一的关注对象"⑥。文学作品的所有其他构成成分,以及其"意识形态",其

---

① 《诗学》(*Poètika*),第112页。
② 同上书,第115页。
③ 什克洛夫斯基在一段值得注意的文字中写道,"就这样,为了复活我们对生活的感受,为了让石头成为石头,这也就是我们所说之艺术存在的理由和根据。"(《诗学》(*Poètika*),第105页)。
④ 同上书。
⑤ 在本书第十章第176-178页,我们还将重提什克洛夫斯基的自动化理论。
⑥ 罗曼・雅各布逊(Roman Jakobson),《最新俄国诗歌》(*Novejšaja russkaja poèzija*),第11页。

情感内容，或人物心理都处于次要地位——如果不说它们全都是完全不适当的话；所有其他成分全都被当作所利用，所设计手法的 post factum（次要的）"理由和根据"（motivation）[①]而轻率地予以摒弃，这样做的目的，据推断，是为了使"文学产品"更可读，更能适合平庸读者的常识。

某些观点更加激进的形式主义者们的陈述甚至达到彻底否认社会和意识形态考量的相关切合性的地步。什克洛夫斯基粗鲁地写道："艺术永远独立于生活，在它的色彩中永远也不会反映城堡上空飘扬的旗帜的颜色"[②]。而雅各布逊也毫不犹豫地坚持认为"把（诗人作品中所表现的——V.厄利希注）思想和感情归罪于诗人，这种行为与中世纪观众抽打扮演犹大的演员的行为一样都是荒谬绝伦的"[③]。

诸如此类不无夸张的理论主张无疑给年轻的形式主义代表人物们的理论论证带来了可以预见到的诸多麻烦。但我们似乎不必要把雅各布逊或什克洛夫斯基的话过分当真。即使他们真正的观点在彼时彼地真的是"足够"激进的，但一点也是显而易见的，那就是他们所说的未见得就是他们的本意，而且，至少他们自己也已

[①] "手法的理由和根据"（motivetion of the device，motivirovka priëma）和与之相关的"手法的暴露"（laying bare of the device，obnaženie priëma）概念一样，是由雅各布逊首次提出来的，本书下卷我们还将用较大篇幅来讨论这两个概念。

[②] 维克多·什克洛夫斯基（Viktor Šklovskij），《马步》（*Xod konja*）（莫斯科－柏林，1923），第39页。

[③] 《罗曼·雅各布逊文集》，第16－17页。

第四章 "斗争与论战的年代"(1916—1920)

认识到自己有些过甚其辞了[①]。

梅德韦杰夫在其对形式主义学派的虽不无批评,但却又极其公正的评价中,正确地指出,把形式主义学派在1916—1921年间的出版物当做严格的学术著作对待,就意味着蔑视历史[②]。的确,要把俄国形式主义的过甚其辞放在适当的历史背景中去,我们就必须和梅德韦杰夫一起,认真地领会一下艾亨鲍姆在其具有总结意味的论文《形式主义方法理论》(1925)中的下述一段文字:

"在与(诸如意识形态和折衷主义——维·厄)传统斗争和论战的岁月里,形式主义者们将他们的全部力量凝聚起来,以明确地论证构造手法的至高无上的重要意义,而把其他一切都纳入背景中去……形式主义者们在与其反对者们的激烈斗争中所陈述的许多信条,很大程度上并非严格的科学原则,而是为了宣传的目的而以悖论方式予以加强了的口号罢了"[③]。

在很大程度上,俄国形式主义在其早期阶段中的强烈的夸张做法,应当归咎于一个年轻的批评流派竭力想要不惜任何代价地把自己与其先驱者们区分开来的自然而然的好战习气。把早期什克洛夫斯基和雅各布逊有欠缜密的夸大其辞归咎于未来派想要令

[①] 正如罗曼·雅各布逊所曾告诉过我的,在一次私下交谈中,什克洛夫斯基承认他有关"旗帜的颜色"的浮夸说法是有些过甚其辞了。但他又说,"矫枉过正"实际上也不失为一种好的战术。他半带调侃地指出,"过甚其辞并无害处,因为一个人无论如何永远也休想'得到'他所'要求'的全部目的的。"

[②] 巴维尔·梅德韦杰夫(Pavel Medvedev),《文艺学中的形式主义方法》(Formal′nyj metodv literaturovedenii)(列宁格勒,1928),第91—92页。

[③] 鲍·艾亨鲍姆(Boris Ejxenbaum),《文学》(Literatura),第132页。

平庸的公众感到震惊的传统,同样也是十分公正的。

但是绝非仅此而已。奥波亚兹论著刺耳的语调并不仅仅只是未来派喧嚣胡闹的一个回声而已。与后者不同,它还反映了一代人身上的特征,或更正确地说,是反映了一代人的精神气质。在1916—1921年那样一个战争与革命频仍,充满动荡和变故的岁月里,在那个各种思想激烈论争的大市场上,一个人想要使自己的声音能被人听到,就必须大声疾呼。

2

从严格的编年史观出发很难说俄国形式主义是革命年代的产儿。如上所述,早在1917年革命爆发以前,形式主义学派便已经诞生了。而在革命如火如荼的年代里,这一新批评流派也在积聚力量。早期形式主义的第三个也是最为重要的集体宣言《诗学》(1919),是在正在饱受国内战争蹂躏的严酷的彼得格勒出版的。这本书低劣的外观及其好斗的气质都打上了奥波亚兹文集产生时外在条件的深刻烙印。

对于那些把俄国形式主义当做"资产阶级颓废派"典型表现的人来说[1],任何想把形式主义信条说成是革命精神之体现的意图,都会显得如果不是反常,便会是徒劳无益的。形式主义方法是否

---

[1] 参阅列·普鲁特金(L. Plotkin),"苏联文艺学的三十年"(Sovetskoe literaturovedenie za tridcat´let),《苏联科学院语言文学分部学报》(*Izvestija Akademii Nauk S.S.S.R., Otdel literatury i jazyka*)(莫斯科,1947年第2期),第372页。

首先是宣扬"纯艺术"和"非政治化艺术"(apolitical)的避难所呢[①]？早期雅各布逊对于艺术手法苦心孤诣的迷恋和什克洛夫斯基想要使艺术"脱离"生活的狂热努力，究竟是不是典型的想要摆脱革命年代"迫切"问题的逃避行为呢？

"形式主义与革命"的问题其实并不像表面看起来那么简单。被某些严酷的"社会学"批评毫不留情地谴责的逃避现实的指责，应当予以慎重对待。如果我们把逃避现实定义为逃避积极参与当代政治斗争之义的话，那么，这一标签便未必适应于如奥·勃里克和列·雅库宾斯基这样的形式主义理论家。前者不知疲倦地工作在革命的"文化战线上"，起先担任莫斯科艺术学院的政委，后来则是激进革命派列夫团体的发言人[②]。雅库宾斯基虽然不如勃里克那么积极，但在革命最初的年代里，却是布尔什维克党的正式党员。至于据说是形式主义"逃避现实主义"(escapism)的主要倡导者的什克洛夫斯基，则其对革命政治的态度，则远比他那些"非社会化"(a-social)夸大言论所能意指到的更为复杂。在国内战争期间，他断断续续地摇摆于一个革命剧变的嘲讽的旁观者或消极的牺牲品和企图对政治行动做出无力揭示的姿式之间。这一矛盾心理在其回忆录性质的《感伤的旅行》(1923)[③]中得到了特有的表

[①] 参阅亚·瓦·卢纳察尔斯基(A. V. Lunačarskij)，"艺术中的形式主义"(Formalizm v nauke ob iskusstve)，《出版与革命》(Pečat i revoljucija)，1924年第5期，第23页。

[②] 什克洛夫斯基在《论马雅可夫斯基》(O Majakovskom)一书中称勃里克是"革命的看门人。"

[③] 维·什克洛夫斯基(Viktor Šklovskij)，《感伤的旅行》(Sentimental´noe putešestvie)(莫斯科－柏林，1923)，第67页。

现。什克洛夫斯基愁眉苦脸地写道:"我想我到底还是该让革命从我身边过去……当一个人像块石头一样坠落时,他是不该思想的,而当他思考时他却又不该坠落……我把这互不相容的两件事给搅在一起了。"①*

至于说形式主义者们对文学的"怎样"而非"什么"的迷恋在某种场合下可能成为规避刻板僵硬的意识形态承诺,或更具体说,即规避对官方意识形态的赞同和拥护的避难所这一点,也是不容否认的。但形式主义者们未必就该承受帕·柯甘傲慢而又歪曲的谴责,给他们冠以"可怜的,幼稚的,与其时代脱离了所有关系的专家"②。

此类漫骂的弱点在于它油嘴滑舌地把"同时代性"(sense of contemporaneity)与"对当前政治问题的适当态度或活跃兴趣"混为一谈。其次,根据某种狭隘的意识形态标准来评判一种理性思潮或科学理论这种做法究竟适当与否,也是颇值得人们怀疑的。对于所探讨的学说的更加适当的评价标准兴许该由研究某一特殊学科的方法来提供。

---

① 在此我们似乎应该补充一点,即对什克洛夫斯基这一自供状我们不能拘泥于字面上的理解。其回忆录中这种反复无常的语调,处处弥漫的反讽的语气,甚至使其表面上"坦诚直率"的陈述也染上了一种淡淡的含糊意味。

* 什克洛夫斯基的原话是,"当你像一块石头似地坠落时,你不必去思考;而当你去思考时,你可别坠落。而我却把这两件事给搞混了。推动我下坠的原因在我之外。推动他人的原因在他人之外。我只不过是一块下坠中的石头。但一块下坠中的石头也未尝不可以点起一盏灯,以便看清自己下坠的路线。"(维克多·什克洛夫斯基,《感伤的旅行》,消息报出版社,莫斯科,1990 年俄文版,第 143 页)。——译者

② 《全俄契卡通讯》(*Izvestija Vcika*)(莫斯科,1922 年第 16 期)(参阅本书第六章,第 99 - 100 页)。

从这一优越地位看,似乎可以把形式主义学派不管怎样当作革命时期的一个即便不无乖戾反常,但也毕竟合法的产儿,当作革命时期特殊理性氛围的一部分和主要部分。

1917年革命并不只限于是对俄国政治社会制度的一次彻底变革,它同时也极大地震撼了人们根深蒂固的行为方式、时代沿袭的道德规范和哲学体系。这一文化大变革不仅是政治革命的副产品,而且,一种旧制度的垮台引发并且加速和催生了这场文化大变革。对一切价值进行重估的思潮,对所有传统观念和常规做法进行激烈的重新评价的潮流,渗透到了革命中俄国的方方面面:在第一次世界大战结束后时期中,"规避静态和僵化,审判绝对"[1]几乎成为一种普遍现象。

一位著名物理学家赫沃尔松(Xvo'son)这样指出:"我们生活在旧的科学体系史无前例地分崩离析的时代……在今天被推翻的真理当中,不乏那样一些看起来似乎不言自明和似乎已成为所有理性之基础的观念……这一新科学的显著特征在于其许多基本命题的彻底的悖论性质,而后者显然与已经被公认为常识的东西相抵牾"[2]。

赫沃尔松有关"新科学"的说法用于表述由早期形式主义的纲领性宣言所代表的"新批评"也完全适合。"旧的科学体系的分崩离析,"基本命题的悖论性质"难道不正是对于雅各布逊正面抨击传统文学史以及什克洛夫斯基对波捷勃尼亚"自明真理"(self-

---

[1] 罗曼·雅各布逊(Roman Jakobson),"未来主义"(Futurizm),载《艺术》(*Iskusstvo*),1919年第2期。

[2] 引自《罗曼·雅各布逊文集》。

evident truth)的有力揭露的一种恰当描述吗？

如果说形式主义者们好战的传统主义在文艺学领域里真实地反映了当时的理性趋势的话，那么，这一批评运动的另外一个突出特征——即其彻底的经验主义——则同样也是确定无疑的。

对于这个革命的生铁时代而言，对"绝对"以及对彼岸的追求是根本无用的。革命的神秘主义是世俗的；革命的末日论是唯物主义的；而革命的宗教表现在对人类精神潜力和对"科学的"社会工程学和技术进步的有益效应的无条件尊奉和非理性信仰——"十月革命"的主要战略家和理论家弗·伊·列宁如是说。即使这句口号为了宣传的缘故而被精心简化过了，但其强调技术的核心宗旨仍然昭然若揭。

一个对关于灵感和语言的魔力的"闲谈"（loose talk）嗤之以鼻，而把"研究文学生产的规律"[①]当作自己主要关注对象的批评流派，从这一观点看，可以总是与 Zeitgeist（时代精神）完全合拍。一些"左翼"形式主义者们连忙宣称他们研究诗歌的"专业"方法具有鲜明的革命属性。例如，勃里克便坚持认为奥波亚兹以其对文学技巧的优势关注而可以被当作是"年轻的无产阶级作家的最好的老师"[②]。

无论对这一虽然真诚但未免有失傲慢粗率的主张有何评论，

[①] 奥·马·勃里克（O. M. Brik），"所谓形式方法"（T. n. formal′nyk metod），《列夫》（*Lef*），1923 年第 1 期。这一论点出自一位把形式主义主要当作是对未来派诗歌理论进行原理之阐释的人的手笔，这绝非偶然。（参阅马雅可夫斯基关于诗歌是"生产之一种"的名言，见上文第 48 – 49 页。）

[②] 同上书。

第四章 "斗争与论战的年代"(1916—1920)

但有一点看起来毋庸置疑,即奥波亚兹的文学"生产论"(productionism,创作论)至少与十月革命时期的创作积极性以及"资产阶级职业化作风"——官方批评界另外一个常规性说法(stock phrase)——有着诸多共同之处[①]。

历史条件的影响不仅在早期形式主义言论的实质中,而且也在这些言论的表现方式中有着鲜明的体现。国内战争时期的狂热氛围和艰难困苦的生活状况,使得持续性科学研究和大规模出版活动不可能展开(有证据表明形式主义研究者们具有一种即使是在面对诸多可怕的困难和障碍的情况下也仍然坚持工作的坚韧顽强、蓬勃旺盛的精神。什克洛夫斯基写道:"我的同事们常常不得不牺牲自己的藏书来烧火取暖。医生出诊的那天正赶上他们全家人都病了,所有成员不得不围坐在一个很小的房间里。他们这才稍稍暖和过来,从而得以勉强活下来。而鲍·艾亨鲍姆就是在这间小屋里写了他的那本《青年托尔斯泰》的。"[②]"书写得大多很匆忙,"什克洛夫斯基供认道。"没有时间认真从事著作的撰写。说的比写的多。"[③]

时代喧嚣奔腾的节奏要求人们写作简洁精练的格言警句体和打呼哨式的标语口号体。正如上文所引例证所清楚表明的那样,早期形式主义者们的著述,尤其是什克洛夫斯基的,都符合上述两

[①] 上述观点的目的丝毫不是想在"马克思—列宁主义"的坚定拥护者们眼中为俄国形式主义开脱——如果真这么做那也注定会是件费力不讨好的事,而是想对那些采用伪社会学方法对形式主义批评匆匆忙忙地进行阐释的意图提出质疑。

[②] 参阅《感伤的旅行》(*Sentimental'noe puteševstvie*),第 330 - 331 页。

[③] 同上书,第 345 页。

个要求。

某些老一代批评家严厉谴责形式主义在论战中的"大声疾呼"——指责他们在抨击时十分刻毒,同时在自我标榜上也毫无节制①。尽管类似的指责不无根据,但重要的是我们不要忘记,"大声疾呼"无论如何绝不仅仅只是奥波亚兹一伙人的专利,而实际上是在这一最动荡的时期里俄国文学批评风格中的一种普遍具有的特点。

在俄国文艺学史上,很难找到另外一个时期,会像国内战争和新经济政策时期那样,与当前苏联批评界单调沉闷,整齐划一的气氛相比,批评流派五彩纷呈,文学宣言层出不穷、雨后春笋一般汹涌澎湃、反差如此强烈的时期了。未来派和意象派,构成主义者和"熔铁炉"派,"无产阶级文化派"和"在岗位派"②——这里列举的也仅仅只是其中最重要的文学团体和组织——全都为争夺文学霸权而进行着激烈的斗争。每个团体都争先恐后地宣称自己的纲领是无产阶级艺术的纲领,是马克思—列宁主义美学的最高成果(last word),而骄傲地摒弃对手的主张,认为它们是"过时的"、"反动的"或"机械的"。

关于无产阶级文学问题的激烈论战常常染有学术上的教条主义色彩:文章中充满摘自"革命权威"——马克思、普列汉诺夫或列宁——的虔诚的引文,而且这类引文常常被当作具有决定意义的

---

① 例如 A.G.格尔费尔德(A.G. Gornfel'd),"形式主义者及其反对派"(Formalisty i ix protivniki),《文学札记》(Literaturnye zapiski),1922 年第 3 期。

② 参阅尼·列·勃洛茨基(N. L. Brodsij)和瓦·罗加切夫斯基(V. Rogacevskij),《文学宣言》(Literaturnye manifesty)(莫斯科,1929)。

论据。在革命的狂欢鼎盛时期,空谈理论不切实际的人品尝到一生中最愉快的时刻,而那些狂热的党派分子们则宣称他们创造了"纪念碑式的"、完全成熟了的无产阶级文化。由亚·亚·博格丹诺夫领导的无产阶级文化派希望采用一种被称为实验室技术的手段达到目标,而"在岗位派"则主要依靠共产党的"英明领导"。

但有一点是我们必须承认的,即凡此种种偏执狂一般的乌托邦幻想大多确是真诚的和自发的。而党的领袖们却并非理性自由的信仰者。他们通过"革命的审查机构"睁大警觉的眼睛关注着文学,时刻准备消灭一切"怀有敌意"的意识形态现象。不但如此,他们还滥用他们所谓"唯一正确的世界观"——列宁版的辩证唯物主义——对所有敌对的哲学体系或科学理论,即使不严厉镇压,也会加以百般阻挠。但在官方所许可的方法论领域里,在早期,仍然还是有一定的阐释上的地方性自由:在早期苏联批评界如瓦·弗里契,格·列列维奇,安·卢纳察尔斯基,瓦·别列维尔佐夫,瓦·波隆斯基,列·托洛茨基,亚·沃伦斯基这些权威专家中间,马克思主义文学理论的基础原理还可以在一种精神交流中反复斟酌。

只要马克思主义文学理论没有成为一种刻板的教条,则如形式主义这样的非马克思主义的异端邪说就仍有生存权。它得到公平申诉的机会也较多,因为它毕竟代表着一种新颖而又科学的研究方法,致力于研究一些极其需要予以阐释的问题。

当前批评界的多数讨论都围绕意识形态问题展开。对一位正统苏联批评家来说,艺术是一种认识方式,或从事阶级斗争的武器;而有时则系二者的合一。由此观点所能自然推导出的一个必然结论，就是必须坚持"内容首位说"①。尽管如此，文学形式问题仍然具有可观的吸引力。作为革新家的诗人们，无论信念为未来主义的，构成主义的抑或是意象主义的，总是喋喋不休地重申这样一个命题，革命形式是作为革命内容的真正的无产阶级艺术的必要的先决条件。一些 bona fide（真正的）马克思主义理论家也纷纷响应这些声明。无产阶级文化派代表人物阿·加斯切夫（A. Gastev）*坚持认为"无产阶级艺术观必然包含着艺术手法领域里的一次翻天覆地的革命"②。在一个新的受到无条件赞扬而旧的被严厉指责的时代，形式上的实验似乎是一种历史的必然。

国内战争时期对形式的迷恋主要集中在诗歌中，而诗歌一直到1922年都是一种最主要的文学文体。这一次一句古老的拉丁谚语还是应验了，即枪炮的哒哒轰鸣也无法淹没缪斯的歌声。从20世纪末启程的俄国诗歌的复兴正方兴未艾，而在完全不同的因素影响下，在革命后最初的五年中一直持续进行。一系列重大事件以其狂热的节奏和惊人的速度演变，阻碍着史诗类恢宏壮丽画卷的生产。纸张的严重匮乏迫使长篇小说家停笔。

诗人与小说作家不同，只要他愿意听从马雅可夫斯基的忠告"走向大街"面对听众的话，那么，即使没有印刷机，一段时间内也会过得很好。在大都市的咖啡馆或工人集会上发表口头演讲和朗

---

① 尼·列·勃洛茨基和瓦·罗加切斯基，《文学宣言》。
* 苏联画家。——译者
② 同上书。

诵诗歌,成为诗作者们对外传播其"产品"的唯一途径①。许多著名诗人都献身于这一媒体就丝毫不奇怪了。但或许更值得指出的一点,是公众几乎从未令诗人失望,甚至在被围困和几乎要被饿死的最艰难困苦的条件下也是如此。在被围困的彼得格勒或坚强不屈的莫斯科的文学咖啡馆里,半饥半饱、睡眠不足但仍然兴致盎然的听众,依旧贪婪地聆听着无须经过通常的"冷却期"而传达给消费者的诗歌。

有一点兴许会显得十分奇特,即不但从事诗歌创作的人自己或大声朗诵或浅吟低诵其诗歌,而且就连那些理论家们也不厌其烦地详尽阐释着"诗歌是如何写成的"的问题,而且在一个一切都不可预料的时代里居然也能找到真切关心和盼望聆听的听众。什克洛夫斯基在其《感伤的旅行》中称赞国内战争时期这种对诗学问题的大众化诉求,是革命所带来的理性求知欲锐化的结果。他认为意识的边界被拓展了,被从单调沉闷、死水微澜般千篇一律的日常生活中解放出来的人,开始睁大眼睛环顾四周。

既然万物流变无物常驻,所以,任何冒险行为,无论其表面看多么不合时宜且浮夸怪诞,也都会拥有成功之机会。"任何人无论他去做什么,是在红海军剧院开办一个提词员培训班,或是到战地医院开设一门有关音律理论的课程,他都必定能找到听众。那时

---

① 马雅可夫斯基援引了当时颇有影响力的文学杂志《红色处女地》(*Krasnaja nov´*)的主要批评家亚·列兹涅夫(A. Ležnëv)的话,把1917-1921年间的文学称为苏联文学的"口头演讲时期"(参阅《弗·马雅可夫斯基全集》,第5卷,第59页)。

的人全都非常渴望知识"①。

在激发公众对诗学问题的兴趣方面,几位富有经验的选择了与新政权密切合作的诗歌研究者,如瓦·勃留索夫和安·别雷,发挥了十分显著的作用。但形式主义者们反对俄国象征主义代表人物的原则立场,也持续不断地得到普及。奥波亚兹研究诗体学问题的经验主义方法,比别雷那种动摇于玄学和诗体学之间的方法来说,似乎更适合年轻的语言学家和文学史家们的经验主义思维方式。

至于老一代俄国文学研究者们则几乎已经不起什么作用了。什克洛夫斯基和雅各布逊对学院派文学史的激烈抨击,从其代表人物方面仅仅引起一些软弱无力、勉勉强强的反应。在其诞生后的五年中,形式主义学派不光在批评界引起广泛关注,而且也在学院派文艺学中建立了强大的运作基地。其中一个基地就是1920年彼得格勒国立艺术史学院设立的"文学史分部"②。

新设立的分部主任是维克多·日尔蒙斯基,他是一位学识渊博的历史学家和文学理论家,可以说是形式主义运动的同情者中

---

① 维·什克洛夫斯基(Viktor Šklovskij),《感伤的旅行》(Sentimental´noeputešestvie),第59页。
② 尼·伊·叶菲莫夫(N.I. Efimov),《俄国文艺学中的形式主义》(Formalizm-vrusskomliteraturovedenii),《斯摩棱斯克国立大学科学学报》(Naučnye Izvestija Smolenskogo Gosudarstvennogo Universiteta)(1929年第5期,第3页);维克多·什克洛夫斯基(Viktor Šklovskij),"俄国文艺学中的形式主义"(Formproblemeinderrussischen-Literaturwissenschaft),《斯拉夫语文学研究》(Zeitschrift für slavische Philologie)(1925年第1期)。

最有影响力的一位学者①。这一新成立的文学研究中心的活跃成员除日尔蒙斯基以外,还有谢·巴鲁哈特(S. Baluxatyj)、鲍·恩格尔哈特,鲍·艾亨鲍姆,格·古科夫斯基,维·什克洛夫斯基,尤·迪尼亚诺夫,瓦·托马舍夫斯基和维·维诺格拉多夫(V. Vinogradov)。其中只有几人是奥波亚兹的老人,绝大多数是新近加入形式主义文学理论阵营中的新人。其中有些人,如托马舍夫斯基和迪尼亚诺夫,在主要方面接受了由什克洛夫斯基和雅各布逊所阐述的形式主义学说,而后来又在发展和修正这一学说方面发挥了十分重大的作用。其他人,比如著名的青年语言学家维克多·维诺格拉多夫,很快便在形式主义运动的边缘地带,占据了一个非常显赫的位置。

形式主义在组织上的扩大在一定程度上改善了他们的地位和 modus operandi(运作方法、操作法)。尽管奥波亚兹由于一些如迪尼亚诺夫那样出色的新手加入力量有所增强,因而仍然是好战的形式主义的中心②,但形式主义在1921年以后的绝大多数普及教育和出版活动,都由艺术史学院进行。正是在这个学院里,艾亨鲍姆、什克洛夫斯基和迪尼亚诺夫与一个思想活跃、工作勤奋的青年学者群体认真研讨风格和布局、诗体结构和散文技巧问题。而且也正是在此学院的赞助下,很快就出版了一系列诗学丛书,其中

---

① 关于日尔蒙斯基(Žirmunskij)与奥波亚兹(Opojaz)的关系本书第五章第96-98页将加以讨论。

② 至于说到莫斯科语言学小组,那么,在20年代,其在形式主义运动方面并未发挥重大作用。在雅各布逊于1920年离开莫斯科以后,小组的活动明显涣散了。该小组内部两种哲学取向,即"马克思主义"和"胡塞尔主义"之间发生的重大分裂,进而导致形式主义的第一个核心团体的进一步削弱和最终解体。

收入了许多形式主义有关文学史和文学理论问题的极其重要的著作。

早期形成期的"狂飙突进"(sound and fury)尘埃落定了。形式主义日渐成熟。大吵大闹、炫耀才学的格言警句,"悖论式强化了的标语口号"[①]也不再适用了。纲领性宣言开始让位于批评论著。最初以简明和夸张的方式予以陈述的理论信条,必须在具体材料中,在有关理论诗学和历史诗学的更加扎实的著作中,加以检验,或继续维护,或如有此必要的话。

---

① 参阅本书第 78 页。

第五章 狂飙突进的年代
（1921—1926）

1

形式主义学派的成熟期以原初探索领域的显著扩展为醒目的标志。对于诗歌和谐悦耳性的迷恋开始让位于一种更具有包容度的文学形式观。诗歌习语的声音和意义也都同样值得批评家予以细致入微的考查。对语义学的日渐熟稔导致众多以研究文学艺术作品所采用的风格和谋篇布局、意象与叙事技巧问题为重点的研究论著的产生。

虚构散文问题在形式主义文学研究中显得越来越突出。维克多·什克洛夫斯基继其早期论文《情节布局手法与一般风格手法的关联》[①]之后，又写了一系列研究长篇小说和短篇小说机制问题的论著。应当一提的是他的《"特里斯坦·香迪"与长篇小说理论》

[①] 维克多·什克洛夫斯基（Viktor Šklovkij），"情节布局手法与一般风格手法的关联"（"Svjaz' priëmov sjužetosloženija s obščimi priëmami stilja)，《诗学》（*Poètika*），第 113-150 页。后收入什克洛夫斯基的文集《小说论》（*O teorii prozy*）。

和《情节的展开》这两篇文章①,后来都被收入文集《小说论》中②。

当奥波亚兹领袖人物忙于为形式主义的虚构散文理论奠基时③,一些在形式主义运动的边缘地带从事独立研究工作的学者,如维克多·维诺格拉多夫或马·彼特洛夫斯基,却在探讨果戈理小说的结构④或莫泊桑的短篇小说⑤。

尽管对艺术散文有着显著兴趣,但诗歌仍然是许多形式主义者和准形式主义研究者们主要关注的对象。但在诗歌研究领域里,关注重心的显著转移也是有目共睹的。随着对未来派"价值自足语词"的迷恋有所减弱,更多关注的焦点转移到了诗人的词汇和句法装置问题上。"诗歌句法学"开始成为形式主义诗歌理论中最有活力的一部分⑥。日尔蒙斯基在其被经常引用的《诗学的任务》(The Aims of Poetics)中,把研究无处不在的"语言母题"(verbal theme)——在诗人作品中重复出现的语词或词组——当作文学理论家们的主要任务之一。

---

① 维克多·什克洛夫斯基(Viktor Šklovkij),"特里斯坦·香迪与小说理论"(Tristram Shandy Sterne'a i teorija romana)(彼得格勒,1921);《情节的展开》(*Razvertyvanie sjužeta*)(彼得格勒,1921)。

② 维·什克洛夫斯基(Victor Šklovkij),《小说论》(*O teorii prozy*)(莫斯科,1929)。

③ 参阅本书第十三章,第239-250页。

④ 参阅维诺格拉多夫(Vinogrodov),"果戈理'鼻子'的情节与结构"(Sju žet i Kompozicija povestii Gogolja, 'nos'),《开端》(*Načala*),1920。

⑤ M.彼特洛夫斯基(M. Petrovskij),"莫泊桑短篇小说的结构"(Kompozicija novelly u Maupassanta),《开端》(*Načala*),1921;"小说形态学"(Morfologija novelly),《诗学》(*Ars poetica*)(莫斯科,1927)。

⑥ 维克多·日尔蒙斯基(Victor Žirmunskij),"诗学的任务"(Zadači poètiki),《开端》(*Načala*),1921(后收入日尔蒙斯基文集,《文学理论问题》(*Voprosy teorii literatury*),列宁格勒,1928)。

第五章 狂飙突进的年代(1921—1926)

这些概念在日尔蒙斯基论述亚历山大·勃洛克意象[①]的论文——此文对俄国最伟大的象征派诗人诗歌中各类隐喻之间的相互关系问题,进行了细致缜密的分析——占据了显著地位。维诺格拉多夫也以类似方式对另一位当代抒情诗人安娜·阿赫玛托娃的语料库(verbal repertory)进行了分析。维诺格拉多夫在其殚精竭虑写成的论著[②]中,根据这位女诗人数量稀少的隐私性诗歌中不断重复出现的特殊的"意群"(semantic clusters),对阿赫玛托娃诗歌的风格进行了讨论。按照维诺格拉多夫的观点,选词和词组以及在全诗整体语境支配下对它们的修正,为理解阿赫玛托娃狭隘亦且自闭的诗歌世界,提供了颇有价值的线索。

这一经过修正的诗歌形式观,渗透到了俄国形式主义的第二个时期中,并体现于无数试图在诗的声音和意义间确立紧密联系的研究中。形式主义理论家们是如此真切地熟知诗歌语言的有机整体性,因而是不会对仅仅在诗体学和风格学考量之间来回穿梭的理论话语感到满意的。他们倾向于既反对德国典型的"语音分析学派"(Schallanalyse)[③]诗体学研究中的纯声学方法,也反对根

[①] 维克多·日尔蒙斯基(Victor Žirmunskij),"亚历山大·勃洛克的诗学"(Poèzija Aleksandra Bloka),《论亚历山大·勃洛克》(Ob Aleksandre Bloke)(彼得格勒,1921)(后收入文集《文学理论问题》(Voprosy teorii literatury))。

[②] 维克多·维诺格拉多夫(Viktor Vinogradov),《论安娜·阿赫玛托娃的诗歌·风格解析》(O poèzii Anny Axmatovoj, Stilističeskie nabroshi)(列宁格勒,1925)。这篇论文的扩展版后以《论安娜·阿赫玛托娃的象征》(O simvolike Anny Axmatovoj)为题出版,见《文学思想》((Literaturnaja mysl)(列宁格勒,1922)。

[③] 参阅德国诗歌研究领域里叶·西耶沃尔(E. Siever)学派对这一问题的讨论,见鲍·艾亨鲍姆《诗的旋律》(Melodika stixa)(彼得格勒,1922,第12-13页)和日尔蒙斯基的论文"诗的旋律"(Melodika stixa),《文学理论问题》(Voprosy teorii literatury),第89-153页。

据诗人所用词汇的库藏而根本不参照其作诗法来对其诗歌风格进行界定的一般倾向。艾亨鲍姆在其论文《形式主义方法的理论》(The Thoery of the Formalist Method)中写道:"应当关注某种既与句子紧密相联,同时又不致引导我们远离诗歌,某种与在语音和句法的接缘地带所能发现的东西。这也就是那种叫做句法学的东西"[1]。

对韵律和句法间难以摆脱的复杂关联及其相互制约性予以关注,已经成为20年代中期形式主义诗歌研究的主题。例如,奥西普·勃里克试图对俄国诗歌中重复出现的"韵律—句法模式"进行归类整理[2],而维·日尔蒙斯基则在其《抒情诗的布局》(Composition of Lyrical Verse)[3]指出,"诗节既是句法也是韵律单位"。鲍里斯·艾亨鲍姆则从话语旋律的立场出发做了一个有趣的实验,即创建一种俄国抒情诗类型学[4]。

在另外一部论述诗歌中语音材料的组织及韵律问题的论著中,则采用了与此类似的方法。鲍里斯·托马舍夫斯基则在其推

---

[1] 参阅鲍里斯·艾亨鲍姆(Boris Ejxenbaum),《文学》((*literatura*)(列宁格勒,1927)。

[2] 这里指的是勃里克在1920年奥波亚兹例会上宣读的论述韵律—句法模式问题的论文。这次演讲成为《列夫》杂志在1927年发表的一系列有关"韵律与句法"问题的文章的基础。

[3] 维·日尔蒙斯基(Victor Žirmunskij),《抒情诗的结构》(*Kompozicija liričeskix stixotvorenij*)(彼得格勒,1921)。

[4] 鲍里斯·艾亨鲍姆(Boris Ejxenbaum),《诗的旋律》(*Melodika stixa*)(彼得格勒,1922)。

第五章　狂飙突进的年代(1921—1926)

理严密的文章《俄语诗体学》(Russian versification)[①],即在其分析四音步抑扬格(iambic tetrameter)[②]的论文中,阐述了他的一行诗即一连串可以理解的语词单位,而非仅仅只是重音和非重音音步之交替的观点。在方法论方面结出的更大的硕果,是罗曼·雅各布逊的专题论文《论捷克诗》[③]中,对于韵律模式的比较分析中援用语义学标准的适当性问题进行了论述[④]。

理论诗学领域里关注重心的变化还伴随着对于文学史的日益频繁的涉足。形成这一发展倾向的原因很容易解释,即形式主义批评家自然想要在具体文学材料的基础上,对其一般性归纳概括的效力,进行试验。但全部实情并非仅限于此。用艾亨鲍姆的话说,"向文学史方向转移这绝不仅仅是个原初探索领域的扩大问题。这与我们形式概念的重大修正问题有着密切的关系。有一点很清楚,即艺术作品从来都不是在孤立状态下被人接受的,艺术作品的形式永远都是在以其他作品为背景的条件下被人观看的"[⑤]。

早期奥波亚兹最反感的现象之一,就是19世纪文学研究中的

[①] 参阅鲍里斯·托马舍夫斯基(Boris Tomaševskij),《俄语诗体学》(*Russkoe stixosloženie*)(彼得格勒,1923);鲍·日尔蒙斯基则称赞此书为"有关俄语诗体学的第一部科学的教科书"(参阅"俄国文艺学问题"(Form probleme in der russischen literaturwissenschaft),《斯拉夫语文学研究》(*Zeitschrift für slavische Philologie*),1925年第1期。

[②] 参阅鲍里斯·托马舍夫斯基(Boris Tomaševskij),《论诗》(*O stixe*)(列宁格勒,1929)。

[③] 罗曼·雅各布逊(Roman Jakobson),《论捷克诗》(*O češskom stixe, preimuščestvenno v sopostavlenii s russkim*)(柏林—布拉格,1923)

[④] 对于托马舍夫斯基与雅各布逊观点更为详尽的讨论,请参阅本书第十二章第212-220页。

[⑤] 鲍里斯·艾亨鲍姆(Boris Ejxenbaum),《文学》(*Literatura*),第113页。

极端历史主义（extreme historicism）。形式主义者们在抛弃"起源学谬误"（genetic fallacy）以后，起初倾向于一种纯粹的文学艺术描述观。在传统文学史家探讨特定现象起源问题的地方，形式主义者们却只对其布局感兴趣。前者感兴趣的问题是"文学事实"究竟是怎么来的，后者却想要弄清它究竟是什么以及是由什么构成的。要回答这些问题，显然有必要先把现象从历史的先行者和后继者一系列考量下解救出来，然后把它分解成个别成分，再逐一对之进行细致考查。

什克洛夫斯基在1921年写道："文学作品是其所用所有风格手法的总和"[①]。与其大叫大嚷片面偏激截然不同的是，什克洛夫斯基的这一公式暴露出一种机械论谬误，是典型的早期奥波亚兹式思维方式。"总和"（sum-total）这一术语显然意味着这是一种把文学形式仅仅当作包袱，当作一种个别手法的松散集合的观点。此后不久这一观点也得到显著修正。什克洛夫斯基的"手法的总和"开始被一种审美"系统"观所取代，在后者中每一手法都有由其实施的特定功能。研究文学技巧的静态方法开始让位于风格是动态整合原则的观点。迪尼亚诺夫于1924年写道："文学作品的整体并非对称缜密的整体，而是……一种动态整合……文学作品的形式必须被描述为一种动力学"[②]。

换用一种比较通俗易懂的话说，这也就意味着研究和描述一

[①] 维·什克洛夫斯基（Victor Šklovkij），《罗扎诺夫》（*Rozanov*）（彼得堡，1921），第15页。

[②] 尤里·迪尼亚诺夫（Jurij Tynjanov），《诗歌语言问题》（*Problema stixotvornogo jazyka*）（列宁格勒，1924）第10页。

第五章 狂飙突进的年代(1921—1926)

种特定的"建构性手法"这仅仅只是批评家所做工作的一部分。批评家的另外一个或许更其重要的职责,是"确定一种艺术手法在每一个别特殊场合下应用时的特殊功能"①。但此时的形式主义者们却坚决认为这一功能并非恒定不变的。这一功能取决于审美整体,取决于完整语境,因而,也就必定会从一个作家到另一个作家、从一个流派到另一个流派都有所不同。一种在一个时期中可以制造喜剧效应的东西,在另一种不同的历史环境下,却会成为悲剧的元素②。例如,为了能区分"手法"各种用法的区别,为了能够在特定审美系统中确定其作用和相对价值,无论个别艺术作品、诗人的全部遗产还是整个文学流派,都有必要后退到文学演变这一概念上来,以便能在历史的景深中看清"文学事实"。艾亨鲍姆的诊断本质上是正确的:正是形式主义文学理论的内在演变创造了开拓文学史的必要性。

1922—1926年间,是形式主义和准形式主义关于俄国文学史研究——对个别作家或文学流派③的非正统的、勇敢无畏的、常常充满了重估一切价值之精神的研究——大获丰收的年代。在此应当予以提及的著作,有尤里·迪尼亚诺夫的《陀思妥耶夫斯基与果戈理》(1921)、《拟古主义者与普希金》(1926),鲍·托马舍夫斯基

---

① 鲍里斯·艾亨鲍姆(Boris Ejxenbaum),《文学》(*Literatura*),第114页。
② 按照形式主义理论家们的说法,说明这一点的最佳例证是由怪诞在古典主义和浪漫主义诗歌中各自不同的用法所提供的。正如托马舍夫斯基在其发表于《斯拉夫研究评论》(*Revue des études slave*)(1928年第8期)的、论俄国形式主义的论文中所说,怪诞在古典主义时期曾被专门用作一种喜剧手法,而在浪漫主义时期却又成为经常在悲剧中出现的一种成分。
③ 下文所提及的某些作品有的在1921-1926年间首次在书评中出现,并直到20年代末都曾以正式书籍形式出版过。

的《普希金》(1925),鲍·艾亨鲍姆的《青年托尔斯泰》(1922)、《莱蒙托夫》(1924)以及其论文《普希金"诗学"问题》和《涅克拉索夫》[1]。而在接近形式主义(near-Formalism)的学术著作中,最重要的是瓦·维诺格拉多夫对果戈理以及俄国虚构散文中所谓的"自然派"的考察[2],以及维·日尔蒙斯基关于拜伦对普希金的影响问题所做的学术性分析最为重要[3]。

对于俄国文学黄金时代的显著迷恋不必一定非得解释为是从早期奥波亚兹研究所典型具有的文学现代主义立场后退的结果。齐心协力探索研究普希金时代是与对当代俄国文学的剖析并行不悖地同时进行的。维诺格拉多夫和艾亨鲍姆对安娜·阿赫玛托娃的研究,与什克洛夫斯基被人广泛援引的著名论文《罗赞诺夫》[4],都雄辩地证明形式主义批评家们对现代文学风格有着不曾衰减的兴趣。

对于什克洛夫斯基或艾亨鲍姆来说,文学史并非一个明确的研究领域,而是研究文学问题的一种方法。从这一立场出发,安娜·阿赫玛托娃是一个和罗蒙诺索夫或果戈理一样好的进行"历史"考察和研究的对象。早期形式主义历史主义的核心要点,与其

---

[1] 参阅艾亨鲍姆文集《透视文学》(*Skvoz' literaturu*)(列宁格勒,1924)。

[2] 维克多·维诺格拉多夫(Viktor Vinogradov),《果戈理与自然派》(*Gogol's i natural' naja škola*)(列宁格勒,1925);《果戈理风格试论》(*Ètjudy o stile Gogoloja*)(列宁格勒,1926)。

[3] 维·日尔蒙斯基(Victor Žirmunskij),《拜伦与普希金·浪漫主义长诗史论》(*Bajron i Puškin. Iz istorii romantičeskoj poèmy*)(列宁格勒,1924)。

[4] 参阅脚注 20,瓦·瓦·罗扎诺夫(V. V. Rozanov)是当代俄国批评家,随笔作家和哲学家。

说是把文学的"往昔"当作对历史进程的一种迷恋而加以关注,倒不如说是对文学交替演变的潮起潮落,对"文学流派自身"的消长问题感兴趣[①]。一个诗人或一个文学团体在此往往被看作一个因素,而非一个事实;被看作是制造事件的一种力量(event-making),而非事件——即一个杠杆,或在特定文学环境下运行的力量之结果。对于形式主义文学史家来说,最重要的不是艺术家的创造个性——一种即便不是不可捉摸的实体,那也是不可避免的独一性——而是他的艺术作用,是他在文学演变总格局中所占据的地位。这样一来,诗人的生平于是成为说明文学机制问题一般规律的实例。历史研究就这样渐渐地让位给了文学史理论。形式主义批评家的理论迷恋就这样再次得到重申。

某些形式主义学派的反对者们曾试图要我们相信奥波亚兹所生产出来的历史研究,只是披了一层薄薄的设计巧妙的以经验确证形式出现的一般性先入之见的理论伪装而已。对此种观点我们发觉很难与之苟同。在本书的最后一章中我们将试图证明形式主义对文学史的兴趣远不止是一种伪装而已。但无可否认的是,批评实践在此也还是倾向于一次又一次地跨越理论考量。对一个文学流派、一个作家或一个单个文学作品的考察,往往只是飞向一般性方法论归纳概括的跳板,其重要性要远远大于所思考的历史问题。艾亨鲍姆写道:"我们关于文学演变问题的第一个主张是在与具体材料的关联中以偶然见解的方式予以表述的。一个特殊问题

---

① 参阅鲍·艾亨鲍姆(Boris Ejxenbaum),《莱蒙托夫》(*Lermontov*),第 8 页。

会忽然具有一般问题的规模"①。

尤里·迪尼亚诺夫对于形式主义文学研究的首次贡献,篇幅虽小但却能给人以丰富启发的著作《陀思妥耶夫斯基与果戈理:兼论讽刺性模拟理论》②,就是一个最恰当的绝佳例证。这部敏锐的著作显然涉及陀思妥耶夫斯基在其小型长篇小说*《斯捷潘奇科沃村及其居民》(家庭之友,The Friend of the Family)中与果戈理《与友人书简选》直接进行呼应的部分内容。迪尼亚诺夫提出一个观点,认为小说主要人物福马·奥皮斯金(Foma Opiskin)的演说,实质上是对果戈理那本引起高度争议的书简选关键段落的讽刺性模拟。这部小说的主题得到了给人强烈印象的华丽引文的支撑。但迪尼亚诺夫这部著作主要关心的问题,并非在这两部既有独创性又颇有说服力的作品之间的平行对称现象。关注的重心在此书中被转移到了侧面。文章关注的重心是关于讽刺性模拟和风格化插笔和"偶发性议论"乃是文学嬗变之催化剂的命题。

与迪尼亚诺夫的即兴式文学理论话语有着密切联系的什克洛夫斯基的文学演变模式,最初是以与具体文学分析有关的页边注记的形式加以阐述的。在什克洛夫斯基有关罗赞诺夫的著作中,有关文学变革的动力的纵横捭阖的一般议论常常穿插在显然已经成为此著显在主题的罗赞诺夫风格手法的讨论过程中③。

---

① 鲍·艾亨鲍姆(Boris Ejxenbaum),《文学》(Literatura),第116页。
② 在这个例子中,这部论著广阔的方法论内涵仅从其标题上就可以明显看出来。
* 俄语中有"中篇小说"(повесть)这一术语,英语里却无与之对应的等值词。此处"小型长篇小说"(short novel)实即俄语"中篇小说"的代用语。——译者
③ 对于什克洛夫斯基和迪尼亚诺夫关于文学嬗变的思想我们将在本书第十四章讨论,见第257-260页。

这种超越设定主题界限的倾向,在雅各布逊讨论捷克诗体学问题的著作中显然也有所表现①。这部前沿性著作实际探讨的范围显然远比它那简陋的标题所具有的含义广阔得多。即便雅各布逊这部著作的主体部分实际上是关于主要在与俄语的并列比较中的捷克诗体学问题的,其有关研究比较韵律学的新的"音位学"方法的相关陈述,仍然具有很重大的历史意义。②

2

发展演变的自然伴随物必然是变异。这一生物学规律看起来在思想史上也依然是真理。在这方面形式主义学派不会是个例外。学派的发展壮大不仅以攻关研究新问题,从而使研究范围得以扩展为标志,而且还大大超出了奥波亚兹骨干成员探索的范围。随着俄国形式主义从一个批评家小圈子演变发展为一个成熟的批评运动的过程,它吸引并且也影响了为数众多的知识背景、方法论立场以及美学信念具有显著差异的文学研究者。这样一来,也就为歧义纷出的对形式主义基本信念的阐释铺平了道路,同时也为个别人背离公认所谓"正统"奥波亚兹学说提供了可能。诸如此类的异端邪说必然会对形式主义学派在其早期草创阶段所曾夸耀的无论怎样的同质性,多少有所损害。

但这并不意味着形式主义的第一个阶段就完全不曾有过任何

---

① 参阅第 90 页(即本书中文版本第 123 页)脚注④。
② 参阅本书第七章,第 218 - 220 页。

外在冲突。即便先不论前一章中所提到的那些个人差异,实际上从形式主义运动开始产生的那一天起,在彼得堡诗歌语言研究会(Opojaz,Petrograd Society for the Study of Poetic Language)和"莫斯科语言学小组"(Moscow Linguistic Circle)之间,在研究关注的重点方面,就有显著差异。争论中的主要焦点是文艺学与语言学的相互关系问题。虽然形式主义这两个中心都宣扬要与语言科学密切合作,但莫斯科形式主义者们的语言学定向,正如其小组名称本身所意味的那样,具有特殊的弥散性和冲击性。

奥波亚兹领袖人物都主要是些文学史家,他们转向语言学是为了将其当作尽力解决文学理论问题时必须使用到的一套概念工具。与之相反,莫斯科人则大都是些语言学者,他们发现现代诗歌是检验其方法论假说的试验场。对什克洛夫斯基和艾亨鲍姆来说语言研究是一个同族同源领域,或更确切地说,是所有辅助学科中最恰当的领域。而对雅各布逊或博加特廖夫来说,诗学是语言学的组成部分。

后一种学术立场在罗曼·雅各布逊——莫斯科语言学小组在1915—1920年间的主要代表人物——的早期著作中,得到了最强有力的表现。在对赫列勃尼科夫[①]的研究中,雅各布逊提出一个个案,采用不确定方式,对诗歌进行协调一致的语言学研究。雅各布逊指出语言科学在诗歌研究领域里的霸权之所以必要,既是由传统文学研究在方法论上的不适应性,也是由诗歌创作的性质本

---

① 罗曼·雅各布逊(Roman Jakobson),《最新俄国诗歌》(*Novejšaja russkaja poèzija*),第 5 页。

第五章 狂飙突进的年代(1921—1926)

身所决定的。雅各布逊写道:"诗歌就只是在其审美功能中的语言"①*。由此必然得出的一个结论就是诗歌学者应当从语言科学中汲取启示,或用更专业化的说法,诗歌研究者应当从以"功能"或目的为对象,把言语行为(speech-activity)当作其主要研究对象的现代语言学学派中,汲取灵感。

对众多奥波亚兹先驱者和同情者们来说,这种说法似乎带有太浓厚的"语言帝国主义"(或语言领域的帝国主义,linguistic imperialism)②的味道。他们并未忽略雅各布逊下述主张的有效性,即"诗歌研究竟然如此落后于语义学研究"③。他们被迫承认迫切需要与现代语言科学维持友好关系(rapprochement),但同时也主张文学研究在其研究目标和研究方法上的基本自主性④。

这一完全公正可行的观点显然被某些含糊可疑的推理过程给削弱了。当日尔蒙斯基对雅各布逊的公式提出质疑,指出文艺作品是不可以被降低到语言基础层面上时,他无疑处于安全地带。但当他轻率地断言在某些文学文体中,如在长篇小说中,语言材料

---

① 罗曼·雅各布逊(Roman Jakobson),《最新俄国诗歌》(*Novejšaja russkaja poèzija*),第11页。

* 按,雅各布逊的原话是,"诗歌即在其审美功能中的语言"(Поэзияестьязыквегоэстетическойфункции.)。(罗曼·雅各布逊,《俄语诗歌的语法》,布拉格维申斯克大学博杜恩·德·库尔特内学院,1998年俄文版,第124页)——译者

② 参阅罗曼·雅各布逊(Roman Jakobson),《俄国战争与革命时期的斯拉夫语文学》(*Slavjanskaja filologija v Rossii za gody vojny i revoljucii*)(奥波亚兹,1923)。

③ 罗曼·雅各布逊(Roman Jakobson),《最新俄国诗歌》(*Novejšaja russkaja poètiki*),第5页。

④ 维·日尔蒙斯基(Victor Žirmunskij),"诗学的任务"(Zadači poètiki),《开端》(*Načala*,1921);鲍·艾亨鲍姆,《诗的旋律》(*Melodika stixa*)。

在审美意义上是"中性的"时,他无疑犯了过分简单化的错误[①]。

同样,艾亨鲍姆对于诗学与语言学关系问题的讨论,也暴露了其在方法论立场方面一定程度上的幼稚性。他在这两个领域之间划了一条明确的界线,指出:"诗学是建基在目的论原则之上的,因此,它把手法概念当作其出发点。而语言学则和所有自然科学一样,主要围绕因果律范畴来运思,而后者也就是关于现象本身的概念"[②]。

这段话暴露出说话人艾亨鲍姆对当前语言科学发展进程缺乏了解。运用自然科学的标准对语言学进行分类,这在 19 世纪末期也许是正确的,因为那时的语言学家紧跟在科学家之后亦步亦趋,而且他们自己所最为关切的,也主要是些与生理学(发声学)和物理学(声学)有关的言语问题。而在本世纪[*]的第三个十年间,这样的分类法显然是一种时代错误。当时,通过如费尔迪南·德·索绪尔和博杜恩·德·库尔特内(Bandouin de Courtenay)这样的语言理论家的努力,"目的论原则"(teleological principle)已经被广泛认可为现代语言学的一块基石[③]。

在莫斯科语言学小组和彼得堡"美学家们"之间所发生的这些分歧,最终被另一种更加重要的分歧所取代,后者可以被描述为在

[①] 维·日尔蒙斯基(Victor Žirmunskij),《文学理论问题》(Voprosy teorii literatury),第 123 页。

[②] 鲍·艾亨鲍姆(Boris Ejxenbaum),《诗的旋律》(Melodika stixa),第 14 页。

[*] 按,指 20 世纪。——译者

[③] 对"语言学与自然科学"这一问题的讨论,可以参阅 E. 卡西尔(E. Cassirer)一篇优秀论文"现代语言学中的结构主义"(Structuralism in Modern Linguistics),(《语词》(word),1945 年第 2 期)。

第五章 狂飙突进的年代(1921—1926)

"极端派"和"稳捷派",即以纯形式主义的拥护者们及其正统派学生们为一方,而以形式主义运动中的独立分子、"同路人"(fellow, travellers)为另一方之间所产生的裂缝。

在准形式主义稳捷派中显得十分突出的维·日尔蒙斯基在这场论战中发挥了十分重要的作用。正如上文中我们刚刚指出过的那样,在形式主义早期岁月里,日尔蒙斯基曾与艾亨鲍姆联合共同反对雅各布逊的极端主张[1]。后来,随着讨论重心从"诗学和语义学"问题转移到"应用形式主义方法的界限"问题方面[2]后,联盟阵线也就发生了相应变化。这次日尔蒙斯基发现自己既与艾亨鲍姆也与雅各布逊,实际上也就是与形式主义学派的所有代表人物都发生了相互矛盾。

作为一位卓越的学院派学者,日尔蒙斯基在奥波亚兹早期讨论和出版物中到处都弥漫的波希米亚氛围中总觉得不像在自己家里那么自在。对什克洛夫斯基未来派式的奇装异服古怪行为,他嗤之以鼻;同时,对无论是奥波亚兹的纲领性宣言还是对形式主义者们公然标榜的"走上大街"(to go out into the street)和使有教养的庸人(philistine)感到震惊、迷惑从而引起关注的愿望,往往

---

[1] 在此我们可以补充说明的是,彼得格勒的某些形式主义者,比如谢·季·伯恩斯坦(S.T.Bernstein)、E.D.波里瓦诺夫(Polivanov)和瓦·维诺格拉多夫(V. Vinograndov),在基本观点方面是赞同雅各布逊的立场的。

[2] 参阅维·日尔蒙斯基(Victor Žirmunskij),"关于形式方法问题"(K voprosu o formal'nom metode),奥斯卡·沃尔泽(Oscar Walzel)所著《诗歌形式问题研究》(Problema formy v poezii)(彼得格勒,1923)俄文译本所写的导读性序言第3-23页(此文后被收入文集,《文学理论问题》(Voprosy teorii literatury)。

缺乏同情之感。他于1923年写道[1]:"学术界已经到了该和普通民众说再见,并且不再在所谓知性上的门外汉之间大获成功的时候了。"

但日尔蒙斯基与奥波亚兹理论家们的分歧,并不仅限于他们的行为方式(modus operandi)上。在对形式主义文学研究方法的阐释方面,他也不得不与之划清界限。作为一位深受狄尔泰(W. Dilthey)*之"精神史"(Geistesgeschichtliche Schule)影响的研究西欧浪漫主义思潮的学者,日尔蒙斯基和苦心孤诣的正统派形式主义代表人物相比,忽略文学中"精神气质"(民族精神,社会思潮,ethos)的作用,贬低诗人世界观的重要性之倾向,要比前者小得多。不但如此,在精神气质上他又是那么一个谨小慎微、稳捷中庸的学者,所以大抵不会允许自己轻易完全明确地认同某一种单一的方法论,从而砰地一声关闭替代性解决方案的大门。

对日尔蒙斯基来说,形式主义并不意味着一种完整彻底的文学观念,文学研究也不是对特定系列问题的一种先入之见,而是所谓的"在其本来意义上的一些诗歌风格问题"[2]。日尔蒙斯基坚持认为奥波亚兹的错误,在于将一种科学探索领域与一种探索方法

---

[1] 维·日尔蒙斯基(Victor Žirmunskij),《文学理论问题》(Voprosy teorii literatury),第156页。

* 狄尔泰(Dilthey Wilhelm,1833-1911)德国哲学家。生命哲学的奠基人。曾先后在巴塞尔大学、基尔大学、布雷斯劳大学和柏林大学任哲学教授。狄尔泰哲学思想是新康德主义的发展。他严格区分了自然科学与精神科学,并以生命或生活作为哲学的出发点,认为哲学不仅仅是对个人生命的说明,它更强调人类的生命,指出人类生命的特点必定表现在时代精神上,但他却把生命解释为某种神秘的心理体验。著作有《精神科学》等。——译者

[2] 维·日尔蒙斯基,《文学理论问题》,第156页。

混淆了起来,而且,其错误还在于把这种方法视为一种无所不包的"世界观"(Weltanschauung),视为一种批评的包治百病的灵药(panacea)。他尖锐地指出:"对于这一新思潮的某些拥护者来说,形式主义方法成了一种唯一合法的科学理论,不仅是一种方法,而且更是一种成熟的世界观,我宁愿称这种世界观是形式主义的,而非形式的"[①]。

日尔蒙斯基把雅各布逊早期关于方法是"文艺学唯一应予以关注的对象"[②]的宣言当作一个例外,而为方法论的多元主义进行辩护。他声称"艺术即手法"的公式在将其用来指称"把文学作品当作一种由其作为一种手法体系的审美意图所决定的统一体所决定的体系来加以研究"的必要性时,是站得住脚的[③]。但这也仅仅只是研究文学的可能途径之一。"奥波亚兹的'艺术即手法'公式可以与其他一些同样合法的公式,如艺术是精神活动的产物,艺术是社会事实或社会因素,艺术是一种道德、宗教或认识论现象等公式一样并行不悖地存在下去"[④]。

日尔蒙斯基对于奥波亚兹学说教条主义的片面性的反驳无疑有其一定的道理。他要人们不要忽视文学与社会的关联,不要忽视"非审美"因素在文学艺术作品中存在的警告,也都是批评界不可动摇的常识。但尽管如此,日尔蒙斯基阐述方法论的立场仍然

---

① 维·日尔蒙斯基(Victor Žirmunskij),《文学理论问题》(Voprosy teorii literatury),第156页。

② 参阅本书第四章,第76-77页。

③ 维·日尔蒙斯基(Victor Žirmunskij),《文学理论问题》(Voprosy teorii literatury),第158页。

④ 同上书。

有未能命中目标之嫌。宣称各类研究方法均有同样的可行性而不切切实实地指出其关联性,不去确定某种方法在文学研究总格局中所占的位置,却未见得是一种值得嘉许的做法。仅仅断言审美与超审美因素在文学作品中的共时性存在却不试图确定其在价值品位表中的相对位置,就等于回避文学作品的结构特征这一最关键的问题。换句话说,日尔蒙斯基"对理性的诉求"(appeal to reason)带有深刻的学院派折衷主义的烙印。

而在形式主义者们眼中,这样一种妥协态度不仅是不妥当的,而且也是应当受到公然指责的。在对那些奥波亚兹批评家们的一次激情洋溢的反驳中,艾亨鲍姆嘲讽地谈到日尔蒙斯基"缺乏理性的激情"[①],并且不无激烈地重申日尔蒙斯基从来就不是一个"真正的"形式主义者。

于是,在与形式主义运动经历了长达五年密切而又和睦的批评合作之后[②],这位形式主义的独立同情者与好战奥波亚兹分子们,终于分道扬镳了。在为奥斯卡·沃尔泽(Oscar Walzel)著作《诗歌形式问题》(The Problem of Form in Poetry)[③]的俄文译本写的一篇导读性序言中,日尔蒙斯基明确地把自己与正统的奥波亚兹学说划清了界限。但无需赘言的是,这实际上并未挫伤他对形式分析的学术兴趣,正如日尔蒙斯基本人所坚决主张的那样,这

---

① 鲍·艾亨鲍姆(Boris Ejxenbaum),"关于形式主义者们的问题"(Vokrug voprosa o formalistax),《出版与革命》(Pečat' i revoljucija),1924年第5期。

② 日尔蒙斯基(Victor Žirmunskij)在批评中对于奥波亚兹的支持可以追溯到1919年。那年,在一篇发表于《艺术生活》(Žizn' iskussiva)上的文章中,他对形式主义的专题论文集《诗学》(Poètika)进行了实质上表示赞许,但又不无几分含混的表扬。

③ 参阅第96页(即本中文版本第133页)脚注②。

样的学术关切根本就不取决于一个人究竟是否拥护形式主义的整个世界观(Weltanschauung)。

形式主义学派的急剧发展必然会引起人们的关注,同时也引起来自敌对批评阵营的反驳。这样一来,当奥波亚兹学说中"较好的一面"(finer points)在国内论战中显得日益突出的同时,形式主义方法论的实质本身也开始遭到对在苏联文学批评界的霸权地位十分关切的一个学派——"马克思—列宁主义学派"——的严重挑战。

第六章　马克思主义与形式主义

1

苏联马克思主义批评家们面对形式主义学派在1921—1925年间被他们当中的某个人描述为是"光荣的凯旋"[①]的形势,也很难站稳其固有的立场。奥波亚兹在俄国年轻语言学家和文学大学生中日益流行和普及,对被苏联官方批评界宣布为研究文学的唯一合法方法和革命时代唯一值得具有的学说的"历史唯物主义"的至高无上的地位,构成了严峻的挑战。

无须赘言,马克思主义者与形式主义运动日益强硬的交锋和对立,绝不仅仅是一个争夺俄国文艺学领导权的斗争问题。奥波亚兹的许多批评信念是,或看起来是与马克思主义的文学观公然对立的。极端形式主义使艺术脱离社会生活的倾向必然会引起对批评家癖好的激烈反应,用晚年格·普列汉诺夫的说法,也就是对判定文学现象的"社会等值词"(sociological equivalent)问题产生

[①] 参阅乌·福赫斯特(U. Foxt),"论当代马克思主义文学问题"(Problematika sovremennoj marksisitskoj literatury),《出版与革命》(Pečat i revoljuclja),1927年第2期,第78页。

第六章　马克思主义与形式主义

激烈反应。

诸如早期雅各布逊和什克洛夫斯基那样的声明,忽略了意识形态考量的相关性,对于那些把文学当作阶级斗争的武器,当作"组织社会心理(social psyche)①的有力工具的理论家来说,显然应当被革出教门。形式主义纲领式宣言的咄咄逼人和傲慢无礼作风,也令马克思主义批评家们更加反感,这都易于使其成为攻击的靶子。

在革命的最初岁月里,多数自封的马克思—列宁主义权威们,对于形式主义的"威胁",选择了蔑视和极度轻视的态度。无论何时谈到它,谈到这一新批评流派,人们都会把它当作一种微不足道的知性风尚或枯涩干巴的学究们用以消磨时间的无关痛痒的风气。一位多产的马克思主义文学史家帕·谢·柯甘(P. S. Kogan)盛气凌人地称奥波亚兹批评家们是一些"可怜的、幼稚的专家们(specy)②,绝望地与其时代脱离了关系"③。利沃夫·罗加切夫斯基(L'ov-Rogacevskij)——此人某些批评文章乃是囫囵吞枣的"辩证法"和油嘴滑舌的印象主义的大杂烩——企图施以冷酷无情的嘲讽。为了暗示形式主义学派的文人小圈子性质,他语含讽刺地谈到"奥波亚兹的维佳和罗曼"④,而且,在谈到形式主义的成功

---

① 参阅瓦·弗里契(V. Friče),《艺术社会学》(*Sociologija iskusstva*)(莫斯科,1929),第13页。

② "专家们"(spec)是"专家"(specialist)的缩写形式,在苏联用语中此词被用来表示技术专家,此词在这里的用法带有贬义,意在指研究文学的一种狭隘的、纯技术性方法。

③ 参阅《全俄契卡通讯》(*Izvestija Včika*),1922年第16期。

④ "维佳"和"罗曼"是俄语中的指小表爱形式,分别来自维克多·什克洛夫斯基(Viktor Sklovskij)和罗曼·雅各布逊(Roman Jakoboson)。

时，流露出一种既无礼又轻率的语气。他写道："最近三年形式主义无疑获得了极大的成功。他们已经成了街谈巷议的话题。今天俄国几乎没有一个城镇不是至少一名奥波亚兹分子停泊的港湾"①。

但到最后，有一点很清楚，即形式主义者们的挑战，引起了更加严重的反击。到1924—1925年间，马克思主义终于发动了反对奥波亚兹的全面进攻。形式主义学派的方法论假说遭受到了尖锐的批判和审查。

在这场战役中首先开火的不是别人，而是列夫·托洛茨基。这就是他那引起极大争议的著作《文学与革命》②。一个可以作为奥波亚兹在当时批评论战中所起作用之标志的事件，是一位共产党的杰出领袖人物居然认为有必要在一个论述苏联文学生活重大问题的著作中，拿出整整一章篇幅来论述"诗歌中的形式主义学派"问题③*。

托洛茨基对形式主义持尖锐批判的态度，但总的说来却无敌意。他勉强承认道："形式主义的艺术理论尽管肤浅和反动，但形

---

① 参阅《消息》(Novosti)，1922年第6期。

② 列夫·托洛茨基(L. Troskij)，《文学与革命》(Literatura i revoljucija)(莫斯科，1924)。英译本列夫·托洛茨基(Leon Trotsky)，《文学与革命》(Literature and Revolution)(纽约，国际出版社，1925；1923年第一版)。

③ 此处的说法显然用词不当，形式主义曾是文艺学或诗学中的一个学派，而非诗歌中的一个流派。

* 托洛茨基此章的题目是，"诗歌的形式主义学派与马克思主义"(见中文版《文学与革命》，外国文学出版社，1992年版第150-170页)。——译者

第六章 马克思主义与形式主义

式主义的相当一部分探索工作是完全有益的①*。在另一段文字中他这样写道："形式主义的那些运用于合理范围内的方法论手法,有助于阐释形式的艺术心理特点"②**。

此句中的限定性短语"运用于合理的范围内的"(if confined within legitimate limits)是至关重要的一句话。托洛茨基对"某些"形式主义研究有效性的承认,是以其对"合理"范围的狭隘界定倾向为条件的,并且他也极大地低估了形式主义探索的实际运用范围。托洛茨基坚持认为奥波亚兹把文学史家的任务降低成了"对诗歌作品的词源与句法特性的分析",是"对重复出现的元音与辅音、音节、修饰语的计数"③***。

托洛茨基认为这些引人注目的探索或许自有其用途,但却显然没有超出文学研究的初级阶段。他接着写道,形式主义者们的

---

① 列夫·托洛茨基(L. Trotsky),《文学与革命》(*Literatura i revoljucija*),第163页。

* 托洛茨基,《文学与革命》(外国文学出版社,北京,1992年版),第150页。——译者

② 同上书,第164页。

** 托洛茨基,《文学与革命》(北京,外国文学出版社,1992年版),第152页。——译者

③ 无论我们对形式主义的理论著述有何看法,我们都必须承认托洛茨基对奥波亚兹研究工作的描述大体是不够准确的。即便只以诗歌研究领域而言——而这只是形式主义探索的领域之一——奥波亚兹批评家们所做的工作,也远不仅仅只是"对重复出现的元音与辅音的计数"。有人可能也会注意到上述文字中所用的术语,即文中所说之"诗歌作品的词源与句法特性",像典型的托洛茨基的文字一样缺乏准确性。尽管托洛茨基对于审美考量远比柯甘毫无疑问地更精通,但无论何时只要一涉及诗歌技巧问题,那他的术语也有待大力改进和完善。

*** 托洛茨基,《文学与革命》(北京,外国文学出版社,1992年版),第151页。——译者

问题在于他们弄不清自己的位置：他们没有认识到他们的方法所具有的"局部的、初步的、辅助性的和准备性的性质"，而坚持要把自己的商品说成是完整全面的文学理论。对这类主张应当毫不含糊地予以拒绝。形式主义一旦被当作一种辅助性手法，那它的确是一种合法的、值得嘉奖的批评程序。而一旦将其提升为一种艺术哲学，一种世界观（Weltanschauung），它就会变成一种彻头彻尾虚假的和反动的观念[1]。

形式主义的世界观（Weltanschauung）成了托洛茨基尖刻锋利如椽之笔攻击的目标。作为一个辩证高手，当托洛茨基从早期形式主义的纲领性宣言中以精致的手法揭露出一些过分夸张或过分幼稚的文字时，他是多么狂喜呀。他贪婪地捕捉着那些极端过分的言论，却无视诗歌中所存在的思想，以及诗中之理念对于社会环境的依赖性[2]，目的只是为了表明形式主义的理论学说是多么的"极端傲慢而又极端幼稚"。

托洛茨基抨击形式主义美学的核心观点，都包含在他与什克洛夫斯基虽然很煽情但却极不妥当的、企图以五个截取出来的格言警句摧毁对文学的社会学阐释观的文章[3]的论战中。什克洛夫斯基的论点是主张艺术完全取决于一个被人们长期讨论的问题，即在书面或口语语体的虚构小说中，在不同国度和时期中，总有一些迁移情节（migratory plots）亦即叙事模式的重复出现问题。什

---

[1] 《文学与革命》（*Literatura i revoljucija*），第164页。
[2] 参阅本书第四章，第77页。
[3] 参阅维克多·什克洛夫斯基（Viktor Šklovskij），《马步》（*Xod konija*）（柏林，1923）。

第六章 马克思主义与形式主义

克洛夫斯基坚持认为如果说文学是由产生它的环境所决定的是真的的话,那么,文学题材就会固定于某一特定的民族环境中。然而实际上与之相反的论点才是真的:"情节是无家可归的。"①*

托洛茨基几乎不费什么力气就可以在这脆弱的推理中戳一个洞。他反驳道:"如果说,很难断定某些故事是写于埃及,写于印度还是写于波斯,这也是不足为奇的,因为这几个国家的社会环境有很多共同之处"②**。但他进一步认为这只是真相的一部分:除了可以导致文学表现形式上的相似性的社会制度方面的本质的相似性以外,相同题材在不同民族文学中的应用,有时也可以归咎于最终表现为文学影响和文学借用的文化交流。

托洛茨基针对这位形式主义领袖人物对社会学批评的突然袭击所做的反驳,总的说来是富于远见的。他关于迁移情节的思想,是安德鲁·兰(Andrew Lang)的"自生论"假说(self-generation),亦即相似人种学现象的独立产生说与本菲(Benfey)***著名的民间故事母题的"弥散"理论的绝妙融合。很久以来这一直都是用以解释一些基本相似的题材在不同民族和文化地域的叙事虚构性作

---

① 参阅维克多·什克洛夫斯基,《马步》,第39页。

* 什克洛夫斯基的原话是,"如果日常生活和生产关系能影响艺术,那么,情节不是也要被固定在它与这种关系相适应的地方吗?须知,情节是无家可归的。"(转引自《文学与革命》,第161页。)什克洛夫斯基的原话是,"Если бы быть и производсвенные отношения влияли на искусство, разве сюжеты не были бы прикреплены к тому месту, где они соответствуют этим отношениям. А ведь сюжеты бездомны."("如果生产关系对艺术产生影响的话,难道情节不是就会被固定在它与这种生产关系非常适合的地方了吗。而实际上情节无家可归。")——译者

② 《文学与革命》(Literatura i revoljucija),第175页。

** 《文学与革命》,第162页。——译者

*** 本菲——首次把欧洲大多数民间故事溯源到印度的学者。——译者

品中重复出现现象的一个漂亮的论据。然而,也正是在这个问题上什克洛夫斯基受到了严重的打击,无论是在用这些假说来解释在对同一些题材的处理法上惊人的吻合性问题上,还是在个别母题彼此相似的措置问题上,以及在事件安排的现实顺序上,总之一句话,即在情节结构问题上,此类不同文化的令人惊奇的趋同现象,标志着一定的审美惯例的方向、叙事艺术的内在法则,它们显然已经超越了民族界限,并且不能被降低为社会学或人种学考量。

需要指出的是,在某一问题上托洛茨基已经非常接近于这样的表述了。他写道:"不同的民族和同一民族的不同阶级都利用同一些情节,这个事实只表明人类想象的局限性,只表明人力图在包括艺术创作在内的各种创作中节省气力"①*。

语义含糊的心理学术语,对斯宾塞**"心理卫生学"(mental hygiene)法则的亲切的怀旧之情②,不应当使我们看不到这样一个事实,即托洛茨基在此所强调的,实质上是"内在的"决定要素:即人类想象力的本质及其对创造过程的影响。

托洛茨基以其对艺术创造活动特殊性的熟知而与那些粗陋的马克思主义批评的实践者们,有了显著的区别。后者把文学看作是生活的真实写照,是"记录社会现象"的一种媒介③,而托洛茨基

---

① 《文学与革命》,第62页。

* 中文版第161页。——译者

** 斯宾塞(Herbert Spencer,1820 – 1903年),英国哲学家。——译者

② 参阅本书第一章,第26页(即本书中文版本第24页——编者)脚注②。

③ 参阅瓦·弗里契(V. Friče),《概论》(*Očerki*)(转引自伊利亚·格鲁兹杰夫(Il'ja Gruzdev),《实用性与独立性》(*Utilitarnost' i samocel'*)(彼得格勒,1923),第45页)。

却认为艺术创造是"根据艺术的特殊规律产生的对现实的折射、变态和变形"①*。在别处，在与苏联马克思主义批评界另一空谈理论的派别的潜在争论中，托洛茨基又指出："艺术创作的产品，首先应该用它自己的规律，亦即艺术的规律去评断它。"②托洛茨基极不情愿地承认，历史唯物主义本身并不能为批判艺术现象提供任何标准：马克思主义所能有所作为的领域不是审美判断，而是因果阐释。在后一领域内，托洛茨基继而写道，一个娴熟的辩证论者是无与匹敌的。"但是，只有马克思才能解释：某一时代的某一艺术流派为何出现和自何处而来。"③

根据托洛茨基的观点，形式主义的根本缺陷在于这样一个事实，即他们根本不想提出更别说去回答这一严峻问题。这一重大忽略可以推测绝非偶然：按照托洛茨基的说法，它植根于奥波亚兹理论家们在哲学上的渊源。

托洛茨基拒绝接受鲍·艾亨鲍姆关于他们不承认"任何及所有哲学的先入之见"④这一观点的表面价值。他并非毫无一定理由和根据地发现，在"纯粹经验"的和描述性探索之后，隐含着一些哲学前提，他将其称为唯心主义，或特称之为康德式谬误。托洛茨基坚持认为，形式主义批评家们是些新康德主义者（neo-Kantians），即便他们根本不懂得何为新康德主义也罢。这也就是为什

---

① 《文学与革命》（*Literatura i revoljucija*），第175页。
* 《文学与革命》，第163页。——译者
② 同上书，第178页。
③ 同上书。
④ 参阅本书第四章，第72页（即本书中文版本第97页——编者）脚注②。

么他们把所有意识形态产物都看作是独立自足的实体的原因；也就是为什么他们会倾向于用对文学对象的静态描述来取代文学进程的动力学观的原因所在。

在马克思—列宁主义者看来，从主张精神自主权的首要地位的"唯心主义"①，到信仰超自然力即宗教只有一步之遥。尼古拉·布哈林在其《历史唯物主义》——早期苏联马克思主义的基础著作之一——中坚决认为"目的论直接导向神学"②。形式主义学派大约也不会例外于这一"规律"。托洛茨基问道，奥波亚兹所典型具有的对语词的崇拜，对于语言手法的先入之见，究竟是否也是"笃信宗教"（religiosity）的一种 sui generis（特殊的）征象呢？托洛茨基于是得出结论："他们是约翰的门徒：对于他们来说，'太初为词'*。而对于我们来说，太初为事。语词出现在时间之后，有如它的有声的影子"③**。

托洛茨基对于形式主义学派的评价，强烈地影响了其他批评奥波亚兹的马克思主义批评家，尤其是他们当中那些最诚挚也最理智的人。他的论据简而言之涵盖了 20 年代中期在对形式主义

---

① 苏联马克思主义者们对于"唯心主义"、"唯心主义的"这些术语的使用似乎极不规范和严格。在苏联任何不同于辩证唯物主义的其他哲学都会被称为"唯心主义的"（近来约翰·杜威（John Dewey）的实用主义也被贴上了这个标签）。

② 尼古拉·布哈林（Nikolaj Buxarin），《历史唯物主义》（*Historical Materialism*）（纽约，1925），第 25 页。

* 《圣经》中的一句话，见《约翰福音》，中译为'太初有道'。按《圣经·新约·约翰福音》第一章第一节，"太初有道，道与神同在，道就是神"。——译者

③ 《文学与革命》（*Literatura i revoljucija*），第 183 页。

** 按托洛茨基的原话是，"在形式主义者身上，有早熟的牧师的痕迹。他们是约翰的门徒，对于他们来说，'太初为词'，而对于我们来说，太初为事。语词出现在事件之后，有如它的有声的影子。"（《文学与革命》，第 170 页）——译者

第六章 马克思主义与形式主义

问题上,苏联半官方评论中所有最主要的成分:对方法论贫瘠、哲学上的异端邪说的谴责,再加上对形式主义者们所发明的某些文本分析技巧的资格审核式的赞誉。

托洛茨基立场中的后一个方面,与另一位在许多场合下被叫来对党的文学政策进行解释的、卓越的党的领袖[①]——既多才多艺又学识渊博的布哈林——的表述,非常相近[②]。布哈林同样也认为形式主义对诗歌技巧的某些探索是他们的一个非常重要的优点。而与此同时,在——我们不说歪曲——极度轻视形式主义所关切的问题域上,他也比托洛茨基走得更远。如果我们相信布哈林的话,那么,奥波亚兹的所有研究则无非就是试图草拟一个个别诗歌手法的清单或"目录索引"。布哈林宣称"这样的一种分析工作总的说来无非是为未来的批评综合做初步的准备的一种土工作业罢了"[③],但要用它来取代这样的综合步骤则是完全不合适的。他写道:"目录索引就是目录索引,好吧,这玩意儿挺有用,但请你不要把这称作是具有发明性的真正的科学"[④]。

与那些在当时极有影响的文学刊物《出版与革命》举办的专题讨论中高举棍棒讨伐奥波亚兹的坚实的马克思—列宁主义者们相比,托洛茨基和布哈林对形式主义运动的赞扬,表明了他们的广阔胸怀。这次对形式主义步调一致的讨伐,其总的倾向是一概否定

[①] 布哈林关于诗学问题的讨论是1934年群星闪耀的苏联作家代表大会上最有益的、最出色的发言。

[②] 尼·布哈林(N.Buxarin),"论艺术中的形式主义"(O formal'nom metode v iskusstve),《红色处女地》(Krasnaja nov'),1925年第3期。

[③] 同上书。

[④] 同上书。

的。帕·柯甘[①]援引托洛茨基的威望,恭恭敬敬援引了托洛茨基"对形式主义起源问题的出色分析",但他却和那位大师不同,他似乎并不认为奥波亚兹的研究有任何益处。作为一位颇以自己永远都"没有时间研究文学形式"[②]而自豪的批评家,几乎没人会期待柯甘会对雅各布逊、艾亨鲍姆或迪尼亚诺夫著作中对诗歌语言的高度技术性分析表示赞赏。对文学技巧的迷恋在他看来是一种病理学现象,是一个毫无趣味的"审美美食家"的征象[③]。

这次专题讨论的另外一位参加者瓦·波利扬斯基(V. Poljanskij)的态度也与此相仿[④]。他显然也受到了托洛茨基的启发,所以他严肃地建议形式主义者们终止其土方工程(spade work),并且远离理论著述工作。而且和柯甘不同的是,波利扬斯基甚至不愿意给他这些受了虐待的对手们以一句赞词。他凶恶地谴责形式主义发言人,说他们文不对题,方法贫瘠,甚至无知[⑤](这后一项指责显然出于对这一术语的误解。波利扬斯基显然是把作为一种批评方法的"传记主义"(biographism)和作为一种文学文体的"传

[①] 帕·谢·柯甘(P.S. Kogan),"论形式主义方法"(O formal'nom metode),《出版与革命》(*Pečat' i revolijcija*),1924年第5期。

[②] 帕·谢·柯甘(P.S. Kogan),《这些年的文学》(*Literatura ètix let*)(列宁格勒,1924)。

[③] 《出版与革命》(*Pečat' i revolijcija*),1924年第5期,第22页。

[④] 瓦·波利扬斯基(V. Poljanskij),"谈谈艾亨鲍姆"(Po povodu B. Ejxenbauma),《出版与革命》(*Pečat' i revolijcija*),1924年第5期。

[⑤] 这后一项指责显然出于对这一术语的误解。波利扬斯基显然是把作为一种批评方法的"传记主义"(biographism)和作为一种文学文体的"传记"(biography)给混淆了。他严厉申斥艾亨鲍姆的文学研究的"传记"(biographical)方法这一说法。他愤怒地惊呼道,尽人皆知,传记(biography)是一种文体而非研究文学的一种"方法"(approach)。

记"(biography)给混淆了。他严厉申斥艾亨鲍姆的文学研究的"传记"(biographical)方法这一说法。他愤怒地惊呼道,尽人皆知,传记(biography)是一种文体而非研究文学的一种"方法"(approach)。

比这一令人难以信服的只言片语要更加重要得多的文章,出自安·卢纳察尔斯基之手——苏联首任人民教育委员——是一个多产的批评家和政论家①。卢纳察尔斯基想要扩大所争议问题的范围。他认为关于形式主义学派问题的大争论,是与他所谓久已有之的形式主义谬误最后进行决定性摊牌的绝佳机会,这一谬误在精神堕落时期已经长期困扰艺术创作和艺术批评界了。

卢纳察尔斯基据以抨击"艺术研究领域里的形式主义"的立场,是把马克思主义辩证法与托尔斯泰艺术哲学以一种奇特方式组合起来的结果。和其他一些同样认为艺术是情感而非认知活动的苏联马克思主义者们一样②,卢纳察尔斯基以一种与托尔斯泰"感染论"(infection theory)非常近似的方式为其意识形态艺术提出了辩护。卢纳察尔斯基写道:"真实的艺术永远都是意识形态性的。我所说的(意识形态)指的是一种从推动艺术家……走向精神扩张,走向对灵魂的支配的强烈的体验中生发出来的东西。"③*

---

① 卢那察尔斯基(Lunačarskij),"艺术学中的形式主义"(Formalizm v iskusstvovedenii),《出版与革命》(*Pečat' i revolijcija*),1924年第5期。

② 参见瓦·波利扬斯基(Vjaceslav Polonskij),《谈文学》(*Na Literaturnye temy*)一书中布哈林与列列维奇关于艺术的定义的一次有趣的谈话。(列宁格勒,1927)。

③ 《出版与革命》(*Pečat' i revolijcija*),1924年第5期,第25页。

* 按卢那察尔斯基原话是,"总括起来,一切艺术都是意识形态性的,它来源于强烈的感受,它使艺术家仿佛情不自禁地伸展开来,抓住别人的心灵,扩大自己对这些心灵的控制。"(见(苏联)卢纳察尔斯基著,《艺术及其最新形式》,郭家申译,百花文艺出版社,1998年版,第309-310页)——译者

卢纳察尔斯基宣称情感的强度和自发性是检验艺术伟大与否的最高标尺,因而他轻蔑地对形式主义对手法、对"事情发生的戏剧性变化"(coup de théâtre)的迷恋是精神和道德贫乏的一种标志。他对艾亨鲍姆对果戈理著名小说《外套》的"缺乏灵魂"(soulless)的分析表达了一种真诚的义愤①,谴责这位形式主义批评家把一篇催人泪下的故事变成了单纯的风格练习。与这种精神贫乏的技巧炫耀相对立,卢纳察尔斯基列举了彼列维尔佐夫论述果戈理的"技巧娴熟"的专著为例,并且骄傲地把它当作马克思主义批评所取得的不容置疑的新成果②*。

但是,仅仅论证形式主义学派关于文学或方法论地基的论述是极不妥当的,显然还不够。为了彻底摧毁形式主义,看起来还有必要狠狠地"揭露"它和驳斥它,即不但要证实它是一种错误的批

---

① 参见艾亨鲍姆的论文"果戈理的'外套'是如何写成的"(How 'The Overcoat' Was Made),此文发表于1919年的奥波亚兹文集。参阅本书第四章,第75页。

② 这里值得指出的一点是,佩列维尔泽夫(F. Pereverzev)《论述果戈理的创作》(*Tvorčestvo Gogolja*)的这部被卢纳察尔斯基当作马克思主义批评分析之典范的著作,六年后却遭到了尖锐的批判,并且从那以后一直被苏联官方批评界作文学研究领域里"庸俗社会学"(crude sociologism)的集中体现。

* 按卢纳察尔斯基原话是,"是的,马克思主义者在文学史上的建树还很少!这还用说!他们仅仅夺取了六分之一的地盘,并正在忙于完成一项小小的任务,夺取其余的六分之五。自然,他们很难腾出一些人来,实际上甚至很难腾出几分之几的人来解决政治、经济以外的极其严肃的科学问题。尽管如此,假如我们把形式主义者的全部废话连同某些各种有用的细节,放在天秤的一端——放上哪怕是佩列韦泽夫同志关于果戈理的小册子,那么,所称的结果,我们马克思主义者至少是会满意的。""……艾亨鲍乌姆就是这样,他把任何文学作品都归结为文字游戏,把一切作家都看成是要弄词汇、逗人开心的人,他们一心只考虑如何制作《外套》,从他们的作品只能寻找诸如蹭脚后跟之类的直接满足或者更深一层的方法分析的乐趣;在这些方法的帮助下,这位机灵鬼真是频频得手。"(见(苏联)卢纳察尔斯基著,《艺术及其最新形式》,郭家申译,百花文艺出版社,1998年版,第321-322、323页)——译者

第六章　马克思主义与形式主义

评学说,而且还是一种"反动的"社会现象。卢纳察尔斯基没有回避自己所面临的任务。他的讽刺和谩骂首次表明他想要采用"社会学"方法对形式主义给予彻底阐释的意图。

卢纳察尔斯基以后来成为一种固定论据的方式坚持认为形式主义批评是逃避主义(escapism)的一种形式,是精神贫乏而又颓废的统治阶级的一种产物。他写道:"现代资产阶级喜欢和理解的只能是无内容的和形式主义的艺术……作为对这种要求的回应,小资产阶级知识分子推出一批形式主义艺术家和另一批形式主义艺术理论家"①*。

但有人也许会感到奇怪,卢纳察尔斯基继续写道,这样一种颓废运动怎么居然在革命中的俄国得以实现和完成。这一显而易见的矛盾按照卢纳察尔斯基的说法是很容易给予解释的:俄国形式主义不过是一种文化残余,是旧俄在革命暴动中留下来的遗物之一。"可以说,十月革命前形式主义充其量只不过是时鲜蔬菜。现在则成了很有生命力的旧的残余,成为偷偷摸摸窥探资产阶级之欧洲的不成行伍的知识分子的最后一个避难所。"②**

---

①　《出版与革命》(Pečat' i revoljucija),第25页。

*　按卢纳察尔斯基的原话是,"现代资产阶级喜欢和理解的只能是无内容的和形式主义的艺术。它希望各个阶层的人们最好都接受这样的艺术。作为对这种要求的回应,小资产阶级知识分子推出一批形式主义艺术家和另一批形式主义艺术理论家。"(见《艺术及其最新形式》,百花文艺出版社,第312页)——译者

②　同上书。

**　按卢纳察尔斯基原话是,"可以说十月革命前形式主义充其量只不过是时鲜蔬菜,现在则成了很有生命力的旧的残余,成了帕拉斯·雅典娜的女神像,以它为中心,展开了一场按欧洲资产阶级方式思考的知识分子的保卫战——他们深知进攻是最好的防御手段。"(见(苏联)卢纳察尔斯基著,《艺术及其最新形式》,郭家申译,百花文艺出版社,1998年版,第315页)——译者

上述论断有几个问题极易遭人诟病。其一,我们很难不感觉到卢纳察尔斯基对"资产阶级"的美学曲解给极大地过分夸大了:实际上,欧洲"统治阶级"的普通代表人物并不比布尔什维克的人民委员更青睐无对象(客体)艺术。其次,卢纳察尔斯基说奥波亚兹不过是旧制度的残余,这种描述并不完全符合形式主义者们对待所有无论新老权威的反传统观念的立场,同时也不完全符合奥波亚兹的某些先驱者都曾是共产党的积极分子这样的事实。

无论卢纳察尔斯基的社会学分析有多大效力,由于它出自一位颇有影响力的政治活动家和政府教育部门负责人之口,所以,这些言论是极其重要的和预兆不祥的。有关形式主义是苏联社会机体中的义肢(foreign body)的暗示不啻为危急关头的一个警告,预告了苏联终将会对"异己"的肢体进行手术割除。六年后,在舆论日趋整齐划一的大氛围下,当人们开始论证彻底全面消灭形式主义异端邪说时,便乞灵于与此极其类似的论证法[1]。

但在1924年则还没有采取如此严厉的措施。文学论争在当时依旧是一条双行道。一个受到官方批评界谴责和"揭露"的持不同见解者,仍然有权为了除了"公然"认错以外的其他目的而要求发言权。他仍然拥有一次机会,虽然机会有限,但仍然可以让自己的声音在官方辩证法的震耳欲聋的密集火网下被人所听到:总之他还可以反驳。例如,在《出版与革命》这部专题论文集里,除了对奥波亚兹的恶毒抨击外,我们还能看到艾亨鲍姆激烈反驳形式主

---

[1] 参阅本书第七章,第137-138页。

第六章　马克思主义与形式主义

义的对手们及其半心半意的同盟者们的一篇文章①。

艾亨鲍姆在把蒙在柯甘和利沃夫·罗加切夫斯基头上体面的头盔作为不相干的东西挑到一边之后②，而在托洛茨基的指责出现前，似乎略为停顿了一下，他正确地把后者的批评当作一个著名的马克思主义者对形式主义的首次最真挚的赞扬。当他表面承认对托洛茨基对"形式主义者的相当一部分探索工作"这一吝啬的赞扬感到满意时③，他其实对于《文学与革命》中分配给他和他那些同仁们那一谦恭的辅助性角色，自然是没有什么精神准备的。艾亨鲍姆宣称形式主义的文学研究远非仅限于收集一些原始资料，积累一些有关诗歌韵律、风格的统计学数据而已。奥波亚兹真正的目标不是记录诗歌艺术的个别成分，而是搞清诗歌的规律。艾亨鲍姆写道，假使托洛茨基能始终如一而显然不是半心半意的话，那他一定会允许自己给这一运动以积极的支持。而在与什克洛夫斯基的论争过程中，他难道不已经承认"文学创作是根据艺术的特殊规律对现实的变形"吗？既然如此，这位形式主义发言人认为，文学理论家们的一个义不容辞的任务，就是阐明这些规律的本质。艾亨鲍姆声称形式主义想要承担的，恰好就正是这样一件工作，而

---

①　鲍里斯·艾亨鲍姆，"关于形式主义者们的问题"（Vokrug voprosa o formalistax），《出版与革命》（Pečat' i revolijcija），1924 年第 5 期。

②　由于艾亨鲍姆的文章从技术上说是《出版与革命》这一专题论文集的起点，所以，在讨论它之前似乎应先介绍一下对奥波亚兹的批评才是。

③　按照艾亨鲍姆的说法，一个权倾朝野的共产党领袖人物的认可，说"形式主义者的相当一部分探索工作是完全有益的"，实践证明是对持不同意见者运动威望的一个实质性的提升，托洛茨基的评论"强化了形式主义学派的社会教育地位"（《出版与革命》（Pečat' i revolijcija），第 9 页）。

其他所有批评流派,其中包括马克思主义,却在一味地规避这一工作。

然而,在艾亨鲍姆与托洛茨基的论战中,成为争论的主要焦点的,却并非形式主义的意义或探索的范围问题。这一争议中的核心问题,是形式主义与马克思主义的相互关系问题。艾亨鲍姆认为托洛茨基错就错在他宣称"形式主义发动了一场无情地反对马克思主义的战争"。而实际上,他宣告,形式主义和马克思主义并非如一对不相称概念那样相互对立:前者乃人文学科内部的一个个别学科,即人们常说的所谓文艺学;而后者却是一种历史哲学。用操作术语来打比方,马克思主义社会学探索社会变革的机制问题,而形式主义文学研究却专门探索文学形式和文学传统的嬗变问题。

从理论上说,艾亨鲍姆继而写道,有人可能会以为,对嬗变和演变问题的共同兴趣,也可能会给这两派提供一块相会的地点吧,可实际上这一点是很难实现的。一个马克思主义者只要他是在讨论社会经济问题,他也就是在讨论演变问题。任何时候只要他的注意力一转到文学或其他"意识形态"现象身上[①],他也就会开始探索起源问题。一个历史唯物主义者往往不是在探索特定的文化领域后面的各种运行机制问题,而是主要关注一些外部的原因——即所谓根本因素,如经济的、社会的或社会—心理因素。艾

[①] 重要的是始终牢记一点,即在马克思主义术语学中,"意识形态"一词的意义十分广泛。按照历史唯物主义,所谓意识形态的上层建筑,是受到社会的"经济基础"的制约的,因而也就包含了诸如艺术、科学、哲学、宗教、法律以及道德等所有的"社会意识"形式。

亨鲍姆坚持认为这在方法论上是不能容许的。任何文化现象都不可被降低为不同系列的社会事实,或是从不同系列的社会事实中引申而来。用社会学或经济学术语来解释文学,也就意味着忽视文学的自主性和内在的动力学——换言之,即为了起源问题而抛弃演变问题①。

撇开这一表述法在一定意义上显然为艾亨鲍姆所特有的行文简洁到了危险程度这一点不谈,上述论据完全准确地反映了奥波亚兹关于马克思主义的正式立场。正统派形式主义者们在20年代中期的立场,明明白白地是非马克思主义的,如果我们不说它是积极的反马克思主义的话。艾亨鲍姆发表在那本专题论文集中的那篇文章的要点归结起来不外乎是:"辩证唯物主义"在社会学领域兴许会是个成效极为显著的概念,但由于它那参照系架构的外在论本质,它对文艺学很难做出多少有益的贡献。

两年后维克多·什克洛夫斯基也表达了与此相似的见解,他认为在文学中应用马克思主义学说是个批评便利与否的问题,而非一种方法论原则。他以其所特有的若无其事的语气写道:"我们不是马克思主义者,但是,一旦将来有一天凑巧我们需要用到这件厨具了……我们也不会全然出于怨恨而用手去吃饭的"②。

和艾亨鲍姆比较真挚的指责一样,这一不切实际的意见令我

---

① 研究文学的"演变法"和"起源法"的对立问题,在形式主义的文学史理论中发挥了十分重要的作用。
② 维克多·什克洛夫斯基(Viktor Šklovskij),《第三工厂》(Tret'ja fabrika)(列宁格勒,1926)。

们想起据说是法兰西著名天文学家拉普莱斯(Laplace)*说的一句名言:"上帝是一个对我来说毫无用处的假设"。1924-1926年间的什克洛夫斯基和艾亨鲍姆对于"纯粹"形式主义的潜力仍然十分乐观,而马克思主义却是一个随时可以轻易抛弃的假说。

2

随着正统马克思主义对形式主义的批判或多或少有所加强,而"地地道道的"(pure and simple)形式主义宣称他们对马克思主义不感兴趣,这两种学说间的重大分歧也变得几乎很难弥合了。但在这两派学说的边缘地带,却都有一些文学理论家在殚精竭虑地辛勤工作,试图找到一块共同的立场,以便能以某种方式把形式主义对艺术"手法"的优势关注与马克思主义辩证法调和起来。在这一筚路蓝缕艰辛备尝的预备性调和过程中,两种基本成分——即形式主义者与"社会学"——比率由于每一个别批评家主要关注的重点的不同而各有差异。意在综合的批评家们,从由于穿上了马克思主义术语这一保护外衣而变得更加"令人尊重的"占优势地位的文学的内在论研究法,到以熟谙审美考量为特点的"社会学"(或社会学主义,sociologism),应有尽有。

在这一主张综合的阵营的右翼[①],我们可以看到一个年轻的

---

* 拉普莱斯(Laplace,Pierre-Simon,1749-1827),法国著名数学家和天文学家。——译者

① 参阅 U. 福赫斯特(U. Foxt),"当代马克思主义文学问题"(Problematika-sovremennojmarksisitskoj literatury),《出版与革命》(Pečat' i revolijcija),1927年第2期。

第六章 马克思主义与形式主义

批评家和文学理论家亚·采特林(A. Zeitlin)。他1923年发表于《列夫》杂志上的文章《论马克思主义与形式主义方法》[①]，精辟地阐述了把马克思主义远期目标和亲形式主义者的近期纲领结合起来的方法论立场。

采特林显然对对文学价值极不耐烦的社会学者们针对文学所发动的"仓促的一元论式的进攻"极不赞成。他坚持认为此类冒险行为所得结果只能是伪社会学的印象主义。他毫不犹豫地指责权威但又过分严厉的马克思主义文学理论家弗·弗里契把文学学降低到仅仅只是社会史的分支学科地位的做法。在援引了弗里契的名言"文学作品……把社会经济生活翻译成特殊的象征符号的语言"[②]之后，采特林对这样一个事实，即弗里契从未想到要探讨这类符号的特殊本质问题表示遗憾。

采特林认为就是这样一种庸俗的、明显表现在弗里契身上的一元论谬误近来却大大地败坏了马克思主义批评的威望，说明这一点的最佳例证，就是瓦·佩列维尔佐夫论述果戈理的著作。在这本专著中，果戈理文学艺术的所有特点，都是从果戈理是一个小地主这样的事实中推断而来。

采特林继续写道，文学学固然必须考虑到社会因素。批评家分析工作的至高点，是一种广阔的视野，是一个综合性行为，它在可以认知的社会语境范围内把现象纳入自己思考的范围。然而，在俄国文学研究的目前阶段上，却还不能进行这样的综合。采特

[①] 亚·采特林[A. Zeitlin(Cejtlin)]，"马克思主义者与形式主义方法"(Marksisityiformal'nyjmetod)，《列夫》，1923年第3期。

[②] V.弗里契(V. Friče)，《文学概论》(*Očerki*)(转引自采特林)。

林写道:"只要文学事实本身尚未确定,那么,讨论文学事实的社会用途问题便是毫无意义的。"他以呼应当时已经成为形式主义者的标准论据的一句话的方式①继而写道:"在对分析对象进行阐释之前,我们必须划定它的界限,厘清它的轮廓……阐释必须先之于描述"②。

形式主义贡献的重要性和适时性正在于此。关注文本细部分析和文学事实的系统描述的奥波亚兹批评,为真正科学的俄国文学研究清理了地基。采特林宣称形式主义者乃是"俄国文学史研究大军的引擎"③。

采特林的论据几乎是一字不差地被米·列维多夫(M. Levidov)在其给1925年的题名为《无产阶级与文学》的专题论文集的稿件中给复制了下来④。列维多夫的结论看来极不正统:"只有形式主义者和社会学家的共同努力才能创造出名副其实的马克思主义文学学。"⑤

很清楚,采特林和列维多夫所争的,无非是要求给马克思主义批评以比较灵活的阐释,使之足以容纳形式主义的某些洞见和技巧。而比这更有抱负的一次努力,是鲍里斯·阿尔瓦托夫(Boris Arvatov)——列夫(左翼阵线)团体的发言人——做出的。他的

---

① 在一部研究俄国民间壮士歌(byliny)的形式主义的代表性论著中(A. P. 斯卡夫特莫夫(A. P. Skaftymov),《壮士歌的诗学与起源》(Poètika i genezis bylin)(萨拉托夫,1924),我们可以看到下列论断,"起源研究必须先之于静态的和描述性研究"。

② "马克思主义与形式主义"(Marksisty i formal'nyj metod),第125页。

③ 同上书,第131页。

④ 米哈伊尔·列维多夫(Mixail Levidov),"文学的自杀"(Samoubijstvo literatury),《无产阶级与文学》(Proletariat i literature)(列宁格勒,1925),第160-169页。

⑤ 同上书,第167页。

第六章 马克思主义与形式主义

"形式主义—社会学方法"很难说是一个妥协性方案。阿尔瓦托夫非但没有通过降低这两个在许多方面都背道而驰的学派各自宗旨的途径来寻求把它们结合在一起的途径,反而提出了一种超理论(super-theory)——即好战的形式主义与庸俗的马克思主义的一种奇特混合物。阿尔瓦托夫甚至骄傲地把它说成是马克思主义辩证法的最新成果。

这一综合性产物显然是作为列夫(Lef)——不仅是革命前未来主义运动的一个摹本,而且不如说是其一个分支——的基本原理而被设计的。从文学咖啡馆波希米亚式喧嚣吵闹和迷恋"无意义语"(trans-sense language)那段放荡无羁的岁月以来,俄国未来主义已经走过了一条漫长的道路。1917年以来俄国未来主义逐渐变得意识形态化和社会意识化了,开始致力于让革命的形式与革命的内容相匹配,同时也致力于实际参与"社会主义建设"。在"列夫"派的新未来派美学中,对于语言(word)和形式实验的热切关注与实用主义的"社会指令"口号结合在了一起①。

这一双重重点在阿尔瓦托夫的观点中得到了鲜明的反映。他和奥波亚兹在坚持技巧技艺的至高无上意义这一点上是高度一致的。他警告人们要反对许多正统派马克思主义者们忽略或低估虚构和想象性文学中常规性的作用的倾向。但和艾亨鲍姆及什克洛

---

① 这里值得指出的是,这一苏联批评中的关键术语最初是由列夫团体提出来的,而该团体则常常被谴责为革命的波希米亚主义。这一口号嗣后受到"在岗位派"那帮雇佣批评家的赞赏,从而把它与对文学实施的政治管理联系在一起。但对"列夫派"发言人而言,"社会指令"并不意味着党对作家的直接领导,而是指诗人对其时代或其所属阶级的社会需求的一种共时态的反应。

夫斯基不同的是,阿尔瓦托夫既不把文学作品看作是对社会现实生活的直接反映,也不把它当作是创作者的自我表现,而是将其当作某种人工"制品"或人工创造物,是一种 sui generis(特殊的)客体(vešc),是把高等技能技艺精湛地应用于特定物质媒体身上而产生的结果。阿尔瓦托夫既反对"幼稚的现实主义",也反对"心理学主义"的艺术观,而更愿意响应早期奥波亚兹的口号:"艺术即手法"。

但在阿尔瓦托夫笔下,这一主张却开始有了一种特殊的功利主义的歪曲意味。"列夫"理论家们竟然使"手法"概念得以摆脱目的性艺术效应这一相关概念。"形式主义—社会学理论"把美学标准当作最时髦和最过时的予以抛弃。"美学手法的拜物教、审美材料和审美工具"[①]一概遭到轻蔑的否定。极端未来派对大写字母的艺术家的暴露由于"极端列夫派"(ultra-leftist)对诗歌直接的宣传价值的一味坚持而得到了加强,二者的合流是形成了一种工具主义美学。阿尔瓦托夫甚至走到了对艺术创作和其他类型生产活动有本质不同这一点也加以漠视的地步。艺术竟然成了"工业"的另外一个分支。的确,通过把"艺术"(iskusstvo)一词的两个不同含义搞混,阿尔瓦托夫最终将艺术创作与技艺,与技巧的圆熟与精湛混为一谈了。他宣称:"我们应该仅仅把艺术看作任何人类活动领域的最有效应的一种组织"[②]。

根据阿尔瓦托夫实用主义艺术论,"社会实践"既是最终的试

---

① 鲍里斯·阿尔瓦托夫(Boris Arvatov),《艺术与生产》(Iskusstvo i proizvodstvo)(莫斯科,1926),第98-99页。

② 同上书,第97页。

金石也是因果决定论因素。阿尔瓦托夫赞扬形式主义者重点关注了"文学作品"(文学创作，literary production)问题，但指责他们未能把诗歌的"制作"过程和社会经济基础间的因果关系说清楚。他自我夸耀说"形式主义—社会学家"比形式主义者们懂得要多一些。他们完全懂得"艺术作品的材料和形式必然受到其普遍流行的生产和消费方式的制约"[①]，而后者反过来也受制于特定历史时期中占统治地位的经济类型。

从艺术直达经济的这条思维捷径之所以可能，在很大程度上是由于阿尔瓦托夫所持的那种好战的反心理学主义立场——他的这一态度和早期未来派及形式主义代言人别无二致。一旦把诸如创造者的个性或其环境的心理学作为不相关因素予以摒弃，似乎就有可能甚至是必须以纯技术的和非个人的方式来探讨"艺术与社会"问题了。对文学进程的社会学分析被降低到了在两大系列人工制品——文学和工业——之间确定直接关联的工作，或更确切地说，是在生产这两类产品的过程中所分别使用的两大系列技术之间，确定直接关联。

例如，西欧诗歌中韵律的出现，按照阿尔瓦托夫的观点，便是市场经济的一种必然伴随物，"是资产阶级诗歌创作(poetic labor)的表现"[②]，也是封建制度垮台的伴随现象。出于同样理由，小说作为一种特定文学文体在阿尔瓦托夫的模式中则与工业资产

---

① 鲍里斯·阿尔瓦托夫(Boris Arvatov)，"论形式－社会学方法"(O formal'no-sociologičeskom metode)，《出版与革命》(Pečat' i revoljucija)，1927年第3期，第64页。

② 同上书，第57页。

阶级的崛起有关。

阿尔瓦托夫的"形式—社会学"理论无论对形式主义者还是对社会学家,都不具有多大的吸引力。前者认为阿尔瓦托夫粗陋的实用主义艺术观是个例外,后者则以着重强调的方式把自己与阿尔瓦托夫"在技术上超常规的做法"划清界线①。什克洛夫斯基和迪尼亚诺夫的一位能干的学生,同时也是"谢拉皮翁兄弟"②的代表和发言人伊里亚·格鲁兹杰夫以令人信服的论争方式反对阿尔瓦托夫把"艺术"等同于"技巧"的倾向,而强调审美标准的自主性。格鲁兹杰夫在一篇更早的文章中如此表述他的立场:"艺术的本质在于它是对材料的组织,而不管从这些材料建构的客体究竟是否有任何直接的和实际的用途"③。

几年后,乌·福赫斯特——一位有着强烈社会心理学倾向的马克思主义批评家对阿尔瓦托夫理论进行了严厉抨击,说它是形式主义和未来主义贫瘠的混合物,说他在一篇文章里给20年代中期批评界的论战描绘了一幅资产负债表④。福赫斯特虽然对阿尔瓦托夫的过分夸张明确表示反对,但他同样也没有采取一种比较稳健的综合方案。作为一个强烈相信"社会一元论"的学者,他认

---

① 参阅 U. 福赫斯特(U. Foxt),"当代马克思主义文学问题"(Problematika sovremennoj marksistskoj literatury),《出版与革命》(Pečat' i revoljucija),1927年第2期,第86页。

② 参阅本书第八章,第150-153页。

③ 参阅伊里亚·格鲁兹杰夫(Il'ja Gruzdëv),《实用性与目的自身》(Utilitarnost'i samocel'),(彼得格勒,1923)。(转引自《当代批评》(Sovremennaja kritika)(列宁格勒,1925),第248页)

④ 参阅本页脚注①。

第六章 马克思主义与形式主义

为马克思主义的文学研究者能从如奥波亚兹这样一个与辩证法精神完全格格不入的学派那里学到的东西少得可怜。

如果说在断定形式主义与马克思主义基本上互不相容这一点上,福赫斯特和卢纳察尔斯基以及柯甘是一致的话,那么,在对待马克思主义批评迄今所取得的结果这一问题上,和绝大多数正统和坚定的拥护者们相比,他却远非那么乐观和满足。他真切地感到研究文学的纯外在论方法不尽恰当。他认识到不能以逃避奥波亚兹所提文艺特殊特点问题的方式,来迎接他们提出的挑战,而应牢牢把握这一严峻的问题。福赫斯特公正地指出:"马克思主义文艺学暂时还不能在形式主义者们自己的地盘上来与他们相会,它尚缺乏一套严谨的概念体系,它还没有自己的诗学。"①

在一种广阔的社会学框架中发展诗歌形式和手法的类型学,以此来对"敌人"展开攻击这一意愿,体现在一位马克思主义者对奥波亚兹所实施的迄今最为广泛、最具有学术意味的批评论著——帕·尼·梅德维杰夫的《文艺学中的形式主义方法》——中②。

这部重要论著的副标题本身"社会学诗学批判导论"就已表明其对问题的建设性态度。和福赫斯特一样,梅德维杰夫深知试图"确定特定诗歌风格和特定经济方式之间的一致性"③而不首先阐

---

① 伊里亚·格鲁兹杰夫,《实用性与目的自身》,第91页。
② 巴维尔·梅德韦夫杰夫(P. Medvedev),《文艺学中的形式主义方法》(*Formalny metod v literaturovedenii*)(列宁格勒,1928)。
③ 上述引文摘自 V. 弗里契(V. Friče)的"社会学诗学原理"(Formula of Sociological Poetics)。(参阅"社会学诗学问题"(Problemz sociologičecskoj poètiki),《共产主义学院学报》(*Vestnik Kommunističeskoj Akademii*),1926年第17期,第169页;由帕·梅德维杰夫在其《文艺学中的形式主义方法》中引用。

明"诗歌风格"概念及其同族同源的文学范畴,并无多大意义。

梅德维杰夫的工作究竟是否成功这完全是另外一个问题。他起步于这样一个正确的前提,即文学是一种 sui generis(特殊的)社会现象,但他却未能在这一定义的两个成分之间找到一个可以工作的平衡点。他显然没有能够解决对文学"社会"问题的关切——与其他人类活动领域的相关性——与此同样合法的对文艺特殊性质的关切之间的表面矛盾。梅德维杰夫的"社会学诗学"意图似乎受到了他害怕偏离正道而滑入其对手的"内在论"谬误的担忧的抑制。每当他试图给诸如韵律、风格和文体这样一些基本的诗学术语下定义时,他往往会突然"撤离"而又重新回到原初的关于"所有诗学结构……的彻底的社会学本质"这一主张上来,而这一表述法是如此之广阔,以至于几乎等于毫无意义。

但无论梅德维杰夫的确定纲领有怎样的缺点,它还是完成了一个非常重大的负面的任务:他强有力地证实了这样一点,即我们必须超越纯形式主义的非社会诗学(a-social poetics)和庸俗马克思主义的非文学的唯社会学论(a-literary sociologism)。

由福赫斯特提出而由梅德维杰夫小心翼翼加以探索的"社会学诗学"这一根据不足的口号,是马克思—列宁主义批评中两个有着根本差异的分支流派的分水岭的标志。

苏联20年代的马克思主义文学理论并不是铁板一块的思想整体。当 bona fide(真正的)方法论论争尚有可能进行之时,马克思主义的文学研究方法被证明非常易于接受有着广泛差异的不同的阐释。诸如此类的差异一方面证明官方学说尚未僵化成为一种刻板的教条,表明它们与马克思主义辩证法的包容品质有着紧密的关系。历史唯物主义作为一种一般的社会发展论并不能解决而且也不必指望它能解决个别人文学科里的特殊问题。人们假设诸如艺术、科学、哲学、宗教这样的"意识形态"现象,最终会以因果决定的方式取决于经济进程,原初形式的马克思主义学说对于在特殊文化领域内部发挥作用的力量的探索问题,则既不会妨碍它,也不会给予它以特殊的鼓励。按照特定"意识形态"领域里的方法阐明意识形态结构的意义,仍然是马克思主义未能做出回答的一个问题,尽管在其自身理论架构内部却又不能说是没有做出回答。借用艾·卡津(A. Kazin)[1]*一句恰当的比喻,辩证唯物主义已经成了"一个庞大的公文柜",其每个小隔间还有待于用适当的研究来填充。而留给文学研究这一小隔间的地位,则在很大程度上取决于一个马克思主义批评家资源是否充分,目光是否敏锐,取决于在把马克思主义信念应用于自己的特殊学科中时,他表现了怎样的灵活性和经验判断力。

于是,只要人们有可能公然表示不同意基本原理论者的观点,那么,有关谁才是马克思主义文学观的真正代表的热烈争论,也就永远不会减弱。争论中展现了许许多多的分歧。但却只有围绕"社会学诗学"问题而展开的争论,才具有特殊的方法论意义。有关这一有争议概念的那场讨论表明,正如雅各布逊正确地指出的那样,马克思主义文学理论的根本含糊性,即在研究文学的纯起源

---

[1] 参阅艾尔弗雷德·卡津(Alfred Kazin),《论本土的根基》(*On Native Grounds*)(纽约,1942),第413页。

* 艾尔弗雷德·卡津(Alfred Kazin,1915—),美国批评家。——译者

学和准结构主义(quasi-structural)之间吃力地摇摆。①

"起源论者"对于探讨文学作品的社会缘由方法感到十分满意,这种方法按照弗里契的术语说,是把"文学符号"翻译成为社会学和经济学的语言。具有结构主义倾向的马克思主义者试图把对文学事实的社会学综合与文学演变问题采用内在论分析法将二者结合起来。他们和采特林一样感到要想能够解释一种现象,就必须首先弄清它究竟是什么。

而对于那些比较激进的马克思—列宁主义者来说,后一个问题即便不是不正当的,那也是不恰当的。在因果律被当作是唯一参照系的地方,文学创作的本质和功能问题即便不被淹没,也会被遮蔽,其方式就是对其起源问题,对文学"隐含的"社会力量问题的压倒一切的关注。例如,瓦·佩列维尔佐夫——这是一个比他的那些绝大多数同事们更感兴趣于文本分析但不适当地把其方法论主张狭隘化了的批评家——坚决认为"方法论的目的论价值"是不能抛开起源学阐释予以理解的。一个人在回答"为了什么"(what for)问题以前,不能不首先回答"为什么"(why)的问题②。佩尔索

---

① 在发表于1929年的一篇文章(参阅,"论现代斯拉夫学的先决条件"(Oberdieheutigen Voraussetzungenderrussischen Slavistik),《斯拉夫评论》(Slavische Rundschau)(1929年第1期)中,雅各布逊表明,充斥于20世纪欧洲学术界在起源学主义和结构主义之间的那场争论,如何渐渐渗透进据说是受马克思—列宁主义方法论指导下的斯拉夫研究中来。雅各布逊正确地指出,在苏联也和在西欧一样,在20年代中任何人也可以分辨出两个明显的流派,"一是试图探索系统之内部规律的结构主义……他们从这些系统的功能立场出发对其成分进行分析……以及根据其他系列、按照同样顺序采用起源学方法对此类现象进行阐释的流派"(第64页)。

② 费·佩列维尔泽夫(F. Pereverzev),《果戈理的创作》(Tvorčestvo Gogolja)(列宁格勒,1926),第10页。

夫的回答甚至比他更严厉:"我很难想象一个马克思主义者在提出(这个文学作品是如何建构的?)问题时,能不即刻被另一个问题所取代,即(可为什么这个文学作品会以这种而非另外一种方式建构呢?)"[①]在如此这般地把批评分析中的"什么"(what)和"怎样"(how)彻底分解为"为什么"(why)之后,佩尔索夫继续反驳"马克思主义诗学"这一概念本身,把它说成是一个术语矛盾,如"矛盾修辞法"一样(oxymoron)[②]。

关于形式主义问题的论战激化了官方阵营的分裂,这种分裂倾向要比常常占据舞台中心的许多术语之争和伪哲学式的拌嘴更加重要。多数马克思主义理论家们在驳斥奥波亚兹学说方面达到了高度一致,但他们的论据如上文所述,相互之间差异显著。形式主义者们通过对文艺学特殊目标和方法的优势关注,诱使他们的马克思主义对手们跳下辩证法概括这匹傲慢的快马(high horse),而采取一种与文学研究的具体问题有关的立场。在这样做的过程中,苏联马克思主义批评家们就研究文学的一般方法的界限和可行性问题,发表了形形色色的各种观点。

如果说形式主义的挑战迫使马克思主义者们明确其方法论立场,并认识其学说的局限性的话,那么,在某种程度上反之亦然。与马克思主义的最后一战对形式主义运动嗣后的发展的影响卓然可见。如果这些批评能沿着更富于建设性的路线进行的话,那此

[①] V.佩尔索夫(V. Percov),"论统一的马克思主义文学科学问题"(K voprosu ob marksisitskoj nauke o literature),《文学报》(*Literaturnaja gazeta*),1930年4月14日。

[②] 同上书。

类影响便会更加有益。马克思主义对奥波亚兹的批判在多数场合下是那么粗暴和不分青红皂白地怀有敌意（如柯甘、波良斯基、卢纳察尔斯基），或太过分机械化（如阿尔瓦托夫），以致无法得出或暗示任何实实在在的解决办法。但对美学孤立主义的谴责和攻击的气势本身，刺激了重新估量奥波亚兹有关"文学与社会"问题的原初立场的必要性。

第七章 危机与溃退(1926—1930)

1

形式主义的对手马克思主义者们对形式主义的指责,说他们忽视了社会对文学的影响,这一点只有部分正确性。对什克洛夫斯基经常引用的这样一句名言——"艺术独立于生活"①*——的理解,实在不必过分拘泥于字面。如上文所述②,这种既深思熟虑而又不无夸张的主张,目的仅在于提高奥波亚兹"讨价还价的实力"从而震慑批评界那些庸人。

甚至在奥波亚兹的早期阶段它的代表人物们就至少模糊地懂得文学不是在真空中被创造的。他们在比较清醒的时刻是断然不会去否认社会学考量的相关性的。他们言论的修辞色彩尽管不无浮夸之嫌,但他们的理论家远非仅只懂得什么艺术除了手法没别

---

① 维克多·什克洛夫斯基(Viktor Šklovskij),《马步》(*Xod konja*)(柏林-莫斯科,1923),第39页。

* 什克洛夫斯基的原话是,"Искусствовсегдабыловольноотжизни, инацветеегоникогданеотражалсяцветфлаганадкрепостьюгорода。"(参考译文,"艺术永远独立于生活,在它的色彩中从未对城堡上空旗帜的色彩有所反映。")——译者

② 参阅本书第四章,第77页,(即本书中文版本第105页——编者)脚注①。

的。但他们认为作为一个明确知识学科的文艺学,应当把手法当作自己的主要研究对象。形式主义的反社会学主义是一种方法上便利与否的问题,而非美学原则问题,是一种关于一位批评家的主要兴趣域问题的主张,而与文艺的本质问题无关①。

什克洛夫斯基在其文集《小说论》②*前言中对其研究文学的技术方法从实用主义角度做了描述。作者在承认自己忽略了社会条件对无论日常生活和诗歌语言的影响之后,继而写道:"在我的理论著作中我只关心文学的内部规律问题。用一句工业用语打比方,我对世界棉纱市场的条件或托拉斯政策不感兴趣,而只对纱锭的数目以及纺纱的技术感兴趣"③。

声称自己对托拉斯政策下的"世界棉纱市场"不感兴趣,无疑要比直截了当地否认这些因素的存在及其相关性要更加公正得多。但具有排他性的对于"纺织技术"的先入之见,无论其为一种哲学信念还是批评策略问题,从长远观点看,终究是站不住脚的,

---

① 形式主义学派在哲学上不够成熟的一个标志是,它的多数代表人物大都未能把这两种类型的观点清晰地区分开来,从而总是在这两种主张之间几乎令人难以觉察地游移,即为了文艺学的缘故,"艺术应当被视为一种手法"和本体论观点"艺术即手法"。

② 维克多·什克洛夫斯基(Viktor Šklovskij),《小说论》(*O teorii prozy*)(莫斯科,1925)。

* 什克洛夫斯基的原话是,"在文学理论中我所研究的是它的内在法则问题。如果举工厂的事情来打比方的话,那么,可以说我感兴趣的不是世界棉花加工市场的行情,也不是托拉斯政策问题,我只对纺纱的数目和纺织的方法感兴趣。"("Я занимаюсь в теории литературы исследованием внутренних законов его. Если провести заводскую параллень, то я интересуюсь не положением мирового хлопчатобумажного рынка, не политикой трестов, а только номерами пряжи и способами ее ткать.")——译者

③ 同上书,第6页。

第七章 危机与溃退(1926—1930)

因为这意味着把文学研究的范围给专断地缩小了。把研究对象的某一特殊方面孤立起来,以便使一个批评运动的所有思想资源都能承受被多数否定的问题,这在一定程度上不失为一种合法的、确实值得嘉奖的方法论策略①。但这种研究程序是如此之不自然,以致难以经受持续不断的调查。纯内在论文学观显然无法公正地处理各种文化领域密切的相互依赖问题,按托洛茨基的话说,因为它忽略了"创造及消费其创造物之社会人心理的同一性"②*。

就这样,随着时间的迁移,形式主义代表人物们越是不得不超越其固有的立场,就越真切地感受到当前批评及创作界的发展所揭示出来的他们自身的局限性。"官方"文学理论家们嘲笑奥波亚兹学说"方法论上的贫瘠"。而像马雅可夫斯基这样比较友好的批评家在热情赞扬奥波亚兹对于诗学研究所做巨大贡献的同时,也督促他的形式主义朋友们对社会学考量给予更多关注③。但比这

---

① 形式主义的对手马克思主义者中,某些较有远见者也颇愿意承认这一点(参阅 E.穆斯坦戈娃(E. Mustangova),"最大抵抗之路"(Put'naibol'šegosoprotivlenija),《星》(zvezda),1928年第3期)。

② 列夫·托洛茨基(Leon Trotsky),《文学与革命》(*Literature and Revolution*)(纽约,1925),第171页。

* 托洛茨基的原话是:"艺术形式在一定的和非常广泛的范围内是独立的,但是,作为这一形式创造者的艺术家和欣赏这一形式的观众,并不是用来创造形式和接受形式的空洞的武器,而是具有固定的心理的活生生的人,这种心理是某种整体,虽说这一整体并不总是和谐的。它们的这一心理是受社会制约的。艺术形式的创造和接受是这一心理的功能之一。无论形式主义者如何故弄玄虚,它们的整个简单的观念的基础,仍是对进行创造或使用创造出来的东西的那个社会的人的心理统一体的忽视。"(托洛茨基,《文学与革命》,北京,外国文学出版社,1992年版,第151页)。——译者

③ 马雅可夫斯基以其特有的粗犷直率的口气写道,"每种微小的韵律(flearime),都被计数过,但请不要在虚空中数跳蚤(but stop counting flea in vacuum)",(《列夫》(*Lef*),1923年第1期,第11页)。

更加重要的是,革命事变对于文学生产之速度、过程及其方式的极其巨大的冲击,为形式主义者们提供了不容辩驳的证据,证明艺术无法摆脱生活而存在。

形式主义者们日益趋向于"社会学"(sociologism)的最初征兆之一,在什克洛夫斯基的自传《第三工厂》(*The Third Factory*,1926)[①]中可以找到。这是一本把文学理论与灵魂探索以特殊方式糅合为一体的书,是一场尖锐激烈的精神和方法危机的标志。在什克洛夫斯基自己那精心结撰而又不相连贯、蜿蜒曲折的散文式语境中,可以明显看出一种既令作者自己也会令读者困惑的思想,艰难地摇摆于竭力想要与"时代压力"同步和同样真诚地想要维护其创作和批评的完善性的努力之间。

《第三工厂》在方法论层面明显想要超越"纯"形式主义立场,而采取一种更具有包容性,与时代的"社会指令"更加和谐一致的立场。什克洛夫斯基以一种忏悔的语气写道,他承认自己在忽视"外审美系列"(rjad)上有罪,这是个重大失误:"艺术中的变化可以而能够由于外审美因素的作用而发生,无论是一种特定语言受另一种语言影响还是由于一种新的社会指令被提了出来"[②]。

这个短句写得真够松垮的(显然什克洛夫斯基只有当他夸大其辞时才会变得十分尖锐)。但我们所引这一片段的总的意图还是足够清晰的:在文学与"生活"之间,在审美与非审美之间,的的

[①] 维克多·什克洛夫斯基(Viktor Šklovskij),《第三工厂》(*Tret' jafabrika*)(莫斯科,1926)。

[②] 同上书,第96页。

第七章 危机与溃退(1926—1930)

确确,没有横亘着一道不可跨越的深渊,也没有一条固定不变的边界。

这一命题显然离形式主义常常被谴责的所谓唯美主义相距甚远,它的设立是为了完成双重性功能。一方面它为在批评分析中求助于特定"非审美"标准提供了一个理由。另一方面,和大多数什克洛夫斯基的批评概括性议论一样,这一新公式同时也是为在当前批评实践中什克洛夫斯基选择与之联合的那一潮流,提供了理论基础。

国内战争时期的一个特点是纪实文学有了急剧发展。尽管叙事虚构性作品在经历过短暂的萧条之后已经开始回归正道,但大型全景史诗类作品的时代还远未到来。当前重大事件的巨人般的步伐更加青睐简洁文体。常常令虚构显得苍白无力和累赘多余的急剧变化的现实生活,更加喜欢"直接报道"类文体。随着报纸成为文学交流的有力渠道和政治宣传的媒介,一些半新闻报道体如报告文学(reportage),小品文和小品文类的短篇小说,日益占据显著地位。

与其实用主义美学相适应[①],"列夫"理论家们热情欢迎这一新发展,欢呼这种"纪实文学"(factography,又译"事实摄影"——译者)(事实文学 literature fakta)是把文学与生活整合一体的最佳范例。什克洛夫斯基对于那些急剧背离文学传统的任何做法都永远愿意表示赞成,并和他那些新未来派(neo-Futurist)朋友们一起把他们那些"文学半成品"(half-finished literary products)当

---

① 参阅本书第六章,第 111–113 页。

作俄国小说的新起点。

有人可能会感到惊奇,什克洛夫斯基是如何得以将其对于报告文学的高度热情与一种把艺术的主要任务当作是对现实生活的创造性变形的文学理论很好地谐调起来的呢。问题在于这样一个事实,即什克洛夫斯基的理论学说常常是独创性多于逻辑自洽性。他指出文学史上常常有这样一些时期,旧式的审美范型(age-old esthetic formulae)失去其效应,而像长篇小说这样传统的艺术形式,似乎也已耗尽其审美潜能。担心自己陷于瘫痪的文学每逢这种关头就必须超越自身,以便能够恢复自身的生命力:于是,它通过把"粗陋的生活素材"纳入自身以及对于"外审美设计的充分利用"实施"非文学对文学的入侵"①。一旦叙事虚构类文体能量耗尽,"一种不加任何粉饰的事实就会被人们从审美方面予以接受"②。

如果我们把这一理论仅仅当作一种 tour de force(绝技),当作一个特殊的恳求的话,就会把问题过分简单化。在某种程度上什克洛夫斯基为纪实文学(factography,或事实摄影)所做的辩护,由于形式主义学派所采取的极端相对主义(ultra-relativistic)立场而使其在方法论方面也显得似乎不无道理。尽管形式主义非常强烈地关注文学的特殊属性,但也仍然还是竭力想要避免把这种差异性定义为一种绝对不可更改的本质属性。迪尼亚诺夫在其

---

① 《第三工厂》(*Tret' jafabrika*),第 99 页。
② 维克多·什克洛夫斯基(Viktor Šklovskij),《汉堡账单》(*Gamburgsijščět*)(莫斯科,1928),第 19 页。

第七章 危机与溃退(1926—1930)

论证十分严密的论文《论文学事实》[①]中,警告人们切勿给文学现象下静态和先验的(a priori)定义,他认为尽管在任何特定时刻中在文学与非文学之间都可以找到一个明确的界限,但"文学概念本身却总是在与时俱变"[②]。文学与生活之间的界限是变动不居的——该界限各个时期均有不同。迪尼亚诺夫指出:"文学从不反映(mirrors)生活,但却常常与生活重叠。"[③]

迪尼亚诺夫为了说明文学与日常生活("mores",byt,风习)的"相互交叠"和"交叉互补"(cross-fertilization)这一命题,从往昔俄国文学中援引了大量相关例证。他指出有的时候一种文学现象可以成为一种边缘的"生活事实"。18世纪俄国颂诗(ode)业已退化为一种所谓的"请愿诗"(ŝinelnye stixi,俄文直义为客厅诗——译者)——一种给达官显贵的、用准高雅和古旧文体写的诗体请愿书。与之相反,有关一件可靠事件的纪实性文件和叙事,在特定场合下,也可能被提升为文学。在俄国感伤主义盛行时期诸如回忆录和日记这样的"亚文学"(sub-literary)文体,就是这样产生的。甚至就连书信写作也能感受到文学规范的冲击:当时处于领先地位的历史学家和小说家卡拉姆津,也开始尝试写作一种书信体风格的小册子[④]。

显而易见,由这些敏锐观察所能引导出的伦理原则是:文学史

[①] 参阅尤里·迪尼亚诺夫(Jurij Tynjanov),《拟古主义者与革新者》(*Arxaisty inovatory*)(列宁格勒,1929)。
[②] 同上书,第9页。
[③] 同上书,第15页。
[④] 同上书。

家在其对文学动力学的探索过程中很难对社会生活这一"邻接性"事实予以漠视。

更易倾向于口号表述法的什克洛夫斯基,尽管对于 Zeitgeist（时代精神）比迪尼亚诺夫更好战,反应更强烈,但也连忙将这一命题翻译成激进马克思主义的话语。在其笔下,社会环境对文学进程的影响很大程度上是作家的阶级忠诚感问题。

什克洛夫斯基式的将审美惯例与阶级意识形态两相对立的"社会—形式主义"方法,在其《列夫·托尔斯泰〈战争与和平〉中的材料与风格》①(1928)中受到了检验。该书采用"阶级"与"文体"间张力的术语对托尔斯泰这部史诗性巨著进行了分析。

按照什克洛夫斯基的说法,《战争与和平》是作为一种艺术形式的长篇小说——被托尔斯泰继承并予以激活了的——与其在这部描写 1812 年俄国生活全景史诗性作品中所承担的"社会指令"(social command)之间的冲突的结果。什克洛夫斯基认为《战争与和平》并非一部准确意义上的历史小说,而是"对一部传奇的圣徒化"。他继而写道,为了抵消激进的平民知识分子(raznočincy)的进攻型的意识形态和支持地主阶级摇摇欲坠的道德原则,托尔斯泰对俄国贵族阶层以及在 1812 年卫国战争中发挥过作用的那部分贵族阶层,进行了极力颂扬。作家极度漠视俄国的损失而对俄国的胜利则不无夸大,对于严酷的历史真实,比方农民群众对外族入侵的冷漠以及他们对待地主们的极其沉闷如果不说是公然反

---

① 维克多·什克洛夫斯基(Viktor Šklovskij),《列夫·托尔斯泰"战争与和平"的材料与风格》(*Material i stil' v romanc L' va Tolstogo Vojna i mir*)(莫斯科,1928)。

第七章 危机与溃退(1926—1930)

抗的态度,托尔斯泰则将其包裹以糖衣,或干脆对之加以忽略。

但在某些方面,什克洛夫斯基宣称小说家的"实用主义定势"(pragmatic orientation, celevaja ustanovka,或译"务实取向")[1]与体裁线索——一定的文学传统、叙事技巧和习惯等——交织在一起。如果说托尔斯泰的阶级倾向性迫使他对历史真实进行涂染或歪曲的话,那么,此类变形反过来也会受到托尔斯泰所选择使用的媒介的迫切需求的再变形和修正[2]。

什克洛夫斯基有意绕开创作个性这一繁难问题而径直确定阶级与文体(体裁)的直接关系,这种方式证明他的这一建构的随机应变和权宜之计的性质。什克洛夫斯基指出托尔斯泰是按照优美的传统小说形式来为19世纪早期的俄国书写这部辩护词的。但他想要为1812年俄国上流社会提供一幅完整全面而又可靠权威画面的意愿,使得托尔斯泰在把各种历史和准历史文献纳入小说的同时,却把文体的界限给忽略了。小说在结构布局上的线索变得松散了,于是乎,像一个巨人一般,一部经纬比较致密的、以个别人物命运为中心的小说,被一部焦点时刻在变动的全景式编年体小说所代替。

想要创造一种与小说的论战意图密切关联的真实性幻觉的同一种意愿,导致在描写历史人物中大量极端现实主义细节的出现。但出现这一情况的原因是,对于本土性的刻意强调是当时激进式

---

[1] 此乃《列夫》(Lef)批评喜爱使用的术语之一。
[2] 维克多·什克洛夫斯基(Viktor Šklovskij),《列夫·托尔斯泰"战争与和平"的材料与风格》(Material i stil' v romanc L'va Tolstogo Vojna i mir)(莫斯科,1928),第237页。

虚构类小说——这是指一种社会抗议小说,即通过对心理剖析进行"祛魅"(deglamorizing, snižajuščaja)的方式以揭露传统价值的小说——的突出特征。例如,在许多同时代读者的心目中,《战争与和平》恰好是与它欲与其影响进行挑战的那种类型的作品联系在一起的[①]。

什克洛夫斯基认为在这种虚假相似性的影响下,小说的总的要旨被极大地误读了。这部小说被多数同时代人,其中包括十分敏锐的批评家斯特拉霍夫[*]阐释为对自由派的嘲讽,而非保守派的自我辩解[②]。"文体"在要求其自身的自主性。"手法"遇到了逆火[**]。由作家的意识形态意图所"要求"的风格和个性化方式,经由自主性文学联想的媒介,竟然变为这一设计的反抗者,并进而导致一种与托尔斯泰的意图直接对立的阐释的产生。

除一些虽然有趣却并非总是令人信服的对照比较和大量有关《战争与和平》中所用叙事技巧的敏锐评论外,什克洛夫斯基对这

---

① 维克多·什克洛夫斯基,《列夫·托尔斯泰"战争与和平"的材料与风格》,第237页。

* 尼古拉·尼古拉耶维奇·斯特拉霍夫(Николай Николаевич Страхов)(1828 – 1896),俄国哲学家、文学批评家。土壤派理论家之一。费·米·陀思妥耶夫斯基的第一部传记的作者。著有《整体之世》(1872),《论永恒真理》(1887),《哲学概论》(1895)论述列·托尔斯泰的系列文章。——译者

② 有人可能会注意到上述阐释并未提到斯特拉霍夫关于《战争与和平》的最权威评论。在欧内斯特 J. 西蒙斯(Ernest J. Simmons)的《列夫·托尔斯泰》(*Leo Tolstoy*)(波士顿,麻省,1946,第 274 页)所引用的一段文字中,斯特拉霍夫说托尔斯泰的史诗是"那个时代俄国的完整画面",是一部名副其实的"人类生活的完整画面",而绝非仅仅只是对于 1812 年俄国上流社会的一幅讽刺画。

** 此处原文(backfire)意为"把草原或森林中的一块地带先纵火烧光,以阻止野火或林火蔓延"。又指内燃机的回火、逆火。此处意为事与愿违、适得其反的后果。——译者

第七章 危机与溃退(1926—1930)

部史诗作品的探讨的牵强附会和说理不当令人吃惊:该书留下的问题远多于它所解决的。如上文中被德.谢.米尔斯基称为"《战争与和平》中现实主义的……本土性效应"的那一阐释①,如果不是整体虚假的话,那也是非常狭隘的。有人可能会貌似有理地争辩道,说这种对于琐碎细节的关注与其说应当归咎于托尔斯泰与一些历史学家就1812年战争问题的争议,倒不如说应归咎于托尔斯泰反对传统历史观的斗争 —— 即作家一心想要剥除"英雄"身上浪漫主义的光环而将其带回人间,还原其本土式的比例的决心。也许还可以补充的另外一点是,对有形世界琐碎细节的刻意强调,如对包尔康斯卡娅公爵小姐上嘴唇的著名描写,就是托尔斯泰一种典型的个性化手法之一,是作家热情关注人类躯体这一被诸如梅列日科夫斯基和斯特凡·茨威格这样各个不同的批评家所共同加以指出的手法的标志之一②。

在对这部长篇小说隐含哲学问题的分析方面,什克洛夫斯基同样也犯有过分简单化的过失。尽管什克洛夫斯基对《战争与和平》对爱国主义的系统辩护和保守主义的"古风旧习"(archaism,古语,古体,拟古主义)的刻意强调比无数想要采用自由民粹派或反爱国主义的暴露手法来阐释这部小说的意图要更接近真理一些,但他的公式依然还是令人注目地无法公正地处理托尔斯泰对

---

① 德·谢·米尔斯基(D. S. Mirsky),《当代俄国文学》(Contemporary Russian Literature)(纽约,1926),第12页。
② 参阅德·谢·梅列日柯夫斯基(D. S. Merežkovskij),《托尔斯泰与陀思妥耶夫斯基》(Tolstoj i Dostoevskij)(彼得堡,1914);斯蒂芬·茨威格(Stefan Zweig),《三大师肖像》(Drei Dichter Ihres Lebens)(莱比锡,1918)。

其所描写的那个世界的复杂态度问题。也许正是由于这一态度的复杂性以及如许多批评家决心忽略这一问题的意志,才导致对《战争与和平》的解读在相当大程度上有着广泛的分歧。托尔斯泰的某些同时代人可能会被其与俄国激进的社会抗议小说在形式上的相似性而"误导"。但这却未必适合现代美国作家詹姆斯·法雷尔*(James T. Farrell)。这位作家在不久前的一篇文章[①]中,说《战争与和平》是对俄国封建贵族的深刻批判。

什克洛夫斯基1928年关于《战争与和平》的论著使其新批评方法的局限性问题成为焦点。"阶级"与"文体"间动态的相互关联问题是一个在潜在意义上比文学对社会的单行道的因果制约性更要恰当的参照系。但不幸的是人们对张力这一关键概念的理解太遵从字面的表层含义。它被从分析对象身上投射到了分析对象的方法中来。社会学和形式主义的范畴被机械地相互叠加而非被整合起来,以此常常会给人一种在举行批评的拔河竞赛(tug-of-war)的印象。什克洛夫斯基被夹在好战的形式主义和一种被错误领会了的马克思主义之间难以适从。例如,在一篇写于1930年的文章[②]中,他竟然称《战争与和平》标志着"宣扬贵族意图的流产"[③]**——而"宣传"(agitlca,propaganda)则是一个保留在苏联

---

* 詹姆斯·托马斯·法雷尔(James Thomas Farrell,1904-1979),美国小说家。——译者

[①] 参阅詹姆斯·T.法雷尔(James T. Farrell),《文学与伦理》(*Literature and Morality*)(纽约,1947)。

[②] 参阅维克多·什克洛夫斯基(Viktor Šklovskij),"一个科学错误的纪念碑"(Pamjatnik naučnoj ošibke),《文学报》(*Literaturnaja gazeta*),1930年1月27日。

[③] "流产"一词显然含有《战争与和平》"终结",带有一种抑或比仅仅只是"宣传"更糟一些的意味,但这一不幸的表达法几乎很难予以保留。

** 按,此处原作者的表述为"abortive attempt",直译为"流产的意图"。——译者

第七章 危机与溃退(1926—1930)

伪装成文学的严酷的政治宣传用语中的一个术语,因此而在这一语境下显得极不恰当。另一方面,他仍然得以用一种马克思主义空话来包裹特殊的形式主义决定论的方式,来提出一个命题:"在对作家意识的最终分析中文学文体的存在方式将起决定作用"[1]。在两种僵硬刻板因而实质上是两不相容的一元论模式摇摇摆摆,未见得会是取代综合工作模式的最佳方式。

2

什克洛夫斯基并非奥波亚兹中尝试把形式主义与社会学方法综合起来的唯一一位领袖人物。另一位领袖人物鲍·艾亨鲍姆在其论文《文学与文学的日常生活》(Literature and Literary Mores)(1927)[2]中,以一种更加慎重的方式,试图在方法论上做出一定让步。艾亨鲍姆和什克洛夫斯基及迪尼亚诺夫一样,对于纯内在论文学研究方法开始日益不满。与此同时,他对带有官方色彩的社会学方法也不无警觉。他既有意回避对作家阶级意识形态的研究,也有意避免从社会—经济体制中推导文学形式的倾向。他写道:"寻求文学形式和文学演变的主要原因是一种

---

[1] 维克多·什克洛夫斯基(Viktor Šklovskij),《列夫·托尔斯泰"战争与和平"的材料与风格》(*Material i stil'*),第199页。

[2] 鲍里斯·艾亨鲍姆(Boris Ejxenbaum),"文学与文学的日常生活"(Literatura I Literaturnyi byt),《在文学的岗位上》(*Na literaturnom postu*),1927,后又载鲍·艾亨鲍姆(B.Ejxenbaum)的《我的编年期刊》(*Moj vremennik*)(列宁格勒,1929)。

形而上学①*。

艾亨鲍姆认为尽可能密切贴近文学事实的意图对于像"生产力"(productive forces)这样遥远的文学的社会"决定物"而言,并无多大用处。他建议对于比这更恰当的社会领域——其对虚构想象类写作的关系不是直截了当予以推断的结果,而是在实践中可以予以确定的——予以高度关注。按照艾亨鲍姆的观点,这个领域也就是"文学的日常生活"(literaturnyj byt),它能在文学研究与社会学之间铺设一道最自然的桥梁。

"文学的日常生活"这一说法在艾亨鲍姆20年代末期的著作中,扮演了一个十分重要的角色。它是作家所处社会地位所必承担的问题丛的一个标志,包括诸如文学艺术家与公众、文学艺术家的作品的条件,文学市场的范围及其运行机制的问题。艾亨鲍姆坚持认为这才是一个想要把社会—经济考量纳入思考范围中的文学批评家只要将其应用于文坛时最恰当的探索领域。他继而写道,举例来说,普希金的抑扬格四音步诗与当时盛行的无论何种生产方式都没有任何关系,但普希金的转向小说创作和纪实文体

---

① 《我的编年期刊》(*Moj vremennik*),第54页。

* 此处似乎与艾亨鲍姆的原话有出入。艾亨鲍姆的原话是,"...Вместо использования под новым смысловым знаком сделанных наблюдений над специфическими особенностями литературной эволюции (которые ведь не только не противоречат поддлинной социологической точке зрения, но поддерживают ее) наши литературные « социологисты » занялись метафизическим отыскиванием первопричин литературной эволюции самых литературных форм."(参考译文,"而我们那些'文学社会学家们'非但不在新的意义符号的标志下首先充分利用对文学演变专门特点问题所做的观察结果(此类结果非但不与真正的社会学观点相矛盾,而且甚至是在支持这类观点)却在采用形而上学方法来探索文学形式自身文学演变的第一因问题"。)——译者

第七章 危机与溃退(1926—1930)

(journalism)却显然可以追源于俄国文学日益专业化的进程,追源于大型文学概论等的产生和出现[1]。

艾亨鲍姆的新立场体现了建立"内在论"社会学批评的一种特殊意向。文学学非但未能像某些马克思主义理论家已经做到的那样成为社会史的分支学科(subdivision),反而将社会学纳入其中。并像这位批评家所做的那样,社会学被翻译成了文学的语言。文学非但未被当作社会体制的整合部分,反而被当成外在社会势力运行的一种结果,但作为一种社会体制,作为一种有其自身存在权的经济体制,作家不是马克思主义意义上的特定社会阶级的一个成员,无论其为贵族绅士,是资产阶级还是无产阶级,而首先是文学专业的一个代表人物。当别列维尔泽夫关注艺术家的社会出身及其对其作品的影响问题时,艾亨鲍姆却只关注其 que(作为)一个作家的条件。当前者倾向于对特定文学作品中所体现的意识形态究竟是小地主的还是商人阶级的感兴趣时,艾亨鲍姆却更愿意搞清楚一个作家是在为匿名的市场,还是在为范围有限的少数文艺鉴赏家们写作,关心这位作家究竟是个贵族式的业余爱好者,还是一个为了自己的生计问题而写作的职业作家。

艾亨鲍姆论述"文学的日常生活"的文章另外一个有趣的方面,是他试图论证他对创作条件的关注所采用的方式。他为自己这一新的"工作假设"(working hypothesis)所提出的例证,仅只部分地采用了方法论的术语。形式主义的原初前提的不适用性和文学经济学的近似度不仅只是他用以证实这一立场背离"单纯"的形

---

[1] 《我的编年期刊》,第56页。

式主义的一个因素而已。我们可以推断,文学情景所发生的变化,同样也是促使这位文艺学家认为有必要热切关注文学创作的专业性质的一个原因。

用托因比的术语来说,艾亨鲍姆的新观念乃是这位批评家对当代文学挑战的一种反应。如果说什克洛夫斯基对"外审美因素"(extra-esthetic factors)的新的关注源于他想要对新未来主义进行理论论证的意图的话,那么,艾亨鲍姆的"文学的日常生活"理论则系公然想要把俄国作家在20年代末所处的困境上升为一种文学社会学法则。

艾亨鲍姆以一种毋庸置疑的语言表露了这一动机。他断言早期形式主义是在文学论争围绕着应该创造什么类型的艺术,应该使用什么样的诗歌语言的时代诞生的。他继而写道,而今天,文学的日常生活方式问题,已经成为舞台上的主角。"如何写?"的问题已经被另一个问题所取代,那就是"如何才能成为一位作家?"[①]*。

在写于1929年的一篇其坦诚直率令人惊讶的文章中,艾亨鲍姆对如何应用这一观点进行了清晰的阐述[②]。他公正地指出:"作

---

① 《我的编年期刊》(*Moj vremennik*),第51页。

* 艾亨鲍姆的原话是,"有关如何写作的问题被另一个问题即如何当一个作家的问题所取代或者至少是被其复杂化了,换言之,文学问题本身被作家问题给遮蔽了。"("Вопрос о том, как писать, сменился или, по крайной мере, осложнился другим—как быть писателем. Иначе говоря, проблема литературы, как таковой, заслонилась проблемой писателя.")——译者

② 此文揭载于《我的编年期刊》(*Moj vremennik*)(列宁格勒,1929)。这是一本一个人的杂志,书中自由穿插着批评、回忆录、创作性文字和新闻报道。在1929年,任何一位遵纪守法者,对于这篇典型的自言自语式文章的主旨,也会比一位苏联审查官更难以容忍。艾亨鲍姆独特的"期刊"遂不得不停刊。

家在今天更像是个怪诞式人物。按照定义作家低于普通读者,因为后者作为一个职业公民,被假定具有一种谐调一致的、稳定而又明晰的意识形态。至于我们这些观察家们——我们已经不再有什么批评家了,因为观点已经不再可能有什么分歧了——他们当然肯定会比作家无限地高,比作家无比地重要,正如一个法官总是会比被告无限地高,无比地重要一样"①。

艾亨鲍姆毫不妥协的观点旨在强调这样一个事实,即他对文学日常生活的成见已经远远超出了纯粹学院派范畴。在对文学所实施的政治管理日益严密的语境下,"怎样做一位作家"的问题几乎带有一种悲剧性的辛酸。

艾亨鲍姆对社会学的冒险涉足在多数他的朋友和学生们中间,引起了良好的反应。什克洛夫斯基渴求地抓住他这位朋友的方案,并欢呼"文学日常生活"理论是对文学进程进行真正的科学研究的一个重大贡献,是采用社会学方法探索文学问题的最货真价实、最合理合法的研究类型。艾亨鲍姆连忙响应道,说他现在正在忙于写一篇表明他们将献身于一桩"最适当"的工作的通俗性纲要式文章:"职业社会学家应当研究文学市场"②。

艾亨鲍姆和什克洛夫斯基关于文学经济学的思想,为三位年

---

① 《我的编年期刊》,第 49 页。
② "捍卫社会学方法"(V zascitu sociologiceskogo metoda),《新列夫》(*Novyj Lef*),1927 年第 4 期。(后载于什克洛夫斯基(Viktor Šklovskij)的《汉堡账单》(*Gamborgskij ščët*)(莫斯科,1928)。

轻的形式主义文学研究者特·格里茨(T. Gric)*，弗·特列宁(V. Trenin)**和尼·尼基丁(N. Nikitin)***关于普希金时代文学市场问题的完整全面的研究论著，提供了动力。他们三人的著作《文学与商业》(1927)①，以一种精细琐碎，常常使人感到沉闷乏味的详情细节的方式，探讨了在19世纪上半叶几乎占据俄国文学市场半壁江山的斯米尔金书屋(Smirdin publishing house)的modus operandi(运作方式)问题。这一商业企业对俄国文学生产速度和发行，对于作家的经济状况，都有极大影响。该书列举了大量给人以深刻印象有时甚至给人以揭露黑幕之印象的事实和人物，但全书整体而言却缺乏任何令人可以意会到的整合全书的意图。

受到什克洛夫斯基挑战的"职业社会学家"即正统马克思主义者们，似乎却无动于衷。在专题论文集《马克思主义与文学》②发表的一篇文章中，此时已从其最初的泛形式主义(pro-Formalist)错误倾向中改过自新的亚·采特林(A. Zeitlin)抨击《文学与商业》一书是一部杂乱无章、粗疏草率和文不对题之作。他辛辣地写道："读者从这本书中可以找到商业，但却找不到文学"。他指责

---

* 特奥多尔·格里茨(T. Gric, 1905－1959)，作家，文艺学家。30年代从事俄国未来派历史研究，倡导历史研究的系统原则。著有论述赫列勃尼科夫散文的论文，《未曾出版的赫列勃尼科夫》一书的共同编者。——译者

** 弗拉基米尔·弗拉基米洛维奇·特列宁(V. Trenin, 1904－1941)，文艺学家、批评家。著有《在马雅可夫斯基诗歌的创作实验室里》(1937)等。——译者

*** 米哈伊尔·马特维耶维奇·尼基丁(1906－1942)，俄国文学史家、作家。——译者

① 特·格里茨(T. Gric)，尼·尼基丁(N. Nikitin)，《语文与商业》(*Slovesnost' i kommercija*)（莫斯科，1927）。

② 《文学与马克思主义》(*Literatura i marksizm*)（莫斯科，1929年第1卷）。

第七章 危机与溃退(1926—1930)

道:"在这本书中,一种关于其著作赖以出版的印刷模版的不适当的社会学,取代了普希金风格的社会学"①。

这本专题论文集中另一篇文章的作者谢·布雷伯格(S. Breitburg)对于"形式主义的迁变"不像前一作者那么刻薄,但同样也持批评态度②。他声称艾亨鲍姆的"文学日常生活"理论只不过是一种被掺了水的形式主义。对因果决定观的让步是半心半意的,这和批评家所证实的通过历史条件、文学情景等的引入,来利用某些"恰当的"文学外范畴的做法一样,本质上不过是一种"战术调整"。布雷伯格继而写道:"即便形式主义方法的新方案得以避免早期奥波亚兹某些最突出的谬误,它所带来的也只能是方法论上的倒退,而非进步。"偏离一元论,哪怕是偏离唯心主义一元论而滑向多元论,也就意味着向偏离真正科学的文学研究方法迈出了一步"③。

上述批评似乎过分苛刻而显得有些以势压人。读者兴许会有这样的印象,即济特林和布雷伯格在对非马克思主义者擅自闯入他们所以为的封闭而排它的"辩证唯物主义"领地不满,因而根本不愿不惮烦劳地更加细致地考查这些"业余社会学家"(amateur sociologist)的假说。正如绝大多数来自西方的文学理论家们全都乐于承认的那样④,文学职业问题,作家的社会地位问题,构成一个完整和合法的研究领域,而且,这一领域的实证性程度,要比

---

① 《文学与马克思主义》,第167、169页。
② 谢·布雷伯格(Breitburg),"形式主义中的变动"(Sdvigvformalizme),《文学与马克思主义》(Literaturaimarksizm),第1卷。
③ 同上书,第45页。
④ 参阅勒内·韦勒克(René Wellek)、奥斯汀·沃伦(Austin Warren),《文学理论》(Theory of Literature)(纽约,1949),第93-97页。

比方说从小地主的生活方式入手阐释《死魂灵》(The Dead Souls)的意图可以预期显然高出许多。苏联马克思主义批评家们几乎不认为他们对形式主义涉猎社会学的轻蔑也需要加以论证。无论有人认为《文学与商业》这本论著写得如何平庸，它的认识价值也远比被马克思—列宁主义批评实践所激活的带着"社会学"标签的二道贩子们以及从经济走捷径跨入政治的思维懒汉们，要高得多。

但布雷伯格的体系总的说来也并非毫无根据。艾亨鲍姆"文学日常生活"概念如作为"文学与社会"问题的解决方案，则显然是不合适的。需要把作家与其社会环境的相互关系缩减为文学市场的机制问题，这是一种不适当和狭隘的经验主义的标志，它规避了许多重大问题，并倾向于日益陷入纯"研究"的泥潭。如《文学与商业》这样一部不过是大量未经整理加工的资料汇编的著作，竟然能得到某些形式主义代表人物的喝彩，被当作文学研究的新起点，这一事实本身就是一个意义重大并且多少令人不安的征兆。

什克洛夫斯基、艾亨鲍姆及其学生们想要摆脱美学分离主义的努力本身，也是一种鼓舞人心的现象。只是不幸的是，尽管在见解的开阔性上有所得，却在关注焦点的尖锐性上，在理论表述的清晰性方面有所失。"形式主义的迁移"并不意味着走向一种更具有包容性和灵活性的批评模式，而是意味着从一种显然已难于防守的阵地一步一步地、落荒而逃似的撤退。

有关这种发展趋势的印象，由于艾亨鲍姆那被广泛接受的专著《青年托尔斯泰》第一卷（1928）中的理论文字，而得到了加强。这部被许多权威学者认为是托尔斯泰研究中最坚实的贡献之一的专著，就其所用方法和所涉及的范围而言，与艾亨鲍姆在其好战的

第七章　危机与溃退(1926—1930)

早期形式主义时期所写的历史著作,有显著的不同。在如《青年托尔斯泰》(1923)或《莱蒙托夫》(1924)一类著作中,传记资料实际上是被排除在外的。而在写作日期署为1928年的《青年托尔斯泰》第一卷中,艾亨鲍姆则已部分回归批评专著的传统模式,即在与作家生平的密切关联中并以作家生平为背景,探讨作家作品的内涵。

的确,正如艾亨鲍姆自己也急于指出的那样,他对托尔斯泰传记的关注,与奥波亚兹批评家们所喜欢攻击的靶子——即为了传记细节而研究传记细节的旨趣——相距甚远。艾亨鲍姆对一位作家生平感兴趣的程度,以其与文学生涯的相关性为限。这里其所关注的中心,是托尔斯泰的"文学行为"——即托尔斯泰在其时代文学生活中所起的作用,托尔斯泰与其作家同行们的关系,托尔斯泰对同时代各种文学团体的态度。

例如,在艾亨鲍姆这部论述托尔斯泰的新论著中,作者除了透彻地观察了形成作家风格和世界观的文学影响外,还栩栩如生地描绘了托尔斯泰与团结在《现代人》杂志周围的平民激进派知识分子团体的冲突,以及其与比较斯文的自由派知识分子屠格涅夫的种种关系。托尔斯泰在雅斯纳雅·波良纳这一著名的与世隔绝地隐居,被阐释为是对编辑部同仁们以及彼得堡文学出版社的挑战,是对构成当时 belles lettres(纯文学)社会势力的清高超绝和避世远离精神的一种象征。托尔斯泰的这座著名庄园,远离大都会文学市场的尘嚣与喧哗,作家得以在此写作他那些文学杰作,进行他的教育实验,而后者若按照艾亨鲍姆的说法,同样也是"文学日常生活和文学生产的一种特殊形式"①。

---

① 鲍里斯·艾亨鲍姆(Boris Ejxenbaum),《列夫·托尔斯泰》(*LevTolstoj*),第1卷,第392页。

这一背离纯形式主义教条的社会—传记学始发地，由于所谓的意识形态偏差而变得复杂化了。托尔斯泰与其作家同行如车尔尼雪夫斯基或屠格涅夫的争吵，并不仅仅是一个个性上难以相互容忍的问题或文学上的竞争问题。每次争吵之前往往会先有一些思想上的分歧作为前兆。例如，在对托尔斯泰的"文学行为"进行分析时，艾亨鲍姆觉得自己不得不比在更严谨整一的形式主义论著《青年托尔斯泰》中更大的程度上把作家的思维模式问题考虑进去。不光托尔斯泰的一般观点——他的反知识分子立场，他从现代文明立场的本能退缩，——而且还包括他对如农民的解放这类特殊问题的立场，也都必须以扩展的态度来加以对待。

如果有人谴责他关注意识形态的话，那他可就太不明智了。无论谁思考托尔斯泰的遗产，如果忽略这些问题，那就不可能合情合理和完整统一。虽然我们可能会为艾亨鲍姆理论视野的开阔而感到欣喜，但涵纳"非审美素材"后面的理由却并无多大说服力。

显然艾亨鲍姆唯恐他的多元主义会被人解释作如果不是"投降"，那也是方法论的不一致不谐调。他以一种防御的姿态争辩道，一个人修正自己最初的观点和立场这并没有任何错。一种学说的嬗变是自然和有益的发展过程，是该学说在发展中具有自我更新力的证明，它绝非对自身弱点的坦率承认。科学理论并非一种不可更改的教条，而是一种在"新素材"的冲击下可以而且也应该发生变化的工作假设，它能把批评调查引入正规。艾亨鲍姆继而写道：文学史家应当首先献身于新的未知和知之甚少领域的探索，应当寻找那些被其前人们所忽视了的问题。而这一研究领域

第七章 危机与溃退(1926—1930)

今天就是由"文学日常生活"——即写作的条件——所提供的①。

当艾亨鲍姆乞灵于科学假设之灵活性时,当他坚决认为一个理论家有在新的相关证据的冲击下修正其固有立场之权利或不如说义务时,他肯定是足够慎重的。但我们本指望从一位熟谙方法的文艺学家那里得到一种更富于洞察力、也更值得嘉许的见解,而非一种在紧急状态下或由于材料的新奇性的挑战,作为替代而提出的对某种极其严格模式的"战术性"背离方案②。

3

1927—1929 年间形式主义思想的权宜之计性质,以及其目标意识和方法意识的日渐模糊,证明俄国形式主义明显处于危机时期。此时的危机表现为既受到外部压力的困扰,也受到内部不合时宜感的纠缠。早年的趾高气扬和自高自大被艾亨鲍姆的全线防御和什克洛夫斯基《第三工厂》的犹豫徘徊所取代(精神危机最突出的征兆之一就是什克洛夫斯基在为搞不清奥波亚兹的历史作用问题而痛苦。形式主义者们究竟是否是在俄国批评思想界开辟了一个新时代,抑或他们只不过是结束了一个旧时代呢?"我们究竟是一粒种子还是一根枯草?"在《第三工厂》中他充满焦

---

① 鲍里斯·艾亨鲍姆,《列夫·托尔斯泰》(*Lev Tolstoj*),第 1 卷,第 6 页。
② 一个确定无疑的事实是任何特定时刻中文学研究的主要关注焦点在很大程度上都是受当时普遍的"文学情景"的影响而形成的。但如果我们对某一特定方法为证实其有效性而产生的现象给以不无偏爱色彩的解释的话,那这并不算错。

虑地问道①。

奥波亚兹的对手们急不可耐地捕捉这些前兆以宣告形式主义在知性上的破产②。任何人都会产生这样的疑问，即20年代末在形式主义运动身上所发生的事情，究竟是否可以被描述为一种暂时的方法论上的困境呢？

纯形式主义受到再次检验并发现它不符合标准。原初的工作假设已经过了有效期。正统奥波亚兹学说在理论上的片面性已经成为形式主义运动进一步发展的障碍。

而这并不等于说奥波亚兹文学理论应予 in total（全部）抛弃了。正如我们下文将要指出的那样，形式主义的某些信念尽管形式上不无夸大其辞、粗糙生涩之嫌，但也包含着一些富于生命力的方法论洞见。但要想保护和传承这一健康的内核，就必须对形式主义的基本假设进行彻底清查，剔除其虚假过时的东西，而对其实质性内容重新进行表述。

然而这样一种完整而又全面的批评性修正案，是不可能靠建筑学上的、把艺术家与社会的关系降低成为文学生产的社会学的权宜之计来完成。我们所需要的，是一个能够把早期形式主义在文学上突出强调的核心要点拯救出来，同时又能把虚构想象性文学与其他文化领域密切关联起来的批评大纲；是一种足够灵活以

---

① 表现在什克洛夫斯基身上这场精神危机最触目惊心的征象之一，就是他对奥波亚兹所起的历史作用既困惑又无知。形式主义者究竟是否在俄国批评思想界开启了一个新的时代，还是仅止终结了一个旧时代？"我们究竟是种子还是茎秆？"在《第三工厂》中他焦虑地问道。(《第三工厂》(*Tret'ja fabrika*)，第80页）。

② 尤其要参阅格·戈尔巴乔夫（G. Gorbačëv），"我们的搏斗尚未开始"（My eščě ne načinali drat'sja），《星》（*Zvezda*），1930年第5期。

第七章 危机与溃退(1926—1930)

致能够公正处理作为复杂多面体的文学作品的种种问题、一种整合程度达到足以反映审美架构的基本统一体的批评大纲。我们所呼吁的,是一种诗歌理论,是一种既能给予诗歌习语的感受特征(sensory texture)以应有关注——此乃早期奥波亚兹主要关切的问题——而与此同时又能包含从形式主义在其第二阶段期间在声音与意义问题上所做的其重要性无法估量的工作中,所得出的一切必要结论的诗歌理论。这样一项显然无比艰难而又复杂的工程,要求一流的批评家大脑付出百分之一百的努力。

这要求以较高水准的、复杂精致的方法论、以对文学与社会间辩证张力的真切理解,以对诸如逻辑学、认识论和语言理论这样的"毗邻"学科领域有比无论是艾亨鲍姆或什克洛夫斯基所能吹嘘的都更完整全面的把握为前提。

我们这么说绝非想要贬低这些才华卓越之士所取得的巨大成就。艾亨鲍姆是一位一流的批评家,也是一位杰出的文艺学家,是一位学识极其渊博、感受力十分敏锐且对俄国和西欧文学有很深造诣的学者。但尽管艾亨鲍姆一贯对理论问题兴趣颇浓,但他却并非一个 par excellence(卓越的)方法论学者。他见解十分敏锐而又犀利,善于处理一些纯文学问题,无论其为诗歌韵律问题[①],还是虚构叙事类问题[②]。但当他处理超出想象性文学范围外的无

[①] 特别参阅鲍里斯·艾亨鲍姆(Boris Ejxenbaum),《诗的旋律》(*Melodika stixa*)(彼得格勒,1922);还可参阅《莱蒙托夫》(*Lermontov*)(列宁格勒,1924);《安娜·阿赫玛托娃》(Анна Ахматова)(彼得格勒,1923)。

[②] 鲍里斯·艾亨鲍姆(Boris Ejxenbaum),"果戈理的'外套'是如何写成的"(Kak sdelana 'Šniel' Gogolja),《文学》(*Literatura*)(彼得格勒,1919);"欧·亨利和短篇小说理论"(*O. Henri i teorija novelly*),《文学》(列宁格勒,1927)。

论什么方法论问题时,如语言学的现状,或"哲学成见"问题时,却往往显得如果不说空洞无物的话,那至少也是特别缺乏说服力[①]。

至于什克洛夫斯基,那么他则更不适于完成深化或凝固形式主义学说这一任务。形式主义中这位善于解决各种难题的多面手却缺乏完成这一艰巨重任所必须具备的背景、气质以及智力学科的支持。他的资质和禀赋那么轻薄,术语体系那么松散,而且他对语言学和哲学的了解也是那么散漫而不系统。什克洛夫斯基在文学领域的阅读很广但也失之于散漫。学问渊博从来就不是他的长处。他在批评界所获得的成功,多数应归功于他那出色的"感觉"(hunches,预感,直觉),而非某种实际知识。什克洛夫斯基最年长的学生之一、在20年代末与奥波亚兹分道扬镳的格·古科夫斯基(G. Gukovskij)非常贴切地指出:

"什克洛夫斯基著述的效应并不在于实际材料方面;他的写作总是靠直觉,他具有一种伪造某些细节、超然于历史资料之上或之外建构理论的倾向。但任何人都无法对什克洛夫斯基加以吹毛求疵的指责,无论是针对他在事实上的出入,或是他的具体材料的缺失。这两种缺点与其艺术观点的和谐一致和新颖鲜明相比,都显得无足轻重。在他那急就章式但却十分出色的宣言式文章中,他以极其清晰而又辛辣的笔法表现了未来主义时代俄国学术界和文学界的思想和感情,他的同时代人中几乎任何人也无法与其媲美"[②]。

---

① 可参阅本书第四章、第五章第72、95页。
② 格·古科夫斯基(G. Gukovskij),"作为一位文学史家的维克多·什克洛夫斯基"(Viktor Šklovskij kak literaturnyj istorik),《星》(Zvezda),1930年第1期。

第七章 危机与溃退(1926—1930)

这段对什克洛夫斯基历史作用极其公正的高度评价文字本来出自一篇尖锐评论什克洛夫斯基后期著作之一①的文章,文字主要指的是奥波亚兹的早期阶段。在激烈"斗争和争论"的时代里,当一个新的运动竭力想要在喧哗嘈杂的文学市场上站稳脚跟时,大声疾呼式的宣言和呼哨声就显得极其之重要了。但在后期阶段,当吸引人眼球的标语口号也被以一种比较平和、逻辑上也十分严密的方式予以重新表述以后,还用"感觉"(hunches)来取代持久不懈的学术劳动就显得不合适了。什克洛夫斯基式的倾向性——对概念的使用不予考量,在事实材料的使用上的随便和任意——就成了一道主要的障碍。

如果说艾亨鲍姆和什克洛夫斯基都缺乏某种对于建设性地重新阐述形式主义原初前提所必要的某种优点的话,那么,在奥波亚兹具有代表性的发言人当中,另外两个人在比较有利的历史环境下,倒或许可以比较成功地完成这一任务。我指的就是迪尼亚诺夫和雅各布逊。

前者论其批判智能的敏锐和感受力丝毫也不亚于艾亨鲍姆,而比艾亨鲍姆更缜密严谨,善于把对文学价值的真知和对方法论问题的牢固把握融为一体。后者则是个语言理论家同时也是个严谨缜密的诗歌研究家,在现代语言学观念架构实施全面调整的时代发挥了显著的作用②。

重要的是,雅各布逊和迪尼亚诺夫尽管稍有些姗姗来迟,但还

---

① 这里指的是什克洛夫斯基论论述马特维·科马罗夫(Matvej Komarov)——18世纪俄国文学中一位小人物的一篇文章。

② 参阅第九章,第159-160页。

是毅然担负起责任,并且唯有他俩是十分严肃地、真诚地想要找到一条出路,好让形式主义运动得以摆脱他们陷身于其中的困境,以使这一运动避免滑入极端经验主义的泥潭。1928年《新列夫》杂志发表了一篇文字十分简练的声明,对文艺学与其他毗邻学科的关系问题进行了阐述,文章由雅各布逊和迪尼亚诺夫联合署名[1]。在用数学式简明扼要的语言表述的论纲中,两位著名学者驳斥了空谈形式主义理论的那些人,他们把审美"系列"从其他文化领域中抽离了出来,同时也谴责了否认每一个别领域有其内在机制和特殊性的机械因果论。他们郑重声明:"文学史是一个与其他'系列'历史有着密切关联的领域。每种系列都以具有一种特殊结构法则为特点。不探索这些内在法则问题,就不可能确定文学'系列'与其他文化现象之间的关联问题。研究系统中的系统,却忽略了每一特殊系统的内在法则问题,就会在方法论上犯极大的错误"[2]。

雅各布逊和迪尼亚诺夫论纲(thesis)为俄国新形式主义(Russian neo-Formalism)指出或预告了一种比艾亨鲍姆或什克洛夫斯基的努力所能提供的更加宽厚坚实的理论基础。把文学进程当作一种其各个成分都有其特定的"建构功能"的系统,这种观点的作用与丰沃多产的审美结构概念十分接近,而后者在形式主义学

---

[1] 尤·迪尼亚诺夫(J. Tynjanov),罗·雅各布逊(R. Jakobson),"语言文学研究诸问题"(Voprosy izučtnija i literatury),《新列夫》((*Novyj Lef*),1928年,第26-27页。

[2] 同上书。

第七章 危机与溃退(1926—1930)

说的捷克变体中,扮演了一个十分重要的角色①。把社会体制当作"系统中的系统"这种观点,取代了各种自我包容系列相互关联的假说,以坚持"二级"系列资料降级为"初级"系列。这样一来,文化研究者便面临着双重任务:a),需要弄清楚是什么使得每一个别系统"开始运转"的,也就是说要探索其内在论法则;b),确定"超越性的"组织原则或这类系统间相互交叉关联的性质。正如迪尼亚诺夫和雅各布逊所明确指出的那样,这是截然不同而又相互密切依赖的两个分析层次,文学研究者忽视其中任何一个层次都只能使自己置于险地。

尽管这些论纲颇有说服力,但想要采用准结构主义方法修订俄国形式主义的意图未必能阻止形式主义运动的逐渐衰落之势。迪尼亚诺夫—雅各布逊的论纲式声明从未得到详尽的阐释②。曾经系俄国结构主义之潜在先兆的事件,结果却成了一个短暂的插曲。克服奥波亚兹哲学幼稚病的生气勃勃的努力来得实在是太晚了。对非马克思主义观念进行实验的时代已经过去了。苏联批评界被皮鞭赶上了整齐划一的轨道。

20年代末是苏联文学史上的转折关头。随着第一个五年计划的开始实施,俄国文学和批评也已变成了"社会主义建设"的婢女。空谈理论的文学团体即所谓"拉普"(RAPP)("全俄无产阶级

---

① 对这一概念的更加详尽的讨论可以参阅本书的第九章、第十一章,第159 - 161、198 - 200页。

② 我们或许该补充一句,即"在俄国批评界大论战的语境中",所谓捷克结构主义(参阅本书第九章)可以被当作雅各布逊—迪尼亚诺夫论纲所包含之方法论建议的进一步发展。

作家协会")经党的授权出面整顿苏联批评界。所有那些"非正统的"对马克思主义的文学研究方法的阐释,无论是沃隆斯基的"客观主义"还是彼列维尔泽夫的"庸俗社会学"(crude sociologism)都受到了无情的压制。

就这样对马克思主义的"偏离"被革出教门,同时非马克思主义的异端邪说也无法存活。形式主义者们发现自己处于野蛮的抨击之下。他们所能选择的唯一出路或是沉默,或是"公开"承认自己的错误。

荒谬的是,形式主义代表人物中那位最富于进攻性,同时也最不可能妥协和让步的人,作出了后一种选择。什克洛夫斯基是第一个公开宣布放弃奥波亚兹学说的代表人物。

对于一个密切跟踪研究什克洛夫斯基生平经历的人来说,这一切根本不值得惊奇。形式主义中这位 enfant terrible(肆无忌惮的人,发奇问使大人难堪的孩子)早在这之前就已失去了勇气。1922年,害怕自己会因其早年的政治"罪行"而被逮捕的什克洛夫斯基便溜到了国外。但思乡病最终证明远比对苏联政权的敌视更强大。在动身回到俄国的前夜所写的一本稀奇古怪的书《动物园,或非关爱情的书简》(1923)①中,什克洛夫斯基被迫以象征的方式向政权"投诚"。他以沉思的语气写道:"我的青春过去了,随之而去的还有我的自信。我举手投降"②。现在,面对猛烈的攻击,什克洛夫斯基用一个具有敌意的批评家格尔巴乔夫的话说,"只不过

---

① 维克多·什克洛夫斯基(Viktor Sklovskij),《动物园或非关爱情的书简》(Zoo, ili pis'ma ne o ljubvi)(柏林,1923)。

② 同上书。

第七章　危机与溃退(1926—1930)

把其在《动物园》中用过的手法来了个故伎重演罢了——再次宣布放弃其信仰和主张"①。

格尔巴乔夫所说的"宣布放弃其信仰和主张"(recantation)指的是什克洛夫斯基1930年1月在《文学报》上发表的文章,文章有一个很有特点的题目:《一个科学错误的纪念碑》②。文章中某些地方的语气或许真的是一种自我批评③。但该文章总的基调与其结论似乎是以在外部诱导下投降为特征。

什克洛夫斯基在文中对形式主义学派既往的演变过程,心情郁悒地进行了一番回顾,他被迫对人们针对奥波亚兹的某些谴责做了让步,即使是在以一种比较温和的口气试图重申自己观点的地方也是如此。什克洛夫斯基沮丧地承认由于忽略了文学领域里正在进行的阶级斗争,形式主义的的确确犯下了严重的错误,因为这种态度可以导致"前线的某些地段的中立化"④。同样,形式主义想要把文学进程与其隐含的社会力量分离开来的企图,也是错误的,即便这种分离是暂时的和有其特定用途的也罢"⑤。

什克洛夫斯基继而写道,是的,把文学"系列"分离出去,作为一种临时性的权宜之计,或许是一种合法程序。他写道,"我们的

---

① 参阅格·格尔巴乔夫(G. Gorbacev),"我们的搏斗尚未开始"(My eščě načinali drat'sja),《星》(Zvezda),1930年第5期。
② 维克多·什克洛夫斯基(Viktor Šklovskij),"一个科学错误的纪念碑"(Pamjatnik naučnoj ošibke),《文学报》(Literaturnaja gazeta),1930年1月27日。
③ 鉴于这一术语在苏联官方用语中的用法极不严格,或许我们有必要补充一句,"自我批评"(self-criticism)一词在此用于其本意。
④ 参阅《文学报》(Literaturnaja gazeta)。
⑤ 同上。

错误并不在于我们把这一工作性隔离（rabočee otdelenie）引入进来了，而在于我们企图使之永久化"①。

什克洛夫斯基继续写道，但这并不是说形式主义者们并未从其原初的立场上移动分毫。他满怀感激地承认迪尼亚诺夫在用动力学的文学进程观取代以前那种据说是静态的文学形式观上，以及吸引人们关注这样一个事实，即同一种文学手法在不同的历史语境下可以行使不同的功能这一点上，所起的巨大作用。毋庸置疑，什克洛夫斯基不会不提到他自己想要改善形式主义原初立场的意图和努力。他声称："我不愿自己像一个自己之错误的纪念碑一样矗立在那里。"因此，在诸如《〈战争与和平〉中的材料与风格》这样的著作中，什克洛夫斯基的立场从对文学手法的形态学描述到历史研究的转向过程中，对社会学给予了极其严肃的关注。

尽管如此，按照什克洛夫斯基的说法，所有这些努力中没有一种可以拯救就基础理论而言根本站不住脚的观点。他庄重地声明："据我所知，形式主义已经是过去的事了。从形式主义者们身上所剩下来的所有东西，就只有术语了，今天这些术语已经被普遍接受，此外还有许多技术性的评论"②。

时移世易，盛日不在，什克洛夫斯基已经再也不能轻佻地把马克思主义说成是一个总有一天或许有用的小配件儿或小玩意儿；已经再也不能写什么"辩证唯物主义对于一个社会学家是个好东西，但它却无法取代数学或天文学知识"③。现在他万分情愿以大

---

① 参阅《文学报》（*Literaturnaja gazeta*）。
② 同上。
③ 维克多·什克洛夫斯基（Viktor Šklovskij），《第三工厂》（*Tret'ja fabrika*）。

第七章 危机与溃退(1926—1930)

师的名义起誓并公然承认马克思主义辩证法就是文艺学的 alpha and omega(开端与终结)。在文章的结论部分他这样写道:"业余爱好者那种对社会学的浅薄涉猎是难以奏效的。我们必须对马克思主义方法的整体进行完整全面的研究"①。

这段陈述的用意明确到了毋庸置疑的地步。但对于那些官方和半官方的、吵嚷着要割形式主义者们一磅肉的狂热分子而言,什克洛夫斯基货真价实的自我否定之举却还不够低三下四。首先对什克洛夫斯基的忏悔进行抨击的,是一个叫莫·格尔凡德(M. Gelfand)*的人。他在《出版与革命》(Press and Revolution)上发表了一篇文章②,这是一篇充满激烈谩骂的文章,与之相比,卢纳察尔斯基对形式主义颓废性的讽刺,似乎也显得太学院气和太温和了。

格尔凡德言辞激烈地以一种公诉人的口气,指控形式主义领袖人物是危险而又狡猾的罪犯。他把什克洛夫斯基的声明说成是用心险恶的一个花招,目的在于欺骗和从道义上麻痹苏联的公众舆论。格尔凡德警告说,任何想要与形式主义妥协的企图,任何想要对这一仍在重整队伍的敌人表现宽大为怀的征兆,都是对马克思主义的背叛。

按照格尔凡德的说法,什克洛夫斯基的自我批评不过是在假

---

① 《文学报》(Literaturnaja gazeta),1930 年 1 月 27 日。

* 莫伊谢耶维奇·伊兹赖尔·格尔凡德(1913 - 2009),当代大数学家之一,后移居美国。——译者

② M.格尔凡德(M.Gelfand),"究竟是米达斯的裁判抑或维克多·什克洛夫斯基出了什么事儿?"(Deklaracijacarja Midasaili ĉtosluĉilos's Viktorum Sklovskim?),《出版与革命》(Pečat' irevoljucija),1930 年第 2 期。

装道歉而已。"前线某些地段的中立化?"他愤怒地嚷叫道。"好一个根据资产阶级的指令,而为其从意识形态方面进行险恶的阴谋破坏的一个迷惑人心的、巧妙委婉的借口!"①

格尔凡德的伪善怒火显然受制于他那有限的理性能力。他这篇言辞激烈的长篇演说的高潮部分,居然在逻辑上达到如此怪异的地步:"形式主义哲学……显然是虚假的,因为它是彻底反动的,而它之所以反动是因为它显然是虚假的"②。

在讨论被点名攻击所取代之际,唯一可能有的结果就是以令人毛骨悚然的点名方式对敌人实施"智力上的"私刑处死,或如格尔凡德优美的说法,"以一个班的意识形态火力对中立者实施绝对中立化措施"③。

格·格尔巴乔夫几乎同样凶恶④。他兴高采烈地宣布形式主义学派已然"分崩离析",列举了该派"一些年长的学生们纷纷背叛的事例",如格·古科夫斯基和小说家卡维林。他写道:"形式主义学派正在被粉碎。它的某些最有前途的成员将完整全面地接受马克思主义学派严谨的基础知识的再教育……至于我们,就不必效法教皇的榜样或模仿忏悔的敌人了,我们倒是应该发配他们做苦役……让他们处于良好的监督之下"⑤。

有件事倒的确具有反讽的意味,即过了不久以后,这个格尔凡

---

① 《出版与革命》,1930 年第 2 期,第 11 页。
② 同上书。
③ 同上书,第 12 页。
④ 格·戈尔巴乔夫(G. Gorbačëv),"我们的搏斗尚未开始"(*My eščë ne načinali drat' sja*),《星》(*Zvezda*),1930 年第 5 期。
⑤ 同上书,第 125 页。

第七章　危机与溃退(1926—1930)

德和格尔巴乔夫都被冠以"修正主义者"之名。这两位自封的形式主义的公诉人所举起并起劲地挥舞的文学调查之利剑,落到了他们自己的头上。

什克洛夫斯基进行了微弱的反驳①。而这实质上是一次战术性退却,文中装饰了一套套从诸如拉布里奥拉(Labriola)*、马克思、恩格斯、普列汉诺夫和梅林(Mehring)**等权威那里摘来的给人深刻印象的引文(什克洛夫斯基学习和掌握马克思—列宁主义礼仪的速度快得惊人!)。他在实施这一权宜之计的同时,还成功地重申了一些坚定的方法论观点。例如,他把格尔凡德对形式主义社会学的"解释"当作一种例外,并正确地指出:"无论如何,对形式主义运动的起源问题不能先于其社会功能自身来下判断。"他还在另外场合以温婉的方式把自己与粗俗的经济决定论划清了界限,并号召人们关注"经济基础"与"上层建筑"的相互关系问题:"文学一旦存在后,也会反过来对经济关系产生一定的影响"②。但他已经再也不会对正统马克思主义这一命题的有效性本身加以质疑了。经济因素的优先地位获得普遍认可。"在最后的分析中"这一在1923年被奥波亚兹代表人物批评为"形而上学"的公式,如今却又在这位忏悔的形式主义者笔下出现了:"在最后的分析中,

---

①　维克多·什克洛夫斯基(Viktor Šklovskij),"水陆两运还是求一个未知的方程式"(Suxoplavcy ili bravnenie s odnim neizvestnym),《文学报》(Literaturnaja gazeta),1930年3月13日。

*　拉布里奥拉(Antonio Labriola,1843 - 1904)意大利最早的马克思主义理论家、哲学家。——译者

**　弗兰茨·梅林(Mehring Franz)德国和国际工人运动的著名活动家,德国社会民主党左派领袖和理论家,历史学家和文艺评论家,德国共产党创始人之一。——译者

②　同上书。

可以看出是经济进程决定并重组着文学系列和文学系统"①。

既然奥波亚兹最热情的捍卫者都宣布形式主义已经成为过眼烟云,其余的形式主义代表人物除了默认自己已被消灭外,别无它法。无论他们对什克洛夫斯基的声明有何反应,他们发现自己已经没有办法宣布他们自己已经公开地与此脱离关系了。

什克洛夫斯基或许在把俄国形式主义当作批评思维的尸体埋葬这件事上显得太性急了点。但形式主义作为一个有组织的运动,作为俄国文艺学中一个明确的流派,几乎在一切方面,都已成为了历史。

---

① 《文学报》(*Literaturnaja gazeta*),1930 年 3 月 13 日。。

第八章 反 响

1

形式主义学派的消亡并未导致其主要代表人物退出文学舞台的结果。以前,他们曾经被迫在文学理论界充当排头兵,而从今往后这已经成了"马克思—列宁主义"独霸的领域,于是他们只好转而采用另外一种更安全的表达方式。例如,迪尼亚诺夫实际上已然放弃研究文艺学而转而从事历史小说创作——这是 20 年代中期他就曾经初试牛刀的一种体裁[1]。迪尼亚诺夫嗣后对历史小说的贡献还有:《瓦济尔·穆赫塔瓦之死》[2]。什克洛夫斯基在当众宣布对其对奥波亚兹的贡献放弃承担责任后,转而从事其他需要

---

[1] 这里是指一本有关丘赫尔柏凯(Küchelbecker)——一位普希金时代的小诗人——的小说性质的传记(尤里·迪尼亚诺夫(Jurij Tynjanov),《屈赫里亚》(Kjuxlja)(列宁格勒,1925)。迪尼亚诺夫后来对于历史小说的贡献包括:《瓦济尔·穆赫塔尔之死》(*Smert Vazir-Muxtara's*)(列宁格勒,1927),《普希金》(*Puskin*)(列宁格勒,1936)及许多历史故事(如《基热少尉》(*Podporucik Kize*)、《蜡人》(*Voskovaja persona*)等)。

[2] 维克多·什克洛夫斯基(Viktor Šklovskij),《论马雅可夫斯基》(*O Majakovskom*)(莫斯科,1940);《会面》(*Vstreči*)(莫斯科,1944)。

多才多艺的活动,如拍纪实影片、写剧本、写回忆录、写报告文学[①]。艾亨鲍姆和托马舍夫斯基从1930年起就回避方法论问题,而把自己封闭在为新学术版普希金、莱蒙托夫、果戈理、陀思妥耶夫斯基及其他经典作家文集作文本校勘,写批评导论,做题解和注记等工作中。

那些准形式主义者们的处境也大体相似。维诺格拉多夫终于得以在30年代初出版一部理论性质的著作[②],但作为一个文艺学家,他后来同样也不得不只关注一些具体研究,探讨俄国大诗人尤其是普希金的风格和语言问题[③]。日尔蒙斯基放弃文学理论研究,转而从事德语和德国文学的历史研究,近来甚至转向东方民间文学研究领域[④]。

前奥波亚兹成员及其同情者们对于理论问题的慎重回避也仍然未能令其不终于招致官方的怒火。在1947年开展的激烈批判俄国"比较文学之父"亚历山大·维谢洛夫斯基[⑤]的运动中,日尔蒙斯基、托马舍夫斯基以及艾亨鲍姆都因宣扬维谢洛夫斯基"资产阶级世界主义",即把俄国文学与西方文学进行比较而受到谴责。

[①] 尽管有过充当"反对派"的经历,托马舍夫斯基和艾亨鲍姆还是被数次指定编辑俄国经典作家文本,这一事实是对其文艺学方法及其对文本分析有效性和实用性的一次不情愿的证明。

[②] 维克多·维诺格拉多夫(Viktor Vinogradov),《论艺术散文》(*O xudožestvennij proze*)(列宁格勒,1930)。

[③] 维克多·维诺格拉多夫(Viktor Vinogradov),《普希金的语言》(*Jazyk Puškina*)(莫斯科—列宁格勒,1935),《普希金的风格》(*Stil' Puškina*)(莫斯科,1941)。

[④] 维克多·日尔蒙斯基(Victor Žirmunskij),《乌兹别克民间英雄史诗》(*Uzbekskij narodnyj geroičeskij epos*)(莫斯科,1947)。

[⑤] 参阅前文,第1章,第26-31页。

第八章　反　响

受到抨击的学者们立即承认了自己的罪过。由于曾为1940年新版维谢洛夫斯基《历史诗学》[①]写过一篇鉴赏批评性导言*而被迫担负重大责任,于是,日尔蒙斯基极其果断地公开认错。他甚至走到把维谢洛夫斯基"世界主义"与"美国帝国主义"的凶险图谋联系起来的地步,并且十分周到地感激"党为改正我们的错误指出了正确的道路"[②]。

至于艾亨鲍姆,那么他与维谢洛夫斯基"反动"学派的联系,还不是他在亚·日丹诺夫关于《列宁格勒》和《星》(Zvezda)两个文学杂志的如今无人不知的1946年讲话所发动的文化大清洗中受到谴责的唯一原因。现在看起来艾亨鲍姆受到严厉谴责的另一个原因,在于他对安娜·阿赫玛托娃近期诗集反应热情。阿赫玛托娃是俄国一位杰出的抒情诗人,经历过长期沉默刚刚浮出水面,就被日丹诺夫污蔑为"半系修女,半系妓女"(half-nun,half-harlot)。在一次由苏联科学院主办而在列宁格勒文学所举行的会议上,艾亨鲍姆以政治上幼稚为由认了错:据他所说他居然没有发现阿赫玛托娃的诗,尤其是她写黑猫的那首郁悒消沉的长诗,被日丹诺夫单挑出来予以抨击,认为诗中充满了"悲剧的情调"。最后这位老学者以懊悔的语气承认自己在苏联还在忙于应付英美帝国主义恐

[①] 参阅亚历山大·维谢洛夫斯基(Aleksandr Veselovskij),《历史诗学》(*Istoriceskaja poetika*)(列宁格勒,1940)。

* 按,还可参阅此书的中文译本,《历史诗学》,刘宁译,百花文艺出版社,2003年版。——译者

[②] 参阅G.斯特卢威(G. Struve),"苏联文艺界的大清洗"(The Soviets Purge Literary Scholarship),《新领袖》(*The New Leader*)(纽约,1949年4月2日)。

吓时不能出一把力而感到惋惜……①

但这也仍然不是艾亨鲍姆所受磨难的终结。1949 年 9 月,《真理报》发表了一个叫帕波科夫斯基所写的文章,文章又臭又长,题目叫《论形式主义兼论艾亨鲍姆教授的折衷主义》。这一切或许非出于偶然,因为此后的许多年中,艾亨鲍姆的名字在苏联出版物中长期可疑的缺席。

随着后斯大林第一个十年期间比较宽松的氛围取代对知识分子的残酷折磨,从前的形式主义者和他们的同情者们,渐渐享有较大自由。风气的变化可能也影响到了维克多·什克洛夫斯基的著作。他那本出版于 1953 年、论述 19 世纪俄国小说大师的论文集②,不过是对迎合时代的官方套话的一种胆怯的改写,其想象力的贫乏令人震惊,而且,说到底那不过是一本从据说是"社会主义现实主义"先驱者——别林斯基、车尔尼雪夫斯基和杜勃罗留波夫——那里摘编的引文汇编罢了。而其在 1957 年出版的有关陀思妥耶夫斯基的著作③——尽管不乏牵强附会和偶然惹人恼火——似乎也不失为一次部分的复元。这个质量极不均衡的著作中最佳的见解,尤其是探讨陀思妥耶夫斯基笔下"双重人格"(Doppelgänger 德语:面貌极其相似的人——译注)主题的,富于挑战性的段落,颇有早期什克洛夫斯基著作的新鲜和活泼。近来

---

① 《苏联科学院语言文学分部学报》(*Izvestija Akademii Nauk*, *Otdelenie literatury i jazyka*),第 5 卷第 6 期(莫斯科,1946),第 518 页。

② 《关于俄国经典作家的札记》(*Zametli proze russkix klassikov*)(莫斯科,1953)。

③ 《赞成与反对,关于陀思妥耶夫斯基的札记》(*Za i protiv*, *Zametki o Dostoevskom*)(莫斯科,1957)。

第八章　反　响

什克洛夫斯基通过一部广泛深远、卷帙浩繁的巨作《艺术散文：思考与分析》(1959)[①]，把历史与小说论糅为一体，行文中杂有片段琐碎的回忆，自我意识中折磨人神经的争议，时而讨论声音结构，时而又是稳妥可靠的老生常谈，这部文体散漫的书既证明其作者终生热爱并献身于文学，同时也说明被苏联批评家委婉地称之为"复杂的道路"对作者的强大压力。

对于鲍里斯·艾亨鲍姆来说，50年代是一个学术活动异常紧张而又繁忙的时期，直到1959年猝死才使活动骤然中断。第二年他有关托尔斯泰的无比珍贵的著作的第三卷也正式问世[②]。艾亨鲍姆死后出版的另一部著作[③]，包括了作者在1941年至1959年间写的有关莱蒙托夫的短文，以及一部把莱蒙托夫放置在他那个时代知识分子和社会潮流的整体格局中论述的巨著中的一些片段。此书在很大程度上证实它的作者艾亨鲍姆文学知识渊博，其历史感充实、和谐而又统一，尽管有时候在对晚期莱蒙托夫的意识形态阐释方面，有人可能会对其沉重滞闷吹毛求疵，或许还有对时代精神（Zeitgeist，时代思潮），抑或如雅各布逊在其写的雄辩的艾亨鲍姆讣告[④]中所说，是一个严峻的暗示＊。

[①]《艺术散文·思考与解析》(*Xudožestvennaja proza. Razmešlenija i razbory*)（莫斯科，1959）。

[②]《列夫·托尔斯泰：70年代》(*Lev Tolstoj, Semidesjatye gody*)（列宁格勒，1960）。

[③]《关于莱蒙托夫的文集》(*Stat'i o Lermontove*)（莫斯科－列宁格勒，1961）。

[④]《国际斯拉夫语言学与诗学杂志》(*International Journal of Slavic Linguistics and Poetics*)（海牙，1963年第6期），第160—167页。

＊ 雅各布逊发现艾亨鲍姆对1830年代压抑气氛的描述乃是罩着一层薄薄面纱的、对于近期所体验之苦难的一个暗示。——译者

死前不久,艾亨鲍姆再次表现了他所特有的不妥协精神。在回答由国际斯拉夫学莫斯科大会(1958)程序委员会拟制的调查问卷时,他以灵活多变的方式表明他对下列提问是何等的不耐烦:对"在斯拉夫国家里,从浪漫主义到现实主义的转变是如何发生的?"这样的问题,他回答说,这不像是学术问题,倒像是回答中学生的提问似的。他继而写道:"只有中学教科书的作者们才确切知道从浪漫主义到现实主义的转变在普希金、果戈理和密支凯维支身上是如何发生的"。艾亨鲍姆在文章结尾部分号召严格审核诸如此类被严重滥用的术语,重新关注艺术和艺术创作的"区别性特征"[1]。

与艾亨鲍姆一样,鲍里斯·托马舍夫斯基的晚年也是以孜孜不倦为标志度过的。他同样也由于过早去世而使其巨著(magnum opus)未能竣稿。1956 年托马舍夫斯基出版了他构思恢宏的关于普希金的研究论著的第一卷,该书许诺提供一部迄今为止有关这位伟大诗人最完整全面、最详实缜密的分析论著。而在作者死后的 1961 年出版的第二卷,却只包含一部未完成专著的很小一部分,和性质各异、长短不一的各类文章[2],在第二卷中[3],托马舍夫斯基又重返他在 1920 年代中具有开拓性的诗体学研究之路。

维克多·维诺格拉多夫近期著作中理论思考占很大比重。近

---

[1] 《国际斯拉夫语言学与诗学杂志》,第 166 页。

[2] 《普希金》(第 1 卷,1813 - 1824)(莫斯科 - 列宁格勒,1956);(第 2 卷,1824 - 1837)(莫斯科 - 列宁格勒,1961)。

[3] 《诗歌和语言》(Stix i jazyk),《语文学概论》(Filologičeskie očerki)(莫斯科 - 列宁格勒,1959)。

第八章 反 响

五年中维诺格拉多夫出版了三本与文学理论有关的书——《论想象性文学的语言》(1959)、《作者问题与风格理论》(1961)、《风格学·诗歌语言理论·诗学》(1963)①虽然我们不能不为维诺格拉多夫勤奋多产、精力充沛、读书广博、知识渊博而惊讶,但仍然有可能因此而忽略了其早年分析阿瓦库姆、果戈理和阿赫玛托娃著作的深刻透彻和独特新颖。读者至少可以发现维诺格拉多夫近来的方法论见解,常常被一些生硬的名词术语所压倒,偶尔还会被一些不厌其详地陈述一些老生常谈而搞得沉闷不堪。

2

尽管形式主义学说被官方开除了教籍,其代言人们也暂时被迫保持沉默,抑或比这更糟,被迫放弃自己的学说,但如果我们据此推断形式主义已经被从苏联文学研究中彻底清除了,那就错了。奥波亚兹在历史诗学和理论诗学领域长达15年的艰苦研究是不可能被官僚主义的一纸命令就给彻底封杀的。形式主义文学理论对于许多苏联马克思主义批评家和文学研究者有着强烈影响,这种影响力远远超过他们本人愿意承认的程度,而实际上也超出了他们本人所知的范围。1926年当什克洛夫斯基吹嘘时他并未远

---

① 《论文学艺术的语言》(*O jazyke xudožestvennoj literatury*)(莫斯科,1959),《著作问题与风格问题》(*Problema avtorstva i teorija stilej*)(莫斯科,1961),《修辞学·诗歌语言理论·诗学》(*Stilistika. Teorija poètičeskogo jazyka. Poètika*)(莫斯科,1963)(顺便说一句,1959年出的那本书中,有一篇文章对形式主义—结构主义传统做了叙述,尽管有所批评,但整体而言不含敌意)。

离靶心,他说:"尽管我们的理论遭到批判和抨击,我们的术语却被人们普遍接受……我们的谬误不知怎么居然钻进文学史教科书里去了"①。

的确,形式主义诗学的某些术语,尤其是与诗体学有关的那部分,在苏联批评文献中得到了广泛的应用。列·季莫菲耶夫[*]的著作就是一个最佳例证,此人被公认为是苏联一流的诗体学权威人士之一。季莫菲耶夫常常严厉而又有失公正地批判形式主诗体学研究方法。但在其术语体系和方法论假说中,他的某些启示有时看起来是从晚期奥波亚兹那里来的。他讨论所谓的"语音重复"(sound-repetitions)②和"语内停顿"(inter-verbal pauses)——一个与形式主义的"语词界限"③概念有密切血缘关系的概念,而且,像是在响应迪尼亚诺夫和雅各布逊对诗歌语言的解析似的,他提出了结构主义诗歌分析的假设④。

伊万·维诺格拉多夫——一部理论文集《为风格而斗争》(1937)⑤的作者,他的情形也与此相似。这是一位极端正统的、很

---

① 维克多·什克洛夫斯基(Viktor Šklovskij),《第三工厂》(*Tret' ja fabrika*)(莫斯科,1926),第88页。

[*] 列昂尼德·伊万诺维奇·季莫菲耶夫(Тимофеев Леонид Иванович,1904—),俄罗斯著名的文艺理论家。——译者

② 如上文所述(参阅本书第四章),"语音重复"这一概念是由奥·勃里克在其发表于《诗学》中的那篇论文中首先提出来的。

③ 此词最初是瓦列里·勃留索夫生造的,后来却在形式主义诗歌理论家们,尤其是勃里克、托马舍夫斯基和雅各布逊笔下得到普及和推广。

④ 参阅列·季莫菲耶夫(L. Timofeev),《文学理论》(*Teorija literatury*)(莫斯科,1945),第179-187、210-211、191页。

⑤ 伊万·维诺格拉多夫(Ivan Vinogradov),《为风格而斗争》(*Bor' ba za stil'*)(列宁格勒,1937)。

第八章 反 响

难被说成有亲形式主义倾向①的文学理论家,似乎也不得不在讨论诗体韵律问题时,一再引用如勃里克、雅各布逊和迪尼亚诺夫这样坚定的奥波亚兹分子的论点②。显然,当他想要发展一种连贯的马克思主义诗学体系时,维诺格拉多夫无法漠视形式主义者们的贡献,而且,正如他本人所供认的那样,他从自己阵营的权威学者那里,却很难得到多少慰藉。维诺格拉多夫尽管对马克思主义批评在俄国的先驱者之一的弗·弗里契*十分尊敬,但他显然对弗里契想要参照资本主义城市的韵律来"解释"自由体诗的意图没留下什么印象③。

形式主义影响力的另一个例证,是距此 10 年前,由著名苏联批评家弗·波隆斯基在与"在岗位派"(On Guard Faction)主要理论发言人之一的格·列列维奇的论战中提出来的。波隆斯基④以一种不加掩饰的喜悦之情谈到这样一种马克思列宁主义的狂热情绪,就连艾亨鲍姆写于 1923 年关于安娜·阿赫玛托娃的论著,也受到了强烈的感染⑤。这一令人感到极其意外的借用的重要意

---

① 可以读读他谴责文艺学和想象性文学中形式主义的论文《为风格而斗争》,第 387－448 页。
② 同上书,第 124 页及其他。
* 弗拉基米尔·马克西莫维奇·弗里契(Владимир Максимович Фриче,1870－1929),苏联文艺学家。——译者
③ 维诺格拉多夫在此指的是弗里契发表于 1919 年关于现代欧洲文学的一篇论文(V.M.弗里契,《最新欧洲文学》(*Noejsaja evropejskaja literatura*),1919 年第 1 期)。
④ V.波隆斯基(V. Polonskij),《谈谈文学》(*Na literaturnye temy*)(列宁格勒,1927),第 115 页。
⑤ 鲍里斯·艾亨鲍姆(Boris Ejxenbaum),《安娜·阿赫玛托娃》(*Anna Axmatova*)(彼得格勒,1923)。

义，由于波隆斯基提到的另外一个事实而得到突出强调，即列列维奇自己在形式分析领域无论他保留了多少手法却总是倾向于一种十分流利的印象主义手法。例如，在讨论另外一位当代诗人多罗宁时，列列维奇摒弃了奥波亚兹式的"细致缜密"和"雅致技艺"，而求助于诸如"诗歌那活泼欢快的小溪"一类朦胧含糊的比喻性说法[①]。正是由于这位粗犷的意识形态批评家缺乏适合进行形式分析的自己的概念工具，所以，在某种罕见的场合下，当他感到自己需要对诗歌风格问题"倍加小心一些"时，便会转而去求助于形式主义的"对手"。

上文随意列举的例证似乎依然表明，没有一个献身于诗歌语言研究的马克思主义文学研究者会对形式主义在这一领域里所做的先驱性工作视而不见，无论他对奥波亚兹的世界观（Weltanschauyng）持何等批判的态度也罢。1934年在莫斯科召开的苏联作家第一次代表大会上，尼·布哈林[*]在其题为《诗歌与诗学问题》的头脑冷静的发言中，已经接近于公开承认这一点了[②]。布哈林坚决主张要划清"要求艺术彻底脱离其社会语境从而必然导致文学研究贫乏的极端形式主义"和"形式研究"的界限，后者在今天

---

① V.波隆斯基（V. Polonskij），《谈谈文学》（*Na literaturnye temy*），第94页。

[*] 尼古拉·伊万诺维奇·布哈林（N. Buxarin，1888-1938），苏联政治理论家、革命家、思想家、经济学家。——译者

② N.布哈林，"苏联诗歌、诗学及诗歌创作的任务"（Poezija, poetikaizadacipoeticeskogotvorcestvav S.S.S.R.）（参阅《1934年莫斯科苏联作家代表大会报告速记稿汇编》（*Stenographi Report of the Congress of the Soviet Writersin Moscow*，1934，第227页；英译本见《苏联文学问题》（*Problems of Soviet Literature*），H.G.斯各特（Scott）主编（纽约，无日期），第185-258页。

是极其有益的,因为当前我们的主要任务之一就是掌握技术(ovladet texnikoj),这是绝对必要的。在这方面,布哈林补充说,"我们甚至可以从曾经系统地研究过这类问题的形式主义者们那里学到一些知识,尽管马克思主义文艺学家们对之不屑一顾。"

布哈林对奥波亚兹的审慎批评很难说是 30 年代关于形式主义的官方见解的典范。当时为官方批评定调子的,是自我指定的一些狂热分子格尔凡德和戈尔巴乔夫一类人,或由缺乏布哈林那样宽容胸襟和广博文学事业的党的官僚们来定调子。理性的辩论开始演变为一场智力的大屠杀。

即便形式主义运动在 1930 年的惩罚式批判后从未有过任何显著复苏的征象,但"形式主义"却成为嗣后由官方最高层发动的两场猛烈的大批判运动中的靶心。第一次进攻是 1936 年 2 月发动的,那年的《真理报》发表文章严厉谴责"形式主义者和唯美主义者"。这次新的进攻与批评和文学实际上都没有多大关系。人们这次在音乐中,特别是在德·肖斯塔科维奇近年创作的歌剧《姆岑斯克县的麦克白夫人》(Lady Macbeth of the Mcensk District)中,发现了形式主义异端邪说的残余。

《真理报》的这篇文章用亚·亚·日丹诺夫在 1948 年的权威说法[①],"表达了中央委员会对这部歌剧的看法",报告批判了这位作曲家在处理这样一个极其"引人反感的题材"问题上"粗陋的自

---

① 我指的是亚·亚·日丹诺夫(A. A. Zdanov)在 1948 年 2 月召开的全苏党代会中央委员会关于苏联音乐问题所做的报告(转引自 A. 沃思(A. Werth)《莫斯科音乐的骚动》(*Musical Uproar in Moscow*)(伦敦,1949),第 48 页。

然主义"态度①,而且用"音乐的噪音"取代了柴可夫斯基和里姆斯基-科萨科夫"优美的旋律型。""这种粗俗、原始而又庸俗的音乐,"这位官方的时事评论员继而写到,"只能迎合那些失去了所有健康品味的唯美派和形式主义者"②。

把形式主义和一般被认为是其反面的"粗俗的自然主义"相提并论,作为一种牵强附会的修辞术也许会令人吃惊。但《真理报》这篇文章的作者显然对批评需要的辨别不感兴趣。这里唯一重要的区别是健康的社会主义现实主义教条和"不健康的"唯美派的异端邪说间的区别。而甚至就连卢纳察尔斯基也称之为"颓废"的"形式主义",看起来是用来指称无论是"左派"还是"右派"偏离正道者的一个方便使用的污名。

由于肖斯塔科维奇而突然降临的1936年批判形式主义运动,很快就扩展到苏联文化的其他领域。在此文学批评界的全体布尔什维克的警惕性全被再次动员起来,以反对已被粉碎但却贼心不死的敌人的关头,俄国舞台最勇敢的革新家、著名戏剧导演梅耶荷德显然也不得不为他那些"极左派的实验"付出沉重代价。但最近那一场批判"资产阶级形式主义"运动,其规模和激烈的程度就远远超过1936—1937年那次对形式主义的讨伐。

自从1946年亚·亚·日丹诺夫猛烈抨击列宁格勒的独立作

---

① 肖斯塔科维奇(Šostakovič)的《姆岑斯克县的麦克白夫人》(*Lady Macbeth of the Mcensk District*)的题材和歌剧以之为基础改编的尼·列斯科夫(N. Leskov)的短篇小说,都写了通奸和谋杀,犯罪的实施者是一个妖艳而又狡猾的女人。

② 转引自A.沃思(A. Werth),《莫斯科音乐的骚动》(*Musical Uproar in Moscow*),第49页。

家和批评家以来[①],"形式主义"这一名词于是被不加辨别地广泛滥用,以致久而久之人们已经很难分辨其准确含义并确定其所指了。在40年代末的文化界大清洗运动中,形式主义标签被乱贴在一些彼此毫不相干的人身上:①一些从事比较研究的文学史家(日尔蒙斯基、托马舍夫斯基、希什马廖夫及其他人);②"颓废派"、"唯美派"诗人——无论是阿赫玛托娃还是帕斯捷尔纳克,是巴格里茨基还是阿纳托尔斯基;③一些一流的苏联作曲家——肖斯塔科维奇、普拉柯菲耶夫、哈恰图良被谴责具有"形式主义歪曲和反民主的倾向"[②];④一些偏离了被误称为社会主义现实主义的苏联新学院派正道的画家和建筑师。

但事情远没有完。如果我们相信日丹诺夫时期苏联时事批评家的说法,形式主义这一异端邪说并非只局限于艺术和艺术批评界,它甚至也偷偷钻进了自然科学领域。1949年《真理报》发表了一篇文章,对"苏联物理学界的资产阶级思潮"展开了猛烈批判[③],其作者宣称:"一场反对反动的形式主义的无情的斗争正在我国文化、科学和艺术界展开。物理学也不例外。"的确,自称警惕性颇高的布尔什维克们揭露了反动派势力是如何渗透到科学研究中来的真相。人们发现苏联的核物理学也感染了披着广泛信奉的尼尔

---

① 参阅亚·亚·日丹诺夫(A. A. Ždanou)"关于苏联文学期刊'星'与'列宁格勒'的错误问题"(On the Errors of the Soviet Literary Journals Zvezda and Leningrand),英文译本见《安德烈·亚·日丹诺夫,论文学、哲学与音乐》(*Essays on Literature, Philosophy, and Music*)(纽约,1950)。

② A.沃思(A. Werth),《莫斯科音乐的骚动》(*Musical Uproar in Moscow*),第29页。

③ 《星》(*Zvezda*),1949年第1期。

斯·波尔＊(Niels Bohr)理论外衣的形式主义杆菌。

一旦我们对这一体制有所认识，我们便会不由地感到惊奇，为什么"形式主义"不能像苏联新闻界其他一些"主义"，比方说"世界主义"、"托洛茨基主义"、"孟什维克主义"等一样，也堕落成为一个单纯的谴责之词，或如哈亚科瓦(Hayakawa)所说的"表示不同意的毫无意义的一堆噪音"[①]。

上述例子足以证明在苏联报刊上被贴以"形式主义标签"的东西，有时距离真正的形式主义实际上十分遥远。但是，既然满不在乎乱贴标签的行为仍在进行，那么，选择哪个丑八怪也就不完全出于偶然了。

用情感色彩强烈的称号取代有着清晰界定的概念，这使得存亡攸关的真问题真的很难确定。但为了不致戳穿官方行话的烟雾弹，我们不妨推断苏联官方发动批判形式主义运动有两个相互之间有着密切关联的目的：一是可以很方便地把对艺术媒介所进行的任何实验贴以"伪革新"(psendo-innovation)的标签；二是针对那些顽固坚持被误解作纯艺术主张的创作自由的趋势。

我们确信这两种倾向没有一种可以被当作是形式主义者们的专有财产。尽管这两种倾向都在由俄国形式主义运动所产生或由它所推动下产生的批评宣言中，有着生气勃勃的表现。

＊ 尼尔斯·波尔(Niels Bohr，1885－1962)，丹麦著名物理学家，诺贝尔奖获得者。在量子理论和原子结构方面作出卓越贡献。——译者

① S.I.哈亚科瓦(S.I.Hayakawa)，《行动中的语言》(*Language in Action*)(纽约，1946)。

第八章 反响

3

如上文所述①,形式主义运动从其一开始产生起就把艺术先锋派当作自己的事业。在其早期著作中,什克洛夫斯基和雅各布逊就竭力想把未来派的实验提高到一般诗学法则的水平。而其他几位形式主义代表人物则没有他们那么浓的派别意识。艾亨鲍姆和迪尼亚诺夫总的说来似乎有意避开特殊的倾向性。但我们不能把他们这种相对独立性当作是与当代文坛隔绝。艾亨鲍姆认为作为一位批评家的文艺学者②,他的任务是帮助作家"解读历史的意志""发现或不如说发明(那一必将被创造出来的)形式"③。

那么,20年代初期"历史"要求俄国作家创造出怎样的形式呢?对于这个问题,作为一个团队的形式主义者们,却没有一个明确的答案。但他们却有一点是一致的,即认为俄国虚构类创作,尤其是虚构类小说创作,处于严重的危机关头,因而激进地呼吁要寻找新的起点。什克洛夫斯基起劲地攻击马·高尔基的《克里姆·萨姆金的一生》这一所谓社会全景图写得冗长乏味。他认为以缓慢冗长的内心反省为特点的老式的俄国问题小说,已经绝望地跟

---

① 请回顾本书第三章和第四章第65-69、72-73页。
② 鲍里斯·艾亨鲍姆(Boris Ejxenbaum),"批评是需要的"(Nužna kritika),《艺术生活》(Žizn' iskusstva),1924年第4期。
③ "历史的意志"、"应有的形式"(form that must be, dolženstvujuščaja forma)是形式主义文学史观所特有的一种特殊的决定论的标志。在本书第十四章中我们还将回头探讨这一问题。

不上革命年代的节奏①。迪尼亚诺夫在写于1924年的一篇文章中这样写道:"长篇小说已经发觉自己处于困境;今天最需要的是要具备一种新的体裁感;也就是对文学中决定性新奇性的一种感觉。任何不如此者都只是折衷办法"②。

摆脱困境的出路在于一种不同于西方通俗小说中的冒险小说（roman d'aventures）错综复杂的情节模式、色调和节奏的③纪实文体（factography, literaturafakta），或不如说是一种半虚构、半纪实性的体裁④。

显然,在形式主义对当代文学的反应中,诊断要重于处方,变革的意志要重于——同时也为更广大的人群所分享——对某一特殊系列革新的认可。无论此时此刻受到人们捍卫的文学"动乱"具有什么性质或方向,形式主义批评总是会持续不变地勇敢无畏而又无拘无束地去追求新奇性;他们的口号永远都是"创新性"（izobrefatelstvo）⑤。

如果说形式主义对于"决定性新奇感"的主张鼓舞着人们探索

---

① 维克多·什克洛夫斯基（Viktor Šklovskij）,《汉堡账单》（Gamburgskij ščёt）（莫斯科,1928）。

② 尤里·迪尼亚诺夫（Jurij Tynjanov）,"文学的今天"（Literaturnoe segodnja）,《俄国同时代人》（Russkij sovremennik）,1924年第1期,第292页。

③ 这一潮流的最佳范例是什克洛夫斯基自己在其独创性作品《感伤的旅行》（Sentimental Journey）、《动物园,或非关爱情的书简》（Zoo or Letters Not About Love）和《第三工厂》（Third Factory）中所做的实验,这几部著作都是把纯文学母题与小品文、回忆、日记和书信自由地组合到一起而成。

④ 列夫·伦茨（Levlunc）,"到西方去?"（Na zapad!）,《谈话》（Beseda）,1923年9-10月号;维克多·什克洛夫斯基,《汉堡账单》（Gamburgskij ščёt）,第84页。

⑤ 尼·斯捷潘诺夫（N. Stepanov）,"捍卫创新性"（V zascitu izobretatelstva）,《星》（Zvezda）,1929年第6期,第189页。

第八章 反 响

非正统和"艰难"的表现方式的话,那么,他们对于文艺特殊性的看重强调则为一种清新强健、尽管不无短命之嫌的为反对对文学实施政治上的严密管辖而展开的一场运动。

有一些值得纪念的说法实际上来自于形式主义领袖人物自身。在一篇概述当代俄国小说的文章中,迪尼亚诺夫以其惯有的辛辣语调抨击官僚主义"社会监控"的徒劳无益:"俄国文学被赋予了许许多多的任务,但全都毫无益处。你让一位俄国作家航海去印度,他却发现了美洲"①。

什克洛夫斯基在其飞扬跋扈的论文集《马步》②中,发出了与此类似的警告:"革命的同志们,战争中的伙伴们,让我们给艺术以自由吧,这不是为了艺术自身的缘故,而是因为我们不能管理自己不懂的事务。""俄国艺术的最大不幸,"他继而写道,"是它没有被允许像人胸膛里的心脏那样有机地发展,而是像火车运行一样地被人管理起来"③。

在《第三工厂》(1926)中,什克洛夫斯基的态度显得更加矛盾。他的不妥协态度显然受到了逐渐增强的外部压力的挤迫,与此同时,他内心深处也对自己所捍卫这一价值究竟是否"适时"感到难于确定。斗争的结果表现在有关创作自由之界限的问题上,他陷入痛苦的自我矛盾的旋涡中,偶尔还想根据历史必然性的原理来为"不自由"(unfreedom)做辩护。

好战的形式主义的终结式的开端在此染上了令人痛苦的怀疑色彩,而这在数年前由什克洛夫斯基出色的学生列夫·伦茨所发

---

① 《俄国同时代人》(Russikij sovremennik),1924 年第 1 期,第 306 页。
② 维克多·什克洛夫斯基(Viktor Šklovskij),《马步》(Xod konja)。
③ 同上书,第 17 页。

表的,向社会功利主义发出的猛烈挑战中,是决然看不到的。列夫·伦茨被人经常引用的一个信条①也已成为一个以"谢拉皮翁兄弟"而著称的文学团体的宣言②。

在苏联文学编年史上,这一好战的声明——最直言不讳的对创作自由的请愿——能够被这个文学团体提出来,绝非偶然,该团体比其他俄国作家团体所受俄国形式主义理论学说的影响都要强烈得多。"谢拉皮翁兄弟"两位主要发言人列夫·伦茨和伊里亚·格鲁兹杰夫,都曾是什克洛夫斯基和迪尼亚诺夫所主持的文学讲习班学员。谢拉皮翁小说家中最有代表性、才华最卓著的人之一维尼亚明·卡维林,在奥波亚兹的指导下曾在文学研究上一试身手③。最后但并非最不重要的一位是什克洛夫斯基,按照近来披露的证明文件④,什克洛夫斯基是"谢拉皮翁兄弟"一位非常活跃

---

① 列夫·伦茨(Lev Lunc),"为什么我们是谢拉皮翁兄弟"(Počemu my Serapionovy brat'ja),《文学札记》(*Literaturnye zapiski*),1922 年第 3 期。

② "谢拉皮翁兄弟"是一个 1921 年在彼得格勒成立的文学团体。多数成员系年轻的小说家,后来大都颇有名气,如康·费定(K. Fedin)、弗·伊万诺夫(V. Ivanov)、弗·卡维林(V. Kaverin)、尼·尼基丁(N. Nikitin)、马·斯洛尼姆斯基(M. Slonimskij)、马·左琴科(M. Zoscenko)。值得注意的是,该团体的名称来自霍夫曼。

③ 我指的是卡维林(Kaverin)一部关于勃拉姆比斯一申科夫斯基(Brambeus-Senkovskij)——普希金时代一个素有争议的人物——的专著(参阅《拜伦的弟兄们》(*Baron Brambeus*),列宁格勒,1929)。

④ 前谢拉皮翁兄弟成员之一,康·费定在其关于 20 年代早期的生动叙事回忆道,"在那些参与谢拉皮翁兄弟文学团体讨论会的比较年长的同仁们中,有奥尔迦·富尔斯(Ol'ga Fors)、玛丽埃塔·莎吉娘(Marietta Saginjan)、柯·丘科夫斯基(K. Cukovskij)。最后但并非最不重要的一位是维克多·什克洛夫斯基,他也作为一名谢拉皮翁兄弟的成员而发言。他的确也算得上是第十一位,或不如说是谢拉皮翁的第一位成员,这得功于他给我们的生活带来的激情,以及他注入我们讨论中的那些问题的令人信服的力量"。(康·费定(K. Fedin),《高尔基在我们中间》(*Gorkij sredi nas*)(莫斯科,1943),第 115 页)

第八章 反 响

而又有影响力的成员。所以,伦茨的论据常与形式主义领袖人物的声明偶合就丝毫也不足以感到奇怪了。

伦茨这份宣言的出发点,是激情洋溢地为艺术的差异性张目:"我们采用'谢拉皮翁兄弟'这一名称,是因为我们不愿意看到艺术中的整齐划一。我们中间每个人都有一面自己的鼓。……我们当中无人有功利主义。我们不会为宣传写一个字。……艺术像生活自身一样也是真实的,并且也和生活自身一样,并无什么秘而不宣的目的或意义,它存在是因为它不能不存在"①。

伦茨继而写道:"在革命的日子里,在政治斗争十分紧张激烈的日子里,我们走到一起来了。有人从左边和右边告诉我们——谁不和我们在一起,谁就是在反对我们。那么,谢拉皮翁兄弟们,你们跟谁在一起?是跟共产党员还是反对共产党员?是站在革命一边还是反对革命?我们和谢拉皮翁隐士在一起"②。

伦茨显然觉得自己这番话很容易被当作是在鼓吹艺术超然独立于政治的观念,因而连忙补充道:"这也就是说——你们不跟任何人在一起?知识分子中的唯美派?不要意识形态,也不要任何信念?不。我们当中的每个人都有其自己的意识形态,每个人都用自己的颜色粉刷自己的小屋。但我们是一个整体,作为谢拉皮翁兄弟,我们只要求一点:就是不要发出一个虚假的声音。……无

---

① 尤里·迪尼亚诺夫(Jurij Tynjanov)实质上也表达了相同的思想,当他在其《诗歌语言问题》(*Problema stixotvornogo jazyka*)(1923)中写道,"我并不否认文学与生活之间的关系。我只是怀疑这一问题提得是否恰当。当艺术也是生活时,我们可不可以大谈'生活与艺术'?既然我们不愿费力表明生活的益处,那我们究竟还有没有必要去刻意证实艺术的社会作用呢?"(第123页)。

② 《文学札记》(*Literaturnye zapiski*),第31页。

论作品涂染了什么色彩，对作品本身的真实性都可以信赖。"①

上述这段文字很容易遭到一些如晚年亚·亚·日丹诺夫那样狂热的列宁主义—斯大林主义分子的蔑视，而把"谢拉皮翁兄弟"当作"腐朽的非政治主义"行径而加以痛斥②。但实际上欲要认清伦茨的立场与19世纪末"纯艺术"理论绝不可同日而语这一点，我们不一定非得同意伦茨的观点才可以。但伦茨并未声称艺术高于政治：他只是坚持认为艺术不应当从属于一个狭隘的政治考量，不应当仅只用一个政党的尺度来衡量。"谢拉皮翁兄弟"这位发言人多少有些夸大了自己的时代，再加上说话的方式也不脱青少年所特有的浮夸之气，而他真正想说的不过是：判断一个作家的标尺，应当是他的文学成就，而非他政治上是否忠诚；应当是其艺术幻觉的真实性和完整性，而非其"信息"的正统性或其"题材"是否"适时"。

"艺术并没有一个超然的目标或意义"这一短句，的确似乎与"为艺术而艺术"理论接近到了十分危险的程度。但还是不妨让我们先别忙着下结论。伦茨并不否认真正的艺术可以起到积极的社会作用。他只是坚持认为文学作品不能根据其直接的社会用途来对自己的存在加以辩护，艺术超然于它的社会用途之上。

W.埃杰顿（W. Edgerton）在其关于"谢拉皮翁兄弟"的信息丰富、不无同情的论文③中，提醒读者关注伦茨推理中的几个"逻辑

---

① 《文学札记》，第31页。
② 参阅第147页（即本书中文版本第217页——编者）注①。
③ W.埃杰顿（W. Edgerton），"谢拉皮翁兄弟，早期苏联的一场争论"（The Serapion Brothers . An Early Soviet Controversy），《美国斯拉夫与东欧研究》（American Slavic and East European Review），1949年2月，第47-64页。

漏洞"(logical holes)。的确,几乎无可置疑的是,艺术家与社会的问题,已然超出了伦茨草率格言所能涵盖的范围,对此需要诉诸更加严密的表达方式。

"谢拉皮翁兄弟"的这份宣言,实际上不过是对一种负面挑战的负面效应,即显然是针对意识形态上行将到来的整齐划一的威胁的一种反应罢了,因此,它不是对一种原则的实实在在的陈述,而毋宁说是一个战斗口号。但如今公开宣战很少能解决复杂问题,最多也只能令迫切的问题更加戏剧化而已。

还需要补充说明的一点是,伦茨竭力想要为其提供理性依据的那一团体,很难说它有能力拟定一个完整统一的文学纲领。它更像是一群乌合之众,里面既有本着果戈理、列斯科夫和列米佐夫这样的本土传统进行创作的讽刺性作家米·左琴科,也有亚·仲马和R.斯蒂文逊热情洋溢的学生、作为极端"西方派"的伦茨,在这个团体里,费定"老式的抒情现实主义"①与卡维林那种霍夫曼式的怪诞比肩站立,因此,与其说它是个文学流派,倒不如说是个捍卫文学的联盟。把这些富于挑战精神而又才华横溢的作家凝结为一体的,不是某种政治和艺术上的共同信念,而是一种从事反对官方施压的艰巨斗争的共同决心,一种要求保留文学自主活动地位的共同主张。

官僚机构控制文学的趋势日益增强,为了对此表示抗议,伦茨代表许多独立作家和批评家所做的发言,已经超出了"谢拉皮翁兄

---

① 参阅列夫·伦茨(Lev Lunc),"为什么我们是谢拉皮翁兄弟"(Počemu my Serapionovy brat'ja)。

弟"或形式主义学派的范围。但这一好战而又不肯妥协的特点,毫无疑问也是20年代早期形式主义"精神气质"的有机组成部分之一。而这种无畏和知难而上的精神,正是当日丹诺夫及其亲信们忙于从"形式主义"这匹死马身上剥皮时想要首先予以根除的。

第九章 被重新定义的形式主义

1

如果说在苏联形式主义被迫半途而废因而从未有机会克服其弱点的话,那么,某些形式主义信条却在尚未与马克思—列宁主义教条结盟的邻国,找到了避难所。到20年代中期捷克斯洛伐克成了生机勃勃的语言学和文学研究的中心。这一理性思潮显然是由从莫斯科和列宁格勒接受到的刺激激发出来的。

而在把俄国形式主义方法和成就引荐给捷克语言学家方面建立了卓越功勋的人,就是莫斯科语言学小组前主席、1920年移居布拉格的雅各布逊。感谢雅各布逊使形式主义诗歌理论范畴成为捷克诗体学中引起优势关注、高度重视和长期争议的问题。

雅各布逊在其论文《论捷克诗》[①](1923)中,在当时正在布拉格本土诗人和文艺学家之间激烈进行的关于捷克诗歌韵律模式问题的大争论中,引爆了一包炸药。由著名韵律学家杰·克拉尔(J.

---

① 罗曼·雅各布逊(Roman Jakobson),《论捷克诗歌兼主要与俄国诗歌对比》(*O cesskom stixe preimuscestvenno v sopostavlenii s russkim*)(柏林,1923)。

Král)领导的所谓"重音派"(prizvučnici)[①]坚决主张,最忠实于捷克语言之精髓的韵律体系只有一种,那就是重音诗体。而与之相反的思想派别是"音数派"(iločasovci)[②],此派别以同样坚定的信心坚持认为,元音音节才是捷克诗体学唯一"自然"的基础。

而这位年轻的俄国语言学家却采用一种截然不同的方式来处理这一问题。他把年高德劭的克拉尔的论据当作一个突出的例外,认为从语言学观点看元音音节韵律学的拥护者的理由更充分一些。他认为在特定语言中最可能提供"诗律基础"的往往是那些可用以区分语词—意义的"最恰当的音位学"诗体要素。在元音音节差异仅为次要因素而重音自由的俄语中,重音音节仅获得了音位学价值。而在重音永远都落在第一音节的捷克语中,元音音节而非重读音节充当了区分意义的作用。

但雅各布逊继续追问,那我们又该如何解释这样的事实,即在捷克诗歌史的许多时期中,占主导地位的诗律体系却是重音诗体呢?问题的症结在于,他继而写道,诗体是不可能从日常生活话语的声音模式中机械地推导出来的。以特定语言的"精神"和诗体的"自然"基础为参照,并不能完全解决这一问题,因为诗歌永远都会包含一定技巧——即附加在语言材料之上的一套严峻的审美惯例和常规[③]。

雅各布逊对学术权威克拉尔的挑战,或许会引起传统主义者

---

① 此词源于prizvuk,捷克语意为"重音"。
② Iločas在捷克语中意为"数量"。
③ 在本书第十二章第219-220页我们还将回到雅各布逊论文中所提出的这个问题上来。

第九章 被重新定义的形式主义

们的反感和愤慨。然而实情却是正在苦苦探索研究语言之新概念和新方法的捷克学术界,对其具有开拓精神的分析方法高度赞许。

而马太修斯就是这些学者中的一个。他是捷克英语语言学界的领袖人物。作为斯威特(Sweet)*和叶斯帕森(Jespersen)**的学生,20年代早期马太修斯对19世纪语言学界过分注重历史主义的倾向感到越来越强烈的不满。他感到语言学界最需要的,不是一种"垂直的"语言观,而是一种"水平的"语言观。正如后来他自己也承认的那样①,与一群年轻的同行,尤其是和雅各布逊的密切交往,相反地促成了他在方法论上的重新定向。

在写于1936年的一篇文章中,马太修斯充满感激地承认,在此关头,他从雅各布逊那里得到了十分宝贵的帮助。马太修斯写道:"这位多才多艺、异常聪明的俄国年轻人把他生机勃勃的学术兴趣从莫斯科带给了我,而他感兴趣的那些语言学问题,也恰恰是最令我入迷的,这就为我提供了很大的帮助,为我提供了一个生动的证据,即这些问题处处都处于学术论争的中心位置"②。

从这种非正式的方法论研讨中逐渐形成一个组织,它很快就成为欧洲语言学和文艺学中一支活跃的力量,这就是布拉格语言学小组。

该小组的首次会议举办于1926年10月6日。会议由小组成

---

* 亨利·斯威特(Henry Sweet,1845-1912),捷克语言学家。——译者
** 叶斯柏森(Jens Otto Harry Jespersen,1860-1943),丹麦语言学家。——译者
① 马太修斯(Vilém Mathesius),"布拉格语言学小组的发起"(Deset let pražskeho linguistickeho Krouzku),《话语与话语学》(*Slovoa slovesnost*),1936年第2期。
② 同上书,第138页。

员中年龄最长的马太修斯主持。与会者除其他人外,还有罗曼·雅各布逊及另外三位年轻的捷克语言学家:B.哈弗拉奈克、Jan. 瑞普卡[*]、博哈米尔·特伦卡[①]。此后不久,小组最初的核心圈便有了扩充,组织创建人中又多了一位彼得·博加特廖夫——本书前面部分曾提到过他[②],和德米特里·采车夫斯基,他把文学批评和观念史融为一体;让·穆卡洛夫斯基——一个以语言学为取向的文学理论家和美学家;著名斯拉夫语言学家尼·谢·特鲁别茨科依[**]和英语及比较文学权威勒内·韦勒克[③]。众所周知,鲍里斯·托马舍夫斯基也参加过几次小组讨论会。

从这份不尽完整的名单中就可以发现,形式主义和信念接近形式主义的[④]俄国学者在布拉格语言学小组的活动中发挥了显著

---

[*] 瑞普卡(Jan Rypka),当时任布拉格大学讲师。——译者

[①] 《话语与话语学》,1936年第2期,第138页。

[②] 参阅本书第三章,第64页。

[**] 尼古拉·特鲁别茨科伊(Трубецкой Николай Сергеевич,1890–1938)。——译者

[③] 现任耶鲁大学比较文学系主任,系本书频频引用的《文学理论》(*Theory of Literature*)一书的合作者之一[与奥斯汀·沃伦(Austin Warren)合作]。

[④] 特鲁别茨科依不能说是彻底完整的形式主义者,他从未参加过无论是奥波亚兹还是莫斯科语言学小组,他做的研究工作主要属于比较语言学或一般语言学——这都是形式主义观念不可以被直接予以应用的领域。但在他那冒险涉足的文学史的研究成果中,如研究15世纪俄国文学经典或在维也纳大学所做的俄国文学讲座中,他的观点与形式主义的观点有着完美的接近。1926年2月18日他在给雅各布逊的信中写道,"在我有关早期俄国文学的课程中,我在极大范围内应用了形式主义的方法"。而在另一封写给雅各布逊的信中,他则称赞形式主义者们"把握了文学演变的意义和内在逻辑"。(尼·谢·特鲁别茨科依,《语音学原理》(*Principes de Phonologie*)(巴黎,1949),第23、25卷)

第九章　被重新定义的形式主义

作用。马太修斯在一篇纪念学派成立十周年的文章[①]中,提到在捷克和俄国语言学家"研究工作中存在的这种共生现象"。马太修斯写道:"我们和俄国人在思想上的契合对于我们双方来说都是一种激励和增强;今天只有由我来说出我们对他们的贡献是如何地高度赞赏这才算是公正的"。他继而写道:"但我们也不光是学生而已。在我们的合作研究中,我们双方在知性上由于互补而受益已达到相当高的程度,而这正是任何集体性学术研究工作取得成功的先决条件"[②]。

马太修斯说的对,这种集体性协作精神是一种"研究工作中的共生现象",而特鲁别茨科依则在发表在《话语与话语学》(Slovo a Slovesnost)中的文章中,称赞"研究者们的集体努力是由于方法论目标的一致凝聚起来的,并且受到了同一个指导原则的鼓舞"。俄国人和捷克人之间"思想的相互契合"的确是一条双行线,是一个动态的相互关联问题,而非机械的模仿问题。如果说从马太修斯以下的捷克语言学小组成员都从他们的俄国同行那里"受到鼓舞并获益匪浅"的话,那么后者也从布拉格知识界氛围所能提供的与西方学术界的直接交流中获益良多。对于大多数俄国形式主义者来说,从苏联在文化上日益孤立的观点看,这种交流几乎是无从问津的。

布拉格语言学学派与其在莫斯科和彼得格勒的先驱者相比,

[①] 马太修斯(Vilém Mathesius),"布拉格语言学小组的发起"(Deset let pražskeho linguistickeho Kroužku),《话语与话语学》(Slovoa slovesnost),1936 年第 2 期。

[②] 同上书,第 145 页。

其另外一个最显著的优点是在从1915-1916年到1926年的这十年间,其在语言和符号学理论领域里,取得了实质性的进步。

布拉格语言学学派与俄国形式主义学派的出发点的确十分相近。这两个运动的方法论立场都同样具有以功能取代起源的特点,或用马太修斯的话说,即"用对待语言的水平研究法取代垂直研究法"。而且上述这两派的语言功能观都为语言学家或以语言学为定向的文学研究者提供了共同的基点。

在发表于1935年的《话语与话语学》——此为布拉格语言学学派的机关刊物——中的纲领性宣言①中,在宣言下方签名的有B.哈弗拉奈克、罗·雅各布逊、V.马太修斯、让·穆卡洛夫斯基、B.特伦卡,宣称在语言科学和诗歌研究之间有着密不可分的关联。"语言审美功能"与其他话语用途之间的关系,被称之为现代语言学中最富于挑战性的问题之一。诗歌言语研究之所以重要原因即在于此。宣言宣告"只有诗歌能令我们完整充分地体验言语活动,为我们揭示并非作为现成的静态系统、而是创造能量之来源的语言"②。

应当指出的是,由这些斯拉夫主义者们所宣告并加以实践的这一语言学与诗学的联姻,实践证明对双方都有益处。一方面,布拉格学派中的文学研究者和他们的俄国同行们一样,在其诗体和风格的分析研究中,可以大量依靠语言学范畴所提供的资源。另一方面,某些比较深刻犀利的"形式主义者"在诗体研究中创造的

---

① 《话语与话语学》(*Slovoa Slovesnost*),1935年第1期,第5页。
② 同上书。

第九章 被重新定义的形式主义

见解和表述法,对于一般语言学具有极其重大的意义。例如,在言语—语言研究中成为新起点标志的音位观,最初是在一篇论述比较诗律学的专题论文中被提出或被暗示出来的。雅各布逊在论文《论捷克语》中首次把诗体要素区分为"所指"与"非所指"。这一点正如最近有人指出的那样①,可以说早在将近十年以前,就对特鲁别茨科依和雅各布逊具有前沿性的音位学研究中的核心概念,做了预告②。

如果说语言学与诗学的密切协作始终是斯拉夫形式主义在其捷克阶段最主要的一条信念的话,那么,有关这两个学科间关系问题的原初表述,也就需要重新修正。对莫斯科语言学小组的口号"诗即在其审美功能中的语言"③进行了重大改进。

很难说捷克人的立场是他们以斗争方式反抗由日尔蒙斯基和艾亨鲍姆所推行的莫斯科人的"语言学帝国主义"的一个证明④。布拉格语言学小组代表人物修正雅各布逊早年公式的理由与彼得格勒文学史家所提理由截然不同。此时,人们发现,把诗歌与"在其审美功能中的语言"等量齐观已经远远不够了,这不是因为日尔蒙斯基以极其空洞的方式所主张的那样,在某些文学作品中语言

---

① 参阅尼·谢·特鲁别茨科依(N. S. Trubetzkoy),《语音学原理》(*Principes de Phonologie*)(巴黎,1949),第5—6页。

② 特别参阅罗曼·雅各布逊(Roman Jakobson),《俄语语音演变概论》(*Remargues Surlévolution phonologigue du russe*)(《布拉格语言学小组丛刊》(*Travaux du Cercle linguistique de Praque*),第2期第5页),以及 N. S. 特鲁别茨科依(N. S. Trubetzkoy),《语音学原理》(*Grundzüge der Phonologie*)(布拉格,1939)。

③ 罗曼·雅各布逊(Roman Jakobson),《最新俄国诗歌》(*Novejsaja russkaja poezija*)(布拉格,1921),第11页。

④ 参阅本书第五章第94、96页。

在审美上可以是中性的,而是因为文学是对语言的一种超越。有一点很清楚,即文学作品的某些层次,如叙事结构,可以在如电影这样的非语言符号系统中加以叙述。

在俄国形式主义的"英雄主义"时期符号科学实际上并不存在。在提出建立一种新学科即"语义学"假设的问题上,费尔迪南·德·索绪尔实际上是十分孤立的[①]。但到1930年代,在恩斯特·卡西尔和逻辑实证主义研究的冲击下[②],这一新学科的研究开始走上正轨。语言理论适合被纳入一个更加广大的符号形式哲学的架构中,该架构认为语言诚然是核心,但却并非唯一可能有的符号系统。

布拉格语言学学派的文学理论家们关注到了这一新的发展趋势。斯拉夫"形式主义"的观念构架有了扩充:对于穆卡洛夫斯基以及此时的雅各布逊来说,诗学乃是符号学的组成部分,而非语言学的一个分支。穆卡洛夫斯基写道:"艺术作品中的一切及其与外部世界的关系……都可以采用符号与意义的方式对其进行研讨,在这方面,可以把美学当做现代符号学和语义学的一部分。"[③]

如果说布拉格形式主义者们得以避免把文学作品降格为其语言基质这一方法论错误的话,那么,他们同样也规避了早期奥波亚

---

① 费尔迪南·德·索绪尔(Ferdinand de Saussure),《普通语言学教程》(*Cours de linguistique générale*)(洛桑,1916)。

② 可特别参阅恩斯特·卡西尔(Ernst Cassirer),《符号形式哲学》(*Philosophie der symbolischen Formen*)(柏林,1923 – 1931)。

③ 让·穆卡洛夫斯基(Jan Mukařovsky),"结构主义文学观"(Strukturalismus v estetice a vevědě o literature),《捷克诗学的新篇章》(*Kapitoty z české poetiky*)(布拉格,1946 年第 1 期),第 25 页。

第九章 被重新定义的形式主义

兹的另外一个谬误,即把文学等同于"文学性"这一倾向[1]。穆卡洛夫斯基在为什克洛夫斯基《小说论》(On the Theory of Prose)[2]的捷克语译本的前言中,对作者见解的敏锐极表赞赏,但对作者处心积虑想要把所谓文学外因素摒除在外的做法表示批评。穆卡洛夫斯基坚持认为什克洛夫斯基认为对于"编织技法"[3]苦心孤诣的迷恋,会使文学研究的领域被过分缩小化。

美学孤立主义因而被摒弃,文艺学的疆域扩大到了把文学作品整个都含纳进去的地步。这就意味着意识形态或情感内容也是批评分析的合法对象,可以将其作为一种审美结构来加以考察。于是,纯形式主义开始让位给结构主义,后来则围绕着一种或被叫做"结构",或被叫做"系统"的、动态的全面整体观而旋转[4]。

这一关键概念同样也是布拉格语言学小组所提出的语言理论中极其重要的一点。结构主义是该小组代表人物在20年代末和整个30年代中期间所召开的国际语言学大会上的战斗口号。雅各布逊、特鲁别茨科依及与其志同道合的西欧语言学家们,比如巴

---

[1] 欲了解有关这一问题的扩展论述可参阅本书下面第十一章,第198-200页。

[2] 让·穆卡洛夫斯基(Jan Mukařovsky),"什克洛夫斯基'散文论'捷克版序"(K ceskemu prekladu Sklovskeho Teorie prozy),《数字》(Cin),1934年第6期,第123-130页。

[3] 参阅本书第七章,第119页。

[4] "结构"这一术语在英语中有时可能会有些含混,因为人们经常用这来表示"布局",如说"长篇小说的结构",即指文学作品的布局,而非整部作品,非"有机整体"(格式塔)。而在一段自我阐释式的上下文中,"系统"一术语便可能有一些含混性。顺便说说,正如下文将要提及的(参阅第十一章),作为"格式塔"之等值词的"系统"一词的用法在迪尼亚诺夫后期的某些著作中已经开始频频出现。

利（Bally）*、布龙达尔（Bröndal）** 和薛施霭（Sechehaye）一起进行了一场胜利的斗争，他们主张语言不是孤立事实的集合和聚集，而是一个系统，是"一个各部分相互作用和影响的逻辑一致的整体"①。

但如果认为"结构主义"文学研究方法只不过是从相邻学科中借用了专业术语而已，这一结论肯定是错误的。正如穆卡洛夫斯基所指出的那样，"结构"概念在现代接受心理学中也同样得到了广泛应用，实际上在其他许多现代学术分支领域中也是如此。用恩斯特·卡西尔近来一篇文章中的话说，语言学中的结构主义乃是"近十多年中在几乎所有科学研究领域里多多少少变得越来越显著的总的思潮的一种表现"②。

在文学研究中以一个具有如此广泛应用范围的概念为支撑点，这表明布拉格学派趋向于一种比俄国形式主义更加广阔的架构。科学与哲学的关系问题被加以重新考查。早期奥波亚兹所特有的对于"哲学上的先入之见"③本能的不信任也被摒弃。穆卡洛夫斯基尖锐地指出："一种装作对哲学完全默然置之的学术思潮会

---

* 查尔斯·巴利（Charles Bally，1865－1947），瑞士语言学家。——译者

** 布龙达尔（Viggo Brondal，1887－1942），丹麦语言学家。哥本哈根语言学派创始人。——译者

① 引文摘自 A.卡西尔（Ernst A.Cassirer），"现代语言学中的结构主义"（Structuralism in Modern Linguistics），《语词》（Word），第 1 卷，第 2 卷（1945），第 99－120 页。

② 同上书，第 120 页。

③ 参阅本书第四章第 72 页，（即本书中文版本第 97 页——编者）脚注②。

简简单单地拜倒在对其隐含假设的任何控制意识之下的"[1]。他继而写道:"结构主义既非先现于-超越于经验资料的世界观(Weltanschauung),也不仅仅是只可以应用于某一探索领域里的一套研究技术,结构主义是一种今天已在各个学科——心理学、语言学、文艺学、艺术理论和艺术史、社会学及生物学等——都已显露自身的抽象原则"[2]。

结构主义立场不仅在对文学对象中,而且也在文学进程概念本身的界定中,都致力于预防方法论上的分离主义。雅各布逊和迪尼亚诺夫于1928年阐述的社会演变是"系统中的系统"这一观点[3]如今不但得到维护并且被发扬光大。诗人的成就被看作是风格,媒介与个性之间相互影响和作用的结果。艺术与社会的关系中有一种辩证的张力。

这样一种研究文学的方法在一部出版于1928年的题目为《马哈*作品的神秘内核》的论文集中,得到充分的体现[4]。采车夫斯基、雅各布逊、哈弗拉奈克、穆卡洛夫斯基、韦勒克等人齐心合力对捷克斯洛伐克最伟大的浪漫主义诗人马哈的遗产进行细致入微的考量和研究。与奥波亚兹的论著相比,这一富于挑战性的出版物

---

[1] 让·穆卡洛夫斯基(Jan Mukarovcky),《捷克诗学的新篇章》(*Kapitoly z ceske poetiky*)(布拉格,1941年第1期),第14-15页。

[2] 同上书,第16页。

[3] 参阅本书第七章,134-135页。

* 卡·希·马哈(1810-1836),捷克著名浪漫主义诗人。抒情叙事长诗"五月"是马哈艺术创作的顶峰。这部长诗的发表使他成为了"捷克诗歌的施洗者和培育了整个现代诗歌的精神之父"。——译者

[4] 让·穆卡洛夫斯基(Jan Mukarovcky),《马哈作品的神秘内核》(*etal.*, *Torsoatajemstvi Machova dila*)(布拉格,1938)。

表明,其作者们对社会考量法十分熟稔,对文学的"精神气质"的兴致更富于激情。

这一专题论文集的导言对20年代早期到30年代中期美学大气候所发生的种种变化表示关注。"和从前已经有过无数次一样,艺术再次被要求履行其基本职责——对人对现实的态度进行预期"①。

《马哈作品的神秘内核》(*The Core and Mystery of Macha's Work*)的编者谨慎地指出,对艺术之社会意义的重新发现,并不意味着或不应被当做是在抛弃对于现代艺术而言如此典型的形式意识。编者继而写道:"艺术只有按照自身的规律才可以成功地完成这一任务,也就是说,才可以完全利用其媒介的所有成分"②。

马哈专题论文集的核心问题,被描述为是探讨"马哈作品的语义学及其所采用的艺术手法的关系问题"③。这一关注重点由大多数论文作者的论文给予了高度的证实。穆卡洛夫斯基的论文《马哈诗歌中意义的起源问题》④关注到了"语境中的语义动力学"问题,关注到了诗人如何利用含混和反讽手法,关注到了语词意义在习惯义和比喻义之间的摆动问题。采车夫斯基考察了"马哈的世界观"问题,细致入微地分析了如新柏拉图主义、中世纪神秘主义、黑格尔辩证法即浪漫主义"自然哲学"(Naturphilosophile)*这

---

① 让・穆卡洛夫斯基,《马哈作品的神秘内核》,第8页。
② 同上书,第9页。
③ 同上书,第10页。
④ 同上书,第13-110页。
* 自然哲学(Naturphilosophie,philosophy of nature),19世纪德国唯心主义哲学传统中的一个流派,相当于自然科学。——译者

第九章 被重新定义的形式主义

样奇异的哲学体系的各有关成分。但采车夫斯基是一个语境意识如此强烈的批评家,因而他是不会涉足于只对马哈的世界观(Weltanschauung)文学外来源加以考证,并满足于将其诗的幻觉翻译成哲学语言这一点的。作为一个真正的结构主义者,采车夫斯基坚决主张对异类概念如何在马哈诗中发挥作用的问题进行考查。他的这一研究的最有意义的结果,是研究了马哈作品观念架构中所包含的哲学对立的相似性,确立了马哈意象的对称特点。

如果说采车夫斯基是在开辟一条"从诗歌语义方面到艺术手法"的研究路径的话,那么,雅各布逊的研究却是在相反方向上展开的。他的论文《马哈诗歌描述初探》(Toward the Description of Macha's Verse)是一篇极其具有独创性的论文,此文意在揭示马哈所用格律与其世界感受间的相互关联问题。

穆卡洛夫斯基在论述"诗歌语言"的文章中,号召人们关注雅各布逊论著所具有的方法论意义。穆卡洛夫斯基坚决认为雅各布逊在其论文中表明,马哈的空间知觉,在其采用捷克重音音节诗体诗中系正典模式的抑扬格诗律写作的长诗中,与其在抑扬格诗体中的表现,是截然不同的。在马哈的抑扬格诗中空间表现为一个单行道的连续体,是由从观察者到背景的倒退动作产生的;而在诗人的抑扬格诗中,空间开始具有一种变化多端的多重线索的性质[①]。穆卡洛夫斯基继而写道:"而韵律实际上是一种偶然伴随语音层次组织的语言现象。另一方面空间知觉必须面对主题学

---

① 让·穆卡洛夫斯基(Jan Mukarovcky),"论寓言诗的语言"(O jazyce básnickem),《捷克诗学的新篇章》(Kapitoly z české poetiky),第 79-142 页。

(thematology)问题。因此,上述分析是对语言学分析可以被用于诗歌作品各个层级的另一个证明"。这位捷克理论家又补充道:"在此语言器官的用途就构成了一个总的方法论定向——即对媒介的高度关注——而非对研究领域的界别界定"①。

采车夫斯基、雅各布逊以及穆卡洛夫斯基的研究涉及文学理论和文学史的方方面面,对于许多年轻的语言学家和文艺学家,产生了广泛而又深远的影响。而他们当中最杰出的,显然非米库拉斯·巴科斯(Mikuláš Bakoš)*,约瑟夫·赫拉巴克(Josef Hrabák)**和亚·弗·伊萨切科(Isačenko)莫属②。

1945年后,结构主义发现自己处于守势,其影响力显著有所削弱。这部分由于这样一个事实,即如雅各布逊和采车夫斯基这样的布拉格语言学小组活跃分子于1938年年末离开捷克斯洛伐克后一直逗留在境外。而和1929-1930年间的俄国形式主义一样,布拉格结构主义同期所遭遇到的困境也超乎于个人之上。笼罩战后捷克斯洛伐克知识界的氛围也很难说就有利于一个虽说不是反马克思,但也与马克思主义方法论的官方分支相距甚远的派

---

① 对捷克诗体学缺乏完整把握的读者,或许会觉得雅各布逊这一观点的重大意义没有那么直截了当,鲜明突出吧。

* 尼古拉·巴库斯(1914-1972),斯洛伐克文学理论家。——译者
** 约瑟夫·拉巴克(1912-1987),文学史家、文学理论家、批评家。——译者

② 可特别参阅米库拉斯·巴库斯(Mikulás Bakoš),《斯拉夫诗歌的起源》(*Vyvin Slovenského verša*)(圣马丁出版社,1939);此外还有巴库斯(Bakoš)主编的,大有裨益的俄国形式主义文选《文学理论》(*Teória Literatury*)(特尔纳瓦,1941);约瑟夫·赫拉巴克(Josef Hrabák),《古兰经诗歌与斯拉夫捷克语诗歌的比较》(*Staropolsky vers ve srovnani se staroceskym*)(布拉格,1937);《斯米洛大学派(诗体结构分析)》(*Smilova škola(Rozbor básnické struktury)*)(布拉格,1941);A.V.伊萨切科(A.V. Isačenko),《斯拉夫诗歌》(*Slovenski verz*)(卢布尔雅那,1939)。

别。如上文所述,1946年,"形式主义"成了苏联文学官僚主义的替罪羊。由于布拉格的衣钵是从莫斯科继承而来,所以,奥波亚兹的捷克副本也就处于一种日益开始动摇的地位。留在捷克斯洛伐克的唯一一位杰出的结构主义者让·穆卡洛夫斯基声明放弃原初的立场,转而以其相当雄厚的思辨能力来为官方信条服务。

2

但捷克斯洛伐克并非俄国形式主义影响所及的唯一一个斯拉夫国家。俄国形式主义的影响在波兰文艺学中也卓然可见,在两次大战之间的时期中,波兰文艺学界日甚一日地意识到其在方法论假说方面的不适当性。

1920年代波兰文学研究的状况和形式主义运动产生前夜之俄国的状况有某些相似之处。自由派批评界在主要系纪末(fin de siècle)遗留物的印象主义"鉴赏"和纯粹意识形态式文学研究方法之间,摇摆不定。学院派文学史在很大程度上仍然处于被错误地贴以"语义学的"和更恰当地被描述为文化历史学方法[1]——一种在许多方面都与佩禾-斯卡比切夫斯基学派[2]相似的方法——的支配性影响之下。这两派之间的主要差别也许在于其意识形态上的趋向不同。如果说斯卡比切夫斯基(Skabicevskij)式批

---

[1] "语义学的"这一术语的上述用法也许是19世纪德国学术界无处不在的"语义学"(pihilogy)概念的一个分支。按照这种阐释法,体现在语言中的民族文化的所有表现都属于语义学家的研究范围。

[2] 参阅本书第一章,第22页。

评的公式大致等于文化史(Kulturgeschichte)加自由主义的话,那么,在其波兰变体中,后一种成分则往往是被爱国主义的训诫所取代①。

波兰文学研究中"语义学"学派最杰出的代表人物之一把"文学史定义为民族理念在其逐渐演变过程中的语言体现"②。从这一观点自然只能得出一个结论,那就是"文学史家必须关注强烈表现了民族理念的所有作品"③。

把文学史思想史混淆的倾向往往是与世纪之交俄国文艺学界赫然耸立的某种"传记主义"并肩而行的。在波兰这种对于传记学的先入之见偶尔带有辩护或圣经行传的色彩。历史学家对诗人实际生活体验的兴趣,作为说明其创作的一个可疑线索,在此常常和对一个排外民族的精神领袖的遗物近乎宗教式的虔诚混为一体。在那些有关波兰伟大浪漫派诗人——密茨凯维支(Mickiewiez)*,斯沃瓦茨基(Slowacki)**和克拉辛斯基(Krasius-

---

① 在波兰也和在俄国一样,想象性文学常常被当作反抗沙皇专制制度的一种强大武器。但19世纪波兰诗人对专制制度的挑战多数情况下是在进行民族抵抗而不是进行社会抗议。

② 伊格纳西·克尔扎诺夫斯基(Ignacy Chrzanowski),《文学与人民》(*Literatura i Narod*)(利沃夫,1936),第149页。转引自曼弗雷德·克里德尔(Manfred Kridl),《文学作品研究导论》(*Wstep do badan nad dzietem literackiem*)(维尔诺,1936),第28页。

③ 同上书。

* 密茨凯维支(A. MiCkiewiez,1798-1855),波兰诗人。——译者

** 斯沃瓦茨基(Slowacki),波兰诗人、剧作家。1809年9月4日生于克热米耶涅茨一个教师家庭。曾在维尔诺大学法律系学习。1830年参加华沙起义,发表《自由颂》和《悲歌》等诗篇。起义失败后侨居国外。——译者

第九章　被重新定义的形式主义

ki)*——的多卷本学术性专著中，"生涯"所占篇幅总是远远多于"作品"，爱情韵事的比率高得犹如爱情长诗。

到本世纪**第三个十年期间，传记方法的有效性开始受到来自四面八方的挑战。波兰文艺学界对同时开始在西欧和斯拉夫国家逐渐获得地盘的走向内在论分析的思潮不可能始终无动于衷。人们越来越清晰地认识到文学研究者应当去关注"作为特定人类现实生活领域的文学文本的内容"问题①。此时涌现出许多才华卓越的文学研究者们，他们采用系统方式主攻风格和创作问题：斯坦尼斯拉夫·亚当姆斯泽斯基（Stanislaw Adamczewski)***，瓦拉·博罗威（Waelaw Borowy），亚加·克夫兹扎诺斯基（Jaljan Kvzyzanowski），列昂·皮威斯基（Leon Piwiúski），威克顿·威特拉勃（Wikton Weintraub），康斯坦蒂·沃谢霍斯基（Koustanty Wojciechowski)****和卡·沃·扎沃金斯基（K. W. Zawodzinski)。

---

* 齐格蒙·克拉辛斯基(1812-1859)，波兰诗人。自幼好作诗，与密支凯维支和斯沃瓦茨基并称为波兰浪漫主义三大诗人。他的第一部长诗杰作是《非神曲》。——译者

** 按，原文如此，实指20世纪而言。——译者

① 朱利斯·克莱涅尔（Juljusz Kleiner)，《论文学哲学研究的任务》（*Studja z zakresu literatury i filosofji*)（转引自曼弗雷德·克里德尔（Manfred Kridl）主编之上书第29页。

*** 斯坦尼斯拉夫·亚当姆斯泽斯基（Stanislaw Adamczewski)(1883-1952)，波兰文学史家。——译者

**** 康斯坦蒂·沃谢霍斯基（Koustanty Wojciechowski)(1872-1924)，教授，文学史家。——译者

曼弗雷德·克里德尔（Manfred Kridl）*在其逻辑缜密的专著《文学作品研究导论》(1936)①中，阐述了结构主义文艺学研究方法的基础原理。此前一直都是文化—历史学派著名代表人物的克里德尔教授，此时开始把这一学派的这种主义当做例外，开始为文学研究划定疆域，并开始更加严格地研究文学研究的对象。

克里德尔继康德之后坚持认为"混淆个别学科间的界限就等于不是丰富而是歪曲文化"②。他还赞赏地援引雅各布逊对于不加分别地把传统文学史纳入彀中的做法进行讽刺挖苦③的话以为奥援。

雅各布逊并非出现于克里德尔学问渊博之论著中的唯一一位俄国形式主义理论家的名字。在对诸如诗歌语言和日常生活语言的区别，或文学与经验现实的关系一类文学理论的基本问题的讨论中，克里德尔反复多次地援引雅各布逊、什克洛夫斯基和日尔蒙斯基的著作。克里德尔与这些批评家观点的契合可以通过他对俄国形式主义者们"成果丰硕"的赞美中得到明确无误的证实。这位波兰学者认为形式主义学派"是一个新颖的、充满活力的运动……文学以其在文学理论和批评领域拥有众多才华卓越的学者而自豪，他们不光懂得解决文学问题的根本方法，而且对欧洲文学也有

---

* 曼弗雷德·克里德尔(1882-1957)，波兰文学史家。——译者
① 参阅第 164 页（即本书中文版本第 242 页——编者）脚注②。
② 曼弗雷德·克里德尔（Manfred Kridl），《文学作品研究导论》(*Wstęp do badan nad dzietem literackiem*)。
③ 罗曼·雅各布逊（Roman Jakobson），《最新俄国诗歌》(*Novejsaja russkaja poezija*)（布拉格，1921），第 11 页。

第九章 被重新定义的形式主义

全面的了解"①。即使他们有时难免过甚其辞,克里德尔继而写道,其夸大的说法在他们的开拓性工作为文学研究开辟的宏伟远景映衬下,在未来人们的历史性回顾中,也将得以证实。

尽管对形式主义者们某些"过分"观点不无同情之感,克里德尔显然在竭尽全力要避免类似的错误。总的说来在斯拉夫形式主义中,他的立场和斯拉夫形式主义中的极端俄国的分支相比,实际上与其捷克结构主义一翼更为接近。克里德尔称自己的文学观是"人本中心的"(ergocentric)或"整合式的"。前一个术语的采用意在确认把文学创作而非"隐含因素"放在批评分析之中心这样一种取向。形容词"整合式的"表明这一批评方案将一视同仁地对待文学的所有方面,即是指其"美学"和"美学外"方面,但却要在文学作品语境内对上述两类问题进行考察。克里德尔声称"作者哲学并非与批评分析无关,但需在其文学功能中对之进行研究,也就是说,要研究其对人物性格、情节等的影响"②。

克里德尔对语言的诗的用法以及语言手法的关注和兴趣使他成为一个比他那些同仁们具有更加明确的语言学意识的学者,而对他那些同仁们来说,文学研究不过是文化史的一个分支。但这位波兰"形式主义者"与其在俄国或捷克的同道者们不同,并未呼吁采用纯粹语言学或语义学方法来确立文艺学研究的自主地位。

---

① 曼弗雷德·克里德尔(Manfred Kridl),《文学作品研究导论》(Wstep do badan nad dzietem literackiem),第69页。
② 克里德尔断言:"作者哲学并非与批评分析无关,而应在其与文学功能,即其对人物性格、情节等的影响中予以考察。"(同上书,第76页)。

克里德尔的文艺观似乎主要来自西方美学和哲学——来自克罗齐（Croce）*，迪索（Dessior）**，胡塞尔和康德，而斯拉夫形式主义诗学也同样如此。

也许我们可以以插话的方式指出一点，即经由古斯塔夫·施佩特①的中介而在俄国对形式主义思潮有过一定影响的胡塞尔的现象学，为波兰人想要建构文学创作"本体论"的重大意图，提供了观念架构。利沃夫大学教授罗曼·英伽登在深奥而又值得嘉奖的著作《文学艺术作品》（*Das literarische Kunstwerk*）②中，试图把胡塞尔的范畴应用于文学理论最艰难的问题之一——即文学作品的存在方式问题③。正如下文将要提及的那样，英伽登的某些思想，尤其是他有关在想象性文学中所发现的"伪陈述"（pseudo-statement）与形式主义—结构主义的表述法如出一辙。但我们没理由把诸如此类的契合一致之处，都归因于形式主义对这位波兰—德国哲学家的实际影响。

克里德尔的著作对波兰年轻一代文艺学学者，有着可以理解的影响。因而，"整合式"方法在威尔诺大学学生中拥有众多拥护者也就毫不奇怪，因为克里德尔教授就在这所大学教授波兰语和

---

* 克罗齐（Benedetto Croce,1866-1952）又译柯罗齐。意大利哲学家、历史学家，新黑格尔主义的主要代表之一。——译者

** 马克斯·迪索（1867-1947），德国哲学家、美学理论家。——译者

① 参阅本书第三章，第62页。

② 罗曼·英伽登（Roman Ingarden），《文学艺术作品》（*Das literarische Kunstwerk*）(海牙,1931）。

③ 在勒内·韦勒克（Rene Wellek）和奥斯汀·沃伦（Austin Warren）所著《文学理论》（*Theory of Literature*）中，对英伽登的观点有一个简短而又信息量丰富的介绍。见该书第152页。

第九章 被重新定义的形式主义

比较文学。到30年代中期，克里德尔关于诗学和文学研究方法论的课堂讨论会，已经成为文艺作品结构研究的重大中心[①]。

另一个与此类似的中心是华沙大学文学小组（Kolo Polonistow Studentow Uniwersytetu Jozefa Pilsudskiego）。该小组中才华卓越的学者有卡济米尔兹·布济克（Kazimierz Budzyk）[*]，斯蒂凡·约基耶斯基（Stefan Iolkiewski）。该小组成立时，小组成员全还都是华沙大学的研究生。

华沙团队的方法论倾向在一个雄心勃勃的翻译计划中得到了鲜明的表现，该计划拟将近年内在西欧各国以及俄国所出版的最重要的文学理论和批评方法论著作译为波兰文。

在这方面，俄国形式主义和接近于形式主义的著作受到优先关注和垂青。华沙文学小组为翻译而选择的第一个项目是日尔蒙斯基上文引述过的那篇论文《诗学的任务》[②]。"翻译文档"（Archive of Translations）中的第二个项目，是关于风格学问题的，其中包括维克多·维诺格拉多夫的两篇论文[③]。接下来一个项目是对俄国形式主义著作选本的一个总的描述，涉及的人物有艾亨鲍

[①] 从克里德尔研究团队产生的论著之一就是杰·普特拉蒙特（J. Putrament）的《波兰现实主义大师博普鲁斯短篇小说的结构分析》（Struktura nowel Prusa）（维尔诺，1936）。

[*] 卡济米尔兹·布济克（1911-1964），波兰文学史家和文学理论家。——译者

[②] 维克多·日尔蒙斯基（Victor Žirmunskij），《诗学的任务》（Wstep do Poetyki）（华沙，1934）《文学作品研究导读》（Archiwum tumaczen）。

[③] 列昂·施皮策（Leo Spitzer）、卡尔·浮士勒（Karl Vossler）、维克多·维诺格拉多夫（Victor Vinogradov），《文体学研究的任务》（I zagadnien stylistiki）（华沙，1937）《文学作品研究导读》（Archiwum tumaczen），第2卷）。

姆、雅各布逊、什克洛夫斯基、迪尼亚诺夫和日尔蒙斯基[1]。需要补充的是,这一出版计划从未实现过,第二次世界大战爆发后,小组活动被迫中断。

导源于华沙团队的论著同样带有鲜明的形式主义烙印。出色的诗体研究者弗兰切泽克·谢尔德列斯基(Franciszek Siedlecki)就从奥波亚兹那里获益良多。他的著作《波兰诗律研究》[2]以恰当而又贴切的方式,对勃里克、雅各布逊以及托马舍夫斯基所发展的形式主义诗歌理论进行了一番再阐述,同时也将这些信念以意象方式应用于波兰诗体学。

谢尔德列斯基在定义节奏韵律时,在为"波兰诗歌的自由"[3]雄辩呼吁时,广泛地利用了什克洛夫斯基的"解自动化"(disautomatization)和"可感性"(perceptibility,感觉力,理解力)(ощутимость)概念[4]。

在对"自由诗"和格律诗这样一些有争议问题的讨论中,谢尔德列斯基则与奥波亚兹的典范旗手而非奥波亚兹稳健的同情者们站在一起。他抨击如克·沃·扎沃金斯基[5]这样一些专注于美学但有些折中主义的诗律学研究者,后者在波兰批评界所起的作用,

---

[1] 《俄国形式主义(1914-1934)》(Rosyjska szkola formalna (1914-1934))(华沙,1939)(战前即对外公布并准备付梓)。

[2] 弗兰西斯泽克·谢尔德列斯基(Franciszek Siedlecki),《波兰诗律研究》(Studja z metryki, polskiej)(维尔诺,1937)。

[3] 弗兰西斯泽克·谢尔德列斯基(Franciszek Siedlecki),"论波兰诗歌中的自由"(O swobode wiersza polskiego),《话语》(Skamander),1938年第2辑,第104页。

[4] 参阅本书第十章和第十二章,第176-178、214-215页。

[5] 参阅克列尔·扎沃金斯基(Karel W. Zawodzinski),《波兰诗律学研究》(Zarys wersyfikacji polskiej)(威尔诺,1936)。

第九章 被重新定义的形式主义

与日尔蒙斯基在俄国的作用相仿。在讨论此类问题的过程中,谢尔德列斯基采用了正统俄国形式主义者们在对待日尔蒙斯基问题上所采用的方法,对扎沃金斯基的"形式主义"的可靠性提出了质疑[1]。谢尔德列斯基以否定的语气写道,扎沃金斯基是一个"只在对诗歌作品的形式因素有着活跃兴趣的意义上是一个形式主义者而已"。但他这和真正的形式主义——什克洛夫斯基和雅各布逊——尚有相当大的差别。[2]

谢德列斯基对于真正的、纯粹的俄国形式主义的同情源于这位批评家对于高度凝练的理论表述法的喜好,而非源于美学的纯粹主义。华沙形式主义者们对待后者已经不再像布拉格结构主义者们那么倾心和热衷。他们对诗歌语言的热衷和迷恋以熟谙社会学考量为特征。谢尔德列斯基在英年早逝前不久从德军占领下的华沙写给雅各布逊的信中,指出需要把形式主义和马克思主义创造性的综合起来。霍朋兹坦德(Hopensztand)*在其论述现代波兰长篇小说风格问题的有趣论文中,力图把细致纯粹的语义分析与从语言社会学中归纳的范畴融为一体[3]。

战争令这一生气勃勃的团队的学术活动猝然中断,并很快导致其队伍的显著断裂。该团队最有前途的成员谢尔德列斯基和霍朋兹坦德夭折于纳粹占领区。大多数幸存者不得不与官方批评流

---

[1] 参阅本书第五章,第98页。
[2] 《话语》(*Skamander*),1938年第2期,第100页。
* 霍朋斯坦德·大卫·雅戈布(Hopensztand Dawid Jakub,1904 - 1943),文学理论家、批评家、文学史家。——译者
[3] 大卫·霍朋斯坦德(Dawid Hopensztand),《巴尔德诺斯基小说诗学研究》(*Mowa Skrzydel Kadena Bandrowskiego*)(威尔诺,1937)。

派共命运。而有发言权的斯蒂凡·左尔基耶夫斯基似乎成了共产主义波兰文学理论家中的领袖人物之一。左尔基耶夫斯基在其为"社会主义现实主义"而进行的紧张激烈的斗争中,也不得不日益远离形式主义—结构主义批评和方法论立场。

近期证据似乎表明,在波兰也和在捷克斯洛伐克一样,用卢纳察尔斯基的说法,形式主义已经不再是"当令蔬菜"了(vegetable in season)。其给人以希望的发展进程也受到了20年前曾经导致奥波亚兹解体或猝然中断的同一潮流的阻碍。斯拉夫形式主义显然也寿终正寝。但即使形式主义业已退出舞台,但由这一运动所产生的意义重大、富于挑战性的批评论著的主体却仍然与我们同在。形式主义遗产在召唤我们对之进行总结和评价。而这就是本书下面几章将要阐述的内容。

第二部分

学 说

第十章　基本概念

1

俄国形式主义常常被人说成只是19世纪末"为艺术而艺术"学派的一个翻版罢了。这种观点很大程度上是一种误解。一方面艺术的本质或目的并非俄国形式主义者们主要关注的问题。以"新实证主义"的捍卫者自命的俄国形式主义者们，试图回避作为艺术创作之本质的"哲学的先入之见"①，他们并不认为关于美和绝对的思辨有多大益处。形式主义美学是描述性的而非形而上学的。

鲍里斯·艾亨鲍姆在其一篇早期论文中写道："通常人们称我们的方法是'形式主义的'。而我则宁愿称其为形态学的，以使之与诸如心理学、社会学一类的其他研究方法有所区别，在后一类学科中，研究对象往往不是作品本身，而是——按学者的见解——作

---

① 参阅本书（即本书中文版本第97页——编者）脚注②。

品中所反映的内容"①。

"形态学"并非形式主义代表人物②在描述其方法论立场时所使用的唯一术语。在与正统马克思主义者③的论战中,艾亨鲍姆曾声称:"我们不是'形式主义者',但如果你们愿意,不妨称我们'特性论者'(specifikatory)好了"④。

"形态学方法"、"特性论者",这的确是对俄国形式主义非常关键而又密切关联的信念刻意加以强调的两个十分贴切的概念。这两个概念是:A. 这一运动注重研究"文学作品"及其组成部分;B. 这一运动坚决主张文艺学的自主性。

促使形式主义者们从事理论著述的强大动力,是想彻底终结传统文学研究领域到处弥漫的方法论混乱局面,把文艺学系统整合为一个明确而又统一的理性研究领域。形式主义者们指出,文学研究长期以来一直都是智力上的无人区⑤,现在是该明确规定其疆界、毫不含糊地确定其研究对象的时候了⑥。

---

① 鲍里斯·艾亨鲍姆(Boris Ejxenbaum),《青年托尔斯泰》(*Molodoj Tolstoj*)(彼得格勒,1922),第8页。

② 还可参阅维克多·什克洛夫斯基(Viktor Sklovskij),《文学与电影》(*Literatura i kinematogranf*)(柏林,1923),第50页。

③ 参阅本书第六章,第107–109页。

④ 鲍里斯·艾亨鲍姆(Boris Ejxenbaum),"关于形式主义者们的问题"(Vokrug voprosa o formalistax),《出版与革命》(*Pecat I revoljucija*),第5期,第3页。

⑤ 罗曼·雅各布逊(Roman Jakobson),《最新俄国诗歌》(*Novejšaja russkaja poèzija*),第11页。

⑥ 克里德尔写道,"和任何其他 bona fide(真正的)学科一样,文艺学也必须有其自身的研究对象,有其自身的方法和目标"《文学作品研究导论》(*Wstep do badan nad dzietem literackiem*)(维尔诺,1936)。

第十章　基本概念

这也恰好正是形式主义者们已经着手去做的事。他们起步于这样一个假设——该假设今天已被人们广泛接受——文艺学家应该投身于想象性文学的实际作品的研究中去，而非如悉尼·李爵士所说，反而去研究"产生文学的外部环境"[①]。曼·克里德尔指出文学本身应当成为文艺学研究的对象而非某些外在论研究的方法或手段[②]。

但对好战的形式主义"特性论者"来说，这还远不够专业。为了使文学研究能够从相邻的外来学科如心理学、社会学和文化史之类的学科中分化出来，似乎还需要进一步把定义缩小。雅各布逊写道："文学学的对象不是文学及其总和，而是文学性（literariness, literaturnost'），亦即使特定作品成其为文学作品的那一特性"*[③]。艾亨鲍姆补充道："文艺学家作为研究文学的人，只应该

[①] 转引自勒内·韦勒克（Rene Wellek）和奥斯汀·沃伦（Austin Warren）所著《文学理论》（*Theory of Literature*），第139页。

[②] M.克里德尔，《文学作品研究导论》，第30页。

* 按，罗曼·雅各布逊的原话是，"文学科学的对象不是文学，而是'文学性'（литературность），也就是说使一部作品成为文学作品的东西。不过，直到现在我们还是可以把文学史家比作一名警察，他要逮捕某个人，可能则凡是在房间里遇到的人，甚至从旁边街上经过的人都抓了起来。文学史家就是这样无所不用，诸如个人生活、心理学、政治、哲学，无一例外。这样便凑成一堆雕虫小技，而不是文学科学，仿佛他们已经忘记，每一种对象都分别属于一门科学，如哲学史、文化史、心理学等等，而这些科学自然也可以使用文学现象作为不完善的二流材料。"（转引自《俄苏形式主义文论选》，中国社会科学出版社，1989年，第24页）——译者

[③] 罗曼·雅各布逊（Roman Jakobson），《最新俄国诗》（*Novějšaja russkaja poèzija*），第11页。

关注如何洞察文学材料的区别性特征问题"*①。

这反过来也在召唤着文学理论中最为重要的一个问题：想象性文学的区别性特征究竟是什么？"文学性"的本质与核心是什么？多数形式主义理论发言人也都或直接或间接地回答了这一问题。

形式主义者们试图回答这一关键问题，但却回避了传统答案和老一套的解决办法。与他们根深蒂固的对心理学的不信任一致，他们与所有那些把区别性特征放在诗人而非作品的、乞灵于"思维能力有助于诗歌创作"的理论全都格格不入。形式主义理论家们更乐于毫无耐心地把所有有关"直觉"、"想象"、"天才"一类的闲谈，统统扫除。文学特殊性的焦点不是在作者或读者的心理中，而是在作品本身。

而如果说形式主义者们反对用潜在的心理作用来解释想象性文学的话，那么，他们也同样反对在文学作品所体现的体验的方式或程度中来寻找"文学性"的线索。他们似乎对这样一个熟悉的命

---

* 艾亨鲍姆的原话是，"科学的特殊性和具体化的原则就是形式方法的组成原则。我们曾集中全力以结束先前的状况，按照阿·维谢洛夫斯基的话说，那时文学一直是'无主之物'（res nuiiius）。在这一点上，要使形式主义的观点与其他方法调和一致，并且让折衷主义者接受这一观点，那是不可能的。形式主义者虽然反对其他这些方法，但它们过去和现在都不是否定各种方法，而是否定不负责任地把不同的科学和不同的科学问题混淆起来。我们过去和现在提出的基本主张，都认为文学科学的对象应是研究区别于其他材料的文学作品的特殊性，而不考虑这样一种情况，即其他材料可以通过它的次要特点，提出在其他科学中利用它作为补充对象的理由和权利。"（《俄苏形式主义文论选》，中国社会科学出版社，1989年版，第24页）。——译者

① 鲍里斯·艾亨鲍姆（Boris Ejxenbaum），《文学》（Literatura）（列宁格勒，1927），第121页。

第十章 基本概念

题,即诗歌表现情感,而"散文"处理概念也无动于衷。相对主义者们对"文学事实"变化无端的性格十分熟稔,关于特定母题是否比其他母题更富于诗意的问题他们知道得很清楚。雅各布逊在其《什么是诗歌?》一文中反驳了把诗的题材从本质上当作过时的教条的观点。他指出,现代被证明可以以诗的方式加以处理的题材的种类,多得几乎到了无以计数的地步,这就为所有如下的限制性方案:"今天一切都可以成为诗歌的素材"提供了一种假象[①]。

对文学现象的相对主义观,对文学演变的强劲坚持,后者用迪尼亚诺夫的话说,最终判决了"静态的文学定义"是毫无意义的[②],所有这一切使得俄国形式主义者们比平常更加警觉地关注那些在诗意虚构和实际生活之间划下明确界线的美学批评事例。迪尼亚诺夫写道:"文学与生活之间的界线是流动的[③]。"有了这样一种认识,再加上对纪实文学比如报告文学、自传和日记的热烈关切[④],阻止了形式主义理论家们,使他们不致把虚构性当作想象类写作的根本标志之一[⑤]。

显然,文学与非文学之间的差异并不在于题材,亦即不在于作

[①] 罗曼·雅各布逊(Roman Jakobson),"什么是诗?"(Co Je Poesie? Volné směry),转引自尼·巴库斯(M. Bakoŝ),《文学理论》(Teória Literatury)(特尔纳瓦,1941),第170页。

[②] 尤里·迪尼亚诺夫(Juriij Tynjanov),"论文学演变"(O literaturnoj evoljucii),《拟古主义者与革新者》(Arxaisty i novatory)(列宁格勒,1929),第9页。

[③] 同上书。

[④] 参阅本书第七章,第120-122页。

[⑤] 波兰"形式主义"理论家看起来比任何俄国或捷克人都更加看重这一标准。例如,M.克里德尔(M. Kridl)在其《文艺作品研究导论》(Introduction to the Study of the Literary Work of Art)中指出,"语言器官在文学作品中的存在,不光是为了'美'的缘故,也是为了让一种新的虚拟现实可以从中生发"。

者所涉及的那一现实生活领域,而在于表现方式。但在后一个问题的处理上,形式主义者们发现自己面对一个历史悠久的观点的挑战,它可以追溯到亚里士多德,而在现代又得到了如塞缪尔·泰勒、科勒律治、塞西尔·戴、刘易斯、格奥尔基·普列汉诺夫以及赫伯特·里德这样一些各个不同的批评家的支持。我指的是亚里士多德所说的,声称使用意象是想象性文学或更广义地说,是"诗歌"的突出特征这一理论。形式主义和围绕形式主义的批评家们,让这一学说从属于一种探索性的批评实践。

古斯塔夫·施佩特——一个对某些形式主义代表人物有过可以理解的影响的、思想敏锐的美学家[1]——对人们巧言如簧地奢谈什么诗歌意象的"栩栩如生性"表示哀叹。施佩特认为把形象性特征归因于诗的意象是对诗的话语真实本质的一个错误判断。施佩特写道:"意象并不在画布上,只有言语意象才是意象;诗的意象即隐喻、比喻、内在形式。心理学家给诗学帮了个很大的倒忙,他们把内在形式主要阐释为一种视觉意象。"施佩特继而写道:"视觉意象会妨碍诗的接受……让自己全神贯注从视觉方面接受普希金的《我为自己树立了一座非人工的纪念碑》(Monument Built Not with Human Hands)或他那热情似火的话语,他的任何意象、任何象征和任何形式的确都是非视觉性的,而是虚构和假定的,让自己全神贯注地从视觉方面接受它们,就是对诗的言语的一种误解和误读"[2]。

---

[1] 参阅本书第三章,第62页。
[2] 古斯塔夫·施佩特(Gustav Špet),《美学断想》(Estetičeskie fragmenty)(彼得格勒,1922),第28-29页。

第十章 基本概念

日尔蒙斯基在其《诗学的任务》一文中采取了类似的立场。在援引晚近德国文学理论家特奥多尔·梅耶(Th. Meyer)的言论的同时,日尔蒙斯基警告人们不要过分看重诗歌意象的感受性质[①]*。诗所唤起的视觉意象是模糊和主观的,因而便在很大程度上妨碍个别读者的感受力及其常常带有纯粹个人特点的理想能力[②]。日尔蒙斯基继而写道,在感受效应的强度上,诗歌显然要低于绘画。但诗歌却拥有整个"语言所内含的形式—逻辑关联之核及其无法被任何其他艺术门类予以表现的一切"来供其支配[③]**。

---

① 有人可能会想到 I.A.瑞恰兹恰如其分的评论,"人们总是过分看重意象的感受性质。给予一个意象以效应的,与其说在于它作为意象的栩栩如生,不如说作为一个精神事件该意象与感觉有着特殊关联的这一特性"(I. A.理查兹(I. A. Richards),《文学批评原理》(Principles of Literary Criticism)(伦敦,1948),第 119 页。

* 日尔蒙斯基原话是,"不言而喻,这些通过阅读文字得来的形象,具有相当程度的主观性和不确定性,完全依赖于感知者的心理及个性,依赖于他的情绪变化等等。用形象来建造艺术是不可能的,因为作品的创造者是诗人,而不是读者。在这方面,诗歌形象的直观性是无法与绘画和音乐相匹敌的,在绘画和音乐中,感性形象具有美感的稳定性,而在诗中,它却是感知者针对其所理解的词汇意义而给予的主观补充。"(转引自《俄国形式主义文论选》,什克洛夫斯基等著,方珊等译,三联书店版,1989 年版,第 215 页)——译者

② R.英伽登(R. Ingarden)也以极其相似的语言表达了同样的见解。他在论著《文学艺术作品》(Das Literarische Kunstwerk)中,认为由想象性文学所唤起的视觉意象只不过是对文学本事中所包含的"特定的"话语结构、话语和句子的一种主观性补充罢了。

③ 维克多·日尔蒙斯基(Victor Žirmunskij),"诗学的任务"(Zadaci poetiki),《文学理论问题》(Voprosy teorii literatury)(列宁格勒,1928),第 26—27 页。

** 日尔蒙斯基的原话大约是,"所以说,诗的直观性和形象性不能与绘画和音乐相匹敌,诗的形象性是对词汇概念所加的主观而易于变化的补充。但是,尽管词和诗就概念的直观性而言,比形象艺术来得苍白些,可它们也有自己的胜于其他艺术的领域。"(转引自《俄国形式主义文论选》,什克洛夫斯基等著,方珊等译,三联书店版,1989 年版,第 216 页。)——译者

日尔蒙斯基的结论性表述是形式主义者关于语言的成见的一个标志:"诗歌的材料既非意象也非感情,而是话语……诗歌是一门语言艺术"①*。

在把文学和视觉艺术清晰地划分开来后,日尔蒙斯基适时地把讨论的重心从画面表现问题转移到了诗语"陈述方式"问题上来。但这一参照系本身并不能预先防止对意象的成见。的确,许多"意象"说的捍卫者们从亚里士多德到 J.L.洛斯(Lowes)全都把"意象"——正如施佩特认为应当那样地——阐释为一种语言现象。他们认为比喻尤其是隐喻的使用,是诗歌言语与散文言语的主要差异点。

但形式主义者们并未被说服。事实上,正如上文已经指出过的②,什克洛夫斯基的纲领性论文《艺术即手法》的出发点,就是对意象说的猛烈抨击。

什克洛夫斯基指出宣称意象的使用是文学艺术的区别性特征,也就意味着假定一个既过宽又过窄的参照系的存在。他继而指出,诗歌陈述和意象并非有共同空间范围的概念。一方面,比喻言语的范围远比诗歌更广阔,正如"比喻性词语"会出现在语言的各个层次上一样,比方说在形象化的口语体或充满修辞性比喻的

---

① 维克多·日尔蒙斯基,"诗学的任务"(Zadaci poetiki),《文学理论问题》,第28页。

* 日尔蒙斯基的原话是,"诗的材料不是形象,也不是激情,而是词。诗便是用词的艺术,诗歌史便是语文史。旧的学校用语'语文'(словесность),在这个意义上完全能够表达我们的意思。"(转引自《俄国形式主义文论选》,什克洛夫斯基等著,方珊等译,三联书店版,1989年版,第217页。)——译者

② 参阅本书第四章,第76页。

演讲体中。另一方面,正如雅各布逊所指出的那样[1],诗歌作品有时也可以完全不要一般意义上的意象而不会失去任何含蓄之美。按照雅各布逊的说法,这种诗的最佳例证是普希金的名诗《我曾经爱过你》(I loved you once),它表达了作者想要达到的效果——渴望而又不得不放弃,半遮半掩仍然郁积胸中的激情——却又不用求助于任何比喻语言。这首抒情诗杰作的审美效果全是靠对语法对立和短句旋律的成功运用取得的[2]*。形式主义者们坚持认为显然非比喻性诗歌和非诗性的意象这类现象是存在的。

什克洛夫斯基写道:"诗人并不创造意象;他(只是在日常生活语言中——V.厄利希)发现或收集此类意象"[3]**。由此可见,我们不仅应该在有无意象,而且也要在诗的语境和用法中寻找诗的区别性特征。

这也才是形式主义论据中最关键也最有价值的部分。什克洛

---

[1] 参阅雅各布逊(Jakobson)为捷克文《普希金作品选》写的导言(Vybrané spisy A.S.Puškina),第1卷,(布拉格,1936)。

[2] 在本书第十三章我们还将回到雅各布逊的这一命题上来,见232页。

* 作者在此指的是罗曼·雅各布逊的论文"普希金和米茨凯维支歌颂过的神秘的女告示官"(Тайнаяосведомительница,воспетаяпушкинныммицкевичем)Роман Якобсон Грамматикарусскойпоэзии,Благовещенский Гуманитарный Колледжим.И.А.Бодуэнаде Куртенэ,1998 94 - 102)。——译者

[3] 维克多·什克洛夫斯基(Viktor Sklovskij),"艺术即手法"(Iskusstvo kak priem),《诗学》(Poetika),1919年,第102页。

** 什克洛夫斯基的原话是,"诗歌流派的全部工作在于对语言材料的措置和加工,尤其是要对形象的措置而非创造的措置和加工的新手法进行收集整理和阐述。形象有了,而在诗歌中更多的是对形象的回忆,而非用形象来思维。……形象思维无论如何也不是那种可以把所有艺术门类或甚至只把语言艺术的所有门类都统一起来的东西,形象也不是那种其改变将构成诗歌运动之本质的东西。"(《小说论》,莫斯科,苏联作家出版社,1983年,第10 - 11页。)——译者

夫斯基和雅各布逊基本上立于安全之地,当他们起而反对把诗歌语言与意象等同视之,即使是在论战达到火热状态他们在质疑隐喻的战略意义方面稍有些出格时也是如此①。但他们还是在假定诗歌意象和散文意象间有明确的功能区分这一问题上,无疑实施了他们最沉重的打击。

什克洛夫斯基对把诗歌意象当作一种阐释手法,一种智力捷径的理性主义观点,进行了令人信服的反驳。他写道:"说意象永远都比它所替代的概念简单这种理论是完全错误的。"什克洛夫斯基反问道:假如这种说法对,那么,我们又该如何解释丘特切夫笔下著名的明喻——把朝霞*比作聋哑的魔鬼("deaf-mute-demons",demony gluxonemye)②呢?

奥波亚兹的这篇纲领性宣言坚持认为赫伯特·斯宾塞的"心理卫生学",在业余美学家和业余爱好者中间如此普及,但对想象性文学却是根本不适用的。如果说在使人增进知识的"散文"中,比喻的目的是使对象更加贴近读者或使人清楚理解作者的论点的话,那么,在"诗歌"中,比喻却是强化作者意欲达到的审美效果的一种手段。诗歌意象与其说是把不熟悉转化为熟悉,倒不如说它是在一种新奇的光照下,通过把对象移置于一个出乎意料的语境

---

① 正如下文将要讲到的(见第十三章),晚期形式主义著作表明他们有一种试图恢复隐喻的某些传统地位的倾向。
* 原文作"云气"。非直据俄文译。——译者
② 维克多·什克洛夫斯基(Viktor Šklovskij),"艺术即手法"(Iskusstvo kak priem),第101页。

第十章 基本概念

中这种办法,使熟悉的"变得陌生"①*。

什克洛夫斯基的使描写对象"陌生化"(making strange)的理论将关注中心从意象的诗的用法转移到了诗歌艺术的功能问题上来。比喻在此仅仅被当作诗人所用的手法之一,旨在以举例说明的方式表明诗歌乃至整个艺术的总的倾向。把对象转移到"新的接受域中"②,这是比喻所实施的一种 sui generis(特殊的)"语义转移",这才是最根本的目标,也是它 raison d'être(存在之理由)。什克洛夫斯基写道:"生活在海边的人对海浪的喧嚣变得如此熟稔,以至于根本就对它听而不闻。出于同样理由,我们几乎从未听到过自己发出的声音……我们在相互对视,但却不再能看得见对方。我们对世界的接受萎缩了,剩下的只有认知"③。

人们在呼吁艺术家起而反抗例行公事,并且毫不留情地破坏一切陈规旧习。诗人通过让对象脱离它习以为常的语境或把毫无关联的异类概念组合到一起的方法,给话语的老生常谈(cliché)以及伴随这一老生常谈的庸常反应以致命一击(coup de grace),以此迫使我们对事物及其感受特征(sensory texture)加强关注

---

① 无独有偶,对什克洛夫斯基这一论据的阐释,与在"语言学"和"美学"比喻之间作出明确区分的 H.康拉德如出一辙,他把后一种比喻的目的描述为"让其沐浴在一种新的氛围中"(参阅韦勒克和沃伦,《文学理论》,第 201 页)。

* 按,什克洛夫斯基的原话是,"我们的观点与波捷勃尼亚观点的区别可以表述为,形象并非不断变化中的谓语的常在主语。形象的目的不是使其意义贴近我们的理解,而是创造一种对于对象的特殊接受方式,使人能够'看见'而非'认知'它们。"(《小说论》,莫斯科,苏联作家出版社,1983 年,第 20 页)——译者

② "艺术即手法"(Iskusstvo kak priëm),第 112 页。

③ 维克多·什克洛夫斯基(Viktor Šklovskij),《文学与电影》(*Literatura i kinematograf*)(柏林,1923),第 11 页。

度。创造性变形的工作能够恢复感受的敏锐度,赋予我们周围的世界以"质感"(density,密度)。"质感是这个特殊的深思熟虑建构而成的客体世界的一个最重要的特征,其总和我们就称之为艺术"①*。

似乎为了证实"使之变得陌生这一手法"(the device of making it strange)(priëm ostranenija)不仅是文学先锋派的口号,而且也是虚构文学的一个普遍原则,什克洛夫斯基从"现实主义小说大师"列夫·托尔斯泰那里,撷取了最富于说服力的例证②。

什克洛夫斯基敏锐地指出,托尔斯泰作品中有许多段落的文字就是这样的,其中的作者似乎"拒绝认知"本来十分熟悉的事物,并且像是初次见到它们那样来描写这类事物。例如,在《战争与和平》中对歌剧演出的描写中,作家说座位"像一张张彩色卡片",而在描写《复活》的群众场面时,作家用散文体的描写法"一块块小面包"来指代人群。同样一种技巧在托尔斯泰的短篇小说《量地人》——采用第一人称的叙事方式——中得到了更大规模的应用,该小说的叙事者是一匹马。对这匹马的主人及其朋友们所代表的

---

① 维克多·什克洛夫斯基(Viktor Šklovskij),《马步》(*Xod konja*)(莫斯科-柏林,1923)。

* 维·什克洛夫斯基的原话是这样的,"外在世界外在于艺术。外在世界被当作一系列暗示,一系列几何学符号被接受,被作为一些具有规模、但却不具有物质性——即质感——的事物的集合而被接受。事物的密度是这个专门建构起来的事物组成的特殊世界的主要区别,其总和我们习惯于把它称之为艺术。"(《马步》俄文版第102页)——译者

② 正如引号所能暗示的那样,形式主义者们无论对于托尔斯泰式的现实主义还是对一般现实主义问题,其态度都不是那么十分严肃。他们对这一术语的通常用法持一种可以理解的批评态度。正如雅各布逊指出的那样,那些宣称自己比"不够现实"的同道者们更"忠实于生活"的文学,实际上不过是另一种形式的幻觉而已。

社会习俗和制度,从一个十分优越的旁观者即一匹马的视角出发予以描写,从而使人不能不为人类的虚情假意和伪善而震惊而沮丧①*。

在上文所述的"使之陌生"的例子中,陌生化业已成为进行社会批判的工具,成为托尔斯泰捍卫"自然"的利益而揭露文明之虚伪的典型手法这一点,对于什克洛夫斯基的论据而言,只不过是小事一桩。什克洛夫斯基在此并不关心一种手法的意识形态用法问题。令他倍感兴致勃勃的,是托尔斯泰如何向一种老生常谈(cliché)发出挑战的,即他如何清除那些在谈到舞台演出、群众场面,或私有财产制度时人们通常往往会向之乞灵的、意在博得赞誉而且为了这种手法常常牺牲了基本的朴素词汇的手法——"豪言壮语"(big words)。

---

① 维克多·什克洛夫斯基(Viktor Šklovskij),"艺术即手法"(Iskusstvo kak priëm),"托尔斯泰笔下的排比与对偶"(Paralleli u Tolstogo),《马步》(*Xod konja*)。

* 什克洛夫斯基的原话是,"被一连数次接受过的事物便开始被作为认知来接受,事物仍然出现在我们眼前,我们知道它,但却对其视而不见。因此,关于这样的事物我们无法说出任何看法。把事物从接受的自动化状态拖出来这在艺术上是通过各种方式完成的,在本篇文章里我只想指出此类方法中的一个,列·尼·托尔斯泰几乎总是要用到这种方法。梅列日科夫斯基把列·尼·托尔斯泰看作一位把他眼睛所看到的事物原原本本加以叙述而不加任何改变的作家。列·尼·托尔斯泰采用的陌生化手法在于他不依据事物本来的名称来称呼它们,而是仿佛初次见到它们那样来对之加以描写,而对于事件的描写也像着是初次发生似的,不但如此,在对事物进行描写时,他用的名称并非事物各个部分公认的名称,而是在其他事务中人们对相应部分的名称。"(《小说论》,第15-16页)而在《马步》中,什克洛夫斯基的原话是,"为了使对象能够成为艺术的事实,就必须把它从生活事实中拖出来。要做到这一点,首先必须像伊凡雷帝那样在'一个个挑选人',要'摇晃事物'。就必须把事物从其惯常所处的联想系列中拖出来。就必须像对待火里的木柴那样不断进行翻动……列·尼·托尔斯泰在其形式化作品中,像音乐一样,建构了一些陌生化似的结构(即以不寻常的名称指称事物)并提供了一些阶梯式结构的范例。"(《马步》,第115-118页)——译者

初看上去似乎令人感到奇怪，一个在审美方面主张细致复杂的人会从托尔斯泰式的"简洁朴实"中获得审美满足。但实际上这里却并未发生任何矛盾。"使之陌生"并非必然是以复杂繁复取代简洁朴实，实际上它的意义反之亦然——即以世俗鄙陋取代博雅斯文，一切以后者在特定场合下均已被广泛接受的用法的代表者为条件。问题不在于"语义转移"的方向，而在于转移的发生这一事实本身即已意味着对特定规范的背离。什克洛夫斯基坚持认为这种背离，这种"偏离的性质"[①]，乃是审美接受的核心。

按照什克洛夫斯基的说法，隐喻中所包含的意义的转移仅仅只是达到这种审美效应的手段之一，仅仅只是建构一个"可感受的"和"致密"的宇宙的诸多途径之一。"这种精心构思人为化了的形式"（zatrudnënnaja forma）的另外一个十分重要的方面，是格律（rhythm）——一套精心设计而附加在日常生活言语之上的规则。什克洛夫斯基认为诗歌写作就是在走语言的钢丝，就是"语能器官的舞蹈"[②]。诗人那种极度反常怪异奇特的陈述方式对交际构成了一种障碍，从而迫使读者不得不采用一种更费力但也因此而更能给人以欣慰的方式来理解世界。

在对什克洛夫斯基的"自动化"与"可感性"（automatization

---

① 此处这一说法是从德国美学家 B. 克里斯蒂安森那里借用的，其著作《艺术哲学》（*Philosophie der Kunst*）（哈曼，1909）是奥波亚兹理论家们多以赞许态度称引的为数不多的几部西欧著作中的一种（参阅该书第十一、十四、十五章）。如下文所述克里斯蒂安森的（区别和差异特征）（Differenzqualität）已经成为形式主义美学家的关键术语之一。

② 维克多·什克洛夫斯基（Viktor Šklovskij），《小说论》（*O teorii prozy*）（莫斯科，1929），第25页。

第十章 基本概念

and perceptibility)二分法的讨论中,什克洛夫斯基的马克思主义对手之一的梅德维杰夫,谴责这位形式主义代表人物偏离了客观分析之路,而泥足深陷于"审美接受的心理—生理条件"中了[①][*]。此处我们对完全系一种误用的形容词"生理地"(physiological)不予讨论。梅德维杰夫的批评看来是缺乏正当理由的。文学作品是一种只有经由个别人的体验方能被人知道和接受的物品。因此,审美反应的机制问题当然也是"客观主义"的艺术理论家的合法关注对象,其条件是,关注的重心不应放在个别读者所特有的联想身上,而应放在艺术作品所包含的、能够从中推导出特定的"主体间"(intersubjective)反应的性质身上。

但如果说对所谓心理学"偏差"的批评很难说是公正的话,那么,什克洛夫斯基对诗歌的定义,不是根据它是什么,而是根据它为了什么,尽管他是以描述作为自己的出发点的指责,却可能不无道理[②]。原来形式主义理论原本不过是一次新的"诗辩",而非对"文学性"的一个定义。而且,需要指出的是,我们没必要有意贬低什克洛夫斯基这一表述法的有效性,但他关于艺术即是对世界的一次重新发现的观点,比这位形式主义批评家愿意承认的多得多

[①] 巴维尔·梅德维杰夫(Pavel Medvedev),《文艺学中形式主义方法》(*Formalnyj metod v literaturovedenii*),(列宁格勒,1928),第 52 页。

[*] 梅德维杰夫的原话是这样说的,"这是完全可以理解的。任何心理生理规律都不能作为解释和说明历史的基础。它正好不能解释和说明历史。"(巴赫金,《文艺学中的形式主义方法》,漓江出版社,李辉凡、张捷译,1989年版,第 217 页)——译者

[②] 上述区分法借用自 T. S. 艾略特(参阅《诗歌的用途和批评的用途》(牛津,1933),第 111 页)。

地与传统和流行的见解有颇多一致之处①。正如韦勒克和沃伦所指出的那样,"陌生化"(strangeness)的标准除了新奇没别的。很早以前就连亚里士多德也懂得完美的诗歌"陈述"也无法回避"非同寻常的语词"②。比这更晚近的有浪漫主义美学家,如柯勒律治和华兹华斯,他们宣称"新奇感和新鲜感是真的诗歌的标志之一"③。同样,对于超现实主义者来说,艺术基本就是"惊奇感的复活",就是"新生的行动"④。后一种相似性尤其值得强调。让·谷克多(Jean Cocteau)⑤——法国超现实主义领袖诗人兼批评家之一——在其写于1926年的一篇文章中,采用了一种实际上与什克洛夫斯基同一的方式对诗歌的使命进行了描述。

谷克多写道:"突然犹如电光一般,我们如同平生头一次一般

---

① 近来,两位像马克斯·伊斯门和T.S.艾略特这样有显著差异的西方批评家,也再次重申艺术的治疗学价值乃是艺术反抗日常生活陈规旧俗和浅薄的实用主义的最后一道防线。伊斯门认为艺术的功能是"激励和提高意识"(马克斯·伊斯门,《艺术与行动的生活》,伦敦,1935,第81页)。T.S.艾略特在其论著《诗歌的用途和批评的用途》中结尾时的一段话,同样令人油然想起什克洛夫斯基的信条,艾略特写道,"诗歌可以帮助我们打破接受和评价的常规方式……使人看到一个新鲜的世界,或看到世界的某个新的方面。它能使我们随着时间的迁移越来越多地了解构成我们存在之底层的深层的、无以名之的我们鲜能予以洞悉的感情,因为我们的生命在多数场合下总是在想法回避我们自身,想法回避这个可见可感的世界。"(第149页)。

② 转引自S.H.布彻(S.H.Butcher),《亚里士多德诗学译本》(*Aristotle's Poetics*)(参阅马克·肖勒(Mark Shorer)、约瑟芬·迈尔斯(Josephine Miles)、戈登·麦肯齐(Gordian Mckezie)编,《批评》(*Criticism*)(纽约,1948),第212页)。

③ 萨缪尔·泰勒·柯洛律治(Samuel Taylor Coleridge),"抒情叙事体诗例说"(Occasion of the Lyrical Ballads),《批评》(*Criticism*),第253页。

④ 赫伯特·里德(Herbert Read),"超现实主义与浪漫主义原则"(Surrealism and the Romantic Principle),著作全集,第116页。

⑤ 让·谷克多(Jean Cocteau),"神秘的职业"(Le Secret Professionel),《秩序的回归》(*Le Rappel à L'Ordre*)(巴黎,1926)。

第十章 基本概念

看见了那条狗,那辆马车和那座房子。可刚过了一会儿习惯便又一次把这一鲜明的意象给揩抹净尽了。我们抚摸着那条狗,我们冲那辆马车喊叫,我们就生活在那座房子里,于是我们不复能看见它们了。"

谷克多继而写道:"诗歌的作用就是这样。诗歌就是在此词的完整意义上揭掉事物的面纱①。诗歌总是在披露……围绕我们,而我们的感觉器官通常总是机械地予以记录的、令人惊奇的事物。把一件平凡事物抓在手里,将它清洗一番、揩抹一番,然后以一种特殊方式照亮之,让它以其鲜活靓丽的姿容、以其原始的活力令我们所有人震惊,这样你也就算完成了一个诗人应该做的工作了。Tout le reste est litérature ②(这就是文学所做的全部工作)。

这两位代表人物之间令人惊奇的相似性绝不可以归结为什克洛夫斯基对谷克多有什么影响。我们没有任何理由推断谷克多会熟知奥波亚兹理论家们的所有著述。同时,这一就连表述方式也实质上一样的现象,也不仅仅只是两位怀着爱心和想象力讨论诗歌的论文作者的观点的偶合问题。一种表述法有时听起来像是奥波亚兹纲领性宣言的法兰西翻版,而其作者又是一位和什克洛夫斯基一样从文学先锋派手中接过衣钵的人,这一切绝非偶然。

我们必须牢记不忘的非常重要的一点是,什克洛夫斯基的改良版艺术哲学,在很大程度上是对俄国未来主义运动的赞美,他把

---

① 令人感到惊奇的是,上述释义究竟是不是《安娜·卡列尼娜》某段落的直接回声。作家在书中写到画家米哈伊洛夫认为创造性艺术就是从实际事物的表面'揭掉面纱'而直面其本质自身。

② 《秩序的回归》(Le Rappel à L'Ordre),第215-216页。

它说成是对文学理论的重大贡献。正是这种毫不含糊的美学上的认可——在什克洛夫斯基身上比在其他形式主义代表人物身上表现得更明显——足以说明这篇热情洋溢的论文的主旨:令人颇有些意想不到的有关诗歌用途和有关创造性变形的治疗学价值的成见。每种诗歌流派,无论其多么漠不关心也罢,也总是承认自己和"生活"在一起,总是会在对受众的承诺中被迫为自己也为诗歌艺术宣称,自己要以一种特殊的发挥效应的方式来处理现实生活问题。

2

什克洛夫斯基为诗歌所做的才能卓著的辩护对嗣后的形式主义理论学说有着可以理解的巨大影响。他所使用的关键词,如"使之陌生"、"自动化"、"可感性"在俄国形式主义著作中得到了广泛的应用。但总的说来,什克洛夫斯基的论据所描述的形式主义,更像是对诗歌实验所做的典型的原理阐释,而非一种关于文艺学的系统方法论。形式主义者们想要解决与现代语言学和符号学有着密切关联的文学理论的基本问题的企图,在罗曼·雅各布逊的著作中,得到了最简洁清晰的表达。

雅各布逊在1933年[①]写道:"诗歌的功能是指出符号与其所指并不同一。我们为什么需要这样的提示呢?"雅各布逊继而写

[①] 罗曼·雅各布逊(Roman Jakobson),"什么是诗?"(Co je poesie, Volné směry?),第30卷(1933-34),第229-239页。

道:"因为除了要懂得符号与所指同一(A 即 A1)以外,我们还必须认识到这种同一(A 非 A1)的不适当性,这是具有实质意义的一组二元对立,因为没有这组对立,符号与其客体之间的关联,便会变得自动化,而我们对现实生活的接受也会萎缩"[1]。

雅各布逊对诗性(basnickost')所下的简明扼要的定义,和什克洛夫斯基对创造活动的赞美在许多方面是如响斯应。这两位批评家都坚信诗歌具有通过对我们接受中的"自动化"这一有害倾向的抵消而增进我们精神健康的作用。但雅各布逊强调的重点与什克洛夫斯基略有不同。按照雅各布逊的看法,批评最直接的问题,不是接受主体与所接受客体之间的关系问题,而是"符号"与"所指"之间的关系;不是读者对现实生活的态度,而是诗人对语言的态度。

和多数形式主义理论家一样,雅各布逊认为诗人使用其媒介的方式就是"文学性"的所在。换句话说,确定虚构类文学的区别性特征的任务,实质上也就是把"诗歌言语"与其他陈述方式加以区别的问题。

形式主义的第一篇纲领性宣言就已经对诗歌语言和"实用"语言或提供信息类语言做了区分[2]。后者被宣称其在审美上是中性的、混乱的,而诗歌却被描述为一种为了特定审美效应而彻底组织化了的陈述。他们指出在交际语言中,人们对语言"符号"的声音或结构(texture)根本不予关注。而在日常生活言语甚或在科学

---

[1] 转引自米库拉斯·巴科斯(Mikulás Bakoš 主编),《文学理论》(Teoria literatary)(特尔纳瓦,1941),第 180 页。

[2] 参阅本书第四章,第 73—74 页。

表述中,语词犹如透明的计算器,只是一个标记而已。而在虚构性写作尤其是诗歌里,人们对言语—语音的用法倍加细心。诗歌语言所特有的语言游戏,语词的语言结构(phonic texture)全都"暴露无遗"①。

早期形式主义著作大都倾向于用把诗歌语言与"实际"语言的二分法与语义学家对于言语的认知用途和情感用途的区别等同视之的办法,来混淆这一问题②。显然是为了向诗歌传达人民情感的理论做出让步,奥波亚兹批评家大谈诗歌语言是一种表现或非逻辑的交际手段。在《论诗和无意义语》一文中,什克洛夫斯基把感叹词、带有情感负荷的古旧词以及像头韵法这样的谐音悦耳手法,全都等量齐观③。雅库宾斯基以赞赏的态度称引了莫里斯·格拉蒙特(Maurice Grammont)提出的音位具有潜在表现力的理论,后者还曾试图从个别元音和辅音的情感表现色彩观点出发,分析法语诗歌中的语音模式④。

---

① 需要指出的是,这一典型的形式主义式解释,其实是对詹姆斯《心理学》讨论语词重复对个别语词接受的影响问题的一段文字的自由翻译。这段文字曾被雅库宾斯基在其"诗歌语言的声音"(The Sounds of Poetic Language),《诗学》(*Poetika*)(1919)一文中引用。这段文字的原文文本是这样的,"由于这一新的关照方式,语词(被重复的语词)被降低到了感官上赤裸裸的地步"(威廉·詹姆斯,《心理学》(纽约,1928),第315页。)詹姆斯著作的俄文译本,也就是雅库宾斯基引文的直接来源,事实上是先于形式主义的术语而出现的,"一旦从一个新的视角观察这个语词,我们便会揭示(obnažili)其身上的纯语音方面"。

② 参阅 R. 奥格登(R. Ogden)和 I. A. 理查兹(I. A. Richards),《意义之意义》(*The Meaning of Meaning*)(纽约,1936)。

③ 维克多·什克洛夫斯基(Victor Šklovskij),"论诗和无意义语"(O poezii I zaumnom jazyka),《诗学》(*Poetika*)(彼得格勒,1919),第 13 - 26 页。

④ 列夫·雅库宾斯基(Lev Jakubinskij),"论诗歌语言的语音"(O zvukax poeticeskogo jazyka),《诗学》(*Poetika*)。

第十章 基本概念

但这一"情感表现论者"的偏差很快就被纠正了。形式主义者在其反对象征主义美学的斗争中,他们对于语音和据说是被他们所谓"语言的魔力"所唤醒的无以言喻的情感之间那种神秘的"对应性",渐渐变得越来越谨慎。雅各布逊宣称,"把诗歌言语与情感言语等同视之,就等于把诗的和谐悦耳降低为拟声词的地位"[①]。诗人可以而且偶然也会利用一下语言的表现资源,但他这样做有着远比这更高远的目标[②]。

正如我们从情感话语中所能确定的那样,诗歌言语的"目的"究竟何在呢?雅各布逊以极其清晰的方式提出了这个问题。他承认诗歌比注重认知的话语方式更加接近于注重情感的话语方式。他承认在话语的情感表现方式中,"语音和意义间的关联比在话语的认知表现方式中更加有机也更加秘密化":想要通过"适当的"语音关联方式传达感情的意图,必然使诗人更加密切地关注话语的语音结构(phonic texture)。但雅各布逊同时也坚持认为,相似性也就到此为止。在情感性语言中,"适当的"语音关联之所以被看重,绝不是因为语音自身,而是因为语音所传达的内容:和谐悦耳的声音乃是交际的婢女,正如"情感将其法则延伸到语言材料上来"。而诗歌却不是这样,在诗中,"实际"和情感语音二者所包含的交际功能被降低到最低水平。"诗歌不过就是以表现方式为定向的、由内在法则支配的话语罢了"[③]。

---

① 罗曼·雅各布逊(Roman Jakobson),《论捷克诗》(*O cesskom stixe*),第 66 页。
② 同上书。
③ 罗曼·雅各布逊(Roman Jakobson),《最新俄国诗》(*Novejsaja russkaja poezija*),第 10 页。

雅各布逊在其关于俄国未来派诗歌的,如果不说极端主义的,那也说得上是富于挑战性的论著中,所采取的就是这样一种立场。15年后,他以更有分寸的方式,重申了同样的思想:

"诗歌的区别性特征在于这样一个事实,即语词作为语词而被接受,而非仅仅只是所指代客体的代理人或感情的迸发;在于语词及其措置和意义,其外在和内在形式都要求其自身的分量和价值"[①]。

另外一位形式主义理论家鲍里斯·托马舍夫斯基则显然是从雅各布逊那里得到的启示。在托马舍夫斯基的《文学理论》[②]这部对形式主义方法论体系做出最全面完整阐释的著作中,诗歌语言被定义为"语言系统的一种,其交际功能被降级为背景,而语言结构则觊觎自主价值。"而另一位有关俄国形式主义的论著之作者叶菲莫夫,则以下列方式对形式主义的诗歌观作了总结:诗歌"即以其表现方式具有最大限度的可感性为特点的语言活动"[③]。

"对于介质的着意关注"、"表现手段和方式的可感性"这些都是把想象类文学与其他话语方式严格区分开来的最重要的表达方式。在此,认知与情感的二元对立被信息类散文的指称性语言和以符号为定向以便使之与语言符号的"现实化"相一致的诗歌语言

---

① 参阅"什么是诗?"(Co je poesie?),米库拉斯·巴科斯(Miku lás Bakoš)主编之《文学理论》(*Teoria literatury*),第180页。

② 鲍里斯·托马舍夫斯基(Boris Tomasevskij),《文学理论》(*Teoria literatury*)(莫斯科-列宁格勒,1925),第8页。

③ 尼·伊·叶菲莫夫(N. I. Efimov),"俄国文艺学中的形式主义"(Formalizm v russkom literaturovedenii),《斯摩棱斯克国立大学科研通讯》(*Naucnye izvestija Smolenskogo Gosudarstvennogo Universiteta*),1929年第5期,第3卷,第70页。

第十章 基本概念

的区分所取代。诗人所能运用的所有技巧——节奏、和谐悦耳以及最后却非最不重要的以"意象"著称的令人惊诧的语词组合——似乎都被凝聚于语词身上,以便使其"张力"和复杂的结构能够被缓解。形式主义者们坚持认为,在诗中语词的意义比只作为客体的语词阴影大,它是一种有其自身权利的客体本身[①]。

一直有人认为这一学说实质上是未来派诗学及其"把语音能量释放出来"和"价值自足语词"之口号的一种反映罢了。这种观点未免过于简单化了。一个不容忽视的是事实上早期形式主义的诗歌语言观曾经受到过俄国未来主义的强烈影响。雅各布逊曾以赫列勃尼科夫的"无意义语(诗)"实验为例,以支持他的这样一个命题,即"诗歌言语……趋向于其最高极限——语音的或更确切地说,即和谐悦耳之语词"[②],这也就是纯声音。什克洛夫斯基喜欢说诗"是语能器官的舞蹈",说写诗就是"填补带有自由语音点的节奏之间的空白"[③]。

对那种"降低语义色彩"而"凸显"语音功能类型诗歌的青睐,并不可完全归咎于未来派的影响。对于这一新批评流派而言,对诗歌和谐悦耳性的优势关注是把问题戏剧化——亦即"凸显"想象性文学的区别性特征——的最有效途径。由于其结构被高度组织

[①] 在和托洛茨基的争论中,什克洛夫斯基(Victor Sklovskij)写道,"但语词并不是阴影。语词是事物。(维克多·什克洛夫斯基,《小说论》(*O teorii prozy*)(莫斯科,1929),第 51 页)。

[②] 罗曼·雅各布逊(Roman Jakobson),《最新俄国诗歌》(*Novejsaja russkaja poezija*),第 68 页。

[③] 维克多·什克洛夫斯基(Viktor Šklovskij),《马步》(*Xod konija*)(莫斯科-柏林,1923),第 29 页。

化了,所以,诗歌似乎比虚拟类散文更切题,因此,以无拘无束的语言游戏为基础的实验诗,是比那些"循规蹈矩"类型的诗更好的试金石。

但无论早期形式主义者们言论背后的动机是什么,形式主义批评家对"价值自足语词"的迷恋只是一次短命的恋爱。正如上文所述①,形式主义研究的关注重心很快便从语音方面转移到了语义方面,或更确切地说,是从语音转向语音和语义的相互关联问题上来。对语义学了解的日益深入,不光是研究范围扩大的一种结果,这里也牵涉到语言符号观也比早期阶段更加广阔和成熟的问题。

一个未来派分子可以滔滔不绝地谈什么要把语词从其意义中解放出来,因为他有着一种要把语言符号降格成为其感受特征的倾向——抑或换一种说法也一样——因为他把语词的意义与其所指混淆了。

爱德蒙·胡塞尔——一个对某些形式主义理论家具有相当大影响的哲学家——做了一个成效显著的重大区分,他把"客体"(Gegenstand,或对象)即语词所指称的非语言现象和"意义"(Bedeufung),亦即"客体"被再现的方式区别了开来。换句话说,按照胡塞尔的观点,意义并不是语言外现实生活的一个成分,而是语言符号的一个部分和一个重要部分。但如果这是对的,则未来派的口号便荒谬绝伦或至少是用词不当。

的确,正如形式主义代表人物也不得不承认的那样,任何诗歌

---

① 参阅本书第五章,第 87-89 页。

第十章 基本概念

无论其多么无客体化也罢,都无法摆脱意义。甚至在那些比方说像艾迪丝·西特威尔夫人(Edith Sitwell)*或艾兹拉·庞德那样试验性最强的诗歌里,甚至在《为芬那根守灵》中最令人困惑为难的段落里,也都充满了 ad hoc(为了特殊目的)而根据熟知的词素生造的准语词(quasi-words),而意义即便以"一种近似的"、潜在的方式也罢,也总归会以某种方式在场的。语境以及与"真实"语词同族的语词的相似性所施加的影响力,赋予诗人语言幻想力所创造的这些稀奇古怪的产品以某种特定的语义氛围。

显然问题的焦点实际上不在于从意义中解放出来,而在于与所指相对应的自治权。后一种倾向尤其是在诗歌新词的例子中得到鲜明表现,此类新词无指称价值,因为它不指代语言外现实生活中任何可以认知的要素。但这显然是一种极端的诗的情景。在诗歌中我们常常不得不与之打交道的不是所谓的"伪所指"(pseudo-reference)(乌沃尔·温特斯语)[1]。诗歌语境典型具有的在若干个语义层面摇摆不定的特点,使得符号与客体之间的结松弛了下来。[2] 于是,通过"实用"语言达到的指称的精确性让位给内涵和联想的丰盈。

换句话说,即作为一种独特表述方式的诗歌的标志不在于意

---

* 艾迪丝·西特威尔夫人(Dame Edith sitwell,1887-1964)是一位诗人。——译者

[1] 参阅伊沃尔·温特斯(Yvor Winters),"美国诗歌中的实验诗"(The Experimental School in American Poetry),见《批评》(*Criticism*)(马克·肖勒主编,第288-309页)。

[2] 威廉·燕卜荪(William Empson),《含混的七种类型》(*Seven Types of Ambiguity*)(伦敦,1930)。

义的缺失而在于意义的多重丰富性。这也才真的是成熟期形式主义代言人所表达的观点。艾亨鲍姆写道:"诗歌的目标在于让语词结构的所有侧面都能成为可感的"①。但这显然也就意味着,语词的"内在形式"即语词所包含的语义关系,对于审美效应而言,远不如纯声音那么重要。通过诗歌所实现的语言符号的"现实化",只有作为包含了语言的语义、形态和语音层次的、复杂的相互交往关系,才能被认识。

3

从坚决主张语言符号的多样统一性到公然宣称文学作品这一特殊符号系统的不可分割性,不过只有一步之遥。如果说在个别语词中,"意义"是不可能与声音割裂的话,那么,这似乎也同样适用于文学作品,在文学作品中,我们同样不可能将其累计意义即"内容"与其艺术体现即通常人们所说的"形式",剥离开来。

俄国形式主义者们没有多少耐心忍受传统上"内容与形式"的二分法,这种二分法正如韦勒克和沃伦所说,"把艺术作品一分为二:粗陋的内容和附加的'纯外在的形式'"②。具有缜密的哲学思维能力的俄国形式主义的同情者鲍里斯·恩格尔哈特,试图采用新康德主义美学范畴重新阐述奥波亚兹信条,他声称形式主义者

---

① 鲍里斯·艾亨鲍姆(Boris Ejxenbaum),《莱蒙托夫》(Lermontov)(列宁格勒,1924),第35页。

② 勒内·韦勒克(René Wellek),奥斯汀·沃伦(Ausin Warren),《文学理论》(Theory of Literature)(纽约,1949),第140页。

们决心彻底摒弃"被表现的客体"和"表现手段"这样的二分法①。

日尔蒙斯基采用清晰简明的批评判断的语言阐明,文学中"怎么"和"什么"是不可分割的统一体②。他批判了这样一种不加鉴别的、十分幼稚的观点,即认为形式只不过是诗人包裹其思想的外衣,或人们把现成的内容往里"倾倒"的器皿。在想象性文学中,无论情感内容还是认知内容都只能够通过形式的中介才得以表现,因此,离开对其的艺术再现,既无法对其进行有益的讨论,而且也确确实实无法被人所接受。日尔蒙斯基写道:"爱、悲伤、悲剧性的内心冲突以及哲学思想等,并非存在于诗歌 per se(本身)中,而仅存在于具体的形式中。"日尔蒙斯基发出严正警告,并且坚决反对这样一种外在论的、粗陋的批评倾向,他们竭力把诗歌作品中所体现的情感或思想同其文学语境剥离开来,而采用心理学或社会学方法对之进行讨论。

日尔蒙斯基写道:"在文学艺术中,所谓内容要素并非独立存在的,因而不能自外于审美结构的一般法则③。它们的作用犹如诗歌的(母题),艺术的(动机)或意象,这些内容要素具有参与文学

---

① 鲍里斯·恩格哈特(Boris Engelhardt),《文学史中的形式主义方法》(*Formalnyj metod v istorii literatury*)(列宁格勒,1927),第 13 页。

② 维克多·日尔蒙斯基(Viktor Žirmunskij),"诗学的任务"(Zadači poètiki),《文学理论问题》(*Voprosy teorii literatury*)(列宁格勒,1928)。

③ 曼弗雷德·克里德尔(Manfred Kridl)也采取了类似立场。他写道,"那种所谓的意识形态在文学作品中并不享有独立存在权,意识形态并未存在于作品之中,同样也未存在于作品之外,而且也不存在于生活哲学或报刊中。因此我们不妨说,对意识形态我们必须将其放在特殊的文学类型及其文学功能中对之进行考察"(曼弗雷德·克里德尔(Manfred Kridl),《文学作品研究导论》(*Wstep do badan nad dzietem literackiem*)(维尔诺,1936),第 159 页。

作品所意图达到之审美效应的能力"①。

而什克洛夫斯基则以其所特有的活泼清新、飞扬跋扈的笔法，严厉谴责了"可分离之内容"这一谬说。他取笑那些把形式当作一种"无可避免的弊端"、"真空事物"之伪装的批评家，也取笑那些极不耐烦地把形式扫到一边，以便能够牢牢把握艺术作品之"内容"的批评家。"那些想要把绘画当作纵横填字游戏予以'解答'的人，竭力想要从绘画身上把形式揭下来，以便能看得更清楚"②。

一个西欧"语境论"批评家大约不会就以上责难与之争论的。但他却可能会觉得越来越难以容忍什克洛夫斯基给艺术下的定义，说艺术是"纯形式"，或他那充满自吹自擂的声明文字，即"可最令人感到惊奇的是……形式主义方法并不否认艺术的意识形态内容，而是认为所谓内容乃是形式的诸多方面之一"③。但这位形式主义代言人实际上究竟想说什么仍然使人困惑：他真地是在鄙视"内容"的关联性或可分离性吗？他的意思是说艺术中的所有问题都只在于形式，还是只不过简单地说什么艺术作品中的一切都有必要予以形式化，亦即为着某一审美意图而对之加以组织？

看起来我们在此所面对的是一个双重混淆的问题，即既是个哲学问题，也是个语义学问题。

什克洛夫斯基关于内容与形式的观点作为一种相比而言较为

---

① 维克多·日尔蒙斯基（Viktor Žirmunskij），《文学理论问题》（*Voprosy teorii literatury*），第 20-22 页。

② 维克多·什克洛夫斯基（Viktor Šklovskij），《文学与电影》（*Literatura i kinematograf*），第 7 页。

③ 维克多·什克洛夫斯基（Viktor Šklovskij），《感伤的旅行》（*Sentimentalnoe putesestvie*）（莫斯科-柏林，1923），第 129 页。

第十章 基本概念

重要的美学标准,由于缺乏清晰性,也由于"形式"一词在使用中前后不一致等原因,而不免带有一定缺陷。俄国形式主义的这位领袖人物似乎在对这一术语的两种释义之间委决不下:他始终无法完全确定他所说的"形式"究竟指的是审美统一体所包含的一种性质,还是审美统一体被赋予了某种特定的性质。

如果是指前一种即审美统一体所包含的性质的话,则把艺术与形式等量齐观的倾向难免也会带有贫瘠的"纯粹主义"(purism*)的味道,对此什克洛夫斯基曾在其一部论著中称之为"机械的和过时的"①。而当关键术语"形式"的用法意义更具有包容性时,上述反驳显然就失效了,的确,任何人都情愿赞同日尔蒙斯基的观点"如果我们一说(形式的)便意为'审美的'的话,那么,艺术中内容的所有事实就都会成为形式现象了"②。但有人可能会像曼·克里德尔③已经做过的那样,会对把"形式"当作艺术创作起源学概念的可行性问题,提出质疑,这种解释是如此之广阔,以致几乎变得一无所用,如果不说它是一种误导的话。而当"形式的"在用法上可以与"审美的"相互置换时,有人便会建议我们抛弃"形式"这一概念,因为在日常用法中,此词通常意义指的是部分而非整体,因此建议我们用"结构"来取代"形式"这个词。

---

* 纯粹主义,指在语言、艺术等方面过于严格遵守传统规范的学派。纯粹派指法国20世纪初的一个艺术流派。——译者

① 维克多·什克洛夫斯基(Viktor Šklovskij),《文学与电影》(*Literaturaikinematograf*),第3页。

② 维克多·日尔蒙斯基(Viktor Žirmunskij),《文学理论问题》(*Voprosyteoriiliteratury*),第77页。

③ 曼·克里德尔(Manfred Kridl),《文学作品研究导论》(*Wstepdobadannaddzietemliterackiem*),第151页。

俄国形式主义者们显然对传统术语学易犯的错误一无所知。在关于形式的观点问题上，他们似乎从来就不走运，至于那个"形式主义者"的标签问题，就更无须说了罢，它显然是一些隔岸观火者而非其信徒们强加在这一运动头上的。上文已经指出在对其方法论立场加以命名的问题上，形式主义者们当时是如此之急切，以至于会慌不择食地去向诸如"形态学方法"、"特性论者"一类概念求助。在对"文学事实"的结构和文学进程的机制问题的讨论中，他们越来越倾向于用一对动态的概念，即"材料"（materials）和"手法"（priëm）来代替"形式与内容"的静态的二分法。

从形式主义观点出发，前一对术语在方法论上具有若干优点。一方面文学作品的有机整体性得以保全，另一方面，作为审美客体身上的共时态存在的而且显然是作为不可分割的成分的两个概念，为在文学进程中先后相续的两个阶段所取代，这就是前审美阶段和审美阶段。按照形式主义者的说法，"材料"指代文学的原始素材，它期待审美效应[①]。由此可见，只有经过"手法"，或更确切地说，经由想象性文学所特有的一系列手法的中介，材料才能成为文艺作品的合法参与成分。

需要指出的一点是，在早期形式主义著作中，我们还可以遇到一些以"形式和材料"的二分法著称的术语学上的 sui generis（特殊）让步。两个传统观念最令人讨厌的那个——"内容"——被丢

[①] 韦勒克（Wellek）和沃伦（Warren）在其近期著作，与形式主义—结构主义观点有诸多切合点的《文学理论》（Theory of Literature）中，采用了与此相似的术语，"最好把审美上有所不同的成分再命名为'材料'而把材料赖以获得审美效应的方式则命名为'结构'"（《文学理论》，第 141 页）。

第十章　基本概念

弃了,而剩下的另一个又被重新阐释为动态整合和控制的现实化原则,而非仅仅是一个外壳或外在的装饰。这一观点和亚里士多德的 eidos* 十分接近,而此词按照现代语言哲学家安东·马尔蒂(Anton Marty)[①]** 的定义,意为"对原始素材所施加的内在的形式力"。

然而"材料"的本质或核心又是什么呢? 材料究竟是否构成作品的题材亦即文学作品中所表现的现实生活领域呢,还是指文学的媒介即语言呢? 在这个问题上,在形式主义代表人物和接近于他们的学者们中间,显然很难取得一致见解。按照关心本体论甚于语言学的哲学家恩格尔哈特的观点,"材料"意指在诗歌"交往"中的额外的审美残余,是审美现实化的"控制"部分。什克洛夫斯基则折衷于相互对立的两种阐释之间,逻辑自洽或术语妥帖显然不是他的强项。他在其《论文学与电影》的小册子中写道:"对画家来说,外部世界并非内容,而仅仅只是他用来作画的材料"[②]。他继而写道,同样的原理也适用于文学中通常被冠名以"内容"的心理学成分。"在文学作品中所表现的"思想情感,和"作品中所讲述的事件一样",在此都被当作建造艺术大厦的"建筑材料",当作是和词语或语词组合同一系列的现象[③]。

---

* 文化表相,文化之内涵、理念。——译者

[①]　安东·马尔蒂(Anton Marty),《心理与语言结构》(*Psyche und Sprachstruktur, Nachge Lassne Schriften*)(伯恩,1940),第 13 页。

** 安东·马尔蒂(Anton Marty,1847–1914)。——译者

[②]　维克多·什克洛夫斯基(Viktor Šklovskij),《文学与电影》(*Literatura i kinematograf*),第 5 页。

[③]　维克多·什克洛夫斯基,《文学与电影》,第 16 页。

在同一论文集中我们发现了下列一段文字:"无论如何对我来说有一点很清楚,即对一位作家来说,话语不仅不是一种不可避免的苦恼,或不过是表达什么的一种手段,而是作品的材料本身。文学作品是由话语组成的,并且也是由支配语言的那同一种法则所支配的"①。

后一种阐释看来已经全面渗透进了其他形式主义者的著作中来。日尔蒙斯基和雅各布逊一样——这里提到了这两位在其他方面截然不同的俄国形式主义代表人物——把文学的"材料"与其话语结构(verbal texture)等同起来。他认为诗人是以音乐家利用乐音、画家利用色彩同样的方式来使用语言的。

这一内在论观点倒是更与形式主义者强调并且主张文学作品的自足性质观颇为一致。创作过程也就是在日常生活话语及对日常生活话语进行塑造或变形的艺术手法间之张力的观点,使形式主义者们确定了这样一个信念,即文学实质上是一种语言或符号现象——而按照早期形式主义的行话说,是"话语材料的展开",而用捷克结构主义的说法,是一种"符号体系"。诗人的工作被又一次定义为语言的操作而非表现现实。实际生活被降级成了只起文学作品累积性所指的作用,是一个与文学毗邻的经验系列,但却享有与之不同的本体论地位。

如果说上文所述之"材料"观是对形式主义语言学或语义学取向的又一次证明的话,那么,与之相关的术语"手法"也就显得更加至关重要了。现在我们可以公开宣告"手法"乃是俄国形式主义的

---

① 维克多·什克洛夫斯基,《文学与电影》,第15页。

第十章 基本概念

标语口号。"艺术即手法","'使之陌生'的手法"(priëm ostranenjia),"暴露手法"(adevice laid bare cobnaženie priëma),"文学作品乃是其所用手法之总和"——在所有诸如此类的表述法中,"手法"都是以关键词的面目出现——它是诗歌形式的基本单位,也是"文学性"的力量之源。

而这一术语的选择本身就值得认真关注。许多具有形式意识的批评家都谈到"表现手法"问题。对于俄国形式主义者来说,这一说法散发着心理学主义的味道,散发着"诗歌披露诗人的灵魂这一幼稚的现实主义公式"的味道[①]——一样,形式主义理论家们力图想要避开创作个性这一十分恼人的问题[②]。和维谢洛夫斯基——俄国形式主义者们在许多方面都受益于其"历史诗学",对他们来说文学技巧是比创作心理更加坚实得多的地基。而其把文学当作超个人,如果不是非个人现象的倾向即由此而来,他们把文学当作针对"材料"而殚精竭虑应用技术的过程,而非一种自我表现;看作一种常规惯例,而非忏悔供诉状。

艾亨鲍姆在非常值得注意的一段文字中写道:"文艺作品永远都是某种被塑形、被发明的制造品,——它不光是具有艺术性而已,而毋宁说它就是真正意义上的艺术本身"[③]。在《马步》中,什克洛夫斯基对其批评论文蜿蜒曲折的特点作了如下辩解:"马步如

[①] 鲍里斯·托马舍夫斯基(Boris Tomaševskij),《普希金》(*Puskin*)(莫斯科,1925),第57页。
[②] 参阅本书第一章,第28-31页。
[③] 鲍里斯·艾亨鲍姆(Boris Ejxenbaum),"果戈理的'外套'是如何写成的"(Kak sdelana 'Sinel'' Gogolja),《诗学》(*Poetika*)(彼得格勒,1919),第161页。

此奇特可能有很多理由,但最主要的理由是艺术的规则。我这本书写的就是关于艺术规则问题的"①*。

"艺术中的规则"不仅是什克洛夫斯基的著作,而且一般说也是俄国形式主义批评运动中贯穿始终、到处弥漫的一个主题。而这么说是十分恰当的。如果说想象性文学是一个为了被人所"感受"而组织起来的符号系统的话,那就有必要确定每个时期或每种类型文学的组织化原则及其审美 modus operand(做法)——即附加在材料之上的成套规则。的确,在面对一个新的文学客体时,形式主义批评家首先想要了解的,不是作品是为什么或由谁创作出来的,而是它是"怎么制作出来的"②。他们不会起而追问形成作品的心理动机或社会压力问题,而是探求特定文学类型所内含的美学规范,而不会让自己对作者承担什么责任,无论作者社会忠诚感多么强,艺术气质多么好。

---

① 维克多·什克洛夫斯基(Viktor Šklovskij),《马步》(Xod konija),第9页。

* 什克洛夫斯基的原话是,"Много причины странность хода коня и главная из них—условность искусства...Я пишу об условности искусства."(马步奇特的原因有很多而主要在于艺术的假定性……而我所写的就是关于艺术假定性的问题的。)——译者

② 例如,可参阅鲍里斯·艾亨鲍姆(Boris Ejxenbaum),"果戈理的《外套》是如何写成的"(How 'The Overcoat' Was Made)以及维克多·什克洛夫斯基(Viktor Šklovskij),"《堂·吉诃德》是如何写成的"(How Don Quixote Was Made),《小说论》(O teorii prozy)(莫斯科,1929)。

第十一章 文学与"生活"
——形式主义和结构主义的观点

1

对创作技巧的热情关注,单独考察一部作品并让其"自行运作"以观察其效应,以及对著名文学杰作和三流作品不加任何区分的无礼的研究习惯,使得俄国形式主义者们不得不面对审美享乐主义和"缺乏灵魂"[1]的严厉指责。谴责者之一,一位旧式"现实主义"小说家维列萨耶夫,被艾亨鲍姆对待果戈理《外套》和托尔斯泰内在冲突的态度所激怒,遂任由其想象力自由驰骋,把俄国形式主义者们想象为"一些或许是没有任何情感能力的、百无一用的旧式空谈家"[2]。

虽然对待维列萨耶夫在黑暗中发出的嘬哨声不必过分认真,但俄国形式主义者们并没有让自己处于无隙可乘地位这一点却不能予以忽视。他们当中的某些人,尤其是什克洛夫斯基,似乎非常

---

[1] 参阅本书第六章,第 105、106 页。
[2] 弗·维列萨耶夫(V. Veresaev),"论罗斯维尔塔的恭维话——简论书籍的作用"(O komplimentax Ruzvel'ta I o kniznoi pyli),《星》(*Zvezda*),1928。

乐于装出一副鉴赏和讨论的行家里手的样子,以一种争取奖金的专家不添加任何情感色彩的技术行话,对在竞争中获奖的"形式"和当代俄国作家的某些个别优点,进行赞扬和品评[①]。

而更加重要的是,奥波亚兹的某些言论似乎意味着文学作品除了技巧还是技巧,就是作品中所用全部手法的总和,舍此无他。

关注焦点的狭隘性不仅在一般方法论阐述方面,而且也在选择说明材料方面都有所表现。形式主义者们急于优先选择那样一些按奥波亚兹的说法文艺的常规特性"暴露无遗"的作品进行研究,他们坚持不懈地对于那些其内容就只是形式的作品给予高度重视。在对当代俄国文学的评价中,他们赞扬诗歌中"赤裸裸"的语言游戏,对虚构类散文中的迂回手法,亦即讽刺性模拟、风格化模拟以及对情节的怪异把玩等,极其赞赏。俄国形式主义早期对文学史的冒险探索也体现了同样鲜明的倾向。艾亨鲍姆的第一篇形式主义论文之所以选择果戈理著名短篇小说《外套》——一部风格怪诞的短篇杰作——为题,显然不是偶一为之[②]。而更值得注意的,是什克洛夫斯基在其《小说论》中,把《特里斯坦·香迪》作为检验小说家技巧的试金石,并且顺便提到他以把"斯特恩带入俄国"这一点而感到自豪。

斯特恩之所以受到什克洛夫斯基的喜爱,显然是因为他适合其讽刺性模拟理论,也因为他对常规叙事模式进行了嘲弄。这位形式主义批评家发现斯特恩的"诗学"与俄国未来派诗歌有许多相

[①] 维克多·什克洛夫斯基(Viktor Šklovskij),《汉堡账单》(*Gamburgskij scet*)(莫斯科,1928)。

[②] 参阅本书第四章,第75页。

似之处:什克洛夫斯基指出,《特里斯坦·香迪》和常规小说之间的差异,与长于运用传统头韵法与未来派之间的差异,具有等值性。什克洛夫斯基继而写道,斯特恩式的怪诞冗长和与主干情节无关的插笔,以及他那种把一本书的前言置于小说的中间部分,以及游戏似地"故意省略"若干章节的手法,雄辩地证明这位作家对于文学形式及其极其重要的规范有很深刻的把握。"正是通过违反既定形式常规的方式而表现出来的对形式的深刻认知构成了这部长篇小说的内容"[①]。

然而,使那些希望这位小说家讲述一个合情合理而又引人入胜的故事而非"手法之暴露"的批评家或读者感到困惑的,恰恰正是斯特恩小说技巧中的这些方面的问题。对于那些贬低斯特恩价值的人,什克洛夫斯基则除了嘲讽别无他法:"我们常常听到这样一种意见,即认为《特里斯坦·香迪》不是一部小说。对持有这种观点的人来说只有歌剧才是真正的音乐;交响乐只不过是一堆混乱的音响"。什克洛夫斯基声称"实际上与之相反的观点才是正确的。《特里斯坦·香迪》是世界文学中一部最典型的长篇小说"[②]。

这样的论证的确很难有说服力。说《特里斯坦·香迪》是一部比许许多多的"好故事"都更伟大得多的小说,这一点人们很难欣然接受。同样我们也很难赞同什克洛夫斯基的另一种说法,说对于媒介的把玩,不仅是世界文学中经常出现的主题,而且也是对于世界文学的效应和发展具有重大意义的程序。对作为形式之形式

[①] 维克多·什克洛夫斯基(Viktor Šklovskij),《小说论》(*O teorii prozy*)(莫斯科,1929),第180页。

[②] 同上书,第204页。

的深刻把握诚然是审美接受中一个必不可少的因素。"手法的暴露"在"形式"与"材料"的张力中诚然是一个具有影响力的因素,但在涉及文学技巧的问题上,它只具有辅助作用,其作用与诗人在 vis-à-vis(面对)符号进行语言游戏时的作用是相仿的。而且,正如迪尼亚诺夫敏锐地指出的那样[①],讽刺性模拟往往会是推动文学变革的一根杠杆,通过对某种特殊的业已退化为陈腐的老生常谈的文学规范系统的嘲弄,艺术家为一种新的、更具有"可感性"的规范系统——即一种新的风格——铺平道路。

而且,在什克洛夫斯基对《特里斯坦·香迪》的大肆赞扬中,形容词"典型的"显然是一种误置。使用这样的词暴露了形式主义者们青睐无主题(non-objective,非物象艺术)艺术的"现代"偏见,以及错把极端当作有代表性,把"纯粹"当作"高级"的批评倾向。显然,当一种手法不再充当把各种异质成分凝结为一个统一体的催化剂的作用时,文学的区别性特征以及文学对其媒介的高度关注,会变得非常惹人注目,因而会使文学退回到自身。但这究竟是否必然真地使得赫列勃尼科夫比普希金更具有"文学性",使斯特恩比亨利·詹姆斯以及绝大多数小说家更"典型"呢?

俄国形式主义者们即使是在最正统的时期也无法完全不受这一论据的影响。他们往往只是承认文学中的"暴露"手法与其说是一种规则,不如说是一种例外。他们常常宁愿承认文学手法,无论其为"价值自足"的声音模式,是"语义的转移"(semantic shift)还

---

① 参阅尤里·迪尼亚诺夫(Jurij Tynjanov),《陀思妥耶夫斯基与果戈理(论讽刺性模拟理论)》(*Gogol I Doctoevskij K teorii parodii*)(彼得格勒,1921)。

是情节布局,都受到诸如似真性、心理合情合理性一类非艺术考量的伪装或证实。他们只是不得不承认的一点,是在多数文学作品中,手法往往会被"提供理由"而非被"暴露"。

"手法的原由论证"(motivirovka priëma)是俄国形式主义批评的另外一个关键概念。在这一概念被更加频繁使用的虚构类散文研究中,按照什克洛夫斯基的说法,"原由论证"意味着"从实际惯例高度看在情节布局方面的一个例外"①。而当问题涉及想象类文学的整个领域时,上述说法意为以"生活"的名义对一种艺术常规进行论证。

在其对"手法"的真挚探索中,起初,形式主义者们对"原由论证"的评价并不高。"原由论证"所命名的,原本是一种次要现象,一种迫不得已的缺陷,这显然是对那些头脑简单、无法全面地鉴赏把玩介质的游戏的极端重要性,因而才在一些虚假借口的蛊惑下被吸引到文学作品中来的读者,所作的一种让步。但一个才能卓著的批评家所懂得的却要多于这样的读者,他没必要认同其表面价值,他懂得"原由论证"不过是一种事后的论证,如果不说它是一种借口或其他什么的话。

问题既然被这样提了出来,形式主义者们便开始以轻快的步伐来着手对各类文学作品的"精神气质"(ethos)进行阐释了。雅各布逊在其研究赫列勃尼科夫的论著中,认为这位未来派诗人"都市主义"(urbanism)以及未来派诗人对机器文明的崇拜,是对其在

---

① 维克多·什克洛夫斯基(Viktor Šklovskij),《文学与电影》(*Literatura i kine-matograf*)(柏林,1923),第 50 页。

诗歌词汇领域里掀起的革命在意识形态方面的一个论证,是未来派诗人向诗歌中注入新的非正统词组的一个方便的借口。雅各布逊写道:"有许多诗歌手法在未来派都市主义中得到了应用。"①

在同一本论著中作者雄心勃勃地想要对浪漫主义的创作个性——一个充满内心矛盾的巨人的灵魂——观念进行阐释,对拜伦叙事体长诗的片段和不相关联的性质,主要从心理学上进行论证②。

甚至在分析高度个人化的抒情诗时,心理学考量也实实在在地未被加以关注。艾亨鲍姆在其富于挑战性的研究安娜·阿赫玛托娃的论著中,提出了一个有趣的命题:"阿赫玛托娃抒情主人公'我'——即其诗中的 alter ego(自我)——显而易见的双重性,表现在她时而是一个被裹挟在感性旋涡中的罪人,时而像一个赤贫的尼姑"③,这一切被凝结成"被人格化了的矛盾修饰法"这样一个给人以强烈印象的短句中。艾亨鲍姆说,阿赫玛托娃最喜爱的话

---

① 罗曼·雅各布逊(Roman Jakobson),《最新俄国诗歌》(*Novejsaja russkaja poezija*)(布拉格,1921),第 16 页。

② 我们很难完全接受雅各布逊的阐释,他的阐释更像是未来派的波希米亚作风对普希金时代的一种牵强附会的投射。为了论证自己对浪漫主义的阐释,雅各布逊从拜伦同时代人对拜伦作用的评价中,援引了许多中肯的引文。这也就是为什么一篇 1829 年发表于俄国文学概观杂志《祖国之子》上文章的作者,对拜伦的革新意义做了如下描述的原因,"对其同时代的需求有全面领会的拜伦,(他)为了表现一种新形式而创造了一种新的语言。详尽无遗的细节描述,预告性的提示部分……全被拜伦给放弃了。他引入了从叙事的中段或结尾部分开笔的时髦写法,并且显然对把各个部分整合为一体漠不关心。他的叙事体长诗完全由片段组成"。(引自罗曼·雅各布逊,《最新俄国诗歌》,第 13 页)。

③ 鲍里斯·艾亨鲍姆(Boris Ejxenbaum),《安娜·阿赫玛托娃》(*Anna Axmatova*)(彼得格勒,1923),第 114 页。

语修辞格被投射到心理剧的平面上,而一种悖论风格则成了精神分裂。他写道:"阿赫玛托娃充当其中心的抒情主题被以一种反题和悖论的方式展开,它回避心理学陈述;并且由于其情感状态的不谐调而'变得陌生'"①。

类似的分析程序也被用来处理俄国小说中的某些杰作。艾亨鲍姆在其研究青年托尔斯泰的极端形式主义的、引致维列萨耶夫久久难以平息的怒火的②的论著中,认为托尔斯泰从事细致缜密的心理分析,无情地进行自我反省和推论的情致,实质上是他为一种新的叙事手法而斗争的表现,是对浪漫主义文学故套的一种挑战。

人物心理不再像作家心理那样受到严肃对待。什克洛夫斯基在其《堂·吉诃德是如何写成的》一文③中,在谈到那些似乎对塞万提斯笔下那位愁容骑士有时煞像一个疯子,放肆地炫耀其博学,滔滔不绝,无比雄辩地就文学和哲学话题发表宏论感到困惑不解的批评家们,语含轻蔑。他认为我们不能指望一个文学中人物竟会如此思维缜密,言行可信。塞万提斯显然是想在叙事中插入一些批评议论,以与其关注文学技巧问题的主导倾向协调一致。什克洛夫斯基指出塞万提斯的形式意识特别注重"文学小酒馆",因为听众在那里可以对所讲述的故事的性质发表明智的判断。堂·吉诃德的学者气质多少也可与其奇思妙想相吻合,作者不过是需

---

① 鲍里斯·艾亨鲍姆,《安娜·阿赫玛托娃》,第130页。
② 参阅本章第192页(即中文版本第287页——编者)脚注②。
③ 维克多·什克洛夫斯基(Viktor Šklovskij),"《堂·吉诃德》是如何写成的"(How Don Quixote Was Made),《小说论》(O teorii prozy)。

要以此来使批评性插笔得以可能。什克洛夫斯基坚持认为艺术中的一切——主人公的命运、性格、连续的动作,他的人生态度和理想——都可以成为对"艺术技巧进行原由论证的手段"①*。

诸如此类的重新阐释以及其他一些阐释,往往都十分敏锐并且大都具有独创性,而且对骑士的处理也与文学的"精神特质"吻合而显得完整全面符合机理。正如我们所希望的那样,这一题材被证实与之完全适应的,仅仅是被称作极端的文学情景。它非常适合于《特里斯坦·香迪》这个典型的无客体而又具有形式意识的著名小说,同时它几乎同样也适用于拜伦的《唐璜》,其故事被公认为不过是一个伪装,只不过是便于作者施放烟火般地炫耀其"对话技巧"的一个借口;或适用于普希金构思精巧的叙事体长诗《科洛姆纳的小屋》这部被什克洛夫斯基贴切地形容为"几乎全部用来描述其所用手法的作品"②。但对一部文学作品中"原由论证"对重大的时代精神特质的蔑视却未给予合理的辩护。什克洛夫斯基讨论《堂·吉诃德》的文字就是一个恰当的例子。这位形式主义代表人物在刻意强调塞万提斯的形式意识——这是被许多批评家所忽略了的一个特质——上得到人们很好的建议。但他对堂·吉诃德个性化描写问题的处理却明显地暴露了其所用方法的局限性。把

---

① 维克多·什克洛夫斯基(Viktor Šklovskij),《马步》(*Xod konija*)(莫斯科-柏林,1923),第125页。

* 什克洛夫斯基的原话是,"Здесьвсе, каквсегдавискусстве, мотивировкамастерства."(此处作者讨论了陌生化在情节布局方面的若干种手法。此话为一句总结,概括以上几个例证的主旨的。)——译者

② 维克多·什克洛夫斯基(Viktor Šklovskij),《文学与电影》(*Literatura i kinematograf*)(柏林,1923),第16-17页。

第十一章 文学与"生活"

堂·吉诃德身上"疯癫性"和"睿智性"的矛盾说成不过是一种便利的技术手段时,什克洛夫斯基似乎忽视了这部小说所包涵的重大的哲理困境。我指的是"疯癫性"和"睿智性"所包含的根本含糊性问题,换句话说,即现实与幻觉的关系问题[1]。

如果说《堂·吉诃德》这样一部滥用讽刺性模拟和反讽的小说并非那么适合对之进行极端形式主义的分析操作的话,那么,一想到什克洛夫斯基将把他的分析模式用来分析比方说《神曲》这样的作品,便会令人感到厌恶。难道真的有人会认真以为但丁的神学不过只是把异类情节组合起来的"原由论证",是对存在的各个层面进行虚拟式发掘的一个意识形态借口吗?

早期形式主义的"原由论证说"(motivirovka)是个经验主义的错误,因为它引发的问题远远多于答案。这一学说即使是按形式主义者们自己的标准衡量,在方法论上也是站不住脚的。这样一个旨在对一部完整的艺术作品中所包含的"异体"(foreign body)的存在的文学活动成分进行解释的概念,是一个内在论概念,如果不说它是一个多余成分的话。这一概念反而具有一种削弱形式主义有关文艺作品是个有机整体的信条,从而使形式主义者们一直努力工作想要加以摧毁的形式与内容的机械二分法得以复活。"不可剥离的形式"谬说和它的对立面——"不可剥离的内容"——几乎同样令人厌恶[2]。早在 1923 年什克洛夫斯基本人就

---

[1] 可参阅莱昂耐尔·特里林(Lionel Trilling)在《自由想象》(*The Liberal Imagination*)(纽约,1950)中对这一问题的引起争议的讨论文字。

[2] 我之所以说"几乎同样恶劣"是因为手法可以不要"原由论证"而存在于艺术中,而"内容"则离开"形式"却是不可想象的。

坦承,"形式"优先论的美学主张和功利主义的"内容"霸权说同样是机械的论断[①]。

2

早期形式主义立场的谬误具有双重性质,既是认识论的,也是美学的谬误。奥波亚兹理论学说中的狭隘经验主义思路,表现在他们对直接"给定物"的过分关注,亦即把语言的层次当作文学唯一具有形质的成分,把声音当作诗歌语言唯一可以把握的成分。按照什克洛夫斯基最喜爱的说法,"语言材料的展开"(razvertyvanie slovesnogo materiala)乃是"素材"(datum)。诗人的世界观是结论。文学所包含的情感和思想似乎只是进行粗率思辨的领域,是一种往往并未存在于作品本身中的东西,而是批评家们本着其意识形态中轴线从作品中识读出来的东西。这种怀疑无疑从许多已知的主观任意或过分简单地阐释文学的事例中获得了支持。

另外一个更其重要的问题,是充当形式主义理论学说之起点的,在对文学区别性特征的热情探索中产生的思维架构问题。对纯文学和文学特质的关注,导致了一种把文学等同于文学性(literariness),把艺术减低于其区别性特征的倾向。

如上文所述,俄国形式主义者们终究还是认识到了这一退化过程的不适当性。在什克洛夫斯基和艾亨鲍姆晚期的文学史论著

[①] 维克多·什克洛夫斯基(Viktor Šklovskij),《文学与电影》(*Literatura i kinematograf*)(柏林,1923),第3页。

中,他们以完全真挚的态度和长时段方式,来对待和处理托尔斯泰的"被阶级所决定的"1812年卫国战争观,以及"复古主义"的生活观的"原由论证"问题①。总之,形式主义者们不得不承认文学史上颇有这样一些时期,那时文学的意识形态或社会考量问题赫然呈现,批评家对此理应认真对待。

但这和必须对形式主义立场进行痛苦反思的需要还相距甚远。对形式主义立场进行重新考察的任务,留给了俄国形式主义者们在捷克斯洛伐克和波兰批评界的支持者们——布拉格结构主义和"整体方法"(intergral method)②在波兰的专家们——去重新敞开"文学性"问题,并将其纳入适当的背景中去。

雅各布逊在其1933年的论文中,以简洁清晰的方式提出了一种新的方法论取向,主张"审美功能的自主性而非艺术的分离主义"③。自主性而非分离主义,这才是问题的关键。这意味着艺术是一种十分明确的人类活动方式,是不可能按照其他与其有着紧密联系的经验领域的方式予以完整解释的。这也意味着"文学性观"既不仅仅是文学的一个恰当方面,也不仅只是文学的构造成分之一,而是整体赋予和渗透到整个作品中去的战略性调整,是文学作品动态整合的一个原则,或用一个现代心理学的关键术语,是一个格式塔特征(Gestalt qualität)。因此,精神特质(ethos)就不仅

---

① 参阅本书第十二章,第122-124、130页。

② 参阅曼弗雷德·克里德尔(Manfred Kridl),《文学作品研究导论》(Wstep do badair nad dzietem literackiem)。

③ 罗曼·雅各布逊(Roman Jakobson),《什么是诗》(Co je poesie?, Volné směry),第30卷,(1933-34),转引自米库拉斯·巴科斯(Mikuláš Bakoš)主编之《文学理论》(Teoria literatury)(特尔纳瓦,1941)。

作为"实事"(real thing)的一个伪现实主义的伪装,而且也是审美结构的一个 bona fide(真正的)成分,并且作为一个真正的成分,它也就是一个文学研究的合法对象,可以对之从"文学性"立场出发,亦即在文学作品的语境下加以考察。最后,作品本身也被界定为不是手法的组合,而是一个复杂的由审美意图的整体性整合而成的多维结构①。

正如我们从以上讨论②中所能判明的那样,这一学说的主要方面业已包含在俄国形式主义最成熟而且逻辑上也最为有力的陈述的内核里了。布拉格学派关于审美结构是一格动态的"符号系统"的概念,早在迪尼亚诺夫的"系统"观里便已初显端倪。迪尼亚诺夫在其观点敏锐的《论文学演变》(1927)中,就把系统定义为一种复杂的整体,该系统整体的特点是其各个组成成分之间密切相关,充满一种动态的张力,其共同合力构成一个潜在的审美功能的统一体。"系统每个成分的结构功能,"迪尼亚诺夫写到,"在于其与其他成分之间的相互关系,eo ipso(并通过这样的方式)与整体系统关联"。③

如果说迪尼亚诺夫最终认为文学作品是一个格式塔,那么,只有也把"文学性"也阐释为一种格式塔性(Gestaltqualitat)才是合

---

① 可特别参阅罗曼·雅各布逊(Roman Jakobson),《帕斯捷尔纳克散文中的环性结构》(Randbe- merkungen zur Prose des Dichters Pasternak),《斯拉夫评论》(Slavische Rundschau),1935 年第 7 期。此外罗曼·英伽登(Roman Ingarden)对文学作品"多声部统一性"的讨论似乎远比(见《文学艺术作品》(Das literarische Kunstwerk)(海牙,1931)官方形式主义或结构主义理论家所作的探讨,更带有专业性质。

② 参阅本书第十二章,第 134-135 页。

③ 尤里·迪尼亚诺夫(Jurij Tynjanov),《拟古主义者与革新者》(Arxaisty i novatory)(列宁格勒,1929),第 33 页。

乎自然的。的确,解构主义者的"审美功能观"已经先现于成效显著的主导要素(dominanta)概念里了,亦即一种主导特征,这是由艾亨鲍姆和迪尼亚诺夫显然是从德国美学家克里斯蒂安森那里借用来的一个概念。"一个系统,"迪尼亚诺夫写道。"并不意味着其各个成分都是在平等的基础上共时性地共存的,而是假定一组成分对于其他成分的优先地位,其结果会导致对于其他成分的变形。"①

"一个成分或一组成分的优先地位",抑或主导要素,保障了文学作品作为一个整体的统一性,也保障了其"可感性",而"可感性"是作品被认定为文学现象的一个事实。换言之,文学的"主导特征"同时也是其区别性特征及"文学性"的内核。

无论早期还是成熟阶段的形式主义思想,都以具有完全彻底的相对主义为典型特点,因此迪尼亚诺夫对主导要素的性质问题,远不如对其状态问题,那么专业化。由于其存在而使文学作品被"接受为"或被视为文学作品的那一组特征,在不同的历史时期各有不同。文学的演变带来了文学文体以及文学与其他毗邻文化领域,如科学、哲学和诗学等的品位等级表也发生变化。因而,想象类文学或文学类文体的主导特征也经受着一个变化。保持恒定不变的就只有文学与非文学的差异感本身。这样一来我们就又被抛回到什克洛夫斯基于1919年在其宣言性文章《艺术即手法》②中所引用过的、克里斯蒂安森的"区别性特征"(differenz qualität)上来。但这一次这已经是一个十分重要的结构主义的观念架构了。

---

① 尤里·迪尼亚诺夫,《拟古主义者与革新者》,第41页。
② 参阅本书第十章,第178页。

如果有人断言俄国形式主义在其最好状态下也是或倾向于成为结构主义的话,那么,说在许多重要方面布拉格语言学小组只是在把形式主义的洞见加以扩展罢了,就也同样是正确的。而这也正是为什么除了所有必要的品质鉴定外,我们可以把无论是捷克结构主义还是波兰"整合方法",都当作我们这篇叙事的一部分的原因所在。西方斯拉夫"形式主义者们"抛弃了俄国人某些看起来已经过时或过分夸张的信条,但却重新阐释了许多其他的假设。但他们也拯救了奥波亚兹训诫中的健康内核:语言符号的"可感性"观,对作为诗歌语言的区别性特征的介质的刻意关注,对文艺基本常规性的坚决主张,以及想象类文学与文学性阅读伴随始终的二元对立性。需要补充的一点是,上述最后一个警告,作为形式主义方法论中的最有价值的方面之一,还有待于进一步增强可信度和说服力,才能以一种更加明智的方式予以陈述。强调重点和阐释上的重大差异仅仅只是突出主题的基本统一性的一种手段。当"纯粹的"形式主义鲁莽地否定思想和感情在诗歌作品中的存在[1],或当他们教条主义地宣称我们"根本不可能从文学作品中得出任何结论"[2]时,结构主义者却宁愿强调诗歌陈述不可避免地带有含糊性,极不稳定地在各种语义层面动摇不定,并且警告人们切勿指望从诗人那里获得毫不含糊的、非常易于求解的信息。

雅各布逊在为一本在捷克出版的普希金诗选撰写的富于洞见

---

[1] 罗曼·雅各布逊(Roman Jakobson),《最新俄国诗歌》(*Novejsaja russkaja poezija*),第 16—17 页。

[2] 维克多·什克洛夫斯基(Viktor Šklovskij),《文学与电影》(*Literatura i kinematograf*),第 16 页。

的导言[①]中,针对许多想要从普希金的诗中推导某种整体哲学的企图,提出了异议。他指出"普希金的智慧"是很难理解的,指出普希金诗中的"许多观点具有多重复杂性",这使得每一代人,每一个环境和每一种思想派别的人,根本不可能把自己的一套价值观纳入普希金的作品中去加以理解[②]。雅各布逊认为说明这一点的最好例证,就是对叶甫盖尼·奥涅金的想象[③]:俄国批评家们对奥涅金个性的解释存在着十分显著的差异。有人认为奥涅金是个温文尔雅的享乐主义者;有人则认为他是一个阴郁的不愿遵奉惯例的人。雅各布逊评论道,"普希金的每一个意象是如此空灵而又模棱两可,以致它们可以很容易地切合最歧异的语境"。

对于经久不息的诗与真(Dichtung and Wahrheit)问题,即诗与现实的关系问题,他们也是以类似方式处理的。即使是为了可以理解的反抗学院派的"传记主义",形式主义的立场也实在激烈之至。艾亨鲍姆在其早期论文集《透视文学》中,试图把诗歌与诗人分离开来。他声称艺术是一个"自我包容"、"连续进行"的过程,它与"生活"、"气质"或"心理"没有任何因果关系[④]。

而一个结构主义批评家则可能会对这句话加以修饰,在"因果关系"前面加个形容词"直接"。他倒不是否认作品与"经验"的关系,而是更愿意强调这种联系的间接性和微弱性。

---

① 亚·本(A. Bem)和雅各布逊(Jakobson)主编《普希金诗选》(*Vybrane spisy A. S. Puskina*)(布拉格,1936)。

② 同上书,第265页。

③ 同上书,第257-263页。

④ 鲍里斯·艾亨鲍姆(Boris Ejxenbaum),《透视文学》(*Skvoz literaturu*)(列宁格勒,1924),第256-257页。

为使问题的表述能清晰简洁,不妨让我们再次回到雅各布逊的论文《什么是诗?》[1]。雅各布逊写道:"每一种语言现象都会在某种程度上对所描述的事件进行风格化和修饰化。这种风格化取决于意图达到的效果、观众、预防性审查机制,以及可以利用的常规惯例资源库。在所有这些因素的影响下,诗中所讲述的一种实际经验实际上可能会变得面目全非。"

雅各布逊把捷克浪漫主义诗人卡·希·马哈作为自己的实验案例。这一热情奔放的个性,这些几乎几近于忏悔的诗歌,在这位形式主义批评家眼里,不过是一场在事实和虚构之间令人眼花缭乱的游戏。雅各布逊呼吁人们注意马哈爱情诗中虔诚敬仰之情及在诗人日记里对长诗女主人公玩世不恭、粗鲁野蛮的谩骂形成的强烈对比[2]。"经验的哪个版本是真实的呢?"雅各布逊问道,"二者都对还是二者全非"[3]。

然而,如果说生活是通过常规这一棱镜过滤后有时会变形到无从认识的地步的话,那么,诗歌的常规性质反之也会使诗歌在我们最不愿意的时刻向实际生活贴近到十分危险的地步的。雅各布逊警告说当一个诗人信誓旦旦地向我们保证,"这一次"他将告诉我们百分之百的实话时,我们切勿相信;而当他声称他的故事纯属

---

[1] 罗曼·雅各布逊(Roman Jakobson),《什么是诗?》(Co je poesie?)。

[2] 雅各布逊指出类似的差异在普希金身上也可找到,普希金在一封致友人信中称其著名抒情诗——"Ja pomnju čudnoe mgnovenie"(我记得那美妙的一瞬,I Remember a Wonderful Moment)——天使般的女主角安·彼·凯恩是个"巴比伦妓女"(Babylonian whore)(值得注意的是,信和诗都写于大约同一时期)。

[3] 转引自米库拉斯·巴科斯(Mukulus Bakoš)所主编之《文学理论》(Teoria literatury),第175页。

虚构时,我们也大可不必仅从字面上来理解他的意思[①]。由于我们本就不指望诗人以其身份就只能讲"百分之百的实话",因为正如艾亨鲍姆所说,"作者在诗中的形象乃是个面具"[②][*],因而通常文学中总会伴随着诗人的忏悔而出现的内在的审查机制大可不必如此紧张。例如,让我们回到雅各布逊的论文,伟大的斯拉夫抒情诗人扬科·克拉尔(Janko Král)在诗中远比其在非诗体陈述中,对于显系其一生中一个真实的主题——对其母亲真挚热情的爱——更乐于坦诚布公。诗人有权假设读者会错把他那俄狄浦斯情结的露阴癖表演仅当作一个"面具"和幼稚病的借口。

但问题的复杂性远未到此了结。正如托马舍夫斯基指出的那样,诗体虚构和心理现实的关系,并非一种单向的因果决定关系。诗歌按照特定时代盛行的常规惯例和关于特定文学流派理想化了的典型诗人意象将诗人的生活神话化。一部"自传体诗"常常不是与已经发生的事,而是与行将发生的事有关[③]。于是,从一堆相互抵牾的混乱的事实和必不可少的附会传奇中,文学传记神话就这样诞生了[④]。但这一神话也有权成为生活的事实。文学的神秘化

[①] 《文学理论》,第172页。

[②] 鲍里斯·艾亨鲍姆(Boris Ejxenbaum),《安娜·阿赫玛托娃》(*Anna Axmatova*),第132页。

[*] 艾亨鲍姆的原话是,"赋予诗歌作品以具体-传记学色彩和情节特征,这乃是一种与象征派的抽象化抒情诗形成鲜明对比的艺术手法。巴尔蒙特、勃留索夫、维亚·伊万诺夫与这一手法相距甚远,但我们却可以在勃洛克笔下找到它。诗人在诗中的形象乃是一个面具。诗人脸上的油彩越少,对比度就越鲜明。"(同上书,第131-132页)——译者

[③] 鲍里斯·托马舍夫斯基(Boris Tomasevskij),《普希金》(*Puskin*)(莫斯科,1925),第6页。

[④] 同上书。

可以向后向实际生活投射,而"面具"也可以作为人们在实际中努力践行的理想和效法的行为范式而强加于"人"。作为一种生活方式的拜伦主义显然就是说明这一观点的最佳范例①。但这位形式主义批评家还知道一些比较晚近的例子。雅各布逊在其揭露马雅可夫斯基死亡真相的论文中,说马雅可夫斯基的诗是一部充满骚乱不宁的抒情心理剧,也是一部注定会在"真实的生活"中上演的戏剧脚本②。

形式主义者们坚持认为,想象类文学与个性之间显然并非像定点越野赛马那样一一对应的。"天真幼稚的心理现实主义者们"关于艺术像神谕一样倾泻,像自发的情感一样迸发的观点,以一种能够令T.S.艾略特*满意的方式受到了强烈的挑战③**。曼·克里德尔指出文学作品是一种对个人心理的超越。文学作品在其艺

---

① 参阅德米特里·采车夫斯基(Dmitry Cizevskij)论文,"论马哈的世界观"(K Machovu světovemu názoru),见论文集《马哈诗歌中的塔索(形式)和奥秘》(Turso a tajemstvi Máchova dila)(布拉格,1938)。

② 罗曼·雅各布逊(Roman Jakobson),"论消耗了自己诗人的一代人"(O pokolenii,rastrativsem svoix poetov),《弗拉基米尔·马雅可夫斯基之死》(Smert Vladimira Majakovskogo)(柏林,1931),第7-45页。

* 托马斯·艾略特(T.S.Eliot)(1888-1965),英国著名现代派诗人和文艺评论家。——译者

③ T.S.艾略特(T.S.Eliot)在其论文"传统与个人才能"(Tradition and the Individual Talent)中写道,"诗歌并放纵,而是对情感的规避。诗歌不是个性的表现,而是对个性的规避"(T.S.艾略特,《论文选》(Selected Essays)(纽约,1932),第10页)。

** 艾略特的原话是,"诗人之所以能引人注意,能令人感兴趣,并不是为了他个人的感情,为了他生活中的特殊事件所激发的感情。……诗人的职务不是寻求新的感情。只是运用寻常的感情来化练成诗,来表现实际感情中根本就没有的感觉。诗人所从未经验过的感与他所熟习的同样可供他使用。……诗不是放纵感情,而是逃避感情,不是表现个性,而是逃避个性。自然,只有有个性和感情的人才会知道要逃避这种东西是什么意义。"《艾略特诗学文集》,国际文化出版公司,1989,第7-8页)——译者

术客体化过程中会逐渐脱离其创作者并获得其独特的生命力①。罗曼·英伽登坚决认为促使艺术作品产生的那一心理体验从艺术作品诞生的那一时刻起便就不再作为体验而存在了②。

当绝大多数俄国形式主义者们乞灵于超个人的技巧对个人早年经验的巨大冲击时,穆卡洛夫斯基则以其喜爱的符号学方式提出了这个问题。他论证道:"和语言一样,艺术也是一个符号系统,它充满了主体间意义。由于其所具有的符号学价值,艺术作品便不会与从其反弹或由此导致的精神状态完全一致。无论我们在艺术作品中发现的被认为是作者经验之表达的是什么,它也只是被整合为一个艺术结构的一个成分而已。创作者有时会预期生活,而有时我们却不得不进行纯粹虚构——这是指那种在艺术上得到利用,而却从未在实际生活中被体验过的情景"③。穆卡洛夫斯基在另外一段文字中写道:"诗中的我不能等同于任何经验的个人,甚至不能等同于作者。这是诗歌创作中的一个最关键的枢纽"④。

所有这一切对于一个文学史家究竟意味着什么,托马舍夫斯基对此给了个恰当的总结,这位著名而又稳健的学者得以始终沿着既保持波希米亚式的夸饰又不失学院派折衷主义的宽容的路线前进。"抒情诗对传记研究是毫无价值的材料。甚至可以说是不

---

① 曼弗雷德·克里德尔(Manfred Kridl),《文学作品研究导论》(*Wstepdobanannaddzielemliterackiem*)(维尔诺,1936),第 102 页。

② 罗曼·英伽登(Roman Ingarden),《文学艺术作品》(*Das Literarischekunstwerk*)(海牙,1931)。

③ 让·穆卡洛夫斯基(Jan Mukarrovsky),《捷克诗学的新篇章》(*Kapitolyz české poetiky*)(布拉格,1941),第 19 页。

④ 同上书,第 21 页。

可信的材料"①。抒情诗的证明并非证据(perse,本身,本质上)本身,只有经由别的旁证它才可以成为证据,但也只是辅助性证据。

这一有关个人表现的真理同样适用于"社会在文学中的反映"这个问题。致使抒情诗成为不可信的心理学文件的同样一些因素,其影响所及,也不容许我们把虚构作品当作社会学或人类学的证明文件。

这一观点在形式主义的民间文学研究领域被加以认真探讨②。正是以这样一种假说为依据③,什克洛夫斯基警告人们不要仅从字面上理解古希腊通俗小说中的抢婚情节;他断言这会是一个十分危险的分析步骤,因为这很容易从这些故事中得出结论,以为抢婚在当时是每日每时都会发生的常事。什克洛夫斯基写道:口述传统并不反映当代的生活习俗,它只是当一种生活习俗已成

---

① 鲍里斯·托马舍夫斯基(Boris Tomasevskij),《普希金》(*Puskin*)(莫斯科,1925),第69页。

② 在此需要指出的是索科洛夫的观点(尤里·索科洛夫(Jurij Sokolov)),《俄国民间文学》(*Russian Folklore*)(纽约,1949),他认为形式主义学派在民间文学研究中做出了十分重大的贡献(Propp)。实际只有两部形式主义论著是不容易受到抨击的,即斯卡夫特莫夫(Skaftymov)的《壮士歌的诗学与起源》(*Poetika i genezis bylin*(*Poetics and Genesis of Byliny*))和普洛普(Propp)的《民间童话形态学》(*Morphology of the Fairy Tale*)。这两部著作都是探讨民间文学的口述传统的。什克洛夫斯基和博加特廖夫都曾就此问题而与亚·维谢洛夫斯基及其学派的"人种志"倾向进行了争论。他们坚持认为民间童话从来都不是实际生活方式的直接反映。博加特廖夫指出民间童话的情节效应越大,则故事中所描写的情景与受众的距离也就越大。要确定一个题目对通俗虚构类作品是否合适,母题就必须或是异域的,即选自距离遥远的文化,或是往昔的,即从"古代史"中选取。

③ 参阅彼得·博加特廖夫(Peter Bogatyrev)和罗曼·雅各布逊(Roman Jakobson),《俄国战争与革命时期的斯拉夫语文学》(*Slavjanskajafilologijav Rossiizagodyvojny Irevoljucii*)(柏林,1923)。

往日陈迹时将其召唤回我们的记忆中而已。在顺次转到书面文学后,什克洛夫斯基在莫泊桑短篇小说中发现了类似的法则,即"当一种风俗习惯已经不再是风俗习惯时,它才可能成为文学的主题"①。

亚·斯卡夫特莫夫则在其备受争议的、似乎多少有些浮夸的《壮士歌的诗学与起源》②中,对纯"现实主义"的民间文学研究方法进行了有趣的抨击。斯卡夫特莫夫对于俄国民间文学研究中颇多争议的问题之一——壮士歌的研究法如何与弗拉基米尔大公即俄国口述史诗传统中的亚瑟王谐调一致——的问题,提出了一种新的"内在论"的解决方案。

许多俄国民间文学研究者感到惊奇,为什么在壮士歌里,这一才能卓著,而且按照流行的传说,待人和蔼的统治者,却总是被一个"英雄"(勇士)(bogatyr),而且往往只不过是弗拉基米尔大公的随从之一,给遮蔽了呢。研究者们指出,首领这一角色通常一点儿也不引人注目,有时甚至不予讲述。壮士歌里的弗拉基米尔(大公)身上也难免染有像遇到可怕的敌人便惊慌恐惧这样的弱点,此外对待永远比敌人略胜一筹的勇士他也极不公正且背信弃义。

某些俄国民间文学研究者认为如此描绘大公的形象,反映了

---

① 维克多·什克洛夫斯基(Viktor Šklovskij),《小说论》(*Oteoriiprozy*)(莫斯科,1929),第31页。

② A.斯卡夫特莫夫(A. Skaftymov),《壮士歌的诗学与起源》(*Poètika i genezis bylin*)(萨拉托夫,1924)。

一个皇家具有民主主义精神的家臣角色反抗专制制度的社会态度[①]。按照斯卡夫特莫夫的观点,口述体史诗中的弗拉基米尔角色,并非意识形态问题,而是一个创作问题。他认为壮士歌是对战士的一种朴实无华的歌颂和赞美,它以英雄和敌人的戏剧性冲突为中心精心编结叙事。所有其他人物,其中包括俄国"封建"等级制品位表占据核心地位的弗拉基米尔大公,也仅仅只是"发生共鸣的背景"[②]。可按照艺术透视法则,故事中的前景应该比背景突出才对呀。由于壮士歌中一切因素都是用来推动英雄最终功德圆满的结局的到来的,所以,所有其他次要角色,其中包括大公,我们可以想见就只能按照看起来最有利于强化最终效果的方式来行动。例如,在紧急关头,只要为了更加突出表现英雄的大智大勇,就大可以让大公成为普遍惊慌失措的牺牲品。直到最后的对决到来前,与骑士比,弗拉基米尔大公不多不少是个被人怀疑的、的确受到轻视的角色,他的作用仅仅是为了让武士最终的凯旋之声能够更加响彻云霄。

从上述分析中所能得出的方法论规范显然是足够清晰的:为人物行为或就此而言,为了情节的任何因素寻找某种外在论阐释都是毫无意义的,即使后者可以被归因于审美架构内部的紧急状态也罢。换句话说,在细致考察其结构特征以前,从文学作品中抽

[①] 参阅罗曼·雅各布逊(Roman Jakobson)和马克·采特尔(Mark Szeftel),《斯拉夫史诗》(*The Vseslav Epos*),见罗曼·雅各布逊(Roman Jakobson)和欧内斯特·西蒙斯(Ernest.J.Simmons)主编之《俄国史诗研究》(*Russian Epic Studies*)(费城,1949),第74页。

[②] A.斯卡夫特莫夫(A. Skaftymov),《壮士歌的诗学与起源》(*Poètika i genezis bylin*),第95页。

绎出某种社会学或心理学结论,是十分危险的:从表面可以看到的现实生活的表现一旦深入观察却成为强加于现实之上的美学公式。因为无论什么样的生活片断被表现于艺术中,都永远会受到"常规"的折射,一位文学批评家的首要任务,便是确定这种折射的角度。正如斯卡夫特莫夫所说,结构描述必须先于起源研究①。

就这样形式主义者们的基本信念再次得到重申。"审美功能的自主性"在各类虚构类文体写作和各个层级的文学创作中,得到了成功的展示。形式主义—结构主义文学理论从面对其客体的个别诗歌语词的自主性向文艺作品对于现实生活的自主性阔步迈进——二者都是主观(创作者)对客观(社会环境)。

批评家对于文学与社会间复杂关系的了解越真切越明确,其所举说明文艺特性问题的例证就越具有说服力。在雅各布逊考察帕斯捷尔纳克——现代俄国最前卫的抒情诗人之一——小说创作的论文中,就可以找到说明这一点的最佳例证②。在这篇带有鼓励性质而又写得十分精练的文章中,雅各布逊试图从诗人诗学的结构特征出发推论帕斯捷尔纳克的主题学③。他注意到帕斯捷尔纳克对邻接性修辞格——换喻、举隅法——的偏好,这是指一种以"动作"取代"动作者"、以"环境"取代"动作",把"主人公的意象分解为……一系列客体化了的精神状态或周围物体"的倾向④。雅各

---

① A.斯卡夫特莫夫,《壮士歌的诗学与起源》,第127页。
② 罗曼·雅各布逊(Roman Jakobson),"论诗人帕斯捷尔纳克的散文"(Randbemerkungenzur Prosedes Dichters Pasternak),《斯拉夫评论》(*Slavische Rundschau*),1935年第7期,第357-374页。
③ 同上书,第369页。
④ 同上书。

布逊所使用的这种意象模式为解读帕斯捷尔纳克诗歌世界的深层潜在特质提供了一把钥匙①。

这篇技巧娴熟的批评 tour de force(杰作)具有双重意义。它证明在文学作品的各个层次间存在着有机关联。它同样也是一个假设性的证据,证明风格是和其他因素一样好的进行整体批评分析的出发点。

的确,借用现代德国美学家康拉德(H. Konrad)②*的一句话,如果诗歌是"被搬进语言中的世界"的话,那么语言手法就是诗人把握现实最为有力的工具。在文学艺术这个意识形态战场上,在隐喻和换喻,或格律诗和自由诗两相对立的平台上,常常上演着一场场的战事。

俄国形式主义者那些感情更加奔放的批评者们似乎竟然未能认识到这一点。当维列萨耶夫愤慨地谴责艾亨鲍姆,说他对待青年托尔斯泰精神危机的处理办法,煞像一个学究想要把这位伟大的小说家变成一个酸腐的匠人,但在对双方优美的词句各自具有的优点和长处冷静地斟酌一番后,我们不能不感到这位托尔斯泰的捍卫者未能打中目标。对于一个借助于风格的力量让世界臣服的搞创作的作家来说,"手法"的选择绝非雕虫小技。的确,尽管不无片面之嫌,但艾亨鲍姆描述托尔斯泰反抗浪漫主义小说老生常

---

① 罗曼·雅各布逊,"论诗人帕斯捷尔纳克的散文",《斯拉夫评论》,1935 年第 7 期,第 369-371 页。

② 参阅勒内·韦勒克(Rene Wellek)、奥斯汀·沃伦(Austin Warren),《文学理论》(Theory of Literature)(纽约,1949),第 341 页。

* 康拉德·朗格(Konrad Lange,1855-约 1921),德国艺术史家、美学家。——译者

第十一章 文学与"生活"

谈的斗争的犀利尖锐、论证翔实的著作,比许许多多陈腐的对托尔斯泰的意识形态批评都更好地表现了托尔斯泰精神危机这幕剧;托尔斯泰甚至在谴责艺术时也不失为一个艺术家,而非神学家。正如最近亨利·莱文所指出的那样,技术细节比普遍概括于我们帮助更大①。

与此同时必须指出的是,艾亨鲍姆在其早期论著中仅只能间接暗示作家艺术手法的哲学或心理学应用问题。而1935年雅各布逊却可以远比这更明确地谈这个问题,因为那时他已经愿意为俄国形式主义者们当年为手法所要求的同一自主性问题,提出"原由论证"问题了。他说从帕斯捷尔纳克偏好换喻推断他对世界的态度是消极的,以及像某些庸俗的马克思主义批评家那样从诗人周围环境的非政治化推断诗人的态度那样,都是同样错误的②。

雅各布逊继而写道:"想要确定各种现实领域之间的相互依存关系的意图是完全合法的。从一个领域的事实出发推断另外一个领域里相应的事实,这种意图也同样是合法的,只要这一过程被理解为一种把多维现实投射到一个单一平面上去的方法,它就会一直都是如此。但错误在于混淆投射和现实,以及忽视单一平面的特殊结构和内在动力机制(selbstbewequng,自我服务)。在一种艺术潮流的诸多种实际可能性中,特定环境或个人可以选择最适

---

① 亨利·莱文(Harry Levin),《简论常规——批评的前景》(*Notes on Convention, Perspectives of Criticism*),(剑桥,麻省,1950),第80页。

② 韦勒克、沃伦的立场似乎与此相近。《文学理论》写道,"从风格通向'内容'问题的步骤切不要误以为是一个把优先权,无论逻辑还是年代顺序问题,归属于这些因素中任何一种的过程。在理想状态下,我们应该可以从任何特定的点出发也能得出同一种结果"(《文学理论》(*Theory of Literature*),第186页)。

合自己需要的那种社会的、意识形态的和心理的因素;反之,一系列由其内在发展法则产生的艺术形式也会努力寻求一种合适的环境或创作个性以便自身的实现"。雅各布逊意味深长地补允道:"但我们切勿把这种各个层次间的相互对应理解为一种和谐的田园诗。我们必须牢记一点,即在现实的各个层级之间可以产生一种辩证张力"①。

这种把文学进程视为审美形式、创作个性和社会环境间辩证张力的观念,是一种与虚构类文学的复杂性和丰富性相匹敌的观点。同时这也是一个似乎能为解决文学理论中最折磨人的问题之一——诗性真实——提供希望的一个批评立场。

上文已经讲到形式主义者们如何坚持不懈地警告人们,切勿把文学当作一种证据,当作一种可以信赖的有关生活的信息资源。雅各布逊假定以符号而非以所指为定向,这是诗歌的区别性特征之所在。克雷德尔认为虚构类文学的目的就是建构一种新的假定的现实②。罗曼·英伽登则又为这一论点补充了一个新的维度——那就是逻辑:他令人信服地证实,在文学作品中找到的句子,正如我们从信息话语立场所能确定的那样,其意义并不一定得"真实",或按英伽登的话说,并不一定坚持自己的真实性权利(Wahrheitsanspruch,真理要求个人追求真理的权利)③。

这是个非常好的观点。但正如英迦登毫无疑问会予以认可的

---

① 《斯拉夫评论》(*Slavische Rundschau*),1935年第7期,第372-373页。
② 参阅本书第十章,第173页(即本书中文版本第257页——编者)脚注⑤。
③ 罗曼·英伽登(Roman Ingarden),《文学艺术作品》(*Das Literarische Kunstwerk*)(海牙,1931),第167页。

第十一章 文学与"生活"

那样,一部伟大的文学作品尽管在字面意义上并不"真实",但却会对真实有益,它们往往会深刻洞悉人类的困境。在操作媒介或建构一个假定性世界时,从事创作的作家可能会间接地比许多一心想要寻求"真理"的学者们揭示更多有关现实的真相。显然,普鲁斯特的长篇小说能够比一本平庸的心理学教科书告诉我们更多有关人类心理的真实。而陀思妥耶夫斯基"宗教大法官的传说"对于自由与权威悲剧性的两难对立的陈述,其辛辣尖锐任何一部社会学专著也很难与之媲美。

斯拉夫结构主义者们从未把自己明确地献身给虚构类文学这样一种间接真理功能的研究。但他们的某些阐述却似乎说明了这样一个重要观点,即文学为什么即使"不真实"也会有益的机制何在。有人可能会说,文学并不反映现实但却与现实重叠,这一命题和艺术与其创造者,与其环境之间有动态关联的观点一样,都是富于成效的。穆卡洛夫斯基说,文学作品可以是指示"社会状态和特点的风向标,但却并非社会结构自动化的副产品"[1]。文学从某种意义上说意味着所有它与之打交道的因素,如作者,他的环境,他的听众,永远也不会成为其中任何一个因素的代理。

现在我们有可能向前迈进一步了。文学的认识价值并不在于这样一个事实,即作家可以比科学家发掘到更多有用的资料,同样也不可以将其归结为艺术家将普遍具体化或化抽象为可触摸的能力。莱昂内尔·特里林近来指出,文学是"一种集中了所有可能具

---

[1] 穆卡洛夫斯基(Mukarovsky),《捷克诗学的新篇章》(*Kapitoly z české poetiky*),第 19 页。

有的多样性、可能性、复杂性和艰难性在内的人类活动"[1]。现在我们是否可以把这种对人类经验含糊性的独特把握,把这种善于表现"世界胴体的可怕密度"(约翰·克娄·兰色姆语)的能力,解释为介质密度的一个副本,按照形式主义的说法,从而也就是典范的诗歌呢? 我们是否可以把现实那复杂而又常常令人困惑的幻象,亦即文学作品的"所指",一直追溯到在"符号"层面上所发生的语义的转移呢?

雅各布逊非常接近于从他对普希金世界观(weltanschanung)[2]的讨论中得出类似的结论。俄国形式主义者中的大多数人全都忙于把艺术从生活中分离出去,好让诗歌在感性层面也能像在认识或表达层面上发挥效应。什克洛夫斯基在其对主情论者未予授权的要求进行抨击的一篇文章中写道:"最根本的问题是艺术是超情感的。诗歌中的血不是血……而是声音模式(亦即韵律)或一个意象的成分"[3]。

和什克洛夫斯基那些太多的匆忙草率的概括归纳一样,这个结论也只有部分为真。"血"这个词当我们把它用在诗中和当我们在"真实生活"中听到它时,它所能给我们的感受无疑各有不同。正如什克洛夫斯基敏锐地指出的那样,这种差异点之一恐怕得归之于诗歌的形式构造;韵律的"巧妙构造"产生如 I. A. 理查兹所说

---

[1] 莱昂内尔·特里林(Lionel Trilling),《自由想象》(*The Liberal Imagination*)(纽约,1950)。

[2] 《亚·谢·普希金诗选》(*Vybrane spisy A. S. Puskina*)(布拉格,1936),第 1 卷,第 259 - 267 页。

[3] 维克多·什克洛夫斯基(Viktor Šklovskij),《小说论》(*O teorii prozy*),第 192 页。

的"框架效应"(frame effect)[①]——即从现实生活出发的一种距离感。但这却不是说文学中的"血"整体而言是"看不见的血"(bloodless)。日常生活中的语词可以被移放到诗中,但在其历史过程中与之有过组合关系的多重联想和情感色彩,却并未被清洗干净。正如形式主义理论家自己所说,诗歌把语言符号的所有特征全都给"实现了"。诗歌语言的区别性特征不在于它是"超情感的"这个事实,但带有情感负荷和声学质感以及语法形式的诗歌语言,已经成为审美沉思的对象,而非恐惧、仇恨和热情的催化剂,已经作为象征结构而非行为所施对象的、被人"接受"和"体验"的东西。正如韦勒克和沃伦所指出的那样,"文学中表现的情感……,是情感的体验和情感的接受"[②]。

一个有关审美反应的问题就这样提出来了。I. A. 瑞恰兹尽管不同意,但我们却相信艺术所激发的感情不仅在程度上而且在性质上都与我们在生活中体验到的截然不同。一个悲剧高潮,比方说,百老汇舞台上哈姆雷特之死对我们的影响,显然不同于我们在家乡小镇街上偶尔看到的一件交通事故。前一种反应所包含的分离性质显然涉及"总是在我们大脑的后部"存在的知识(awareness),而在我们眼前展开的喜剧并不是真的,灾难只不过是一个假象世界的一部分。与此同时针对戏剧的谴责作为对戏剧的一种成功的反应又如何能没有高度的情感内蕴参与——如果不

[①] I. A. 理查兹(I. A. Richards)主编,《文学批评原理》(Principles of Literacy Criticism)(伦敦,1948年第2版),第145页。
[②] 勒内·韦勒克(Rene Wellek)、奥斯汀·沃伦(Austin Warren),《文学理论》(Theory of Literature)(纽约,1949),第28页。

是感同身受的话。

文学艺术既具有虚构性也具有似现实性，既具有个人特点，也有其针对性。这两组属性都十分重要，批评家忽略其中任何一种因素都会给自己带来麻烦。显而易见，使审美反应得以产生的是其特殊性。但正是文学与其他人类活动领域的相关性使这种反应能力有了保障，而且，总之使这种反应有可能发生的也是它。

有人可能会补充道，审美体验的这两个方面既和谐一致也相互依存。正是因为艺术不光主要是呼吁人们行动的号召或信息资源，而且也是对媒介的无利害的沉思，"无目的的合乎目的性"（purposiveness without purpose，康德语），它能把如此众多，并常常是不谐调一致的成分带入轨道，并被卷入许许多多的利害和行动之中。

外在论批评正如什克洛夫斯基恰当地指出的那样，它把形式摒弃一旁为的是把握"内容"，它是如此关注文学的"相关性"以致忽略了其特殊性。纯粹的形式主义——业已证明它是过度反抗起源学谬误的一个结果——则倾向于另一个极端。形式主义理论学说的最终结果结构主义，已经指出了一条通向能够完全公正地满足文艺之独特性和相关性的文学观念的康庄大道。

第十二章　诗的结构：声音与意义

1

上一章中我们试图对形式主义批评的观念架构进行一番梳理。显而易见，我们的下一个步骤就是考察上文所说的方法论假设，是如何被应用于对理论诗学和历史诗学特殊问题的分析过程中的。

应用形式主义观念并取得最大效益的领域无疑是诗体理论。无论是因为诗歌语言是奥波亚兹理论家们的"最爱"[①]，也无论是因为形式主义代表人物，如雅各布逊、托马舍夫斯基、迪尼亚诺夫，一直到最初阶段的结构主义，都主要投身于研究诗体问题，总之，形式主义就是在这一领域里，做出了给人以深刻印象的贡献。

形式主义诗体研究的方法由两个基本信条组成：一是强调诗歌语言是一个有机整体；二是主导要素（dominanta）观，即指诗的主导性质或有机组织性质。形式主义者声称诗绝非仅仅是附加在

[①] 可参阅本书第三、四章，第 63－69、73－74 页。

日常生活话语之上的诸如韵律、格律,或头韵法等外部修饰语问题①。

诗是话语整合的一种类型,它与散文在性质上有本质的不同,它的各种成分有一个明确的品位等级表,它有其内在的法则,诗即"整个语音结构组织化了的一种言语"②。

这也就是诗中的"建构要素"③,即修饰和使所有其他成分得以变形的要素,它对诗歌语言的语义、形态以及语音层面施加影响,而这也就是诗的韵律模式。被赋予广泛定义的诗律(rhythm)④作为"类似现象在时间中的周期性交替出现"⑤,既是诗歌语言的区别性特征,也是其组构原则。

格律或格律倾向也可以在传达信息为主的散文中见到,这一点并未被形式主义者们所忽视。但为了与其功能学方法取得一致起见,他们认为诗的特异性不仅仅在于某种成分——在这一例子里,即一定语音模式(sound-pattern)周期性或半周期性的有序出现——的有无,而在于其所处的地位。他们在论战中指出,在"实

---

① 鲍里斯·托马舍夫斯基(Boris Tomasevskij),"俄国文学史中的短篇小说"(La nouvelle école d'historire littéraire en Russie),《斯拉夫研究评论》(Revue des études slaves),1928年第8期。

② 鲍里斯·托马舍夫斯基(Boris Tomasevskij),《论诗》(O stixe)(列宁格勒,1929),第8页。

③ 尤里·迪尼亚诺夫(Jurij Tynjanov),《诗歌语言问题》(Problema stixotvornogo jazyka)(列宁格勒,1924)。

④ 需要指出的是这是一个非常灵活的定义,但它却不允许把"格律"(rhythm)这个术语用来指代空间艺术。(勃里克对这个问题的表达十分明确)。形式主义者刻意强调周期性,亦即"类似现象"在时间中的重复出现,并把它作为诗歌格律的不可剥夺的一个特点。

⑤ 鲍里斯·托马舍夫斯基(Boris Tomasevskij),《论诗》(O stixe),第257页。

用"(practical)语言中,以及在日常生活言语或科学陈述中,格律是一种次要现象,是一种在发音生理学上比较便利的方式,或系句法方式的副产品;而在诗歌中,它却是一种具有"自身价值"的主要特点。托马舍夫斯基指出:"诗歌在其配置中拥有一种把语音流打破分解成可以识读的单位的超句法学手段"[①]。"在诗歌中,"迪尼亚诺夫写到,"语词的意义受到声音的修饰,而在散文中则是声音受到意义的修饰"[②]。

在散文体话语——除格律体或明确作为一种边缘个例的诗体散文——中,更加重要的是所谓等时性(isochronism),亦即"格律信号"之间的时间间隔均等化倾向,在此则不是什么规则,而是一种例外。正如托马舍夫斯基在其分析普希金《黑桃皇后》(The Queen of Spades)[③]的文章中所表明的那样,散文的一个段落里也可以见到鲜明的极其有规律的重音分布现象。但托马舍夫斯基坚持认为这样一种规律性,是一种偶发现象,而非一种结构特点,是一种我们只要仔细观察便可发现,但却没有理由对之予以期待的现象。与之相反,诗歌中的格律却并非取决于格律重音的实际分布,而是取决于我们对特定间隔重复出现率的一种预期。按照雅各布逊以及韦勒克和沃伦的看法,"诗歌语言的时间是一种预期中

---

① 鲍里斯·托马舍夫斯基,《论诗》,第312页。
② 尤里·迪尼亚诺夫(Jurij Tynjanov),《拟古主义者与革新者》(Arxaisty i novatory)(列宁格勒,1929),第409页。
③ 鲍里斯·托马舍夫斯基(Boris Tomasevskij),"散文的格律"(Ritm prozy),《论诗》(O stixe)。

的时间"①。

格律是一种格式塔(Gestaltqualitat)性质,作为一种属性,它形成并渗透进诗歌语言的所有层面这种观点,使形式主义不致陷入传统格律学家的这样一种误区,即把格律和韵律等同视之。形式主义者们知道得很清楚,即诗歌可以和韵律,而不是和格律共同分配。托马舍夫斯基写道:"言语可以听起来像诗,但却不带有任何韵律模式"②,对于奥波亚兹理论家来说③,韵律(rime)不过是"语音重复"(zvukovoj povtor)的特例,我们可以补充的是,这是一种由于其所处的战略地位而可能变得十分显著的特例。由于同样理由,节奏(拍)可以被归纳为不过是韵律的一个特例,或更确切地说,是韵律存在的最具有实体性的论据。韵律架构(metrical scheme,节奏模式)被降格到辅助手法的地位,它通过把韵律语流打碎分解为"等值词化的语调片段"④的手段,标志诗歌语言的组织化特征。

这一论据令人油然想起安德烈·别雷对于理想节奏模式与诗中实际韵律之间作出的区分⑤。尽管别雷和奥波亚兹发言人之间很难谈到有什么相互喜爱,但在诗体结构研究中,他们与这位象征派理论家的先锋著作有诸多契合之处。托马舍夫斯基、迪尼亚诺夫和勃里克都分享了别雷对于多种音律形式的浓厚兴趣,并和别

---

① 勒内·韦勒克(Rene Wellek)、奥斯汀·沃伦(Austin Warren),《文学理论》(*Theory of Literature*)(纽约,1949),第171页。
② 鲍里斯·托马舍夫斯基(Boris Tomasevskij),《论诗》(*O stixe*),第9页。
③ 参阅本书第四章,第74页。
④ 鲍里斯·托马舍夫斯基(Boris Tomasevskij),《论诗》(*O stixe*),第11页。
⑤ 参阅本书第二章,第37-38页。

雷一样具有这样一种成见,对于不同诗人或诗歌流派认识同一种节奏规范的途径感到入迷。和别雷一样,他们把他们即使是在最"规则"的诗中所常常发现的对于规范的偏离现象,当作韵律的一部分和主要部分,把它不仅当作从"语言材料的抵抗"观点看是一种不可避免的现象,而且还是造成审美效应的一种重要的因素。

尽管象征主义者和形式主义者们在声称节奏不对称是不可避免的现象这一观点上是一致的,但在其所援引的标准问题上他们却各个不同。别雷为韵律的"多样性"辩护,而形式主义者们却倾向于回到什克洛夫斯基"解自动化"学说的立场上来。

波兰出色的形式主义者弗兰西斯克·谢德列斯基(Franciszek Siedlecki)声称,典型诗体的致密组织能把语言的语音结构(sound-stratum,声音层面)从混沌的惯性状态下撕裂出来,而这乃是其在日常生活言语中的宿命①。谢德列斯基继而写道:"人工强加的等时性反而会导致自动化,如果它不是在'预期受挫的时刻'(此乃雅各布逊的术语)的对规范的一种偶然偏离的话。一种韵律上的变化,比方说,在节拍上的'强'位置上一个重读重音的缺席,会在日常生活话语和美学规范之间产生一种张力,并以此凸现出诗歌韵律的动态性和艺术性"。

我们从谢德列斯基的论证中可以看得很清楚,即形式主义者们对不规则的"自由体"诗情有独钟。尽管他们的批评有明显的倾向性,但他们仍然得以避免别雷式观点的教条主义性质。如上文

---

① 参阅弗兰西斯克·谢德列斯基(Franciszek Siedlecki),"论波兰诗歌中的自由"(O swobode wiersza polskiego),《话语》(*Skamander*),1938年第3辑,第104页。

所述,对别雷来说,韵律是对节奏的一次凯旋,或用他自己的话说,"是对格律的对称性偏离"。而形式主义诗体学者们却认为这一定义太狭窄也太消极。

实际上形式主义的诗体研究产生了广义和狭义的两种诗歌韵律观。前者可以被称之为形式主义关于韵律的最高定义,此即"实际可接受到的语音现象的总和"[1],亦即审美组织化了的诗中声音成分的总和。这一定义显然包括通常我们会在诸如重音、音高、音值、"质量的"或"内在的"如头韵法或和谐元音这样的韵律学题目下予以讨论的数量或关联因素[2]。

这种有关韵律的普遍观念显然是形式主义者们一贯注重诗歌言语的有机统一性的必然结果。韵律分析的范围显著有所扩大,而这是为了把诗歌语言中所有直接或间接受到主导韵律要素组织化力量影响的话语层次都能纳入诗歌研究的范围中来。

但形式主义对于诗体韵律学的讨论,却稍带有较多的专业性质。托马舍夫斯基说:"韵律学家所研究的,是在实际诗歌言语中认识韵律规范的过程中所产生的语音现象"[3]。但和别雷观点相矛盾的是,他们把韵律的实际完成不仅当作是对规范的系统违反,而且将其看作是规范加违例,看作是在规范和日常生活语言间产生的"对位化"张力[4]。

---

[1] 鲍里斯·托马舍夫斯基(Boris Tomasevskij),《论诗》(*O stixe*),第11页。

[2] 勒内·韦勒克(Rene Wellek)、奥斯汀·沃伦(Austin Warren),《文学理论》(*Theory of Literature*)(纽约,1949),第160页。

[3] 鲍里斯·托马舍夫斯基(Boris Tomasevskij),《论诗》(*O stixe*),第260页。

[4] 上述这一说法是从韦勒克和沃伦阐述形式主义诗体学研究方法的、文字精练但却大有神益的文字中借用来的(《文学理论》(*O teorii literatura*),第173页)。

第十二章 诗的结构:声音与意义

如果说在格律诗研究中,形式主义者们不如别雷那么"好战"的话,而在观念架构方面,却要远比别雷激进得多。这不光指在对诸如词语总谱学和短句旋律一类问题的讨论中,他们也会远远超出传统诗体研究的界限。而且,在他们对俄语诗歌的韵律学分析中,他们对希腊-罗马诗体学中如"音步"(foot)这样的关键性概念是否有益的问题,提出质疑。形式主义者们在论战中指出,像"抑扬抑格"(amphibrach)、"扬抑格"(trochee)或"抑扬格"(iamb)这样一些术语,对于研究俄语诗歌的学者来说并无多大价值,因为他们认为在俄语诗歌中,甚至在其"古典主义"阶段的俄语诗歌中,我们都可以发现比这更加富于规则的重音和非重音音节交替出现的现象,以及比它们更加清晰明确的"轻"、"重"之间的数量关系。托马舍夫斯基写道:"音步观是旧韵律学中一个最薄弱的环节"[①]。根据雅各布逊和托马舍夫斯基的看法,诗歌韵律的基本单位不是"想像性"的音步,而是诗行,因为诗行才是明确的"韵律—句法学"或"语调"片段[②]。

这样一种诗体结构观在托马舍夫斯基对于普希金抑扬格五音步诗的富于学术意味的分析中,得到了清晰的表现[③]。在别雷看来用这种格律写作的一行诗实际上是由五个双音节的音步组成,即所谓抑扬格体,只是偶尔会有"重音脱落"现象。而托马舍夫斯

[①] 鲍里斯·托马舍夫斯基(Boris Tomasevskij),《论诗》(*O stixe*),第 138 页。

[②] 前一术语来自日尔蒙斯基(Žirmunskij)极有价值的著作《诗体学导论即诗歌理论》(*Vvedenie v Metriku, Teorija stixa*)(列宁格勒,1925),后者来自托马舍夫斯基。

[③] 鲍里斯·托马舍夫斯基(Boris Tomasevskij),"论普希金的抑扬格五音步诗"(Pjatistopnyj jamb Puskina)《论诗》(*O stixe*),第 138-253 页。

基则宁愿称它为十个音节的连续体,以具有"抑扬格冲力"为特点,也就是说它具有一种重音甚至会落在音节上的倾向。这位形式主义理论家进而补充道,这里所说的"冲力"(impulse)具有足够长的连续性可以使偏离规范得以发生,从而使"预期受挫的那一刻"能够被接受,因而在审美上具有一定效应。

形式主义诗律学家在不厌其烦记录诗歌的声音模式的同时,却对仅仅记录一行诗中音节和重音分布的数目并不满意。他们对于重读音节和语词单位两相对应的位置问题,也给予了同等关注。他们在论战中指出,"词语界限"(word-boundary)(slovorazdely)在我们对诗歌的接受中,也是一个十分重要的因素。

和费多尔·柯尔兹(Fëdor Korš)——俄国比较韵律学先驱者之一——一样,形式主义者们拒绝把诗行仅仅当作一个声音系列,而是将其当作轻重音节的交替系列。批评家雅各布逊在其《论捷克诗》论著中,力求通过把普希金长诗《落水者》(Utoplennik, The Drowned Man)中的四行诗并列的方法,借以说明语词边界的迁移的影响力:

Ánetó ‖ pokoloču

Pritaščílí ‖ mertvecá

Ivevidimkoju ‖ luná

Utoráplivaet ‖ šág

雅各布逊断言,从纯声学观点看,上述诗行的结构是完全相等的。每行诗音节的数目都是七,"韵律冲力"是扬抑格的,其中只有两个实际上的重音节拍,第一和第五个音节是"弱音节"。然而,雅各布逊认为,事实上上述四行诗中每一行中语词间间隔的位置各有不同,尽管它们从声学上是无法被感受的,但却是韵律分析时无法加以忽视的现象①。

正如雅各布逊在别处指出的那样,还有一些诗例中重音的位置和语词 vis-à-vis(点点对应),它们与诗体学有直接关系,因为它们影响着诗行中实际重读音节的分布状态。这种现象在表现韵律变化的段落中经常可以看到。格律规范和语词材料之间张力的结果,往往取决于划定语词界限的位置。有时韵律会战胜用法。在日常生活言语中单一音节词从不带重音,因为从逻辑上它从属于它前面或后面的那个词,但在韵律惯性的影响作用下,却完全可以带上重音。换用一种更一般的说法,一个正常的非重读音节可以被认作韵律信号,或反之,一个正常的重读音节其重音也可以脱落,除非这一程序会在语词单位内部引起重音的移动。以后一种情况为例,韵律冲力必然会被阻断。俄语诗体结构不允许"重音的内在迁移"(pereakcentirovka),因为俄语中此类诗体破格具有一种能够改变特定语词意义的倾向②。

这样一来,诗歌中声音与其意义、诗体学与语义学之间的相互关联问题,便得到了强调。的确,在经历了一段对纯粹和谐悦耳感到分外入迷的短暂时期以后,形式主义者们对于此类相互关联问题有了真切认识。艾亨鲍姆、雅各布逊、迪尼亚诺夫和他们在德国的倡导者西弗斯(Sievers)和萨兰(Saran),在法国的维里尔

---

① 罗曼·雅各布逊(Roman Jakobson),《论捷克诗》(*O cesskom stixe*)(柏林,1923)。

② 同上书。

(Verrier)一样,在论战中颇令人信服地批驳了诗歌研究的纯声学方法[①]。但他们却把西弗斯(Sievers)[*]的一句名言当作一个强有力的例外,即说一个诗歌理论家应当采取一个外国人在聆听一首诗时却压根儿不懂得写作那首诗的语言时所采取的态度[②]。

形式主义者们断言这样一种态度也就使得无论描述还是心理学方法都不可能介入。正如雅各布逊和穆卡洛夫斯基极其清晰地阐述的那样,语言的声音构造(sound-structure)首先是被当作用以区分语词意义,或按布卢姆菲尔德(L. Bloomfield)[**]所用术语[③],首先是被作为"富于意义"的语音区别系列因素的语音对立系统而被接受的。雅各布逊补充道,这一被嵌入特定言语群体"语言意识"中的语音价值品味表,是适合直至西弗斯笔下那位"外国人"的条件的。当我们听到一段不可索解的话语发音时,我们会不自觉地按照自己的语言习惯对其进行一番"语音转换"(transphonologize)。在聆听用外语写成的诗时,我们会自觉或不自觉地把外国的语音系列分解成一些词汇和短语单位[④]。

上述讨论为所谓语音诗体学指明了方向。如我们所能期待的

[①] 参阅鲍里斯·艾亨鲍姆(Boris Ejxenbaum),《诗的旋律》(*Melodika stixa*)(彼得格勒,1922);罗曼·雅各布逊(Roman Jakobson),《论捷克诗》(*O cesskom stixe*)(柏林,1923);尤里·迪尼亚诺夫(Jurij Tynjanov),《诗歌语言问题》(*Problema stixotvornogo jazyka*)(列宁格勒,1924)。

[*] 爱德华·西弗斯(Eduard Sievers,1850-1932),德国古典语言学家。——译者

[②] 西弗斯(E. Sierers),《德国诗歌》(*Deutsche Verslere*),第1卷,转引自雅各布逊(Roman Jakobson),《论捷克诗》(*O cesskom stixe*)。

[**] 布卢姆菲尔德(1887-1949),美国语言学家。——译者

[③] 布卢姆菲尔德(L. Bloomfield),《语言》(*Language*)(纽约,1933)。

[④] 罗曼·雅各布逊(Roman Jakobson),《论捷克诗》(*O cesskom stixe*)。

那样,形式主义者们迫切渴望使诗歌研究和语言学联姻。因此,他们全心全意地赞同维里尔关于诗体学是一门"从在特定语言诗体中起重大表意作用之成分的特点的观点出发研究言语声音的学科"①。但如果说形式主义者们在刻意强调从语音学角度研究格律学的重要性上与维里尔完全一致的话,那么,他们却同意那位法国学者所认同的对于诗歌理论最恰当的语言研究类型。他们反驳维里尔关于"格律学只关注声音而非意义"②的命题,力求取得现代功能语言学的指导。他们争辩道,诗体学必须不是以对言语声音进行物理和生理学描述的语音学,而必须以考察言语声音亚种(subspecie)的语言学功能即其区别语词意义之能力③的音位学为"定向"。

注重音位学被证明是极其富于成效的。把"有意义"和"无意义"的语音差异明确加以区分,使我们能够确定每种语音中诗体学成分的等级品位表,从而为格律模式类型学研究提供一个工作平台。

为了比较格律学目的而采用音位学方法的最佳范例,出自雅各布逊的论著《论捷克诗》。雅各布逊指出,一般说语言用以识别"韵律信号"(Verrier's temps marqués)的手段有三种,这也是三个潜在的"韵律基点"(bases of rhythm)及重音或"移动重音",音高或"音乐重音"和音值。实际上每种个别的语言,在其演变发展的特定时期中,都会垂青于上述成分的某一种,将其作为诗体学的

---

① 罗曼·雅各布逊,《论捷克诗》,第45页。
② 同上书。
③ 同上书。

组织化原则。

雅各布逊继而写道,但这种选择总是会受到这三种诗体学因素的相对音位学状态的影响,如果不是被其所决定的话。另一个与此相同,在特定语言中最有可能成为韵律之基础的声音的关联成分,是在音位学上最恰当的那个。俄国诗歌在其发展过程中逐渐转向重音音节模式,这绝非偶然幸至。俄语中语词的意义往往会取决于重音的位置①,"移动重音"因而成为诗体学唯一的语音成分,而音值在此不过是重音的副产品。出于同一理由,在希腊诗体学中只有元音发音法成为其组织化原则那才合情合理,因为在这种语言中音值差异才是"具有意义的"。而在塞尔维亚—克罗地亚——唯一一门有音位学音高的现代斯拉夫语——诗体学中,自然会围绕"音乐重音"旋转。

雅各布逊对于诗歌语言本质上具有艺术的性质这一点心知肚明,因而所举例证也来源于此。他认识到语言中所内在固有的诗体学成分等级品位表并不是格律学体系的唯一决定者。由于诗歌是"对于日常生活言语所实施的有组织的暴乱"②,规定韵律模式的选择在任何时刻都会受到诸如"诗歌传统、经典作家的权威以及当下正在发挥影响力的外国文学"这样一些超语言学因素的影响。

无论如何,正如尼·特鲁别茨科依在其友好地批评雅各布逊论著的文章中③所指出的那样,"我们不要忘了语言的忍耐力并非

---

① 例如,在"мука"一词中,一旦用带重音的 y 取代不带重音的 y,此词的意义便从"面粉"变为"痛苦"。
② 罗曼·雅各布逊(Roman Jakobson),《论捷克诗》(*O cesskom stixe*),第 16 页。
③ 参阅《斯拉夫学》(*Slavia*),1923–1924 年第 2 期。

是无限的。每种语言中都会有许多必须被诗体学能充分利用的因素,如果其诗体学是生机勃勃的话"。诗歌形式必须或者采用语言模式即选择"具有意义"的语音价值作为韵律基础,或采用遵守这些语言模式的方式,而把语言模式的基本特点考虑进去。

这就又把我们带回到了格律诗许可的范围问题,同时也带到了一个更加专业的问题面前,即雅各布逊—托马舍夫斯基关于在俄语中重音不可能在同一个词范围内移动的命题。在《埃涅阿斯纪》(The Aeneid)的第一行"Arma irumgue canoe"中,扬抑抑格韵律模式将重音任意从"cano"的第一个音节转移到第二个音节。而在俄语中,诚如雅各布逊和托马舍夫斯基所表明的那样,这种类型的"有组织的违例"(organized violence)是不可以发生的,根据同一理由,塞尔维亚—克罗地亚诗体学也不允许"乐调重音"(musical accent,音乐重音)在同一个语词单位内移动。显然,形式主义理论家们提议,鉴于某些语音价值赫然耸现于我们的语言意识中,诗人绝不可以对之漠然不理或有意破坏。

2

形式主义者们坚持认为语词界限是一种韵律因素,而他们想要建立一种音位学诗体学的意图在他们对意义问题的长久关注上有所体现,这成为晚期阶段奥波亚兹诗歌研究的一个特点[①]。诗歌语言的语音方面和语义方面相互依赖这一思想,在批评分析的

---

① 参阅本书第五章,第 88–89 页。

若干层面上均有效。形式主义诗歌理论从声音中可以区分意义的最小单元音位,从意义中最小的独立单元词语出发,进而走向更高的单元——句子。诗歌句法学成为纯格律学分析和诗歌语义学之间自然而然的连接点。

首先对句子结构的诗性用法表示了强烈关注的是奥西普·勃里克,他从形式主义运动开始发端以来一直都对"声音重复"(sound-repetition)——这指诗歌中在诗体学模式之外可以观察到的一种语音构造——现象十分入迷。勃里克在其论述"声音重复"的第一篇论文[1]中,企图按照诸如重复辅音或辅音连缀的数目,辅音复现的顺序以及组成成分的声音与韵律单元的点点对应这样一些标准,对19世纪早期俄语诗歌中头韵法修辞格进行分类统一。

值得注意的是,勃里克的第二个贡献,却不是探讨奥波亚兹早期研究所酷爱的题目——"语词的总谱学"(verbal orchestration)——的,而是讨论韵律与句法的关联问题的。在其论文《韵律与句法》[2]中,勃里克指出,在许多诗中,韵律的运动不光取决于严格的诗体学因素,例如取决于重音的分布,但也同时受制于语词的顺序。在此句法是从韵律受到启发的。语词材料走向规则有序这样一种倾向,在诗行的连续或其他关联形式中屡屡出现句子结构的对称现象中,也有所表现。

---

[1] 参阅奥西普·勃里克(Osip Brik),"论语音重复"(Zvukovye povtory),《诗学》(*Poetika*)(彼得格勒,1919)。

[2] 参阅奥西普·勃里克(Osip Brik),"节奏与句法"(Ritm i sintaksis),《新列夫》(*Novyi Lef*),1927年第3-6期。

第十二章 诗的结构：声音与意义

勃里克把这种现象命名为"韵律—句法学对称现象"(rhythmico-syntactical parallelism)，并通过普希金时代的俄国诗歌来进一步追溯其渊源。他发现在俄国格律诗模式里最"规范化"的四音步抑扬格诗体中，经常会出现许多韵律句法修辞格。如名词加形容词再加名词(krasa polunočnoj prirody)或人称代词加形容词再加名词这样的词组(即 Moi studenčeskie gody)[①]。

为了与英语诗歌比较，我们特意选了罗伯特·彭斯著名的诗节为例：

"O myloveislikeared, redrose

That's newly sprung in June

O my love is like a melody

That's sweetly played in tune."[②]

威廉姆·K.小维姆萨特在其备受争议的论文《语词风格：逻辑与反逻辑》[③]中，也涉及了诗中韵律与句法的关联问题。维姆萨特写道："格律的等值并非与感觉同步，而是会跨越感觉的对称。莎士比亚的诗句'Of hand, of foot, of lip, of eye, of brow'(她的玉臂、纤足、芳唇、美目和眉黛)以及弥尔顿的'And swims, or sinks, or wades, or creeps, or flies'(游泳、沉沦、跋涉、匍匐、飞

---

① 勃里克所列举的某些例句中对称语段常占半个诗行。勃里克援引了如"bez upoenij, бezzelanij"这样的例句，半行诗句中却包含一个前置词"bez"和名词的否定式。

② 在此我所指的主要是彭斯(Burns')这一诗节第二和第四诗行所构成的韵律句法对称现象，第一和第三行的部分对称只是重复的副产品而已。

③ W.K.维姆萨特(W.K.Wimsatt)，《语言风格：逻辑与反逻辑》(Verbal Style: Logical and Counterlogical)，现代语言协会出版公司，第65辑，第2期(1950年3月)，第5—20页。

翔)……,是被当作对规则的例外朗诵的"[1]*。可能有人会感到

---

[1] W. K. 维姆萨特,《语言风格:逻辑与反逻辑》,第10页。
* 梁宗岱译,莎士比亚十四行诗集之一百零六首:

When in the chronicle of wasted time,
I see descriptions of the fairest wights,
And beauty making beautiful old rhyme,
In praise of ladies dead, and lovely knights,
Then in the blazon of sweet beauty's best,
Of hand, of foot, of lip, of eye, of brow,
I see their antique pen would have expressed,
Even such a beauty as you master now.
So all their praises are but prophecies
Of this our time, all you prefiguring,
And for they looked but with divining eyes,
They had not skill enough your worth to sing:
For we which now behold these present days,
Have eyes to wonder, but lack tongues to praise.

(当我从那湮远的古代的纪年
发见那绝代风流人物的写真,
艳色使得古老的歌咏也香艳,
颂赞着多情骑士和绝命佳人,
于是,从那些国色天姿的描画,
无论手脚、嘴唇,或眼睛或眉额,
我发觉那些古拙的笔所表达
恰好是你现在所占领的姿色。
所以他们的赞美无非是预言
我们这时代,一切都预告着你;
不过他们观察只用想象的眼,
还不够才华把你歌颂得尽致,
而我们,幸而得亲眼看见今天,
只有眼惊羡,却没有舌头咏叹。)——译者

第十二章 诗的结构:声音与意义

惊讶,小维姆萨特的结论是不是下得太仓促了呢。正如勃里克所表明的那样,诗歌史上不乏这样的时期或这样的流派,其韵律和句法单位与此类似的共同扩张与其说是一种例外,倒不如说是一种规律现象。

而形式主义者们却可能会连忙补充说这是一个不允许有任何例外的规则。"感觉"与"节拍"之间的关系从未达到田园诗般美妙的和谐境界。诗行是两种显在力量——韵律冲力和句法模式——合力作用的结果。即使是在这些因素据说是高度密集的诗中,两种系统间的差异也是不可避免的:句子可以在一行的末尾突然打住,或更常见的现象是与之交叠。迪尼亚诺夫断言跨行连续(enjambement)因此而使得韵律与句法间的潜在张力得以缓解,从而得以实施与韵律变化所能达到的相似功能[①]。

艾亨鲍姆在其著作《论诗的旋律》[②]中更加强烈地强调把句法视为韵律因素的重要性。勃里克力图表明当节拍被突出为诗歌语言的组织化性质时,句法对称现象便可以参与到诗的整体效应中来。艾亨鲍姆则比勃里克更进一步,他力图热情洋溢地证明,在特定类型的诗中,作为短句旋律的句法现象不仅可以成为一个分布因素,而且可以成为一个"主导"因素,即成为一种构成性原则。

"主导性质"(dominant quality)概念被证明对于形式主义诗歌学者有双重益处。这一观点既可被用于划定诗歌与散文的界

---

① 尤里·迪尼亚诺夫(Jurij Tynjanov),《诗歌语言问题》(*Problema stixotvornogo jazyka*)。

② 鲍里斯·艾亨鲍姆(Boris Ejxenbaum),《诗的旋律》(*Melodika stixa*)(彼得格勒,1922)。

限,还可以借以确定诗歌各种不同类型之间的区别。当我们把整个(in toto)诗歌与散文对比时,我们会发现韵律是诗人语言的区别性特征和组织性原则。但韵律——根据形式主义者对这一术语所做的广义阐释——乃是一个公认的异质多样性概念。如上文所述[1],这一术语既包含性质成分(音高、重音、音值)的组织化,也包括个别言语声音的数量因素的用途,或词语总谱,我们可以补充的,还包括短句旋律的用法。艾亨鲍姆断言此类因素的品位登记表从一种诗歌写作类型到另一种是各个不同的。的确,根据一首诗审美"定向"的不同,韵律三种成分中的每一种,都可以假定为诗体结构隐含的主要原则。

从这一假设出发,艾亨鲍姆开始着手考察他从俄国抒情诗中辨认出来的三种风格——夸饰或宣言体、对话体、旋律体或"如歌体"(napevnyj)风格——短句旋律的相对重要性问题。艾亨鲍姆指出,在第一种诗歌类型中,正如罗蒙诺索夫短歌所标明的那样,短句旋律明显只是一种次要现象,一种"随伴现象",或一种逻辑规则的副产品。在第二种类型亦即在阿赫玛托娃的抒情诗里,艾亨鲍姆发现它有一种想要与口头会话语调的多样性和流动性一争高低的倾向。这位批评家声称,只是在"如歌的"诗体中,我们才能见到始终如一地从艺术上开发短句旋律的现象——这是一种十分成熟的语调系统(intonirovanie),可以与旋律对称美、重复、渐强(crescendo),渐弱(cadence)等相媲美[2]。

---

[1] 参阅本章第215页(指中文版边码——编者)。
[2] 鲍里斯·艾亨鲍姆(Boris Ejxenbaum),《诗的旋律》(*Melodika stixa*),第10页。

第十二章 诗的结构:声音与意义

为了加强这一命题,艾亨鲍姆从俄国浪漫主义抒情诗人——如茹科夫斯基、费特,而莱蒙托夫最少——那里,撷取了大量例证。批评家在其论证详实但却并非总那么富于说服力的论文①中,认为俄国沉思体哀歌精致细腻地运用了疑问和感慨语调。这些语调模式由于采用了诸如倒装、抒情重复或叠句、反诘(reprise,重奏、再现部)(即指同一个问题在诗节内的重复)或渐强②等手段而得到进一步强化③。

音位诗体学、"韵律句法对称现象"、"诗的旋律",所有这一切都与传统诗律学所关注的问题,有霄壤之别,后者以机械计数长短音节、重读和非重读音节为特点。随着"音位"、"语词"和"句子"这类概念取代"音节"或"音步"成为主角,批评家们开始高度关注诗中所缠绕的声音的"艺术"组织的用法问题。从这一问题的"关联域"到可以被称之为"质量阶段"只有一步之遥,亦即诗体的和谐悦耳对个别语词或诗人所用词组的语义价值施加的影响。

本书作者早已指出,形式主义者的立场早已距听觉和情感反应须"协调一致"的理论相当遥远了④。形式主义者在其早期阶段曾受益于"音位具有潜在表现力"这样一种信念。但随后他们便对

---

① 艾亨鲍姆的这一命题受到了日尔蒙斯基的挑战,见后者一篇非常有趣的论文,"诗的旋律"(Melodika stixa)(《文学理论问题》(Voprosy teorii literatury)(列宁格勒,1928),第 89 - 153 页)。

② 作为一种规则,形式主义者们在从其他艺术研究领域借用概念的问题上一般十分谨慎,但在讨论诗的"如歌性"问题时,艾亨鲍姆却大量引用了诸如"终止式"(cadence)、"再现部"(reprise)一类的音乐术语。

③ 艾亨鲍姆把这种旋律学观点应用于对莱蒙托夫部分地应用于对阿赫卓玛托娃诗歌的分析中。

④ 参阅本书第二章及第十章第 35 - 36、182 页。

个别言语声音的召唤力和明确的情感色彩产生了高度怀疑。他们怀疑元音或辅音是否可以被合法地描述为"沮丧"或"喜悦",并拒绝如此重视声音模拟手法。根据形式主义者的观点,拟声法(onomatopia)是诗中的边缘现象。艾亨鲍姆指出[1],被某些批评家归咎于纯粹声音模仿的许多诗意效应,实际上是凭借其所用语词的意义起作用的[2]。

一般说形式主义者们对于所有迷信符号和所指间具有"有机"关联的理论,都持怀疑态度。让声音和意义发生关联对他们来说就意味着在诗歌语言的不同层次间确定一致关系,而非在诗的音乐和"现实生活"之间确定和谐一致关系[3]。

的确,形式主义理论家们根本就不愿意讨论诗中的"语音姿式"(zvukovye zesty)问题。当这一术语被迪尼亚诺夫或艾亨鲍姆使用时[4],它并非必然包含有对特定声学效应的某种内在的暗示意味。在奥波亚兹的用法里,"声音姿势"往往并非指发出特定声音重复时语音器官的发音动作——在发出一种言语声音时必然引起的一个过程——和生理动作之间的大致相似性。例如,普希金的长篇叙事诗《鲁斯兰与柳德米拉》的第一诗行中,圆唇音"y"

---

[1] 鲍里斯·艾亨鲍姆(Boris Ejxenbaum),"论诗中的语音"(O zvukax v stixe),《透视文学》(Skvoz literaturu)(列宁格勒,1924)。

[2] 正如韦勒克和沃伦所指出的那样(参阅《文学理论》(Theory of Literature,第163页)。J.C.兰瑟姆(J.C.Ransom)近来也提出了类似的命题。

[3] 上述立场显系形式主义者们关于"意义"是语词现象而非超语言现实生活的一部分的观点(参阅本书第十章,第184-185页)的必然结果。

[4] 尤里·迪尼亚诺夫(Jurij Tynjanov),《诗歌语言问题》(Problema stixotvornogo jazyka);鲍里斯·艾亨鲍姆(Boris Ejxenbaum),《安娜·阿赫玛托娃》(Anna Axmatova)(彼得格勒,1923)。

(oo)的三次重复(U lukomor'ja dub zelenyj),就被迪尼亚诺夫当作"如真的姿势一样极其具有说服力的语音姿势"的例证,但我们应该补充的一点是,这里所说的并非一种特殊或明确的姿势①。

一种经常在形式主义著作中出现的常规步骤即所谓"音响重复"(sound-repetition)——无论是韵脚还是某种非格律体的头韵手法——问题,往往被当作 sui generis(特殊的)"韵律隐喻"(rhythmical metaphor)或"听觉明喻"(auditorysimile)②。在此必须予以再次指出的是,所有这些概念按照雅各布逊或迪尼亚诺夫的阐释,丝毫不意味着在声音模式以及据称系此类模式所再现的现实生活的某个方面——如一幅风景,一段感情或一种心情状态——之间有任何契合之处。此处被加以刻意强调的,是在这两个系列的手法之间,在文学技巧的这两个层次——诗的和谐悦耳与诗的意象——之间的绝妙相似性。这是形式主义者提出问题的典型方法。参照术语都是"内在的",诗则被当作一种自我满足的实体来对待。而且,把韵律与隐喻相提并论这种做法,也可以一直追溯到什克洛夫斯基的一个基本信念,即在部分相似的基础上把两种换个角度看绝无相似之处的概念进行并列比较,是诗歌创作中的普遍原则③。

形式主义诗歌语义学研究的另外一个更加重要的特点是这样

---

① 《诗歌语言问题》(Problema stixotvornogo jazyka),第 104 页。
② 同上书,第 117 页。
③ 维克多·什克洛夫斯基(Victor Sklovskij),"情节布局手法与一般风格手法的关联"(Svjaz priemov sjuzetoslozenija s obscimi priemami stilja),《诗学》(Poetika)(彼得格勒,1919)。

一种假设,即作为诗歌语言组织化因素的韵律,会修正或是使意义"变形"。这种"变形语义学"(deformed semantics)的一个最为显著的特点,在于其"以邻近语词为定向"。诗歌声音层次的致密组织,或按迪尼亚诺夫的说法,即"诗行的凝练和压缩"[1],使词与词紧密相联,使其相互关联、交叠、辉映,因此而使其"侧面的"、潜在的意义资源得以被开发。艾亨鲍姆断言,"把玩此类侧翼意义,令其与习以为常的词组发生冲撞,这正是诗歌语义学的主要特点"[2]。语词的本意开始给辅助性的、"闪烁不定"的在韵律模式的影响下被带到前台的词意特点让路[3]。这种出乎意外的"意义的交叉"(crisscrossing of meanings)是诗歌言语的典型特点,它赋予诗人所使用的语词以一种新的语义上的细微色彩,或是复活其一种早已被人遗忘了的含蓄寓意。

随着诗歌在各种意义层面极不稳定地保持平衡,诗人的话语却比日常生活言语中的话语程度更大地倾向于从语境中获得支持。不光诗中的新词是这样,其大致"意义"我们可以从一段文字或一节构成词素的语义氛围中推断出来。同样,一些被"搬运进诗中"的熟悉语词和逻辑上绝无关联的不同概念在情感或语音关系的基础上被联系起来的语词,却可能将其表意价值为了诸如一行诗或一段文字的总体氛围所赋予的致密的情感色彩的缘故而让

---

[1] 尤里·迪尼亚诺夫(Jurij Tynjanov),《诗歌语言问题》(*Problema stixotvornogo jazyka*),第1章。

[2] 鲍里斯·艾亨鲍姆(Boris Ejxenbaum),《安娜·阿赫玛托娃》(*Anna Axmatova*),第108页。

[3] 尤里·迪尼亚诺夫(Jurij Tynjanov),《诗歌语言问题》(*Problema stixotvornogo jazyka*),第2章。

位。迪尼亚诺夫从亚历山大·勃洛克那里引用了一些很突出的例证来证明这一观点。他指出在象征派诗中,语词更多地是依靠情感而非逻辑契合而被聚集起来的,物象的界限在他们诗中是模糊不清的,其语词符号不是一种所指,而是一种"词汇语调"(lexical tone)[1]。

迪尼亚诺夫继而写道,语词的"词汇色彩"(leksičeskaja okraska)的强度的确通常情况下与其"主要特点,即与其表意的精确性"——的强度成正比。因此,野蛮文体、方言文体、古旧文体,以及'所指'无法辨识而只有一些大致'意义'的语词,通常非常适合一段文字的语调,并能把它们的'色彩'表达到一行诗或一个诗节最易于为人所理解的成分的地步。迪尼亚诺夫指出,类似现象我们可以在"表现性言语"中看到——在一个充满强烈感情,带有高度贬义色彩的语境中,甚至就连感情色彩中性的语词,也很容易被视作是多余的"[2]。

整体对部分的高度影响这只不过是穆卡洛夫斯基所谓"诗歌语境的语义动力学"的一个方面罢了[3]。和前者密不可分的另外一个方面,是部分对部分的影响。在把言语能量凝缩成为严格的韵律法则后,通过对介质的小心操作,诗中语词间多重复杂的相互关联得以凸显,从而引起了词语符号各个层级间的张力。

形式主义者对韵律的讨论就是说明这一观点的最佳例证。和

---

[1] 尤里·迪尼亚诺夫,《诗歌语言问题》,第57页及其他文字。
[2] 同上书。
[3] 穆卡洛夫斯基(Mukarovský),《捷克诗歌新篇章》(*Kapitoly z ceské poetiky*)(布拉格,1941),第1卷,第133-134页。

诗体构造中的任何成分一样,日尔蒙斯基在其《诗学的任务》这一论著中指出,韵律是一种复杂现象。他接着写道,韵律作为一种被规范化了的"声音重复"类型,其实是一种谐音因素,是一个"词语总谱"问题。与此同时,诗行末尾作为诗体信号的发射处,乃是格律诗结构中一个非常关键的部位①。

但日尔蒙斯基坚持认为这样描述尚不够全面。韵律也同样有其形态学和词汇学方面的问题。例如,我们必须搞清一个韵脚是否包含了整个语词或只涉及语词的一部分,那么语音焦点是落在词根还是词缀上。诗歌研究者还可以进一步追问被韵律带到一起的那些词语是否属于同一个语言学范畴,比方说,带有轻辅音结尾的阴性名词(Krov'-ljubov')或复数第三人称现在时(idut-vedut),抑或正好相反,它们都是分别从不同的形态学和语义学领域里撷取的②。

形式主义诗歌研究者们主要感兴趣的,是后一种类型的韵律。他们声称韵律从来也不是完全一致或品类单一的。只有当我们以形态学或语义学不和谐为背景时,语音上的相似性才会变得"可感"或能给人以审美愉悦。

这一命题得到了许多来自现代俄国诗歌的相关例证的支持。他们着重强调这样一个事实,即大多数当代俄国诗人都目标明确地使用一种所谓的语法韵律(grammatical rimes),语音和谐在此韵律中只不过是同一屈折变化的一个副产品,并且正在逐步走向

---

① 维克多·日尔蒙斯基(Victor Žirmunskij),"诗学的任务"(Zadaci poetiki),《文学理论问题》(*Voprosy teorii literatury*)(列宁格勒,1928),第49—50页。

② 同上书。

"难化韵律"和形态不对称。

这个一般结论无论能否得到完全证实,历史的考察都是坚实有力的。当代诗歌写作正在竭力避免语法韵律也是不容置疑的事实。而且,正如形式主义者们自己所熟知的那样,这一潮流与现代人刻意强调语词手法的自主性并非不是没有关系的。[①] 当韵律仅作为次要因素出现,仅仅只是诸如语法对称或句法对偶这样一些超审美因素的必然结果时,"手法"就很难被 gua(当作)手法而接受。当出现如在一个名词前放一个副动词(如马雅可夫斯基的 vrezyvajas'-trezvost')或两个语词单位对一个语词的不严谨韵律时,诗歌针对日常生活言语所实施的"有组织的暴力"便被十分醒目地凸显出来。

这样一个常常会引起"语词的名词和形式特点的重新分配"(迪尼亚诺夫语)[②]——亦即词根和词缀关系之变动——的合成式或双关式韵律,数世纪以来一直都是幽默诗歌的惯用手法[③]。形式主义者们指出现代实验诗的一个突出特征,那就是它们常常仅仅是为了"手法的暴露"之缘故而不带任何戏剧意图地利用这一技巧[④]。

韵律的这一特点同样也适用于其他类型的语词总谱。"同音

---

① 尤里·迪尼亚诺夫(Jurij Tynjanov),《诗歌语言问题》(*Problema stixotvornogo jazyka*),第 2 章。

② 同上书。

③ 在美国诗歌中人们从奥格登·纳什(Ogden Nash)的诗中发现了许多带有双关韵脚的例子,如"a depot"—"heapo"(《奥格登·纳什袖珍诗集》(*The Ogden Nash Pocket Book*),1944,第 6 页。

④ 罗曼·雅各布逊(Roman Jakobson),《最新俄国诗歌》(*Novejsaja russkaja poezija*)(布拉格,1921)。

关系"(K.W.维姆萨特的术语)必然具有语词游戏倾向。他们指出诗歌语境看起来非常适于双关效果和同音异义词效果。诗行的致密性,迪尼亚诺夫援引道,可以在根本不具有共同来源或语义亲缘关系的情况下,制造出表面的相似性来。迪尼亚诺夫写道:"如果你按照构词法把发音相似但各个不同的语词排列起来,就会使它们成为同族同源词"①。雅各布逊富于挑战性地分析了赫列勃尼科夫的"虚假语义学":通过把如"meč"(利剑)和"mjač"(皮球)这样的一些发音相似的词并列,俄国未来派诗人使得这些词听起来像是对同一词根所做的种种修饰②。

"使了无关系的语词相互亲近,(迪尼亚诺夫语)③仅只是问题的一个方面。另外一个与此同样有效的技巧,是复活一个词真正的语源学,或用一种更加广泛的说法,即玩弄实际而非表面上的同族同源词。

如上文所述,这种手法的极端例证是雅各布逊从赫列勃尼科夫的实验诗《笑的魅力》④中发现的。此诗全部是由"смех"(smex,俄语意为"笑")这个词的各种变体所组成。批评家指出这是对构型成分的一种诗意的把玩,是通过强烈凸出同期发生的词干以及强调个别词缀间清晰的语义差别的方法,来使词素"得以实现"。

---

① 尤里·迪尼亚诺夫(Jurij Tynjanov),《拟古主义者与革新者》(*Arxaisty i novatory*),第560页。

② 罗曼·雅各布逊(Roman Jakobson),《最新俄国诗歌》(*Novejsaja russkaja poezija*),第49-50页。

③ 尤里·迪尼亚诺夫(Jurij Tynjanov),《拟古主义者与革新者》(*Arxaisty i novatory*),第560页。

④ 参阅本书第二章,第46页。

第十二章 诗的结构:声音与意义

形式主义研究诗体结构的方法整体而言是对传统韵律学方法的一种显著改善。当雅各布逊在1935年[①]称赞俄国形式主义运动"把诗体学和语言学,把声音和意义、句法的韵律学和旋律……摒弃了诗体规范研究法和把节拍和韵律截然对立起来的做法"时[②],他是说得十分稳妥的。

也许在雅各布逊所列举的所有重大成就中,最重要的恐怕是声音和意义的关联问题。诗歌语言的格式塔(The Gestalt,外形、形象)理论使形式主义者们得以牢牢把握穆卡洛夫斯基所谓的特殊"语义动力学"(sementic dynamics),或用燕卜荪喜爱的术语,是诗歌语境最基本的含糊性。

这一主要见解赋予许多论著,尤其是晚期"结构主义"时期写作的无数论著和论文以极大的优点。我们只需列举一下雅各布逊论普希金诗歌意象的灵活性的文章和穆卡洛夫斯基对马哈诗歌各层语义的研究论文就可以窥豹一斑了。与燕卜荪主题单一的论著相比,俄国形式主义学派的确无法吹嘘他们已经对诗歌的含糊性进行了全面深入的研究。但雅各布逊、穆卡洛夫斯基和迪尼亚诺夫所确定的方法论原则,却为未来俄国和捷克的燕卜荪们提供了概念工具的工作平台。

[①] 参阅雅各布逊对 M.P.斯托克马(M.P.Stockmar)俄国诗体学研究文献目录的评论文章(《斯拉夫学》,(*Slavia*),1935年第8期,第416-431页。
[②] 同上书,第417页。

第十三章　风格与创作

1

沿着从和谐悦耳到语义学,从"外部形式"到"内部形式"之路,我们逐渐升入一个几乎令人难以问津的、一个通常被人称之为风格学的领域。在这个领域里,形式主义者们的努力和作为同样也值得嘉许,尽管不能永久持续。我们几乎没有理由谴责他们对诗歌语言的词汇学和措辞法领域缺少兴趣,但他们又的的确确与通常与风格研究紧密相关的研究领域,距离非常遥远。反心理学主义倾向使形式主义者们对以卡尔·浮士勒(Vossler)*和列奥·施皮泽(Leo Spitzer)**为代表的、以分析个别作家风格、分析作为个人或团体精神气质之表现形式的诗歌流派为特点的"新唯心主义"学派似乎具有免疫力[1]。老派风格学家的研究步骤,如对"修辞

---

* 卡尔·浮士勒(Karl Vossler,1872-1949),德国罗曼语文研究者和语言学家。——译者

** 列奥·施皮泽(Leo Spitzer),原奥籍罗曼语语文学家。——译者

[1] 参阅卡尔·浮士勒(Karl Vossler),《儿童语言习得中所反映的法兰克文化》(*Frankreichs Kultur im Spiegel seiner Sprachentwicklung*)(海德堡,1913);《语言教育学的总体研究》(*Gesammelte Aufsätze zur Sprachphilosophie*)(慕尼黑,1923);《语言研

格"的编目,奥波亚兹理论家们对之很少感兴趣。一些水平平庸的风格学分析也同样如此,那里面有的是关于诗人语言如何华丽丰赡的概括性评议,加上对诗人所用"修辞格"的机械列举,往往是华而不实。

形式主义著作中没有印象主义的喋喋不休或修辞学家的传统套话,而这丝毫也不值得惋惜。但还是有人希望他们能让自己献身于一种更值得嘉奖的研究工作,如某些英美"新批评"代表人物所做的,即追溯意象最流行的模式,并将其与特定作品或特定系列作品所包含的意义的整体结构联系起来[1]。

对"修辞格"的关注相对缺失的原因无疑与形式主义者们不愿意把意象当作诗歌语言的区别性特征有关[2]。但需要补充的一点是,早期俄国形式主义对于"意象"的观点立场如在什克洛夫斯基论文《艺术即手法》中所阐述的那样,后来已经被修正过了。在后期形式主义著作中,隐喻(metaphor)的极端重要性部分地得到了重申。

日尔蒙斯基试图创建文学风格类型学的意图就是一个明证。在《论古典主义和浪漫主义诗歌》[3]一文中,这位杰出的文学史家

究中的实证主义与唯心主义》(*Positivismus und Idealismus in der Sprach wissenschaft*)(海德堡,1904);列奥·施皮泽(Leo Spitzer),《语言学与文学史——风格学研究》(*Linguistics and Literary History: Essays in Stylistics*)(普林斯顿,1948);《风格研究》(*Stilstudien*)(慕尼黑,1928)。

[1] 例如,可参阅克林思·布鲁克斯(Cleanth Brooks)对《麦克白》中"斗篷意象"的讨论(克林思·布鲁克斯,《希腊古瓮颂》(*The Well Wrought Uru*)(纽约,1947),第21-46页)。

[2] 参阅本书第十章,第175-176页。

[3] 参阅维克多·日尔蒙斯基(Victor Žirmunskij),《文学理论问题》(*Voprosy teorii literatury*)(列宁格勒,1928),第175-182页。

断言,隐喻(metaphor)和转喻(metonymy)分别是浪漫主义和古典主义的主要标记。

在雅各布逊论述帕斯捷尔纳克散文的论文①中,"相似性修辞格"(figures of similarity)与"连续性修辞格"(figures of contiguity)②的二分法是进一步进行基本划分的基础。在一段富于挑战性的理论插笔中,雅各布逊在论战中指出,诗歌自然倾向于隐喻,而散文则更青睐换喻。他的推论与迪尼亚诺夫的韵律是一种视觉隐喻(auditory metaphor)③的观点极其相似抑或可以互补。雅各布逊写道:"诗歌须以与相似性的联想为依托,个别诗行在韵律上的契合是我们接受诗歌时一个必要的先决条件。因此韵律的相似性进一步受到重视,而无论这种相似性在意象层面是否伴随着相似性意义"④。

而叙事性散文却非如此。相似性不是散文的动力,散文的动力是构成换喻之核的邻接联想。雅各布逊接着写道:"随着叙事的展开,焦点从一个对象转移到相邻对象身上(这是指在物理时空或因果关联中)","对诗歌而言,阻力最小的是隐喻,而对艺术散文而言,最容易的方法是换喻"⑤。

上述论点在成熟期形式主义者在对待创造性写作中的意象问

---

① 罗曼·雅各布逊(Roman Jakobson),"论诗人帕斯捷尔纳克的散文"(Randbemerkungen zur Prosa des Dichters Pasternak),《斯拉夫评论》(*Slavische Rundschau*),1935 年第 7 期。
② 参阅勒内·韦勒克与奥斯汀·沃伦,《文学理论》(*Theory of Literature*)(纽约,1949),第 199 页。
③ 参阅本书第十二章,第 224 页。
④ 《斯拉夫评论》(*Slavische Rundschau*),第 7 期,第 366 页。
⑤ 同上书。

第十三章 风格与创作

题方面是十分典型的。雅各布逊这种把隐喻提升到诗歌语义学领域制高点地位的理论,听起来似乎与什克洛夫斯基对"形象思维"(thinking in images)的抨击大唱反调。但实际上我们在此所遭遇到的,不是形式主义者的自我否定,而是关注重点的转移。

当什克洛夫斯基拒绝承认意象是诗歌艺术的试金石,主张"比喻"(trope)只不过是诗人所用无数方法之一时,他显然低估了意象的作用。但与此同时我们必须牢记不忘的一点是,什克洛夫斯基美学中一个占据主位的、据假定隐藏在诗歌意象之后的原则,是作为文学创作一般法则的"语义的转移"(semantic shift)。从根本上说,什克洛夫斯基的诗歌艺术观并不像表面看上去那样似乎对意象说不利。剥离那些精细伪装的夸大不实之词,论战中不可避免的离题插笔,我们可以把正统形式主义者的隐喻观,凝缩为词汇语义层面诗歌原则的主要阐释者。

此处对后一个特征必须予以坚持。形式主义—结构主义与传统风格学强调"话语修辞格"立场的对立,归根结底不是一个敌视隐喻的问题——没有什么能比"各种不同的观念的联合"[①]更能令形式主义批评家满意的了——而是因为他们不愿意用纯粹的词汇术语来定义诗歌话语。

上文已经提到形式主义者认为诗人的工作就是使语言结构的所有成分都能得到"现实化"。形式主义者认为"语义转移"倾向在诗歌用语的各个层次上都有所表现。比喻无论其在诗歌词汇学领

[①] 艾兹拉·庞德(Ezra Pound)对意象的定义。见韦勒克和沃伦所引《文学理论》(*Theory of Literature*),第192页。

域里的作用"多么具有全局意义",也仅只代表这些层次中的一个而已。

这实际上也正是雅各布逊引用普希金的一首"无修辞格"诗《我曾经爱过您》,将其作为诗歌可以摒弃意象的证据的原因①。雅各布逊坚持认为这首抒情诗的审美效果主要依靠对诗句旋律美和形态学对仗的娴熟应用②*,所以,雅各布逊认为诗人可以很轻易地把语法意义用于词汇意义。

形式主义者们通过完整提出诗歌风格规模和本质问题的方式,提出诗歌审美原则的一体化问题。这是形式主义批评的另外一个关键术语。在此形式主义者们对待这一备受诋毁的批评概念的态度远不如对待"韵律"(rhythm)那么严格,但总的说来,他们的讨论也绝非成效甚微。

---

① 参阅本书第十章,第175页。
② 雅各布逊在此所指的手法包括主要分句"Я вас любил"(I loved you once)三种不同的重复以及把全句的附属分句,即形容词词组措置在具有全局意义的韵律位置,即诗行末尾的显著位置。
* 普希金的原诗是,Я вас любил……
Я вас любил: любовь ещё,
Быть может,
В душе моей угасла не совсем;
Но пусть она вас больше не тревожит,
Я не хочу печалить вас ничем;
Я вас любил безмолвно, безнадёжно,
То робостью, то ревностью томим,
Я вас любил так искренно, так нежно,
Как дай вам бог любимой быть другим. (1829)
(冯春译,"我爱过你,也许,爱情还没有/完全从我的心灵中消隐,/但愿它不再使您烦恼,/我一点也不想使您伤心。/我默默地无望的爱过您,为胆怯和嫉妒暗暗悲伤,/我爱您是如此真挚缠绵,/但愿别人爱您,和我一样。")——译者

第十三章 风格与创作

在此我们似乎再次面对在先前有关场合下被称作"最高级"和"最低级"定义的问题。有关前者的例证我们可以在日尔蒙斯基论文《诗学的任务》①中找到,文中把风格定义为诗歌作品中所用各类手法的总和,它是一种为整体的统一提供保障和决定每一个别部分功能的基本美学原则。这样一种有关"风格"的广阔概念显然也包括文学作品的非语词层。按照日尔蒙斯基的阐释,风格学的确应该包含"创作论"和"主题学"(tematika)问题。

多数形式主义代表人物都多少有些专业化色彩。在论述安娜·阿赫玛托娃②的论著中,艾亨鲍姆和日尔蒙斯基一样,把风格解释为与某种美学效应相一致的手法的"目的论统一体",但他却明智地将其风格分析限定在语词手法——即语言资源的诗学用法——的范围内。

艾亨鲍姆用这种方法很好地替代了对阿赫玛托娃"诗学"的分解分析。"主导要素"(dominanta)观再次被引入,因为阿赫玛托娃的诗学风格的"主导倾向"是简洁致密和遒劲的表现力,而与这位诗人的前辈象征派那种如果不说是累赘冗长,也是夸饰藻绘形成尖锐鲜明的对比③。在如此提出风格格式塔(Gestalt qualitât,形象特征)以后,艾亨鲍姆继续例释诗人的句法(诗句的简洁精练、句法联接中的突转)如何文体致密,和谐悦耳(远远谈不上听觉效

---

① 维克多·日尔蒙斯基(Victor Žirmunskij),"诗学的任务"(Zadaci poetiki),《文学理论问题》(*Voprosy teorii literatury*)(列宁格勒,1928),第 17-88 页。
② 鲍里斯·艾亨鲍姆(Boris Ejxenbaum),《安娜·阿赫玛托娃》(*Anna Axmatova*)(彼得格勒,1923)。
③ 同上书。

果圆润的"发音器官发音动作"的紧张度),以及这位女诗人词汇如何枯涩、实话实说,甚至有些"散文语体"。

某些形式主义或接近形式主义的风格学者觉得艾亨鲍姆参考的术语表宽泛到了十分危险的地步。维克多·维诺格拉多夫认为这一试图重建文学艺术整体"诗学"的意图尚不成熟而且缺乏科学性。他声称风格研究应当关注诗人词汇表的特殊方面,最好是关注频繁出现的词语"母题",亦即关注特定诗人或诗歌流派喜欢使用的词语和词组。维诺格拉多夫和艾亨鲍姆一样,认为阿赫玛托娃语词锻造得十分致密的抒情诗提供了检验这一理论的绝佳范例。在对阿赫玛托娃风格的早期研讨[①]中,维诺格拉多夫率先追溯这位女诗人特有的"语义群"(semantic nests)——即围绕特定关键词而聚集的词簇(word cluster)。

但艾亨鲍姆显然没有被他说服。艾亨鲍姆指责维诺格拉多夫忽略了语词手法的审美功能。他写道:"语言方法的应用往往会把个别语词作为语义中心分离出来予以关注,而这是一个过分机械的程序,以致常常未能全面整体地把握诗歌语境。日常生活中的"语言意识"(维诺格拉多夫的术语)和诗人按照 sui generis(特殊的)艺术法则和传统形成的语言,必须被认作是两个在功能上根本不同的现象"。艾亨鲍姆继而写道:"维诺格拉多夫方法的弱点在于这样一个看似轻微但意义重大的错误:在讨论从阿赫玛托娃诗中引用的语义群——围绕歌唱概念的一个词组——时,维诺格拉

[①] 参阅维克多·维诺格拉多夫(Viktor Vinograndov),"论安娜·阿赫玛托娃的象征手法"(O simvolike Anny xmatovoj),《文学思想》(*Literaturnaja mysl*)(彼得格勒,1922年第1辑),第91-138页。

第十三章 风格与创作

多夫把'一眼半已倾圮的老井上的仙鹤(zuravl, crane)'误读为一只会像猫头鹰一样鸣叫的鸟儿了"[1]。

无论特定的奥波亚兹理论家关注的重点是什么,是广泛全面还是深入透彻,是"语言学的"还是"美学的",他们在相当早的发展阶段上,就已经认识到文学风格观作为作品最基本的艺术原则,只不过是问题的一个方面。有一点很明显,即文学艺术家的风格观,应该而且也可以不仅根据"内在论"原则,即参照其他文学传统,而且,还可以根据非诗学话语方式的原则,来对其加以讨论。维诺格拉多夫是这样写的:"文学作品的风格装置应该从下列两种语境下观察:A. 文学语言艺术形式语境;B. 在有教养阶层的书面和口语中可以观察到的社会语言学系统语境"[2]。

后一语境的重要性丝毫也不亚于前一语境,对此没有一个奥波亚兹理论家竟然会认识不到。按照什克洛夫斯基和迪尼亚诺夫的表述,形式主义美学认为审美愉悦来自于艺术手法对于规范的偏离感(Differenz qualitât)[3]。因此这种性质的一个十分重要的因素是对当时语言一般用法的偏离度。按照形式主义的观点,诗歌语言是在日常生活话语的背景下被接受的。的确,除非一种规范业已被十分牢固地嵌入我们的意识中,否则我们就无从欣赏甚

---

[1] 鲍里斯·艾亨鲍姆(Boris Ejxenbaum),《安娜·阿赫玛托娃》(*Osimvolike Anny Axmatoj*),第 102 页。

[2] 维克多·维诺格拉多夫(Viktor Vinogradov),《论艺术散文》(*O xudozestvennoj proze*)(莫斯科—列宁格勒,1930)。

[3] 参阅维克多·什克洛夫斯基(Viktor Šklovskij),"艺术即手法"(Iskusstvo kak priem),《诗学》(*Poetika*)(彼得格勒,1919);尤里·迪尼亚诺夫(Jurij Tynjanov),《拟古主义者与革新者》(*Arxaisty I novatory*)(列宁格勒,1929)。

至无从得知诗人的艺术手法是如何偏离规范的。换言之,适当的反应或对文学风格的描述,必须不仅要考虑到创造性变形的类型,而且还要考虑到被变形或被偏离的性质。

这一假设向我们展现了一大堆传统风格学者很少留意的问题。诗歌语言和"实用"(practical)语言的界定显然无法解决所有问题,因为实用语言显然不是一种同质现象。与现代语言学的密切合作,使形式主义者们熟知语言在功能上的种种差异,熟知在"实用"语言内部,还包含有数不胜数的许许多多的分支。

雅库宾斯基写道:"人的话语行为是一种复杂现象。这种复杂性不仅表现在存在着各种语言行话隐喻,社会团体的方言和个人的语言特点,而且,它也同样还表现在每种语言学系统内部在功能上的种种差异"①。雅库宾斯基接着写道:"编年史的、地理学和社会学思考,也绝非仅仅只是区别性因素而已。以问题的方式来表达,其目的的重要性也非同小可。我们可能会问一句话的主旨是传达信息还是激发情感反应,这句话是不是用于口头表达的,是不是以广大听众为对象,还是针对一个精选的小团体的"②。

从上文所能提炼的方法论伦理是足够清晰的。除了要给隐含着的对一般用法的特定偏离系统下定义外,我们还必须搞清特定文学作品与之适应的非文学话语所属的层次。风格分析必须表明在每一个特定场合下超文学的参照点——即可用以进行比较的"实用"语言类型——究竟是什么。

---

① 列夫·雅库宾斯基(Lev Jakubinskij),"方言话语研究"(O dialogiceckoj reci),《俄语言语》(*Russkaja rec*)(彼得格勒,1923),第36页。
② 同上书,第99页。

第十三章 风格与创作

这就引导我们直接面对被迪尼亚诺夫称作各类诗歌文体的"话语定势"(recevaja ustanovka)的问题①。在其论述18世纪俄国诗歌的文章②中,迪尼亚诺夫用这一概念把颂诗界定为一种演讲体裁,亦即一种"以口头表达定势"为特点的文体。艾亨鲍姆也紧接着应用迪尼亚诺夫的标准,在上文引述过的一部论著③中,他把俄国抒情诗分为三种风格——演讲体、对话体和"咏唱体"。

在17或18世纪作家风格的研究上,语言学范畴似乎非常适合。在俄国文学史上,这是一个即使只是语音和形态上的差异也可以轻易成为风格问题的时期。

如我们所知,俄国文学语言是一种混合创造。俄语起源于俄国本国语与教会斯拉夫语——彼得大帝前主要的文学媒介——罗斯的某些成分的混合。这两种语言成分血缘相近又不同,恰好与话语两个明确的领域——较有教养的"高级体"和通俗浅显的口语"低级体"——大致吻合。

正如特鲁别茨科依所指出的那样,标准俄语的双重起源表现为俄语的同义词资源丰富,或更确切地说,是"相互关联的语义色彩丰富"。"俄语中有许多概念可以容许有两种语词表达法:一种是教会斯拉夫语,一种源于俄语本身。这两个词在语义上略有差异:教会斯拉夫词有庄重和诗意色彩,而相应的古俄语词则没有这

---

① 见本书第七章,第121-122页。
② 尤里·迪尼亚诺夫(Jurij Tynjanov),"作为演讲体的颂诗"(Oda kak oratorskij zanr),《拟古主义者与革新者》(*Arxaisty I novatory*)。
③ 鲍里斯·艾亨鲍姆(Boris Ejxenbaum),《诗的旋律》(*Melodika stixa*)(彼得格勒,1922)(参阅本书第十二章,第222-223页。)

种色彩；教会斯拉夫词有一种隐喻或抽象的语义色彩，而俄语本族语的语义则比较具体"①。

即便我们把这一现象的原因归咎于当今俄语词汇表极其丰富，这一二分法特征在当代俄语中也并非那么显著。在近两百年中许多"教会斯拉夫语词"对有教养的俄罗斯人变得完全不可理解了，继而逐渐被废弃了。在有些场合下，俄语及其教会斯拉夫变体的契合已经不再能为人所感知了，如 strana，storona，再不就是俄语形式脱落，而其教会斯拉夫语变体则成了方言词，如 sladkij。但在标准俄语形成期阶段在现行的大俄罗斯形式及其古代副本之间的相互影响是一种最高的风格因素；利用语词的旧形式或已废弃的句子结构并非总是审美选择行为。

维诺格拉多夫在其敏锐的著作《大司祭阿瓦库姆行传》②中以作结论的方式证明了这一点，这是 17 世纪俄国文学中最五彩斑斓的作品之一。维诺格拉多夫在对阿瓦库姆自传中语言表现手段的讨论中，在确定语词结构和风格意图之间明确的相互关联时，似乎根本就不费什么事。他表明教会斯拉夫语词和口语语词在《行传》这一混合文体中的交相辉映，是如何恰好与文本从宗教论战中圣经式的夸饰转入叙事段落的本土化现实主义相吻合。

在维诺格拉多夫完整全面论述普希金风格的著作（《论普希金

---

① 尼·谢·特鲁别茨科依（N. S. Trubezkoy），《俄国文化中普通的斯拉夫因素》（*The common Slavic Element in Russian Culture*）（纽约，哥伦比亚大学斯拉夫语言系，1949），第 38 页。

② 维克多·维诺格拉多夫（Viktor Vinograndov），"论风格研究的任务（大司祭阿瓦库姆行传风格论稿）"（O zadacax stilistiki（Nabljudenija nad stilem zitija protopopa Avvakuma）），《俄语言语》（*Russkaja rec*），1923 年第 1 期，第 195-293 页。

的语言》①中,作者实际上采用了相同的方法,而且涵盖范围更广,但却不如前者那么成功。普希金诗歌中的语词层被作者在此书中分析为如教会斯拉夫、通俗话语成分、法语语词和条顿语词这么多成分。

维诺格拉多夫在其与语言分析关系最密切的研究陀思妥耶夫斯基《双重人格》的著作中,采用了与此相似的研究程序。批评家从这部作品中识别出了小说中疯疯癫癫的主人公高略得金高度风格化话语和若干种呈水平状排列的语层——一是"缺少"文化教养的、低于标准的表达法,二是文体夸张,有点古奥的官僚主义惯用语;最后还有外国来的只不过常常被误用的"豪言壮语"②。

形式主义者对虚构文学中"话语定势"的兴趣及包含各种话语行为类型中风格潜力的深刻把握,常常表现在这样一种倾向上,即他们往往把文学作品的风格当作各种独白和对话类型的交替演进过程来考察③。

雅库宾斯基在其富于挑战性的论文《论对话(关于对话性言语)》④中,呼吁人们关注独白与对话在风格上的重大差异。他把具有外延和内涵的独白结构与省略的、"毫无条理"和"自动生成"的对话结构进行了一番比较。雅各布逊则在一篇与文学艺术更直

---

① 《论普希金的语言》(*Jazyk Puskina*)(列宁格勒,1937)。

② 《俄国自然派的嬗变——果戈理与陀思妥耶夫斯基》(*Evoljucija russkogo naturalizma*(*Gogol-Dostoevskij*))(列宁格勒,1929)。

③ 维克多·维诺格拉多夫(Viktor Vinograndov),《论艺术散文》(*O xudozestbennoj proze*)。

④ 参阅第236页(即本书中文版本第352页——编者)脚注①。

接相关的对一首捷克中世纪诗歌进行结构分析的文章《灵魂与肉体的争议》①中,提出了这一问题。他对传统对话形式在中世纪文学、在神学辩论——这是一种语言的雌雄对决,其结果早就被priori(先验地)确定了——中的艺术利用问题进行了考察。他注意到诗歌创作中的跷跷板形式,诗歌"对称相似性的戏剧冲突化",诗中人物之间情感交流的紧张色彩,以及以尖刻的口语体为对象的本能的"定势"。雅各布逊继而写道,后者显然是对话式情景的一种推论结果。"在此由于是人物在为词汇表负责,所以,作者可以偶然偏离标准语的常规。"②

除戏剧以及采用亨利·詹姆斯所谓"舞台方法"的叙事虚构类作品外,独白是虚构类文学中占据优势地位的叙述类型。正如维诺格拉多夫指出的那样,"主观独白这种语言形式构成了文学作品建筑学范畴的基础"③。

但正如某些形式主义理论家指出的那样,在此进一步往下划分是适当的。如果大量讲述性散文,如屠格涅夫、詹姆斯或福楼拜的作品,都隐含着一种流畅的、高度文学化的独白的话,那么,则还有一些文学作品展现了一种趋于所谓"口述"独白的倾向。偶尔我们还能见到这样一种文体,"叙述者"在此类文体中在作者和读者中间充当中介人,故事以一种模仿实际话语的语音、语法和词法模

---

① 罗曼·雅各布逊(Roman Jakobson)主编,《两首关于死亡的古诗》(*Dve staroceske skladby o smrti*)(布拉格,1927)。

② 同上书,第23页。

③ 维克多·维诺格拉多夫(Viktor Vinograndov),《论艺术散文》(*O xudozestbennoj proze*)。

式的方式讲述,从而制造出一种"口头叙事的幻觉"①。

这一在俄国文学理论中以"自述体"(skaz)为名的叙事方式,吸引了形式主义风格学者的关注,包括了语音在虚构文学中的应用,引起了他们对所有风格化手法的密切关注。艾亨鲍姆和维诺格拉多夫对俄国文学中怪诞或"色彩丰富"的自述体的演变过程进行了考察,从果戈理的乌克兰风情小说到《外套》,从陀思妥耶夫斯基和列斯科夫直到当代一些如安·别雷、亚·列米佐夫、叶·扎米亚金、米·左琴科等文学技巧大师的作品。他们指出果戈理在塑造《外套》中的阿卡基·阿卡基耶维奇形象和左琴科熟练地模拟困惑的苏联小市民形象时用以传达一种哀婉动人的不可言喻之美的怪异技巧之间,有着极为相似之处②。

近来我们在波兰风格学中也发现了与此相似的发展势头。卡济米尔兹·沃伊西斯基(Kazimierz Woycicki)——一个最近才被一位年轻的波兰形式主义者③"重新发现"的,本世纪初波兰科学诗学的先驱之一——曾经超越韵律"修辞格"的分项列举而在

---

① 参阅鲍里斯·艾亨鲍姆(Boris Ejxenbaum),"果戈理的'外套'是如何写成的"(Kak sdelana Sinel Gogolja),《诗学》(Poetika),1919;"自述体的幻觉"(Iiijuzija skaza),《透视文学》(Skvoz literaturu)(列宁格勒,1924);维克多·维诺格拉多夫(Viktor Vinograndov),"风格学中的自述体问题"(Problema skaza v stilistike),《诗学》(Poetika)(列宁格勒,1926年第1辑)。

② 参阅本书尾注34;还可参阅维克多·维诺格拉多夫(Viktor Vinograndov),"左琴科与言论——词汇学札记"(Jazyk Zoscenki(Zametki o leksike)),见讨论会论文集《米哈伊尔·左琴科,论文与资料》(Mixail Zoscenko. Stati i materialy)(列宁格勒,1928);《俄国自然派的嬗变》(Evoljucija russkogo naturalizma)(列宁格勒,1929)。

③ 卡济米尔兹·沃伊西斯基(Kazimierz Woycicki),"卡·沃伊西斯基诗学研究"(Prace ofiarowane Kazimierz Woycicki),《诗学的任务》(Z zagadnien poetyki)(维尔诺,1937年第6辑))。

更加广阔的语词构造,如"直接、间接和貌似间接的话语"①中进行探索。15 年后,德·霍朋斯坦德(D. Hopensztand)把沃伊西斯基的范畴,特别是"貌似间接话语"范畴②,引入对当代波兰小说的风格研究中来③。

2

形式主义风格学者对较大语词结构和如自述体这样的叙事技巧的关注,为分析更高一级的结构层指出了明确的方向。正如韵律学跨越风格学一样,形式主义的"用语"研究也同样与创作论问题相关,而这属于传统散文理论的领域。

俄国形式主义在后一问题领域里的成就,总的说来,不如他们的诗歌研究那么重要,或在方法论上那么令人满意。一方面叙事类文体直到奥波亚兹的后期阶段都未能成为系统考察的对象,另一方面,奥波亚兹论述虚构散文的主要代表人物,如什克洛夫斯基

---

① 卡济米尔兹·沃伊西斯基(Kazimierz Woycicki),"我的风格学实践"(I progranicza stylistyki),《人文学科研究》(Przeglgd Humanistyczny),1922 年第 1 期,第 75 - 100 页。

② 所谓"貌似间接话语"(mowa pozornie zalezna),沃伊西斯基(Woycicki)和霍朋斯塔德(Hopensztand)都用它来指称这样一种叙事方式,其中话语或内心独白或人物性格被以人物自己的词汇来加以陈述,它与"间接话语"的相似性在于它通过如"that"这样的关联词作为句法手段来加以呈现(参阅德文《话语研究》(die erlebte Rede),法文"le style indirect libre")。

③ 大卫·霍朋斯塔德(David Hopensztand),《卡济米尔兹·沃伊西斯基纪念学术研讨会论文集》,"论卡捷纳·邦德洛夫斯基修订'黑翼'的背景"(Mova pozornie zalezna w kontekscie Czarynch skrzydel Kadena-Bandrowskiego),"非间接引语的风格"(Prace ofiearowane. Kazimierzowi Wóecickiemu)。

和艾亨鲍姆,始终未能完全成功地克服"纯"形式主义的哲学幼稚病。在他们有关长篇小说和短篇小说的讨论中,我们发现,除了有许多敏锐的见解和贴切的表述外,也有大量牵强附会和简单片面之处。

形式主义处理虚构性,无论书面的还是通俗性散文的方法①有许多契合之处②。维谢洛夫斯基注重文学的集体创作传统而非个别艺术家的"创作意志"的虚构艺术研究,对形式主义理论家们具有可以理解的巨大感染力。不但如此,奥波亚兹极力倡导的对虚构散文进行的"形态学"分析,显然是维谢洛夫斯基推动的结果,后者在其未完稿的《情节的诗学》中,首次对作为基本叙事单位的"母题"(motif)和作为个别母题之联接的情节(plot)做了区分。

尽管有这样的借用在先,但形式主义对待维谢洛夫斯基遗产的态度,远不是不加任何判断的。形式主义者断言,维谢洛夫斯基具有很高价值的结构观,被他那种把虚构作品中的事件当作是对社会风习直接反映的"人种志学"倾向给败坏了。这种对外在的非本质方面的刻意强调,致使维谢洛夫斯基在处理其关键概念方面,一定程度上存在前后矛盾之处。他一方面逐渐倾向于把情节看作布局范畴而非纯粹主题学范畴,因而将其阐释为一种构成成分,而"母题"则无论其为追逐、归家还是被认错的人,作为文学外现实生

---

① 尤其要参阅维克多·什克洛夫斯基(Viktor Šklovskij),《小说论》(*O teorii prozy*)(莫斯科,1929);鲍里斯·艾亨鲍姆(Boris Ejxenbaum),"欧·亨利和短篇小说理论"(O Genri i teorija novelly)(《文学》(*Literatura*)(列宁格勒,1927);弗·普洛普(V. Propp),《童话形态学》(*Morfologija skazki*)(列宁格勒,1928)《诗学问题》(*Voprosy poetiki*),第7卷)。

② 参见本书第一章,第28-31页。

活的成分,又采用人种志学或人类学术语予以阐释。

形式主义的虚构散文论提出了摆脱这一困境的出路。他们把母题或文学情景的原型意象不仅看作是对实际生活的反映,而且也是对实际生活常规的一种变形。他们对"情节"观也同样进行了再阐释:对于奥波亚兹批评家而言,情节不仅是母题的总和,而且也是被艺术安排了的母题的再现。

在文学作品外在"所指"及其内在"意义"之间做出的基本区分,被形式主义者们用来取代了对于维谢洛夫斯基观念架构的再激活。按照什克洛夫斯基和艾亨鲍姆的观点,通常被认为是"内容"的一部分的"情节",倒不如说是"像韵律一样的形式成分"[①]。在明显被应用于处理虚构叙事类散文的问题上,在"手法"和"材料"之间作出的、动态的二分法[②]上,形式主义者们把"法布拉"(fable, fabula)和"情节"(plot, sjuzet)做了区分。根据奥波亚兹的说法,"法布拉"是基本叙事素材,是虚构类作品中所讲述的事件的总和,一言以蔽之,即"叙事结构的材料"[③]。相反,"情节"意为故事被实际陈述的方式,或事件被联结为一体的方式。"本事"的原始素材要想成为审美架构的一部分,就必须建构成"情节"。后者自然就成为奥波亚兹小说论舞台的中心。离开艺术表现的题材本身,或先于艺术表现的题材本身,则无论长篇小说还是短篇小说,

---

[①] 维克多·什克洛夫斯基(Viktor Šklovskij),《小说论》(*O teorii prozy*),第60页。

[②] 参见本书第十章,第188页及其以后各页。

[③] 维克多·什克洛夫斯基(Viktor Šklovskij),《文学与电影学》(*Literatura i kinematograf*)(柏林,1923)。

第十三章 风格与创作

都永远不可能产生审美效应。例如,《安娜·卡列尼娜》的"本事",用很短一句话就可以陈述,但这种释义,甚至连对这部长篇小说丰富内涵和复杂机理的一点暗示也谈不到。一般艺术尤其是虚构文体的艺术,就寓于作品的组织或与作品的组织密切交织。

一个只会使形式主义批评家异常高兴的事实是,他们发现《安娜·卡列尼娜》的作者本人也表达了与此类似的见解,而托尔斯泰却是一个很难被谴责为具有形式主义倾向的作家。什克洛夫斯基和艾亨鲍姆在许多场合援引托尔斯泰挖苦他的一位批评家的话,此人居然想用几句话来概括和归纳《安娜·卡列尼娜》的"意义"。"Ils en savent plus que moi"托尔斯泰在致阿·斯特拉霍夫的信中,关于这位鲁莽轻率的阐释者这样说道。"至于我,"他接着写道[①],"如果有人问我《安娜·卡列尼娜》是关于什么的,那我就得把书从头到尾再重写一遍"[②]。

显然形式主义者们对这一近来被克林思·布鲁克斯称作"阐释谬误"[③]发出的挑战感到非常之满意。在此之后,他们往往会连忙点缀和非常实在而又热切地援引托尔斯泰另外一段"形式主义"主张,即其关于文学批评家的主要任务是探讨"支配文学艺术这座组合迷宫(labirint sceplenij)之规律"的名言[④]。

[①] 维克多·什克洛夫斯基(Viktor Šklovskij),《小说论》(*O teorii prozy*),第60页。

[②] 同上书。

[③] 参阅克林思·布鲁克斯(Cleanth Brooks),《希腊古瓮颂》(*The Well Wrought Urn*)(纽约,1947)。

[④] 参阅《俄国作家论文学》(*Russikie pisateli o literature*)(列宁格勒,1939年第2辑),第138页;还可参阅维·什克洛夫斯基(Viktor Šklovskij),《文学与电影学》(*Literatura i kinematograf*),第16页。

对组合(linkage)问题的优势关注,在虚构文学领域里,即意味着结构布局优于主题学。什克洛夫斯基《小说论》关注的重心,是"惯例"即叙事模式,而非据说总是在虚构作品中得到反映或折射的"生活"。随着逼真性(或似真性)作为一种错觉被扫到一边,随着心理因素和社会因素被降低为仅在"谋篇布局"中起"动机"作用的地位,"人物性格"于是不得不从属于"情节"①。的确,正如上文已经指出的那样②,形式主义诗学分配给文学主人公的角色是十分谦和的:他仅仅只是叙事结构的一个副产品,因此它是结构实体,而非心理学实体。在结构比较松散如《堂·吉诃德》这样的小说中,主要人物仅仅只是一条线,各种异类事件都被"串连"(nanizany)在这根线上,作为"行动赖以展开的借口或托词(pretext)"。什克洛夫斯基断言,艺术的发展是靠艺术对技艺的需求推动的。例如是长篇小说的技巧促使了"典型"的产生③*。这位批评家在转入戏剧领域里时草率地说:"哈姆雷特是舞台技巧创造的结果"④。

---

① 在此我们可能会想起亚里士多德的名言,即在悲剧中人物"与情节相比只能占据第二位"(《诗学》(Criticism)(纽约,1948),第202页。但正如下文我们将会看到的,什克洛夫斯基的情节观与亚里士多德的略有差异。

② 参阅本书第十一章,第196-197页。

③ 维克多·什克洛夫斯基(Viktor Šklovskij),《感伤的旅行》(Sentimentalnoe putesestve)(莫斯科—柏林,1923),第132页。

* 什克洛夫斯基的原话是,"艺术靠其自身技术的理性发展、长篇小说的技术创造出了'典型'。哈姆雷特是舞台技术创造出来的。"(《感伤的旅行》,第236页)——译者

④ 这是形式主义代表人物在向戏剧艺术延伸后为数不多的几句话中的一句。沿着形式主义或接近于形式主义方向而在这一领域里所做的唯一符合标准的研究著作是谢·德·巴鲁哈特(S.D. Baluxatyi)分析契诃夫戏剧的专著《戏剧分析问题(契诃夫)》(列宁格勒,1927)(又见《诗学问题》(Voprosy poetiki,第9章)。

第十三章 风格与创作

叙事技巧的霸主地位并不必然意味着像某些英美批评家那样要让"行动"和"问题"相互争斗不已,并且坚决主张虚构文体作家的主要任务是会讲"好故事"。什克洛夫斯基——更有甚者的,是他那年轻的、像列夫·伦茨[1]那样的学生——的确曾经热情奋发地试图复兴罗马冒险小说(roman d'aventure)这种文体。但在这部账本的另一端,我们却看到什克洛夫斯基对于纪实文学兴致盎然,同时对《特里斯坦—香迪》赞赏备至——这是一部在此词的惯用义上实际上并没有什么"情节"的长篇小说。

如果我们因为这一显而易见的矛盾而责备什克洛夫斯基从来就前后矛盾的话,便会放过这里真正的要点。实际上这里的问题在于什克洛夫斯基的情节观与亚里士多德的略有不同。对于形式主义理论家而言,"情节"(sjuzet)并不完全等于"事件的布局"[2]。

在什克洛夫斯基的模式里,毫无疑问,时间的连续,或换言之,虚构类作品中对时间的处理,是极其重要的。在《小说论》的许多场合中,什克洛夫斯基却对文学时间的惯例性质刻意加以特殊强调[3]。他指出"情节"(sjuzet)和"本事"(fable)之间的区别,常常就在于情节往往会艺术地偏离事件发生时自然的、编年史般的顺序,甚至对这一顺序进行临时性位移。为了论证这一命题,什克洛夫斯基兴致勃勃地讲述了下列一些技巧,如叙事从事件的中段或结

---

[1] 参阅本书第八章,第149页。

[2] 参见《诗学》(*Criticism*),第202页。

[3] 什克洛夫斯基写道,"文学时间是一种纯粹的常规。它的法则并不与(现实生活)中时间的法则相一致(《小说论》第186页。为了举例说明他有关文学时间的任意性命题,他例举了《堂·吉诃德》中在"文学小旅店"一场中,许多篇幅很长的故事是在一夜之间讲述的这一事实。

尾开始,叙事中经常出现的回源返溯,以及经常不断地在事件的各个层面上穿梭闪回的叙事——所有这些手法都同样与像《特里斯坦—香迪》以及神秘故事这样一类高度复杂精巧的叙事类作品有着十分密切的关系。

但对什克洛夫斯基而言,对时间的处理无论有多么重要,也仅仅只是问题的一个方面而已。什克洛夫斯基所说的"情节"显然不仅指故事素材的艺术安排,而且也指在讲述故事过程中所用"手法"的总和。这种成分也包括与骨干叙事无关的插笔这样一些审美结构。什克洛夫斯基写道:"《叶甫盖尼·奥涅金》的情节,并不是奥涅金与塔季娅娜之间的爱情纠葛,而是通过插入各类插笔的方式而进行的艺术地处理本事的方法"①。离开骨干故事而迂回被认为是故事本身"情节"的一个组成部分。出于这样一种假设,什克洛夫斯基真挚地赞同近来一位画家关于普希金有关"美丽迷人的小腿"(O, nozki, nozki/gdevy nyne?)的著名段落,与奥涅金最后一次与塔季娅娜相遇场景同样重要的观点②。

这样一来传统价值品位表就被颠覆了。主人公的地位不光被降低成了"展开行动"的一个借口,而且行动本身也常常被当作用什克洛夫斯基的话即所谓"铺展语言材料"(razvertyvanie slovesnogo materiala)的一个借口或托词。

后一种观点既证明了形式主义对语言的关注,也表明他们坚决

---

① 维克多·什克洛夫斯基(Viktor Šklovskij),《小说论》(*O teorii prozy*),第 204 页。

② 同上书。

第十三章 风格与创作

主张"在情节结构手法与一般风格手法"之间的有机关联问题①。叙事技巧被当作是在谋篇布局层面上展示文学艺术造型力量的绝佳范例,犹如在诗歌词汇学领域里,隐喻是"文学性"力量的来源一样。

但是,按照什克洛夫斯基的观点,这些有关谋篇布局的内在论法则,这些"谋篇布局的各种手法",在各种长篇小说、短篇小说和民间文学中,又是如何发挥其作用的呢?

在直接向波捷勃尼亚②而间接向亚里士多德发起挑战的同时,什克洛夫斯基写道:"艺术并不追求一般化。在其对具体性的强烈向往(卡莱尔)中,艺术甚至企求把那些(在实际体验中吗?——V.厄利希)表面看来一般化和整体化的东西分割并原子化③"。什克洛夫斯基争论道:"在想象性文学中,对象是通过其复杂的反映和并列的媒介而被分支化的。"④*

---

① 参阅维克多·什克洛夫斯基(Viktor Šklovskij),"情节结构手法与一般风格手法的关联"(Svjaz priemov sjuzetoslozenija a obscimi priemami stilja),《诗学》(Poetika),1919。
② 《诗学》,第一章,第 25-26 页。
③ 维克多·什克洛夫斯基(Viktor Šklovskij),《小说论》(O teorii prozy),第 33 页。
④ 维克多·什克洛夫斯基(Viktor Šklovskij),《马步》(Xod konja)(莫斯科—柏林,1923),第 116 页。
* 此处可能有误。查什克洛夫斯基原文说的是陌生化手法如何要求作者把描写对象从其惯常所处的语境中抽取出来,而放置在另外一个与之毫不相关的语境系列里,从而取得陌生化效果的问题。本书所引的那句话,原文是,"Другой способ—это создание ступенчатой формы. Вещь раздваивается своими отражениями и противоположениями."(参考译文,"另外一个方法是创造阶梯式形式。作品通过其自身的反映和相互对比来延伸和发展。")——译者

这一"分支化"法则在被什克洛夫斯基命名为虚构性叙事文体的"阶梯式结构"(stupencatoe postraenie)中得到了体现。"建筑学上的同义反复",同一些细节在长篇小说中的屡次出现,民谣或民歌[①],和"语词重复"(verbal tautology)、头韵法、叠句、韵律对仗一样,是为同一个审美意图服务的。无论在哪种情况下,本来可以直来直去的陈述被通向千奇百怪、层层累叠的艺术大厦的艺术插笔弄得弯弯曲曲。什克洛夫斯基断言,谋篇布局方面的二元对立功能是列夫·托尔斯泰十分喜爱的手法。在《量地人》(Xolctomer)中,托尔斯泰把马的世界和人类做了对比;在《三死》中他又在三个平行层面上描绘了死亡过程。在托尔斯泰的中篇小说(short novel)《哈吉·穆拉特》中,小说开篇描写的备受蹂躏的牛蒡草的意象既呼应也预示了主人公的命运[②]。

什克洛夫斯基断言平行并列原则尤其适合于最具有"艺术性的"虚构文体的短篇小说。在短篇小说和中篇小说(novelette)中,审美效应往往大多依赖于精细应用各种类型的对比和不谐调手法。此类手法从一个双关语在叙事结构中的"实现"[③],经过误会母题然后再到两种伦理代码之间的冲突,可谓无所不包。

什克洛夫斯基写道,这样一种二元对立原则并非永远都像契

---

① 维克多·什克洛夫斯基(Viktor Šklovskij),"情节结构手法与一般风格手法的关联"(Svjaz priemov sjuzetoslozenija a obscimi priemami stilja),《诗学》(*Poetika*),1919。

② 维克多·什克洛夫斯基(Viktor Šklovskij),《马步》(*Xod konja*),第119-120页。

③ 不幸的是,什克洛夫斯基对这一极富挑战性的概念的阐述实在是过分简括了。例如他提到有这样一类民间故事,其中的情节仅只为一个双关语提供一个运载工具或"理由或借口"(《小说论》(*O teorii prozy*),第57页)。

第十三章　风格与创作

诃夫短篇小说《胖子与瘦子》(*The Fat and the Thin Man*)或托尔斯泰的《量地人》那么明确清晰。有时"二元中的另一元"会可疑地缺席。什克洛夫斯基说这种情形在莫泊桑短篇小说中是经常发生的,在那里面,取代预期步骤出现的,却是被形式主义批评家恰当地称之为"零位结局"的东西(zero ending,零位结构)[1]。高潮总是迟迟不到,故事仿佛被悬在空中。此类短篇小说中审美效应的取得被什克洛夫斯基归因于实际发生的事情与未曾发生的事情之间的对比,以及在小说中与"真正的"结尾即对传统短篇小说模式十分熟稔的读者有充分理由期待于小说的结尾[2]。

但长篇小说却与此不同,这种据说"十分板滞"[3]而在结构上又十分松散的文体,是不受阶梯式结构法则的制约的。托尔斯泰则再次乞灵于——正如他的几部主要长篇小说所显示的那样——在两个个人或两组人物之间的诸多彼此对称。"在《战争与和平》中",什克洛夫斯基指出,"我们可以清晰地分辨出下列并列比较:①拿破仑对库图佐夫;②皮埃尔·别祖霍夫对安德烈·保尔康斯基,而尼古拉·罗斯托夫则作为这两组人物的一个外部参照点。在《安娜·卡列尼娜》中安娜—沃伦斯基一组与另一组人物列文—基蒂比较[4]。

---

[1] 维克多·什克洛夫斯基(Viktor Šklovskij),"短篇小说与长篇小说的结构"(Stroenie rasskaza i romana)。

[2] 维克多·什克洛夫斯基(Viktor Šklovskij),《马步》(*Xod konja*),第 119 – 120 页。

[3] 参阅乔斯·奥尔特加·加西特(Jose Ortega y Gasset)《艺术的非人文化及小说页边注解》(*The Dehumanization of Art and Notes on the Novel*)(普林斯顿大学出版社,1948),第 65 页。

[4] 维克多·什克洛夫斯基(Viktor Šklovskij),《马步》(*Xod konja*),第 123 页。

这位批评家指出,这两组人物的共存是由亲缘关系为之"提供情由"的。什克洛夫斯基并未把这一"理由和根据"看得多么要紧。此外,他还坚持认为——显然并非不加任何证明的——认为连托尔斯泰自己对此也不十分看重。什克洛夫斯基援引了托尔斯泰在给一位读者信中的一句话。托尔斯泰在信中说他已经决定让老保尔康斯基成为这位出色的年轻人(安德烈)的父亲,"一旦引入一个和整个故事没有任何关系的人那会很棘手的"。于是,什克洛夫斯基得出的结论是,亲属关系在此只不过是一种人工设计。平行并列的两组人物中两个人物之间的显在关系是那么脆弱,以致令人感到其真正的联结点在于艺术的必要性,也就是说,这是情节发展的危急状态所使然[①]。

正是凭借这类"沉思和分支化",陈述的对象才可以在几个层面上共时性地展开,不可遏制地会迟滞高潮的到来,从而在情节运动中起"制动器"的作用。"阶梯式结构"与虚构叙事类作品的另外一个基本技巧——延宕(retardation)——关系密切。后一种原则在所有类型的叙事体小说中都在发挥作用。

什克洛夫斯基的某些最有说服力的例证,是从小说史的早期阶段选取的,那时的长篇小说距离形形色色的《十日谈》那样的短篇小说选集并不十分遥远。《堂·吉诃德》就是个恰当的例子。他声称塞万提斯长篇小说的情节原则具有足够的"弹力",可以为把一篇篇的小故事串连镶嵌起来提供一个框架(vstavnye novelly)。什克洛夫斯基把《堂·吉诃德》的第二卷描述为在文学的小旅店里

[①] 维克多·什克洛夫斯基,《马步》,第123—125页。

第十三章 风格与创作

讲述的"一幅松散的笑话拼贴图"。他指出，从包裹情节或框架故事的视角看，所有这些笑话都可以被视作是放慢行动速度的有效手段[①]。

什克洛夫斯基提醒到，同样的现象我们在叙事艺术的另一端——在为了迟滞行动而有意设计的叙事结构——中，也能找到。叙事诗延宕是民间童话结构中十分重要的手法，尤其是在有关寻找或完成艰难使命一类的原型童话中。在此类童话中，需要克服的重重障碍持续不断地被累积起来，或貌似非人力所及的艰巨任务被完成，因而将持续不断地把高潮推迟到几乎不可确定的未来。与此相似，在现代侦探小说，如柯南·道尔[②]、"傻瓜教授"华生医生层出不穷地为"解谜"提供虚假答案，从而推迟了真正答案的出现，因此而起着制动行动的作用。在 E. T. 霍夫曼（Hoffmann）[*]笔下，相邻情节常常交叠所起的作用也与此类似，而在《小杜丽》(*Little Dorrit*)[③]中，有待破解的谜题不断积累，也具有相同作用。

什克洛夫斯基专心致志、一心一意关注谋篇布局模式而牺牲心理学和哲学"论证"的结果，导致他说了一些颇有问题的话。例如，他居然断言《罪与罚》中那些迂回曲折的段落，如拉斯柯尔尼科夫和斯维德里加伊洛夫关于灵魂不朽问题的对话，实际主要的就是一种迟滞性手法，它们被穿插在叙事中的目的就是为了延缓行

[①] 维克多·什克洛夫斯基(Viktor Šklovskij)，《小说论》(*O teorii prozy*)，第120页。

[②] 同上书。

[*] 霍夫曼(1776-1822, Hoffmann)，德国作家。——译者

[③] 值得提出的是，在什克洛夫斯基的《小说论》中对狄更斯小说的讨论，是在"神秘小说"(mystery novel)的标题下进行的。

动。即便我们认为什克洛夫斯基有关《罪与罚》是一部"用哲学素材写成的、十分复杂的"神秘故事这一非正统观点自有其价值[①]，那我们也得坚决主张一点，即在这一"复杂化"过程中，哲学问题也在陀思妥耶夫斯基的这部长篇小说中，逐渐开始占据中心地位，而绝不仅仅是一种"累积和叠加"的作用而已。

批评家对《小杜丽》的分析与此相似——如果不说是比这更精致的话。什克洛夫斯基在此也同样想要贬低这部小说的意识形态蕴涵。他提出有关欠债人监狱的几场戏之所以必要，主要就是为了迟滞包含在情节中的谜题的破解。但什克洛夫斯基自己也模糊懂得这些东西更像是社会批判要素，而非谋篇布局上的权宜之计。他也不得不承认，环境描写虽然原本是为行动中的制动来设计的，"却也对情节施加一定压力，从而成为艺术作品的整合要素"。

"哥特式"小说——《小杜丽》据推测即此类传统小说的一个分支——观点中的外部素材，则从边缘转移到了中心。以具有精巧构思的阴谋模式为特点的早期浪漫主义小说，其审美潜力逐渐耗尽，遂走进了死胡同："因而刚刚诞生的社会小说便充分利用了它的叙事模式"[②]。

艾亨鲍姆和什克洛夫斯基在分析个别虚构类作品时所采用的方法，也被用以讨论整个虚构类文体。对于艾亨鲍姆、什克洛夫斯基和托马舍夫斯基来说，文体实际主要是个建筑学问题，是"谋篇

[①] 在本书下一章即第 260 页我们还将讨论这一命题。
[②] 维克多·什克洛夫斯基（Viktor Šklovskij），《小说论》（*O teorii prozy*），第 175 页。

布局手法的一个联结器"(priemy postroenija)①。

那些比形式主义者们更注重文学的"精神特质"(ethos,道德风貌,思潮信仰)的批评家们,倾向于以其主题的方式来定义文体。莱昂内尔·特里林在其富于洞见的论文《小说的手法与道德》②中,指出小说的区别性特征在于它十分关注现实与表现的关系问题。形式主义者绕过了主题学,而把关注的焦点放在了诸如大小和尺寸这样一些纯建筑学标准方面。艾亨鲍姆在论战中写到,长篇小说是一种混合文体,而短篇小说则是一种同类而又朴实无华的文体。"长篇小说以历史或旅行见闻为来源,而短篇小说则从童话或笑话中取材"③。大致而言,这两种文体之间的差别与"大小形式间的差别"相当。

后一组术语在形式主义的文章中经常出现。"盛大形式"和"短小形式"的概念和比喻主要出现在艾亨鲍姆论述托尔斯泰的陈述中,陈述展现了托尔斯泰如何从故事和短长篇逐渐过渡到恢弘壮丽的史诗性巨作《战争与和平》和规模宏大的家族长篇小说④,同时也出现在迪尼亚诺夫对当代虚构散文的危机所做的诊

---

① 请特别参阅鲍里斯·托马舍夫斯基(Boris Tomasevskij),《文学理论》(teorija literatury)(莫斯科—列宁格勒,1925),第 159 页。

② 莱昂内尔·特里林(Lionel Trilling),《自由的想象》(The Liberal Imagination)(纽约,1950)。

③ 鲍里斯·艾亨鲍姆(Boris Ejxenbaum),《文学》(Literatura)(列宁格勒,1927),第 171-172 页。

④ 鲍里斯·艾亨鲍姆(Boris Ejxenbaum),《青年托尔斯泰》(Molodoj Tolstoj)(彼得格勒—柏林,1922);《列夫·托尔斯泰文集》(Lev Tolstoj)(列宁格勒,1928),第 1 卷。

断中①。迪尼亚诺夫在其《今日之文学》一文中,认为当前这种危机的症状之一就在于"文体意识"(oscuscenie zanra)的衰落,这是一种能够明确区分大小形式的文体意识。他在论战中指出,这种文体意识无论对虚构散文的读者还是作者来说都是十分重要的。如果整体知觉缺失的话,那么一个部分的相对比重也就不可能确定。脑子里缺乏对整部作品大小的内心想象,那么,"语词便会没有共鸣器,行动在徒劳地,盲目地(vslepuju)进行"②。

有人建议形式主义者们高度关注情节内在的危机情景,关注叙事的常规惯例。当他们宣称"叙事结构以外的任何力量都无助于提升虚构作品的潜力"③*时,的确一个"段落"一旦不被文学作品所同化或吸收,那么,无论它有多么恰当贴切,似乎也只能损害而不是提升作品的整体效应。

但奥波亚兹批评显然乐于承认一种理念可以被成功地"同化和吸收",以致成为审美结构中的核心成分,在这一点上他们却大错特错了。由于这一谬误,什克洛夫斯基的小说论在有关虚构类作品方面被证明是个极不可靠的向导,因为书中的因果关系是随着心理学概率或脑力的一致连贯性而转移的。

出于同样理由,形式主义研究家在处理所谓引号技巧(quotation mark technique)——即讽刺性模拟(parody)和风格化(styli-

---

① 尤里·迪尼亚诺夫(Jurij Tynjanov),"文学的今天"(Literaturnoe segodnja),《俄国同时代人》(*Russkij sovremennik*),1924 年第 1 期。
② 同上书,第 292 页。
③ 维克多·什克洛夫斯基(Voktor Sklovskij),《马步》(*Xod konja*),第 177 页。
* 什克洛夫斯基的原话是,"Никакая извне внесенная сила не может увеличить силы произведения искусства,кроме строя самого произведения."——译者

第十三章 风格与创作

zation)、技巧的"暴露"("laying bare" the artifice)和现实幻觉的打破(destroying the illusion of reality)——的问题上,达到了他们的最佳状态。什克洛夫斯基对于《特里斯坦-香迪》的活泼自由的讨论上文已经提及[1],而(与此相比)同样独具特色的——某些方面论证比之更加严密的——是艾亨鲍姆对欧·亨利艺术技巧的评论。

在附带表现其在对美国虚构散文的把握是如何完整全面的《欧·亨利和短篇小说理论》[2]一文中,艾亨鲍姆声称这位表面看上去总是"轻松裕如"的故事讲述人实际上是一个具有高度形式意识和复杂精致的形式感的作家。批评家断言,欧·亨利高度的形式意识及其对短篇小说法则的真知灼见,由他那种斯特恩式对于叙事常规的揭露,以及他"对读者,实际上也就是对虚构艺术自身所持的反讽态度"[3],而得到了证实。从这样的假设出发,艾亨鲍姆开始阐释欧·亨利的长篇小说《白菜与国王》,而这却是一部被多数严肃批评家认为对于充当批评理论的试金石而言似乎过于轻飘飘的作品。他指出这部作品结构松散,常常回忆这部小说所写历史的早期阶段——如一条线索把各种无关联的细节纳入到"骨干"情节中去。艾亨鲍姆在论战中指出,这些相互穿插的故事之所以被如此设计,都是为了迟滞包含在主要情节后的谜题的被破解,

---

[1] 参阅本书第十一章,第193-194页。
[2] 鲍里斯·艾亨鲍姆(Boris Ejxenbaum),"欧·亨利和短篇小说理论"(O. Henri i teorija novelly),《文学》(*Literatura*),第166-209页。
[3] 同上书,第202页。

也是为了通过把读者诱入"歧途"而使之迷惑①。看起来,欧·亨利的文学反讽对于这位奥波亚兹批评家是如此情投意合,以至于这位美国通俗作家实际上已经被戴上了荣誉形式主义者的桂冠了。艾亨鲍姆写道:"他的叙事艺术建立在对所用手法的持续不断的反讽和'暴露'之上,就好像欧·亨利以前曾经到俄国学习过形式主义方法,并曾经常与维克多·什克洛夫斯基讨论过似的。而实际上他一直都是个药剂师,一个西部牛仔,一个出纳员,蹲过三年监狱,换句话说,他有一千条理由成为一个货真价实的现实主义者(bytovik)*,去写作直接讨论社会正义问题的案例②"。艾亨鲍姆似乎有些好战地继而写道:"欧·亨利更关心的是艺术,而非在恭维西奥多·罗斯福而已"③。

如果形式主义批评家能在讽刺性模拟中感到舒适自在的话,那么,其在无论多么迂回曲折或深奥繁复的文学的任何一种分支里也会如此,形式主义方法业已证实它可以同样适用于任何一种表面上看起来处于文学活动对立一级的文学现象。形式主义对于虚构文体理论的另外一个扎扎实实的贡献之一,是弗·雅·普洛

---

① 艾亨鲍姆提醒我们关注《白菜与国王》(Cabbages and Kings)稀奇古怪的开场白。这位批评家指出这种"手法"(proem)通过明确指明隐藏在令人困惑而又不谐调的情节后如理念一般的谜题这一方式,对神秘小说的常规实施了"暴露"。
* 俄文此词意指以日常生活为题材的艺术家或作家。——译者
② 同上书,第196页。
③ 使西奥多·罗斯福备受赞赏的是有这么一种说法,说他推行的某些新政是在欧·亨利描写纽约商店里售货女郎的生活境遇故事的推动下实施的。艾亨鲍姆对此种说法极其怀疑,他显然感到欧·亨利那种反讽的、挖苦的笔法,既非有意,看起来也不像是"推动"从事实际工作的政治家使之实施建设性举措的。

普的童话类型学研究①。

实际上对此我们没有任何必要感到惊奇。一方面童话尽管显而易见"十分简单",其常见情景可以到处迁移,并且具有必不可少的共性(loci commune),却仍不失为一种彻底形式化的文学文体之一。另一方面,它又是最少心理学倾向的虚构类文体之一。在许多现代长篇小说中,行动是揭示或展示人物性格的手段,而在童话中,和冒险故事不同的是,人物性格却成了展开情节的工具。因此,在对童话的处理过程中,正统形式主义批评家对于"理由和根据"(motivation)的高度漠视就不再是一重障碍,反而被证实非常适于考察欧·亨利或斯特恩离奇古怪的小说艺术。

对于布局模式的优势关注在普洛普简洁精练的研究论著中取得了可观的效益。他的方法是一种"形态学分析",即把童话分解成为各种组构成分。这位学者的专业目标是"把表面十分复杂的童话情节分解成为数量有限的一些基本类型"。

这样一种类型学的根据究竟是什么呢?在对民间文学的看法方面,形式主义的权威人士对无数想要对童话进行分类,以此来判断叙事展开之环境的性质和主人公特点的意图,表示怀疑。普洛普坚决认为我们是不可能用这样的标准来进行工作的,因为他们这样做实际上等于是把无穷无尽的多样性因素引入了分析过程。

普洛普从结构分析的观点出发,坚持认为童话的基本单位不是"人物",而是"功能",即人物在情节中所扮演的角色②。尽管同

---

① 弗·普洛普(V. Propp),《童话形态学》(*Morfologija skazki*)(列宁格勒,1928),《诗学问题》(*Voprosy poetiki*),第7卷)。

② 同上书,第26-27页。

一类型童话中的剧中人(dramatic personae)从一个到另一个常常变化,但其"功能"却保持不变。换言之,一篇童话的"谓词"即主人公的"作为",是常在成分,而其主体,即名字和人物的品质特点,却是可变成分。普洛普写道:"同一行为被归属于不同人物的情形在童话中是极其罕见的"①。根据时期或种族环境的不同,凶残敌人角色可以由怪物,(一条)蛇精,邪恶的巨人或鞑靼人首领(Tatarchief)来扮演;在英雄建功立业的道路上起阻碍作用的,可以是女巫、邪恶的魔法师、暴风雨或吃人的野兽。

根据这样一种工作假设对整个国际民间文学领域进行了一番展望以后,普洛普指出在迁移童话情节中屡屡复现的此类"功能"的数量是"极其有限的",而人物的数量却"极其巨大"。而且,"此类功能的连续也总是千篇一律"②。换句话说,如采用形式主义者从维谢洛夫斯基那里继承来的术语,不同国度和不同时代童话之间惊人的相似性并不仅仅在于一些个别性的"母题",同时也表现在"情节"方面,也就是说,它们也表现在这些母题的组织方式上。大力采用建筑学范畴进行分析使普洛普得以把由混合类型和次属类型所造成的混乱局面,整顿得"整齐划一到了令人惊讶的地步"。普洛普的结论是,"所有童话在结构上都是同质的"(odnotipny)③。

---

① 弗·普洛普,《童话形态学》,第29页。
② 同上书,第30-31页。
③ 同上书,第33页。

第十四章　文学动力学

1

普洛普的形态分析法是典型的形式主义战略。奥波亚兹批评家们顽固坚信在着手解释任何现象之前,我们必须先搞清楚它究竟是什么[1]。描述本身诚然是一个静态过程,但这并不意味着我们对于研究对象只能采用静态的方法。

最初形式主义者们被这一谬误蛊惑到了十分危险的地步[2]。这确乎不假,但他们到底还是在相当早的阶段对其辩论方法做了修正。随着迪尼亚诺夫把文学作品重新定义为审美"系统"而非"文学手法的总和"[3],把文学作品仅仅视为各类成分并存的观点开始让位于动态整合观。这一变化继而引起各种成分等级品位表

---

[1] 参阅什卡夫特莫夫(Skaftymov),《诗学与壮士歌的起源》(*Poetika Igenesis bylin*)(萨拉托夫,1924)。本书第十一章,第204-206页讨论过。
[2] 参阅本书第五章,第90页。
[3] 后一种公式出自什克洛夫斯基。见维克多·什克洛夫斯基(Viktor Šklovskij),《洛扎诺夫》(*Rozanov*)(彼得格勒,1921)。

上的周期性变动,引起"文学手法审美功能的持续变化"①。

尽管二者间有许多共同之处,但形式主义批评与结构主义语言学家们的不同之处在于,他们力求探索寻求横亘在费尔迪南·德·索绪尔所谓研究语言的"共时态"(synchronic)和"历时态"(diachronic)②之间,亦即在描述研究和历史研究间的鸿沟上,铺设一道桥梁。

在把文化进程的某一阶段出于分析的需要割裂开来时,研究者应该懂得他的研究对象实际上从来都不是停滞不动的。出于同样理由,历史研究方法同样也不能没有"系统"观。此类变化无论是语言还是文学的,其实质都不可能在不参照特定文化"系列"典型价值等级品位表的情况下,得到有益的探讨。换句话说,形式主义理论家争辩道,"形态描述者"切不可忘记"系统"无时不处于变化之中,而历史学家也应牢记他所考察的那些变化是在系统内发生的。

如果"文学事实"(literary fact)这一功能观激发了人们对于如什克洛夫斯基和迪尼亚诺夫所表述的"文学演变"问题的兴趣的话,那么,由一时兴致而产生的奥波亚兹的艺术哲学,则如什克洛夫斯基和迪尼亚诺夫所表述的那样,也瞄准着同一个方向。

作为文学先锋派的发言人,形式主义者们以其对艺术法则的肆意违反和对新奇感的一般性追求而注定受到人们的鄙视。作为

---

① 鲍里斯·托马舍夫斯基(Boris Tomasevskij),"俄国文学史中的短篇小说"(la nouvelle école d'histoire littéraire en Russie),《斯拉夫研究评论》(*Revue des études slaves*),1928 年第 7 期。

② 费尔迪南·德·索绪尔(Ferdinand de Saussure),《普通语言学教程》(*Cours de linguistique générale*)(洛桑,1916)。

第十四章 文学动力学

美学家,他们认为审美接受的核心和艺术价值的来源在于差异性(quality of divergence)[①]。这个概念对于形式主义理论家似乎具有三个不同的意义:在表现现实生活层面,Differenz qualitat(差异性)要求与实际生活有所歧异,也就是说,它要求实施创造性变形。在语言层面它要求背离语言的通常用法。最后,在文学动力学层面,这一包罗万象的术语意味着对于流行艺术标准的背离或修正。

这一具有革新意义的提法得到了什克洛夫斯基关于自动化对"可感性"(perceptibility)的学说的全力支持,而这一学说既与我们的审美反应,或许也与我们对于现实生活的接受,都有十分密切的关系。什克洛夫斯基写道:"每种艺术形式都必然会经历一个从生到死,从可见和可感接受到简单认知的过程。在前一种情况下,对象身上的每一处细节都受到人们的关注和鉴赏,而在后一种情况下,对象或形式成了我们的感觉器官只是机械地加以记录的乏味的仿制品,成了一件即使是买主也视若无睹的商品"[②]*。

[①] 差异性(Diffenz qualitat)。参阅本书第十、十一章,第178、200页。

[②] 维克多·什克洛夫斯基(Viktor Šklovskij),《马步》(Xod konja)(莫斯科、柏林,1923),第88页。

* 什克洛夫斯基的原话还有:"Это происходит не от того, что изменяются формы жизни, формы производственных отношений. Изменения в искусстве—не результаты вечнаго каменения, вечного ухода вещей из ощутимого восприятияв узнавания.(发生这一切的原因,不在于生活方式和生产关系变了。艺术中的变化不是事物从可感向认知的永恒石化和永恒消遁的结果。)Всякая художественная форма происходит путь от рождения к смерти, от видения и чувственного восприятия, когда вещи вылюбовываются и выглядываются в каждом своём перегибе до узнавания, когда вещь, форма делается тупым штучником – эпигоном, по памяти, по традиции, и не видится и самим покупателем."(任何艺术形式都会经历一个从诞生到死亡,从观看和感性接受到死亡的过程,即从事物的每一个组成部分会受到审核,到事物的形式成为一种迟钝的模仿的对象。按照记忆和传统复制,购买者视无所见的副本。)——译者

文学创作不可能不受到时间不可阻挡的必然推移或习惯惯性的影响。而艺术,按照什克洛夫斯基的说法,其主要意图就是抵消这一使人感觉麻木的影响,它无法容忍千篇一律和陈陈相因。文学变革如此急遽,其源盖在于此。托马舍夫斯基写道:"文学的价值在于新奇性和独特性。根据评价文学的公众对某些文学手法给予关注方式的不同,可以区分其为可感的还是不可感的。为使方法成为可感的,一种手法就必须或是极其古老,或是极为新颖"①。

变革的"规范化"使俄国形式主义者比大多数他们在西方的同道者具有更多的历史意识。并非所有的英美"新批评"代表人物都赞同 T.S.艾略特*的共时态文学观②。但他们当中的大多数人与其说更关心文学的嬗变,倒不如说更关心文学中那些不变的部分。而斯拉夫形式主义者们,如果说与他们有何不同的话,就在于他们有着非常强烈的历史感。格·奥·维诺库尔——一个颇富于同情心的批评家——声称,奥波亚兹文学史家们对纯运动过程,对不同文学流派之间的差异如此之入迷,以致实际上他们差不多早已就把可以应用于不止一个而是更多历史时期的批评标准给丢弃了③。

维诺库尔的批判并非完全没有道理。正如下文将要指出的那样④,形式主义者对新奇感的崇拜是一个极不恰当的美学基础。

---

① 鲍里斯·托马舍夫斯基(Boris Tomasevskij),《文学理论》(*Teorija literutury*),第157页。

* 托马斯·斯特恩斯·艾略特(Thomas Stearns Eliot,1888-1965),西方著名现代派诗人。——译者

② T.S.艾略特(T.S.Eliot),《艾略特文选》(*Selected Essays*)(纽约,1932)。

③ 格·奥·维诺库尔(G.A.Vinokur),"诗学与科学"(Poezija i nauka),《单双数》(*Cet i necet*)(莫斯科,1925)。

④ 见本书第十五章,第279-283页。

第十四章 文学动力学

但即便还有其他一些不利因素,这种态度也得以将一种极有价值的观点引入文学的动力学中,或如形式主义者自己所说,使之成为文学嬗变的规律之一。

上述第二种表述法暗示其对文学进程的规律性或"法则性"怀抱着一种信仰。的确,正如上文已经指出的那样,形式主义的文学史观带有一种强烈的决定论色彩。和维谢洛夫斯基一样,奥波亚兹的"历史诗学"更多关注的是文学体裁和手法,而非创作个性。按照形式主义的文学史图式,天才不是作为一种极其重要的不变量的人物,而是被降格为一种非个人性力量的代言人角色。什克洛夫斯基说过:"艺术不是个人意志,也不是天才创造的。创造者不过是在其身外发挥作用的诸种力量相交会的几何学上的一个点而已"[1]。

并非所有形式主义者都赞同勃里克的名言,说什么哪怕普希金根本就从未出生,《叶甫盖尼·奥涅金》也照样会被人写出来[2]。然而,这一荒谬观点[3]只不过是奥波亚兹一个曾经颇有争议的信条,即诗人并非一个自由的角色,为使自己能够生存下去,使作品获得成功,一个凭想象力工作的作家,就必须满足其时代向文学提出的要求。作家所把握的那些问题,是作家所生活的那个时代,亦即其所出生的文学嬗变过程所处的那一阶段,向他提出来的。同

---

[1] 维克多·什克洛夫斯基(Viktor Šklovskij),《马步》(*Xod konja*),第22页。
[2] 奥西普·勃里克(Osip Brik),"所谓'形式主义方法'"(T. n. formalnj metod),《列夫》(*Lef*),1923,第213–215页。
[3] 我们有充分理由推断敏捷干练的勃里克在说出这一审慎而又不无夸张的表述法时,内心对自己这种主张的荒谬绝伦是有所意识的。

此一理,作家寻求解决和最终分析此类问题的途径,也并非取决于作家的感受力或气质,而取决于作家隶属于其中的那一文学传统的性质,抑或往往多半取决于压倒一切的修正这一传统的必要性。或许出于无意,艾亨鲍姆曾意释了恩格斯的名言而这样写道:"个别作家的自由在于他紧跟时代和倾听历史呼声的能力"①。"一般说,"他接着写到,"创造是一种历史的自我认知活动,是确定自己在历史潮流中的位置的活动"②。

那么,按照形式主义者的观点,"那些在作家身外发挥作用"的文学史动力究竟是什么呢? 文学嬗变是一个自我推动还是外部决定的过程,抑或是此二者的统一呢? 好战的形式主义在此问题上略有些困惑。他们以克鲁乔内赫的著作为榜样③,坚决主张形式对内容在时间顺序上的优先地位。什克洛夫斯基在其宗派意识最浓、行文语气最坦诚直率的一篇宣言中声称:"我们这些未来主义者们,是举着一面新的旗帜走入文坛的:'新形式产生新内容'④*。他还说:"新形式的产生不是为了表达新内容,而是因为旧形式已然耗尽了它的潜能"⑤。和任何东西一样,艺术也可以逐渐变得陈

---

① 鲍里斯·艾亨鲍姆(Boris Ejxenbaum),《透视文学》(*Skvoz literature*)(列宁格勒,1924),第236页。

② 同上书。

③ 参阅本书第二章,第44-45页。

④ 维克多·什克洛夫斯基(Viktor Šklovskij),《马步》(*Xod konja*),第38页。

* 什克洛夫斯基的原话是,"Но мы футуристы, ведь вошли с новым знаменем: « Новая форма—рождает новое сожержание.»"——译者

⑤ 维克多·什克洛夫斯基(Viktor Šklovskij),"情节布局手法与一般风格手法的关联"(Svjaz priemov sjuzetoslozenija s obscimi priemami stilja),《诗学》(*Poetika*)(彼得格勒,1919),第120页。

第十四章 文学动力学

腐。艺术一旦变陈腐,它也就失去了存在的根据(raison d'être),因而实际上也很难一般地说它是存在的。"在已经被人发现的形式内部是不可能进行创造的,因为创造意味着变化……所谓旧艺术是不存在的,客观上并不存在什么旧艺术,因此,我们不可能按照旧艺术的法则来创作作品"[1]*。"僵化了"的艺术形式会被新的艺术形式所取代,后者以其"具有决定性意义的新奇感"能够恢复其在我们接受意识里的新鲜感,直到这一新形式自身也开始凋谢,而在另一次文学暴动中被推翻为止。

上述文学嬗变图式,带有和早期奥波亚兹文学作品观同样的谬误。什克洛夫斯基又一次不得不为美学"纯净主义"担负罪责,这是一种试图让艺术脱离其社会语境的倾向。形式主义者们已对其文学进程的内在动力机制观进行了完美的论证,他们坚决主张艺术流派是不可能机械地从其他文化"系列"中推导而来,或是被贬低为其他文化"系列"的论据或事实。但他们显然在针对还原谬误的过度反应中错把自主性当作分离主义了,他们似乎轻视社会机体各个部分间的任何关联,并且把文学嬗变阐释为一种完全是自我调节的过程。

某些形式主义学派的独立的同情者们认为,奥波亚兹文学史

---

[1] 《马步》(Xod konja),第 86 页。

* 什克洛夫斯基的原话是,"Они ошибались. Нельзя творить в уже найденных формах, так как называемое, старое искусство не существует, объективно не существует, а потому не возможно сделать произведение по его каноным."("他们错了。用已经用过的形式是无法进行创作的,因为创作就是变化。问题在于所谓的旧艺术并不存在,或客观上并不存在,因此我们不可能按照艺术的旧的规范去制作作品。")——译者

理论的片面性仅仅只是个例外。维克多·日尔蒙斯基就是这样的同情者之一,我们在上文曾经讨论过他与什克洛夫斯基就"艺术即手法"这一口号而展开的争论①。他承认什克洛夫斯基的"自动化"说很实用,但对解释文学流派的演替来说却不尽恰当。

日尔蒙斯基争论道,由于文学与其他人类活动密切相关,所以,文学的演变就不能被解释为一种纯粹的文学现象。他断言艺术形式发展和其他文化领域发展之间的关系,是我们根本不可能予以规避的问题②。况且对比或审美多样性原则对于完整解释文学的发展而言乃是一个十分消极的因素。艺术形式逐渐凋萎论可以解释为是针对旧形式的一种反应,但却不是新形式的性质;它可以解释发生嬗变的必要性,却无法说明嬗变发生的方向。后者取决于一个时期的整体文化氛围和时代的特征,它们往往会在文学及其他文化领域里得到表现。例如,18世纪末反抗古典主义的暴动即可归因为古典主义风格的"日益僵化"。但这次暴动采取了浪漫主义形式这一事实,却应归咎于一种新的世界观的崛起,它在艺术及其他文化领域里涌动并且寻求着表现③。

恩格尔哈特(Engelhardt)在其所著有关形式主义方法论的慎思明辨的著作中,以类似方式提出了同一个问题:"自动化理论仅仅可以解释文学运动这一事实,以及文学嬗变的内在必要性,但却

---

① 见本书第五章,第 96-98 页。

② 维克多·日尔蒙斯基(Viktor Žirmunskij),《文学理论问题》(*Voprosy teorii literatury*)(列宁格勒,1928)。

③ 同上书,第 162-165 页。

无法说明这些发展的本质或形式"①。

上述立场与好战的形式主义者的立场相比,其所表明的,更多的无疑是一种警觉和常识。日尔蒙斯基在审美批评和狄尔泰之精神史(Dilthey's Geistesgeschichte)之间做出的妥协尽管合理却又不无机械之嫌。文学演变不能完全以"内在论"方式予以解释这一命题,是一个非常必要的提示。但若按照日尔蒙斯基的公式将工作予以划分的话,那么,凭什么内在发展为变化的发生提供刺激,而反应却须取决于外部因素呢,这对公正完全地解决问题似乎显得太过于匀称了。文学与环境(Zeitgeist,时代精神,社会思潮)不可分割这一点是不大容易受人轻视的。但艺术与哲学间的关系,却绝非一个理想和谐或点点对应的问题。况且,既然我们和日尔蒙斯基一样承认,文学有其自身所特有的内在动力机制,那么,我们便很难有任何理由断言,无论何时只要艺术发生危机,解决危机的办法永远都需要从外界"借用"。

艾亨鲍姆在其论述阿赫玛托娃的著作中指出,在从象征主义到阿克梅主义和未来主义转变的危机关头,争论的焦点与其说是生活观,倒不如说是语言的用法问题,但他的话或许远非切中肯綮。他这样写道:"必须改变人们对待诗歌话语的态度,因为它已经变成一种毫无生命力的惯用语,已经失去了继续发展或进行自由游戏的能力了。我们必须创造一种新的、不可言喻的、粗野的话语,以此把诗歌用语传统从象征主义的束缚中解脱出来,从而恢复

---

① 鲍里斯·恩格尔哈特(Boris Engelhardt),《文学史中的形式主义方法》(*Formalnyj metod v istorii literatury*)(列宁格勒,1928)。

诗歌和语言间的平衡态"①。

出于同样原因,正如雅各布逊所指出的那样,肇始于本世纪*初影响广泛的反实证主义思潮,在艺术领域却呈现为非典型的象征主义这一事实,并不仅仅只是时代智性氛围的一个副产品而已。这种"把符号从客观中解放出来"的企图②,作为一般文化语境的毋庸置疑的一部分,至少我们在同等程度上,既需对付诗人所用媒体的现状问题,同时也需要对付当时到处漫延的思想状态的问题。

或许要想处理如现代艺术这样的现象,我们最好是乞灵于在某种意义上与日尔蒙斯基公式正好相反的穆卡洛夫斯基公式。穆卡洛夫斯基这样写道:"艺术结构的每种变化都是从外部引起的。或直接引起,即在社会变化的直接影响之下引发;或间接引起,即在某一平行文化部门如科学、经济、政治、语言等发展的影响之下引发;无论如何,应对某一来自外部的挑战的具体方式及其所引发的形式,都取决于艺术结构所含的因素"③。

作为对艺术与社会关系问题的一般阐述,穆卡洛夫斯基的系统表述同样也非穷形尽相和盖棺定论。但总的说来,结构主义对奥波亚兹文学史理论的批评,比日尔蒙斯基的折衷主义公式在方

---

① 鲍里斯·艾亨鲍姆(Boris Ejxenbaum),《安娜·阿赫玛托娃》(*Anna Axmatova*)(彼得格勒,1923),第 66 页。

* 按,此处指 20 世纪。——译者

② 参阅罗曼·雅各布逊(Roman Jakobson),"论诗人帕斯捷尔纳克的散文"(Randbemerkungen zur Prosa des Dichters Pasternak),《斯拉夫评论》(*Slavische Rundschau*),1935 年第 7 期。

③ 让·穆卡洛夫斯基(Jan Mukarovsky),《捷克诗学的新篇章》(*Kapitoly z české poetiki*)(布拉格,1941 年第 1 辑),第 22 页。

第十四章 文学动力学

法论上更敏锐地击中了要害。结构主义理论家们与日尔蒙斯基的一致之处在于,他们都着重强调文化的基本统一性,强调文学与其他人类活动的有机关联。的确,特鲁别茨科依和雅各布逊都认为研究"相互关联性"(interrelatedness)的本质和机制是人文学者最紧迫的任务之一[1]。但布拉格学派的这一发言人看起来对这一问题的复杂性的了解,要比日尔蒙斯基更敏锐。艺术与社会之间辩证张力这一命题[2]使得我们可以允许个别文化领域临时滞后及其内在动力学,并在这样做的同时,避免分离主义和还原主义两个陷阱。

雅各布逊和穆卡洛夫斯基的理论似乎预告了一种更加成熟而又灵活的艺术社会学。我之所以说"预告了",其原因是结构主义者有关一种与社会变化相互关联的艺术的设想,从未走出蓝图和规划阶段,或始终停留在一般方法论的设计阶段。

但无论此类广泛概括如何完美无瑕前景远大,我们也不应寻找形式主义对于文学史理论的理论贡献的核心。这一核心也不可能在片面强调文学进程中的戏剧性,亦即新与旧的不间断斗争中被找到。每一文学流派都是其前人的反叛者,或旨在反叛其前人,这已是无数场合下人们的老生常谈了。形式主义者比那些不怎么重视创新性的批评家们更经常同时也更有兴致地把这类话挂在嘴

---

[1] N.S.特鲁别茨科依(N.S. Trubetzkoy),《语音学原理》(*Principes de phonologie*)(巴黎,1949);罗曼·雅各布逊(Roman Jakobson),《欧洲语言概述》(*K xarakteristike evrazijskogo jazykovogo sojuza*)(巴黎,1931)。

[2] 罗曼·雅各布逊(Roman Jakobson),《论诗人帕斯捷尔纳克的散文》(*Randhemerkungen zur Prosa des Dichters Pasternak*)。

边上。然而,形式主义文学史观的区别性特征显然并不在于一味坚持"父与子之间的这种斗争",而在于他们对这种斗争的特殊动力学机制的深刻洞察。

文学嬗变研究的"功能学"方法实践证明的确大有裨益。奥波亚兹文学史家发现文学中的继承性联系与其说是从大师到学生的平稳过渡问题,倒不如说是二者间的严峻对立问题。文学运动的动力显然是冲突,但按照迪尼亚诺夫的说法,这种冲突与其说是一种价值解构,不如说是一次重新洗牌;与其说是审美手法的淘汰出局,不如说是其功能的转移。

形式主义者通过研究讽刺性模拟(parody)的作用,对文学嬗变的动力学机制做了有趣的说明。迪尼亚诺夫在其慎思明辨的著作《陀思妥耶夫斯基与果戈理》[①]中表明,这两位作家之间的关系,是一种超乎人们一般理解之外的复杂现象。他指出,陀思妥耶夫斯基之受惠于果戈理是无可置疑的,陀思妥耶夫斯基的早期作品,如《穷人》(*Poor Folk*)、《双重人格》(*The Double*)、《涅陀契卡·涅兹瓦诺娃》有大量模仿果戈理文笔的痕迹,就是证明。可按照迪尼亚诺夫的说法,还有另外一个方面的问题,是大多数文学史家没有察觉到的。在小说《家庭之友(斯捷潘尼科沃村)》里,陀思妥耶夫斯基讽刺地模拟了果戈理在《与友人书简选》中冗长议论这一手法。迪尼亚诺夫继而写到,如今讽刺性模拟已经成了一种解放的

---

① 迪尼亚诺夫(Jurij Tynjanov),《陀思妥耶夫斯基与果戈理(论讽刺性模拟理论)》(*Dostoevskij I Gogol. K teorii parodii*)(奥波亚兹、彼得格勒,1921);重刊于迪尼亚诺夫文选《拟古主义者与革新者》(*Arxaisty i novatory*)(列宁格勒,1928),第 412 – 455 页。

信号,并且真地成了文学"战争"中的一种动作了。如果说《穷人》和《双重人格》证明陀思妥耶夫斯基来自于果戈理的话,那么《家庭之友》则明显表明其作者已经远远超越了果戈理。迪尼亚诺夫得出的结论是,陀思妥耶夫斯基的文学艺术,既是果戈理的产物,也是对果戈理"浪漫主义自然主义"的一种挑战。

如艾亨鲍姆和迪尼亚诺夫所展示的[1],则涅克拉索夫也是个与此相似的例子。人们常常指出涅克拉索夫的某些母题和音步来源于莱蒙托夫。而与此同时,涅克拉索夫的诗歌在许多方面显然又与浪漫主义模式有着显著差异。也正是在这个问题上,形式主义者声称,正是讽刺性模拟的用法问题,使得文学继承性的双重本质问题,成为争议的中心问题。这次争议的焦点是涅克拉索夫对莱蒙托夫一首广泛流传的摇篮曲《睡吧,我美丽的小宝贝儿》(Sleep, my beautiful baby; spi mladenec mojprekrasnyj)的辛辣、嘲讽的意释。一个小官吏破衣烂衫的身影取代了一个婴儿想象自己将要成为的令人骄傲自豪的勇士形象,诗律的音节也顿挫有致,而且还把致命的一击(coup de grace)赋予涅克拉索夫竭力予以排除的浪漫主义的陈辞俗套。

形式主义批评家们指出文学嬗变就是这样发生的。旧的依然出场,但却被赋予了新的精神色彩。废弃的手法并非完全被抛弃,而是在一种极不协调的新语境中被重复。这样一来,无论是通过

---

[1] 参阅鲍里斯·艾亨鲍姆(Boris Ejxenbaum),"涅克拉索夫"(Nekrasov),载《透视文学》(Skvoz literaturu)(列宁格勒,1924);尤里·迪尼亚诺夫(Jurij Tynjanov),"涅克拉索夫诗歌的形式问题"(Poeticeskie formy Nekrasova),见《拟古主义者与革新者》(Arxaisty i novatory)。

自动化还是重新使之"可感化"的中介,都会破除荒诞感。换句话说,新艺术并非前艺术的反题,但却是对旧成分的一种"重新组合"和"重新归类"①。

形式主义者们提醒我们说,对于那种反对崇拜圣像的姿态,我们不应将其看得太认真。甚至当他们无条件地摒弃"父辈们"的遗产时,起而造反的"子辈们"也无法不把被他们的"敌人"发展或完善了的某种技巧纳入自己的武库。雅各布逊敏锐地指出②,就其宇宙情致(elan,锐气,热忱)而言,俄国未来派马雅可夫斯基与备受其诋毁的象征派先驱间的共性,远比他愿意承认的要多得多。

从所有这一切中我们所能得出的一般性结论是十分明确的:文学嬗变不是一个笔直过程,而是一条反常的道路,它充满迂回和曲折,蜿蜒漫长。每种文学流派都犹如一个十字路口,交织着传统与革新的复杂因素。

对文学进程流动性的了解,对刻板定义和官方凝固的品位等级表的心理健全的不信任,使得形式主义者们对于教科书作者们所梦寐以求的文学的契合和密切关系,有着异常的敏感。迪尼亚诺夫和艾亨鲍姆都懂得,文学冲突和政治一样,能令你同屋伙伴成为陌生人,而且,即使是大作家也难免不从二流文人笔下借用些东西,或受其启发。他们同时也认识到一个现代诗人在前不久刚刚

---

① 尤里·迪尼亚诺夫(Jurij Tynjanov),《拟古主义者与革新者》(*Arxaisty i novatory*),第 413 页。

② 罗曼·雅各布逊(Roman Jakobson),"论消耗了自己诗人的一代人"(O pokolenii, rastrativsem svoix poetov),《弗拉基米尔·马雅可夫斯基之死》(*Smert Vladimira Majakovskogo*)(柏林,1931),第 7 - 45 页。

过去的规范退缩的同时,极有可能有意或无意识地彻底皈依距今时代更久远的一种模式。"在其与父辈的斗争中,孙子转而却与祖父相似"①。

向后皈依某种旧的文学传统,这是摆脱周期性困扰虚构类文学的艺术危机的可能有的出路之一。文学欲要摆脱僵局的另外一条出路是超越自身,深入挖掘风俗习惯(mores,byt),在粗陋生活的原材料里寻找新鲜血液②。由于俄国19世纪末至20世纪20年代这一危机关头,风行一时的是一些非虚构类混合文体——回忆录、书信、报告文学、随笔——所以,这可以说是 mutatis mutandis (在细节上已作出一些必要的修正)③。

形式主义者们常常断言对于新形式的探索,常常会伴随着频频回望的侧面迂回运动。一种新出现的文学运动,其动力却可能来源于先前时代的刺激。但嬗变的线索却往往并非来自其权威性业已遭到公然摒弃的"父辈们",而正如什克洛夫斯基生动形象的说法,而是来自于"叔伯们"。

什克洛夫斯基骄傲地写道:"据我所知,根据我首先予以表述的这一法则,在艺术史上,遗产不是由父亲传给儿子,而是由叔父传给侄子"④。

---

① 尤里·迪尼亚诺夫(Jurij Tynjanov),《拟古主义者与革新者》(*Arxaisty i novatory*),第562页。

② 参阅本书第七章,第121-122页。

③ 尤里·迪尼亚诺夫(Jurij Tynjanov),《拟古主义者与革新者》(*Arxaisty i novatory*),第15页。

④ 维克多·什克洛夫斯基(Viktor Šklovskij),《文学与电影》(*Literatura i kinematograf*)(柏林,1923),第27页。

这一被什克洛夫斯基夸口说系他所发明的"法则",在形式主义著作中以"弱小分支的正典化"而著称。"当'正典化了的'艺术形式陷入死胡同时,便会为非正典化艺术成分的全面渗透铺平道路,此时便可以从中产生新的艺术手法"①。为使自我得以更新,文学常常需要从准文学文体(sub-literary genres,亚文学体或半文学体)中汲取母题和手法。此前曾在文学的边缘过着朝不保夕生活的通俗文化产品,此时被恩准进入客厅,升格为 bona fide② 文学艺术,或如什克洛夫斯基所说,被"正典化了"。

按照形式主义者的说法,诸如此类的"正典化"在俄国文学中有着许许多多的例证。例如文坛争议的问题之一,是说普希金的抒情诗是从 18 世纪末的诗集(album verses),即所谓"即兴诗"(poesie fugitive,难以捉摸或短暂易逝的诗意)中产生的。充满了文化教养不高的平庸语词的涅克拉索夫的诗歌,其音色、韵律模式和词汇构成等许多方面,皆有赖于报刊文章和歌舞杂耍表演。什克洛夫斯基说勃洛克把"吉普赛人歌谣的主题和节律给规范化了,契诃夫把低俗滑稽戏和通俗小说的因素引入俄国文学中来。陀思妥耶夫斯基把侦探小说的文学范式和手法提升到了显要尊贵的地位"③。

这又一次表明,文学批评的核心问题,不是个别成分的有无,而是其在被纳入某一系统后所起的作用。如果某一种"低级"文体

---

① 维克多·什克洛夫斯基(Viktor Šklovskij),《文学与电影》(*Literatura i kinematograf*)(柏林,1923),第 29 页。

② 拉丁语,"真正的"。——译者

③ 维克多·什克洛夫斯基(Viktor Šklovskij),《洛扎诺夫》(*Rozanov*),转引自鲍里斯·艾亨鲍姆(Boris Ejxenbaum),《论文学》(*Literatura*)(列宁格勒,1927),第 144 页。

能为世界文学中某一类意义深奥的哲理小说提供范式,如果吉普赛歌谣流畅的韵律可以在勃洛克令人肝肠寸断、激情洋溢的爱情抒情诗里起到传达情感潜能的作用,那么,文艺学家主要应当予以关注的,显然就是功能和语境问题了。

2

形式主义的文学动力学观在俄国文坛刚一出现,便引发了诸多急遽修正传统观点的现象,并引起了文学史景观的诸多重大变动。从这种重估一切价值中产生的俄国文学嬗变的完整画面,远比我们从一本文学史教科书中所能了解的要更复杂完整。统一的焦点取决于这样一个事实,即形式主义者认为文学史不是文学人物松散的拼贴或思想或社会变革的副产品,而是文体和风格的嬗变史。

如果说形式主义文艺学家们在早期阶段都倾向于轻视决定文学的外部因素的话,那么,在对待文学"内在"要素方面,他们明显比他们的先驱者或对手更加宽容和开明得多。对青睐"文学将军"(勃里克语)[①]的传统成见嗤之以鼻的奥波亚兹成员们,极大地扩展了文学史研究的范围,从而将一些边缘现象——无名或半被遗忘了的作家、批量生产以及准文学文体——也纳入彀中。形式主义者们争辩道,文学并非文学杰作的交替演变过程。一个人如果

---

① 奥西普·勃里克(Osip Brik),"所谓形式主义方法"(T. n. formalnyj metod),《列夫》(*Lef*),1923年第1期。

对二、三流作品缺乏了解,他也就无法理解文学史的嬗变过程,或无法评价文学史上任何一个历史时期。一方面文学杰作只有以平庸为背景才能被人真正认识。另一方面,在文学动力学中,失败是一个其重要性丝毫也不亚于成功的因素。在"正确"方向上采取的夭折或早产的尝试,尽管其本身平淡无奇,却往往会是响彻大地的凯旋的前兆,因而,对于文学史家而言是极其重要的现象。

现实主义研究在历史景观方面所引发的最引人注目的巨大变动,或许与普希金在俄国文学史的地位有关——在艾亨鲍姆、什克洛夫斯基、托马舍夫斯基、迪尼亚诺夫和日尔蒙斯基所著一系列具有挑战性的论著中,这一问题都占有极其重要的地位[①]。形式主义者对普希金系俄国浪漫主义领袖人物,系19世纪俄国诗歌之父的传统观点,发出了挑战。他们不是根据普希金的生命哲学,而是从这位伟大诗人对待语言、风格和文体的立场出发,来研究其遗产,并且得出了一个极不正统的结论:普希金主要是古典主义时代的继承者,而非浪漫主义的先驱。罗蒙诺索夫和杰尔查文的诗歌成就直到普希金才结出了最完美的果实,直到普希金才使表面看总归徒劳的对媒体的掌握成为可能,才达到了诗歌和语言的理想平衡。

---

① 鲍里斯·艾亨鲍姆(Boris Ejxenbaum),"普希金走向散文之路"(Put Puskina k proze),见《文学》(literatura);维克多·什克洛夫斯基(Viktor Šklovskij),"叶甫盖尼·奥涅金(普希金与斯特恩)"(Evgenij Onegin(Puskin I Sterne)),见《普希金诗学概论》(Ocerki po poetike Puskina)(柏林,1923);尤里·迪尼亚诺夫(Jurij Tynjanov),《拟古主义者与革新者》(Arxaisty i novatory);鲍里斯·托马舍夫斯基(Boris Tomasevskij),《普希金》(Puskina);维克多·日尔蒙斯基(Viktor Žirmunskij),《拜伦与普希金——浪漫主义叙事长诗史论》(Bajron i Puskin(Is istorii romanticeskoj poemy)(列宁格勒,1924)。

第十四章 文学动力学

形式主义者坦率承认普希金明显修正甚或超越了古典主义遗产。他通过把"轻诗"(vers de société,社交诗)稀奇古怪和对话交流式的韵律"规范化"的方式,把罗蒙诺索夫的清规戒律给彻底打散了。而且,他还利用了许多浪漫主义时代的题材和艺术手法。但普希金诗学的核心仍然止于是古典主义的①。

这一观点立场最审慎缜密的表述,恐怕要以雅各布逊写于1936年的一篇论文为最②。雅各布逊写道:"普希金抒情诗的美学基础是古典主义,但这却是一种充满了浪漫主义精神的古典主义,正如波德莱尔、洛特雷阿蒙*和陀思妥耶夫斯基这样的后期浪漫派的浪漫主义,无可避免地要受到他们生活在现实主义这样一个事实的决定性影响一样"③。

迪尼亚诺夫在其关于普希金及其时代的赅博精深的著作中,甚至对浪漫主义和古典主义这一二分法是否适用于俄国文坛的问题,也提出质疑④。这位形式主义批评家并未忽略这两种西欧文学思潮对俄国文学的影响,但他似乎感觉到古典主义和浪漫主义的斗争并非普希金时代的核心问题。迪尼亚诺夫接着写到,"浪漫

---

① 一个可能会引发争议的问题是,此处所提到的多数观点,早已就被象征派批评家,尤其是瓦列里·勃留索夫(Valerij Brjusov)预先提到了(可参阅《我的普希金》(*Moj Puskin*)。然而,即使重新表述普希金的历史地位这一功劳,不可以完全归功于形式主义者们,那他们在发展和系统缜密地论述这一点上,显然即使没功劳也是有苦劳的。

② 罗曼·雅各布逊(Roman Jakobson),《在普希金抒情寓言诗的天头地角——亚·谢·普希金札记选读》(*Na okraj lyrickych basin Puskinovych*, *Vyrane spisy A. S. Puskina*)(布拉格,1936),第259-267页。

* 洛特·雷阿蒙(Laut Reamont,1846-1870),法国诗人。——译者

③ 同上书,第262页。

④ 尤里·迪尼亚诺夫(Jurij Tynjanov),"复古主义者与普希金"(Arxaisty i Puskin),见《拟古主义者与革新者》(*Arxaisty i novatory*)。

主义"和"古典主义"因素在俄国被混淆凝结成了一种稀奇古怪的样式,以致这两大文学思潮的边界线,不像在法国那样泾渭分明,而是模糊不清。

按照迪尼亚诺夫的观点,俄国 19 世纪早期的文学斗争,是围绕着一些纯俄国自身的问题,尤其是一些文学专业性很强的问题展开的①。所谓拟古主义者和革新者之间的论战,主要聚焦于俄国文学语言的话语特征问题。拟古主义者宣扬回归罗蒙诺索夫传统,包括文体和话语层次要有明确的区分,而且渗透了"教会斯拉夫语"的崇高风格应在其中占有优势地位。革新派继承了卡拉姆津都市散文衣钵,并为适用于有教养阶层的口头语言、同时又摆脱了矫揉造作的拟古主义的"中级"风格而斗争。这场争论的积极参加者大都是普希金时代一些不够有名的人物,如格里鲍耶陀夫、丘赫尔柏凯、希什科夫、维亚泽姆斯基等,这些人又分为比较保守("老年派")和比较进步("青年派")两个阵营和派别。

形式主义文学史家在对普希金在其时代文学生活中的地位进行定位时,也遇到了相当多的问题。迪尼亚诺夫倾向于把普希金定位于青年拟古派的近邻②;而托马舍夫斯基似乎更为关注普希金与"左翼"革新派临时结盟这一事实③。这两位批评家一致认为

---

① 迪尼亚诺夫之所以不大信任传统二分法的原因之一,可能是因为颇有一些平庸的文学史家习惯于用"古典主义"和"浪漫主义"来命名文学思潮,而非可以清晰划分开来的文学活动。

② 尤里·迪尼亚诺夫(Jurij Tynjanov),《拟古主义者与普希金》(*Arxaisty i Puskin*)。

③ 参阅鲍里斯·托马舍夫斯基(Boris Tomasevskij),《普希金》(*Puskin*)(莫斯科,1925)。

第十四章 文学动力学

普希金是一种十分复杂的现象,以致很难达成一种明确定义。普希金的创作实践以"斯拉夫语词"和"口语语体"的相互交织为特点,其轻诗(light poetry)和恢宏壮丽的叙事体长诗以及敏锐犀利的批评论文,都在回避明确的定义,不容许任何无条件的贴标签的做法。

但形式主义者强调指出,即使普希金似乎真地超越了他那个时代的所有流派——正如他实际上已经真地超越了整个时代那样——那这也丝毫不意味着他始终远离战场。普希金在其整个文学生涯中,曾与许多文学派别和团体"发生过关系",曾经赞同过好几种流行的观点,但却从未和其中任何一种观点最终彻底认同。因此,迪尼亚诺夫认为,如果不考虑这一时代中相互矛盾对立的各种文学流派以及名气不如普希金的同时代人的活动,那我们也就无法理解普希金在文学史中的地位。

所有这一切就此而言据说都表明了在其时代语境中研究普希金或任何其他经典作家的必要性。现实主义者坚持认为,对于普希金的成就及其在整个俄国文学全景中所占的地位,我们必须历史主义地对之加以研究。奥波亚兹批评家显然对印象主义者"非历史主义地"(ahistorical)认为经典大师们都是"永恒的伴侣"[①]的观点,感到无法容忍,并且也一般地否定和批判英雄崇拜说。托马舍夫斯基写道:"现在是时候了,该把将俄国文学分为旧约(前普希金)和新约(后普希金)的普希金学中的弥赛亚主义彻底抛弃

---

① 指德·谢·梅列日科夫斯基(D. S. Merezkovskij)的随笔集《永恒的伴侣》(*Eternal Companions*)。

了"①。但形式主义者对待普希金是一个"伟大的分水岭",是19世纪俄国诗歌的奠基人这一流行观点,却是个例外。他们并不否认普希金在现代俄国文学形成过程中所起的巨大的、决定性作用②;他们承认普希金在其作品中涵纳的众多题材和问题,是嗣后那些俄国作家们魂牵梦萦的。但他们说,普希金的风格和诗体除了若干个成功的模仿者外几乎没有传人,这不只是由于他的诗已经尽善尽美因而无与伦比,而且也是因为前普希金时代的文学传统在普希金的诗歌艺术中已经达到叹为观止美轮美奂的境界。由于普希金前人所积聚起的资源已经被普希金最大限度地充分利用了,那么,在普希金去世后,人们要想沿着同一方向创作出多少有些价值、多少比较新奇的东西,已经不再可能了。必须寻找到一个新的起航点。根据迪尼亚诺夫的说法,这个新的起航点还真地被找到了。

与流行观点相反,迪尼亚诺夫断言普希金在俄国诗歌创作界年轻的同时代人和直接继承者莱蒙托夫和丘特切夫,几乎不可能被认为是普希金的学生。迪尼亚诺夫写道:"普希金去世后,诗歌既未向前也未向后转,而是来了一个迂回,它走向繁复的诗体,或即走向莱蒙托夫、丘特切夫和贝内迪克托夫"③,他们以不同的比例把普希金的诗学,与来自西欧浪漫主义审美范式和18世纪宏大

---

① 参阅鲍里斯·托马舍夫斯基(Boris Tomasevskij),《普希金》(Puskin),第74页。
② 维克多·维诺格拉多夫(Viktor Vinograndov),《普希金的语言》(Jazyk Puskina)(莫斯科—列宁格勒,1934);《17-19世纪俄国文学语言史概论》(Ocerki po istorii russkogo literaturnogo jazyka 17-19-go vekov)(莫斯科,1934)。
③ 尤里·迪尼亚诺夫(Jurij Tynjanov),《拟古主义者与革新者》(Arxaisty i novatory),第361页。

风格的因素和成分，全都糅为一体。至于俄国文坛嗣后几代人，那么，晚期俄国浪漫派和象征主义则转向凄美哀艳的茹科夫斯基，部分也转向莱蒙托夫以寻求情感的隐喻和诗歌无以言喻的音乐美[①]。

现实主义者警告说，对于普希金周期性的"复活"，我们没必要将其看得太认真。我们必须把历史上"真实的"普希金和他"生活在各个时代中"[②]的复本严格加以区分。后者则大多只是批评家自己的审美价值体系的投射罢了。什克洛夫斯基指出文学作品的接受永远都是以特定时期所盛行的文学规范为背景而进行的，因此，对作品我们也不妨将其"头下脚上地倒过来看"[③]。例如，在1880年代中，人们乞灵于这位伟大诗人的英名，却是为了支持和声援"与普希金全然不同的一种文化"。当陀思妥耶夫斯基在其著名的普希金纪念日演讲辞中把普希金当作基督教谦卑精神的传统而大事称颂时，从其雄辩滔滔的演讲辞中浮现出来的那幅画像，与其说像普希金，倒不如说像陀思妥耶夫斯基自己的地方更多一些。

或许真地想要复活"真正的"普希金并重新弘扬普希金那种"阿波罗式"清晰透明的诗体风格的，就只有阿克梅派——既是象征派运动的直接传人，同时也是它的持不同政见者[④]。但阿克梅派只是现代俄国诗歌史上一段简短的插曲罢了。而古米廖夫和曼

---

① 鲍里斯·艾亨鲍姆(Boris Ejxenbaum)，《莱蒙托夫》(*Lermontov*)（列宁格勒，1924）。

② 尤里·迪尼亚诺夫(Jurij Tynjanov)，《拟古主义者与革新者》(*Arxaisty i novatory*)，第291页。

③ 维克多·什克洛夫斯基(Viktor Šklovskij)，"叶甫盖尼·奥涅金——普希金与斯特恩"(Evgenij Onegin(Puskin i Sterne))。

④ 参阅鲍里斯·艾亨鲍姆(Boris Ejxenaum)，《安娜·阿赫玛托娃》(*Anna Axmatova*)。

德尔施塔姆的新古典主义者的姿态,则很快在喧闹嘈杂的未来派的暴乱中,显得相形见绌。

未来派曾在其兴高采烈的宣言①中,宣称他们的诗歌是前此所写全部文字的完美的反题,是对任何以及所有文学传统的一次挑战。但他们那些富于同情心的批评家们知道得更清楚,他们指出文学不容有彻头彻尾全新的起航点,甚至就连最极端的革新家,也不可能完全不要传统。未来派运动本身就是对文学嬗变规律的一个说明,一种对"父辈们"的反动却成了对"祖辈们"的部分回归②。迪尼亚诺夫写道:"俄国未来派是对19世纪诗歌文化中的'中庸风格'的一次退缩。就其狂暴激烈的好战精神和所取得的成就而言,未来派与18世纪有亲缘关系"③。按照迪尼亚诺夫的说法,赫列勃尼科夫对语言问题的热切关注,对史诗体裁的执着探索,在未来派对诗歌惯用语的探索和18世纪俄国诗歌的立法者罗蒙诺索夫之间,铺设了一座桥梁。出于同一原因,马雅可夫斯基偏爱"大型"诗歌形式如颂诗或讽刺诗的癖好,犹如他那激情洋溢的诗律的共鸣器一样,将其非出于自愿地带回到俄国古典主义,尤其是杰尔查文,他和后者一样都善于把夸张和滑稽讽刺融为一体。

这样一种在一个十月革命的吟游诗人和叶卡捷琳娜二世的侍臣之间出乎预料的平行比较,对于现实主义者们所创立的非正统的文学家谱学来说,是一种十分典型的做法。而把18世纪当作参

---

① 参阅本书第二章,第42-43页。
② 参阅本章第一节,第259页。
③ 尤里·迪尼亚诺夫(Jurij Tynjanov),《拟古主义者与革新者》(*Arxaisty i novatory*),第553页。

照点也同样是一种富于症候性的做法。对于别林斯基那些虽不无争议但却尚未成熟的批评论文"文学概述"记忆犹深的许多俄国文学史家,都倾向于轻视18世纪,并以俄国文学肇始于普希金这样一种假设来进行工作。而奥波亚兹却对俄国文学的形成期有着敏锐的认识。看起来文学史上的罗蒙诺索夫时期,对现实主义者们有很强的吸引力。18世纪以其对语言和风格的高度关注及其敢为天下先的风气,作为一种更能令他们情投意合的文化,比某种只会模仿、八面玲珑的19世纪中叶的俄国散文,更能撞击他们的灵魂。况且把如杰尔查文和马雅可夫斯基这样一些意识悬殊的现象同列并举,则又一次证明,对于整个文化语境的差异性有相当深入了解的俄国形式主义者,仍然还是选择相似的文学标准作为自己的根基。

与此类似的修正是在与俄国小说史有关的领域内进行的。在此形式主义研究也同样揭示了一些迄今未被发现的关联性问题,尽管他们并不觊觎发明一种广泛全面的演化图式。若干有关俄国虚构散文形成阶段的研究论著和论文,使某些二、三流、半被遗忘但却"经验丰富"的作家,如威尔特曼(Weltmann)——据推测可能系果戈理和陀思妥耶夫斯基的先驱者——得以显影和凸显[1]。

但意义比这还要更加深远的,是艾亨鲍姆对列夫·托尔斯泰文学系谱学的研究[2]。上文我们已经提到[3],形式主义者们关于早

---

[1] 可特别参阅艾亨鲍姆和迪尼亚诺夫共同编辑的文集《俄国小说》(*Russkaja proza*)(列宁格勒,1926)(又见《诗学问题》(*Voprosy poetiki*),第8辑)。

[2] 鲍里斯·艾亨鲍姆(Boris Ejxenbaum),《青年托尔斯泰》(*Molodoj Tolstoj*)(彼得格勒—柏林,1922);《青年托尔斯泰》(*Lev Tolstoj*),第1卷(1928),第1卷(1931)。

[3] 参阅本书第十一章,第196页。

期托尔斯泰叙事风格的一些命题,如其细致缜密的心理分析,理性主义的议论性插笔(一般化议论)及其本土式的"简洁朴实",是对浪漫主义规范最严重的挑战。对艾亨鲍姆来说,托尔斯泰主要是个具有革新精神的艺术家,他狂热地探索着使艺术散文摆脱危机的一条出路,这一观点兴许可以附带地部分解释奥波亚兹批评家何以会对托尔斯泰那么着迷的原因。

假使我们相信艾亨鲍姆的说法,托尔斯泰在与其直接前辈的斗争中,有责任退回到他的"祖父辈",亦即回归到18世纪。但与赫列勃尼科夫和马雅可夫斯基截然不同的是,托尔斯泰心目中的典范非本土出身,而是来自西方。

按照艾亨鲍姆的说法,托尔斯泰倾向于把人的个性打散分解成为一系列的个别感觉或心态情绪,这是体现于孔迪拉克和百科全书派身上的18世纪感觉论哲学迟到的回声。托尔斯泰如《童年》和《少年》这样的自传体作品,以具有大量的生理细节和个人语气为特点,可以追溯到西欧感伤主义,追溯到劳伦斯·斯特恩以及瑞士作家托普佛的无情节小说。《塞瓦斯托波尔故事》中对浪漫主义有关战争的神话的揭穿,被拿来与司汤达笔下的战斗场面相对比。对于这位形式主义批评家而言,这位对人类感情进行无情而又残忍的逻辑分析的大师实际上是一个晚生了100年之久的18世纪的人。

艾亨鲍姆所说西方小说对托尔斯泰影响重大这一命题,得到了有关托尔斯泰熟知上文所述那几位作家,且对他们兴趣盎然的决定性证明材料的支持。换句话说,这位批评家在此提出的,不是假设他们之间有某种契合,而是有一种实际的文学影响。目前有

第十四章 文学动力学

关文学影响和借用的问题,多年以来一直都是学院派文学史研究领域里人们最喜欢关注的焦点之一。形式主义者在关注其他一些传统学院派问题的同时,对这一研究领域也不曾放过。由于他们尤其在其早期阶段都一直坚持采用内在论方法研究文学的嬗变问题,所以,可以设想,他们只有和费·布吕纳蒂耶(F. Brunetière)[①]一样宣称"作品对作品的影响"[②]才是比所有文学外决定因子更为有效的因素[③]。

幸运的是,他们对功能和语境的优势关注有助于遏阻他们,使他们不致在荒凉不毛的平行比较和起源考察的沼泽地泥足深陷,使他们不致在无意搞清其在特定审美"系统"中的地位的情况下,把相似或同一的"母题"机械地并列起来。

形式主义者处理此问题的手法,由日尔蒙斯基做了最好的说明。在为重新考量普希金的拜伦主义奠定概念架构的同时,日尔蒙斯基断言,文学影响问题所要研究的是文学母题和手法问题,而非性格气质和意识观念的契合与否。他继而写道:"普希金曾经受到 gua****(作为)一个诗人的拜伦的很大影响。现在的问题是,在这方面他究竟从拜伦那里学到了什么?他究竟从他的老师那里

[①] 法国学者。——译者
[②] 转引维克多·什克洛夫斯基(Viktor Šklovskij)在其论文"情节布局手法与一般风格手法的关联"(Svjaz priemov sjuzetoslozenija s obscimi priemami stilja),见《诗学》(*Poetika*)中的引文。
[③] 形式主义者是否完全赞同布吕纳蒂耶(Brunetière)关于文学影响问题的观点,这个问题最好暂时存疑。什克洛夫斯基援引这位著名法国学者时想要刻意强调的,是实际文学借用作为一个事实的重要性,即文学作品与其说是在以其他作品为背景,倒不如说是以异类的非文学物体为背景而被接受的。
**** 拉丁语,"作为……"——译者

"借用了"什么？他又把借来的成分用在了他趣味和才华的哪些个别特质中了呢？"[1]

日尔蒙斯基所提出的最后一个问题，即"适应"或换用比喻的说法，即外国母题的本土化问题，形式主义研究者们对此问题有着特殊的兴趣。他们懂得，文学借用，尤其是一个伟大的诗人所曾用过的，与其说仅仅只是一种交流，不如说永远都是一次变革。他们坚持认为对待文学影响问题，必须从两个自治的艺术系统的相互关系问题的角度出发来看待。例如，即便当一个借用行为可以被清晰地予以认定时，批评家主要关注的焦点，也不应该是探讨借用"由何而来"，而应是借用"为了什么"；不应去追究"母题"的来源是什么，而应是在被纳入新的"系统"之后它的用途是什么。为了使"外来的"成分能够被成功地同化和吸收，就必须使之适应新的土壤。不但如此，这一成分还必须满足它被纳入其中的那个系统的内在需求。由此可见，借用母题往往并非"贷方"做得最好的，而是"借方"最想要的[2]。

通过拜伦对普希金的影响所能满足的基本需求，显然在于需求一种能够取代过时的古典主义史诗的诗歌叙事的新的类型。日尔蒙斯基小心翼翼地指出，某位观察力极为敏锐的普希金的同时代人，也对俄国的拜伦主义有类似评价。一个很有才华的诗人和

---

[1] 维克多·日尔蒙斯基(Viktor Žirmunskij)，"作为一个历史文学问题的普希金的拜伦主义"(Bajroniam Puskina kak istoriko-literaturnaja problema)，见《普希金论集》(*Puskinskij sbornik*)(彼得格勒，1922)，第299页。

[2] 维克多·日尔蒙斯基，"作为一个历史文学问题的普希金的拜伦主义"，见《普希金论集》，第299页。

批评家维亚泽姆斯基认为,拜伦对普希金"诗学"的主要贡献,在于他向他的这位俄国"学生"提供了一种以"诗体故事"(poetic tale)著称的"混合体裁"(syncretic genre),其特点是抒情上不连贯,行文中有片断性①。

艾亨鲍姆在探讨外国文学对莱蒙托夫②的影响问题时,也以类似方式提出了这个问题。按照艾亨鲍姆的论证,参照系略有扩大:充当相互参照系统的,不是两个从事创作的个人,而是两个民族的文学。艾亨鲍姆断言:"一个外国作家个人是无法掀起一个新的文学流派的,因为每种文学都是按其自身的规律和传统而发展的。作家一旦进入一种外国文学就会被彻底改造,就会被强迫不是写他所有的生活经验,或写他在本国文学中所以为人所看重的那些东西,而是写新的影响范围希望从他那里得到的东西。艾亨鲍姆得出的结论是:"实际上影响是一个极不适当的术语。一个作家无论何时在外国土壤里扎根,都不会是出自自己的意志,而是出于对他的要求(po vyzovu)③。

对上述问题的重新考察——姑且引用近来人们采用的划分法——与其说属于文艺学的"阐释"方面,不如说属于其"司法"方面。的确,奥波亚兹批评家们只有在前一个领域里,才会觉得自己宾至如归。他们担心陷入教条主义和主观主义的陷阱,因而竭力

---

① 维克多·日尔蒙斯基,"作为一个历史文学问题的普希金的拜伦主义",见《普希金论集》,第299页。
② 鲍里斯·艾亨鲍姆(Boris Ejxenbaum),《莱蒙托夫》(Lermontov)(列宁格勒,1924)。
③ 鲍里斯·艾亨鲍姆,《莱蒙托夫》,第28页。

避免旗帜鲜明的价值判断。而更确切的说法是,他们竭力对奥斯丁·沃伦所谓"历史估价"(historic estimate)[①]做出种种限制。批评家的美学价值观不像法官,而是一种单一的、尽管不无灵活性的批评标准,批评家宁愿把自己献身给一种历史角色——即批评家在一个"封闭的过去的环节"中的地位。

下文[②]我们将力求指明这种方法的局限性。在此也许只需要强调指出一点就够了,那就是奥波亚兹的极端历史主义(ultra-historicism)既是赞美祝福,也是诋毁和诅咒。一方面它可能会对形式主义者们进行整体批评判断的能力有所限制,但当他们手头的任务是把某位艺术家"放置在"文学潮流中去时,它又能为他们提供很好的帮助。对文学史语境的敏锐感知力以及重构某位作家或某个文学流派"诗学"的娴熟能力,使得形式主义者们有可能按照一个诗人实际上力求做到的,而非按照一个批评家想要诗人做到什么的观点,来评价诗人是否成功。

形式主义方法一个颇有价值的方面,是它决心摒弃美学上的自我中心主义。19世纪欧洲学术界非常易于将其作家的个人创作风格当作普世有效的价值。文化人类学的崛起对这一倾向进行了一定的抵制,它十分强调文化模式的多样性。而现代艺术批评所发挥的功能即有类于此:文化人类学证实,艺术史上的某个时期,以前一度曾被认为属于下一个世纪较晚时候。

---

① 参阅奥斯丁·沃伦(Austin Warren),"文学批评"(Literary Criticism),载《文学研究的目标与方法》(*Literary scholarship. Its Aims and Methods*)(北卡罗莱娜大学出版社,1941),第170页。

② 参阅本书第二十五章,第279-283页。

新的批评氛围的主要受益者之一,是中世纪艺术。迄今以来人们一直因为它不符合标准或19世纪的现实主义,因而对其嗤之以鼻。值得特别予以指出的是,雅各布逊和特鲁别茨科依二人,都非常猛烈地抨击这一流行见解,认为它是一种反历史主义的谬误。雅各布逊在为其所编两部捷克中世纪长篇叙事诗评注本写的导言[①]中,指出中世纪艺术得以找到对于某些严峻的形式问题的适当的解决办法,而后来却被人丢诸忘川了。他提出对于中世纪艺术究竟成功还是失败这一问题的答案,取决于它们是如何解决自己所面临的问题的,而非取决于在我们看来它们是否正确。

雅各布逊继而写道:"以为现代诗歌与中世纪诗歌之间的距离,与机关枪和弓箭间的相等,没有什么比这种流行见解更错误的了"[②]。这样一种虚拟的相似性,要求以人类各个领域里的活动得以大力发展为前提。实际上并不存在类似的一致性。艺术即使是在技术倒退和政治反动时期也有繁荣兴盛的可能,相反,社会进步如所周知却往往和艺术的平庸携手共进。形式主义者的两大信条——艺术的自治"系列"观及美学标准相对性信仰——在此得到重申。

形式主义语境主义(contextualism,语境论,文脉论)的另外一个绝佳范例,是对涅克拉索夫的重新评价,这是一位无论生前还是死后都曾是俄国批评界争议焦点的诗人。作为俄国公民诗歌之父,涅克拉索夫受到社会思想界的广泛赞扬,却受到唯美派的嘲

[①] 罗曼・雅各布逊(Roman Jakobson)主编,《灵魂与肉体的争论・论濒临死亡的最后时刻》(*Spor duše s tělem*, *O veberpečnem času smrti*)(布拉格,1927)。

[②] 同上书,第10页。

笑,认为他的诗是野蛮的诗体小册子。但有一点却是他的多数赞美者和诋毁者都共同承认的:"一个无可争议的事实"是,涅克拉索夫并非形式上的奇才。社会学批评家也许只有普列汉诺夫是个部分的例外[①],大都认为形式主义方面的缺陷无关紧要,而唯美派却极端重视形式问题。但对这一诊断本身却很少有人质疑。

形式主义文学史家们把这当作历史悠久的不言而喻的公理[②]。他们坚决主张说涅克拉索夫是一个具有公民热情但作为艺术家却乏善可陈的传统观点是个错误观念。当屠格涅夫抱怨涅克拉索夫的诗歌粗糙乏味时,他所援引的标准显然来自浪漫主义诗歌。批评家指出但这却显然是标准的误植:根据一种诗人有意加以违反的规范来评价诗人的作品,这是一种不公正的误读。

涅克拉索夫是写了"笨拙"的诗,但这却不是因为没有能力创作以普希金、莱蒙托夫模式为典范的音韵和谐、甜美流畅的诗,是因为他不愿意那样写罢了。按照艾亨鲍姆的说法,涅克拉索夫熟谙如何使诗体形式和谐整饬的秘诀,他论述丘特切夫的文章就证实了这一点。他有能力按照普希金或莱蒙托夫的"传统"把诗写得很精美,这从他早期某些注重模仿的叙事体长诗就可以看出来。艾亨鲍姆强调指出,但沿着这条既定路线创作鲜能有大的作为,因为大师们所确定的这些法则,已经凝固成了一种陈规俗套。为了

[①] 格奥尔基·普列汉诺夫(Georgij Plexanov),《20 年间》(*Za dvadcat' let*)(彼得堡,1905)。

[②] 鲍里斯·艾亨鲍姆(Boris Ejxenbaum),"涅克拉索夫"(Nekrasov),《透视文学》(*Skvoz literaturu*)(列宁格勒,1924);尤里·迪尼亚诺夫(Jurij Tynjanov),"涅克拉索夫的诗体形式"(Poeticeskie furmy Nekrasova),《拟古主义者与革新者》(*Arxaisty i novatory*)(列宁格勒,1928)。

使俄国诗歌语言的活力能焕发新的生机,涅克拉索夫被迫勇敢地超越浪漫主义传统。他把普希金和莱蒙托夫诗歌中的某些成分,与来自歌舞杂耍表演、民歌以及小册子作者的母题和韵律,非正统地融为一体,缔造了一种新的风格,对此风格,作为浪漫主义"模仿者"的屠格涅夫以其固有的鉴赏力而会感到过分辛辣[1]。

许多具有形式意识的俄国批评家们,从屠格涅夫的贬斥评语中获得了启发。艾亨鲍姆和迪尼亚诺夫对待涅克拉索夫文学才华的态度,如果有什么区别的话,区别的确在于他们不带任何偏见,而是怀着爱心,这种爱心通常会在他们对待"杂交"文体和诗体革新家的态度上有所表现。与那些讲究诗体秘诀只能秘传的"唯美派"不同,他们并不认为好诗一定得是"纯粹"的。不但如此,他们熟知在诗歌的动态语境中,"平淡"(prosaism,散文体)和其他任何日常生活话语成分一样,可以被成功地同化,可以作为一种审美用法而被很好地应用于诗歌本文中。

这样一来,在经由一番质疑而给涅克拉索夫以肯定之后,形式主义批评家们一个更重要的步骤,是判明了涅克拉索夫"诗学"的本质,发现他是一个成熟而又审慎的诗体艺术家,不仅是个"恰当的"诗人,而且善于营造一种审美效果。他们称赞涅克拉索夫在掌握语言和诗体上有很深造诣,善于娴熟而又内行地在其杂交体叙事长诗中,熟练应用各种语言层积所固有的风格潜力[2]。

---

[1] 鲍里斯·艾亨鲍姆(Boris Ejxenbaum),《透视文学》(*Skvoz literaturu*)(列宁格勒,1924)。

[2] 但这并不是说在对涅克拉索夫诗歌才华的辩护方面,形式主义者们是在孤军奋战。象征主义者,如瓦·勃留索夫,安·别雷也都发表过类似看法。20年代的自由撰稿人、印象主义批评家科·丘科夫斯基也有类似说法,尽管后者也曾在有关涅克拉索夫诗艺的某些专门问题上,激烈反对艾亨鲍姆和迪尼亚诺夫的观点。

形式主义批评活动的最初阶段到此可谓功德圆满了。艾亨鲍姆对涅克拉索夫诗歌所做的辩护,还证明了另外一点,即为了分析测定诗人成功的程度,还必须认识他的意图,并有必要对其意图作出解释。

上述诗体结构阐释,仅只是导源于俄国形式主义运动的文学研究的一小部分。这些显然带有争议性质的再度评价有时会令人觉得过度沉迷、甚至常常会有片面之感,并且不同程度上带有一定的挑战性。这种对文学材料的考量,是一种在封闭的范围内实施的方法,同时又是一种复杂而又灵活的文学动力学模式,可以引发一些比一时兴致更持久的洞悟。他们所发表的赞扬之辞,没有一句可以被认为是确定无疑的,但也几乎没有一句可以被轻易地忽视。或许这也正是它能成为衡量奥波亚兹批评活动的一根最佳标尺的原因,因为从1920年代迄今,任何一种研究普希金或莱蒙托夫、涅克拉索夫或托尔斯泰、马雅可夫斯基或阿赫玛托娃的论著,如果不留意形式主义者们的贡献,便无法进行。

第十五章 评 价

在叙述俄国形式主义运动历史进程的本书的上卷部分,我们如果不是全部也主要是把它作为一个本土现象来加以考察的。而以下在回顾形式主义信念的过程中,我们却不得不关注在某些形式主义代表人物和让·谷克多或克林思·布鲁克斯、威廉·燕卜逊或 T.S. 艾略特之间强烈的契合之处。

但我们却不能把他们之间的相似性归因于实际存在的相互受益。如果说俄国形式主义所受到的偶发性影响的证明材料极度稀缺的话,那么,现实主义对西方批评发生影响的证明材料则至今几乎等于零。语言障碍和苏联所实施的文化孤立主义政策,阻碍了多数西方文艺学家对俄国形式主义学派在其存在期间对其成就有所了解。

在最近的 25 年间,发表于西欧和美国出版物上有关俄国形式主义学派的学术报告,数量稀少,内容简括,并且多数都以专业人士为对象。与形式主义运动直接或间接有关的三位俄国文艺学家,托马舍夫斯基、沃兹涅先斯基和日尔蒙斯基,都曾在其与斯拉夫学有关的学术报告中,各自分别以法语、德语和英语,简要提到这个学派的情况[①]。一位曾经受到奥波亚兹强烈影响的法—俄批

[①] 维克多·日尔蒙斯基(Viktor Žirmunskij),"俄国文艺学中的形式主义问题"。

评家尼娜·古芬克尔(Nina Gourfinkel)①,曾试图在一篇文章中对形式主义方法论进行总结②。一位著名的法国比较学者腓利·冯·泰根③则对古芬克尔女士的报道做了一番凝缩到接近断章取义的歪曲介绍。对形式主义诗律学论著进行的简要介绍,则可以在丹麦语言学家和诗律学家阿·威德·格鲁特(A. W. de Groot),在亨利·兰兹的《韵律生理学原理》,以及近来发表的比利时诗体学者米·鲁滕(M. Rutten)的有趣论文中见到④。

在美国,有关俄国形式主义的基本资料,起先是由曼弗雷德·

(Form probleme in der russischen literaturwissenschaft),《斯拉夫语文学研究》(*Zeitschrift für slavische Philologie*),1925年第1期第117-152页;A. N.沃兹涅先斯基(A. N. Voznesenskij),"1910-1925年间俄国文艺学中的方法论问题"(Die methodologie der russischen literaturforschung in den jahren 1910-1925),《斯拉夫语文研究》(*Zeischrift für slavische Philogie*),1927年第4期第145-162页及1928年第5期第175-199页;A. N.沃兹涅先斯基,"俄国文学研究中的方法问题"(Problems of Method in the Study of Literature in Russia),《斯拉夫评论》(*Slavonic Review*),1927年第6期第168-177页,鲍里斯·托马舍夫斯基,"俄国文学史中的短篇小说"(La nouvelle école d'histoire littéraire en Russia),《斯拉夫研究评论》(*Revuedes études slaves*),1928年第8期第226-240页。

① 尼娜·古芬克尔(Nina Gourfinkel)。她有一本有趣的论著《托尔斯泰和托尔斯泰主义》(*Tolstoï sans Tolstoïsme*)(巴黎,1945),在许多方面受益于艾亨鲍姆和什克洛夫斯基有关托尔斯泰的著作。

② 尼娜·古芬克尔(Nina Gourfikel)"俄国文学史中的短篇小说"(Les nouvelles-methods d'histoire littéraire en Russie),《斯拉夫研究》(*Le Monde Slave*),1929年第6期,第234-263页。

③ 菲利·冯·泰根(Philippe van Tieghem),"短篇小说在文学史中的趋向"(Tendances nouvelles en histoire littéraire),《英式法语研究》(*Études Françaises*),1930年第22期。

④ 亨利·兰兹(Henry Lanz),《音律的生理学原理》(斯坦福大学出版社,1931);鲁滕(M. Rutten),"语音学研究"(Dischtkunst en Phonologie),《语文学史概论》(*Revue Belge de Philologie et d'histoire*),第28卷第3-4期合刊(布鲁塞尔,1950)。

第十五章 评 价

克里德尔(Manfred Kridl)在其发表于1944年的《美国书商》①信息量丰富的文章中,嗣后又由威廉·E.哈金②提供的。威勒克和沃伦的权威论著《文学理论》(1949)是出现在美国的第一部全面深刻的著作,它表明他们和形式主义-结构主义方法完全契合,双方达成了实质性的全面谅解和协议。

因此,一方面在迪尼亚诺夫与艾亨鲍姆,另一方面在克林思·布鲁克斯和W.K.小威姆萨特之间,其在处理方法和系统阐述方面的相似性,与其说是影响问题,不如说是凝聚和趋同问题。事实上上述著作,是两个学术背景和知识修养方面有显著差异的成熟学者精诚合作的成果,它本身就是这种合作的优秀典范之作。勒内·韦勒克研究文学的方法是在布拉格结构主义的影响下形成的,而奥斯汀·沃伦则是美国"新批评"的杰出代表,两位学者于1939年初次相识,很快就发现"在文学理论和方法学的范畴内彼此有很多一致的观点"③,证明这两个平行发展的批评运动有着广泛的契合,同时也证明文艺学基本原理的普适性。

与当前在形式主义运动的摇篮占据统治地位的好战的党派"路线"相反,一个学者所面对的问题及其所得出的解决这一问题的方案,都是国际范围内的问题。作为俄国文化全景中的一部分,

---

① 曼弗雷德·克里德尔(Manfred Kridl),"俄国形式主义"(Russian formalism),《美国书商》(The American Bookman),1944年第1期,第19-30页。

② 威廉·哈金(William E. Harkin)在"文艺学中的斯拉夫形式主义理论"(Slavic Formalist Theoriesin Literary Scholarship),《词语》(Word),1951年8月第7期,第177-185页。

③ 勒内·韦勒克(Rene Wellek)、奥斯汀·沃伦(Austin Warren),《文学理论》(Theory of Literature),第6页。

也作为对象征主义形而上学和庸俗社会学的一种反拨,或作为俄国未来派运动的喉舌,形式主义是或似乎是俄国特有的现象。但当形式主义者们在本土批评界埋头作战时,他们常常会连自己也颇感意外地发现自己原来和自己在德国、法国、英国和美国的同行们,在提出实际上是相同的问题和相同的答案。作为一个有组织的运动,形式主义基本上是对本土挑战的本土性反应。但作为一种批评思维的主体,俄国形式主义是本世纪*头25年期间,欧洲文艺学界那场影响昭著的重新考量文艺学的目的和方法论思潮的一部分或主要部分。

从这个意义上说,俄国形式主义并不一定是已经翻过的一页。俄国及嗣后在其他斯拉夫国家的"形式主义"运动,可能会受到官僚主义长官意志的禁锢。但形式主义的许多洞见都比极权主义者的大清洗生命力更长久,因为它们在"马克思-列宁主义"铁幕的另一端,在与自己有着亲缘关系的运动中,发现了新生的机缘。

从更广阔的视角看,俄国形式主义是作为近来走向文艺的精细分析那股思潮最朝气蓬勃的表现形式而出现的——上文我们已经对这股思潮的发展过程作了叙述①——该思潮的早期表现,见之于汉斯利克、沃夫林、沃尔泽著作以及法国的文本阐释学(explication des textes,对艺术作品各部分的精细分析),后者在最近的20多年中,在英国和美国文学研究中取得了实质性的进展。

形式主义学派与英美"新批评"的交会点值得着重探讨。俄国

---

* 按,指20世纪。——译者
① 参阅本书第三章,第58-60页。

形式主义与英美"新批评"的确有许多阐释方面的相似之处。后者以T.S.艾略特为标志,把关注的焦点从诗人转向诗歌①,以约翰·克罗·兰瑟姆*为标志关注文学的"审美"和特异价值②,而以克林思·布鲁克斯和I.A.瑞洽兹为标志,推动了一个细读学科的产生③。

但这并不是说他们之间的差异性不如相似性那么富有启迪。"新批评"是在一个迥异于产生俄国形式主义和布拉格结构主义的社会和哲学氛围中发育成熟的。因此这两个运动在风格和意识形态倾向方面又有着巨大差异。典型的俄国形式主义者是激进的布尔乔亚,是官方政权的反叛者,他们试图规避为了一个新的政权而进行的整体合谋,但却很少关注旧的政权。而"新批评"尤其是它在美国的分支部分,则大多是一些保守派知识分子,对受到工业文明所排斥的"大众"缺乏信任,带着怀旧的心情对一种比较稳定的社会和比较牢固的价值体系恋恋不舍。雅各布逊和什克洛夫斯基的口号是创新,而退特和兰瑟姆则以传统为号召。对于竭力想要在学院围墙内完善职业批评的兰瑟姆来说④,作为激进的反学院

---

① T.S.艾略特(T.S.Eliot),《论文选》(*Selected Essays*)(纽约,1932),第11页。
* 约翰·克罗·兰瑟姆(John Crowe Ransom,1888-1974),20世纪著名文艺批评家,诗人,文学理论"新批评"派领军人物,生前曾长期担任美国梵德比尔大学文学教授。其代表作还有《世界的身体》等。——译者
② J.C.兰瑟姆(John Crowe Ransom),《世界的身体》(*The World's Body*)(纽约,1938),第332页。
③ 克林恩·布鲁克斯(Cleanth Brooks),罗伯特·潘·沃伦(Robert Penn Warren),《理解诗歌》(*Understanding Poetry*)(纽约,1938);I. A.理查兹(I.A.Richards),《实用批评》(*Practical Criticism*)(伦敦,1929)。
④ 可重点参阅J.C.兰瑟姆(John Crowe Ransom)的《文学批评导论》(*Criticism, Inc*),《世界的身体》(*The World's Body*)。

派的俄国形式主义并无多大益处。俄国形式主义那种最终被他们抛弃了的"纯粹主义",使他们更接近布尔乔亚式的漫无节制和富于挑战性的鲁莽灭裂,而非远离平民的贵族式的孤傲。

威廉·艾尔顿近来对通常被归纳在新批评这一总标题下的几种完全充分的思潮流派进行了界定[1]。如果我们接受艾尔顿的常识性分类法,我们便会发现,新批评中与形式主义—结构主义方法论最为接近的变体,是以克林恩·布鲁克斯和罗伯特·潘·沃伦为代表的那一派。这种通常被描述为"有机分析"的方法,比退特或兰瑟姆的方法较少受意识形态的左右;又比 R.P.布莱克默[*]或 T.S.艾略特的更系统周密或更严谨审慎;同时又在许多重要关节点上与晚期斯拉夫形式主义理论学说有许多相似之处。此派以其对文学作品有机整体性的刻意强调,以其伴随始终的对"释义谬误"(heresy of paraphrase)[2],以其对诗歌用语"模糊性"的深切感知,以其导源于诸如反讽和悖论的模糊性的"矛盾架构"(conflict-structures)等等,都与后期迪尼亚诺夫和雅各布逊以及布拉格语言学学派相互呼应。

这种契合性所须处理的,有人会说,与其说是一种评价标准,不如说是一种分析步骤。当布鲁克斯和沃伦假定我们有可能把一种既灵活又严格绝对的标准应用于各个时代的诗歌中时,俄国形

---

[1] 威廉·艾尔顿(William Elton),《新批评术语汇编》(*Glossary of the New Criticism*)(芝加哥,1948)。

[*] 布莱克默(Richard Palmer Blackmur,1904 – 1965),美国文学批评家兼诗人。——译者

[2] 克林思·布鲁克斯(Cleanth Brooks),《希腊古瓮颂》(*The Well Wrought Urn*)(纽约,1947),第 176 – 196 页。

第十五章 评　价

式主义者们却公然主张批评标准的相对性。当美国的"有机论者"和其他流派或新批评致力于一种美学规范的探索时，他们的斯拉夫对手们则倾向于把偏离规范当作审美价值的来源。后者的立场不仅是一种布尔乔亚式的复仇心理作祟下的反学院派倾向使然，而且也是形式主义者们与现代艺术结盟后的副产品。

正如形式主义者所一贯主张的那样，文艺学是而且也应该是一门自治学科。但文艺学方法论上的每一次戏剧性的变动，既然永远都是在外部危机的逼迫下发生的，也就必然会与相关的理性活动领域里的相似思潮，如文化哲学或认识论有关。不但如此，批评家的文学观不可能不受到构成其探索对象的那一领域里的流行思潮，比如说特定时代占统治地位的艺术类型的影响。

在这方面俄国形式主义不可能是个例外。因此，任何想要在更加广阔的文化语境中予形式主义学派以定位的企图，都必然关注三种相互紧密关联的发展趋势。其中一种上文我们已经提及：那就是文学研究中的结构分析流派。另外两种倾向就是"现代"艺术运动和认识论危机。

让我们讨论一个特例。当奥波亚兹理论家们假定"媒体定向"是诗歌特异性所在时，他只有摆脱内在论批评这一障眼罩才能达到这一洞见，这样他才能够全力以赴地去研究文学作品及其结构特点。但形式主义者对于文学艺术作品结构特点的研究旨趣，是受到20世纪最初的数十年间在各门科学和学科中昭然可见，日益增长的对于功能和结构的关注的刺激而形成的，对此很难产生任何怀疑。出于同样理由，说什么早期形式主义者对于诗歌语词结构的关注，要归功于现代艺术那种专注于无主题性追求的倾向，就显得似是而非了。雅各布逊对"文学性"(literariness)的界定引起人们对于任何诗歌结构重要成分的关注。但这一定义主要涉及这样一种文学情景，即诗人的职业目标与其说是要再现现实，不如说是如何操作媒体。

20世纪下半叶我们的思维方式和研究方法发生了本质的剧变。方法论上的这一次重新定向主要是由承袭自19世纪的两种谬误误导而致：即认为只有直接的、"特定的"和天然的一元论才是真正的极端经验主义，其实质正如一位当代作家归纳的，是"按照同质法则归纳异质成分"①。

而在认识论层面，用苏珊娜·兰格的话，"观察问题完全被意义问题给遮蔽了"②。实证主义对感觉材料的关注被"符号形式的哲学"——把人视为符号动物(animal symbolicum)(卡西尔)所取代③。

在一般学术方法论层面，新的研究定向意味着，根据斯卡夫特莫夫的解释，"结构描述取代起源研究而占据优势地位"④。人们已经认识到体验的每个层次都有其"法则"或组织原则，它们是不能从其他层次推断而来的。嗣后学者们——无论是语言学家、心理学家还是艺术批评家——被迫首先考察特定领域的结构特征问

---

① 阿瑟·凯斯特勒(Arthur Koestler)，《瑜伽与政委》(*The Yogi and the Commissar*)(纽约,1945)，第238页。
② 苏珊娜·K.兰格(Susanne K. Langer)，《哲学新解》(*Philosophy in a New Key*)(哈佛大学出版社,1942)，第16页。
③ 贝恩斯特·卡西尔(Ernst Cassirer)，《人论》(*A Essay on Man*)(耶鲁大学出版社,1944)，第26页。
④ 参阅本书，第204-206页。

第十五章 评 价

题,只是在此之后,才开始把由此获得的资料与其他领域关联起来。

对还原谬误的反抗见之于如语言学和生物学这样一些相距遥远的学科中。但对此的最好说明也许是格式塔(Gestalt)心理学与行为主义(Behaviorism)有理有据的那场论战。当柯勒(Koehler)、维特海默(Wertheimer)和考夫卡(Koffka)引入"有序整体"(organized whole)这个概念并且指出那些在视知觉领域内发挥作用的力量时,无论他们自己知道与否,他们是在为结构主义研究所有文化现象的可行性,打造了一个铁证。

正如以上结论所能判明的那样,俄国形式主义给予现代学术界的这样两种倾向——对象征主义的迷恋和格式塔方法——以应有的评价。形式主义者们甚至在其早期阶段就已倾向于按照符号与所指的二分法来提出诗歌语言问题。而在后期"结构主义"阶段他们也曾最后一次,尽管是以某种不十分确定的形式,试图使诗学能成为符号学的一部分。而更重要的是,形式主义的理论学说朝着建立一种格式塔式的文学创作,尤其是诗歌创作模式的目标,已经走了很长一段距离。为证明这一点我们只需举出后期奥波亚兹的"系统"观和"主导要素"(dominanta)观,以及布拉格学派的审美"结构"概念就够了。

对于形式主义来说,有幸参与并且从现代思想界最富于生命力的思想受益,这是它的幸运。在其对"文学事实"和"文学嬗变"本质的探索中,新的方法论创见的确对它十分有用。不但如此,对这一被苏珊娜·兰格誉为我们这个时代[①]"最富于生命力的思想"

[①] 苏珊娜·K.兰格(Susanne K. Langer),《哲学新解》(*Philosophy in a New Key*)(哈佛大学出版社,1942)。

的发展,可以证明,形式主义远比一些次要的知性风尚(intellectual fad)要重要得多,尽管后者中颇有些以"马克思主义"批评家自命的人在[①]。

如果说形式主义与知性风尚(Zeitgeist,时代精神,时代思潮)的有机联系毋庸置疑是一个优点的话,那奥波亚兹好战的"现代主义"在回顾往昔中便会成为一种惊喜交集的祝福。与文学先锋派结盟提高了形式主义批评的生命力和冲击力。的确,对于一个批评运动而言,没有什么比与创作界的相互关系更富于刺激性的了。什克洛夫斯基活力四射的论文佳作,雅各布逊和迪尼亚诺夫研究俄国未来派的出色论著,都洋溢着参与的热情,批评家除了在敏锐以外还不乏对诗人寻求新意象的探索之路有着感同身受的领悟。

如果说这一美学合谋使形式主义批评实践多数得到丰富和提高的话,则它常常也会妨碍他们关于文学的理论建构。在他们那里,客观描述诗歌特点的意图,常常会变成激情洋溢的诗"辩",而且所辩护的,往往是凑巧受到理论家赞许的那些类型的诗。

我们生活在一个"新诗"不过一年就会变得陈腐的时代,生活在一个艺术时代中的流派嬗变比方法论原则都要迅疾的时代(也不是因为后者持续时间太久的缘故!)。无论有意或无意发表的理论宣言都会包含有为诗歌或绘画中的"现代"流派辩护的观点,无

[①] 苏珊娜·K.兰格(Susanne K. Langer),《哲学新解》(*Philosophy in a New Key*),第6章,第99-100页。

第十五章 评 价

论它是未来主义还是达达主义,是超现实主义还是立体主义,二、三十年后都会作为阶段性作品而偃旗息鼓的。这显然是为适逢其时所付出的代价。

奥尔特加·加西特论述艺术非人文化问题的著作,就是有关这个问题的绝佳例证[①]。这本书才华卓著,而且也是与现实主义美学部分相关的一个挑战,但也明显受到某些激进公式的污染,这些套话带有 20 年代的强烈色彩,而在 50 年代人听来显得分外有说服力。而什克洛夫斯基的批评实际上也是如此。他写于早期的论文要远比他 30 年代以后写的任何东西都更富于挑战性,也更有魅力。但他有些曾在当时显著推动未来派或"构成主义者们"进行诗歌实验的仓促草率的归纳概括,在今天这个在某些方面已经截然不同的美学气候下,似乎已然丧失了其针对性。

与当时那些文学布尔乔亚们密切结盟的另外一个结果,就表现为形式主义出版物中任意褒贬、并且常常是毫无必要流露出的好战语气[②]。在早年的某些场合中,人们指出对于奥波亚兹在论战白热化时刻发表的许多宣言,大可不必字斟句酌。有时听从这一警告不失为明智,而有时却又不能不被形式主义专门屡屡表现的"战术"夸大而搞得烦厌不堪,而希望他们最好还是不多不少,有一说一的好。当看到奥波亚兹代表人物公然让艺术免除其对社会

[①] 乔斯·奥尔特加·加西特(Jose Ortega y Gasset),《艺术的非人文化及小说注解》(*The Dehumanization of Art and Notes on the Novel*)(普林斯顿大学出版社,1948)。

[②] 如上文所述,波西米亚精神是当时的因素之一。形式主义者们的好战和放肆,某种程度上可以归咎为 1917 年后俄国文学批评界语气尖锐的风气。

以及其创作者所应承担的义务时,一个人可能会油然希望还是他们少一些热情洋溢而多一些"学院派"的体面和优雅的好。

但从形式主义全部贡献角度出发,则他们早年的放肆和过度也就不那么赫然醒目了。令人厌倦的言过其实,以及喋喋不休的奢谈什么文艺学家只应以"手法"为关注对象的言论,这只不过是这一生机勃勃活力四射的运动在成长过程中的一些缺陷罢了。从长远观点看,奥波亚兹某些言过其实的说法,实践证明反倒比许多保守批评家们的稳妥言论有实效。至于说他们所关注问题的极端狭隘性,如上文所述,也可以戏剧性地引起人们对一些长期被忽视的严重问题的关注。而当纯形式主义步入死胡同时,则捷克结构主义提出了一种切实可行的行动方针,他们调节并降低了最初的要求,同时把艺术与社会的关系问题,放置在了一个似乎比较合理的背景之下。

一个可能会引起争议的问题是,尽管艺术与社会有关的思想最终得到他们应有的评价,但创作个性问题却依然在很大程度上受到轻视。但某些后期著作,如雅各布逊经常被人引用的论帕斯捷尔纳克散文的论文①似乎表明,这一备受诅咒却又是必不可少的批评概念,同样也逐渐步入结构主义文学辩证法的模式中了。

但比这更重要的是形式主义有关评价层次问题中的缺点和不足,也已成为奥波亚兹文章之特点的极端相对主义,并未被其结构主义变体所抛弃。什克洛夫斯基曾在1923年把美学规范描述成

---

① 罗曼·雅各布逊(Roman Jakobson),"论诗人帕斯捷尔纳克的散文"(Randbemer Kungen zur Prosa des Dichters Pasternak),《斯拉夫评论》(*Slavische Rundschau*),1935年第7期。

为一层层相互叠加上去的异端邪说①*。十年后穆卡洛夫斯基声称对于文学史家而言无所谓什么美学规范,因为美学规范的实质都已经被打破了②。

这是对这一问题的十分严重的歪曲。说今天的规范就是昨天的异端邪说,这毫无疑问是真实的。美学规范是在变化中,但构成其主要特点的那一部分,对变化却并非那么敏感。这的确是一种十分古怪的理论,认为美学规范的本质在于其可以随时被抛弃这一能力,而不在于当其盛行期间其所具有的凝聚力。审美价值和其他价值一样,其内涵在不同时期是"相对的"。但这一经验主义的事实在那些遵守这一规范的人的眼中,并不能使规范多少变得有些"绝对起来"。

也许我们不该把这一点全部归咎于"现代主义"。揭穿一种由于崇拜新奇性而明显被加强的"规范",可能会不得不与形式主义思想中某些极端经验主义的歪曲打交道,与对任何带有绝对气味的东西的本能的不信任打交道。从这种观点看,"历史评价"看起来是比"审美判断"更为安全和科学的分析步骤。

在论述莱蒙托夫的论著中,在一段阐述诗人"折衷主义"的绝

---

① 维克多·什克洛夫斯基(Viktor Šklovskij),《马步》(Xod konja)(莫斯科—柏林,1923),第73页。

* 什克洛夫斯基的原话是,"Существует церковьи искусства в смысле собрания его чувствующих. Это церковь имеет свои каноны, созданные на пластованиеме ресей."(在凝聚一些感受者这一意义上艺术也是一种宗教。这种宗教有其层层叠加的异端邪说所构成的教条。)——译者

② 让·穆卡洛夫斯基(Jan Mukarovsky),"功能美学和社会语言规范"(Estetická funkcce, norma a hodnota jako socialn, fakt)(布拉格,1936),转引自《文学理论》(*Theory of Literature*),第341页。

非热情的引文之后,艾亨鲍姆连忙补充道:"这不是审美判断,而是历史判断,隐藏在其后的情感就只是判明事实"[①]。

正如韦勒克所指出的那样[②],要在事实和价值之间划定一条严格而又不容变通的界线这在文艺学中几乎是行不通的,在那里所有相关的"事实"——即文学作品——自身即价值系统,在那里,对于文学史家而言,研究对象只有经由包括各类产生价值判断的活动的……反应才可以被理解[③]。

人们曾经一再建议形式主义者要使批评判断深深植根于判明历史事实的坚实土壤上。在评价一位作家在文学进程中所起的作用方面,以及确定一位作家如何勇敢地跨越他从其直接前辈那里继承下来的规范方面,他们的确都是行家里手。如今这也仍然无疑是一种十分重要的探索方式,但却并不是一个文学史家有权和有责任提出的唯一问题。历史评价是整个批评判断中不可缺少的一个环节,但却无法代替批评判断本身。而重要的问题是了解一种历史"陈述"被进行得是否成功,因为这里也有可能会发生一些似是而非的争议,如一种陈述与其他陈述相比在审美上是否更有利,或更感人。为了按照诗人自己的标准来评价其作品——在争议所必需的某一特定阶段上,这是完全可能的——批评家往往会尝试将其最终放置在超越特定时期"诗学"的价值天平上衡量。文

[①] 鲍里斯·艾亨鲍姆(Boris Ejxenbaum),《莱蒙托夫》(Lermontov)(列宁格勒,1924),第 20 页。

[②] 勒内·韦勒克(René Wellek),《文学研究的目标与方法》(Literary History, Literary Scholarship, Its Aims and Methods)(北卡罗莱纳州大学出版社,1941)。

[③] 同上书,第 100 页。

学研究者不应为偏离旧的规范而欣喜,而应分析和测定"新规范"的性质。

亚历山大·罗姆在刻薄地评论艾亨鲍姆关于莱蒙托夫的研究论著的文章中写道:"对形式主义文学史家来说,普希金的伟大似乎在于这样一个事实,即他铺平了通向帕列扎耶夫之路"[①]。由于帕列扎耶夫只不过是19世纪第二个四分之一期间的一位二流诗人,则此话的反讽意味是不难辨认的。而这就意味着,对于开辟新地基的纯粹过程如此之入迷的形式主义者们来说,他们才不会关心是一个平庸诗人在铺平通向天才之路或反之的问题呢。vice versa(拉丁语:反之亦然)。

罗姆的反讽显然过于牵强(形式主义者们正在服他们自己的药呢!),但总的说来却是无正当理由的。居然假定艾亨鲍姆——现代俄国最有教养、鉴赏力最为敏锐的批评家之一——竟然不懂得或是看不出普希金和帕列扎耶夫之间的区别,这是多么荒谬可笑啊!但在此争议的焦点不在于"鉴赏力是否敏锐",不在于个别批评家是否具有分辨伟大和平庸的能力,而在于这样一种分辨能力凭借怎样的标准可以声张自己拥有超个人的正当权利呢。对除"历史主义的"批评判断采取规避态度的形式主义者们,走到了过分逼近极端历史主义的危险境地,这种主义可以把文学作品看作一个事件或一些事件的原因,但却无法将其作为一种价值来予以公正地对待。

[①] 亚历山大·罗姆(Aleksander Romm),鲍·艾亨鲍姆(B. Ejxenbaum),《莱蒙托夫》(*Lermontov*),《计数与非计数》(*Cët i necet*)(莫斯科,1925),第44页。

美学相对主义的悖论在于这样一个事实，即它越是想要避免教条主义和主观主义，就似乎越难摆脱这双重危险。正如韦勒克所说，文学史"如果没有某种价值判断则完全是不可思议的"，也正如穆卡洛夫斯基懂得而艾亨鲍姆却不懂得的那样，没有一种理论可以不需要哲学前提。在对根本原则缺乏清晰认识的情况下，哲学依旧会介入，但却是通过后门进来的——即以一种"含蓄的"、未经整理的形式进来。出于同样理由，当一个批评运动缺乏明确的评价标准时，则批评家个人的趣味或其偶尔喜欢的一种特殊的"诗学"的投射，会成为一种必然的价值判断。

这一法则可以明白无误地应用在形式主义者们允许自己所做的任何一种判断上。他们对无主题艺术的勃发热情，在对赫列勃尼科夫、早期马雅可夫斯基和斯特恩的过度赞美中，得到了充分表现。醉心于新奇性和实验性使他们对于涅克拉索夫非正统、杂交性艺术十分敏感，而对"折衷者"莱蒙托夫和"模仿者"屠格涅夫却绝非公正。如今任何人也无须首先做一个形式主义者就可以承认托尔斯泰是一个比屠格涅夫更伟大的作家。但这一在境界上形成的差异，却无须归咎于这样一个事实，即托尔斯泰与浪漫主义传统彻底决裂了，而屠格涅夫却依旧在浪漫主义的范畴内创作。艾亨鲍姆有关莱蒙托夫的研究论著，是一部为分析奠基的成熟之作。但批评家给人印象很深的一点，是他未能很好地掩饰他对莱蒙托夫诗学"折衷主义"的不耐烦心情，因而多少有点像个理论的空谈家。批评界的一个老生常谈是一个大诗人永远都只说"新意"，永远都在给艺术价值的武库做出巨大贡献。但看起来形式主义者们似乎常常是很快就把一切都给忘了——或许是因为他们生活在革命的大环境里吧——他们忘记了这一所谓新意（new word）有时是在某一特定文学传统内或某一些文学传统内被说出来的,他们忘了文学进步可以经由嬗变也可以通过革命手段来获得。他们看起来全都常常忘掉这样一个事实,即纯粹的新奇会令审美经验无从发生。奥斯汀·沃伦说:"一个人从文学作品中所获得的快感,是新奇感和认识的混合"①。

这就提出了一个审美经验的问题。对嬗变观的过分入迷不仅会给形式主义的职业批评判断,而且也给偶尔出现的想要对美学性质进行定义的企图,带来灾难性的混乱。每当形式主义理论家,比方说什克洛夫斯基,离开先前的语言学或语义学概念的地基前往或欣喜万分地飞往图上未曾标明的艺术哲学领域时,便会乞灵于与特定标准之间的歧异性,将其作为检验审美判断的终极试金石。美学家的视线既然锁定在新艺术身上,而新艺术又如奥特加·伊·加塞特所说,"几乎完全是由对旧艺术的抗议所组成"②,那么,用同一位作家的话说,"将这一咄咄逼人的嘲讽的负面情绪也当作审美愉悦的因素之一",也是合情合理的③。

B.克里斯蒂安森的差异观(Differenz qualitât)④在形式主义思维中占有显著地位,这一点值得关注。当什克洛夫斯基和迪尼亚诺夫详尽阐述这位德国美学家的观念,当他们刻意强调对于日

---

① 勒内·韦勒克(René Wellek)、奥斯汀·沃伦(Austin Warren),《文学理论》(Theory of Literature),第296页。
② 乔斯·奥尔特加·加西特(Jose Ortega y Gasset),《艺术的非人文化及小说注解》(The Dehumanization of Art and Notes on the Novel),第25页。
③ 同上书,第44页。
④ 请回顾上文第七章、第十一章和第十四章,第178、200、252页。

常用法的偏离以及对现实生活的变形乃是我们从虚构类文学中所能获得的审美愉悦中最本质的成分时,他们的论断无疑重要而又颇多教益。但与之配合的对照或位移原则的累积型效应却差强人意。什克洛夫斯基的某些美学冒险泥足深陷于同义反复的境地:文学的区别性特征在于其差异的性质,在于其有所不同。总的说来,人们为了这个问题的纯粹负面陈述浪费了太多太多的智力和情感。艺术的特异性质被强调到了如此狂热的地步,以至这一特质的精确本质问题,反倒常常无人进行研究①。

所有这一切似乎都在暗示形式主义似乎并无明确的美学,它未能解决,或确切地说是未能直接面对如文学作品或批评标准的存在方式这样重大的问题。

或许正是由于这点缺陷和不足,以及奥波亚兹对于技术问题的刻意强调,才导致这样一个广泛流行的观点的泛滥,即形式主义理论学说只不过是一系列各自孤立的技术洞见,方法论标识,但却并非是 bona fide(真正的)主体性文学理论。

如果我们所说的"文学理论"意指一种有关文学创作的、以连贯的美学为基础的全面综合的,并且可以被整合为全面发展的文化哲学的理论图式的话,那么我们就不得不承认,形式主义远非这样一种理论。然而,即使我们承认这一点,我们也还得追补一句,那就是任何批评运动都不曾以任何方式接近过这一目标。

除极少数例外,有关艺术的哲学探讨一直都纯粹只是一种无

---

① 我在此所指的,是与艺术功能或审美体验有关的归纳概括,而非更专业化同时也更值得嘉奖的诗歌特异性问题的相关讨论。

聊的消遣。我们只需略瞥一眼理查德和奥格登所著的《美学原理》——它对美学的主要理论做了粗略简要、深入浅出而又值得信赖的概述——我们便会发现什克洛夫斯基在其最糟糕的时候,几乎比大多数有关美、审美愉悦或形式的思辨,都要絮叨不休。

如果说形式主义者们未能催生一种圆满周密的文学理论的话,但对文学理论的某些最本质方面的问题进行探讨的荣誉,却非它莫属。他们本来就无意表述一种被 S.C.佩珀称为批评的"数量标准",即一种"用来确定特定文学客体身上所包含的审美价值的数量"标准①。但他们对于在划定文学与其他人类活动方式间界限时被同样一些美学家标识为"数量标准"(qualitative criterion)问题的讨论,却非常值得嘉奖。

形式主义对于虚构类文体区别性特征(differentia)问题探索的最终产品,远非那么贫乏。当他们不再试图利用教条主义的差异性口号如"艺术除非……"以使公众震惊时,或者当他们如此不顾一切后果地进行一般性归纳和概括时,形式主义者们还是为文学学生提供了一些极其有益的定义。诗歌是一种独一无二的话语方式,作为诗歌言语区别性特征的符号的"现实化"、"诗歌语境的语义动力学"、"文学性"即格式塔性(Gestalt qualitât),文学作品即"结构"——这都是一些成效卓著的概念。当然,在历史限定形式主义结构主义运动存在的那一短暂时期中,并非所有这些术语都得到了充分利用。例如,雅各布逊和穆卡洛夫斯基曾试图将诗

---

① 参阅 S.C.佩珀(Pepper),《批评的基础》(*Basis of Criticism*)(剑桥,1945),第3页。

学凝练成为一种初创中的符号形式哲学的计划仍在,而与之有关的方法论前提也已制定。但在此不妨容许我们说几句不算过分的话,美学上一种吉祥的开端兴许能成为意义重大的新起点;许许多多的文学本体论问题可以在符号学范畴内,或根据符号与所指的张力观点被有益地重新阐述,如果不能被彻底解决的话。

我们可以确信的一点是,以上的归纳和概括自身也不会完结。它们能在多大程度上被用来说明和探讨历史诗学、理论诗学,或分析具体文学作品,它们的裨益也就有多大。

以这一尺度衡量,则形式主义的关键概念似乎足够公正。由于前面三章的篇幅太小,以致我们不可能对形式主义分析问题的范围和独创性作公正的介绍,但有一点是清楚的,即正如我希望的那样,形式主义理论家们的劳动是不会付诸东流的。"主导要素"(dominanta)、"结构"及"可感性"(perceptibility)等概念在诗体学、风格学、创作论及文学史中的应用,使得我们有可能在许多场合下,用精密而又严格缜密的逻辑,来取代印象主义的比喻。同时整体感也会阻止许许多多针对诗歌所做的技术性解剖,使之不致滑入老派技术批评只关注分子细节的捕捉之泥坑。形式主义的理论学说在把传统美学中某些如"构造"(construction)、"设计"(design)、"形式"、"韵律"、"表现"这些"神秘存在物"从天空拉回地面方面,做了许多工作,对此类术语的模糊性,最近 I.A 瑞洽兹进行了探讨[1]。

---

[1] I.A.理查兹(I.A. Richards),《文学批评原理》(*Principles of Literary Criticism*)(伦敦,1948),第 20 页。

第十五章 评 价

然而,有人可能会问,虽然这一切在对文学形式进行描述和分类中兴许会极其有益,但对于那些比这更广阔的参照系又会怎么样呢?我们应当如何确定文学艺术的功能并把它与其他人类活动方式相关联起来呢?

而这是一个合法问题,它设定的条件是,我们不能把文学技巧问题降低为一大堆"技术性的琐碎细节",而"更加广阔的参照系"也非文学被强迫纳入其中——无论代价如何——的严格僵硬的一元论图式。俄国以及俄国以外社会学批评所留下的野蛮记录足以证明特定的"更加广阔的理论架构"比压根儿没有更危险。

这并不是说文学研究可以脱离广阔的社会语境。正如雅各布逊和迪尼亚诺夫在其1928年的论纲[①]中所指出的,确定"内在论"法则,即确定个别"系统"内在的动力学机制,这仅只是理论家工作的一部分。理论家的另外一个职责是探讨"超验"(transcendent)法则,考察特定领域与其他文化部门间相互关系的本质。

显然,形式主义者们在后者,即在"超验性"领域里的贡献,总体而言远不如其在"内在论"方面给人印象深刻。仅举一例,即直到不久前,形式主义者们事实上才知道文学理论应该包含这个方面的问题。另一个原因是探讨人类文化各个领域的相互关联问题的任务,是不可能单独由文学来承担的。解决这一问题需要把许多精密学科的努力凝聚起来,而文化哲学也比19世纪的一元论更加灵活,同时也比纯粹"描述性"的折衷主义更易于整合。

我们几乎没有理由谴责形式主义理论家们未能建构一种如哲

[①] 参阅本书第七章,第134-135页。

学那样单独完整的学科。但值得强调指出的是,在他们存在的晚期阶段,他们曾经尽最大能力,使建立这一学科的必要性问题得以凸显。于是,一个在20世纪20年代初以使艺术摆脱社会为意图的运动,到30年代却把社会结构各个部分之间的相互关系研究当作人文学者最富于活力的研究对象①。

在最终为俄国形式主义盖棺定论时,我们无须从无论是公开的党派性的诗歌辩护士还是大吵大闹的贬损者那里接受任何暗示。我们最好还是听一听一个公正无私的对手——叶菲莫夫——在其论述形式主义学派的著作中,对其成就所做的总结吧:

"俄国形式主义对我国文艺学的贡献在于……它在事实上对文学研究的基本问题,首先是文学这一对象的特性问题,投以最强烈的关注;它更正了我们关于文学作品的观念,将其分解成为它的各个组成部分;它开辟了文学研究的新领域,极大地扩充了我们有关文学技巧的知识,提高了我们文学研究和关于文学的理论学说的水平……在某种意义上,它推动了我国文艺学欧化的进程"。叶菲莫夫继而写道:"诗学一度曾是一个野马脱缰似的印象主义领域,而现在却成了科学分析的对象,成了文艺学研究的一个具体问题"②。总而言之,这是来自敌对阵营中的最当之无愧的赞扬。

俄国形式主义在其汹涌澎湃而又昙花一现般的过程中,曾经承受过种种抨击。他们可以是令人气愤的、蛮横无理的,甚或是毫

---

① 参阅本书第十四章,第257页。
② N.I.叶菲莫夫(N.I.Efimov),"俄国文艺学中的形式主义"(Formalism v russkom literaturovedenii),《斯摩棱斯克国立大学科学学报》(*Naučnye Izvestija Smolenskogo Gosudarstvennogo Universiteta*),1929年第3期,第106页。

无必要深奥费解的;他们往往也可以是夸大其辞的、深文周纳的、高度精巧的。但他们却从来都不会是迟钝乏味的,或重重援引的、离题万里的;或自以为是的和故步自封的。他们的技术行话尽管生硬无情,但他们却具有献身文学的一片赤诚,对整合艺术幻象怀有发自内心的尊重之情。这一学派面对着官僚主义机构的严密控制,但却始终磨练诸如独创性、智慧以及在批评上的不妥协精神诸如此类的美德。至于说他们终究未能成功,这几乎不是他们的错。

今天,当苏联批评界笼罩在一片萎靡不振、平庸乏味、缺乏幽默的教条主义之下时,重新回顾和体验形式主义著作的汪洋恣肆、活泼空灵、敏锐犀利,当能令人头脑清醒。俄国形式主义尽管有其固有的缺点和不足,但这一杰出团队所留下的遗产,将一直是现代批评思维的制高点之一。

参考文献

I. 形式主义—结构主义出版物[①]

1. 俄国

Ars Poetica, Trudy Gosudarstvennoj Akademii Xudožestvennyx Nauk. Literaturnaja sekcija, Vol. I (Moscow, 1927). M. Petrovskij, ed. Articles by B. Jarxo, A. Peškovskij, M. Petrovskij, R. Šor, M. Stoljarov.

《诗学的艺术》,国家艺术科学学院文学分部学报,第 1 期(莫斯科,1927),马·彼得罗夫斯基主编,论文作者 B.贾克霍,A.彼斯科夫斯基,罗·索尔,马·斯托里亚洛夫。

Ars Poetica, v. II (Moscow, 1928). M. Petrovskij and B. Jarxo, ed. Articles by B. Jarxo, M. Stockmar, L. Timofeev.

《诗学的艺术》(第 2 期)(莫斯科,1928),M.B.彼得罗夫斯基、贾克霍主编,论文作者贾克霍,M.斯托克马尔,L.季莫菲耶夫。

Baluxatyj, S.D., *Problemy dramaturgičeskogo analiza* (*Čexov*) (= *Voprosy poètiki*, IX) (Leningrad, 1927).

S.D.巴鲁哈特,《(契诃夫)戏剧分析问题》(诗学问题(4))》(列宁格勒,

[①] 被我列在这一项下的某些比较重要的批评著作,是沿着半形式主义的方向写作的,同样,还有若干部想象性文学作品是从形式主义运动中生发开来的。

1927)。

Bogatyrëv, Pëtr, and Jakobson, Roman, *Slavjanskaja filologija v Rossii za gody vojny I revoljucii* (Berlin,1923).

彼得·博加特廖夫、罗曼·雅各布逊,《俄国战争与革命时期的斯拉夫语文学》(柏林,1923)。

Bogatyrëv, Pëtr, and Jakobson, Roman, "Die Folklore als eine besondere Form des Schaffens", *Donum Natalicium Schrijnen* (Nijmegen-Utrecht,1929), pp.900 - 913.

彼得·博加特廖夫、罗曼·雅各布逊,"民间文学特殊的创作形式问题"(奈梅亨-乌得勒支,1929),第 900 - 913 页。

Bogatyrëv, Pëtr, and Jakobson, Roman, "K probleme razmeževanija fol'kloristiki i literaturovedenija", *Lud Slowianski*, II, 2 (Cracow, 1931), pp.230 - 233.

彼得·博加特廖夫、罗曼·雅各布逊,"民间文学与文艺学的分野问题",《斯拉夫研究》,第 2 卷第 2 期(克拉科夫,1931),第 230 - 233 页。

Brik, Lili, "Iz vospominanij", *Al'manax s Majakovskim* (Moscow,1934).

丽吉娅·勃里克,《回忆与马雅可夫斯基在一起的片段》(莫斯科,1934)。

Brik, Osip, "Zvukovye povtory" (1917), *Poètika* (Petrograd,1919)(sew below). Reprinted in *Michigan Slavic Materials*.

奥西普·勃里克,"论语音重复"(1917),《诗学》(彼得格勒,1919)(见下)。密歇根斯拉夫学资料汇编重印。

——"T. n. formal'nyj metod", *Lef*, 1923, No. 1, pp.213 - 215.

"所谓形式主义方法",《列夫》,1923 年第 1 期,第 213 - 215 页。

——"Ritm i sintaksis (materialy po izučeniju stixotvonoj reči)", *Novyj lef*, No.3 - 6; Reprinted in *Michigan Slavic Materials* (see below).

"节奏与句法(诗歌话语研究资料汇编)",《新列夫》,第 3 - 6 期。密歇根斯拉夫学资料汇编重印(见下)。

Ejxenbaum, Boris, "Kak sdelana 'Šinel' Gogolja", *Poètika* (Petrograd, 1919)(see below). Reprinted in *Michigan Slavic Materials*.

鲍里斯·艾亨鲍姆:"果戈理的'外套'是如何写成的",《诗学》(彼得格勒,1919)(见下),密歇根斯拉夫学研究资料汇编重印。

——"Melodika stixa", *Letopis' Doma Literatorov*, 1921, No. 4 (reprinted in 1922 under the title *Melodika russkogo liričeskogo stixa*).

"诗的旋律",《文学家之家年鉴》,1921年第4期;(1922以《俄国诗歌的旋律》为标题重印)。

——*Molodoj Tolstoj* (Petrograd-Berlin, 1922).

《青年托尔斯泰》(彼得格勒－柏林,1922)。

——*Anna Axmatova* (*Opyt analiza*)(Petrograd,1923).

《安娜·阿赫玛托娃(分析的尝试)》(彼得格勒,1923)。

——*Lermontov* (*Opyt istoriko-literaturnoj ocenki*)(Leningrad,1924).

《莱蒙托夫(历史文学概论试论)》(列宁格勒,1924)。

——"Vokrug voprosa o formalistax", *Pečat' i revoljucija*, 1924, No. 5, pp. 1-12.

"关于形式主义者们的问题",《出版与革命》,1924年第5期,第1-12页。

——*Skvoz' literaturu* (= *Voprosy poètiki*, IV)(Leningrad,1924)(Reprinted The Hague, 1962, *Slavistic Printings and Reprintings*, XXVI).

《透视文学》(《诗学问题》4)(列宁格勒,1924),海牙1962年重印;斯拉夫研究资料复印及重印本,总第26种。

——"Nužna kritika", *Žizn' iskusstva*, IV(1924).

"批评是需要的",载《艺术生活》,1924年第4期。

——"O. Genri i teorija novelly", *Zvezda*, 1925, No. 6, pp. 291-308 (later reprinted in Literatura).

"欧·亨利和短篇小说理论",《星》,1925年第6期,第291-308页;后重刊于《文学》。

——*Literatura* (*Teorija, kritika, polemika*)(Leningrad, 1927).

《文学(理论、批评与论战)》(列宁格勒,1927)。

——"Literatura i pisatel'", *Zvezda*, 1927, Later reprinted in *Moj vremennik* (see below).

"文学与作家",《星》,1927年,后收入《我的编年期刊》(参见下文)。

——"Literatura i literaturnyj byt", *Na literaturnom postu*, 1927, later in *Moj vremennik*.

"文学与文学的日常生活",《在文学的岗位上》,1927;后收入《我的编年期刊》。

——*Lev Tolstoj*, Vol. I (Leningrad, 1928).

《列夫·托尔斯泰》,第1卷(列宁格勒,1928)。

——"Poèt-žurnalist", *Nekrasov* (a collection of articles on Nekrasov, published on the 50th anniversary of his death) (Leningrad, 1928), pp. 25-33.

《论作为诗人兼记者的涅克拉索夫(诗人逝世50周年纪念,论述诗人的文章汇编)》(列宁格勒,1928),第25-33页。

——*Moj vremennik* (Leningrad, 1929).

《我的编年期刊》(列宁格勒,1929)。

——*Lev Tolstoj*, Vol. II (Leningrad, 1931).

《列夫·托尔斯泰》,第2卷(列宁格勒,1931)。

Gric, T., Nikitin, N., Trenin, V., *Slovesnost' i kommercija* (Moscow, 1927).

T.格里茨、N.尼基丁、V.特列宁,《语文与商业》(莫斯科,1927)。

Gruzdëv, Il'ja, *Utilitarnost' i samocel'* (Petrograd, 1923).

伊利亚·格鲁兹杰夫,《论实用主义自我》(彼得格勒,1923)。

Gukovskij, G., *Russkaja poèzija 18-go veka* (Leningrad, 1927).

德·古科夫斯基,《18世纪俄国诗歌》(列宁格勒,1927)。

Jakobson, Roman, *Novejšaja russkaja poèzija (Nabrosok pervyj). Viktor Xlebnikov* (Prague, 1921).

罗曼·雅各布逊,《最新俄国诗歌·(初稿)·维克多·赫列勃尼科夫》(布拉格,1921)。

——(with P. Bogatyrëv), *Slavjanskaja filologija v Rossii za gody vojny i revoljucii*, see above.

与彼得·博加特廖夫合作,《俄国战争与革命时期的斯拉夫语文学》(参见上文)。

——"Brjusovskaja stixologija i nauka o stixe", *Naučnye izvestija*, II (Moscow, 1922), pp.222-240.

"勃留索夫的诗体学与诗的科学",《科学通讯》(莫斯科,1922),第 222-240 页。

—— *O češskom stixe preimuščestvenno v sopostavlenii s russkim* (Berlin, 1923).

《论捷克诗(兼与俄语诗歌比较)》(柏林,1923)。

——(ed.), *Spor duše s tělem*; *O nebezpečném času smrti* (Prague, 1927).

(主编),《灵魂与肉体的争论·论濒临死亡的最后时刻》(布拉格,1927)。

——(with Ju. Tynjanov), "Problemy izučenija literatury i jazyka", *Novyj lef*, 1928, No.12, pp.36-37.

与迪尼亚诺夫合作,"文学与语言研究问题",《新世界》,1928 年第 12 期,第 36-37 页。

——(with P. Bogatyrëv), "Die Folklore als eine besondere Form des Schaffens" (see above).

与彼·博加特廖夫合作,"民间文学特殊的创作形式问题"(参见下文)。

——"über die heutigen Voraussetzungen der russischen Slavistik", *Slavische Rundschau*, I (1929), 682-684.

"论现代斯拉夫学的先决条件",《斯拉夫评论》,1929 年第 1 期,第 682-684 页。

——"O pokolenii rastrativšem svoix poètov", *Smert' Vladimira Majakovskogo* (Berlin, 1931), 7-45.

"论消耗了自己诗人的一代人",《马雅可夫斯基之死》(柏林,1931),第 7-45 页。

——(with P. Bogatyrëv), "K probleme razmeževanija fol'kloristiki i literaturovedenija" (see above).

与彼得·博加特廖夫合作,"民间文学与文艺学的分野问题",见上文。

——"Bolgarskij pjatistopnyj jamb v sopostavlenii s russkim", *Sbornik Miletič* (Sofia, 1933), 108-117.

"论保加利亚五音步抑扬格与俄语诗歌的比较(论文集)"(索菲亚,

1933),第 108 – 117 页。

——"Co je poesie?", *Volné směry* (Prague, 1933 – 34), 229 – 239.
"什么是诗?",《诗学问题》(布拉格,1933 – 34),第 229 – 239 页。

——"M. P. Stockmar: Bibliografija rabot po stixosloženiju", *Slavia*, XIII (1934), 416 – 431.
"M.P.斯托克马尔,诗体学著作文献目录",《斯拉夫学》,1934 年第 13 期,第 416 – 431 页。

——"Staročeský verš", *Československá vlastivěda*, III, *Jazyk* (Prague, 1934), 429 – 459.
"旧体诗·捷克诗体学",《语言学》,(布拉格,1934 年第 3 期),第 429 – 459 页。

——"Randbemerkungen zur Prosa des Dichters Pasternak", *Slavische Rundschau*, VII (1935), 357 – 374.
"论诗人帕斯捷尔纳克的散文",《斯拉夫评论》,1935 年第 7 期,第 357 – 374 页。

——"Na okraj lyrickych básní Puškinovych", *Vybrané spisy A. S. Puškina*, I (Prague, 1936), 259 – 267 (also found in the Czech literary review *Listy pro umění a kritiku*, IV, 1936, 389 – 392).
"在普希金抒情寓言诗的边缘",《普希金学中的诗体学研究》(布拉格,1936),第 259 – 267 页;还可参阅《捷克文学评论·诗体学书目与批评》,1936 年第 4 期,第 389 – 392 页。

——"Socha v symbolice Puškinově", *Slovo a slovesnost*, III (1937), 2 – 24.
"普希金学符号中的民间文学意象",《话语与话语学》,1937 年第 3 期,第 2 – 24 页。

——"Z zagadnień prozodji starogreckiej", *Prace ofiarowane Kazimierzowi Wóycickiemu* (Wilno, 1937), 73 – 88 (see below, section 3).
《论古希腊语诗体学的任务》,《沃伊西斯基·卡济米尔兹·诗体学的任务》(维尔诺,1937),第 73 – 88 页。

——"Na okraj Eugena Oněgina", *Vybrané spisy A. S. Puškina*, III (1937), 257 – 265.

"在叶甫盖尼·奥涅金的边缘",《普希金学中的诗体学研究》,1937 年第 3 期,第 257－265 页。

——"K popisu Máchova verše" (1938), *Torso a tajemství Máchova díla*, see below, section 2.

"马哈诗体学问题"(1938),《马哈诗中的塔索》,参见下文第 2 部分。

——(with Marc Szeftel), "The Vseslav Epos", *Russian Epic Studies*, ed. edited by Roman Jakobson and Ernest J. Simmons (Philadelphia, 1949).

与马可·采特尔,"斯拉夫史诗",《俄国史诗研究》,罗曼·雅各布逊、恩涅斯特·J.西蒙斯主编(费城,1949)。

——"Studies in Russian Philology", *Michigan Slavic Materials*, No. 1 (1963).

"俄语语言学研究",《米歇根斯拉夫学研究资料丛刊》,1963 年第 1 期。

Jakubinskij, Lev, "O zvukax poètičeskogo jazyka" (1916), *Poètika. Sborniki po teorii poètičeskogo jazyka* (Petrograd, 1919) (see above).

列夫·雅库宾斯基,"论诗歌语言中的语音问题",1916,《诗学诗歌语言理论论文集》(列宁格勒,1919)(见下文)。

——"Skloplenie odinakovyx plavnyx v praktičeskom i poètičeskom jazykax" (1917), op. cit.

"实用语言与诗歌语言中同样平稳因素的聚集",1917,作品。

——"O poètičeskom glossemosočetanii" (19.19), *op. cit.*

"论诗歌中的前缀组合",作品编号 19.19。

——"O dialogičeskoj reči", *Russkaja reč*, I (Petrograd, 1923).

"论对话性话语",见《俄语言语》(彼得格勒,1923)。

Jarxo, B. I., "Granicy naučnogo literaturovedenija", *Iskusstvo*, 1925, No.2, 46－60; 1927, 1,3, 16－38.

《B.I.贾克霍,"科学文学学的边界",见《艺术》,1925 年第 2 期,第 46－60 页;1927,第 1、3 页、第 16－38 页。

Kaverin, Ven'jamin, *Skandalist ili večera na Vasil'evskom ostrove* (Leningrad, 1928).

维亚明·卡维林,《瓦西里岛上的晚会或胡闹分子》(列宁格勒,1928)。

—— *Xudožnik neizvesten* (Leningrad, 1931).

《一个未名艺术家》(列宁格勒,1931)。

Lunc, Lev, "Počemu my Serapionovy brat'ja", *Literaturnye zapiski*, III (1922).

列夫·伦茨,"为什么我们是谢拉皮翁兄弟",《文学札记》,1922年第3期。

——"Na zapad!", *Beseda*, September-October 1923. *Michigan Slavic Materials*, No.2, "Readings in Russian Poetics", (Ann Arbor, 1963). Articles by M. M. Bakhtín, B. M. Eichenbaum, R. Jakobson, Ju. Tynjanov, V. V. Vinogradov, V. N. Vološinov.

"走向西方!——1923年9-10月间的谈话",《密歇根斯拉夫学研究资料丛刊》,第2期;《俄国诗学读本》(千橡树,1963)。书中收有米·巴赫金、鲍·艾亨鲍姆、罗·雅各布逊、尤·迪尼亚诺夫、维·维诺格拉多夫、瓦·沃洛希诺夫的文章。

Očerki po poètike Puškina (Berlin, 1923). Articles by Pëtr Bogatyrëv, Viktor Šklovskij, Boris Tomaševskij.

《普希金诗学概论》(柏林,1923)。书中收有彼得·博加特廖夫,维克多·什克洛夫斯基、鲍里斯·托马舍夫斯基论文。

Petrovskij, M. A., "Kompozicija novelly u Maupassanta", *Načala*, 1921, 106-127.

M.A.彼得罗夫斯基,"莫泊桑短篇小说的结构",《开端》,1921,第106-127页。

——"Morfologija novelly", *Ars Poetica*, I (see above).

"小说形态学",《诗学的艺术》,第1卷(参见上文)。

Petrovskij, M., "Poètika i iskusstvovedenie", *Iskusstvo*, 1927, Nos. 2-3, pp.119-139.

M.彼得罗夫斯基,"诗学与艺术学",见《艺术》,1927年第2-3期,第119-139页。

Poètika. Sborniki po teorii poètičeskogo jazyka (Petrograd, 1919). Articles by Osip Brik, Boris Ejxenbaum, Lev Jakubinskij, E. D. Polivanov, Viktor Šklovskij.

《诗学·诗歌语言理论论文集》(彼得格勒,1919)。收有奥西普·勃里克、鲍里斯·艾亨鲍姆、列夫·雅库宾斯基、叶·波里瓦诺夫、维克多·什克洛夫斯基的文章。

Poètika, I (Leningrad, 1926) (= Publication of the Division of the Verbal Arts at the Petrograd State Institute of Art History). Articles by A. Astaxova, S. Baluxatyj, S. Bernstein, G. Gukovskij, B. Kazanskij, N. Kolpakova, R. Tomaševskaja, J u. Tynjanov, L. Vindt, V. Vinogradov.

《诗学》,第 1 辑(列宁格勒,1926 年)(彼得格勒国立艺术史研究所语言艺术分部出版。收有阿·阿斯塔霍娃、谢·巴鲁哈特、谢·伯恩斯坦、古科夫斯基、卡赞斯基、科尔帕科夫、罗·托马舍甫斯卡娅、尤·迪尼亚诺夫、列·伦茨、维·维诺格拉多夫的文章。

Poètika, II (Leningrad, 1927). Articles by A. Fëdorov, L. Ginzburg, B. Larin, K. Šimkevič, B. Tomaševskij, V. Žirmunskij.

《诗学》,第 2 辑(列宁格勒,1927),收有费奥多罗夫、列·金斯堡、拉林、康·西姆克维奇、瓦·托马舍夫斯基、瓦·日尔蒙斯基文章。

Poètika, III (Leningrad, 1927). Articles by S. Baluxatyj, S. Bernstein, G. Gukovskij, N. Kolpakova, N. Surina, L. Vindt, V. Vinogradov, S. Vyšeslavceva.

《诗学》,第 3 辑(列宁格勒,1927),收有巴鲁哈特、谢·伯恩斯坦、德·古科夫斯基;尼·科尔帕科娃、苏里娜、列·文特、瓦·维诺格拉多夫、谢·维亚切斯拉娃的文章。

Poètika, IV (Leningrad, 1928). Articles by A. Fëdorov, G. Gukovskij, N. Kovarskij, V. Propp, B. Tomaševskij, V. Vinogradov, V. Žirmunskij.

《诗学》,第 4 辑(列宁格勒,1928),收有阿·费奥多罗夫、格·古科夫斯基;尼·科瓦尔斯基、瓦·普罗普、维·托马舍夫斯基、维·维诺格拉多夫、维·日尔蒙斯基的文章。

Propp, V. I., *Morfologija skazki* (= *Voprosy poètiki*, XII) (Leningrad, 1928).

弗·普罗普,《童话形态学》(《诗学问题》,第7辑(列宁格勒,1928)。

Russkaja proza (Leningrad, 1926) (= *Voprosy poètiki*, VIII) (Reprinted The Hague, 1963, Slavistic Printings and Reprintings, XLVIII). Boris Ejxenbaum and Jurij Tynjanov, ed. Articles by B. Buxstab, L. Ginsburg, V. Hoffmann, N. Kovarskij, T. Roboli, N. Stepanov, V. Silber.

《俄国小说》(列宁格勒,1926)(载《诗学问题》第8辑)(海牙,1963年再版),见《斯拉夫学出版物与再版物》,总第38辑,鲍里斯·艾亨鲍姆与尤里·迪尼亚诺夫主编。文章作者有布克斯塔卜、列·金斯堡、瓦·霍夫曼、尼·科瓦尔斯基、特·罗伯尼、尼·斯捷潘诺夫、瓦·西尔伯尔。

Russkaja reč', 1 (Petrograd, 1923). Lev Ščerba, ed. Articles by L. Jakubinskij, B. Larin, L. Ščerba, V. Vinogradov.

《俄语言语》第1辑(彼得格勒,1923)。列夫·谢尔巴主编,收有雅库宾斯基、拉林、谢尔巴、维诺格拉多夫的文章。

Russkaja reč' (Leningrad, 1927). Lev Ščerba, ed. Articles by S. Bernstein, B. Larin, V. Vinogradov.

《俄语言语》(列宁格勒,1927),列夫·谢尔巴主编。收有谢·伯恩斯坦、瓦·拉林、瓦·维诺格拉多夫文章。

Sborniki po teorii poètičeskogo jazyka, I (Petersburg, 1916).

《诗歌语言理论论文集》,第1辑(彼得堡,1916)。

Sborniki po teorii poètičeskogo jazyka, II (Petersburg, 1917).

《诗歌语言理论论文集》,第2辑(彼得堡,1917)。

Skaftymov, A., *Poètika i genezis bylin* (Saratov, 1924).

阿·斯卡夫特莫夫,《壮士歌的诗学与起源》(萨拉托夫,1924)。

Šklovskij, Viktor, *Voskrešenie slova* (Petersburg, 1914).

维克多·什克洛夫斯基,《语词的复活》(彼得堡,1914)。

——"O poèzii i zaumnom jazyke" (1916), *Poètika*, 1919 (see above).

"论诗歌与无意义语",1916;《诗学》,1919(参见上文)。

——"Iskusstvo kak priëm"(1917), *op. cit.*

"艺术即手法",1917。

—— *Razvertyvanie sjužeta* (Petrograd, 1921) (later included in the collection of essays *O teorii prozy*, see below).

《情节的展开》(彼得格勒,1921)(后又被收入《小说论》论文集,参见下文)。

——"Sjužet u Dostoevskogo", *Letopis' Doma Literatorov*, 1921, No.4

"陀思妥耶夫斯基笔下的情节",《文学家之家年鉴》,1921年第4期。

—— *Tristram Shandy Sterne'a i teorija romana* (Petrograd, 1921), reprinted in O teorii prozy.

《特里斯坦·香迪与小说理论》(彼得格勒,1921);再版于《小说论》。

—— *Rozanov* (Petrograd, 1921).

《论罗赞诺夫》(彼得格勒,1921)。

—— *Xod konja* (Moscow-Berlin, 1923).

《马步》(莫斯科-柏林,1923)。

—— *Literatura i kinematograf* (Berlin, 1923).

《文学与电影》(柏林,1923)。

—— *Sentimental'noe putešestvie* (Moscow-Berlin, 1923).

《感伤的旅行》(莫斯科-柏林,1923)。

——"Andrej Belyj", *Russkij sovremennik*, 1924, No.2, 231-245. See also next item.

"安德烈·别雷",《俄国同时代人》,1924年第2期,第231-245页;还可参阅下一条。

—— *O teorii prozy* (Moscow, 1925); 2nd edition (Moscow, 1929).

《小说论》(莫斯科,1925);第二版(莫斯科,1929)。

——"V zaščitu sociologičeskogo metoda", *Novyj lef*, 1927, No.3 (later reprinted in *Gamburgskij sčët*, see below).

"为社会学方法辩解",《新列夫》,1927年第3期(后来又在《汉堡账单》

中再版,参见下文)。

——*Tret'ja fabrika*(Moscow,1926).

《第三工厂》(莫斯科,1926)。

——*Texnika pisatel'skogo remesla*(Moscow-Leningrad,1927).

《作家创作劳动的技巧》(莫斯科－列宁格勒,1927)。

——*Gamburgskij sčët*(Moscow,1928).

《汉堡账单》(莫斯科,1928)。

——"Vojna i mir L'va Tolstogo(Formal'no-sociologičeskoe issledovanie)",*Novyj lef*,1928,No.1.

"列夫·托尔斯泰的'战争与和平'(形式主义非社会学研究法)",《新列夫》,1928年第1期。

——*Material i stil' v romane L. N. Tolstogo Vojna i mir*(Moscow,1928).

《列·尼·托尔斯泰'战争与和平'中的材料与风格》(莫斯科,1928)。

——"Pamjatnik naučnoj ošibke",*Literaturnaja gazeta*,27.I.1930.

"一个科学错误的纪念碑",《文学报》,1930年1月27日。

——"Suxoplavcy ili uravnenie s odnim neizvestnym",*Literaturnaja gazeta*,13.III.1930.

"是水陆两运还是求一个未知数的方程式",《文学报》,1930年3月13日。

——*O Majakovskom*(Moscow,1940).

《论马雅可夫斯基》(莫斯科,1940)。

Stepanov,N.,"V zaščitu izobretatel'stva",*Zvezda*,VI(1929).

尼·斯捷潘诺夫,"为发明辩护",《星》,1929年第6期。

Tomaševskij,Boris,"Andrej Belyj i xudožestvennaja proza",*Žizn' iskusstva*,1920,Nos.454,458-9,460.

鲍里斯·托马舍夫斯基,"安德烈·别雷与艺术散文",《艺术生活》,1920年总第454、458、460期。

——"Literatura i biografija",*Kniga i revoljucija*,IV(1923).

"文学与传记",《书籍与革命》,1923年第4期。

——"Problema stixotvomogo ritma", *Literaturnaja mysl'*, II (1923), 124 - 140 (later reprinted in the collection of studies, *O stixe*, see below).
"诗歌节奏问题",《文学思想》,1923 年第 2 期,第 124 - 140 页(后来在《诗歌研究论文集·论诗》中再版)。

——*Russkoe stixosloženie*. *Metrika* (Petrograd, 1923) (= *Voprosy poetiki*, II).
《俄语诗体学》,《诗律学》(彼得格勒,1923),(又载《诗学问题》第 2 辑)。

——"O dramatičeskoj literature", *Žizn' iskusstva*, 1924, No. 13.
"论戏剧文学",《艺术生活》,1924 年第 13 期。

——"Pjatistopnyj jamb Puškina", *Očerki po poètike Puškina* (see above).
"论普希金的五音步抑扬格诗",《普希金诗学概论》(参见上文)。

——*Puškin* (Moscow, 1925).
《普希金》(莫斯科,1925)。

——*Teorija literatury* (*Poètika*) (Moscow-Leningrad, 1925), 6th ed. Moscow, 1931).
《文学理论(诗学)》(莫斯科-列宁格勒,1925),第 6 版(莫斯科,1931)。

——*O stixe* (stat'i) (Leningrad, 1929).
《论诗(文)》(列宁格勒,1929)。

Trubetzkoy, N. S., "Xoženie za tri moria Afanasija Nikitina kak literaturnyj pamjatnik", *Vërsty* (Paris, 1926), I, 164 - 186.
N.S.特鲁别茨科依,"作为文学纪念碑的阿法纳西·尼基金娜",《路标》(巴黎,1926 年第 1 期),第 164 - 186 页。

——"R. Jakobson, *O češskom stixe*", *Slavia*, II (1923 - 24), 452 - 460.
"论捷克诗",《斯拉夫学》,1923 - 24 年第 2 期,第 452 - 460 页。

——"O metrike častuški", *Vërsty* (Paris, 1927), 11, 205 - 223. Reprinted in *Three Philological Studies* (see below).
"论四句头的韵律",见《路标》(巴黎,1927 年第 2 期),第 205 - 223 页;又见《三项语文学研究》(参见下文)。

——"K voprosu o stixe 'Pesen zapadnyx slavjan Puškina'", *Belgradskij puškinskij sbornik* (Belgrad, 1937).

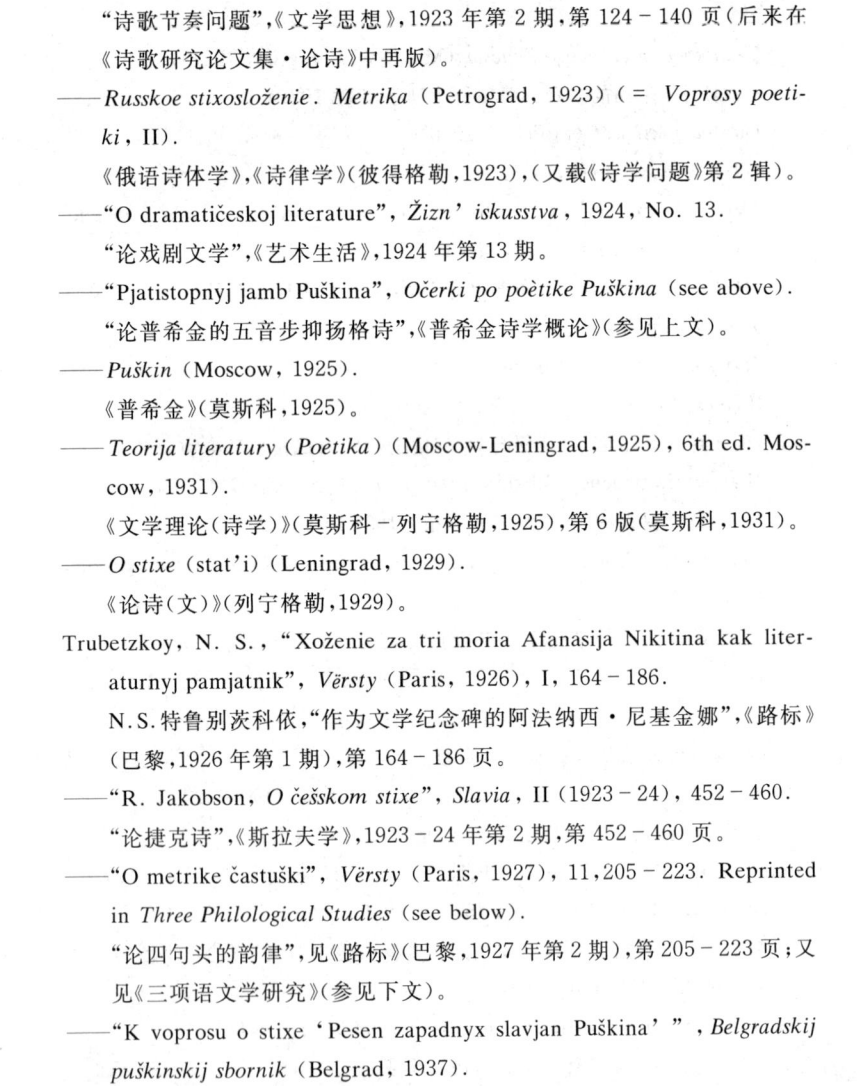

"论诗体学问题",《西方斯拉夫普希金学研究》(贝尔格莱德,1937)。

——"O metode izučenija Dostoevskogo", *Novyj Žurnal*, vol. 48 (New York, 1957), pp. 109-121.

"论陀思妥耶夫斯基研究方法问题",《新杂志》,第 48 期(纽约,1957),第 109-121 页。

——"O dvux romanax Dostoevskogo", *Novyj Žurnal*, vol. 60 (New York, 1960), pp. 116-137.

《论陀思妥耶夫斯基的两部长篇小说》,《新杂志》第 60 期(纽约,1960),第 116-137 页。

——"Rannij Dostoevskij", *Novyj Žurnal*, vol. 71 (New York, 1963), pp. 101-127.

"早期陀思妥耶夫斯基",《新杂志》,第 71 期(纽约,1963),第 101-127 页。

——"Three Philological Studies", *Michigan Slavic Materials*, No. 3 (Ann Arbor, 1963).

"三项语文学研究",密歇根斯拉夫资料汇编,第 3 期(千橡树,1963)。

Tynjanov, Jurij, "Stixovye formy Nekrasova", *Letopis' Doma Literatorov*, 1921 (later reprinted in *Arxaisty i novatory*, see below).

尤里·迪尼亚诺夫,"涅克拉索夫的诗歌形式",《文学家之家年鉴》,1921 年(后刊载于《拟古主义者与革新者》,参见下文)。

——*Dostoevskij i Gogol'* (*K teorii parodii*) (Petrograd, 1921) (see also below: *Arxaisty i novatory*).

《陀思妥耶夫斯基与果戈理(论讽刺性模拟理论)》(彼得格勒,1921)(另见下文《拟古主义者与革新者》)。

——"Literaturnoe segodnja", *Russkij sovremennik*, I (1924).

"文学的今天",《俄国同时代人》,1924 年第 1 期。

——*Problema stixotvornogo jazyka* (Leningrad, 1924) (Reprinted The Hague, 1963, *Slavistic Printings and Reprintings*, XLVII).

《诗歌语言问题》(列宁格勒,1924),后再版于海牙,1963 年的《斯拉夫版图书与再版图书》,第 32 辑。

——"O literaturnom fakte", *Lef*, 1924, No.2, 100 – 116 (see also *Arxaisty*、*inovatory*, Leningrad, 1929).

"论文学事实",《列夫》,1924年第2期,第100 – 116页;还请参阅《拟古主义者与革新者》,1929。

——"Arxaisty i Puškin", *Puškin v mirovoj literature* (symposium) (Leningrad, 1926), 215 – 286, later reprinted in *Arxaisty i novatory*.

"拟古主义者和普希金",《世界文学中的普希金(学术研讨会论文集)》(列宁格勒,1926年,第215 – 286页);后刊载于《拟古主义者与革新者》文集。

——"O literaturnoj èvoljucii", *Na literaturnom postu*, 1927, No.4 (see also *Arxaisty i novatory*).

"论文学演变",《在文学的岗位上》,1927年第4期(还可参阅《拟古主义者与革新者》文集)。

——(with R. Jakobson), "Voprosy izučenija literatury i jazyka", see above.

(与罗曼·雅各布逊合作),"文学与语言研究问题",参阅上文。

——*Arxaisty i novatory* (Leningrad, 1929).

(《拟古主义者与革新者》(列宁格勒,1929)。

Vinogradov, Viktor, "Sjužet i kompozicija povesti Gogolja 'Nos'", *Načala*, 1921, 82 – 105 (later reprinted in Vinogradov's collection of studies, *Évoljucija russkogo naturalizma*, see below).

维克多·维诺格拉多夫,"果戈理'鼻子'的情节与结构",《开端》,1921年第82 – 105页(后再版于维诺格拉多夫论文选:《俄国自然派的演化》,参见下文)。

——"Stil' peterburgskoj poèmy 'Dvojnik", *Dostoevskij*, I (symposium) (Petrograd, 1922), 211 – 257.

《陀思妥耶夫斯基的彼得堡长诗"双重人格"的风格(学术研讨会论文集)》(彼得格勒,1922),第211 – 257页。

——"O simvolike Anny Axmatovoj", *Literaturnaja mysl'*, I (Petrograd, 1922), I, pp. 91 – 138.

"论安娜·阿赫玛托娃的象征",《文学思想》(彼得格勒,1922 年第 1 期),第 91-138 页。

——"O zadačax stilistiki (Nabljudenija nad stilem žitija protopopa Avvakuma)". *Russkaja reč'*, 1923 (see above).

"论风格学的任务(大司祭阿瓦库姆行传风格论稿)",《俄罗斯纪录》,1923 年(参见上文)。

——"Sjužet i arxitektonika romana Dostoevskogo *Bednye ljudi* v svjazi svoprosom o poètike natural'noj školy", *Tvorčeskij put' Dostoevskogo* (symposium) (Leningrad, 1924) (also *Evoljucija russkogo naturalizma*, see below).

《陀思妥耶夫斯基"穷人"在与自然派小说诗学问题的关联中对于其小说情节及建筑学的研究——陀思妥耶夫斯基的创作道路(学术研讨会论文集)》,列宁格勒,1924 年(还可参见《俄国自然派的演化》,参见下文)。

——*O poèzii Anny Axmatovoj* (*Stilističeskie nabroski*) (Leningrad, 1925).

《论安娜·阿赫玛托娃的诗歌(风格学试论)》(列宁格勒,1925)。

——*Gogol' i natural'naja škola* (Leningrad, 1925).

《果戈理与自然派》(列宁格勒,1925)。

——"Jules Janin i Gogol'", *Literaturnaja mysl'*, III (1925), 342-365 (see also *Evoljucija ...*).

"卢尔斯·拉宁与果戈理",《文学思想》,1925 年第 3 期,第 342-345 页,(还可参阅《……演变》论文集)。

——*Etjudy o stile Gogolja* (= *Voprosy poètiki*, VII) (Leningrad, 1926).

《果戈理风格试论》,又载《诗学问题》,第 3 辑(列宁格勒,1926)。

——"Jazyk Zoščenki (zametki o leksike)", *Mixail Zoščenko*, stat'i i materialy (Leningrad, 1928).

"左琴科的语言(词汇学札记)",又载《米哈伊尔·左琴科:文章与材料》(列宁格勒,1928)。

——*Evoljucija russkogo naturalizma* (*Gogol'-Dostoevskij*) (Leningrad, 1929).

《俄国自然派的发展过程(从果戈理到陀思妥耶夫斯基)》(列宁格勒,

1929)。

——*O xudožestvennoj proze*（Moscow-Leningrad，1930）．

《论艺术散文》（莫斯科－列宁格勒，1930）。

——*Očerki po istorii russkogo literaturnogo jazyka 17－19－go vekov*（Moscow，1934）．

《17－19 世纪俄国文学语言史概论》（莫斯科，1934 年）。

——*Jazyk Puškina*（*Puškin i istorija russkogo literaturnogo jazyka*）（Moscow-Leningrad，1935）．

《论普希金的语言（普希金与俄国文学语言发展史）》（莫斯科－列宁格勒，1935）

——"Jazyk Gogolja"，*N. V. Gogol'. Materialy i issledovanija*，II（Moscow-Leningrad，1936）．

《果戈理的语言·果戈理：资料与研究》，第 2 辑（莫斯科－列宁格勒，1936）。

——*Stil' Puškina*（Moscow，1941）．

《论普希金的风格》（莫斯科，1941）。

Vinokur，G. O.，"Novaja literatura po poètike（obzor）"，*Lef*，1923．No. 1，239－243．

G.O.维诺库尔，"诗学问题最新文献概述"，《列夫》，1923 年第 1 期，第 239－243 页。

——"Poètika．Lingvistika．Sociologija（Metodologičeskaja spravka）"，*Lef*，1923，No.3，104－113．

"诗学、语言学、社会学（方法论资料汇编）"，《列夫》，1923 年第 3 期，第 104－113 页。

——*Kul'tura jazyka．Očerki lingivističeskoj texnologii*（Moscow，1925）．

《语言的修养·语言学技巧概论》（莫斯科，1925）。

——"Poèzija i nauka"，*Cët i nečet*（Moscow，1925）．

"诗学与科学"，《计算与非计算》（莫斯科，1925）。

——*Biografija i kul'tura*（Moscow，1927）．

《传记与文化》（莫斯科，1927）。

——*Kritika poètičeskogo teksta*(Moscow,1927).

《诗歌文本批评》(莫斯科,1927)。

Zadači i metody izučenija iskusstv (a symposium published by the Petrograd Institute of Art History)(Petrograd,1924).

《艺术研究的任务与方法(彼得格勒艺术史研究所出版的学术研讨会论文集)》(彼得格勒,1924)。

Žirmunskij, Viktor, *Kompozicija liričeskix stixotvorenij* (Petrograd,1921).

维克多·日尔蒙斯基,《抒情诗的结构》(彼得格勒,1921)。

——"Poèzija Aleksandra Bloka", cf. symposium *O Aleksandre Bloke* (Petrograd, 1921), pp. 65 - 165 (later reprinted in Žirmunskij's collection of studies *Voprosy teorii literatury*, see below).

《亚力山大·勃洛克的诗学(亚力山大·勃洛克学术研讨会论文集)》(彼得格勒,1921),第 65 - 165 页(后又见于日尔蒙斯基论文选《论文学理论问题》,参见下文)。

——"Zadači poètiki", *Načala*, 1921, No. 1, 51 - 81 (see also *Voprosy* ...).

"诗学的任务",载《开端》,1921 年第 1 期,第 51 - 81 页(又参见《问题……》)。

——*Valerij Brjusov i nasledie Puškina* (*Opyt sravnitel' no-stilističeskogo issledovanija*)(Petrograd,1922).

《瓦连里·勃留索夫与普希金的遗产(风格比较研究试论)》(彼得格勒,1922)。

——"Melodika stixa (Po povodu knigi B. M. Ejxenbauma *Melodika stixa*)", *Mysl'*, 1922, No. 5, 109 - 139 (also in *Voprosy teorii literatury*).

"诗的旋律(从鲍·艾亨鲍姆的'诗的旋律'一书谈起)",《思想》,1922 年第 5 期,第 109 - 139 页(又见于《文学理论问题》)。

——"K voprosu o formal'nom metode" (introduction to the Russian translation of Walzel's book, *Problema formy v poèzii*)(Petrograd, 1923), pp. 3 - 23; also found in *Voprosy teorii literatury*.

《关于形式方法论问题(俄译瓦尔泽尔著作"诗歌中的形式问题"导言)》(彼得格勒,1923),第3-23页;又见《文学理论问题》)。

—— *Rifma, eë istorija i teorija* (= *Voprosy poètiki*, III) (Leningrad, 1923).

《节奏及其历史与理论》,又载《诗学问题》第3辑(列宁格勒,1923)。

—— *Bajron i Puškin* (*Iz istorii romantičeskoj poèmy*) (Leningrad, 1924).

《拜伦与普希金(浪漫主义长诗史概论)》(列宁格勒,1924)。

—— *Vvedenie v metriku. Tearija stixa* (= *Voprosy poètiki*, VI) (Leningrad, 1925) (An English translation, *Introduction to Metrics*, was recently published in The Hague, *Slavistic Printings and Reprintings*, LVIII).

《诗律学导论·诗歌理论》,又载《诗学问题》第6辑)(列宁格勒,1925);(英文译本名为《诗律学导论》最近出版于海牙,载《斯拉夫出版物与再版物》,第28辑)。

—— *Voprosy teorii literatury* (Leningrad, 1928) (Reprinted TheHague, 1962, *Slavistic Printings and Reprintings*, XXXIV).

《文学理论问题》(列宁格勒,1928)(1962年海牙再版;《斯拉夫出版物与再版物》,第34辑)。

—— "Puškin i zapadnye literatury", cf. *Puškin* (a publication of the Puškin Committee of the Academy of Sciences), III (Moscow, 1937).

"普希金与西方文学",载《普希金》(科学院普希金分会出版物),第3期(莫斯科,1937年)。

2. 捷克与斯洛伐克

Bakoš, M., and K. Simončič, "O 'úpadku' literatury", *Slovenské smery*, 11(1934-35), 179-196.

M.巴科斯、K.西蒙奈克,"论文学的衰落",《斯拉夫文学流派》,1934-35年第11期,第179-196页。

Bakoš, Mikuláš, "K vyvinu a situacii slovenskej literatúry", *Slovenské smery*, V (1937-38), 250-262.

米库拉斯·巴科斯,"斯拉夫文学:发展与问题",《斯拉夫文学流派》,1937-38合刊总第5期,第250-262页。

—— *Vyvin slovenského verša* (Turč. Sv. Martin, 1939).

《斯拉夫诗歌的发展》(图尔齐圣马丁,1939)。

—— (ed.), *Teória literatúry* (anthology of Russian Formalism) (Trnava, 1941).

主编,《文学理论(俄国形式主义文论选)》(特伦纳瓦,1941)。

Čyževs'kyj (Čiževskij), Dmytro, "Příspěvek k symbolice českého básnictví náboženského", *Slovo a slovesnost*, II (1936), 98-105.

德米特罗·采车夫斯基,"宗教象征符号对于捷克诗歌发展的贡献",《话语与话语学》,1936年第2期,第98-105页。

—— "Puškin medzi romantizmom a klasicizmom", *Slovenské pohl'ady*, 1937, 53, pp. 36-41, 75-82.

"处于浪漫主义与古典主义之间的普希金",《斯洛伐克观点》,1937年第53期,第36-41、75-82页。

—— "K Máchovemu světovému názoru", cf. *Torso a tajemství Máchova dila*, see below.

"论马哈的世界观",《马哈创作技巧中的托尔斯(形式)和奥秘》,参见下文。

Havránek, B., "Máchov jázyk", *Torso a tajemství Máchova dila*.

B.哈夫拉奈克,"论马哈的语言",《马哈创作技巧中的托尔斯(形式)和奥秘》。

Hrabák, Josef, *Staropolsky verš ve srovnání se staročeskym* (= *Studie Pražského linguistického kroužku*, 1) (Prague, 1937).

约瑟夫·赫拉巴克,《古波兰诗歌与古捷克诗歌的比较》,《布拉格语言学小组研究论丛》,第1辑(布拉格,1937)。

—— *Smilova škola* (*Rozbor básnické struktury*) (= *Studie Pražského linguistického kroužku*, 3) (Prague, 1941).

《斯米洛夫学派(诗体结构分析)》,又载于《布拉格语言学小组研究论丛》(布拉格,1941)。

Isačenko, A. V., "Der slovenísche fünffüssíge Jambus", *Slavia*, XIV (1935-36), 45-47.

A.V.伊萨切科,"斯洛伐克抑扬格诗体",《斯拉夫学》,1935-36 年第 14 期,第 45-47 页。

——*Slovenski verz* (Ljubljana, 1939).

《斯拉夫诗歌》(卢布尔雅那,1939)。

——and M. Bakoš, "Líteratúra a jej skúmanie", *Ve dne a v noci* (Bratíslava, 19...), 121-124.

与 M.巴科斯,"文学与文学研究",《日与夜》(布拉迪斯拉发,19…),第 121-124 页)。

Mathesius, Vílém, "Deset let pražského línguistického kroužku", *Slovo a slovesnost*, 1936, No.2.

威廉·马太修斯,"布拉格语言学小组的十年",《话语与话语学》,1936 年第 2 期。

Mukařovský, Jan, *Máchov 'Máj.' Estetická studie* (Prague, 1928).

扬·穆卡洛夫斯基,《马哈的"五月"——美学研究》(布拉格,1928)。

——"K českému překladu Šklovského *Teorie prozy*", *Čin*, VI (1934), 123-130 (later reprintedin *Kapitoly z české poetiky*, see below).

"论什克洛夫斯基'小说论'的捷克语译本",《数目》,1934 年第 6 期,第 123-130 页(后在《捷克诗学的新篇章》,参见下文再版)。

——(ed.), *Torso a tajemství Máchova díla* (Prague, 1938). Articles by D. Čiževskij, O. Fischer, B. Havránek, R. Jakobson, J. Mukařovský, F. X. Šalda, B. Václavek, R. Wellek.

主编,《马哈创作技巧中的托尔斯(形式)和奥秘》(布拉格,1938),收有 D.采车夫斯基、O.菲采尔、B.哈夫拉奈克、罗·雅各布逊、让·穆卡洛夫斯基、F. X.萨尔达、B.瓦斯拉维克、勒·韦勒克论文。

——*Kapitoly z české poetiky* (Prague, 1941). Vol. *Obecní veci básnictví* (General Problems of Poetry). Vol. II: *K. vyvoji české poesie a prozy* (On the Evolution of Czech Poetry and Prose).

《捷克诗学的新篇章》(布拉格,1941),第 1 卷:《日常事物诗学》,第 2 卷:

《论捷克诗歌与小说的发展》。

——"O básnickom jázyku", Vo dne a v noci (Bratislava, 1941), 129 – 133. *Thèses sur la langue poétique. Tézy Pražského linguistického kroužku*, cf. *Mélanges linguistiques dédiés au Premier Congrès de Philologues Slaves (= Travaux du Cercle Linguistique de Prague*, 1)(Prague, 1929), 17 – 21.

"论寓言诗的语言",《日与夜》(捷克布拉格语言学小组提纲,第1辑,布拉迪斯拉发,1941,第129 – 133页)。

Wellek, René, "K. H. Mácha a anglická literatura", *Torso a tajemství Máchova díla*.

勒内·韦勒克,"卡列尔·吉涅克·马哈与英国文学",《马哈创作技巧中的托尔斯(形式)和奥秘》(布拉格,1929),第17 – 21页。

3. 波兰

Budzyk, Kazimierz, *Stylistyka teoretyczna w Polsce* (Warsaw, 1946) (Z zagadniefi poetyki).

卡济米尔兹·布济克,《波兰文体学理论》,《诗学问题》(华沙,1946)。

Hopensztand, David, "Mowa pozornie zaleina w kontekście *Czarnych Skrzydel* Kadena-Bandrowskiego", *Prace ofiarowane Kazimierzowi Wóycickiemu* (see below).

大卫·霍朋斯塔德,"沃伊西斯基·卡济米尔兹纪念研讨会文集",《卡捷纳·邦德洛夫斯基修订"黑翼"的背景》。(见下)

Ingarden, Roman, *Das literarische Kunstwerk (Eine Untersuchung aus dem Grenzgebiet der Ontologie, Logik und Literaturwissenschaft)* (Halle, 1931).

罗曼·英伽登,《文学艺术作品》,《逻辑学与文艺学》(海牙,1931)。

—— *O poznawaniu dziela literackiego* (Lwow, 1937).

《论文学事业研究》(利沃夫,1937)。

Kridl, Manfred, *Wstęp do badań nad dzielem literackiem (= Z zagadnień poetyki*, I) (Wilno, 1936).

克里德尔·曼弗雷德,《文学研究导论》,又载于《诗学研究》(维尔诺,1936)。

Prace ofiarowane Kazimierzowi Wóycickiemu (= Z zagadnień poetyki, 6, A symposium dedicated to the pioneer of Polish poetics, Kazimierz Wóycicki. Articles by W. Borowy, K. Budzyk, H. Elsenberg, H. Felczak, M. Grzędzielska, S. Hopensztand, J. Hrabák, R. Jakobson, K. Kaplan, St. Krispel, J. Kreczmar, M. Kridl, J. Kuryłowicz, Z. Łempicki, L. Podhorski-Okołow, M. Rzeuska, F. Siedlecki, St. Skwarczyńska, N. Trubetzkoy, K. W. Zawodziński, St. Żółkiewski.) (Wilno, 1937).

《纪念波兰诗学先先驱沃伊西斯基·卡济米尔兹学术研讨会论文集》,《诗学问题》第6辑,维尔诺,1937);文章作者有:W.博罗威、K.布济克、H.埃森堡、费尔查克、格列兹德齐尔斯卡、霍朋斯塔德、J.赫拉巴克、R.雅各布逊、K.卡普兰、圣.克里斯别尔、克里斯马尔、M.克里德尔、J.库里洛维茨、Z.列皮斯基、L.波德霍斯基-奥克楼、M.勒泽斯卡、F.西德列斯基、圣·斯克瓦尔青斯卡、N.特鲁别茨科依、K.W.扎沃金斯基、圣·若尔基夫斯基(维尔诺,1937)。

Putrament, Jerzy, Struktura nowel Prusa (= Z zagadnień poetyki, 2) (Wilno, 1935).

乔尔西·普特拉蒙特,《论普鲁斯特短篇小说的结构》,又载于《诗学问题》,第2辑(维尔诺,1935)。

Rosyjska szkola formalna, 1914 – 1934 (= Archiwum tłumarczeń, 3) (Warsawt 1939). A selection from the Russian Formalists, e.g. Ejxenbaum, Jakobson, Šklovskij, Tomaševskij, Tynjanov, Žirmunskij, prepared for publication on the eve of the War.

《俄国形式主义(1914-1934——档案翻译)(华沙,1939);(收有俄国形式主义者艾亨鲍姆、雅各布逊,什克洛夫斯基、托马舍夫斯基、迪尼亚诺夫、日尔蒙斯基论文;于世界大战前夜已做好出版之准备)。

Siedlecki, Franciszek, "Sprawy wersyfikacji polskiej", Wiadomości Literackie, 1934.

弗兰齐切克·谢德列斯基,"波兰诗体研究实例",《文学新闻》,1934。

——"O rytmie i metrze", *Skamander*, IX (1935), 420-436.

"论诗的韵律与节奏",《话语》,1935年第9期,第420-436页。

——"Jeszcze o sprawach wiersza polskiego", *Przegląd Wspólczesny*, 1936, pp. 370-388.

"波兰诗歌问题详论",《当代概论》,1936年,第370-388页。

——*Studja z metryki polskiej*, 2vols. (= *Z zagadnień poetyki*, 4, 5) (Wilno, 1937).

《波兰诗律(工作室)研究》,又载于《诗学问题》,第4、5辑(维尔诺,1937)。

——"O swobodę wiersza polskiego", *Skamander*, II (1938), Nos. 13-14.

"论波兰诗体的自由性",《话语》,1938年第2期,第13-14页。

Troczyński, Konstanty, *Elementy form literackich* (Poznań, 1936).

康斯坦蒂·特洛辛斯基,《文学形式的组成》(波兹南,1936)。

Wóycickit Kazimierz, *Rytm w liczbach* (= *Z zagadnień poetyki*, 3) (Wilno, 1938).

沃伊西斯基·卡济米尔兹,《数字里的节奏》,又载于《诗学问题》,第3辑(维尔诺,1938)。

Żirmunskij, Viktor, *Wstęp do poetyki* (= *Archiwum tłumaczeń*, 1) (1934), Polish translation of the study by Żirmunskij "Zadači poètiki", sec above, section 1.

维克多·日尔蒙斯基,《诗学引论》,《档案翻译》,1934年第1期。(见上文)。

Z zagadnień stylistyki (= *Archiwum tłumaczeń*, 2) (Warsaw, 1937). Selections from Leo Spitzer, Karl Vossler and Viktor Vinogradov. Introduction by Zygmunt Łempicki.

《文体学问题》,又载于《档案翻译》,第2辑(华沙,1937)(选自列昂·斯皮泽、卡尔·浮士勒和维克多·维诺库尔)。

II. 对形式主义运动的探讨

1. 俄国

Arvatov, Boris, "Jazyk poètičeskij i jazyk praktičeskij", *Pečat' i revoljucija*, VII (1923), 58–67.

鲍里斯·阿尔瓦托夫,"诗歌语言与日常生活语言",《出版与革命》,1923年第7期,第58–67页。

—— *Iskusstvo i proizvodstvo* (Moscow, 1926).

《艺术与生产》(莫斯科,1926)。

——"O formal'no-sociologičeskom metode", *Pečat' i revoljucija*, III (1927), 54–64.

"论形式-社会学方法",《出版与革命》,1927年第3期,第54–64页。

Breitburg, S., "Sdvig v formalizme", *Literatura i marksizm*, Vol. I (Moscow, 1929).

谢·布雷伯格,"形式主义中的变动",载《文学与马克思主义》,第1卷(莫斯科,1929)。

Buxarin, Nikolaj, "O formal'nom metode v iskusstve", *Krasnaja nov'*, III (1925).

尼古拉·布哈林,"论艺术中的形式主义",《红色处女地》,1925年第3期。

Efimov, N. I., "Formalizm v russkom literaturovedenii", *Naučnye Izvestija Smolenskogo Gosudarstvennogo Universiteta*, V (1929), p. III.

N. I. 叶费莫夫,"俄国文艺学中的形式主义",《斯摩棱斯克国立大学科学学报》,1929年第5期,第3页。

Engelhardt, Boris, *Formal'nyj metod v istorii literatury* (= *Voprosy poètiki*, XI) (Leningrad, 1927).

鲍里斯·恩格哈特,《文学史中的形式主义方法》,又载《诗学问题》,第6

辑(列宁格勒,1927)。

Foxt, U., "Problematika sovremennoj markistskoj literatury", *Pečat' i revoljucija*, 1927, No. 2.

U.福赫斯特,"当代马克思主义文献中的问题",《出版与革命》,1927年第2期。

Gel'fand, M., "Deklaracija carja Midasa ili čto slučilos's Viktorom Šklovskim," *Pečat' i revoljucija*, 1930, No. 2.

M.格勒凡德,"这是披头散发的梅杜萨还是这是在维克多·什克洛夫斯基身上发生的",《出版与革命》,1930年第2期。

Gorbačëv, G., "My eščë ne načinali drat'sja", *Zvezda*, 1930, No. 5.

G.戈尔巴乔夫,"我们的人暂时还没被触动",《星》,1930年第5期。

Gornfel'd, A. G., "Formalisty i ix protivniki", *Literaturnye zapiski*, 1922, No. 3.(Gornfel'd, A. G.

A.G.格尔费尔德,"形式主义者及其反对派",《文学札记》,1922年第3期。

Gukovskij, G., "Viktor Šklovskij kak istorik literatury", *Zvezda*, 1930, No. 1.

G.古科夫斯基,"论作为文学史家的维克多·什克洛夫斯基",《星》,1930年第1期。

Kogan, P. S., "O formal'nom metode", *Pečat' i revoljucija*, V (1924).

P.S.柯甘,"论形式主义方法",《出版与革命》,1924年第5期。

Lunačarskij, A. V., "Formalizm v iskusstvovedenii", *Pečat' i revoljucija*, V (1924).

A.V.卢那察尔斯基,"艺术学中的形式主义",《出版与革命》,1924年第5期。

Medvedev, Pavel, *Formal'nyj metod v literaturovedenii* (Leningrad, 1928).

巴维尔·梅德韦杰夫,《文艺学中的形式主义方法》(列宁格勒,1928)。

Mustangova. E., "Put' naibol'šego soprotivlenija", *Zvezda*, 1928. No. 3.

E.穆斯坦戈娃,"最大抵抗之路",《星》,1928年第3期。

Piksanov, N. K., "Novyj put' literaturnoj nauki", *Iskusstvo*, 1923, No. 1.

Poljanskij, V., "Po povodu B. Ejxenbauma", *Pečat' i revoljucia*, V (1924).(N.K.

N.K.皮克萨诺夫,"文学科学的一条新路",《艺术》,1923 年第 1 期;V. 波利扬斯基,"谈谈鲍·艾亨鲍姆",《出版与革命》,1924 年第 5 期。

Sakulin, Pavel, "Iz pervoistočnika", *Pečat' i revoljucia*, V (1924).

巴维尔·萨库林,"来自前列",《出版与革命》,1924 年第 5 期。

——"K voprosu o postroenii poètiki", *Iskusstvo*, 1923, No. 1.

"谈谈诗学建构问题",《艺术》,1923 年第 1 期。

Trockij, Lev, *Literatura i revoljucija* (Moscow, 1924) (cf. English translation: Trotsky, Leo, *Literature and Revolution*, New York, 1925).

列夫·托洛茨基,《文学与革命》(纽约,1925)。

Vinogradov, Ivan, *Bor' ba za sti'* (Leningrad, 1937), pp. 387-448.

伊万·维诺格拉多夫,《为风格而斗争》(列宁格勒,1937),第 387-448 页。

Voznesenskij, A. N., "Poiski ob'ekta (K voprosu ob otnošenii metoda sociologičeskogo k formal'nomu)", *Novyj mir*, 1926, No. 6, 116-28.

A.N.沃兹涅先斯基,"寻找客体(谈谈社会学方法与形式主义方法的关系问题)",《新世界》,1926 年第 6 期,第 116-128 页。

Zeitlin (Cejtlin), A., "Marksisty i formlll'nyj metod", Lef, III (1923).

A.采特林(齐特林),"马克思主义者与形式主义方法",《列夫》,1923 年第 3 期。

2. 非俄语的其他语种资料

Goufinkel, Nina, "Les nouvelles méthodes d'histoire littéraire en Russie", *Le Monde Slave*, VI (1929), 234-263).

尼娜·古芬克尔,"俄国文学史中的短篇小说",见《勒蒙特斯拉夫丛刊》,1929 年第 6 期,第 234-263 页。

Harkins, William E., "Slavic Formalist Theories in Literary Scholarship", *Word*, Vol. 7, No. 2 (August, 1951), 177-185.

威廉姆斯·叶·哈金斯:"文艺学中的斯拉夫形式主义理论",《语词》,第7卷第2期(1951年8月),第177-185页。

Kridl, Manfred, "Russian Formalism", *The American Bookman*, I (1944), 19-30.

曼弗瑞德·克里德尔,"俄国形式主义",《美国学者》,1944年第1期,第19-30页。

Rutten, M., "Dichtkunst en phonologie", *Revue Belge de Philologie et d'Histoire*, XXVIII (1950), No. 3-4.

M.鲁滕,"语音学诗学",《语文学史评论》,1950年,第28卷,第3-4期。

Tomaševskij, Boris, "La nouvelle école d'histoire littéraire en Russie", *Revue des études slaves*, VIII (1928), 226-240.

鲍里斯·托马舍夫斯基,"俄国文学史中的短篇小说",《斯拉夫研究评论》,1928年第8期,第226-240页)。

Voznesenskij, A. N., "Die Methodologie der russischen Literaturwissenschaft", *Zeitschrift für slavische Philologie*, IV (1927), 145-162, and V(1928),175-199.

A.N.沃兹涅先斯基,"俄国文艺学中的方法论",《斯拉夫语文学研究》,1927年第4期,第145-162页;1928年第5期,第175-199页。

——"Problems of Method in the Study of Literature in Russia", *Slavonic Review*, VI (1927), 168-177.

"俄国文学研究中的方法问题",《斯拉夫评论》,1927年第6期,第168-177页。

Žirmunskij, Viktor, "Formprobleme in der russische Literaturwissenschaft", *Zeitschrift für slavische Philologie*, I (1925), 117-152.

维克多·日尔蒙斯基,"俄国文学中的形式问题",《斯拉夫语文学研究》,1925年第1期,第117-152页。

Ⅲ. 背景资料

Abercrombie, Lascelles, *Poetry: Its Music and Meaning* (London, 1932).

拉塞尔斯·阿伯克龙比,《诗歌:音乐和意义》(伦敦,1932)。

Andreevskij, S., *Istoričeskie očerki* (St. Petersburg, 1902).

谢·安德烈耶夫斯基,《历史概述》(圣彼得堡,1902)。

Aristotle, 'Poetics,' cf. Criticism, ed. by Mark Schorer, Josephine Miles, Gordon McKenzie (New York, 1948), 199-217.

亚里士多德,《诗学》,参阅马克·肖勒、约瑟芬·迈尔斯主编之《批评》(纽约,1948),第199-217页。

Bal'mont, Konstantin, *Poèzija kak volšebstvo* (Moscow, 1915).

康斯坦丁·巴尔蒙特,《诗即魔法》(莫斯科,1915)。

Belyj, Andrej, *Simvolizm* (Moscow, 1910).

安德烈·别雷,《象征主义》(莫斯科,1910)。

—— *Lug zelënyj* (Moscow, 1910).

《绿草地》(莫斯科,1910)。

—— *Ritm kak dialektika i Mednyj vsadnik* (Moscow, 1929).

《作为一种方言的节奏和青铜骑士》(莫斯科,1929)。

—— *Masterstvo Gogolja* (Moscow, 1934).

《果戈理的技巧》(莫斯科,1934)。

Blok, Aleksandr, "O sovremennom položenii russkogo simvolizma", *Apollon*, 1910, No. 8.

亚力山大·勃洛克,"论当代俄国象征主义所处的现状",《阿波罗》,1910年第8期。

Brodskij, N., and L'vov-Rogačevskij, V., *Literaturnye manifesty* (Moscow, 1929).

尼·勃洛茨基与V.利沃夫-罗加切夫斯基,《文学宣言》(莫斯科,1929)。

Brojusov, Valerij, *Kratkij kurs nauki o stixe* (Moscow, 1919).

勃留索夫·瓦连里,《简明诗律学教程》(莫斯科,1919)。

——"Ob odnom voprose ritma", *Apollon*, 1910, Nr.11.

"论一个和节奏有关的问题",《阿波罗》,1910年第11期。

——"Orifme", *Pečat' i revoljucija*, 1 (1924)

《论节奏》,见《出版与革命》,1924 年第 1 期。

——*Osnovy stixovedenija* (Moscow, 1924).

《诗律学导论》(莫斯科,1924)。

Brooks, Cleanth, *The Well Wrought Urn* (New York, 1947).

克林思·布鲁克斯,《希腊古瓮颂》(纽约,1947)。

Brooks, Cleanth, and Robert Penn Warren, *Understanding Poetry* (New York, 1938).

克林思·布鲁克斯、罗伯特·彭·沃伦,《理解诗歌》(纽约,1938)。

Burljuk, David, *Galdjaščie Benoit i novoe russkoe nacional' noe iskusstvo* (Petersburg, 1913).

大卫·布尔柳克,《值得骄傲的新俄罗斯民族艺术》(彼得堡,1913)。

Cassirer, Ernst, *An Essay on Man* (Yale University Press, 1944).

恩斯特·卡西尔,《人论》(耶鲁大学出版社,1944)。

——*Die Philosophie der symbolischen Formen* (Berlin, 1923 - 29).

《符号形式哲学》(柏林,1923 - 29)。

——*Language and Myth* (New York and London, 1946).

《语言与神话》(纽约、伦敦,1946)。

——"Structuralism in Modem Linguistics", *Word*, Vol. 1, No. 2 (1945), 99 - 120.

"语言模式中的结构主义",《语词》,第 1 卷第 2 期(1945),第 99 - 120 页。

Cocteau, Jean, "Le Secret Professionel", *Le Rappel à l'Ordre* (Paris, 1926).

让·谷克多,"秘密职业",《回归秩序》(巴黎,1926)。

Coleridge, Samuel Taylor, "Occasion of the Lyrical Ballads", cf. *Criticism*, (New York, 1948), 249 - 257.

萨缪尔·泰勒·柯勒律治,"抒情歌谣序",参见《批评》(纽约,1948)。

Eastman, Mac, *Artists in Uniform* (New York, 1934).

马克斯·伊斯门,《穿制服的艺术家们:文学与官僚主义的研究》(纽约,1934)。

—— *Art and the Life of Action* (London, 1935).
《艺术与行为生活》(伦敦,1935)。

Eliot, T. S., *Selected Essays* (New York, 1932).
T.S.艾略特,《论文选》(纽约,1932)。

—— *The Use of Poetry and the Use of Criticism* (Cambridge, Mass., 1933).
《诗歌的用途与批评的用途》(牛津,麻省,1933)。

Elton, William, *Glossary of the New Criticism* (Chicago, 1948).
威廉姆斯·埃尔顿,《新批评术语词典》(芝加哥,1948)。

Empson, William, *Seven Types of Ambiguity* (London, 1930).
威廉·叶普逊,《含混的七种类型》(伦敦,1930)。

Engelhardt, Boris, *Aleksandr Nikolaevič Veselovskij* (Petrograd, 1924).
鲍里斯·恩格哈特,《亚力山大·尼古拉耶维奇·维谢洛夫斯基》(彼得格勒,1924)。

Evlaxov, A., *Vvedenie v filosofiju xudožestvennogo tvorčestva* (Warsaw, 1910-12).
A.叶甫拉霍夫,《艺术创作哲学导论》(华沙,1910-12)。

Farrell, James T., *Literature and Morality* (New York, 1947).
法雷尔·T.詹姆斯,《文学与道德》(纽约,1947)。

Fedin, Konstantin, *Gor'kij sredi nas* (Moscow, 1943).
康斯坦丁·费定,《高尔基在我们中间》(莫斯科,1943)。

Friče, V. M., *Novejšaja evropejskaja literatura* (Moscow, 1919).
V.M.弗里契,《最新欧洲文学》(莫斯科,1919)。

Geršenzon, Mixail, *Mudrost' Puškina* (Moscow, 1919).
米哈伊尔·格尔申宗,《普希金的智慧》(莫斯科,1919)。

—— "Videnie poèta", *Mysl' islovo*, Moscow, II (1918), 76-84.
"诗人所见",《思维和语言》(莫斯科,1918年第2期),第76-84页。

Hanslick, Eduard, *Vom Musikalisch-Schönen* (Leipzig, 1885) (English translation: *The Beautiful in Music*, London and New York, 1941).
爱德华·汉斯立克,《论音乐中的流派》(莱比锡,1885),英译本名为《音乐中的美》(伦敦和纽约,1941)。

Hildebrandt, Adolf, *Das Problem der Form in der bildenden Kunst* (Strassburg, 1893).

阿道夫·希尔德布兰德,《教育研究中的形式问题》(斯特拉斯堡,1893)。

Husserl, Edmund, *Logische Untersuchungen*, 2 vols. (Halle, 1913).

爱德蒙德·胡塞尔,《逻辑研究》,第 2 卷(哈勒,1913)。

Ivanov, Vjačeslav, *Borozdy i meži* (Moscow, 1916).

维亚切斯拉夫·伊万诺夫,《犁沟与田界》(莫斯科,1916)。

Jakobson, Roman, *Remarques sur l'évolution phonologique du russe comparée à celle des autres langues slaves* (= *Travaux du Cercle Linguistique de Prague*, II) (1929).

罗曼·雅各布逊,《斯拉夫语言中俄语与捷克语诗歌中的语音演化问题评述(布拉格语言学小组译丛)》第 2 卷,1929。

——*K xarakteristike evrazijskogo jazykovogo sojuza* (Paris, 1931).

《欧亚语言概述》(巴黎,1931)。

Kaun, Alexander, *Soviet Poets and Poetry* (Berkeley and Los Angeles, 1943).

亚力山大·考恩,《苏联诗人与诗歌》(伯克利与洛杉矶,1943)。

Kazin, Alfred, *On Native Grounds* (New York, 1942).

艾尔弗雷德·卡津,《论本土的根基》(纽约,1942)。

Koehler, Wolfgang, *Gestaltpsychology* (New York, 1929).

沃尔夫冈·科勒,《格式塔心理学》(纽约,1929)。

Korš, Fëdor, "Plan issledovanija o stixosloženii Puškina i slovarja Puškinskix rifm", *Puškin i ego sovremenniki*, III (1905), 111-134.

费多尔·柯尔兹,"普希金作诗法和普希金韵律辞典的研究大纲",《普希金和他的同时代人》,1905 年第 3 期,第 111-134 页。

——*Slovo o polku Igoreve* (Petersburg, 1909).

《伊格尔远征记》(彼得堡,1909)。

Kručënyx, A., *Troe* (Moscow, 1914).

A. 克鲁乔内赫,《三人》(莫斯科,1914)。

Langer, Susanne K., *Philosophy in a New Key* (Cambridge, Mass., 1942).

苏珊娜·K.兰格,《哲学新解》(剑桥,麻省,1942)。

Lanz, Henry, *The Physical Basis of Rime* (Stanford University Press, 1931).

亨利·兰兹,《韵律的心理原理》(斯坦福大学出版社,1931)。

Levin, Harry, "Notes on Convention", *Perspectives of Criticism*, ed. by H. Levin (Harvard University Press, 1950).

哈利·列文,"经典题解",见 H.列文主编之:《批评的前景》(哈佛大学出版社,1950)。

Literary Scholarship, *Its Aims and Methods*, ed. by Norman Foerster (University of Northern Carolina Press, 1941).

诺曼·福斯特主编:《文学研究的目标与方法》(北卡罗莱纳大学出版社,1941)。

Majakovskij, Vladimir, "Kak delat' stixi", *Sobranie sočinenij*, V (Moscow, 1928-1933), 381-428.

弗拉基米尔·马雅可夫斯基,"怎样写诗",《著作全集》第5卷(莫斯科,1928-1933),第381-428页。

V. Majakovskij. *Materialy i issledovanija* (Moscow, 1940). Symposium on the tenth anniversary of Majakovskij's death; see especially the paper by V. Xardžiev on Majakovskij and painting.

弗·马雅可夫斯基,《资料与研究(马雅可夫斯基逝世10周年纪念研讨会文集》,参阅弗·哈尔齐耶夫《论马雅可夫斯基及其绘画》一文,(莫斯科,1940)。

Marty, Anton, *Psyche und Sprachstruktur*, Nachgelassene Schriften (Bern, 1940).

安东·马蒂,《心理与语言结构,死后遗留的正式文本》(伯恩,1940)

Merežkovskij, D. S., *Tolstoj and Dostoevskij* (Petersburg, 1914).

D.S 梅列日柯夫斯基,《托尔斯泰与陀思妥耶夫斯基》(彼得堡,1914)。

Mirsky, D. S., *Contemporary Russian Literature* (New York, 1926).

D.S.米尔斯基,《当代俄国文学》(纽约,1926)。

Ogden, R., and Richards, J. A., *The Meaning of Meaning* (New York,

1936).

R.奥格登、J.A.理查兹,《意义的意义》(纽约,1936)。

Ortega y Gasset, José, *The Dehumanization of Art and Notes on the Novel* (Princeton University Press, 1948).

乔斯·奥尔特加·加西特,《艺术的非人文化及小说注解》(普林斯顿大学出版社,1948)。

Ovsjaniko-Kulikovskij, D., *Istorija russkoj intelligencii* (Moscow, 1908).

D.奥夫相尼科-库里科夫斯基,《俄国知识分子史》(莫斯科,1908)。

——*Istorija russkoj literatury 19 - go veka* (Moscow, 1908), 5 vols.

《19世纪俄国文学史》(莫斯科,1908),第5卷。

Pepper, Stephen C., *The Basis of Criticism in the Arts* (Cambridge, Mass., 1945).

斯蒂芬·C.佩帕,《艺术批评原理》(剑桥,麻省,1945)。

Pereverzev, F., *Tvorčestvo Gogolja* (Leningrad, 1926).

F.佩列维尔泽夫,《论果戈理的创作》(列宁格勒,1926)。

Peretc, V. N., *Iz lekcij po metodologii istorii russkoj literatury* (Kiev, 1914).

V.N.佩列茨,《俄国文学史方法论讲义》(基辅,1914)。

Plexanov, Georgij, "Pis'ma bez adresa", *Sočinenija*, XIV (Moscow, 1923-27.)

格奥尔基·普列汉诺夫,《没有地址的信》,《国际》第14卷(莫斯科,1923-27)。

Plekhanov, George, *Art and Society* (New York, 1937).

格奥尔基·普列汉诺夫,《艺术与社会》(纽约,1937)。

Potebnja, Aleksandr, *Iz lekcij po teorii slovesnosti* (Xar'kov, 1894).

亚力山大·波捷勃尼亚,《语言理论讲义》(哈尔科夫,1894)。

——*Iz zapisok po teorii slovesnosti* (Xar'kov, 1905).

《语言学理论札记》(哈尔科夫,1905)。

——*O nekotoryx simvolax v slavjanskoj poèzii* (Xar'kov, 1860).

《论斯拉夫诗歌中的若干象征符号》(哈尔科夫,1860)。

——*Jazyk i mysl'*, 1st ed. (Xar'kov, 1862); 3er ed. (Xar'kov, 1926).

《语言与思维》,第 1 版(哈尔科夫,1862);第 3 版(哈尔科夫,1926)。

Puškin i ego sovremenniki (series of studies in the Puškin age) (St Petersburg-Petrograd- Leningrad, 1903 – 1930).

《普希金和他的同时代人(普希金时代系列研究丛书)》(圣彼得堡－彼得格勒－列宁格勒,1903 – 1930)。

Pypin, A. N., *Istorija russkoj literatury* (St. Petersburg, 1913).

A.N.佩平,《俄国文学史》(圣彼得堡,1913)。

Ransom, John Crowe, *The New Criticism* (Norfolk, Conn., 1941).

约翰·克罗·兰瑟姆,《新批评》(诺福克,柯恩,1941)。

—— *The World's Body* (New York, 1938).

《世界的身体》(纽约,1938)。

Read, Herbert, "Surrealism and the Romantic Principle", *Criticism* (New York, 1948).

赫尔伯特·里德,"超现实主义与浪漫主义原则",《批评》(纽约,1948)。

Reavey, George, *Soviet Literature To-Day* (London, 1946).

乔治·雷维,《今天的苏联文学》(伦敦,1946)。

Richards, I. A., *Practical Criticism* (London, 1929).

I.A.理查兹,《实用批评》(伦敦,1929)。

—— *Principles of Literary Criticism* (London 1924).

《文学批评原理》(伦敦,1924)。

Sakulin, Pavel, *Sociologičeskij metod v literaturovedenii* (Leningrad, 1925).

巴维尔·萨库林,《文艺学中的社会学方法》(列宁格勒,1925)。

Sapir, E., *Language* (New York, 1921).

E.萨皮尔,《语言学》(纽约,1921)。

Saran, Franz, *Deutsche Verslehre* (Munich, 1907).

弗兰兹·萨兰,《德语诗律学》(慕尼黑,1907)。

Saussure, de, Ferdinand, *Cours de linguistique générale* (Lausanne, 1916).

费尔迪南·德·索绪尔,《普通语言学教程》(洛桑,1916)。

Sievers, Wlihelm, *Rhythmisch-melodische Studien* (Heidelberg, 1912).

威廉·西弗斯,《节奏韵律研究》(海德堡,1912)。

Simmons, Ernest J., *Leo Tolstoy* (Boston, Mass., 1946).

欧内斯特·J.西蒙斯,《列夫·托尔斯泰》(波斯顿,麻省,1946)。

Špet, Gustav, *Ėstetičeskie fragmenty*, 2 vols. (Petrograd, 1922).

古斯塔夫·施佩特,《美学片段》,第2卷(彼得格勒,1922)。

—— *Vnutrennjaja forma slova* (Moscow, 1927).

《语词的内在形式》(莫斯科,1927)。

Spitzer, Leo, *Linguistics and Literary History; Essays in Stylistics* (Princeton, 1948).

列昂·施皮策尔,《语言学与文学史·文体学论文选》(普林斯顿,1948)。

Straxov, N., *Zametki o Puškin i drugix poètax* (Kiev, 1897).

N.斯特拉霍夫,《关于普希金及其他诗人的札记》(基辅,1897)。

Struve, Gleb, *Soviet Russian Literature* (University of Oklahoma Press, Norman, 1951).

格列勃·斯特卢威,《苏维埃俄罗斯文学》(俄克拉荷马大学出版社)。

Timofeev, L., *Teorija literatury* (Moscow, 1945).

列·季莫菲耶夫,《文学理论》(莫斯科,1945)。

Trilling, Lionel, *The Liberal Imagination* (New York, 1950).

列昂内尔·特里林,《释放性想象》(纽约,1950)。

Trobetzkoy, N. S., *Principes de phonologie* (Paris, 1949).

N.S.特鲁别茨科依,《语音学导论》(巴黎,1949)。

Tynjanov, Jurij, *Kjuxlja* (Leningrad, 1925).

尤里·迪尼亚诺夫,《丘赫里亚》(列宁格勒,1925)。

—— *Puškin* (Leningrad, 1936).

《普希金》(列宁格勒,1936)。

—— *Smert' Vazir-Muxtara* (Leningrad, 1927).

《瓦济尔·穆赫塔尔之死》(列宁格勒,1927)。

Verrier, Paul, *Essai sur les principes de la métrique anglaise*, 3 vols. (Paris, 1909)

保罗·维里耶尔:《论寻找适合诗律的原则》第3卷(巴黎,1909)。

Veselovskij, Aleksandr, *Istoričeskaja poètika* (Leningrad, 1940) (with an introduction by V. Žirmunskij).

亚力山大·维谢洛夫斯基,《历史诗学》(列宁格勒,1940)(由维·日尔蒙斯基作序)。

——*Izbrannye stat'i* (Leningrad, 1939).

《论文选》(列宁格勒,1939)。

Vossler, Karl, *Frankreichs Kultur im Spiegel seiner Sprachentwicklung* (Heidelberg, 1913).

卡尔·浮士勒,《儿童语言习得中的法兰克文化》(海德堡,1913)。

——*Gesammelte Aufsätze zur Sprachphilosophie* (Munich, 1923).

《关于言语交际行为的一篇短文》(慕尼黑,1923)。

——*Positivismus und Idealismus in der Sprachwissenschaft* (Heidelberg, 1904).

《言语交际中的实证方面和理想方面》(海德堡,1904)。

Walzel, Oscar, *Gehalt und Gestalt im Kunstwerk des Dichters* (Berlin, 1923).

奥斯卡·沃尔泽,《作家作品中的内涵和格式塔》(柏林,1923)。

——*Wechselseitige Erhellung der Künste* (Berlin, 1917).

《艺术的相互阐释》(柏林,1917)。

Warren, Austin, "Literary Criticism", *Literary Scholarship, Its Aims and Methods*, see above.

奥斯丁·沃伦,"文学批评",《文学研究的目标与方法》(参见上文)。

Wellek, René, "Literary History", *Literary Scholarship* ..., see above.

勒内·韦勒克,"文学史",《文学研究》(参见上文)。

——"The Revolt against Positivism in Recent European Literary Scholarship", *Twentieth Century English* (New York, 1963), 67-89.

"当代欧洲文艺学中的反实证主义思潮",《20世纪英语》(纽约,1963),第67—89页。

——"The Theory of Literary History", *Travaux du Cercle Linguistique de Prague*, VI (1936), 173-191.

《文学史理论》,捷克布拉格语言学小组丛刊,1936 年第 6 期,第 173 - 191 页。

Wellek, René and Austin Warren, *Theory of Literature* (New York, 1949).

勒内·韦勒克、沃伦·奥斯丁,《文学理论》(纽约,1949)。

Wimsatt, W. K. Jr., "Verbal Style: Logical and Counterlogical", *Publications of the Modern Language Association of America*, LXV, Nov. 2 (1950), 5-20.

W. K. Jr. 维姆萨特,"语言风格:逻辑与反逻辑",美国现代语言学协会丛刊,第 35 辑,1950 年第 2 卷,第 5-20 页。

Wölfflin, Heinrich, *Kunstgeschichtliche Grundbegriffe*, 5th ed. (Munich, 1921).

亨利希·伍夫林,《美术艺术品史》,第 5 版(慕尼黑,1921)。

—— *Renaissance und Barock*, Munich, 1888.

《文艺复兴与巴洛克》(慕尼黑,1888)。

Worringer, Wilhelm, *Formprobleme der Gotik* (Munich, 1911).

威廉·沃林格,《哥特艺术的形式问题》(慕尼黑,1911)。

Xlebnikov, Velemir, *Sobranie proizvedenij* (Leningrad, 1923).

维列米尔·赫列勃尼科夫,《作品全集》(列宁格勒,1923)。

Zieliński, Tadeusz, "Ritm xudožestvennoj reči i ego psixologičeskie osnovanija", *Vestnik psixologii, kriminal' noj antropologii i gipnotizma*. 1906, Nos. II, IV.

塔德乌什·泽林斯基,"艺术言语的节奏及其心理学基础",《心理学学报》,1906 年第 2、4 期。

—— "Die Behandlung der gleichzeitigen Ereignisse im antiken Epos", *Philologus*, Supplementband 8 (1899-1900).

"古代叙事诗中如何对待同时发生的事件",《语文学增补本》(1899-1900),第 8 期(1899-1900)。

索 引

本索引包括注释,但不包括参考文献。

索引中的页码为原书页码,即本书边码。

Abercrombie, Lascelles 拉塞尔斯·阿伯克龙比 37

Acmeism 阿克梅主义,阿克梅派 41-42,67,72,256,265

Adamczewski, Stanislaw 斯坦尼斯拉夫·亚当姆斯泽斯基 164

Agitka 煽动者 125

Akakij Akakievič in Gogol's "The Overcoat" 果戈理《外套》中的主人公阿卡基·阿卡基耶维奇 238

Alliteration 头韵法 43,47,74,75,182,212,215,220,234,243

Ambiguity 含混 161,185,197,201,209,229,275

Andreevskij, Sergej 谢尔盖·安德烈耶维奇 31

Antokol'skij, Pavel 巴维尔·安东克尔斯基 147

Aristotle, Aristotelian 亚里士多德,亚里士多德式的 24n,25,173,174,175,179,189,242,243

Arvatov, Boris 鲍里斯·阿尔瓦托夫 111-114,117

Avant-garde 先锋派 50,148,180,252

Axmatova, Anna 安娜·阿赫玛托娃 41,66,88,92,141,144,145,147,195,223,233,234,271

Bagrickij, Eduard 埃塔德·巴格里茨基 147

Bakoš, Mikuláš 米库拉斯·巴科斯 162,173 注,181 注,183 注,198 注

Bally, Charles 查尔斯·巴利 160

Bal'mont, Konstantin 康斯坦丁·巴尔蒙特 33,36 注,72

Baluxatyi, S. 谢·巴鲁哈特 35,43,262

索 引

Baudelaire, Charles 查尔斯·波德莱尔 35,43,262

Baudouin de Courtenay, Jan 让·博杜恩·德·库尔特内 60,62, 66,73,96

Behaviorism 行为主义 277

Belinskij, Vissarion 维萨里昂·别林斯基 20,142,265

Belyj, Andrej 安德烈·别雷 34注,36-40,42,43,47,50,52注, 72,84,214,215,238,271n

Bem, Alfred 阿尔弗雷德·本 201n

Benediktov, Vladimir 弗拉基米尔·别涅迪克托夫 264

Benfey, Theodor 西奥多·本菲 102

Benois, Aleksandr 亚力山大·别诺伊 44注

Berdjaev, Nikokaj 尼古拉·别尔嘉耶夫 52

Bernstein (Bernštejn), S., I. S. I.伯恩斯坦 66,96注

Bezuxov, Pierre (in War and Peace)《战争与和平》中的皮埃尔·别祖霍夫 244

Biographism 传记主义 54,71, 130,164,201

Blackmur R. P. R. P. 布莱克默 275

Blok, Aleksandr 亚力山大·勃洛克 33,34,35n,37,42,88,225, 260

Bloomfield, Leonard 莱昂纳德·布鲁姆菲尔德 218

Bobrov, Sergej 谢尔盖·波波洛夫 64

Bogatyr' 博加特尔 205

Bogatyrëv, Pëtr 彼得·博加特廖夫 56n,64,94,157,204

Bogdanov, A. A. A.A.波格丹诺夫 82

Bohemianism, Bohemian 放荡不羁的生活方式,波希米亚作风 195注,204,275,279

Bohr, Niels 尼尔斯·波尔 148

Bolkonskij, Andrej (in War and Peace) 安德烈·保尔康斯基 244

Bolkonskij father 老保尔康斯基 245

Bolkonskij, Princess 保尔康斯基公爵小姐 124

Bolshevik (Party) 布尔什维克(党) 79,107,147,148

Borowy, Wacław 瓦拉·博罗威 164

Brambeus-Senkovskij 勃拉姆比斯—申科夫斯基 151注

Breitburg, S. S. 布雷伯格 128-129

Brik, Lili 丽吉娅·勃里克 68,69

Brik, Osip 奥西普·勃里克 30 注,54 注,64,68－69,70,71,73,74,79,81,89,145,214,220－221,253,261

Brjusov, Valerij 瓦列里·勃留索夫 33,36 注,37,38,40－41,48 注,72,84,144 注,262 注,271 注

Brodskij, N. L. N. L. 勃洛茨基 42 注,82 注

Brooks, Cleanth 克林思·布鲁克斯 230 注,241,272,273,274,275

Bröndal, Viggo 布朗代尔·雨果 160

Brunetiète, Ferdinand 菲尔德南德·布鲁内特 267

Budzyk, Kazimierz 卡济米尔兹·布济克 166

Burljuk, David 大卫·布尔柳克 42,44,46 注

Burns, Robert 罗伯特·彭斯 221

Buslaev, Fëdor 费多尔·布斯拉耶夫 53

Buslaev（member of the Moscow Linguistic Circle）布斯拉耶夫（莫斯科语言学小组成员） 64

Butcher, S. H. S. H. 布彻 179 注

Buxarin, Nikolaj 尼古拉·布哈林 104－105,106 注,146

Byliny 贝里尼 111 注,204－205

Byron, George 乔治·拜伦 20 注,91,195 注,261 注,267,268

Byronism, Byronic 拜伦主义,拜伦式的 195,202－203,236,267,268

Carlyle, Thomas 托马斯·卡莱尔 243

Cassirer, Ernst 恩斯特·卡西尔 44 注,96 注,158,160,277

Catherine II 叶卡捷琳娜二世 265

Cervantes, Miguel 米格尔·塞万提斯 196－197,245

Christiansen, Broder 布洛德·克里斯蒂安森 58 注,178 注,199,200,250,283

Chrzanowski, Ignacy 伊格南西·克尔扎诺夫斯基 164 注

Classicism, Classicist 古典主义,古典主义者 91 注,231,255,261－262,265

Cocteau, Jean 让·谷克多 180,272

Coleridge, Samuel Taylor 萨缪尔·泰勒·柯勒律治 173,179

Communist（Party, the）共产（党） 82,100,104,151

Conan Doyle, A. 柯南·A. 道尔 245

Condillac 孔狄亚克 266

Constructivists 构成主义者 82,

83,278

Convention 惯例 （艺术的）常规 ～,是形式主义批评的一个命题 190,200；～手法的暴露 190, 192；～辩护 194；～对现实的变形 206；叙事～ 241,242-243, 247-248

Croce, Benedetto 本涅德托·克罗齐 24注,166

Cubism 立体主义 46注,278

Cubo-Futurism 立体-未来派 46,46注,65

Čajkovskij, Pëtr 彼得·柴可夫斯基 147

Čexov, Anton 安东·契诃夫 229,241,244,260

Černyševskij, Nikolaj 尼古拉·车尔尼雪夫斯基 130,142

Čiževskij (Čyževskyj), Dmitrij (Dmytro), 齐热夫斯基(西列夫斯基),德米特里(德米特罗) 156, 161,162,163,203注

Čukovskij, Kornej 科尔涅伊·丘科夫斯基 151注,271n

Čužak, N. N.古扎克, 66注

Dadaism 达达主义 278

Dante 但丁 197

De Groot, A. W. A. W.德·格鲁特, 273

Deržavin, Gavril 加夫里尔·德尔扎文, 261,265,266

Dessoir, Max 马克斯·德索伊尔, 166

Determinism 决定论 22,51,125, 149注,253

Device (priëm) 手法 ～的暴露 63,77注,190,192,193,227,248； ～的实现 75；艺术即～ 75, 97,112,255；～是文艺学唯一合法的研究对象 76-77,97,118-119,279；～的铺垫,动机的铺陈 77,194-197,207,241,249；文学作品是～的总和 90,190,199, 251；～功能（在审美系统中的）90-91,251-252,258-259；材料与～ 188-190,240

Dewey, John 约翰·杜威 104n

Dialectical re. historical materialism 辩证与历史唯物主义 82-83,99,103,109,115-116,128-129

Dickens, Charles 查尔斯·狄更斯 246注

Differenzqualität 差异特征 178n,200,234,252,283

Dilthey, Wilhelm 威廉·狄尔泰 96,255

Disautomatization vs. automatism (of perception) 接受的解自动化与自动化 76,167,177,178,

214-215,252,255

Dobroljubov, N. A. N. A. 杜勃罗留波夫 21,142

Dol'nik (purely accentual type of verse) 多利尼克(一种纯重音诗体) 37

Dominanta (dominant quality in a literary work)(文学作品中的)主导要素 199,212,215,233,277,284

Don Quixote 堂·吉诃德 191 注,196-197

Doronin 多罗宁 145

Dostoevskij, Fëdor 费多尔·陀思妥耶夫斯基 42,48,52,92-93,140,142,208,237,238,246,258,260,262,264,266

Dumas, Alekcandre 亚力山大·仲马 153

Eastman, Max 马克斯·伊斯门 179 注

Edgerton, William 威廉·埃杰顿 152 注

Efimov, N. I. N. I. 叶菲莫夫 85 注,183,253,286-287,

"Ego-Futurism" 自我-未来派 46 注

Eichenwald (Ajxenval'd), Jurij 尤里·艾亨瓦尔德 53

Ejxenbaum (Eichenbaum), Boris 鲍里斯·艾亨鲍姆 57 注,66-67,70,71,72 注,77-78,81 注,85,88 注,89,90,91,92,95-96,98,103,105,106,107-109,112,125-128,129-131,132-133,134,140,141,142-143,145,148-149,158,167,171,172,185,190,191 注,192,193,195,196,198,201,201,207,217,2222-223,224,225,233-234,235,238,239,240,246,247,248,254,256,258,259,260 注,261,264 注,265 注,266-267,268,270,271,273,280,281

Eliot, Thomas Stearns 托马斯·斯特恩斯·艾略特,179 注,203,253,272,274,275

Elton, William 威廉·埃尔顿 275

Emotive (theory of poetry) 移情的 (诗歌理论) 182-183,209

Empiricism 经验主义 48,197,247,276,280

Empson, William 威廉·燕卜逊 185n,228,229,240,272

Encyclopédistes 百科全书派 266

Engelhardt (Engel'gart), Boris 鲍里斯·恩格尔哈德(恩格哈特) 28 注,85,186,255

Engels, Friedrich 弗里德里希·恩

格斯 138,254

Enjambement(诗中)的跨行连续 222

Epistemology(哲)认识论 277

Escapism (Formalist)(形式主义者的)逃避现实 57注,79,106

Esthetic response or experience, nature of 审美反应或审美体验,……的性质 210,282-283

Ethnographism 人种志(学)研究者 204,239-240

Evaluation 评价 268-269,275-276,279-282

Evlaxov, A. A.叶甫拉霍夫 56

Explication des texts 文本分析 58-59,274

Fable (fabula)本事(法布拉) 240-242

Fairy tale 童话 ～的结构,249-250

Farrell, James 詹姆斯·法雷尔 124

Factography (literature fakta)媒体事实(文学事实) 120-121,149

Fedin, Konstantin 康斯坦丁·费定 150注,152

Fet, Afanasij 阿法纳西·费特 223

Fiction, fictionality (as an earmark of imaginative literature)虚构作品,虚构性(作为想象类文学的一个标志) 173,208,210

Fin-de-siècle 世纪之末 34,163

Flanbert, Gustave 古斯塔夫·弗兰伯特 238

Folklore, the study of 民间传说,民俗学 ～研究 204-206,249-250

Folktale 民间故事 204,213注

"Form" vs. "content" dichotomy "形式"与"内容"的二分法 31,35,44-45,186-188,197,210-211,254

"Form", large and small (in prose fiction) "形式",大型和小型(指在虚构类散文中) 247,265

Forš, Olga 奥尔伽·福尔斯 151注

Fortunatov, F. F.福尔图纳托夫 32注,61

Foxt, U. U. 福赫斯特 92,110注,113注,114

France, Anatole 阿纳托利·法郎士 53

Freiburg School 弗莱堡学派 51

Friče, Vladimir 弗拉基米尔·弗里契 55,83,103注,110,114注,120,145

Functional method in linguistics 语言学中的功能方法 60-61,65,

157,204,235

Futurism 未来派（主义） 42-50,58,65-66,67,72,73,74注,78,82,88,111,112,121,127,133,148,184,193,195,354,256,259,265,273-274,278

Gastev, Aleksej 阿列克谢·加斯切夫 83

Gautier, Theophile 特奥菲尔·戈蒂耶 41

Gel'fand, M. M.格尔凡德，137-138

Genetic Fallacy 起源谬误 31,90,211

Genetic method 起源方法 109,110-111,116-117,157,178,206,244

Genre 文体，体裁 122,123,125,149,235,244,246-247,253,262,268,221

Geršenzon, Mikhail 米哈伊尔·格尔申宗 52-53

Gestalt, concept of 格式塔，格式塔概念 159注,198；～诗歌理论 228；～心理学 277；～文学创作模式 277

Gestalt qualitat 格式塔特征 198,199,213,233,284

Gippius, Zinaida 季娜伊达·吉皮乌斯 37

Goethe, Johann W. 约翰·冯·歌德 35

Gogol', Nikolaj 尼古拉·果戈理 39,64,75,87,92,93,106,110,140,143,152,192,193,238,258,266

Goljadkin (in Dostoevskij's The Double) 高略德金（陀思妥耶夫斯基《双重人格》中人物）237

Gorbačëv, G. G.戈尔巴乔夫 115,136,138

Gor'kij, Maksim 马克西姆·高尔基 55,149

Gornfel'd, A. A.格尔费尔德 25注,82注

Gourfinkel, Nina 尼娜·古芬克尔 272-273

Grammont, Maurice 莫里斯·格拉蒙特 182

Griboedov, Aleksandr 亚力山大·格里鲍耶陀夫 263

Gric, T. T.格里茨 128

Grotesque, The 怪诞 91注,152-153,193,208,238

Gruber, P. K. P.K.格鲁伯尔 19注,54注

Gruzdëv, Il'ja 伊里亚·格鲁兹杰夫 103注,113-114,150-151

Gumilëv, Nikolaj 尼古拉·古米廖夫 41,47注,66,265

Gukovskij, G.G.古科夫斯基 85, 115,133,138

Gundolf, Friedrich 弗里德里希·贡多尔夫 52注

Hamlet 哈姆雷特 210,211,241

Harkins, William E.威廉·E.哈金斯 273

Havránek, B. B.哈夫拉奈克 156,161

Hanslick, Eduaed 爱德华·汉斯利克 59,242,274

Hayakawa, S.I. S.I.哈亚科瓦 148

Hegelian 黑格尔分子 24,161

Herbart, Johann F.约翰·F.赫尔巴特 23

Heresy of paraphrase (cf. C. Brooks)阐释谬误(参阅克·布鲁克斯) 241,275

Hildebrand, Adolf 阿道夫·希尔德布兰德 58,59

Historicism 历史主义 249,269, 281

Hoffmann, E.T.A E.T.A.霍夫曼 150注,152,246

Hopensztand, Dawid 大卫·霍朋斯坦德 167,169,208,238-239

Hrabák, Josef 约瑟夫·赫拉巴克 162

Humboldt, Wilhelm von 威廉·冯·洪堡 23

Husserl, Edmund, and Husserlian 埃德蒙德·胡塞尔,胡塞尔分子 61-62,65,85注,166,185

Iločas (Czech for "quantity") 数目(捷克语中表"数量"的词) 154注

Iločasovci (Czech proponents of quantitative meter) 捷克语中表述数量单位米的提出者 154

Imagery 意象 25-26,36,76,88, 162,174,176,183,187,206,225, 230-232

Imaginists 意象派 63,82,83

Impressionism (in literary criticism)印象主义(文学批评中的) 36,53,163,230,263,271注, 286

Inductive poetics 归纳诗学 29

Infection theory (Tolstoj's) 感染论(托尔斯泰的) 106

Ingarden, Roman 罗曼·英伽登 167,174注,180,199n,203,208

Innovation or novelty 创新或新奇 44-45,149,275,282

Integral approach to literature 研

究文学的整体方法 165-166,198,200

Intersubjective (meaning or object) 文本间性(意义或客体) 62,203

Interverbal pauses 诗行内部的停顿 40,144

Irony 反讽 162,197,243,248,275

Isačenko, A. V. A. V. 伊萨切科 162

Isochronism 同音长、等时性(指诗律中两个重音间音长相等) 185,213,214

Ivanov, Vjačeslav 维亚切斯拉夫·伊万诺夫 33注,34,35,41,43注,50,72

Ivanov, Vsevolod 弗谢沃洛德·伊万诺夫 150注

Ivanov-Rauzumnik 伊万诺夫-拉祖姆尼克 21

Jakobson, Roman 罗曼·雅各布逊 27注,41,44注,45,56注,64-65,69,70,72注,75,77,78-79,80,84,85注,89,93,94-95,99,100注,105,116,134-135,143,145,148,154-155,156,157,158,159,160,161,162,163,165,167,168,172注,175,177注,181-183,184,189,195,198-199,201-202,203,204注,205注,207-209,212,213,216-218,219-220,228-229,232-233,237,256-257,259,262,269-270,275,276,278,279,284,285

Jakubinskij, Lev 列夫·雅库宾斯基 66,68,70,73-74,79,182,235,237

James, Henry 亨利·詹姆斯 194,238

James, William 威廉·詹姆斯 182注

Jarxo, B. B.贾克索 55

Kamenev, Lev 列夫·卡缅涅夫 55

Kamenskij, Vasilij 瓦西里·卡缅斯基 45

Kant, Immanuel 伊曼纽尔·康德 165,166,210

Karamzin, Nikolaj 尼古拉·卡拉姆津 262-263

Karenina, Anna 安娜·卡列尼娜 244

Kaun, Alexander 亚力山大·考恩 46注

Kaverin, Venjamin 维列明·卡维林 138,150,151注,153

Kazin, Alfred 艾尔弗雷德·卡津 115-116

Kern, A. P. A.P.柯恩 202注

Kitty, in Anna Karenina 基蒂,《安娜·卡列尼娜》中的人物 244

Kleiner, Juljusz 朱利斯·克莱涅尔 164注

Köhler, Wolfgang 沃尔夫冈·科勒 277

Koestler, Arthur 阿瑟·凯斯特勒 276注

Koffka, K. K.卡夫卡 277

Kogan, P. S. P.S.柯甘 79,99-100,101注,105,107-108,114,117

Komarov, Matvej 马特维·科马罗夫 133注

Konrad, Hedwig 海德维格·康拉德 176注,206

Korš, Fedor 费多尔·柯尔兹 216

Král, J. J.克拉尔 154,155

Král Janko 杰科·克拉尔 202

Krasiński, Zygmunt 齐格蒙特·克拉辛斯基 164

Kridl, Manfred 曼弗里德·克里德尔 164-166,172注,173注,186,187,198注,203,273

Kručënyx, A. A.克鲁乔内赫 42,43,44-45,46注,49,50,63,66,74注,254

Krzyżanowski, Juljan 朱利安·克尔里亚诺夫斯基 164

Küchelbecker, William 威廉·库切贝克 263

Kulturgeschichtliche schule (in European literary scholarship) 文化史学派,或称历史文化学派(欧洲文艺学流派之一) 22,28,137,163

Kušner, B. B.库斯纳 68,70

Kutuzov (in War and Peace) 库图佐夫(《战争与和平》中的人物) 244

Labriola, Antonio 安东尼奥·拉勃里奥拉 138

Laforgue, Jules 朱尔斯·拉福格 33

Lang, Andrew 安德鲁·朗 102

Langer, Susanne 苏珊娜·朗格 277,278

Lanson, Gustave 古斯塔夫·兰松 59

Lanz, Henry 亨利·兰兹 273

Laplace, Pierre 皮尔里·拉普莱斯 109

Lesk, Emil 埃米尔·莱斯克 51

Lautréamont 劳特利蒙特 262

Lazarus 拉扎勒斯 62

Lef (Left Front or Levyj Front, a literary group) 列夫派(左翼战

线或左翼,一个文学团体) 48,65注,79,111-112,120-121,122注

Lelevič, G.　G.列列维奇　83,106注,145

Lenin, V.I., Leninist　弗·伊·列宁,列宁主义者　21,81,82

Lermontov, Mixail　米哈伊尔·莱蒙托夫　45,74,140,142,143,223,258,268,269,270,280,281,282

Lerner, N.O.　N.O.勒纳　54

Leskov, Nikolaj　尼古拉·列斯科夫　146注,152,238,

Levidov, M.M.　列维多夫　111

Levin in Anna Karenina　《安娜·卡列尼娜》中的列文　244

Levin, Harry　哈里·列文　207

Lewis, Cecil Day　塞西尔·戴·刘易斯　25注,173-174

Ležněv, A.　A.列兹涅夫　84注

"Literariness"　文学性　159,172及其以后,179,181,190,198,199,243,276,284

Literary evolution or change　文学的演变或变化　92,93注,199,200,252-260,265,277

Literary influences　文学影响力　267-268

Literary mores (literaturnyj byt)　文学的日常生活　125-129,130,131

Logical positivism　逻辑实证主义　158

Lomonosov, Mixail　米哈伊尔·罗蒙诺索夫　36,37,92,223,261,265

Lowes, John L.　约翰·L.洛斯　25,175

Lunačarskij, Anatolij　阿纳托利·卢那察尔斯基　55,66注,83,105-107,114,117,147

Lunc, Lev　列夫·伦茨　149注,150-153,242

L'vov-Rogačevskij, V.　V.利沃夫-罗加切夫斯基　42注,82注,100,107-108

Mácha, Karel Hynek　卡里尔·海内克·马哈　161-162,201-202,203注,229

Mahrholz, Werner　沃纳·玛尔霍兹　51注

Majakovskij, Vladimir　弗拉基米尔·马雅可夫斯基　42-43,45注,46-47,50,63,65-66,68,69,74注,79,81注,83,119,227,259,265,266,271,282

Making it strange (ostranenie)　使之陌生化　76,176-178,180,

190,195

Mallarmé, Stepha 斯蒂芬·马拉美 25,33-34,41,43

Mandelstam (Mandel'shtam), Osip 奥西普·曼德尔施塔姆 41,265

Marinetti, F. I. F.I.马里内蒂 43注,44

Marty, Anton 安东·马丁 189

Marx, Karl 卡尔·马克思 82,138

Marxism, Marxist (literary theory and criticism) 马克思主义,马克思主义者(文学理论与批评) 54-55, 83, 85注, 99, 100, 103, 104, 106, 108-111, 114-117, 118, 122, 125, 126, 128, 129,135,137,138,139,145,146, 163,168,178,207,278

Marxist-Leninist 马克思-列宁主义者 82, 98, 99-100, 104, 105, 115-117, 129, 138, 140, 145,154,274

Mathesius, Vilém 维莱姆·马太修斯 155-156,157

Maupassant, Guy de 居伊·德·莫泊桑 87,204,213,244

McKenzie, Gordon 戈登·麦肯齐 179注

Meaning (liberation of the word from) 意义(把语词从中释放出来) 45；(versus referent) (与所指相对) 184-185,240

Medvedev, Pavel 巴维尔·梅德韦杰夫 58,77-78,114-115,178

Mehring, Franz 弗兰兹·梅林 138

Menshevism 孟什维克主义 148

Merežkovskij, Dmitrij 德米特里·梅列日柯夫斯基 52,124,263注

Metaphor 隐喻 25,88,175-176,207,224,231-232,243

Meter, metrical 音步,韵律 37-39, 89, 162, 167, 207, 212, 214-215, 216, 217, 221, 222, 226, 228

Metonymy 换喻 206,207,231

Metrics 韵律学 41,89,93,154-155,167,216,219,239

Meyer, Theodor 西奥多·梅耶 58注,174

Meyerhold, Vsevolod 弗谢沃洛德·梅耶荷德 147

Mickiewicz, Adam 亚当·米基维茨 143,164

Miles, Josephine 约瑟芬·迈尔斯 180注

Miller, Vsevolod 弗谢沃洛德·米勒 53

Miltion, John 约翰·弥尔顿 221

Mirsky, D. S. D. S. 米尔斯基 124

Missing accents 失落的重音 38,216

Mixajlov in Anna Karenina 《安娜·卡列尼娜》里的米哈伊洛夫 180 注

Mixajlovskij, N. K. N. K. 米哈伊洛夫斯基 21

Modernis 现代主义 276,278; 艺术中的和批评中的 ~ 280

Morphological method 形态学方法 171,239,249,251

Moscow Linguistic Circle, The 莫斯科语言学小组 63-65,70,73,85~,94-96,154,156~,158

Motif, verbal 话语母题,233;~ 作为最基本的叙事单位 29,239-240,250;~ 作为一种文学母题 267-268

Mukařovský, Jan 让·穆卡洛夫斯基 156,157,159,160-163,203,209,218,226,228-229,256-257,279-280,281,284

Mustangova, E. E.穆斯坦葛娃 119~

Myth, myth-making 神话,神话的创造 26,202-203

Napoleon in War and Peace 《战争与和平》中的拿破仑 244

Nash, Ogden 奥格登·纳什 227

Nekrasov, Nikolaj 尼古拉·涅克拉索夫 33,258,260,270-271,282

Neo-Classicism, see Classicism 新古典主义,参阅古典主义 32,60

Neo-grammarian school (in linguistics) 新语法学派（语言学中的） 34,51,103,186

Neo-Kantianism 新康德主义 82

NEP (New Economic Policy) 新经济政策 230,253,273,274-275

New Criticism, New Critics 新批评,新批评 230,253,273,274-275

Nietzsche, Friedrich 弗里德里希·尼采 34

Nikitin, N. N. 尼基丁 128

Non-objective 无客体 ~ 诗歌,185;~ 诗歌艺术 194,276,282

Oedipus complex 俄狄浦斯情结 202

O. Henry 欧·亨利 248,249

Ogden, R. R.奥格登 34,182 注,283

Onegin, Evgenij 叶甫盖尼·奥涅金 201

Onguardists (Soviet literary group) 在岗位派（苏联文学团体） 83，112注，145

Onomatopeia 拟声词 182,224

Opojaz 奥波亚兹（诗歌语言研究会俄文简称） 63,66-69,70-71,73,74,76,78,81-82,84,85,87,90,92,94-98,99,100,101,103,104,105,107,108,109,111,112,114,117,118,119,125,128,130,132-134,135,136,139,140,144,145,146,151,156注,159,161,163,167,168,176,178注,180,186,192,212,214,220-221,224,230,234,239,240,247,248,251,252,253,254,255,261,263,265,266,268,269,271,272,276,278,279,283

Ortega y Gasset, José 乔斯·奥尔特加·加西特 244,278,282

Ovsjaniko-Kulikovskij, D. 奥夫相尼科-库里科夫斯基,D. 22,31

Oxymoron 矛盾形容法 117,195

Papkovskij 帕普科夫斯基 142

Parallelism 排比 同义反复的～ 75；韵律句法的～ 221-222,223；句法的～ 227；韵律的～ 231,243；对偶的～ 237；组合的～ 243

Parody 模仿 92-93,194,197,248,349,258-259

Pasternak, Boris 鲍里斯·帕斯捷尔纳克 147,206,207,231,179

Paul, Hermann 保罗·赫尔曼 22注

Pepper,S.C. S.C.佩帕 283-284

Perceptibility （oščutimost'）感受力 对诗歌语音的～ 74,167；对表现方式的～ 75-76,182-185,190,200；对事物结构或强度的～ 176-178；～对文学惯习的～ 194,199,252；～概念 284

Percov, V. V.佩尔索夫 117

Peretc, V.N. V.N.佩列茨 28,56

Pereverzev, V. V.佩列维尔泽夫 83,106,110,116,126,135

Petrovskij, M. M.彼得罗夫斯基 87

Phenomenology 现象学 62,166

Philological (cultural-historical) school in Polish literary scholarship "语文学派"（波兰文艺学中的文化-历史学派） 163-164,165

Phoneme 音位（学）；～观念（点） 158,220；～的潜在的表现力

182,223

Phonemic (prosody) 音位学(诗体学) 93,158,218,220,223; relevance of prosodie elements ～成分的相关性 154-155,158

Phrase melody (as a factor of verse rhythm) (作为诗歌节奏因素之一的)诗句旋律 89,175,216,222-223

Pisarev, Dmitrij 德米特里·皮萨列夫 21,22,71

Pisarevism (pisarevščina) 皮萨列夫主义,皮萨列夫习气 21

Piwiński, Leon 列夫·皮瓮斯基 164

Plexanov, Georgij 格奥尔基·普列汉诺夫 54-55,82,99,138,174,270

Plot (sjužet) 情节 ～观 239-43;迁移～ 102

Plot-construction or structure (sjužetosloženie) 情节-结构或情节布局 75,87,241-246,249-250

Plotkin, L. L.普鲁特金 78注

Poetic language 诗歌语言 ～的语义动态 161-162,226,228-229,284;与日常语言相对的～ 26,43,73-74,181-183;与感情言语相对的～ 182-183

Poležaev, Aleksandr 亚力山大·巴列扎耶夫 281

Polivanov, E.D. E.D.波里瓦诺夫 66,68,70,73,96注

Poljanskij, V. V.波利扬斯基 105,117

Positivism 实证主义 22,34,51,53,60,72,256,277;～ 171

Potebnja, Aleksandr 亚力山大·波捷勃尼亚 23-26,28,31,44注,60,76

Potebnjanism 波捷勃尼亚主义 23,76,80

Pound, Ezra 埃兹拉·庞德 185,232注

Prague Linguistic Circle, the 布拉格语言学小组 156-160,163,198,257

Pragmatism 实用主义 104注

Přízvučnici (Czech, exponents of accentual verse) (捷克重音诗体中的诸种成分) 154

PřízvuK (Czech for "accent") (捷克语中的)"重音" 154注

Prokof'ev, Sergei 谢尔盖·普罗科菲耶夫 147

Proletkult (literary group) 无产阶级文化派(文学团体) 82,83

Propp, V.I. V.I.普罗普 29注,204注,249-250,251

Prosody 诗体学 41,93,154-155,167,215-216,217,218,228

Proust, Marcel 马塞尔·普鲁斯特 208

Prus, Boleslaw 波尔斯劳·普拉斯 166注

Pseudo-reference 伪所指 185

Psychologism 心理学主义 62,190

Puškin, Aleksandr 亚力山大·普希金 19注,20,31,37,38,42,45,48,53,57,58,71,74,75,91,126,128,140,143,151注,175,194,195注,196,201,202注,209注,216-217,221,224,228,232,242,253,160,261-265,267-268,270,271,281

Putrament, Jerzy 杰尔齐·普特拉蒙特 166注

Pypin, A.M. A.M.佩平 21,22,53,56,163

Ransom, John Crowe 约翰·克罗·兰瑟姆 209,274,275

RAPP (Russian Association of Proletarian Writers) 拉普（全俄无产阶级作家联盟） 135

Raskol'nikov 拉斯科里尼科夫 246

Raznočincy 平民知识分子 20-21,122

Read Herbert 赫尔伯特·里德 174,179注

Realism, realistic 现实主义,现实主义的 122,123,143,152,166注,177,262,269

Reavey, George 乔治·雷维 19注

Reductive Fallacy 还原谬误 255,257,277

Relativism 相对主义 48-49,199-200,275,279-282

Retardation (epic) 延宕（叙事）75,245-246

Remizov, A. A.列米佐夫 152,238

Rhythm 节奏 36,38,39,40,89,155,162,167,183,～的定义37-38,23-215,284-285;～作为诗体组织的原则 213-214;散文中的～213;节律 37-38,214-215,216,228;句法与～221-223,228

Rhythmical impulse' 节律动机 216,217,220,222

Rhythmical signals 节奏信号 213,217,219

Rhythmical variations 节奏变化 37,214,217,222

Rhythmico-syntactical figures' 节奏-句法模式 89,221-222

Richards, Ivor Armstrong 艾弗·阿姆斯特朗·理查兹, 34, 174 注, 182n, 209, 210, 274, 283, 285

Riekert Heinrich 海因里希·里克特 51

Rime 里梅 40, 74, 209 – 210, 212, 214, 224, 226 – 227, 240

Rimskij-Korsakov, Nikolaj 尼古拉·里姆斯基－科尔萨科夫 147

Roman d'aventures 罗马冒险小说 149, 242

Romanticism, Romantic 浪漫主义, 浪漫的 91 注, 96, 143, 161, 164, 179, 195, 201, 207, 223, 231, 246, 255, 258, 261 – 262, 264, 266, 270, 282

Romm, Aleksandr 亚力山大·罗姆 281

Roosevelt, Theodore 罗斯福·西奥多 249

Rostov, Nikolaj in War and Peace 《战争与和平》中的尼古拉·罗斯托夫 244

Rozanov, V. V. 瓦·瓦·罗赞诺夫 34, 91 – 92, 93

Rutten, M. M. 鲁滕 273

Rypka, Jan 让·瑞普卡 156

Sakulin, P. N. 帕·尼·萨库林 55

Saran, Franz 弗兰兹·萨兰 217

Sausure, Ferdinand de 菲尔迪南·德·索绪尔 65, 96, 158, 251

Schallanalyse 德国诗体研究中的西耶沃尔学派 88

Schorer, Mark 马克·舍勒尔 25 注, 179 注, 185 注

Sechehaye, A. A. 西克海耶 160

Seemingly indirect speech (mowa pozornie zalezna) 似间接言语 239

Selbstbewegung 自我意识 207, 226

Self-valuable word' (samovitoe slovo) 价值自足语词 44 注, 73, 184

Semantic nests 语义巢 233 – 234

"Semantic shift", see "Making it strange" 语义的转移, 参阅"使之陌生化"

Semasiology or semiotics 语义学或符号学 61, 89, 157, 158, 159, 166, 181, 189, 203, 277, 282, 284

Sentimentalism 感伤主义 266

Serapion (hermit) 谢拉皮翁 (隐士) 151

Serapion Brotherhood, The 谢拉

皮翁兄弟 113,150-153
Severjanin, Igor 伊格尔·谢维里亚宁 46注
Shakespeare 莎士比亚 221
Siedlecki, Franciszek 弗兰西斯科·谢德列斯基 166-168,214-215
Sievers, Eduard 爱德华·西弗斯 88注,217-218
Sign 符号 ～和意义 159;～与所指 62,181,183,209,224,256,277;～的实现 183,185,210,284;文学或艺术作为一种～系统 189,190,199-200,203;～作为词汇语调 226
Simmons, Ernest, J. J.欧内斯特·西蒙斯 123注,205注
Sitwell, Edith 伊迪丝·西特威尔 185
Skabičevskij, A. M. A. M.斯卡比耶夫斯基 21,22,163
Skaftymov, A. P. A. P.斯卡夫特莫夫 111注,204-206,251注,277
Skaz 自叙体 75,238
Slonimskij, M. M.斯洛尼姆斯基 150注
Slowacki, Juljusz 朱利兹·斯沃瓦茨基 164
Smithy (literary group) 熔铁炉 (文学团体) 81
Social command 社会指令 112,122,150
Socialist Realism 社会主义现实主义 142,147,168
Sokolov, Jurij 尤里·索科洛夫 204注
Solov'ëv, Vladimir 弗拉基米尔·索洛维约夫 34
Souday, P. P.桑戴 53注
Sound-repetition 语音重复 73,74,144,214,220,224-225,226
Speech orientation 言语定向 235,237
Stevenson, Louis Robert 路易斯·罗伯特·史蒂文森 26注,102-103,176
Spizer, Leo, 里奥·斯皮泽 230
Saircase-like structure in prose fiction, 散文小说中的梯状结构 75,243-246
Steinthal 斯汤达尔 62
Steklov 斯捷克洛夫 55
Stendhal 斯汤达 266-267
Stepanov, N. N.斯捷潘诺夫 150注
Sterne, Laurence 劳伦斯·斯特恩 193-194,249,266,282
Stevenson, Louis Robert, 路易斯·罗伯特·史蒂文森 153

Straxov, Nikolaj 尼古拉·斯特拉霍夫 31,123,241

Structure, structural 结构,结构的 159-160,164,186,188,199,203,205,240,241,248,256,275,277,284

Structuralism 结构主义 116注,135,144,159-161,162,163,165,168,188注,198-201,206,208,211,212,228,257,273,274,275,277,279-280,284

Struve, Gleb 格列勃·斯特卢威 141注

Style 风格 抒情诗的~ 222-223,235;抒情诗的~类型 231,262-263;~的定义 232-234,235-236

Stylistics 文体学 230,233,235,238

Surrealism 超现实主义 47,179,278

Svidrigajlov in *Crime and Punishment* 《罪与罚》里的人物斯维德里加伊洛夫 246

Sweet, Henry 亨利·斯威特 155

Symbol(s) 符号 ~系统,158;~形式哲学 158,277,284

Symbolism (Russian) (俄国)象征主义(派) 32,33-42,43,47,48,50,66,68,71-72,74注,76,84,88,214,225,233,256,259,262注,264,265,271注,273

Synchronic vs. Diachronic (approach to language) 共时态与历时态(研究语言的两种方法) 251

Synecdoche 提喻法,举隅法 206

Syncope 词中省略 41

Syntax (poetic) 句法(诗中的) 89,203,221-222,233

System (the literary work or literature as an esthetic) (文学作品或美文)系统 90-91,97,134-135,251-252,265-266;~作为一个动态整体观 90,159;作为系统之~的文化 134-135,257,285

Szeftel Mark 马克·采特尔 205注

Šaginjan, Marietta 玛丽内特·莎吉娘 151注

Ščëgolëv 谢格廖夫 54

Šeršenevič, Vadim 瓦吉姆·申尔申涅维奇 46注

Šestov, Lev 列夫·舍斯托夫 52

Ševyrëv, S.P. S.P.舍维廖夫 27

Šiškov, Aleksandr 亚力山大·西斯科夫 263

Šišmarëv, V. V.西斯马廖夫

56,147

Šklovskij, Viktor 维克多·什克洛夫斯基 21，23，29 注，54 注，58n,66-68,69 注,70,73,74 注,75-78,79,80,81,82,84,85,87,90,92,93,94,96,99,101-102,108,109,112,113,118-125,127,128,129,131,132-134,135-139,140,142,148-150,159,165,167,168,171 注,175-180,181,182,184,187,189,190-191,192,193-194,196-197,198,200 注,204,209,210,225,231,232,234,239,240,241-246,247,248,251 注,252,253,254,255,260,261,264,267 注,272 注,275,278,279,283

Šostakovič, Dmitrij 德米特里·肖斯塔科维奇 146,147

Špet, Gustav 古斯塔夫·施佩特 62,166,174

Taine, Hippolyte 依波里特·泰纳 22

Tate, Allen 艾伦·塔特 275

Tat'jana in Evgenij Onegin 《叶甫盖尼·奥涅金》里的塔吉雅娜 242

Tieghem, Philippe van 菲利·冯·泰根 273

Tixonravov, D. D.季洪拉沃夫 53

Time (literary) 时间（文学中的） 242

Timofeev, L. L.季莫菲耶夫 144

Tjutčev, Fëdor 费多尔·丘特切夫 176,264,270

Tolstoj, Lev 列夫·托尔斯泰 42,48,52,106,122-125,129-131,177-178,192,196,198,207,240-241,244-245,247,266-267,271,272 注,282

Tolstoyan 托尔斯泰的 106

Tomaševskij, Boris 鲍里斯·托马舍夫斯基 40 注，57 注，53,64,85,89,91,140,141,143,147,156,167,183,190 注,202,203-204,212,213,214,215-216,220,246,251 注,252,261,263,272

Töpffer, Rodolphe 罗道尔夫·托普夫尔 266

Toynbee, Arnold 阿诺尔德·托因比 126

Tradition 传统 275,282

Trans-sense (zaumyj) language or verse 无意义（语）或诗 45,46,66,73,182,184

Tret'jakov, Sergej 谢尔盖·特列季亚科夫 66 注

Trenin, V. V.特列宁 128

Trilling, Lionel 列昂内尔·特里林 197注,209,247

Trope 比喻 25,175,230

Trnka, B. B.特尔伦卡 156,157

Trockij, Lev 列夫·托洛茨基 83,100-104,105,108,119,184注

Trotskyism 托洛茨基主义 148

Trubetzkoy, (Trubeckoj), N.S. N.S. 特鲁别茨科依(特鲁别斯科依) 156,160,219-220,236,257,269

Truth, poetic 真理(诗歌的) 208-209

Turgenev, Ivan 伊万·屠格涅夫 130,238,270-271,282

Tynjanov, Jurij 尤里·迪尼亚诺夫 45注,57注,58注,85,90,91,92-93,105,113,121-122,25,134-135,137,140,145,148,150,151,161,167,173注,194,199-200,212,214,217,222注,224,225,226,227,228,229,231,234,235,247,251-2552,257-258,259,261,262-264,265,271,273,275,278,283,285

Unger, Rudolf 鲁道夫·昂加尔 51-52注

Urbanism 大都市主义 195

Vengerov, S.A. S.A.文格洛夫 57-58

Verbal instrumentation or orchestration 语言工具或语词组合搭配, 74,215,220-221,222-223,226

Veresaev, V. V.维列萨耶夫 192,196,207

Verlaine, Paul 保罗·魏尔伦 33,41,42

Veselovskij, Aleksandr 亚力山大·维谢洛夫斯基 23,26,32,54,55,56,141,190,239-240,250,253

Vinogradov, Viktor 维克多·维诺格拉多夫 145

Vinokur. G.O. G.O.维诺库尔 85,87,88,91,96注,140,167,233-234,236-237,238,264注

Vjazemskij, Pëtr 彼得·维亚泽姆斯基 64,253

Vladimir, Prince (in byliny) 弗拉基米尔王子(民间故事中人物) 205

Voronskij, Aleksandr 亚力山大·沃隆斯基 83,230

Vowel harmony 元音的和谐 215

Voznesenskij, A. N.　A. N. 沃兹涅先斯基　272

Vronskij in *Anna Karenina*　《安娜·卡列尼娜》中的沃隆斯基　244

Vossler, Karl　卡尔·浮士勒　59,60 96注,98,274

Walzel, Oscar　奥斯卡·沃尔泽　59,60 96注,98,274

Warren, Austin　奥斯丁·沃伦　129注,156注,166注,172注,179,186,188注,206注,207注,210,213,215注,224注,231注,232注,269注,273,282

Warren, Robert Penn　罗伯特·彭·沃伦　275

Weintraub, Wiktor　威特拉勃　164

Wellek, René　勒内·韦勒克　51注,59,129注,156,161,166注,172注,179,186,188注,206注,207注,210,213,215注,224,231注,232注,273,280,282

Weltmann (Veltman), Aleksej　阿列克谢·威尔特曼　266

Werth, Alexander　亚力山大·沃思　146注,147n

Wertheimer, Max　马克斯·沃特海默　277

Wilde, Oscar　奥斯卡·怀尔德　34

Wimsatt, W. K. Jr.　W. K. Jr. 维姆萨特　221,227,273

Windelband, Wilhelm　威廉·文德尔班　51

Winters, Yvor　伊沃尔·温特斯　185

Wóycicki, Kazimierz　沃伊西斯基·卡济米尔兹　238

Wojciechowski, Konstanty　康斯坦丁·沃谢霍斯基　164

Wölfflin, Heinrich　海因里希·伍夫林　59,60,274

Word-boundaries　语词界限　144,216,220

Wordsworth, William　威廉·华滋华斯　179

Worringer, Wilhelm　威廉·沃林格　59

Wundt, Wilhelm　威尔海姆·冯特　62

Xačžaturjan　哈恰图良　147

Xarciev, V.　V. 哈尔西耶夫　23注

Xardžiev, V.　V. 哈尔齐耶夫　46注,65注

Xlebnikov, Viktor, (Velemir)　维克多 (维列米尔)·赫列勃尼科夫　42,43,44注,45-47,50,63,

64-65,66,73,94,184,194,228,265,266,282

Xvol'son 赫沃尔逊 80

Zamjatin, Evgenij 叶甫盖尼·扎米亚金 238

Zawodziński, K. W. K. W.扎沃金斯基 164,167-168

Zeitlin,(Cejtlin), A. A.采特林（齐特林） 110-111,128

Zoščenko, Mixail 米哈伊尔·左琴科 150注,152,238

Zweig, Stefan 斯蒂芬·茨威格 124

Ždanov, Andrej 安德烈·日丹诺夫 141,146,147,152,153

Žirmunskij, Viktor 维克多·日尔蒙斯基 20注,39注,39-40,58注,85,88,89,91,95,96-98,141,147,158,167,168,174-175,186,187,189,216注,223注,231,233,255-257,267-268,272

Żółkiewski, Stefan 斯蒂芬·若尔基耶夫斯基 166,168

Žukovskij, Vasilij 瓦西里·茹科夫斯基 223,264

译 者 后 记

俄国形式主义对于整个20世纪西方文艺理论产生过决定性影响。西方文艺理论在20世纪所发生的一切根本变化，都和这个流派的建树有关。实际上，俄国形式主义是西方文艺理论在20世纪的一个开端和发源地，西方文艺理论从19世纪的作家中心论到20世纪前期的作品即文本中心论，再到后期的读者中心论的根本性转移，都起源于这一流派。

但是由于社会的和历史的原因，有关这一具有革命性意义的文艺学流派的起源、发展、消亡和后续影响，在前苏联始终未能出现一部全面客观与完整系统的介绍性专著。这与俄国形式主义在文艺理论史上所发挥的革命性影响是极不相称的。我们并不否认俄国形式主义有其理论局限，但是作为一个发展中的流派，作为一种科学探索的潮流，俄国形式主义运动自有其存在的合理性和依据。只是由于政治形势的变化，使得他们的科学探索未能沿着科学的轨道正常地进行下去，致使这一颇有意义的文艺学运动不幸胎死腹中。

而在国际学术界，却有一部有关俄国形式主义的研究论著，从出版问世以来，一直受到广泛赞誉，被称为西方文艺学的"圣经"，这就是曾经担任美国耶鲁大学教授的维克多·厄利希（Victor

Erlich,1914—2007)先生的《俄国形式主义：历史与学说》一书。该书自问世以来，赢得了国际学术界的广泛赞誉，至今仍然是研究俄国形式主义的一部权威论著，同时也是今人讨论俄国形式主义理论遗产不可或缺的基础性著作，是客观如实地了解俄国形式主义理论建树的一部"原典"。不过令人遗憾的是，此书迄今为止没有中文版。前年，在征得我校文艺学研究中心程正民先生的意见后，我将此书译为中文。

需要指出的是，厄利希先生的这部专著，之所以能成为研究俄国形式主义的重要著作，这和作者本人的学术渊源、学术传承背景有着密不可分的关系。维克多·厄利希，是一位具有开拓精神的俄罗斯文学研究者。他出生于圣彼得堡一个犹太知识分子家庭，而俄国形式主义的主流派别之一——奥波亚兹（诗歌语言研究会）——就是在这个城市诞生的。厄利希的外祖父是著名犹太史学家西蒙·杜勃诺夫于1941年被纳粹杀害。父亲亨利克·厄利希是犹太工联的领导人，1942年自杀于苏联的集中营。厄利希年仅三岁时随家庭移居波兰。纳粹德国入侵波兰后全家移居立陶宛。后来辗转莫斯科、东京和蒙特利尔，最终于1942年逃亡纽约。二战期间厄利希曾作为美国军队的一员参加欧洲战事。战后，厄利希考入哥伦比亚大学研究生院，在著名语言学家罗曼·雅各布逊指导下研究斯拉夫语言。毕业后任教于华盛顿大学，并获得哈佛大学的福特基金会奖学金。后任耶鲁大学教授。1961年起，厄利希担任耶鲁大学俄语系主任直到退休。

厄利希一生著述并不多。除了这部堪称其代表作的著作外，2006年他还曾出版过一本有关其早年生活的回忆录《喧嚣时代的孩子》[①]。该书从第二次世界大战写起,回忆了作者本人在俄罗斯、波兰、立陶宛、德国和美国的流亡生活。另外,厄利希还著有《现代主义与革命:转型时期的俄国文学》[②]一书。

1955年,厄利希出版了《俄国形式主义:历史与学说》。这是一部现代俄国文学研究领域里的经典名著。这部著作自问世以来,得到了东西方学术界的一致赞扬和好评。此书摒弃了意识形态领域里的理论偏见,对于当年风行文坛的俄国形式主义的历史沿革、理论源流、学说演变轨迹以及对后世的影响,做出了不偏不倚、客观、冷静的梳理和评述。厄利希之所以能取得这样的成就,除了他自己的勤奋努力外,还得益于他曾受教于俄国形式主义代表人物之一、国际著名语言学家罗曼·雅各布逊。作者本人在序言中也对此有所交待。

如前所述,俄国形式主义共有两个发祥地:一是圣彼得堡(当时称彼得格勒、列宁格勒)的"诗歌语言研究会"(简称"奥波亚兹");二是莫斯科语言学小组。前者的代表人物有维克多·什克洛夫斯基、鲍里斯·艾亨鲍姆和尤里·迪尼亚诺夫;后者的代表人物则是罗曼·雅各布逊。罗曼·雅各布逊1920年移居布拉格。在其影响下,"布拉格语言学小组"(后称布拉格学派)于1926年成立,雅各布逊是其创建者之一和主要代表人物。1930年代雅各

[①] Victor Erlich, *Child of A Turbulent Century*, Northwestern University Press, 2006.

[②] Victor Erlich, *Modernism and Revolution: Russian Literature in Transition*, Harvard University Press, 1994.

布逊离开布拉格在欧洲各国游学。期间,他的学术思想曾给予列维－斯特劳斯巨大影响,促使后者写成了他的经典名著《结构人类学》。1940年,雅各布逊移居美国,长期在耶鲁等大学授徒讲学。雅各布逊临终前曾担任美国符号学会副会长。作为俄国形式主义运动的参加者和厄利希博士学位论文的导师,雅各布逊对于厄利希这部著作的成功起到了非常大的作用。

值此名著中文版问世之际,作为译者的我真是百感交集:当年,正是深信这部名著必然会对我国学术界研究俄国形式主义有所补益,笔者才不惮辛劳翻译此书。自20世纪80年代以来,俄国形式主义理论已经在我国的文艺学方法论热潮中成为了关注的热点和焦点。但很多人却对此学派的历史渊源与后续沿革缺乏了解。相信这部著作的出版,定能引领我们深入了解俄国形式主义,从而对该派在文艺理论史上的革命性意义增加了解。

需要说明的是,此书的出版,首先要感谢中国社会科学院哲学所的陈德中先生慧眼识珠,居间联络帮助促成购买了此书的版权,并对翻译稿件提出了详尽的批评,督促我校改原稿达十遍之多,其一丝不苟的治学精神令我深深感动。除此之外,还需感谢我的几位学生,他们都在不同时期为此书的正式出版付出了辛勤的劳动。他们的名字也不应埋没,他们是武玉明、刘胤逵、闫岩、刘佳、宁通、彭亚飞、郭珺函、江竹君……还要特别予以感谢的,是我新招入站的博士后刘溪博士,在译稿体例遇到重重难题的关头,她知难而上,对繁杂的译文注释,特别是文末所附的参考文献,以及正文中的个别很容易被忽略的漏译、误译和舛译,进行了仔细校对和修订。而在做这项工作的时候,又正值北京天气最炎热的时候。特此致谢!

译　者

2014 年 7 月

图书在版编目(CIP)数据

俄国形式主义:历史与学说/(美)V.厄利希著;张冰译.—北京:商务印书馆,2017
ISBN 978-7-100-13260-2

Ⅰ.①俄… Ⅱ.①V…②张… Ⅲ.①形式主义—俄罗斯文学—文学研究 Ⅳ.①I512.09

中国版本图书馆 CIP 数据核字(2017)第 068628 号

权利保留,侵权必究。

俄国形式主义:历史与学说
(第四版)
〔美〕V.厄利希 著
张 冰 译

商 务 印 书 馆 出 版
(北京王府井大街36号 邮政编码100710)
商 务 印 书 馆 发 行
北京市十月印刷有限公司印刷
ISBN 978-7-100-13260-2

| 2017年8月第1版 | 开本 850×1168 1/32 |
| 2017年8月北京第1次印刷 | 印张 15⅞ |

定价:49.00元